W0469401

BASTEI LÜBBE

ORSON SCOTT CARD
im BASTEI-LÜBBE-Taschenbuchprogramm:

24 115 Meistersänger
24 122 Die Stadt am Ende der Welt
24 140 TREASON – Der Spender-Planet

DIE ENDER-TRILOGIE
24 155 Ender (Band 1 und 2)
24 153 Xenozid (Band 3)

HÜTER DER ERDE
24 167 Die verlorene Erde
24 179 Der Ruf der Erde
24 195 Die Schiffe der Erde
24 211 Die Kinder der Erde
24 217 Der Hüter der Erde

ORSON SCOTT CARD

DER HÜTER DER ERDE

Science Fiction Roman

Ins Deutsche übertragen
von Uwe Anton
Mit einem Nachwort
von Bernhard Kempen

BASTEI
LÜBBE

BASTEI-LÜBBE-TASCHENBUCH
Band 24 217

Erste Auflage:
Oktober 1996

© Copyright 1995
by Orson Scott Card
All rights reserved
Deutsche Lizenzausgabe 1996
Bastei-Verlag
Gustav H. Lübbe GmbH & Co.,
Bergisch Gladbach
Originaltitel: Earthborn
Lektorat:
Wolfgang Neuhaus/Stefan Bauer
Titelbild: Keith Parkinson
Umschlaggestaltung:
Quadro Grafik, Bensberg
Satz: Fotosatz Schell, Hagen a. T. W.
Druck und Verarbeitung:
Brodard & Taupin,
La Flèche, Frankreich
Printed in France

ISBN 3-404-24217-3

Der Preis dieses Bandes
versteht sich einschließlich der
gesetzlichen Mehrwertsteuer.

Für Jerry und Gail Argetsinger:
Vor dem Schauspiel, vor den Kostümen,
Bevor uns die Rollen zugeteilt wurden,
Die wir heute spielen,
Habt ihr mir beigebracht,
Wie man eine bleibende Liebe schafft.

Charaktere

Anmerkungen zu den Regeln der Namengebung

Beim Volk der Nafari ist es Brauch, daß besonders bekannte Personen ihrem Namen Ehrentitel hinzufügen. Formell wird der Ehrentitel an den Anfang eines Namens gesetzt; bei offiziellen Staatsakten beispielsweise wird der König von Darakemba mit Ak-Moti angesprochen. Doch im allgemeinen wird der Ehrentitel am Ende hinzugefügt, spricht: also Motiak. Hin und wieder werden Ehrentitel abgewandelt, damit sie zu dem betreffenden Namen passen, und gelegentlich Namen, damit sie zum Ehrentitel passen. Als Jamim also Thronerbe war, hieß er – dem normalen Muster zufolge – Ha-Jamim oder Jamimha; doch als König war er Ka-Jamim oder Jaminka (vergleiche Nuak/Ak-Nu und Motiak/Ak-Moti); und als ehemaliger König spricht man von ihm als Ba-Jamim oder Jamimba (vergleiche Nuab/Ab-Nu und Motiab/Ab-Moti).

Die Ehrentitel für Männer, die in diesem Band eine Rolle spielen, lauten: Ak/Ka, was ›herrschender König‹ bedeutet; Ha/Akh, ›Thronerbe‹; Ab/Ba, ›ehemaliger König‹; Usch, ›mächtiger Krieger‹; Dis, ›geliebter Sohn‹; Og/Go, ›Hohepriester‹; Ro/Or, ›weiser Lehrer‹; Di/Id, ›Verräter‹. Die Ehrentitel für Frauen, die in diesem Buch erwähnt werden, sind: Dwa, ›Mutter des Thronerben‹ (ob sie nun lebt oder bereits verstorben ist); Gu/Ug, ›verehrte Frau des Königs‹; Ja, ›sehr leidenschaftliche Frau‹.

Darüber hinaus wird die Silbe da als allgemeine Kosebezeichnung benutzt und an das Ende eines normalerweise abgekürzten Namens gesetzt, aber vor jeden hinzugefügten Ehrentitel. Dementsprechend nennt Chebeja in privatem Kreis ihren Gatten ›Kmadaro‹, was sich zusammensetzt aus (A)kma + da (Kosebezeichnung) + ro (Ehrentitel mit der Bedeutung »großer Lehrer«); Akmaro wiederum nennt seine Gattin ›Bedaja‹, also (Che)be + da (Kosebezeichnung)

+ ja (Ehrentitel mit der Bedeutung ›sehr leidenschaftliche Frau‹).

Die Söhne eines hervorragenden Mannes werden insgesamt als sein ›Stamm‹ betrachtet und auch so bezeichnet. Also werden die vier Söhne Motiaks manchmal ›die Motiaki‹ genannt; die vier Söhne Pabulogs wurden ›die Pabulogi‹ genannt, bis sie diesen Namen zurückwiesen.

Man sollte auch darauf hinweisen, daß es für die unterschiedlichen intelligenten Spezies verschiedene Bezeichnungen gibt. Himmelsvolk, Erdvolk und Mittelvolk werden auch Engel, Wühler beziehungsweise Menschen genannt. Die ersten drei Begriffe stehen für Formalität, Würde und Gleichberechtigung unter den Arten. Doch die drei letzteren sind lediglich informell, nicht aber unbedingt abwertend, und die Angehörigen aller drei Spezies bezeichnen sich selbst bereitwillig mit den formellen wie auch informellen Namen.

Menschen (Mittelvolk)

IN DARAKEMBA

Motiak, oder Ak-Moti – der König, Eroberer des Großteils des Reichs Darakemba

Dudagu, oder Gu-Duda – Motiaks derzeitige Frau, Mutter seines jüngsten Sohnes

Toeledwa, oder Dwa-Toel – Motiaks verstorbene Frau, Mutter seiner ersten vier Kinder

Jamimba, oder Ba-Jamim – Motiaks verstorbener Vater

Motiab, oder Ab-Moti – Jamimbas Vater, der die Nafari aus dem Land Nafai führte, um sie mit dem Volk von Darakemba vereinen, und damit den Kern des Reiches gründete Aronha, oder Ha-Aron – Motiaks ältester Sohn, sein Thronerbe

Edhadeja, oder Ja-Edhad – Motiaks älteste Tochter und zweites Kind
Mon – Motiaks zweiter Sohn und drittes Kind, benannt nach Monusch
Ominer – Motiaks dritter Sohn und viertes Kind, das letzte von Toeledwas Kindern
Khimin – Motiaks vierter Sohn, das einzige Kind von Dudagu, Motiaks derzeitiger Frau
Monusch, oder Usch-Mon – Motiaks führender Soldat

IN CHELEM

Akmaro, oder Ro-Akma – ein ehemaliger Priester von König Nuak der Zenifi, der nun eine Gruppe von Gefolgsleuten in den Lehren von Binaro/Binadi unterweist; seine Anhänger werden gelegentlich Akmari genannt
Chebeja, oder Ja-Cheb – Akmaros Frau, eine Entwirrerin
Akma – Akmaros und Chebejas Sohn und ältestes Kind
Luet – Akmaros und Chebejas Tochter und jüngstes Kind
Pabulog, oder Og-Pabul – ehemaliger Hohepriester König Nuaks und nun ein besonders brutaler Führer unter den Elemaki, dem ein Heer zur Verfügung steht
Pabul – Pabulogs ältester Sohn
Udad – Pabulogs zweiter Sohn
Didul – Pabulogs dritter Sohn
Muwu – Pabulogs vierter und jüngster Sohn

UNTER DEN ZENIFI

Zenifab, oder Ab-Zeni – der Gründungskönig der Zenifi, nach dem der Stamm benannt ist; sie hängen dem grundlegenden Glauben an, daß Menschen nicht mit Engeln oder Wühlern zusammenleben sollten, und haben versucht, in ihrem angestammten Heimatland

Nafai eine rein menschliche Kolonie zu gründen, nachdem die Nafari mit den Darakambi verschmolzen.

Nuak, oder Ak-Nu – auch Nuab, oder Ab-Nu –; Zenifabs Sohn und derzeitiger König der Zenifi; spricht man von der Zeit seiner Herrschaft, wird die Form »Nuak« benutzt; bezieht man sich auf spätere Zeiten, wird er »Nuab« genannt; eine Zeitlang entsteht beim Wechsel von einem Ehrentitel zum anderen stets Verwirrung

Ilihiak, oder Ak-Ilihi – Nuaks Sohn, von dem man nie erwartet hat, daß er König werden würde; doch in der Krise nach der Ermordung seines Vaters wurde ihm das Amt aufgezwungen

Wissedwa, oder Dwa-Wiss – Ilihiaks Frau; sie hat die Zenifi nach Nuaks feigem Rückzug gerettet

Khideo – führender Soldat Ilihiaks; er lehnt alle Ehrentitel ab, weil er einmal versucht hat, Nuak zu töten

Binadi, oder Di-Bina; auch Binaro oder Ro-Bina genannt – zum Tode verurteilt und von Nuak und Pabulog hingerichtet, wurde er offiziell zum Verräter erklärt (daher Binadi); doch von Akmaros Leuten wird er Binaro genannt und als großer Lehrer verehrt

IM RAUMSCHIFF BASILIKA

Schedemei – die Herrin der Sterne, eine brillante Genetikerin, die letzte Überlebende der ursprünglichen Gruppe von Menschen, die vom Planeten Harmonie zur Erde zurückgeführt wurden. Unter den Wühlern oder Erdmenschen ist sie als Die-nie-begraben-Wurde bekannt

ENGEL (HIMMELSVOLK)

Husu – Kommandant der Späher, eine Art ›Kavallerie‹, die vollständig aus Himmelsvolk besteht
bGo – Motiaks Oberbuchhalter, Vorstand eines Großteils der Bürokratie von Darakemba
Bego – bGos Ander-Ich, der Archivar des Königs und Tutor von Motiaks Kindern

WÜHLER (ERDVOLK)

Uss-Uss, oder Voozhum – Edhadejas Zimmermädchen, eine Sklavin; aber gewissermaßen eine Weise und Priesterin unter den anderen Wühlersklaven

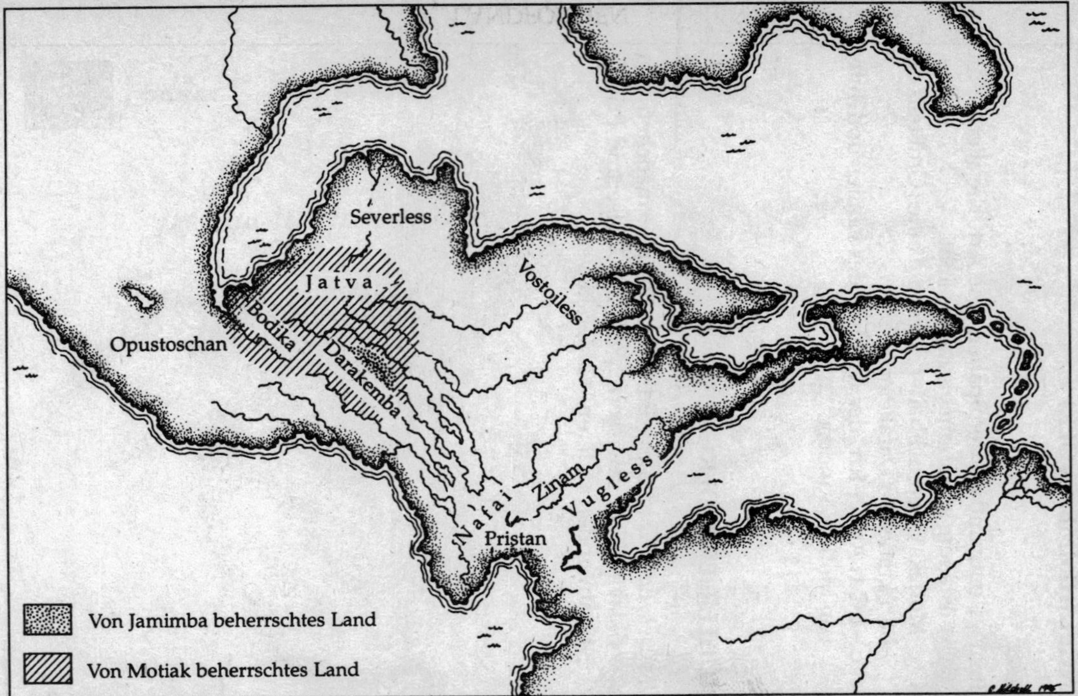

LÄNDER UND KÖNIGREICHE

LANDFORMEN

Prolog

Einst, vor langer Zeit, hatte der Computer des Raumschiffs Basilika *den Planeten Harmonie vierzig Millionen Jahre lang beherrscht. Nun gab dieser Computer auf eine viel kleinere Bevölkerung acht und verfügte nur noch über viel geringere Möglichkeiten zum Eingreifen. Doch der Planet, um den er sich kümmerte, war die Erde, die uralte Heimat der menschlichen Rasse.*

Das Raumschiff Basilika *hatte eine Gruppe Menschen zurück nach Hause gebracht, nur um festzustellen, daß während der Abwesenheit der menschlichen Rasse zwei neue Spezies den hohen Gipfel der Intelligenz erklommen hatten. Nun teilten drei Völker sich ein gewaltiges Massiv hoher Berge, üppiger Täler und ein Klima, das eher mit der Höhe als mit der geographischen Breite variierte.*

Die Wühler nannten sich selbst das Erdvolk; sie gruben Tunnels durch das Erdreich und in Baumstämme, die sie ausgehöhlt hatten. Die Engel waren das Himmelsvolk; sie bauten überdachte Nester in Bäumen und hingen mit den Köpfen nach unten von Ästen, um zu schlafen, zu streiten und zu unterrichten. Die Menschen waren jetzt das Mittelvolk und wohnten in Häusern auf dem Boden.

Es gab keine Wühlerstadt ohne Menschenhäuser auf dem Erdboden darüber, kein Engeldorf ohne die ummauerten Kammern des Mittelvolks, die künstliche Höhlen darstellten. Das gewaltige Wissen, das die Menschen vom Planeten Harmonie mitgebracht hatten, war nur ein Bruchteil dessen, was ihre Vorfahren auf der Erde gewußt hatten, bevor vierzig Millionen Jahren zuvor ihr Exil begonnen hatte. Nun war auch dies zum größten Teil vergessen; doch was blieb, war dem, was die Völker der Erde und des Himmels je gewußt hatten, so hoch überlegen, daß das Mittelvolk überall wo es wohnte, große Macht besaß und normalerweise auch herrschte.

Im Himmel jedoch vergaß der Computer des Raumschiffs Basilika *nichts; er sammelte Daten mit Hilfe von Satelliten, die er um den Planeten in Umlauf gebracht hatte, den er beobachtete, und erinnerte sich an alles, was er in Erfahrung gebracht hatte.*

Und er beobachtete nicht allein. Denn in dem Schiff lebte eine Frau, die mit den ersten Kolonisten zur Erde gekommen war; dann aber war sie, mit dem Mantel des Herrn beziehungsweise der Herrin der Sterne bekleidet, in den Himmel zurückgekehrt, um lange Jahre zu schlafen und kurz zu wachen. Ihr Körper wurde von dem Mantel geheilt und unterstützt, so daß der Tod noch ein ferner Besucher war, falls er denn je zu ihr kommen sollte. Sie erinnerte sich an alles, was ihr wichtig war, an Menschen, die einst gelebt hatten und nun tot waren. Geburt und Leben und Tod – sie hatte so viel davon gesehen, daß sie jetzt kaum noch darauf achtete. Für sie spielten nur Generationen eine Rolle, Jahreszeiten in ihrem Garten, Bäume und Gras und Menschen, die aufstiegen und fielen, aufstiegen und fielen.

Auch auf der Erde gab es gewisse Erinnerungen. Zwei Bücher, auf Metallplatten geschrieben, waren seit der Rückkehr der Menschen erhalten geblieben. Eins befand sich in den Händen des Königs der Nafari und wurde vom einen Herrscher an den nächsten weitergegeben. Das andere, nicht so umfassende, war dem Bruder des ersten Königs übergeben worden und von diesem an seine Söhne, die keine Könige waren, nicht einmal berühmte Männer, bis schließlich der letzte dieser Linie, der nicht mehr imstande war, diese uralte Schrift auch nur zu lesen, das kleinere Metallbuch dem Mann übergab, der zu seiner Zeit König war. Lediglich auf den Seiten dieser Bücher befand sich eine Erinnerung, die unverändert von Jahr zu Jahr überdauerte.

Im Herzen der Bücher, in den Tiefen der Schiffsaufzeichnungen und warm in der Seele der Frau lag die größte dieser Erinnerungen: daß die Menschen zur Erde zurückgebracht worden waren, weil eine Wesenheit sie gerufen hatte, die sie nicht verstanden und die der Hüter der Erde genannt wurde. Die Stimme des Hüters war nicht deutlich, nicht verständlich, wie die des Schiffscomputers es gewesen war, damals in den Tagen, als man sie Überseele genannt hatte und als sie von den Menschen als Gott verehrt worden war. Statt dessen sprach der Hüter durch Träume, und während viele die Träume empfingen und glaubten, daß sie eine Bedeutung hatten, wußten nur wenige, wer sie geschickt hatte oder was der Hüter von den Völkern der Erde verlangte.

1

Gefangenschaft

Akma war im Hause eines reichen Mannes geboren worden. An diese Zeit erinnerte er sich kaum. Er wußte noch, daß sein Vater, Akmaro, ihn einmal auf einen hohen Turm getragen und ihn dort einem anderen Mann übergeben hatte, der ihn über die Brüstung baumeln ließ, bis er vor Furcht schrie. Der Mann, der ihn festhielt, lachte, bis Vater die Hand ausstreckte, Akma ergriff und ihn packte. Später erzählte Mutter Akma, der Mann, der ihn auf dem Turm gequält habe, sei der König des Landes Nafai gewesen, ein Mann namens Nuak. »Er war ein sehr schlechter Mensch«, sagte Mutter, »aber die Leute schienen nichts dagegen zu haben, solange er ein guter König war. Doch als die Elemaki kamen und das Land Nafai eroberten, haßte das Volk Nuak so sehr, daß es ihn verbrannte.« Jedesmal, nachdem die Mutter ihm diese Geschichte erzählt hatte, veränderte Akmas Gedächtnis sich, und wenn er nun von dem lachenden Mann träumte, der ihn über den Rand des Turms hielt, stellte er sich vor, der Mann sei von Flammen umgeben, bis der gesamte Turm brannte, und Vater streckte nicht mehr die Hand aus, um seinen kleinen Jungen zu retten, sondern Akmaro sprang hinab, fiel und fiel und fiel, und Akma wußte nicht, was er tun sollte, auf dem Turm bleiben und verbrennen oder seinem Vater in den Abgrund hinterherspringen. Aus diesem Traum erwachte er stets mit Schreckensschreien.

Eine andere Erinnerung war die, daß sein Vater mitten am Tag ins Haus stürmte, während Mutter gerade zwei Wühlerfrauen beaufsichtigte, die ein Fest vorbereiteten, das an diesem Abend veranstaltet werden sollte. Der Ausdruck auf Akmaros Gesicht war schrecklich, und obwohl er mit ihr flüsterte und Akma keine Ahnung hatte, was er sagte, wußte er, daß es sehr schlimm war, und bekam es mit der Angst zu tun. Vater stürmte sofort wieder aus dem Haus, und Mutter ließ die Wühlerinnen augenblicklich die Vorbereitungen für das Fest abbrechen und Vorräte für eine Reise zusammentragen. Nur ein paar Minuten später kamen vier Menschenmänner mit Schwertern an die Tür und verlangten, den Verräter Akmaro zu sprechen. Mutter tat so, als sei Vater hinten im Haus, und versuchte zu verhindern, daß die Männer hereinkamen. Der größte aber schlug sie nieder und hielt ihr ein Schwert an die Kehle, während die anderen sofort das Haus nach Akmaro durchsuchten. Der kleine Akma war wütend und lief zu dem Mann, der Mutter bedrohte. Der Mann lachte ihn aus, als Akma sich an einem der Steine seines Schwertes schnitt, doch Mutter lachte nicht. »Warum lachst du?« sagte sie. »Dieser kleine Junge war so mutig, einen Mann mit einem Schwert anzugreifen, während du nur den Mut aufbringst, eine unbewaffnete Frau anzugreifen.« Daraufhin wurde der Mann wütend, doch als die anderen zurückkamen, ohne Vater gefunden zu haben, gingen sie alle davon.

Dort gab es auch Nahrung. Akma war sicher, daß es dort jede Menge Nahrung gegeben hatte, die von Wühlersklaven sorgfältig zubereitet wurde. Doch nun, in seinem Hunger, konnte er sich nicht daran erinnern. Er konnte sich nicht einmal daran erinnern, sich jemals satt gegessen zu haben. Hier auf den Maisfeldern, unter der heißen Sonne, konnte er sich nicht an eineZeit ohne Durst erinnern, ohne einen müden Schmerz in den Armen, dem Rücken, den Beinen, ohne ein Pochen hinter den Augen. Er wollte weinen, wußte jedoch, daß er damit seine Familie beschämen würde. Er wollte dem Wühleraufseher zurufen, daß er trinken und sich ausruhen und essen mußte und daß es dumm sei, sie ohne Nahrung arbeiten zu lassen, weil sie dann nur um so schneller erschöpft seien und es ihnen wie dem alten Tiwiak ergehen würde, der gestern tot umgefallen war, einfach so. Er war in den Mais gekippt und hatte sich nicht einmal von seiner Frau verabschieden können. Dennoch war sie still geblieben, hatte nichts gesagt, als sie weinend über seiner Leiche kniete. Doch der Aufseher hatte sie trotzdem geschlagen, weil sie zu arbeiten aufgehört hatte. Dabei war Tiwiak doch ihr Gatte gewesen.

Akma haßte nichts auf der Welt so sehr wie die Wühler. Es war falsch von seinen Eltern gewesen, damals im Land Nafai Wühler als Sklaven zu halten. Man hätte alle Wühler umbringen sollen, bevor sie sich richtigen Personen nähern konnten. Vater konnte soviel darüber reden, wie er wollte, daß die Wühler sich nur für die lange, grausame Oberhoheit Nuaks rächten. Er konnte spät in der Nacht flüstern, der Hüter der Erde wolle nicht, daß das Erdvolk und das Himmelsvolk und das Mittelvolk Feinde seien. Akma kannte die Wahrheit: Solange auch nur ein Wühler lebte, war die Welt nicht sicher.

Als die Wühler kamen, weigerte Vater sich, einen seiner Leute kämpfen zu lassen. »Ihr seid mir nicht in die Wildnis gefolgt, um Mörder zu werden, oder?« fragte er sie. »Der Hüter will nicht, daß seine Kinder getötet werden.«

Der einzige Protest, den Akma hörte, war Mutters Flüstern: »Ihre Kinder.« Als ob es eine Rolle spielte, ob der Hüter der Erde einen Pflug oder einen Topf zwischen den Beinen hatte. Akma wußte nur, daß der Hüter eine schlechte Entschuldigung für einen Gott war, wenn er nicht verhinderte, daß seine Anbeter von schmutzigen, tierischen, dummen, grausamen Wühlern versklavt wurden.

Doch Akma ließ von diesen Gedanken nichts verlauten, denn als er es einmal getan hatte, war Vater still geworden und hatte den Rest der Nacht nicht mehr mit ihm gesprochen. Das war unerträglich. Das Schweigen während der Tage war schon schlimm genug, doch daß Vater ihn auch des Nachts von den Gesprächen ausschloß, war das schlimmste überhaupt auf der Welt. Also behielt Akma seinen Haß auf die Wühler für sich, wie auch seine Verachtung für den Hüter, und des Nachts flüsterte er kaum verständlich mit seiner Mutter und seinem Vater und trank ihre geflüsterten Worte, als wären sie das klare, kalte Wasser eines Gebirgsflusses.

Und dann erschien eines Tages ein neuer Junge im Dorf.

Er war nicht hager und sonnengebräunt wie all die anderen, und seine Kleidung war gut, bunt und nicht geflickt. Sein Haar war sauber und lang, und der Wind fing sich darin und zerzauste es, als er auf der Kuppe des niedrigen Hügels inmitten der Gemeinde stand. Nach allem, was Vater und Mutter über den Hüter der Erde gesagt hatten, war Akma noch immer unvorbereitet auf diese Vision eines Gottes und unterbrach die Arbeit, nur um ihn anzusehen.

Der Aufseher schrie Akma an, doch er hörte ihn nicht. Jedes Geräusch war von seiner Vision verschluckt worden, jede Sinneswahrnehmung bis auf das Sehvermögen war ausgeschaltet. Erst als der Schatten des Aufsehers über ihm ganz groß wurde, den Arm erhoben, um ihn mit dem Stock zu schlagen, bemerkte Akma ihn. Er zuckte zusammen, duckte sich und rief – es war beinahe ein Reflex – dem Jungen zu, dessen Gesicht das Bild eines Gottes war: »Laß nicht zu, daß er mich schlägt!«

»Halt!« rief der Junge. Seine Stimme klang selbstbewußt und kräftig, als er den Hügel hinabschritt, und – so unglaublich es auch sein mochte – der Aufseher gehorchte ihm sofort.

Vater stand weit von Akma entfernt, doch Mutter war nah genug, um Akmas kleiner Schwester Luet etwas zuzuflüstern, und Luet trat ein paar Schritte näher an Akma heran, damit sie ihm leise etwas zurufen konnte. »Er ist der Sohn von Vaters Feind«, sagte sie.

Akma hörte sie und wurde sofort mißtrauisch. Doch die Schönheit des älteren Jungen verringerte sich nicht, als er näherkam.

»Was hat sie dir gesagt?« fragte der Junge. Seine Stimme war freundlich, auf seinem Gesicht lag ein Lächeln.

»Daß dein Vater der Feind meines Vaters ist.«

»Ah, ja. Aber nicht, weil mein Vater es so gewollt hat«, sagte er.

Das ließ Akma innehalten. Niemand hatte sich je die Mühe gemacht, dem sieben Jahre alten Jungen zu erklären, wieso sein Vater so viele Feinde hatte. Es war Akma nie in den Sinn gekommen, daß es vielleicht die Schuld seines Vaters war. Aber er war argwöhnisch: Wie konnte er dem Sohn des Feindes seines Vaters glauben? Und doch ... »Du hast verhindert, daß der Aufseher mich schlägt«, sagte Akma.

Der Junge sah den Aufseher an, dessen Gesicht unergründlich war. »Von nun an«, sagte er, »wirst du diesen Jungen oder seine Schwester ohne meine Zustimmung nicht mehr bestrafen. Mein Vater befiehlt es.«

Der Aufseher senkte den Kopf. Akma hatte allerdings den Eindruck, daß er nicht allzu glücklich wirkte, von einem Menschenjungen Befehle wie diesen entgegennehmen zu müssen.

»Mein Vater ist Pabulog«, sagt der Junge, »und ich heiße Didul.«

»Ich bin Akma. Mein Vater ist Akmaro.«

»*Ro*-Akma? Akma der *Lehrer*?« Didul lächelte. »Was hat *Ro* zu lehren, das er nicht von *Og* gelernt hat?«

Akma wußte nicht genau, was *Og* bedeutete.

Didul schien zu wissen, warum er verwirrt war. »*Og* ist der Taghüter, der Höchste der Priester. Nach dem *Ak*, dem König, ist niemand klüger als *Og*.«

»*König* bedeutet lediglich, daß man die Macht hat, jeden zu töten, den man nicht mag, außer er hat ein Heer, wie die Elemaki.« Akma hatte seinem Vater dies oft sagen hören.

»Und doch herrscht mein Vater jetzt über die Elemaki dieses Landes«, sagte Didul. »Während Nuak tot ist. Weißt du, sie haben ihn verbrannt.«

»Hast du es gesehen?« fragte Akma.

»Geh ein Stück mit mir. Du bist für heute mit der Arbeit fertig.« Didul blickte den Aufseher an. Der Wühler, der sich zu voller Größe aufgerichtet hatte, war kaum so groß wie Didul; wenn der zur vollen Mannesgröße herangewachsen war, würde er den Wühlerüberragen wie ein Berg einen Hügel. Doch bei Didul und dem Aufseher hatte die Größe nichts mit ihrer stummen Konfrontation zu tun. Der Wühler erschlaffte unter dem Blick des Jungen.

Akma verspürte Ehrfurcht. »Wie machst du das?« fragte er Didul, als der seine Hand nahm und ihn davonführte.

»Was?« fragte Didul.

»Daß der Aufseher so ...«

»So nutzlos wirkt?« fragte Didul. »So hilflos und dumm und niedrig?«

Haßten die Menschen, die Freunde der Wühler waren, sie ebenfalls?

»Ganz einfach«, sagte Didul. »Er weiß, wenn er mir nicht gehorcht, werde ich es meinem Vater erzählen, und dann verliert er seinen bequemen Job hier und muß wieder bei den Befestigungen und Tunnels arbeiten oder bei Angriffen mitziehen. Und würde er je eine Hand gegen mich erheben, würde mein Vater ihn zerreißen lassen.«

Die Vorstellung, der Aufseher – alle Aufseher – würde zerrissen, bereitete Akma große Befriedigung.

»Ja, ich habe gesehen, wie sie Nuak verbrannten. Er war natürlich König, also führte er unsere Soldaten im Krieg an. Aber er war alt und weich und dumm und ängstlich geworden. Alle wußten es. Vater versuchte, es auszugleichen, aber *Og* kann nur soviel bewirken, wenn Ag schwach ist. Einer der großen Soldaten, Teonig, schwor, ihn zu töten, damit ein wirklicher König seinen Platz einnehmen konnte – wahrscheinlich sein zweiter Sohn, Ilihi – aber du kennst keinen dieser Leute, oder? Du mußt ... wie alt gewesen sein? Drei Jahre? Wie alt bist du jetzt?«

»Sieben.«

»Also drei, als dein Vater Verrat beging, wie ein Feigling in die Wildnis flüchtete und anfing, Ränke gegen die reinen menschlichen Nafari zu schmieden, sich gegen sie zu verschwören, zu versuchen, Menschen, Wühler und Himmelsfleisch zu bewegen, als *Gleichberechtigte* zusammenzuleben.«

Akma sagte nichts. Das lehrte sein Vater tatsächlich. Doch Akma hatte es niemals für Verrat an dem rein menschlichen Königreich gehalten, in dem er geboren worden war.

»Also, was weißt du? Ich wette, du erinnerst dich nicht mal daran, am Hof gewesen zu sein, oder? Aber du warst da.

Ich habe dich gesehen, wie du die Hand deines Vaters gehalten hast. Er hat dich dem König vorgestellt.«

Akma schüttelte den Kopf. »Ich erinnere mich nicht.«

»Es war Familientag. Wir alle waren da. Aber du warst noch klein. Doch ich erinnere mich an dich, weil du nicht schüchtern warst oder Angst hattest oder so etwas. Du warst richtig tapfer. Der König hat eine Bemerkung über dich gemacht. ›Der hier wird ein großer Mann, wenn er jetzt schon so tapfer ist.‹ Mein Vater hat sich daran erinnert. Deshalb hat er mich geschickt, dich zu suchen.«

Akma verspürte ein Prickeln der Freude in der Brust aufflattern. Pabulog hatte seinen Sohn geschickt, nach ihm zu suchen, weil er als Baby so tapfer gewesen war. Er erinnerte sich daran, wie er den Soldaten angegriffen hatte, der seine Mutter bedroht hatte. Bis zu diesem Augenblick hatte er sich nie für tapfer gehalten, doch nun sah er ein, daß es stimmte.

»Auf jeden Fall stand Nuak kurz davor, von Teonig ermordet zu werden. Es heißt, Teonig habe immer wieder gefordert, daß Nuak mit ihm kämpft. Aber Nuak hat immer nur gesagt: ›Ich bin der König! Ich muß nicht gegen dich kämpfen!‹ Und Teonig brüllte immer wieder: ›Beschäme mich nicht, indem ich dich wie einen Hund erschlage.‹ Nuak floh zur Spitze des Turms, und Teonig wollte ihn gerade töten, als der König zur Grenze schaute, zum Land der Elemaki. Und da sah er, wie das größte Heer von Wühlern, das man je gesehen hat, wie ein Sturm auf das Land brandete. Also ließ Teonig ihn leben, damit der König die Verteidigung führen konnte. Doch statt sein Land zu verteidigen, befahl Nuak seinem Heer die Flucht, damit es nicht vernichtet wurde. Es war feige und schändlich, und Männer wie Teonig haben ihm den Gehorsam verweigert.«

»Aber dein Vater nicht«, sagte Akma.

»Mein Vater mußte dem König folgen. Das tun Priester nun mal«, sagte Didul. »Der König hat den Soldaten befohlen, ihre Frauen und Kinder zurückzulassen, aber Vater wollte es nicht; zumindest nahm er mich mit. Trug mich auf seinem Rücken und hielt mit den anderen Schritt, obwohl ich nicht mehr so klein und er nicht mehr so jung war. Deshalb war ich dabei, als den Soldaten klar wurde, daß ihre Frauen und Kinder in der Stadt wahrscheinlich abgeschlachtet wurden. Also zogen sie den alten Nuak aus, stachen ihn nieder und hielten brennende Stöcke an seine Haut, damit er schrie und schrie.« Didul lächelte. »Du würdest nicht glauben, wie er geschrien hat, die alte Wurst.«

Die bloße Vorstellung war schrecklich. Es war furchterregend, daß Didul, der sich daran erinnerte, es selbst gesehen zu haben, so selbstgefällig darüber sprechen konnte.

»Natürlich wurde Vater ungefähr ungefähr zu dieser Zeit klar, daß die Soldaten darüber sprachen, wen sie sonst noch verbrennen könnten, und die Priester boten sich natürlich an. Deshalb sagte er ein paar ruhige Worte in der Priestersprache und führte uns in Sicherheit.«

»Warum seid ihr nicht zur Stadt zurückgekehrt? Wurde sie zerstört?«

»Nein, aber Vater sagt, die Leute dort seien es nicht wert, wahre Priester zu haben, die die geheime Sprache kennen, und den Kalender und so weiter. Du weißt schon. Die lesen und schreiben können.«

Akma war verwirrt. »Können nicht alle lesen und schreiben?«

Didul wirkte plötzlich wütend. »Das ist die schrecklichste Tat deines Vaters, daß er allen das Lesen und Schreiben hat beibringen lassen. All den Leuten, die seine Lügen glaubten und sich aus der Stadt schlichen, um sich zu ihm zu gesellen, auch wenn sie nur einfache Bauern waren – und die meisten waren nur Bauern, oder sogar Truthahnhirten. Weißt du, er hat heilige Eide geleistet, als man ihn zum Priester machte. Dein Vater legte diese Eide ab. Er schwor, niemandem die Geheimnisse der Priesterschaft zu verraten. Und dann brachte er sie allen bei.«

»Vater sagt, alle Leute sollten Priester sein.«

»Alle Leute? Das sagt er?« Didul lachte. »Nicht nur Leute, Akma. Er wollte nicht nur den Leuten das Lesen beibringen.«

Akma stellte sich vor, daß sein Vater versuchte, dem Aufseher das Lesen beizubringen. Er versuchte sich vorzustellen, wie einer der Wühler sich über ein Buch beugte, einen Griffel hielt und die Zeichen in das Wachs der Tafeln zu ritzen versuchte. Der Gedanke ließ ihn erschauern.

»Hast du Hunger?« fragte Didul.

Akma nickte.

»Komm, iß mit mir und meinen Brüdern.« Didul führte ihn in den Schatten eines Wäldchens hinter dem Hügel der Gemeinde.

Akma kannte den Ort – bis die Wühler kamen und sie versklavten, hatte Mutter dort die Kinder versammelt, um sie zu unterrichten und leise mit ihnen zu spielen, während Vater beim Hügel die Erwachsenen unterrichtete. Es war ein seltsames Gefühl, dort einen großen Korb mit Früchten und Kuchen und ein Faß Wein zu sehen, und Wühler, die drei Menschen die Mahlzeit servierten. Wühler gehörten nicht an den Ort, an dem seine Mutter die Kinder im Spiel geführt hatte.

Aber die Menschen gehörten dorthin. Oder besser gesagt, sie gehörten überall hin, wo sie sein wollten. Einer war klein, kaum älter als Akma. Die beiden anderen waren älter und größer als Didul – fast schon Männer, keine Knaben mehr. Einer der älteren sah Didul sehr ähnlich, wenn er auch nicht ganz so schön war. Die Augen standen vielleicht etwas zu dicht zusammen, und das Kinn war ein wenig zu stark ausgeprägt. Diduls Ebenbild, aber verzerrt, minderwertig, unfertig.

Der andere manngroße Junge war Didul so unähnlich, wie man es nur sein konnte. Während Didul anmutig war, war dieser Junge stark; während Diduls Gesicht offen und licht wirkte, sah dieses grübelnd und verschlossen und dunkel. Sein Körper schien so kräftig zu sein, daß es Akma erstaunte, daß der junge Mann überhaupt eine der Früchte ergreifen konnte, ohne sie zu zerquetschen.

Didul bemerkte offensichtlich, welcher seiner Brüder Akmas Aufmerksamkeit auf sich gezogen hatte. »Ah, ja.

Jeder sieht ihn so an. Pabul, mein Bruder. Er führt Wühlerheere. Er hat schon mit bloßen Händen getötet.«

Als Pabul Diduls Worte hörte, schaute er auf und funkelte ihn an.

»Pabul mag es nicht, daß ich davon erzähle. Aber ich habe einmal gesehen, wie er einen ausgewachsenen Wühlersoldat hochhob und ihm das Genick brach, als wäre es ein verfaulter trockener Zweig. Knack. Das Tier pinkelte überall hin.«

Pabul schüttelte den Kopf und widmete sich wieder seiner Mahlzeit.

»Iß etwas«, sagte Didul. »Setz dich zu uns. Brüder, das ist Akma, der Sohn des Verräters.«

Der ältere Bruder, der wie Didul aussah, spuckte aus.

»Sei nicht unhöflich, Udad«, sagte Didul. »Sag ihm, er soll nicht unhöflich sein, Pabul.«

»Sag's ihm selbst«, erwiderte Pabul leise. Doch Udad tat, als habe Pabul gedroht, ihn zu töten – er verstummte augenblicklich und konzentrierte sich auf seine Mahlzeit.

Der jüngere Bruder sah Akma ruhig an, als wolle er ihn einschätzen. »Ich könnte dich verprügeln«, sagte er schließlich.

»Halt die Klappe und iß, Affe«, sagte Didul. »Das ist der Jüngste, Muwu. Wir wissen nicht genau, ob er menschlich ist.«

»Wir nehmen an, Vater ist betrunken gewesen und hat sich mit einer Wühlerin gepaart, um Muwu zu zeugen. Siehst du seine kleine Rattennase?«

Muwu schrie wütend auf und warf sich auf Didul, der ihn mit Leichtigkeit abwehrte. »Hör auf, Muwu, sonst kommt Schlamm in das Essen! Schluß damit!«

»Hör auf«, sagte Pabul leise, und Muwu ließ augenblicklich von seinem Angriff auf Didul ab.

»Iß«, sagte Didul. »Du mußt hungrig sein.«

Akma war hungrig, und das Essen sah gut aus. Er setzte sich gerade, als Didul sagte: »Unsere Feinde leiden Hunger, aber unsere Freunde essen.«

Das erinnerte Akma daran, daß seine Eltern ebenfalls hungrig waren, und auch seine Schwester Luet. »Laß mich etwas davon meinen Eltern und meiner Schwester bringen«, sagte er. »Oder laß sie alle kommen und mit uns essen.«

Udad brach in johlendes Gelächter aus. »Dumm«, murmelte Pabul.

»Ich habe *dich* eingeladen«, sagte Didul ruhig. »Bring mich nicht in Verlegenheit, indem du mich dazu bewegen willst, die Feinde meines Vaters zu füttern.«

Erst jetzt wurde Akma klar, was hier geschah. Didul mochte wunderschön und faszinierend sein, voller Geschichten und Freundlichkeit und Witz – doch im Grunde war Akma ihm völlig gleichgültig. Didual versuchte lediglich, Akma dazu zu bringen, seine Familie zu verraten. Deshalb sagte er unentwegt diese Dinge über Vater ... daß er ein Verräter war und so weiter. Damit Akma sich gegen seine eigene Familie stellte.

Das wäre, als ... als würde er sich mit einem Wühler anfreunden. Es war unnatürlich und falsch. Akma erkannte, daß Didul wie der Jaguar war, verschlagen und grausam. Er war schlank und wunderschön, doch wenn man ihn zu nah an sich herankommen ließ, dann sprang er und tötete.

»Ich habe keinen Hunger«, sagte Akma.

»Er lügt«, sagte Muwu.

»Nein, ich lüge nicht«, sagte Akma.

Pabul sah ihn zum erstenmal an. »Widersprich meinem Bruder nicht«, sagte er. Die Stimme klang tot, doch die Bedrohung war unüberhörbar.

»Ich habe nur gesagt, daß ich nicht lüge«, entgegnete Akma.

»Aber du *lügst*«, sagte Didul fröhlich. »Du bist fast verhungert. Deine Rippen ragen so scharf aus deiner Brust hervor, daß du dich daran schneiden könntest.« Er lachte hell und hielt ihm einen Maiskuchen hin. »Bist du nicht mein Freund, Akma?«

»Nein«, sagte Akma. »Du bist auch nicht mein Freund. Du

bist nur zu mir gekommen, weil dein Vater dich geschickt hat.«

Udad lachte seinem Bruder zu. »Ach, was bist du doch klug, Didul. Du hast gesagt, du könntest dich mit ihm anfreunden. Ihn schon am ersten Tag für dich einnehmen. Tja, er hat dich sofort durchschaut.«

Didul funkelte ihn an. »Das hat er vielleicht nicht, bis du gesprochen hast.«

Akma stand auf; nun war er wütend. »Du meinst, das war ein *Spiel*?«

»Setz dich«, sagte Pabul.

»Nein«, sagte Akma.

Muwu kicherte. »Brech ihm ein Bein, Pabul, wie du es bei dem anderen getan hast.«

Pabul schaute Akma an, als würde er darüber nachdenken.

Akma wollte ihn anflehen, wollte sagen: Bitte tu mir nicht weh. Doch er wußte instinktiv, daß er bei einem wie Pabul eins auf keinen Fall tun durfte: seine Schwäche zeigen. Hatte er nicht gesehen, wie sein Vater vor Pabulog selbst stand und ihn anschaute, ohne auch nur einen Augenblick Furcht zu zeigen? »Brech mir ein Bein, wenn du willst«, sagte Akma. »Ich kann dich nicht daran hindern, denn ich bin nur halb so groß wie du. Doch wärest du an meiner Stelle, Pabul – würdest du dich setzen und mit dem Feind deines Vaters essen?«

Pabul legte den Kopf auf die Seite und winkte Akma dann gemächlich mit der Hand heran. »Komm her«, sagte er.

Akma spürte, daß die Drohung schwächer wurde, während Pabul gelassen seine Annäherung erwartete. Doch in dem Augenblick, da Akma in seine Reichweite kam, schnellte Pabuls gerade noch so regungslose Hand vor, packte ihn an der Kehle, würgte ihn und zerrte ihn zu Boden. Nach Luft ringend, schaute Akma in die abgeschirmten Augen seines Feindes. »Warum töte ich dich jetzt eigentlich nicht und werfe deine Leiche deinem Vater zu Füßen?« sagte Pabul sanft. »Oder vielleicht reiße ich nur Teile deines

Körpers ab. Jeden Tag ein kleines Stück. Hier ein Zeh, dort ein Finger, die Nase, ein Ohr, und dann Fetzen von den Armen und Beinen. Er könnte dich wieder zusammensetzen, und wenn er alle Teile hat, wären alle wieder glücklich, nicht wahr?«

Akma war fast schlecht vor Furcht. Er hielt Pabul durchaus für fähig, eine so monströse Tat zu begehen. Er dachte an die Trauer, die seine Eltern empfinden würden, wenn sie seine blutigen Körperteile sahen, und dieser Gedanke lenkte ihn von der großen Pranke ab, die noch immer seine Kehle umklammerte, wenn jetzt auch so locker, daß er wieder atmen konnte.

Udad lachte. »Akmaro soll sich so gut mit dem Hüter der Erde stehen, daß er den alten unsichtbaren Traumsender vielleicht dazu bringen kann, ein Wunder zu wirken und die Einzelteile wieder in einen richtigen Jungen zu verwandeln. Andere Götter wirken ständig Wunder. Warum nicht auch der Hüter?«

Pabul schaute nicht einmal auf, als Udad sprach. Es war, als gäbe es seinen Bruder gar nicht.

»Willst du nicht um dein Leben bitten?« fragte Pabul leise. »Oder zumindest um deine Zehen?«

»Soll er doch um seinen kleinen Piephahn bitten«, schlug Muwu vor.

Akma antwortete nicht. Er dachte noch immer daran, wie seine Eltern trauern würden – wie sie sogar in diesem Augenblick mit entsetzlicher Furcht um ihn erfüllt sein mußten, während sie darüber nachdachten, wohin dieser Junge ihn geführt hatte. Mutter hatte Luet geschickt und versucht, ihn zu warnen. Aber Didul hatte so wunderschön ausgesehen, war so freundlich und charmant gewesen, und ... und jetzt war der Lohn dafür diese Hand um seine Kehle. Na ja, Akma würde sie so lange schweigend ertragen, wie es ihm möglich war. Selbst der König hatte schließlich geschrien, als man ihn folterte, doch Akma würde so lange ausharren, wie er konnte.

»Du solltest die Einladung meines Bruders jetzt lieber annehmen«, sagte Pabul. »Iß.«

»Nicht mit euch«, flüsterte Akma.

»Er ist dumm«, sagte Pabul. »Wir müssen ihm helfen. Bringt mir Essen, Jungs. Viel Essen. Er ist sehr, sehr hungrig.«

Mit einem raschen Griff hatte Pabul Akams Mund aufgezwungen, und die anderen schoben Essen hinein, viel schneller, als Akma kauen oder schlucken konnte. Als sie sahen, daß er durch die Nase atmete, zwängten sie Krümel in seine Nasenlöcher, damit er nach Luft schnappen mußte und dann an den Krümeln erstickte, die in seine Luftröhre gerieten. Pabul ließ endlich Akmas Hals und das Kinn los, aber nur, weil der nun hustende Akma so hilflos war, daß sie mit ihm anstellen konnten, was sie wollten, und dazu gehörte, daß sie seine Kleidung aufrissen und seinen gesamten Körper mit Früchten und Krümeln beschmierten.

Endlich war die schwere Prüfung vorbei. Pabul beauftragte Didul – und Didul wiederum seinen älteren Bruder Udad –, den undankbaren und verräterischen Akma, der sich überdies nicht benehmen konnte, zurück zu seiner Arbeit zu bringen. Udad ergriff Akmas Handgelenke und zerrte so heftig daran, daß Akma nicht laufen konnte, sondern stolpernd über den Grasboden zur Spitze des Hügels geschleift wurde. Dann warf Udad ihn den Hügel hinab, und Akma fiel Hals über Kopf, während hinter ihm Udads Gelächter hallte.

Der Aufseher untersagte, daß irgendeiner von den Menschen seine Arbeit unterbrach, um Akma zu helfen. Beschämt, verletzt, erniedrigt und wütend erhob Akma sich und versuchte, sich von den schlimmsten und unangenehmsten Flecken des Nahrungsbrei zu reinigen, ihn wenigstens von der Nase und aus den Augen zu wischen.

»Geh an die Arbeit«, verlangte der Aufseher.

»Beim nächsten Mal«, rief Udad vom Gipfel des Hügels hinab, »laden wir vielleicht deine Schwester zu einer Mahlzeit ein!«

Die Drohung rief bei Akma eine Gänsehaut hervor, doch er ließ sich nicht anmerken, daß er die Worte gehört hatte. Dies war die einzige Möglichkeit des Widerstandes, die ihm noch blieb: starrköpfiges Schweigen, genau wie die Erwachsenen es an den Tag legten.

Akma kehrte an seinen Arbeitsplatz zurück und schuftete bis zum Anbruch der Dämmerung weiter. Erst als der Himmel sich verdunkelte und der Aufseher sie schließlich gehen ließ, konnte er sich zu seinen Eltern begeben und ihnen endlich erzählen, was geschehen war.

Sie sprachen in der Dunkelheit. Ihre Stimmen bildeten nur ein leises Flüstern, denn die Wühler gingen des Nachts Streife durch das Dorf und lauschten auf jede Zusammenkunft, jede Verabredung – ja, sogar auf jedes Gebet an den Hüter der Erde, denn Pabulog hatte verkündet, dies sei Verrat, der mit dem Tode bestraft werde, da jedes Gebet eines Anhängers des Renegatenpriesters Akmaro eine Beleidigung aller Götter sei. Als Mutter also die getrockneten Früchte von seinem Körper schrubbte und dabei leise weinte, erzählte Akma Vater alles, was gesagt und getan worden war.

»So ist Nuak also gestorben«, sagte Vater. »Er war einmal ein guter König. Aber er war nie ein guter Mensch. Und als ich ihm diente, war auch ich kein guter Mensch.«

»Du hast nie wirklich zu ihnen gehört«, sagte Mutter.

Akma wollte seinen Vater fragen, ob auch alles andere wahr sei, das Pabulogs Söhne gesagt hatten, wagte es aber nicht, da er nicht wußte, was er mit der Antwort anstellen sollte. Wenn sie recht hatten, war sein Vater ein Eidbrecher, und wie konnte Akma ihm dann noch irgend etwas glauben?

»Du kannst es nicht einfach dabei bewenden lassen«, sagte Mutter leise. »Siehst du denn nicht, wie weit sie Akma von dir entfernt haben?«

»Akma ist sicher alt genug, um zu wissen, daß man einem Lügner nicht glauben kann.«

»Aber sie haben ihm gesagt, du wärest ein Lügner, Kmaro«, sagte sie. »Wie also kann er dir glauben?«

Es verwunderte Akma, daß seine Mutter Dinge in seinem Verstand sah, die sogar er selbst kaum erfassen konnte. Doch er wußte auch, daß es schändlich war, den eigenen Vater anzuzweifeln, und er erschauerte, als er den Ausdruck auf dem Gesicht seines Vaters sah.

»Sie haben mir also dein Herz gestohlen? Ist es das, Kmadis?« Er nannte ihn Dis, was geliebtes Kind bedeutete, und nicht Ha, was geehrter Erbe hieß – den Namen, den er benutzte, wenn er besonders stolz auf Akma war. Kmaha – das war der Name, den er über die Lippen seines Vaters kommen hören wollte, und er blieb unausgesprochen. Ha-Akma. Ehre, nicht Mitgefühl.

»Er hat sich gegen sie gestellt«, erinnerte Mutter ihn. »Und dafür gelitten, und er war tapfer.«

»Aber sie haben in deinem Herz den Samen des Zweifels gesät, nicht wahr, Kmadis?«

Akma konnte nicht mehr dagegen ankämpfen. Es war zuviel für ihn. Jetzt endlich weinte er.

»Räume seine Zweifel aus, Kmaro«, sagte Mutter.

»Und wie soll ich das anstellen, Chebeja?« fragte Vater. »Ich habe den Eid nie gebrochen, den ich dem König geleistet habe. Aber als sie mich vertrieben und versuchten, mich töten zu lassen, ja, da erkannte ich, daß Binaro recht hatte: der einzige Grund, das gemeine Volk davon abzuhalten, lesen und schreiben und die uralte Sprache sprechen zu lernen, war der, das Monopol der Priester auf die Macht zu erhalten. Wenn jeder den Kalender lesen könnte und die alten Aufzeichnungen und Gesetze, müßten sie sich nicht mehr der Macht der Priester unterwerfen. Also habe ich die formelle Übereinkunft gebrochen und jedem, der zu mir kam, das Lesen und Schreiben beigebracht. Ich habe ihnen den Kalender enthüllt. Aber es ist gut, eine schlechte und ungerechte Übereinkunft zu brechen.« Vater wandte sich Mutter zu. »Er versteht das nicht, Chebeja.«

»Psst«, sagte sie.

Sie verstummten, und nur das Geräusch ihres Atems erfüllte die Hütte. Sie hörten die trippelnden Schritte eines Wühlers, der durchs Dorf lief.

»Was er wohl für einen Auftrag hat?« flüsterte Mutter.

Vater drückte einen Finger auf ihre Lippen. »Schlaf«, sagte er leise. »Wir alle sollten jetzt schlafen.«

Mutter legte sich neben Luet, die schon lange eingeschlafen war, auf die Matte. Vater legte sich neben Mutter, und Akma ließ sich auf der anderen Seite von ihm nieder. Aber er wollte nicht, daß Vater den Arm um ihn legte. Er wollte allein schlafen, seine Schande in sich aufnehmen. Das schlimmste an seiner Erniedrigung war nicht das Würgen, das Aufsperren des Mundes, das Beschmieren mit den Früchten. Auch nicht, daß man ihn den Hügel hinabgeworfen hatte und er in zerrissener Kleidung und schmutzbedeckt vor alle Leute treten mußte. Die schlimmste Erniedrigung war die, daß sein Vater ein Eidbrecher war, und daß er dies von Pabulogs Söhnen hatte erfahren müssen.

Jeder wußte, daß ein Eidbrecher der schlimmste Mensch überhaupt war. Er würde zwar etwas versprechen, aber niemand konnte sich darauf verlassen, daß er es auch hielt. Man konnte ihm nie vertrauen, sofern man ihn nicht stets unter Beobachtung hielt. Hatten Mutter und Vater ihm nicht von frühester Kindheit an beigebracht, daß er immer tun mußte, wenn er es gesagt hatte, oder er hätte keine Ehre, und man könnte ihm nicht vertrauen?

Akma versuchte, über Vaters Worte nachzudenken – daß es gut sei, eine schlechte und ungerechte Übereinkunft zu brechen. Aber warum sollte man den Eid überhaupt leisten, wenn er schlecht war? Das ging Akma nicht in den Kopf. War Vater einst böse gewesen, als er den bösen Eid abgelegt hatte, und hatte dann aufgehört, böse zu sein? Wie konnte jemand aufhören, böse zu sein, wenn er erst einmal damit angefangen hatte? Und wer entschied überhaupt, was böse war, gut oder schlecht?

Der Soldat, von dem Didul ihm erzählt hatte – Teonig? –, hatte die richtige Auffassung gehabt. Man tötet einen Feind. Man schleicht sich nicht von hinten an und bricht Versprechen. Keines der Kinder würde je eine Petze dulden. Wenn man Streit hatte, stand man auf und schrie sich gegenseitig an, oder man rang miteinander, um den anderen seinem Willen zu unterwerfen. Auf diese Weise konnte man mit einem Freund streiten und doch sein Freund bleiben. Aber wenn man ihn hinterrücks angriff, war man nicht mehr sein Freund. Dann war man ein Verräter.

Kein Wunder, daß Pabulog wütend auf Vater war. Vater war verschlagen; er hatte sich in der Wildnis verborgen und Versprechen gebrochen.

Akma fing an zu weinen. Das waren schreckliche Gedanken, und er verabscheute sie. Vater war gut und freundlich, und alle Leute liebten ihn. Wie konnte er böse und verschlagen sein? Alles, was Pabulogs Söhne gesagt hatten, war gelogen, mußte einfach gelogen sein. Sie waren die Bösen, sie hatten ihn gequält und erniedrigt. Sie waren die Lügner.

Aber Vater hatte gestanden, daß sie die Wahrheit gesagt hatten. Wie konnten schlechte Leute die Wahrheit sagen und gute Leute ihre Versprechen brechen? Der Gedanke drehte sich irrwitzig in Akmas Kopf, bis er endlich einschlief.

2

Wahre Träume

Mon stieg auf das Dach des Hauses des Königs, um den Untergang der trockenen Sonne zu beobachten, als sie hinter den Bergen am nördlichen Ende des Tals versank. Bego, der königliche Bibliothekar, hatte Mon einmal erzählt, daß die Menschen, als sie auf der Erde eingetroffen waren, geglaubt hätten, die Sonne ginge im Westen unter und im Osten auf. »Das liegt daran, weil sie von einem Ort mit wenig Bergen kamen«, sagte Bego. »Deshalb konnten sie Norden nicht von Westen unterscheiden.«

»Oder oben von unten?« hatte Aronha abfällig gefragt. »Waren die Menschen völlig dumm, bevor sie Engel hatten, die ihnen etwas beibringen konnten?«

Tja, so war Aronha nun mal, immer auf Begos großes Wissen neidisch. Warum sollte Bego nicht stolz darauf sein, ein Himmelsmensch zu sein, und auf die Weisheit, die das Himmelsvolk zusammengetragen hatte? Während des Unterrichts in der Schule wies Aronha immer wieder darauf hin, daß die Menschen dem Himmelsvolk dieses oder jenes Bröckchen Weisheit gebracht hatten. Herrje, wenn man Aronha so sprechen hörte, könnte man fast glauben, das Himmelsvolk würde noch immer mit den Köpfen nach unten in den Bäumen schlafen, wären die Menschen nicht gekommen!

Was Mon betraf, so war er stets neidisch auf die Schwingen des Himmelsvolks geblieben. Selbst der alte Bego, der so stämmig war, daß er kaum von einem oberen Stockwerk zum Boden hinabgleiten konnte – Mon sehnte sich sehr nach seinen alten, ledernen Schwingen. Die größte Enttäuschung seiner Kindheit erlebte er, als er erfuhr, daß Menschen nie zu Engeln heranwachsen und daß einem niemals Schwingen sprießen konnten, wenn sie nicht schon bei der Geburt vorhanden waren, pelzig und nutzlos an den Körper gedrückt. Als Mensch war man verflucht, mit nackten, nutzlosen Armen zu leben.

Mit neun Jahren konnte Mon lediglich bei Sonnenuntergang auf das Dach steigen und das junge Himmelsvolk beobachten – diejenigen, die in seinem Alter oder noch jünger waren, aber um so freier –, wie sie ausgelassen über den Bäumen am Fluß herumtollten, über den Feldern, über den Hausdächern, wie sie aufstiegen und hinabtauchten, sich wie verrückt in der Luft balgten und wie Steine in die Tiefe stürzten, bis sie der Erde gefährlich nahe kamen, dann die Schwingen ausbreiteten, den Sturz abfingen und wie Pfeile zwischen den Häusern die Straßen entlang rasten, während an die Erde gefesselte Menschen die Fäuste hoben und die jungen Rowdys verfluchten, die eine Bedrohung für schwer arbeitende Leute darstellten, die sich lediglich um ihre eigenen Angelegenheiten kümmerten. Ach, wäre ich doch ein Engel! rief Mon in seinem Herzen. Ach, könnte ich doch fliegen und auf Bäume und Berge hinabschauen, auf Flüsse und Felder! Ach, könnte ich doch die Feinde meines Vaters aus weiter Ferne erspähen und zu ihm fliegen, um ihn zu warnen!

Doch Mon würde niemals fliegen können. Er würde nur auf dem Dach sitzen und vor sich hinbrüten, während andere in der Luft tanzten.

»Weißt du, es könnte schlimmer sein.«

Er drehte sich um und schnitt seiner Schwester eine Grimasse. Edhadeja war die einzige, der er je von seiner Sehnsucht nach Schwingen erzählt hatte. Man mußte ihr zugute halten, daß sie es nie jemandem verraten hatte. Doch wenn sie allein zusammen waren, zog sie Mon gnadenlos damit auf.

»Es gibt auch welche, die dich beneiden, Mon. Der Sohn des Königs, groß und stark; sie sagen, du wirst ein mächtiger Krieger.«

»Niemand kann nach der Größe des Jungen urteilen, wie groß der Mann sein wird«, entgegnete Mon. »Und ich bin der *zweite* Sohn des Königs. Jeder, der mich beneidet, ist ein Narr.«

»Es könnte schlimmer sein«, sagte Edhadeja.

»Das hast du schon einmal gesagt.«

»Du könntest die *Tochter* des Königs sein.« In ihrer Stimme lag ein Anflug von Wehmut.

»Na ja, wenn man *überhaupt* ein Mädchen sein muß, kann man durchaus die Tochter der Königin sein«, sagte Mon.

»Wie du dich vielleicht erinnerst, ist unsere Mutter tot. Die derzeitige Königin ist Dudagu Dickarsch. Wage es ja nicht, das auch nur einen Augenblick lang zu vergessen.« Der kindische Ausdruck *Dickarsch* wurde in der uralten Sprache der Könige mit dem viel härteren *Dermo* übersetzt, und es bereitete Kindern großes Vergnügen, ihre Stiefmutter Dugadu Dermo zu nennen.

»Ach, das hat doch nichts zu bedeuten«, sagte Mon, »einmal abgesehen davon, daß der kleine Khimin im Vergleich zu allen anderen Kindern Vaters hoffnungslos häßlich ist.« Der Fünfjährige war Dudagus bislang einziges Kind, und obwohl sich sie ständig bemühte, daß man ihn statt Ha-Aron Ha-Khimin nannte, bestand nicht die geringste Aussicht, daß der Vater oder das Volk ihn als Ersatz für Aronha akzeptieren würden. Mons und Edhadejas älterer Bruder war zwölf Jahre alt und hatte bereits so viel von seiner Manneshöhe erreicht, daß das Volk sehen konnte, was für ein mächtiger Soldat er später im Kampf sein würde. Und er war ein natürlicher Führer; auch das war jetzt schon zu erkennen. Selbst wenn jetzt zu den Waffen gerufen werden sollte, bestand kaum Zweifel daran, daß Vater eine Kompanie Soldaten unter Aronhas Befehl stellte, und diese Soldaten würden stolz unter dem Jungen dienen, der einmal König werden würde. Mon sah, wie die anderen seinen Bruder betrachteten; er hörte, wie sie von ihm sprachen, und brannte innerlich. Warum hatte Vater weitere Söhne bekommen, nachdem Mutter ihm den perfekten Erstgeborenen geschenkt hatte?

Das Problem bestand darin, daß es unmöglich war, Aronha zu hassen. Gerade die Eigenschaften, die ihn mit zwölf Jahren zu einem so guten Führer machten, bewirkten auch, daß seine Brüder und Schwestern ihn liebten. Er verprügelte sie nie. Er hänselte sie nur selten. Er half ihnen stets und ermutigte sie. Er ertrug geduldig Mutters Launenhaftigkeit, Edhadejas Temperament und Ominers Rotznäsigkeit. Er war sogar zu Khimin freundlich, obwohl er von Dudagus Plänen wissen mußte, ihren Sohn an Aronhas Stelle zu setzen. Die Folge davon war natürlich, daß Khimin Aronha geradezu verehrte. Edhadeja vermutete, daß dies vielleicht sogar Aronhas Plan war – womöglich wollte er alle seine Geschwister dazu bringen, ihn so sehr zu lieben, daß sie keine Ränke gegen ihn schmiedeten. »In dem Augenblick, in dem er dann den Thron besteigt, geht es schnipp, schnapp, und man schneidet uns die Kehle durch oder bricht uns das Genick.«

Edhadeja sagte das nur, weil sie die Familiengeschichte gelesen hatte. Sie war nicht immer schön verlaufen. In der Tat war der erste nette König seit vielen Generationen Vaters Großvater gewesen, der erste Motiak, derjenige, der das Land Nafai verlassen hatte, um sein Volk mit dem von Darakemba zu vereinigen. Die Könige davor waren allesamt Tyrannen mit Blut an den Händen gewesen. Aber vielleicht mußte es damals ja so sein, als die Nafai ständig Krieg führten. Wollten sie überleben, konnten sie es sich nicht leisten, Erbstreitigkeiten und Bürgerkriege zu führen. Also hatten neue Könige mehr als einmal ihre Geschwister getötet, und gleichzeitig alle Nichten und Neffen; einer von ihnen hatte sogar die eigene Mutter umgebracht, weil ... na ja, man kam unmöglich dahinter, warum diese Leute vor langer Zeit all diese schrecklichen Dinge getan hatten. Aber der alte Bego erzählte solche Geschichten gern, und er beendete sie stets mit irgendeinem Hinweis darauf, daß das Himmelsvolk so etwas nie getan hatte, als es noch über sich selbst herrschte. »Die Ankunft der Menschen war der Anfang des Bösen beim Himmelsvolk«, sagte er einmal.

Worauf Aronha erwidert hatte: »Ach? Also machst du dir einen kleinen Scherz daraus, das Erdvolk *Teufel* zu nennen? Du willst es damit wohl aufziehen?«

Bego nahm Aronhas Unverschämtheit wie ruhig immer hin. »Wir haben das Erdvolk nicht unter uns leben lassen und es zu unseren Königen gemacht. Deshalb konnte sein Böses uns nie anstecken. Es blieb fern von uns, da das Himmelsvolk und die Teufel nie zusammen wohnten.«

Wenn wir nie zusammen gewohnt hätten, dachte Mon, würde ich mir vielleicht nicht unentwegt wünschen, fliegen zu können. Vielleicht wäre ich dann damit zufrieden, wie eine Echse oder Schlange über die Erde zu kriechen.

»Nimm die Sache nicht so ernst«, sagte Edhadeja. »Aronha wird niemandem die Kehle durchschneiden.«

»Ich weiß«, sagte Mon. »Ich weiß, du wolltest mich nur aufziehen.«

Edhadeja setzte sich neben ihn. »Mon, glaubst du diese alten Geschichten über unsere Vorfahren? Über Nafai und Luet? Wie sie mit der Überseele sprachen? Daß Huschidh Leute anschauen konnte und wußte, wie sie miteinander verbunden waren?«

Mon zuckte mit den Achseln. »Vielleicht stimmen diese Geschichten.«

»Auch die über Issib und seinen fliegenden Stuhl, und daß er manchmal einfach so fliegen konnte, solange er sich im Land Pristan befand?«

»Ich wünschte, es wäre wahr.«

Edhadeja hatte sich in ihre Träumerei vertieft. Mon schaute sie nicht an; er beobachtete lediglich, wie der letzte Zipfel der Sonne über dem fernen Fluß verschwand. Das Funkeln des Wassers endete, nachdem die Sonne versunken war.

»Mon, glaubst du, daß Vater diesen Ball hat? Den Index?«

»Keine Ahnung«, sagte Mon.

»Glaubst du, daß Vater Aronha den Index zeigen wird, wenn er dreizehn Jahre alt ist und in die Geheimnisse eingeweiht wird? Und vielleicht auch Issibs Stuhl?«

»Wo sollte er *so etwas* denn verstecken?«

Edhadeja schüttelte den Kopf. »Ich weiß es auch nicht. Ich frage mich nur, warum wir diese wunderbaren Dinge nicht mehr haben, wo wir sie doch einst *hatten*.«

»Vielleicht haben wir sie ja noch.«

»Meinst du?« Edhadeja wurde plötzlich lebhaft. »Mon, glaubst du, daß Träume manchmal wahr sind? Denn ich träume immer wieder denselben Traum. Jede Nacht, manchmal sogar zwei-, dreimal in einer Nacht. Und er kommt mir so echt vor, nicht wie meine anderen Träume. Aber ich bin keine Priesterin. Und mit Frauen sprechen die Priester sowieso nicht. Würde Mutter noch leben, könnte ich sie fragen. Aber zu Dudagu Dorma gehe ich nicht.«

»Ich weiß weniger als alle anderen«, sagte Mon.

»Ich weiß«, sagte Edhadeja.

»Danke.«

»Du *weißt* weniger, also hörst du genauer zu.«

Mon errötete.

»Darf ich dir meinen Traum erzählen?«

Er nickte.

»Ich sah einen kleinen Jungen. In Ominers Alter. Und er hatte eine Schwester im Alter von Khimin.«

»Du findest in deinen Träumen heraus, wie *alt* andere Leute sind?« fragte Mon.

»Sei still, Holzkopf. Sie haben auf den Feldern gearbeitet. Und sie wurden geschlagen. Ihre Eltern und alle anderen Leute. Sie waren halb verhungert und wurden verprügelt. Sie waren so *hungrig*. Und die Leute, die sie gepeitscht haben, waren Wühler. Das Erdvolk, meine ich.«

Mon dachte darüber nach. »Vater würde nie zulassen, daß Wühler über uns herrschen.«

»Aber *wir* waren es doch gar nicht. Verstehst du nicht? Sie waren so echt. Ich habe gesehen, wie der Junge einmal verprügelt wurde. Aber nicht von Wühlern, sondern von Menschenjungen, die die Wühler beherrschten.«

»Elemaki«, murmelte Mon. Die bösen Menschen, die sich mit den Wühlern zusammengetan hatten, in ihren feuchten Höhlen lebten und das Himmelsvolk aßen, das sie entführten und ermordeten.

»Die Jungen waren größer als er. Er hatte Hunger, und so quälten sie ihn, indem sie ihm mehr Essen in den Mund stopfen, als er schlucken konnte, bis er würgte und fast erstickt wäre. Dann rieben sie ihn am ganzen Körper mit Früchten und Krümeln ein und rollten ihn im Schlamm und Gras, damit niemand die Reste essen konnte. Es war schrecklich. Aber er war sehr tapfer und hat sie nicht beschimpft. Er hat es mit solcher Würde hingenommen, daß ich um ihn *geweint* habe.«

»In dem Traum?«

»Nein, als ich aufwachte. Ich wachte weinend auf. Ich wachte auf und sagte: ›Wir müssen ihnen helfen. Wir müssen sie suchen und nach Hause führen.‹«

»Wir?«

»Vater, nehme ich an. Wir. Die Nafari. Weil ich glaube, daß diese Leute Nafari sind.«

»Warum schicken sie dann nicht Himmelsleute aus, damit sie uns suchen und um Hilfe bitten? Das machen die Leute doch, wenn die Elemaki sie angreifen.«

Edhadeja dachte darüber nach. »Weißt du was, Mon? Es war kein einziger Engel unter ihnen.«

Nun drehte Mon sich zu ihr um. »Überhaupt kein Himmelsvolk?«

»Vielleicht haben die Wühler sie alle umgebracht.«

»Erinnerst du dich nicht?« fragte er. »Die Leute, die zur Zeit von Vaters Großvater zurückblieben? Diejenigen, die Darakemba haßten und umkehren und das Land Nafai wieder in Besitz nehmen wollten?«

»Zef …«

»Zenif«, sagte Mon. »Sie sagten, es sei falsch, daß Menschen und Himmelsvolk zusammenleben. Sie haben keinen einzigen Engel mitgenommen. Sie sind es. Sie sind diejenigen, von denen du geträumt hast.«

»Aber sie wurden alle getötet.«

»Das wissen wir nicht. Wir wissen nur, daß wir nie wieder von ihnen gehört haben.« Mon nickte. »Sie müssen noch leben.«

»Dann glaubst du, daß es ein wahrer Traum ist?« fragte Edhadeja. »Wie die Träume, die Luet hatte?«

Mon zuckte mit den Achseln. Irgend etwas störte ihn. »Dein Traum«, sagte er. »Ich glaube nicht, daß er *genau* von den Zenifi handelt. Ich meine ... er kommt mir einfach nicht vollständig vor. Ich glaube, es ist etwas anderes.«

»Woher willst du das wissen?« sagte sie. »*Du* hast doch sofort vermutet, daß er von den Zenifi handelt.«

»Und es fühlte sich richtig an, als ich das sagte. Aber jetzt ... jetzt stimmt einfach etwas nicht damit. Aber du mußt es Vater erzählen.«

»Erzähl du es ihm«, sagte sie. »Du siehst ihn beim Abendessen.«

»Und du, wenn er kommt, um gute Nacht zu sagen.«

Edhadeja verzog das Gesicht. »Dudagu Dermo ist immer dabei. Ich sehe Vater nie allein.«

Mon errötete. »Das ist nicht richtig von Vater.«

»Ja, aber ... du bist derjenige, der immer weiß, was richtig ist.« Sie knuffte ihn gegen den Arm.

»Ich erzähle ihm beim Abendessen von deinem Traum.«

»Sag ihm, es sei *dein* Traum gewesen.«

Mon schüttelte den Kopf. »Ich lüge nicht.«

»Er wird nicht zuhören, wenn er glaubt, es sei der Traum einer Frau gewesen. All die anderen Männer beim Abendessen werden lachen.«

»Ich werde ihm erst sagen, wessen Traum es war, wenn ich ihn erzählt habe. Wie ist es damit?«

»Dann sag ihm auch das. In den letzten paar Träumen lagen der Junge, seine Schwester und ihre Eltern schweigend da und sahen mich an. Sie haben nichts gesagt, lagen einfach in der Dunkelheit da. Doch ich wußte, daß sie mich baten, zu ihnen zu kommen und sie zu retten, ohne daß sie etwas sagten.«

»Dich?«

»Na ja, in dem Traum. Ich glaube nicht, daß richtige Menschen – falls es überhaupt richtige gibt – einfach dasitzen und hoffen werden, daß ein zehnjähriges Mädchen kommt und sie rettet.«

»Ich frage mich, ob Vater Aronha schicken wird.«

»Glaubst du, er wird überhaupt jemanden ausschicken?«

Mon zuckte mit den Achseln. »Es ist dunkel. Bald ist Zeit zum Abendessen. Hör doch.«

Von den Bäumen am Fluß, von den hohen, schmalen Häusern des Himmelsvolkes, erklang der Abendgesang, zuerst nur einige wenige Stimmen, in die dann immer mehr einfielen. Ihre hohen, schwingenden Melodien verflochten sich, spielten miteinander, erfanden verrückte, herausfordernde, sich wieder auflösende Dissonanzen und stachelten sich dann zu erwarteten Harmonien auf, ein sehnsüchtiges Geräusch, das an eine frühere Zeit erinnerte, als das Leben für das Himmelsvolk eine kurze Spanne von Jahren darstellen, von der man jeden Augenblick genießen mußte, weil der Tod stets nahe war. Die Kinder hörten zu spielen auf und sanken aus dem Himmel herab, flogen zum Abendessen nach Hause, zu ihren singenden Müttern und Vätern, kehrten in Häuser zurück, die mit Musik erfüllt waren, wie einst die strohgedeckten Unterkünfte der Engel in den hohen Ästen der Bäume mit Liedern erfüllt gewesen waren.

Ungewollt traten Tränen in Mons Augen. Deshalb verbrachte er den Augenblick des Abendgesangs allein; er wollte nicht, daß jemand sein Weinen sah, und sich dann über ihn lustig machte. Zumindest nicht Edhadeja.

Sie drückte Mon einen Kuß auf die Wange. »Danke, daß du mir glaubst, Mon. Manchmal habe ich das Gefühl, ich könnte ebensogut ein Baumstumpf sein. Dem hört man genauso zu wie mir.«

Mon errötete erneut. Als er sich umdrehte, war Edhadeja bereits die Leiter zum Boden hinabgestiegen. Er sollte sie eigentlich begleiten; nun aber fielen auch die menschlichen Stimmen in den Gesang ein, und deshalb konnte er natürlich nicht gehen. Hinter den Fenstern der großen Häuser sangen die menschlichen Diener und auf den Straßen die Feldarbeiter und die großen Männer der Stadt. Eine jede Stimme hatte das gleiche Recht, beim Abendgesang gehört zu werden. In einigen Städten verordneten menschliche Könige, daß ihre menschlichen Untertanen ein bestimmtes

Lied singen mußten, normalerweise eins mit Worten, die von der Liebe zum Heimatland oder der treuen Verehrung des Königs oder der offiziellen Götter kündeten. Doch in Darakemba wurden die alten Sitten der Nafari beibehalten, und die Menschen ließen sich so frei wie die Engel ihre eigenen Melodien einfallen. Die Stimmen des Mittelvolkes waren tiefer, langsamer und nicht so geschickt, schnelle Wechsel vorzunehmen. Doch sie gaben ihr Bestes, und das Himmelsvolk akzeptierte ihr Lied und spielte damit, tanzte darum herum, schmückte es aus, stachelte es an und erfüllte es mit Leben, so daß das Mittelvolk und das Himmelsvolk gemeinsam einen Chor in einer anhaltend erstaunlichen Kantate mit zehntausend Komponisten und keinen Solisten bildeten.

Mon hob ebenfalls die hohe und süße Stimme – die so hoch war, daß er nicht mit den tiefen Menschenstimmen singen mußte, er konnte nur die tieferen Töne der Lieder des Himmelsvolkes erreichen. Auf der Straße schaute eine Feldarbeiterin zu ihm hinauf und lächelte. Mon antwortete ihr nicht mit einem Lächeln, sondern mit einer schnellen Tonfolge, seiner besten. Und als sie lachte und nickte und weiterging, fühlte er sich gut. Dann hob er den Blick und sah auf dem Dach eines Hauses zwei Straßen weiter zwei junge Himmelsleute, die sich auf ihrem Nachhauseweg dort kurz niedergekauert hatten. Sie beobachteten ihn, und Mon sang trotzig lauter, obwohl er wußte, daß seine Stimme dem Gesang des Himmelsvolkes nicht gewachsen war, so hoch und schnell sie auch sein mochte. Doch sie hörten ihn trotzdem, sangen für einen Augenblick mit ihm und begrüßten ihn dann mit einem Heben ihrer linken Schwingen. Es müssen Zwillinge sein, dachte Mon, Ich und Ander-Ich, und sie haben mich kurz in ihr Duett mit eingeschlossen. Er hob zur Antwort ebenfalls die linke Hand, und sie fielen von Dach hinab auf den Hof ihres Hauses.

Mon erhob sich und ging zur Leiter, noch immer singend. Wäre er ein Engel, müßte er keine Leiter benutzen, um vom Haus den Königs hinabzusteigen. Er könnte hinabsegeln und vor der Tür landen, und nach dem Abendessen könnte er dann in den Nachthimmel hinauffliegen und im Mondlicht auf die Jagd gehen.

Seine nackten Füße klatschten auf die Sprossen, als er die Leiter hinabeilte. Hüter der Erde, warum hast du mich zum Menschen gemacht? Er sang, als er über den Hof des Königshauses ging, hin zu den rauhen Gesellen an der Tafel des Monarchen, doch in seinem Lied lagen Schmerz und Einsamkeit.

Schedemei erwachte in ihrer Kammer im Raumschiff *Basilika* und stellte sofort fest, daß es sich nicht um ein planmäßiges Aufwecken handelte. Der Kalender stimmte nicht, und als Bestätigung hörte sie die Stimme der Überseele in ihrem Verstand. ›Der Hüter schickt wieder Träume.‹

Sie verspürte, wie ein Prickeln der Erregung sie durchströmte. Jahrhunderte lang hatte sie darauf gewartet, endlich zu erfahren, wie der nächste Zug des Hüters aussah. Jahrhunderte, in denen sie vom Mantel der Herrin der Sterne jung gehalten worden war, obwohl sie im Herzen längst schon alt und müde war. Der Hüter hat uns hierhergebracht, dachte Schedemei, hat uns am Leben gehalten und uns Träume geschickt, und dann war er plötzlich verstummt, und wir waren lange Zeit auf unsere eigenen Geräte angewiesen.

»Zuerst war es ein alter Mann bei den Zenifi«, sagte die Überseele. Schedemei trottete nackt durch die Gänge des Schiffes und dann den Zentralschacht zur Bibliothek hinauf. »Sie haben ihn ermordet. Aber ein Priester namens Akmaro hat ihm geglaubt. Er hat wahrscheinlich auch ein paar Träume gehabt, aber ganz sicher bin ich mir nicht. Da der alte Mann tot war und der ehemalige Priester in der Sklaverei lebte, wollte ich dich nicht wecken. Aber dann hat Motiaks Tochter geträumt. Wie Luet. Seit Luet habe ich nicht mehr eine solche Träumerin gesehen.«

»Wie heißt sie noch gleich? Sie war gerade erst geboren, als ich ...«

»Edhadeja. Die Frauen nennen sie Deja. Sie wissen, daß sie etwas Besonderes ist, aber die Männer hören natürlich nicht darauf.«

»Weißt du, mir gefällt wirklich nicht, wie sich bei den Nafari die Dinge zwischen den Frauen und Männern entwickelt haben. Meine Ururenkelinnen sollten sich nicht mit einem solchen Unsinn auseinandersetzen müssen.«

»Ich habe Schlimmeres gesehen«, sagte die Überseele.

»*Das* bezweifle ich gar nicht. Aber verzeih mir die Frage: Was nun?«

»Es wird sich ändern«, sagte die Überseele. »So war es noch immer getan.«

»Wie alt ist sie jetzt? Deja, meine ich.«

»Zehn.«

»Ich habe zehn Jahre lang geschlafen und fühle mich noch immer nicht ausgeruht.« Sie nahm hinter einem der Bibliothekscomputer Platz. »Na schön, zeig mir, was ich sehen muß.«

Die Überseele zeigte ihr Edhadejas Traum und berichtete ihr von Mon und seinem Wahnsinn.

»Nun ja«, sagte Schedemei, »die Kräfte der Eltern sind unvermindert in den Kindern erhalten geblieben.«

»Schedemei, kannst du dir auf irgend etwas davon einen Reim machen?«

Schedemei hätte fast laut gelacht. »Ist dir klar, was du da gesagt hast, mein Freund? Du bist das Programm, das sich auf dem Planeten Harmonie als Gott ausgab. Du hast Pläne und Ränke geschmiedet und niemals Menschen um Rat gebeten. Statt dessen hast du uns eingespannt und zur Erde geschleppt, unser Leben auf ewig verändert. Und nun fragst du *mich*, ob ich mir darauf einen Reim machen kann? Was ist aus deinem großartigen Plan geworden?«

»Mein Plan war einfach«, sagte die Überseele. »Zur Erde zurückkehren und den Hüter fragen, was ich bezüglich der schwächer werdenden Macht der Überseele von Harmonie unternehmen soll. Diesen Plan habe ich ausgeführt, so weit ich konnte. Hier bin ich.«

»Und hier bin *ich*.«

»Verstehst du nicht, Schedemei? Es war nicht *mein* Plan, dich hierherzubringen. Ich brauchte menschliche Hilfe, um ein funktionsfähiges Raumschiff zusammenzusetzen, mußte jedoch keine Menschen mitnehmen. Ich habe dich hierhergebracht, weil der Hüter der Erde dir irgendwie Träume schickte – und zwar überlichtschnell, wie ich hinzufügen darf. Der Hüter schien euch Menschen hier haben zu wollen. Also habe ich euch mitgenommen. Und ich kam in der Erwartung, hier technologische Wunder vorzufinden. Maschinen, die mich reparieren, ergänzen, mich nach Harmonie zurückschicken konnten, nachdem sie mich befähigt hatten, die Macht der Überseele wiederherzustellen. Stattdessen warte ich hier. Ich warte jetzt seit fast fünfhundert Jahren ...«

»Genau wie ich«, fügte Schedemei hinzu.

»Du hast den Großteil der Zeit geschlafen«, sagte die Überseele. »Und du trägst keine Verantwortung für einen Hunderte von Lichtjahren entfernten Planeten, auf dem die Technik wieder aufzublühen beginnt und verheerende Kriege nur noch ein paar Generationen entfernt sind. Ich habe keine Zeit dafür. Aber das ist nicht ganz richtig. Wenn der Hüter glaubt, ich hätte Zeit dafür, wird es wohl auch so sein. Warum spricht der Hüter nicht mit mir? Solange all diese Jahre niemand etwas gehört hatte, konnte ich geduldig sein. Nun aber träumen die Menschen wieder, der Hüter ist wieder aktiv geworden, und doch meldet er sich nicht bei mir.«

»Und das fragst du *mich*?« sagte Schedemei. »Du müßtest doch Erinnerungen haben, die zurück bis zur Zeit deiner Erschaffung reichen. Der Hüter hat dich doch ausgeschickt, nicht wahr? Wo war er damals? *Was* war er damals?«

»Ich weiß es nicht.« Hätte ein Computer mit den Achseln zucken können, hätte die Überseele jetzt wahrscheinlich genau das getan. »Glaubst du etwa, ich hätte meine Speicher nicht durchsucht? Bevor dein Gatte starb, hat er mir bei der Suche geholfen, und wir haben nichts gefunden. Ich kann mich erinnern, daß der Hüter schon immer da war, und ich kann mich erinnern, daß er mir bestimmte lebenswichtige Instruktionen einprogrammiert hat – aber ich weiß genausowenig wie du, wer oder was der Hüter ist oder auch nur früher gewesen ist.«

»Faszinierend«, sagte Schedemei. »Mal sehen, ob uns eine Möglichkeit einfällt, den Hüter dazu zu bringen, mit dir zu sprechen. Oder dir zumindest irgendwie zu helfen.«

Wie üblich saß Mon an dem Ende des Tisches, der den Verwaltern vorbehalten war. Sein Vater hatte ihm gesagt, der Platz des zweiten Sohns des Königs sei dort, um den Archivaren, Boten, Buchhaltern und Proviantmeistern Achtung zu erweisen, denn, wie Vater gesagt hatte: »Gäbe es sie nicht, gäbe es auch kein Königreich, das die Soldaten beschützen müssen.«

Als Vater das sagte, hatte Mon mit gelassener Stimme entgegnet: »Aber wolltest du ihnen wirklich Respekt erweisen, würdest du Ha-Aron zu ihnen setzen.«

Woraufhin Vater sanft erwidert hatte: »Gäbe es das Heer nicht, wären alle Verwalter tot.«

Und so war der zweite Sohn Mon alles, was der zweite Rang der Führer im Königreich verdient hatte; der erste Sohn ehrte den ersten Rang, das Militär, die Männer, die wirklich wichtig waren.

So wurde auch das Abendessen selbst vollzogen. Die Königstafel war viele Generationen zuvor als Kriegsrat entstanden – und damals waren die Frauen allmählich ausgeschlossen worden. Zu jener Zeit hatte der Rat nur einmal wöchentlich gemeinsam gespeist, doch seit Generationen kam er nun täglich zusammen, und Menschenmänner von Reichtum und Ansehen ahmten in ihren eigenen Häusern den König nach und speisten unter Ausschluß ihrer Frauen und Töchter. Beim Himmelsvolk war dies jedoch nicht üblich. Selbst diejenigen, die an der Tafel des Königs saßen, gingen nach Hause und nahmen mit ihren Frauen und Kindern eine weitere Mahlzeit ein.

Aus diesem Grund rührte der Oberbuchhalter, ein alter Engel namens bGo, der links von Mon saß, sein Essen kaum an. Es war allgemein bekannt, daß bGos Frau ziemlich eingeschnappt war, wenn er an *ihrer* Tafel keinen Appetit zeigte, und Vater hatte niemals Unmut darüber geäußert, daß bGo seine Frau offensichtlich mehr fürchtete als den König. bGo war der älteste der Verwalter, wenngleich er als Vorsteher des Zensus natürlich bei weitem nicht so mächtig war wie der Schatz- oder der Proviantmeister. Er konnte auch nicht gut Konversation machen, und Mon verabscheute es, neben ihm sitzen zu müssen.

Neben bGo jedoch saß dessen Ander-Ich, Bego, und der war viel gesprächiger – und hatte auch einen wesentlich gesünderen Appetit, hauptsächlich, weil er nie geheiratet hatte. Bego, der Archivar, war nur anderthalb Minuten jünger als bGo, doch man konnte sich kaum vorstellen, daß sie gleichaltrig waren. Bego hatte so viel Energie, so viel Kraft, so viel ... so viel Zorn, dachte Mon manchmal. Wann immer Bego ihr Tutor war, ging Mon gern in die Schule, doch manchmal fragte er sich, ob Vater wirklich wußte, wieviel Zorn unter der Oberfläche des Archivars brodelte. Keine Illoyalität – *das* hätte Mon sofort gemeldet. Nur ein grundsätzlicher Zorn auf das Leben. Aronha sagte, es läge daran, daß Bego sich kein einziges Mal in seinem Leben mit einer Frau gepaart hatte; andererseits hatte Aronha zur Zeit nur Sex im Kopf und glaubte, mit Lust alles erklären zu können – was bei Aronha und all seinen Freunden zweifellos zutraf. Mon wußte nicht, warum Bego so wütend war. Er wußte lediglich, daß dieser Zorn eine köstliche skeptische Schärfe in Begos Unterricht brachte. Und das galt sogar für seine Tischmanieren. Es lag eine gewisse Wildheit darin, wie er das mit Bohnenpaste aufgerollte Pfannenbrot an die Lippen hob und hineinbiß. Wie er die Nahrung zwischen den Kiefern zermahlte, wenn er kaute, langsam, methodisch, und dabei die restlichen Mitglieder des Hofes betrachtete.

Rechts von Mon hatten der Schatz- und der Proviantmeister sich in ein geschäftliches Gespräch vertieft – leise natürlich, damit sie nicht von eigentlichen Gespräch ablenkten, das am Tischende des Königs stattfand, wo die Soldaten einander mit Anekdoten über kürzlich erfolgte Einfälle und Scharmützel unterhielten. Als Erwachsene waren der Schatz- und der Proviantmeister viel größer als Mon und ignorierten ihn im allgemeinen nach dem anfänglichen Austausch von Höflichkeiten. Mon war eher so groß wie das Himmelsvolk zu seiner Linken; außerdem kannte er Bego besser. Wenn er sich also überhaupt unterhielt, dann mit ihnen.

»Ich muß Vater etwas berichten«, sagte Mon zu Bego.

Bego kaute noch zweimal und schluckte dann. Dabei bedachte er Mon die ganze Zeit über mit seinem müden Blick. »Dann sag es ihm«, erwiderte er.

»Genau«, murmelte bGo.

»Es ist ein Traum«, sagte Mon.

»Dann erzähle ihn deiner Mutter«, sagte Bego. »Mittelfrauen schenken so etwas noch immer Aufmerksamkeit.«

»Richtig«, murmelte bGo.

»Aber es ist ein wahrer Traum«, sagte Mon.

bGo setzte sich aufrecht. »Und woher willst du das wissen?«

Mon zuckte mit den Achseln. »Ich weiß es eben.«

bGo wandte sich Bego zu, und der seinerseits ihm. Sie schauten einander an, als fände irgendeine stumme Kommunikation zwischen ihnen statt. Dann drehte Bego sich wieder zu Mon um. »Sei vorsichtig, wenn du solche Behauptungen aufstellst.«

»Das bin ich«, sagte Mon. »Ich sage so etwas nur, wenn ich mir sicher bin. Und wenn es wichtig ist.«

Bego hatte ihnen in der Schule etwas über das Fällen von Urteilen beigebracht. »Wann immer du damit durchkommst, kein Urteil zu fällen, solltest du das tun. Fälle ein Urteil nur, wenn du sicher bist, und nur, wenn es wichtig ist.« Bego nickte nun, als er hörte, wie Mon sein Prinzip wiederholte.

»Wenn er mir glaubt, ist es eine Sache für den Kriegsrat«, sagte Mon.

Bego betrachtete ihn. bGo ebenfalls, zumindest für einen Augenblick. Dann verdrehte er jedoch die Augen und ließ sich auf seinen Stuhl zurückfallen. »Ich habe das Gefühl, uns steht eine peinliche Szene bevor«, murmelte er.

»Sie ist nur peinlich, wenn der Prinz ein Narr ist«, sagte Bego. »Bist du einer?«

»Nein«, erwiderte Mon. »Jedenfalls nicht in dieser Hinsicht.« Aber noch während er dies sagte, fragte er sich, ob er nicht doch ein Narr war. Schließlich war es Edhadejas Traum gewesen, nicht der seine. Und irgend etwas an seiner Interpretation rief in der Tat ein gewisses Unbehagen in ihm hervor. Doch eins war sicher: Es war ein wahrer Traum, und er bedeutete, daß irgendwo Menschen – Nafari-Menschen – in beschwerlicher Knechtschaft unter den Peitschen von Elemaki-Wühlern lebten.

Bego wartete noch einen Augenblick, als wolle er sich überzeugen, daß Mon keinen Rückzieher machte. Dann hob er die linke Schwinge. »Vater Motiak«, sagte er laut.

Seine barsche Stimme durchschnitt das laute Gespräch am militärischen Ende des Tisches. Monusch, seit vielen Jahren der mächtigste Krieger im Königreich, der Mann, nach dem Mon benannt war, wurde mitten in einer Geschichte unterbrochen. Mon zuckte zusammen. Hätte Bego nicht auf das normale Abflauen des Gesprächs warten können?

Vaters normalerweise wohlwollender Gesichtsausdruck veränderte sich nicht. »Bego, das Gedächtnis meines Volkes, was hast du während des Kriegsrates zu sagen?« Seine Worte beinhalteten eine gewisse Bedrohung, doch seine Stimme war wie immer ruhig und freundlich.

»Während die Soldaten noch zu Tische sitzen«, sagte Bego, »hat einer der Würdenträger deines Königreichs Informationen, die eine Angelegenheit für den Kriegsrat sind, sofern du geneigt bist, ihnen Beachtung zu schenken.«

»Und wer ist dieser Würdenträger? Was für eine Information hat er?« fragte Vater.

»Er sitzt neben mir«, sagte Bego, »und kann dir diese Mitteilung selbst machen.«

Alle Blicke richteten sich auf Mon, und für einen Augenblick wäre er am liebsten aufgesprungen und aus dem Raum geflohen. Hatte Edhadeja gewußt, wie schrecklich dieser Augenblick sein würde, als sie ihn bat, dies für sie zu tun? Doch Mon wußte, daß er jetzt nicht zurückschrecken durfte. Das hätte Bego erniedrigt und ihn beschämt. Selbst wenn man seiner Nachricht keinen Glauben schenken sollte, mußte er sie verkünden – und zwar voller Überzeugung.

Mon erhob sich und schaute – wie er es bei seinem Vater gesehen hatte, bevor dieser sprach – jedem der führenden Männer des Königreichs in die Augen. Auf ihren Gesichtern konnte er Überraschung lesen, und Erheiterung, und erzwungen Geduld. Zuletzt blickte er Aronha an und stellte zu seiner Erleichterung fest, daß dieser ernsthaft und interessiert dreinschaute und nicht spöttisch oder verlegen. Danke Aronha, daß du mir Achtung erweist.

»Meine Information entstammt einem wahren Traum«, sagte Mon schließlich.

Am Tisch erhob sich Gemurmel. Seit vielen Generationen hatte niemand mehr zu behaupten gewagt, einen wahren Traum gehabt zu haben. Und das an der Tafel des Königs!

»Woher weißt du, daß es ein wahrer Traum ist?« fragte Vater.

Mon hatte nie versucht, dies jemandem zu erklären, nicht einmal sich selbst. Er versuchte es auch jetzt nicht. »Es ist ein wahrer Traum«, sagte er.

Erneut erklang Geflüster am Tisch, und während einige der ungeduldigeren Gesichter nun Erheiterung zeigten, blickten einige der ehemals Erheiterten plötzlich ernst drein.

»Wenigstens schenken sie dir ihre Aufmerksamkeit«, murmelte bGo.

Vater sprach erneut, und diesmal lag ein Anflug von Bestürzung in seiner Stimme. »Dann erzähle uns von dem Traum und erkläre uns, warum er wichtig für den Kriegsrat ist.«

»Es war viele Nächte lang immer wieder derselbe Traum«, sagte Mon. Er achtete sorgsam darauf, nichts darüber verlauten zu lassen, wer diesen Traum geträumt hatte. Sie würden annehmen, er sei es gewesen; das wußte Mon, aber niemand würde ihn einen Lügner nennen können. »Ein kleiner Junge und seine Schwester, im Alter von Ominer und Khimin. Sie haben auf den Feldern gearbeitet, wie Sklaven, schwach vor Hunger, und die Aufseher, die sie bei der Arbeit auspeitschten, waren Erdleute.«

Jetzt hatte er endgültig die Aufmerksamkeit aller. Wühler mit Menschen als Sklaven – das machte sie wütend, obwohl sie alle wußten, daß es hin und wieder vorkam.

»Einmal wurde der Junge im Traum von menschlichen Jungen verprügelt. Von Menschen, die die Wühler beherrschten. Der Junge war tapfer und hat nicht geweint, als sie ihn … erniedrigten. Er war würdig.«

Alle Soldaten nickte. Sie verstanden, was er sagte.

»Des Nachts lagen der Junge und seine Schwester und seine Eltern schweigend da. Ich glaube … ich glaube, man hat ihnen verboten, laut zu sprechen. Aber sie haben um Hilfe gebetet. Sie haben gebetet, daß jemand kommt und sie von der Knechtschaft befreit.«

Mon hielt für einen Augenblick inne, und in die Stille fiel Monuschs Stimme. »Ich habe keinen Zweifel, daß dieser Traum völlig wahr ist, denn wir wissen, daß bei den Elemaki viele Menschen und Engel als Sklaven gehalten werden. Aber was können wir tun? Es erfordert unsere gesamte Kraft, unserem eigenen Volk die Freiheit zu bewahren.«

»Aber, Monusch«, sagte Mon, »das *ist* unser Volk.«

Nun waren die Stimmen voller Erregung und Empörung.

»Laßt mich meinen Sohn sprechen hören«, sagte Vater. Das Geflüster verstummte.

Mon errötete. Vater hatte eingestanden, daß er sein Sohn war; ja, das war gut, aber er hatte nicht die formelle Redewendung »Laßt mich meinen Berater hören!« benutzt, und dies hätte bedeutet, daß er Mons Worte völlig akzeptierte. Er stand hier noch immer auf der Probe. Dank Edhadeja. Wenn diese Sache schlecht ausgeht, könnte sie mich für mein ganzes Leben beschämen, dachte er. Dann werde ich immer als der zweite Sohn bekannt sein, der an der falschen Stelle töricht vor einem Kriegsrat gesprochen hatte.

»Es war kein Himmelsvolk unter ihnen«, sagte Mon. »Wer hat je von einem solchen Königreich gehört? Sie sind die Zenifi, und sie bitten uns um Hilfe.«

Husu, der Engel, der dem König als Oberspäher diente und Hunderte starker, tapferer Himmelsleute befehligte, die ständig die Grenzen des Reiches bewachten, hob die rechte Schwinge, und Mon nickte, damit er seine Worte an den König richten konnte. Er hatte dies schon mal bei einer Ratsversammlung gesehen, doch da er selbst noch nie das Ohr des Königs besessen hatte, war es das erste Mal, daß er sich in den Feinheiten eines formellen Gesprächs üben konnte.

»Selbst wenn der Traum wahr ist und die Zenifi uns in Träumen rufen«, sagte Husu, »so haben sie doch keinen Anspruch auf unsere Hilfe. Sie haben die Entscheidung des ersten Königs Motiak zurückgewiesen und sich geweigert, an einem Ort zu leben, an dem das Himmelsvolk dem Mittelvolk zahlenmäßig fünf zu eins überlegen ist. Sie haben Darakemba aus eigener freier Entscheidung verlassen, um ins Land Nafai zurückzukehren. Wir dachten, sie wären schon längst vernichtet. Wenn wir jetzt erfahren, daß sie noch leben, freuen wir uns zwar darüber, aber mehr bedeutet es nicht für uns. Wenn wir jetzt erfahren, daß sie geknechtet sind, sind wir zwar traurig, aber noch einmal – mehr bedeutet es nicht für uns.«

Als seine Rede beendet war, schaute Mon zum König, und bat ihn stumm um Erlaubnis, noch einmal sprechen zu dürfen.

»Woher weißt du, daß sie die Zenifi sind?« fragte Vater.

Erneut konnte Mon lediglich all das wiederholen, von dem er wußte, daß es zutraf. Aber genau das war ja der Punkt, dessen er sich nicht ganz sicher war. Sie waren Zenifi, aber sie waren nicht *die* Zenifi, sondern etwas anderes. Sie waren *früher* mal die Zenifi gewesen – war es das? Oder waren sie nur ein *Teil* der Zenifi?

»Sie sind Zenifi«, sagte Mon, und als er es sagte, wußte er, daß es stimmte, oder jedenfalls einigermaßen. Vielleicht waren sie nicht *die* Zenifi, das gesamte Volk; aber sie zählten dazu, auch wenn es anderswo weitere geben sollte.

Doch Mons Antwort bot Vater nur wenige Anhaltspunkte. »Ein Traum?« sagte er. »Der erste König der Nafari hatte wahre Träume.«

»Genau wie seine Frau«, meldete Bego sich zu Wort.

»Die große Königin Luet«, sagte Vater nickend. »Es ist klug von Bego, uns an die Geschichte zu erinnern. Beide waren Wahrträumer. Und es waren noch andere Wahrträumer unter ihnen. Und in jener Zeit auch unter dem Himmelsvolk, und auch unter dem Erdvolk. Aber es war das Zeitalter der Helden.«

Mon wollte beharren: Es *ist* ein wahrer Traum. Doch er hatte bei Ratsversammlungen schon öfter gesehen, wie Vater Widerstand leistete, wenn jemand seinen Standpunkt bekräftigen wollte, indem er immer wieder dasselbe sagte. Wenn sie neue Beweise hatten – gut, sollten sie sprechen, und Vater würde zuhören. Aber wenn sie bloß auf derselben alten Geschichte beharrten, schenkte Vater ihnen immer weniger Glauben, je heftiger sie ihn bedrängten. Also hielt Mon seine Zunge im Zaum und schaute seinem Vater lediglich weiterhin unerschrocken in die Augen.

Er hörte bGos leises Murmeln, als er zu seinem Ander-Ich sprach: »Ich weiß, worüber die Klatschmäuler in der nächsten Woche sprechen werden.«

»Der Junge hat Mut«, antwortete Bego leise.

»Genau wie du«, sagte bGo.

In der anhaltenden Stille erhob Aronha sich vom Tisch, doch statt Mon um das Gehör des Königs zu bitten, ging er hinter den Stühlen entlang und stellte sich hinter seinen Vater. Dieses Privileg fiel nur dem Erben des Königs zu – unter vier Augen mit dem König zu sprechen, vor seinen anderen Beratern, ohne diese damit zu beleidigen; denn für den Thronerben war es keine Vermessenheit, eine gewisse Vertraulichkeit mit dem König zu zeigen.

Vater hörte Aronha zu und nickte dann. »Das kann laut gesagt werden«, sagte er schließlich und erteilte damit seine Erlaubnis.

Aronha kehrte zu seinem Platz zurück. »Ich kenne meinen Bruder«, sagte er. »Er lügt nicht.«

»Natürlich nicht«, sagte Monusch, und Husu wiederholte seine Worte.

»Mehr noch«, sagte Aronha. »Mon hat nie behauptet, etwas zu wissen, das er nicht wußte. Wenn er unsicher ist, sagt er es. Und wenn er sicher ist, hat er immer recht.«

Mon spürte, wie ein Prickeln ihn durchlief, als er diese Worte aus dem Mund seines Bruders hörte. Aronha trat nicht nur für ihn ein – er behauptete etwas so Ungeheuerliches, daß Mon Angst um ihn hatte. Wie konnte er eine solche Behauptung vorbringen?

»Bego und ich haben es festgestellt«, sagte Aronha. »Was glaubt ihr, warum sonst hat Bego seinen Platz am Tisch des Königs riskiert, um Mon Gehör zu verschaffen? Mon weiß es wahrscheinlich selbst nicht. Die meiste Zeit über ist er seiner unsicher. Er kann leicht überzeugt werden; er erhebt nie Widerrede. Doch wenn er etwas genau weiß, weicht er nie zurück – niemals, ganz gleich, wie heftig wir diskutierten. Und wenn er sich so auf die Hinterbeine stellt, irrt er sich eigentlich nie; das wissen Bego und ich sehr gut. Dann hat er sich noch kein einziges Mal geirrt. Ich würde meine Ehre und das Leben guter Männer dafür aufs Spiel setzen, daß es der Wahrheit entspricht, was er heute sagt. Obwohl ich glaube, daß nicht er diesen Traum gehabt hat. Aber wenn er sagt, daß es ein wahrer Traum ist und diese Leute Zenifi waren, dann weiß ich, daß es die Wahrheit ist – so sicher, als hätte ich den alten Zenif mit eigenen Augen gesehen.«

»Warum glaubst du, daß es nicht sein Traum ist?« fragte Vater, plötzlich mißtrauisch geworden.

»Weil er nie gesagt hat, es sei sein Traum gewesen«, erwiderte Aronha. »Hätte er den Traum gehabt, hätte er es gesagt. Das hat er aber nicht, also war es nicht sein Traum.«

»Wessen Traum war es dann?« fragte der König.

»Der Traum der Tochter Toeledwas«, erwiderte Mon sofort.

Augenblicklich kam es am Tisch zu einem Aufruhr, teils, weil Mon es gewagt hatte, bei einer Feier den Namen der toten Königin zu erwähnen, hauptsächlich aber, weil er am Tisch des Königs den Rat einer Frau vorgetragen hatte.

»Wir wollen diese Stimme hier nicht hören!« rief einer der alten Hauptmänner.

Vater hob die Hände, und alle verstummten. »Du hast recht, wir wollen diese Stimme hier nicht hören. Aber mein Sohn glaubt, daß die Botschaft dieser Stimme gehört werden muß, und hat deshalb gewagt, sie vorzutragen; und Ha-Aron hat erklärt, daß er daran glaubt. Deshalb kann die einzige Frage vor diesem Rat nur lauten: Was sollen wir tun, nun, da wir wissen, daß die Zenifi uns um Hilfe bitten?«

Das Gespräch führte augenblicklich in Breiche, in denen man Mon nicht mehr zu Rate ziehen konnte, und er setzte sich und hörte zu. Er wagte es kaum, jemanden anzusehen, aus Angst, seine Selbstbeherrschung würde nachlassen, und er würde ein Lächeln von solcher Erleichterung, solcher Dankbarkeit zeigen, daß alle wußten, daß er noch immer nur ein Kind war, der zweite Sohn.

Husu wandte sich dagegen, Himmelsleute auszuschicken und deren Leben aufs Spiel zu setzen, um die Zenifi zu retten; vergeblich führte Monusch an, daß die erste Generation – diejenigen, die jeden Kontakt zwischen Menschen und Engeln abgelehnt hatten – mittlerweile mit Sicherheit nicht mehr lebte. Während sie darüber sprachen und andere Ratgeber ihre Ansichten vortrugen, riskierte Mon einen Blick auf seinen Bruder. Zu seinem Verdruß sah Aronha ihn direkt an und grinste. Mon zog den Kopf ein, um sein eigenes Grinsen zu verbergen, war in diesem Augenblick aber glücklicher als je zuvor in seinem Leben.

Dann drehte er sich um, wollte einen Blick auf Bego werfen, doch es war bGo, der ihm etwas zuflüsterte. »Und was, wenn für diesen Traum Edhadejas hundert sterben?«

Die Worte trafen Mon mitten ins Herz. Daran hatte er

nicht gedacht. Ein Heer so tief ins Territorium der Elemaki zu schicken, die endlosen schmalen Schluchten hinauf, wo überall ein Hinterhalt möglich war – es war gefährlich, es war töricht, und doch sprach der Kriegsrat darüber. Nicht darüber, ob man dieses Risiko eingehen sollte – nein, sondern darüber, wen man schicken sollte.

»Verdirb den Triumph des Jungen nicht«, murmelte Bego. »Niemand zwingt die Soldaten, es zu tun. Er hat die Wahrheit gesagt, und zwar kühn. Ihm gebührt Ehre.« Bego hob sein Glas mit erwärmtem und gewürztem Wein.

Mon wußte, daß er sein Glas mit zweimal gestrecktem Wein ebenfalls heben sollte. »Deine Stimme hat die Tür geöffnet, Ro-Bego.«

Bego nippte stirnrunzelnd an seinem Wein. »Belege mich nicht mit den Titeln deiner Mittelwesen, Junge.«

bGo grinste, was bei ihm nur selten vorkam. »Mein Ander-Ich ist außer sich vor Vergnügen«, sagte er. »Du mußt ihm verzeihen, das macht ihn stets verdrossen.«

Vater schlug den Kompromiß vor. »Sollen Hulus Späher Monuschs Soldaten bewachen, bis sie einen Weg vorbei an den Vorposten der Elemaki finden. Wie wir gehört haben, herrscht dieser Tage Chaos in den Königreichen im Land Nafai, und daher kann es ungefährlicher als sonst sein, dort hineinzukommen. Wenn Monusch dann über die bewachten Grenzen vorgedrungen ist, bleiben die Spione zurück und warten darauf, daß er zurückkommt.«

»Wie lange?« fragte Husu.

»Achtzig Tage«, sagte Monusch.

»In den Hochlanden ist Regenzeit«, sagte Husu. »Sollen wir erfrieren oder verhungern? Wie sieht der Plan aus?«

»Halte fünf Mann zehn Tage lang dort«, sagte der König. »Dann weitere fünf, und wieder andere fünf, jeweils für zehn Tage.«

Monusch hob die linke Hand, um sein Einverständnis zu zeigen. Husu hob die linke Schwinge. »Ja«, murmelte er trotzdem, »ich sehe ein, daß es all den Ärger wert ist, um wertlose, bigotte Menschen zurückzuholen.«

Mon war überrascht, daß Husu so kühn sprechen durfte.

»Wie ich weiß, richtet sich der Zorn des Himmelsvolkes gegen die Zenifi«, sagte Vater. »Deshalb beleidigt es mich nicht, in deinem Einverständnis zu meinem Vorschlag den Spott herauszuhören.«

Husu verbeugte sich. »Mein König ist freundlicher, als sein Diener es verdient hat.«

»Das ist die reine Wahrheit«, stieß bGo hervor. »Eines Tages wird Husu zu weit gehen, und wir anderen müssen dafür büßen.«

Wir ›anderen‹? Er muß das Himmelsvolk insgesamt meinen, dachte Mon. Die Vorstellung, irgendwie könne das gesamte Himmelsvolk für Husus Dreistigkeit verantwortlich gemacht werden, war beunruhigend. »Das wäre nicht fair«, sagte Mon.

bGo kicherte leise. »Hör ihn dir an, Bego. Er sagt, es wäre nicht fair – als ob das heißt, es könne nicht passieren.«

»Insgeheim, tief in seinem Herzen«, flüsterte Bego, »ist jeder Menschenmann der Ansicht, die Mitglieder des Himmelsvolks wären nichts weiter als unverschämte Tiere.«

»Das ist nicht wahr«, sagte Mon. »Du irrst dich!«

Bego betrachtete ihn amüsiert.

»Ich bin ein Mensch, oder?« fragte Mon. »Und in *meinem* Herzen sind die Engel das schönste und ruhmreichste Volk.«

Mon hatte nicht laut gesprochen, doch die Eindringlichkeit seiner Stimme hatte alle anderen verstummen lassen. Ihm wurde klar, daß in der plötzlich eintretenden Stille jeder ihn gehört hatte. Er sah Vaters erstaunten Gesichtsausdruck und errötete.

»Anscheinend«, sagte Vater, »haben einige Mitglieder des Rats vergessen, daß hier nur diejenigen sprechen können, die das Ohr des Königs haben.«

Mon erhob sich, das Gesicht knallrot vor Beschämung. »Verzeih mir, Herr.«

Vater lächelte. »Ich glaube, Aronha hat einmal gesagt, daß du dich eigentlich nie irrst, wenn du so auf die Hinterbeine stellst.« Er wandte sich an Aronha. »Stehst du noch dazu?«

Ein wenig unsicher schaute Aronha seinem Vater in die Augen. »Ja, Herr«, sagte er dann.

»Dann ist dieser Rat offenbar der Ansicht, daß die Engel in der Tat das schönste und ruhmreichste Volk sind.« Und Vater hob sein Glas und stieß auf Husu an.

Husu erhob und verbeugte sich und erwiderte den Gruß. Beide tranken. Dann schaute Vater Monusch an. Dieser lachte, stand auf und hob ebenfalls sein Glas.

»Die Worte meines zweiten Sohnes haben Frieden an diesen Tisch gebracht«, sagte Vater. »Und das ist stets weise. Die Beratung ist vorüber, und uns bleibt nichts weiter, als zu essen und darüber nachzudenken, wie die Träume kleiner Mädchen, überbracht von kleinen Jungs, die Füße und Schwingen von Kriegern in Bewegung gesetzt haben.«

Edhadeja wartete darauf, daß ihr Vater in ihr kleines Zimmer kam, um mit ihr zu sprechen, wie er es jeden Abend tat. Normalerweise freute sie sich, daß er kam, brannte darauf, ihm zu erzählen, wie sie sich in der Schule machte, oder ihm ein neues Wort oder eine Redewendung in der alten Sprache vorzutragen,oder ihm von einem Abenteuer oder dem Klatsch des Tages zu erzählen. Doch heute abend hatte Edhadeja Angst, und sie wußte nicht, was sie mehr fürchtete – daß Mon Vater von ihrem Traum erzählt hatte, oder daß er es nicht getan hatte. Hatte er es nicht getan, würde sie ihm jetzt selbst davon erzählen müssen, und dann würde er vielleicht ihre Schulter tätscheln und ihr sagen, der Traum sei seltsam und wunderbar, und ihn dann einfach nicht mehr beachten, ohne zu begreifen, daß es sich um einen wahren Traum handelte.

Doch als er auf ihre Schwelle trat, wußte Edhadeja, daß Mon ihm von dem Traum erzählt hatte. Seine Augen waren scharf und forschend. Schweigend stand er da, die Arme an den Türrahmen gelehnt. Schließlich nickte er. »Also lebt der Geist Luets in meiner Tochter.«

Sie schaute zu Boden, denn sie wußte nicht, ob er wütend oder stolz auf sie war.

»Und der Geist Nafais lebt in meinem zweiten Sohn.«

Ah. Also war er nicht wütend.

»Bemühe dich nicht, mir zu erklären, wieso du es mir nicht selbst sagen konntest«, fuhr er fort. »Ich weiß warum, und ich bin beschämt. Luet mußte niemals auf ein Täuschungsmanöver zurückgreifen, um sich bei ihrem Gatten Gehör zu verschaffen, und Chveja mußte nicht auf ihren Bruder oder ihren Gatten zurückgreifen, damit er für sie sprach, wenn sie Dinge wußte, die alle anderen ebenfalls wissen mußten.«

Mit einer fließenden Bewegung kniete er vor ihr nieder und nahm ihre Hände in die seinen. »Als wir heute abend unsere Mahlzeit beendeten, habe ich mich unter den Beratern des Königs umgeschaut. Wir dachten nur an Gefahr und Krieg, an die geknechteten Zenifi, die gerettet werden mußten. *Ich* aber habe mir nur die Frage gestellt, warum wir vergessen haben, was unsere ersten Vorfahren wußten? Ob es dem Hüter der Erde gleichgültig ist, ob er zu einer Frau oder einem Mann spricht.«

»Und, wenn dem nicht so ist?« flüsterte sie.

»Was denn ... jetzt zweifelst du daran?« fragte Vater.

»Ich habe den Traum geträumt, und er war wahr – aber Mon hat gesagt, es wären die Zenifi. Erst da habe ich den Traum verstanden.«

»Sprich auch weiterhin mit Mon, wenn du wahre Träume hast«, sagte Vater. »Denn als Mon sprach, da spürte ich, wie sich in meinem Herzen ein Feuer entzündete, und ich dachte – die Worte erklangen so deutlich in meinen Verstand, als hätte jemand sie mir ins Ohr gesprochen – ich dachte: Hier steht ein mächtiger Mann in der Gestalt eines Jungen. Und dann erfuhr ich, daß es dein Traum war, und erneut sprach die Stimme in meinem Geist: Der Mann, der auf Edhadeja hört, wird der wahre Verwalter des Hüters der Erde sein.«

»War es ... die Hüterin, die zu dir gesprochen hat?« fragte Edhadeja.

»Wer weiß?« sagte Vater. »Vielleicht war es väterlicher Stolz. Vielleicht war es Wunschdenken. Vielleicht war es die

Stimme des Hüters. Vielleicht war es das zweite Glas Wein.« Er lachte. »Ich vermisse deine Mutter«, sagte er. »Sie wüßte besser als ich, wie man aus dir schlau wird.«

»Ich gebe mein Bestes bei ihr », sagte Dudagu von der Tür aus.

Edhadeja schnappte überrascht nach Luft. Dudagu verstand es, sich so leise zu bewegen, daß man nie wußte, ob sie vielleicht in der Nähe war und lauschte.

Vater erhob sich. »Aber ich habe dir die Erziehung meiner Tochter nie übertragen«, sagte Vater sanft. »Wozu wärest du imstande, würde ich es tatsächlich tun?« Er grinste Dudagu an und schritt dann aus Edhadejas Zimmer.

Dudagu funkelte Edhadeja wütend an. »Glaub ja nicht, diese Träume könnten dir irgendwie weiterhelfen, kleines Mädchen«, sagte sie. Dann lächelte sie. »Was du ihm hier einredest, kann ich ihm auf seinem Kopfkissen jederzeit ausreden.«

Edhadeja bedachte ihre Stiefmutter mit ihrem freundlichsten Lächeln. Dann öffnete sie den Mund und stieß den Finger tief hinein, als wolle sie sich dazu bringen, sich zu übergeben. Einen Augenblick später lächelte sie wieder freundlich.

Dudagu zuckte mit den Achseln. »Noch vier Jahre, dann kann ich dich verheiraten«, sagte sie. »Glaub mir, ich lasse meine Frauen bereits nach einem geeigneten Gatten suchen. Nach einem, der weit weg von hier wohnt.«

Sie glitt leise von der Tür zurück und den Gang entlang. Edhadeja warf sich wieder auf ihr Bett. »Ich hätte wirklich gern einen wahren Traum«, murmelte sie, »der Dudagu Dermo bei einem Bootsunglück zeigt. Wenn du mir einen solchen Traum schicken kannst, liebe Hüterin der Erde, denke bitte daran, daß Dudagu zwar nicht schwimmen kann, aber sehr groß ist. Das Wasser muß also tief sein.«

Am nächsten Tag galten alle Gespräche der Expedition, die sich auf den Weg machen und die Zenifi suchten sollte. Und am Morgen danach waren die hohen Tiere und die Offiziellen der Stadt auf den Straßen, um den Abmarsch der Sol-

daten zu beobachten, während die Späher am Himmel über ihnen ihre gewagten Manöver flogen. Das also kann ein Traum bewirken, ging es Edhadeja durch den Kopf, als sie den Soldaten nachschaute. Und dann dachte sie: Ich sollte mehr solche Träume habe.

Sofort schämte sie sich dieses Gedankens. Wenn ich bezüglich meiner Träume jemals lüge und behaupte, einer sei wahr, obwohl er gar nicht wahr ist, dann wird die Hüterin mir vielleicht alle Träume nehmen.

Sechzehn menschliche Soldaten und ein Dutzend Späher, die sie aus der Luft beobachteten, brachen aus Darakemba auf. Es war kein Heer, nicht einmal ein Trupp, der einen ernsthaften Raubzug unternehmen konnte, und so verursachte ihr Aufbruch nur wenig Aufsehen in der Stadt. Mon beobachtete den Abzug des Trupps, während Aronha und Edhadeja neben ihm auf dem Dach standen.

»Sie hätten mich mit ihnen gehen lassen sollen«, sagte Aronha wütend.

»Bist du so großzügig, daß du das Königreich unbedingt mir zufallen lassen willst?« fragte Mon.

»Niemand wird getötet werden«, sagte Aronha.

Mon machte sich gar nicht erst die Mühe, darauf zu antworten. Ihm war völlig klar, daß Aronha wußte, Vater hatte recht – dieser Expedition haftete ein Hauch von Wahnsinn an. Ein Suchtrupp sollte den Ort eines Traums finden. Vater hatte lediglich nur Freiwillige akzeptiert, und nur mit beträchtlichem Zögern hatte er den großen Soldaten Monusch zu ihrem Anführer bestimmt. Seinen Erben hätte er niemals ausgeschickt. »Sie würden sich die ganze Zeit nur um deine Sicherheit sorgen, statt sich um die Mission zu kümmern, auf die ich sie schicke«, hatte Vater gesagt. »Keine Angst, Aronha. Ich bin sicher, du wirst deine erste blutige Schlacht viel zu schnell zu sehen bekommen. Doch hätte ich dich diesmal mitgeschickt, hätte deine Mutter sich aus dem Grab erhoben, um mich auszuschimpfen.« Als

Mon dies hörte, verspürte er ein Prickeln von Furcht, bis er erkannte, daß alle anderen die Bemerkung als Scherz aufnahmen.

Alle bis auf Aronha natürlich; er war wirklich wütend darüber, nicht an der Expedition teilnehmen zu dürfen. »Meine Schwester kann den Traum haben, mein Bruder kann ihn dir erzählen – und was bleibt mir? Sag es mir, Vater!«

»Na ja, Aronha, du bist genauso daran beteiligt wie ich – wir stehen hier und schauen ihnen nach.«

Und genau das taten sie nun; sie standen dort und schauten ihnen nach. Normalerweise hätte Aronha die Soldaten von der Treppe des Königshauses aus beobachtet, doch er behauptete, es sei zu erniedrigend, neben dem König zu stehen, nachdem der gerade erklärt hatte, er sei nicht geeignet, die Soldaten zu begleiten. Vater stritt nicht mit ihm; er ließ ihn einfach auf das Dach steigen, und nun stand er hier, noch immer wütend, obwohl er Mon bereits eingestanden hatte, daß er an Vaters Stelle die gleiche Entscheidung getroffen hätte. »Aber daß Vater recht hat, heißt noch lange nicht, daß ich mich darüber freuen muß.«

Edhadeja lachte. »Bei der Wassermokassinschlange, Aronha, damit bringt Vater uns immer am meisten auf die Palme!«

»Nimm die Beinlose nicht in den Mund, um zu fluchen«, sagte Aronha scharf.

»Vater sagt, sie sei nur eine gefährliche Schlange und kein Gott!« erwiderte Edhadeja trotzig.

»Du bist doch nicht abergläubisch, oder, Aronha?« fragte Mon.

»Vater sagt, wir sollen dem Glauben anderer Achtung entgegenbringen, und du weißt, daß die Hälfte der Wühlerdiener die Beinlose noch immer als heilig betrachten«, sagte Aronha.

»Ja«, sagte Edhadeja, »und wenn sie fluchen, nehmen sie ständig ihren Namen in den Mund.«

»Sie sprechen ihn nicht offen aus«, erwiderte Aronha.

»Aber es ist doch nur eine Schlange, Aronha.« Edhadeja

wackelte mit dem Kopf wie eine Maisquaste. Unwillkürlich mußte Aronha lachen. Dann wurde sein Gesicht wieder ernst, und er schaute zu den sechzehn Soldaten hinüber, die im Gänsemarsch über die Felder marschierten, flußaufwärts zur Südgrenze.

»Werden sie meinen Traum finden?« fragte Edhadeja.

»Wenn der Hüter dir den Traum geschickt hat«, sagte Aronha, »dann *will* er, daß die Zenifi gefunden werden.«

»Aber das heißt noch lange nicht, daß jemand in Monuschs Gruppe die Hüterin erkennt, wenn sie spricht«, sagte Edhadeja.

Aronha schaute finster drein, blickte sie aber nicht an. »*Er* entscheidet, mit wem er spricht. Es kommt nicht darauf an, ihn zu erkennen.«

»*Sie* kann nur zu Leuten sprechen, die wissen, wie man zuhören muß. Deshalb war unsere Ahnin Luet auch eine so berühmte Wasserseherin, und ihre Schwester Huschidh und ihre Nichte Chveja so berühmte Entwirrerinnen. Sie trugen große Macht in sich, und ...«

»Die Macht war nicht in *ihnen*«, sagte Aronha. »Sie war im Hüter. Er hat sie erwählt. Sie waren seine Günstlinge – und ich darf erwähnen, daß keiner von ihnen größer war als Nafai selbst, der den Mantel des Herrn der Sterne trug und sogar über den Himmel befahl ...«

»Bego sagt, das alles ist Blödsinn«, warf Mon ein.

Die anderen verstummten.

»Ach ja?« sagte Aronha nach einer Weile.

»Du hast doch selbst gehört, wie er es gesagt hat, oder?« fragte Mon.

»Zu mir niemals«, sagte Aronha. »Was ist seines Erachtens Blödsinn? Der Hüter?«

»Die Vorstellung, wir hätten heldenhafte Vorfahren gehabt«, sagte Mon. »Alle behaupten, Helden als Vorfahren gehabt zu haben. Wenn genug Generationen vergangen sind, werden sie zu Göttern. Er sagt, daher kämen Götter. Jedenfalls Götter in Menschengestalt.«

»Wie interessant«, sagte Aronha. »Er lehrt den Sohn des

Königs, daß die Vorfahren des Königs nur Erfindungen sind?«

Erst jetzt wurde Mon klar, daß er seinen Tutor vielleicht in Schwierigkeiten brachte. »Nein«, sagte er. »Nicht so eindeutig. Er hat lediglich ... die Möglichkeit aufgeworfen.«

Aronha nickte. »Also willst du nicht, daß ich ihn melde.«

»Er hat es nicht geradeheraus gesagt.«

»Vergiß nur eins nicht, Mon«, sagte Aronha. »Bego könnte recht haben, und unsere Geschichten von großen menschlichen Ahnen mit außergewöhnlichen Kräften, die der Hüter der Erde ihnen gewährt hat, diese Geschichten könnten alle übertrieben oder sogar erfunden sein. Aber wir vom Mittelvolk sind nicht die einzigen, die die Geschichte auf eine Weise neu schreiben wollen, daß sie unseren derzeitigen Bedürfnissen entspricht. Könnte es nicht möglich sein, daß ein patriotischer Himmelsmann Zweifel säen will, was die Geschichten über die Größe der Ahnen des Mittelvolkes betrifft? Besonders auf die Vorfahren des Königs?«

»Bego ist kein Lügner«, sagte Mon. »Er ist ein Gelehrter.«

»Ich behaupte ja nicht, daß er gelogen hat«, sagte Aronha. »Er sagt, wir glauben an diese Geschichten, weil es für uns so nützlich und befriedigend ist. Vielleicht zweifelt er diese Geschichten gerade deshalb an, weil dies für *ihn* so nützlich und befriedigend ist.«

Mon runzelte die Stirn. »Wie sollen wir dann jemals die Wahrheit erfahren?«

»Das können wir nicht«, sagte Aronha. »*Ich* habe das schon vor langer Zeit herausgefunden.«

»Dann glaubst du also an *gar nichts*?«

»Ich *glaube* an alles, das mir im Augenblick am wahrsten vorkommt«, sagte Aronha. »Ich weigere mich lediglich, überrascht zu sein, wenn einige der Dinge, an die ich jetzt glaube, sich später als falsch erweisen. Dann rege ich mich nicht auf.«

Edhadeja lachte. »Und von wem hast du *diese* Weisheit gelernt?«

Aronha drehte sich grinsend zu ihr um. »Glaubst du etwa, ich könnte nicht selbst darauf gekommen sein?«

»Nein«, sagte sie.

»Monusch hat es mich gelehrt«, sagte Aronha. »Als ich ihn eines Tages fragte, ob es wirklich einen Hüter der Erde gebe. Schließlich gab es den alten Geschichten zufolge einst einen Gott namens Überseele, doch der erwies sich dann als eine Maschine in einem uralten Schiff.«

»Ein uraltes Schiff, das durch die Luft flog«, sagte Mon. »Bego behauptet, nur das Himmelsvolk könne fliegen, und unsere Ahnen hätten dieses fliegende Schiff erfunden, weil das Mittelvolk so eifersüchtig darauf war, daß das Himmelsvolk fliegen kann.«

»*Einige* Himmelsleute können fliegen«, sagte Edhadeja. »Ich wette, der alte Bego ist so alt und fett und unbeweglich, daß er nicht mal vom Boden hochkommt.«

»Aber er konnte es, als er jung war«, sagte Mon. »Er kann sich daran erinnern.«

»Und *du* kannst es dir vorstellen«, sagte Aronha.

Mon schüttelte den Kopf. »Eine Erinnerung ist echt. Eine Vorstellung ist nichts.«

Edhadeja lachte. »Das ist lächerlich, Mon. Die meisten Dinge, an die Leute sich zu erinnern behaupten, existieren nur in ihrer Vorstellung.«

»Und woher hast *du das* gelernt?« fragte Aronha grinsend.

Edhadeja verdrehte die Augen. »Von Uss-Uss. Und du kannst soviel lachen, wie du willst, aber sie ist ...«

»Sie ist eine glorifizierte Hausgehilfin!« sagte Aronha.

»Sie ist die einzige Freundin, die ich nach Mutters Tod hatte«, sagte Edhadeja nachdrücklich, »und sie ist sehr weise.«

»Sie ist eine Wühlerin«, sagte Mon leise.

»Aber *keine* Elemaku«, sagte Edhadeja. »Ihre Familie dient den Königen der Nafari bereits seit fünf Generationen.«

»Als Sklaven«, sagte Mon.

Aronha lachte. »Mon hört auf einen alten Engel, Edhadeja auf eine fette alte Wühlersklavin, und ich höre auf einen Soldaten, der für seinen Mut und seine Klugheit im Krieg bekannt ist, und nicht für seine Gelehrsamkeit. Wir alle suchen uns unsere Lehrer selbst aus, nicht wahr? Ich frage mich, ob unsere Wahl der Lehrer irgend etwas darüber aussagt, wie später mal unser Leben sein wird.«

Sie dachten schweigend darüber nach, während sie den kleinen Schwarm Späher beobachteten, der die Stelle markierte, an der sich Monuschs Gruppe auf ihrem Weg das Tal des Tsidorek hinauf gerade befand.

3
Widerstand

»Nafai hat mir einmal etwas erzählt«, sagte Schedemei zu der Überseele.

Die unendlich geduldige Überseele wartete darauf, daß sie fortfuhr.

»Damals, bevor du ihn ... erwählt hast.«

»Ich erinnere mich an diese Zeit«, sagte die Überseele, die vielleicht doch keine unendliche Geduld besaß.

»Damals, als du noch verhindern wolltest, daß er und Issib zuviel über dich herausfanden.«

»Du weißt, daß Issib das eigentliche Problem war. Er hat mit dem Gedanken gespielt, sich mir zu widersetzen.«

»Ja, sicher, aber das ist ihm erst gelungen, als Nafai sich auf seine Seite schlug.«

»Es hat mir eine Zeitlang Sorgen bereitet.«

»Ja, das kann ich mir vorstellen. Die beiden waren wirklich sehr hartnäckig. Du mußtest all deine Möglichkeiten darauf verwenden, dich mit ihnen zu befassen.«

»Nicht alle. Nicht einmal annähernd alle.«

»So viele, daß du schließlich aufgegeben hast.«

»Ich habe sie ins Vertrauen gezogen.«

»Du hast aufgehört, gegen sie zu kämpfen, und sie auf deine Seite gezogen. Du hattest keine andere Wahl, nicht wahr?«

»Ich wußte von Anfang an, daß sie wertvoll waren. Ich gelangte damals zu der Ansicht, sie benutzen zu können, um ein funktionsfähiges Raumschiff zusammenzusetzen.«

»Hättest du sie auch auserwählt, wenn sie dir nicht so viel Ärger gemacht hätten?«

»Ich hatte bereits ihren Vater auserwählt, die ... Dinge in Gang zu bringen.«

»Aber eigentlich wolltest du doch Luet haben, oder nicht?«

»Nafai war sehr beharrlich. Sehr ehrgeizig. Stets mußte er mitten im Geschehen stehen. Ich kam zu dem Schluß, daß diese Einstellung nützlich sein konnte. Und ich mußte mich niemals zwischen ihm und Luet entscheiden. Schließlich kamen sie ja zusammen.«

»Ja, ja, bestimmt ist alles ganz planmäßig verlaufen.«

»Ich wurde programmiert, unendlich anpassungsfähig zu sein, solange ich weiterhin den höchsten Prioritäten entgegenarbeitete. Mein Plan hat sich verändert, das Ziel aber nie.«

»Na schön. Genau darauf wollte ich hinaus.« Schedemei lachte. »Wüßte ich es nicht besser, Herrin Überseele, würde ich annehmen, du wolltest deinen Stolz schützen.«

»Ich habe keinen Stolz.«

»Es erleichtert mich, das zu hören. Ich habe den meinen schon vor langer Zeit abgelegt.«

»Worauf genau wolltest du hinaus?«

»Nafai hat dich gezwungen, ihm zuzuhören ... Notiz von ihm zu nehmen ... ihn zu berücksichtigen.«

»Nafai und Issib.«

»Sie haben es geschafft, indem sie dir Widerstand geleistet haben, und zwar auf eine Art und Weise, daß du deine Pläne ändern mußtest, damit ihr ... wie hast du dich ausgedrückt? Ihr Ehrgeiz hineinpaßt.«

»Issib war starrköpfig. Nafai war ehrgeizig.«

»Die Listen in deinen Dateien mit unseren Namen enthalten bestimmt zahlreiche solcher Adjektive.«

»Sei nicht schnippisch, Schedemei. Das gebührt einer Frau nicht, die ihren Stolz aufgegeben hat.«

»Wirst du dir *meinen* Plan anhören?«

»Oh, also willst du auf nichts Bestimmtes hinaus, sondern du hast einen Plan.«

»Du hast noch immer die Macht, Menschen zu beeinflussen.«

»In einem kleinen Teil der Welt, ja.«

»Es muß nicht gerade die andere Seite des Planeten sein. Nur hier im Gornaja.«

»Ja, überall im Gornaja kann ich einen gewissen Einfluß ausüben.«

»Und diese Technik, die du auf Harmonie eingesetzt hast, die uns davon abhält, gefährliche Technologien zu entwikkeln ...«

»Die Leute vorübergehend dumm zu machen.«

»Und du kannst noch immer Träume ausschicken.«

»Nicht so mächtige Träume, wie der Hüter sie ausschickt.«

»Aber Träume. Klare.«

»Viel klarere Träume als die des Hüters.«

»Na gut. Ein Trupp Nafari-Soldaten marschiert das Tal des Tsidorek hinauf. Wenn sie sich dem See Sinodod nähern, ist das Gelände so dicht mit Elemaki besiedelt, daß sie einen gefährlichen Weg hoch oben auf dem Gebirge einschlagen müssen. Aber die Bergkette ist dort sehr zerklüftet. An manchen Stellen ist der Kamm sehr niedrig, so daß die Täler durch einen schmalen Paß verbunden sind. Wenn sie sich durch diesen Paß schleichen können, können sie durch eine Schlucht in die Tiefe steigen, die sie direkt nach Chelem führt, wo Akmaros Volk von den Elemaki als Sklaven gehalten wird.«

»Sklaven von Pabulog und seinen Söhnen, meinst du.«

»Wenn sie also in die Nähe dieses Passes kommen, wird der Hüter natürlich versuchen, sie in diese Richtung zu lenken.«

»Davon kann man ausgehen«, sagte die Überseele.

»Warum machst du sie dann nicht dumm, bis sie die Gelegenheit verpaßt haben?«

»Der Hüter wird sie einfach zurückschicken«, sagte die Überseele. »Und warum sollte ich sie davon abhalten, Akmaro zu retten?«

»Der Hüter wird *versuchen*, sie zurückzuschicken. Aber derweil führst du sie an der Bergflanke entlang, bis sie die Schlucht erreichen, in der sich der Fluß Zidomeg bildet.«

»Zinom«, sagte die Überseele, die nun verstand. »Wo der Großteil der Zenifi ebenfalls mehr oder weniger von den Elemaki versklavt lebt.«

»Genau«, sagte Schedemei. »Monusch wird glauben, er habe seinen Auftrag erfüllt. Er wird eine Gruppe Zenifi gefunden haben, die von Wühlern geknechtet wird. Er wird sich eine Möglichkeit einfallen lassen, sie in Sicherheit zu bringen. Er wird sie nach Hause führen.«

»Er kann nicht so viele Leute über den Berg bringen.«

»Nein«, sagte Schedemei. »Du mußt ihm Träume schikken, die ihn nach Hause führen, indem er das Tal des Ureg hinauf und dann über den Paß marschiert, der ins Tal des Padureg hinabführt.«

»Das führt sie direkt an Akmaros Gruppe vorbei.«

»Und der Hüter wird versuchen, Monusch erneut dazu zu bringen, Akmaros Leute zu suchen.«

»Und ich greife erneut ein«, sagte die Überseele. »Das soll ich eigentlich nicht tun, Schedemei. Ich habe nicht den Auftrag, die Pläne des Hüters der Erde zu durchkreuzen.«

»Nein. Du sollst den Hüter dazu bringen, dir zu helfen, damit du nach Harmonie zurückkehren kannst. Nun, wenn du ihm genug Probleme bereitest, meine Liebe, wird er dich vielleicht nach Harmonie zurückschicken, damit du dich nicht mehr einmischst.«

»Ich glaube nicht, daß ich dazu imstande bin.« Die Überseele hielt inne. »Meine Programmierung wird vielleicht verhindern, daß ich mich bewußt gegen das stelle, was ich für den Willen des Hüters halte.«

»Tja, du wirst es herausfinden«, sagte Schedemei. »Doch bis dahin bedenke dies: Solange der Hüter dir nichts befiehlt, kannst du nicht wissen, ob der Hüter nicht *will*, daß du genau den Trick durchziehst, den ich dir gerade vorgeschlagen habe. Nur um zu zeigen, aus welchem Holz du geschnitzt bist.«

»Schedemei, du wirst wieder romantisch«, sagte die Überseele. »Ich bin eine Maschine, keine Marionette, die zum Leben erweckt werden will. Es gibt keine Prüfungen. Ich tue das, wozu ich programmiert wurde.«

»Wirklich?« fragte Schedemei. »Du wurdest dazu programmiert, die Initiative zu ergreifen. Das ist eine Gelegenheit dazu. Wenn es dem Hüter nicht gefällt, muß er dir sagen, daß du damit aufhören sollst. Aber wenigstens kommuniziert ihr dann.«

»Ich werde darüber nachdenken«, sagte die Überseele.

»Gut«, sagte Schedemei.

»Na schön«, sagte die Überseele. »Ich habe darüber nachgedacht. Wir machen es.«

»So schnell?« Schedemei wußte, daß die Überseele ein Computer war, doch es überraschte sie noch immer, wieviel die alte Maschine in einer Zeitspanne vollbrachte, in der ein Mensch gerade mal ein einziges Wort aussprechen konnte.

»Ich habe einen Testlauf durchgeführt und festgestellt, daß meine Programmierung keine Einwände erhebt. Ich bin dazu imstande. Also werden wir es versuchen, sobald Monusch an der richtigen Stelle ist, und herausfinden, wieviel der Hüter sich bieten lassen wird, bevor er sich herabläßt, mit mir in Kontakt zu treten.«

Schedemei lachte. »Warum kannst du es nicht eingestehen, du alte Schwindlerin?«

»Was eingestehen?«

»Daß du vom Hüter die Nase voll hast.«

»Das stimmt nicht«, sagte die Überseele. »Ich mache mir Sorgen, was auf Harmonie geschehen könnte.«

»Entspanne dich«, sagte Schedemei. »Dein Ander-Ich ist dort, wie die Engel sagen würden.«

»Ich bin kein Engel«, entgegnete die Überseele.

»Ich auch nicht, mein Freund«, sagte Schedemei.

»Das klingt sehnsüchtig.«

»Ich bin Gärtnerin. Ich vermisse das Gefühl von Erde unter meinen Füßen.«

»Ist es an der Zeit für eine weitere Reise zur Oberfläche?«

»Nein«, sagte Schedemei. »Das wäre sinnlos. Nichts von dem, was ich beim letzten Mal gepflanzt habe, ließe sich jetzt schon messen. Es wäre Verschwendung und ein Risiko.«

»Du darfst ruhig Spaß haben«, sagte die Überseele. »Selbst diejenige, die den Mantel der Herrin der Sterne trägt, darf ein paar Dinge einfach nur deshalb tun, weil sie ihr Freude machen.«

»Ja, und ich werde sie tun. Sobald die Zeit dafür gekommen ist.«

»Du hast einen stählernen Willen«, sagte die Überseele.

»Und ein gläsernes Herz«, sagte Schedemei. »Zerbrechlich und kalt. Ich werde ein Nickerchen halten. Warum nutzt du nicht die Zeit, um einen Traum zu entwerfen?«

»Hast du nicht genug eigene Träume?«

»Nicht für mich«, sagte Schedemei. »Für Monusch.«

»Ich habe nur einen Scherz gemacht«, sagte die Überseele.

»Dann blinzele mir beim nächsten Mal zu, damit ich es mitbekomme.« Schedemei erhob sich vom Terminal und schlenderte zurück zu ihrem Bett.

Monusch und seine Männer schliefen eine weitere Nacht auf einem weiteren schmalen Felsvorsprung hoch über dem Talboden. Die Fackeln in dem Wühlerdorf tief unten brannten bis spät in die Nacht; Monuschs fünfzehn Gefährten beobachteten die meisten von ihnen, bis sie immer schwächer flackerten und erloschen. Obwohl sie müde waren, fiel es ihnen schwer, hier zu schlafen, denn wenn sie sich unglücklich herumrollten, würden sie zwanzig Ruten tief stürzen, bis ein Stein ihren Fall – und zweifellos auch den ersten von vielen Knochen – brechen würde. Sie alle trieben spitze Pfähle in den Fels oder stapelten sie aufeinander, wenn es keinen schmalen Spalt gab, der sie halten konnte, damit sie es spürten, wenn sie sich im Schlaf zum Rand der Klippe drehten. Doch alles in allem war es ein unruhiger Schlaf, und wahrscheinlich gab es keinen Augenblick, in dem mehr als die Hälfte der Männer schlief.

Trotz alledem schlief Monusch in dieser Nacht so gut, daß er träumte, und als er erwachte, wußte er, welchen Weg er nehmen mußte, um die Zenifi zu finden. Dieser hohe Pfad würde breiter werden und bergab führen, doch wenn er ihn nahm, würde er an einer bestimmten Stelle zu einem Paß gelangen, der über diese Berge und hinab in ein anderes Tal führte. Dort würde er einen großen See erblicken, und wenn er dem Tal des Flusses folgte, das ihm entsprang, würde er nach gebührender Zeit den Ort erreichen, von dem Edhadeja geträumt hatte.

Er erwachte aus dem Traum, als der Himmel sich gerade zu erhellen begann. Vorsichtig zog er die Pfähle heraus, die er mit der Hand in den Stein gestoßen hatte, und steckte sie in seinen Rucksack zurück. Dann nagte er an dem kalten Maiskuchen, der seine einzige Mahlzeit dieses Tages bilden würde, sofern sie nicht irgendwo unterwegs Nahrung fanden – was bei so steilen Klippen und so hoch in der dünnen Luft unwahrscheinlich war. Dies war die Region, die »Krone des Gornaja« genannt wurde, die höchste Region in dem gewaltigen Bergmassiv, das so lange Erdvolk, Mittelvolk und Himmelsvolk beherbergt hatte. Hier hatten die sieben Seen sich gebildet, die alle heilig waren, doch keiner war heiliger als der Sidonod, die reine Quelle des Tsidorek, des heiligen Flusses, der das Herz Darakembas durchströmte. Einige der Männer hatten gehofft, den Sidonod sehen zu können; nun aber wußte Monusch, daß es nicht dazu kommen würde. Sie würden zu früh auf den Paß stoßen. Innerhalb der ersten Stunde.

Wortlos – denn in der dünnen, hohen Gebirgsluft wurden Geräusche weit getragen – gab Monusch das Zeichen zum Aufbruch. Alle Männer waren jetzt wach, und sie gingen, zuerst langsam und steif, den schmalen Felsvorsprung entlang. Zweimal gelangten sie an Stellen, an denen der Sims abfiel, und sie mußten klettern, einmal hinauf und einmal hinab, um einen anderen Vorsprung zu erreichen, der ihnen ein Weiterkommen ermöglichte.

Dann gelangten sie zu einer Stelle, an welcher der Vorsprung breiter wurde und hinab zu einer Stelle führte, an der man leichter vorankam. Monusch erkannte sie sofort und dachte …

Was dachte er? Er konnte sich nicht erinnern. Es hatte aber irgend etwas mit dieser Stelle zu tun.

»Was ist los?« fragte Chem, sein Stellvertreter. Im Flüsterton natürlich.

Monusch schüttelte den Kopf. Es lag ihm auf der Zunge, ein Wort, eine Ahnung, aber er konnte sich nicht erinnern, was es war. Ah! Ein Traum!

Doch er war Monusch entflohen. Ihm fiel nicht mehr ein, was für ein Traum es gewesen war oder was er bedeutet hatte.

Wie töricht, dachte Monusch. Töricht von mir, einfach anzunehmen, *meine* Träume könnten mir wahre Dinge verraten, wie es bei Edhadeja der Fall war.

Er bedeutete seinen Männern, ihm zu folgen, und marschierte weiter, den breiter werdenden Pfad entlang. Nach einer halben Stunde gingen sie um eine Biegung und sahen, wovon so viele Menschen geträumt, aber was sie nie zu sehen gehofft hatten: den heiligen Sidonod, der im ersten Sonnenlicht schimmerte, das über die Berge fiel.

Unter ihnen, an den Ufern des Sees, lagen Dörfer, ein jedes mit Kochfeuern. Natürlich lebten nur die Menschen in den Hütten und den wenigen Häusern; die Wühler wohnten in höhlen Bäumen und in Tunneln unter der Erde, die sich in der Nähe befanden. Der Anblick war sehr friedlich. Und doch wußten sie: Sollten die Männer dort – ob nun Wühler oder Menschen – bemerken, daß Nafari sich auf ihrem schmalen Land befanden, würde es einen lauten Aufschrei geben, und kurz darauf würden Kriegstrupps die Felswände erklettern. Allerdings bedeutete dies keineswegs den sicheren Tod, auch wenn sie sich in der Unterzahl befanden. Selbst den zum Klettern geborenen Wühlern würde es schwerfallen, die Felsen hinaufzukommen. Doch irgendwann würden die Elemaki entweder ihren Felsvorsprung erreichen und sie zwingen, bis zum letzten Mann zu kämpfen, oder die Nafari würden immer höher steigen müssen, bis sie jene Höhen erreichten, in denen Menschen erfroren, ohnmächtig oder verrückt wurden.

Also gingen sie leise und schnell den Felsen entlang. Sie trugen ihre erdfarbenen Jacken und Beinkleider, hatten ihre erdfarbenen Decken über ihre Schultern geworfen und befestigt und ihre Haut und Haare mit Erde beschmiert, damit sie besser mit der Felswand verschmolzen.

Wenn wir nur eine Möglichkeit finden würden, über diese Berge zu steigen und diesem dicht besiedelten See auszuweichen, dachte Monusch. Und dann kam ihm ein Gedanke. Natürlich können wir das! Direkt hinter uns ist ein ... ist ein ... Er konnte sich nicht daran erinnern. Woran hatte er gedacht? Etwas hinter ihnen? Warum? Sie wurden nicht verfolgt. Hatte er einen seiner Männer vergessen? Er blieb stehen und zählte sie schnell. Alle waren da – und weil er stehengeblieben war, starrten die meisten zu dem heiligen See unter ihnen hinab. Monusch winkte sie weiter. Der Felsvorsprung stieg wieder an. Sie gingen an dem langen See vorbei und schliefen nur zwei Nächte in seiner Sichtweite.

Hinter dem See durchquerten sie leichteres, aber um so gefährlicheres Gelände. Es war ein großes Gebiet mit niedrigen Bergen, die bis zu den Gipfeln grün waren, und in jedem Tal wohnten mindestens ein paar Leute, normalerweise Wühler, oft auch Menschen; dann und wann fand sich eine abgelegene Ansiedlung von Engeln, obwohl die meisten von ihnen entweder Sklaven eines in der Nähe gelegenen Elemaki-Dorfes oder »frei« waren – aber trotzdem dem einen oder anderen Elemaki-König tributpflichtig. Mehrmals wurden sie von Engeln entdeckt, die über ihnen hinwegflogen, doch statt eine Warnung zu rufen, flogen die Engel stets weiter und beobachteten sie nicht. Ein Engel kam sogar hinab und landete auf einem nahen Ast, deutete dann den First entlang, dem Monusch und seine Männer folgten, und schüttelte den Kopf. Geht nicht dort lang, sagte er. Monusch nickte und verbeugte sich vor ihm wie vor einem Freund, und der Engel stieg wieder in die Luft empor und flog davon.

Zumindest ist es gut für *uns*, dachte Monusch, daß die Elemaki so streng zu den wenigen Engeln sind, die unter ihnen leben müssen. Das verhilft uns zu Freunden, wohin wir auch gehen. Schwache Freunde, mag ja sein, aber Freunde sind im Land unserer Feinde sehr willkommen.

Am vierzigsten Tag ihrer Expedition gelangten sie an eine Stelle, an der sich innerhalb weniger Ruten vier Flüsse trafen. Das Wasser war aufgewühlt, und doch lebten keine Wühler, Menschen oder Engel in seiner Nähe. »Ein heiliger Ort wie dieser«, flüsterte Chem, »und doch lebt niemand hier, um das Geschenk entgegenzunehmen?«

Monusch nickte und lächelte dann. »Vielleicht empfangen sie das Geschenk flußabwärts.«

Er führte sie weiter, nur ein kleines Stück, und als sie den Fluß hinunter zogen, sahen sie, daß sich vor ihnen keine neuen Hügel zu erheben schienen. Das Land veränderte sich.

Und plötzlich verstanden sie. Denn vor ihnen fiel der Boden steil ab. Das Wasser des Flusses schoß wie ein Pfeil hinaus, strömte in die Luft und fiel als ständiger Regen auf das darunter liegende Tal. Es war ein Ort der Macht, der einzige Ort, den Monusch je gesehen oder von dem er je gehört hatte, an dem Wasser aus einem Fluß sich direkt in Regen verwandelte, ohne zuvor als Wolken in den Himmel emporzusteigen.

»Gibt es einen Weg hinauf?« fragte Chem.

»Wie du gesagt hast«, antwortete Monusch. »Es ist ein heiliger Ort. Siehst du? Viele Füße sind diese Klippe hinaufgestiegen.«

Es war fast eine Treppe, so künstlich war der Abstieg, Stufen, die in den Stein gehauen waren, Erde, die von Brettern an Ort und Stelle gehalten wurde. »Hier könnte ein Krüppel hinaufsteigen«, sagte Alekiam, der einzige, der den Dialekt der Wühlersprache beherrschte, der unter den Elemaki am gebräuchlichsten war. Doch die meisten Wühler, denen sie begegneten, würden Torg sprechen, jene Handelssprache, die hauptsächlich aus der ursprünglichen menschlichen Sprache bestand, wobei die Betonung so verändert worden war, daß die Wühler und Engel sie sprechen konnten, woraufhin Tausende Worte aus deren Sprache Eingang ins Jorg gefunden hatten. Monusch führte seine Männer zur Kuppe eines Hügels über dem Fluß, der sich am Fuß der Felswand

von dem ewigen Regen entfernte. Er befahl zwölf von ihnen, hier zu warten, Wache zu halten und die Früchte zu essen, die sie in Sichtweite voneinander fanden, während Monusch selbst Alekiam, Chem und einen kräftigen Soldaten namens Lemech mitnahm, der einem Mann den Hals brechen konnte, indem er ihn einfach aufs Ohr schlug.

Als sie vorsichtig den Fluß entlanggingen, sahen sie Spuren, die darauf hindeuteten, daß dieses Land einst dicht besiedelt gewesen war. Die Grenzen alter Felder konnten klar ausgemacht werden, auch wenn sie überwuchert waren. Und hier und da kamen sie an Stellen vorbei, die gerodet und mit Steinen bedeckt worden waren, damit keine Wühler insgeheim unter die Erde gelangen und sich den Weg in die Häuser der Leute graben konnten.

»Wo sind die Bewohner?« fragte Chem, als sie mitten auf einer solchen Stelle standen. »Sie haben solide gebaut, und jetzt sind sie fort.«

»Nein, sind sie nicht«, sagte Lemech.

Ein großer jungen Mensch stand am Waldrand. Einen Augenblick zuvor war er noch nicht dort gewesen.

»Sei gegrüßt, Freund«, sagte Monusch, denn er konnte jetzt kaum noch darauf hoffen, eine Begegnung zu vermeiden.

Auf ein Zeichen des großen jungen Mannes traten mindestens dreißig Soldaten auf die steinerne Plattform. Wo waren sie gewesen? Hatten sie die Stelle nicht umkreist, bevor sie darauf getreten waren?

»Legt eure Waffen nieder«, sagte Monusch leise.

»Ja, aber nur in das Herz eines Wühlers«, sagte Lemech.

»Sie haben uns«, sagte Monusch. »Wenn wir uns ergeben, leben wir vielleicht noch lange genug, daß die anderen uns finden können.«

»Nach allem, was wir wissen, sind das die Leute, die wir suchen«, sagte Chem. »Kein einziger Wühler ist unter ihnen.«

Das traf allerdings zu. Also legten sie ihre Waffen auf den steinernen Boden der Plattform.

Augenblicklich umzingelten und ergriffen die Fremden sie, fesselten sie und zwangen sie, mit ihnen durch den Wald zu laufen, bis sie an eine Stelle gelangten, an der sich zwanzig solcher Plattformen drängten. Auf vielen davon erhoben sich Gebäude, in der Hauptsache Häuser; andere Gebäude konnten keine bloßen Häuser sein, sondern waren eher Paläste, Sportarenen oder Tempel. Am auffälligsten war ein einzelner Turm, der sich höher als alle Bäume erhob.

Von diesem Turm aus kann man bestimmt das ganze Land überblicken, dachte Monusch, und alle Feinde sehen, die sich nähern.

Hätten die Soldaten Monusch und seine Männer nicht geknebelt, hätte er sie vielleicht gefragt, ob sie die Zenifi seien. Doch so wurden sie in einen Raum geworfen, der ursprünglich zum Lagern von Vorräten errichtet worden sein mußte, nun aber bis auf die vier gefesselten Gefangenen leer war.

Hatten die Zenifi in Edhadejas Traum, nicht darum *gebeten*, gerettet zu werden? dachte Monusch.

Akma erwachte zitternd vor Furcht aus seinem Traum. Aber er wagte nicht, laut zu schreien, denn sie hatten die Erfahrung gemacht, daß die Wühler, die sie bewachten, sämtliche lauten Stimmen in der Nacht als Gebete an den Hüter betrachten – und Pabulog hatte erklärt, daß jedes Gebet an den Hüter dieser Gefolgsleute Akmaros Blasphemie sei, die mit dem Tode bestraft werden müsse. Ein einziger Schrei in der Nacht hätte ein Kind zwar nicht getötet – aber die Wühler hätten sie aus ihrem Zelt gezerrt, geprügelt und verlangt, sie sollten gestehen, daß einer von ihnen gebetet hatte. Die Kinder hatten gelernt, schweigend zu erwachen, ganz gleich, wie schrecklich der Traum gewesen war.

Doch Akma mußte trotzdem von dem Traum sprechen, solange er noch frisch in seiner Erinnerung war. Er wollte seine Mutter wecken, wollte, daß sie ihn in die Arme nahm und tröstete. Aber er wußte, er war zu alt dafür; es hätte ihn beschämt, ihren Trost zu brauchen, noch während er ihn dankbar empfing.

Also stieß er seinen Vater an, Akmaro, bis dieser sich umdrehte und murmelte: »Was ist, Akma?«

»Ich habe geträumt.«

»Einen wahren Traum?«

»Der Hüter hat Männer geschickt, uns zu retten. Doch eine Wolke der Dunkelheit und ein Nebel aus Wasser hat ihnen die Sicht genommen, und sie sind vom Weg zu uns abgewichen. Jetzt werden sie niemals kommen.«

»Woher weißt du, daß der Hüter sie geschickt hat?«

»Ich weiß es einfach.«

»Na gut«, sagte Akmaro. »Ich werde darüber nachdenken. Schlaf weiter.«

Akma wußte, daß er alles getan hatte, was in seiner Macht stand. Nun lag es in den Händen seines Vaters. Er hätte zufrieden sein sollen, war es aber keineswegs. Eigentlich war er sogar wütend. Er wollte nicht, daß sein Vater darüber nachdachte, er wollte, daß sein Vater darüber *sprach*. Er wollte dazu beitragen, den Traum zu deuten. Es war schließlich *sein* Traum. Doch sein Vater hörte nur zu, nahm den Traum einigermaßen ernst und ging dann davon aus, die Entscheidung, was er daraus machen solle, obliege allein ihm, als wäre Akma eine Maschine, wie der Index in den alten Geschichten.

Ich bin keine Maschine, sagte Akma stumm, und ich kann mir so gut wie jeder andere denken, was dieser Traum bedeutet.

Er bedeutet ... er bedeutet ...

Daß der Hüter Männer geschickt hat, uns zu retten, und daß diese Männer sich verirrt haben. Was sonst konnte er bedeuten? Wie konnte Vater ihn anders interpretieren?

Vielleicht denkt Vater gar nicht über die Auslegung des Traums nach. Vielleicht denkt er darüber nach, was er jetzt tun soll. Warum sollte der Hüter mir diesen Traum schicken, wenn er einfach eine weitere Gruppe Retter ausschicken wird? Der Traum muß bedeuten, daß es keine anderen Retter geben wird. Daß wir uns selbst retten müssen.

Und Akma schlief wieder ein, während er von Schlachten träumte, mit dem Schwert in der Hand dastand und auf seine Peiniger hinabschaute. Er sah, wie er über der geköpften Leiche Pabuls stand; er hörte Udad stöhnen, während die Eingeweide auf seinen Schoß quollen, als er auf dem Boden saß und sich wunderte, was für eine Schweinerei der junge Akma aus seinem Körper gemacht hatte. Was Didul betraf, so stellte Akma sich eine lange, heftige Auseinandersetzung zwischen ihnen vor, nach der Didul schließlich um sein Leben flehte. Die Arroganz war ihm wie vom Gesicht gewischt; seine wunderschönen Wangen waren tränenüberströmt. Soll ich dich leben lassen, nachdem du mich wochenlang Tag für Tag geschlagen und verspottet hast? Ich könnte dir verzeihen, daß du mich beleidigt hast. Aber soll ich dich leben lassen, nachdem du meine Schwester so oft geschlagen hast, daß sie weinte? Soll ich dich leben lassen, nachdem du andere Kinder bis zur Erschöpfung angetrieben hast? So lange, bis die schwächsten in der heißen Sonne zusammenbrachen und du gelacht hast, als du sie mit Schlamm bedecktest, als wären sie tot? Soll ich dich leben lassen, nachdem du das alles vor den Eltern dieser Kinder getan hast, wohl wissend, daß sie hilflos waren und ihre Kleinen nicht beschützen konnten? Das war das grausamste ... unsere Eltern zu erniedrigen, ihnen vor ihren eigenen Kindern ihre Schwäche zu zeigen. Und dafür, Didul ... dafür bekommst du die Klinge durch den Hals. Dein Kopf wirbelt durch die Luft, springt und tanzt über den Boden, bevor er zu den Füßen deines Vaters ausrollt. Soll er doch weinen, dieser grausame Tyrann, soll er versuchen, deinen Kopf wieder auf deinen Hals zu setzen und dein boshaftes kleines Lächeln wieder auf deine Lippen zu bringen! Aber das kann er nicht, oder? Er ist machtlos, nicht wahr? Er steht da, und der kleine Muwu klammert sich an sein Bein und bittet mich, ihm wenigstens einen Sohn zu lassen, wenigstens den letzten seiner Söhne. Aber ich verschone keinen, weil auch ihr keinen verschont habt.

Mit solch sehnsüchtigen Vorstellungen schlief Akma wieder ein.

Monusch wurde von zwei Männern aus dem Schlaf gerissen, die ihn an seinen gefesselten Armen packten und ihn aus dem feuchten Lagerraum schleppten. Er hörte, daß die anderen genauso behandelt wurden, konnte aber nichts erkennen, weil das Tageslicht seine Augen blendete. Er konnte kaum wieder klar sehen, als er vor den Hof des Königs gezerrt wurde.

Denn darum handelte es sich eindeutig, wenngleich es derselbe Mann war, der sich ihnen an dem Tag gezeigt hatte, als sie ergriffen worden waren. Damals hatte er nicht wie ein König ausgesehen, und selbst jetzt fand Monusch, daß er jung und unsicher wirkte. Er saß majestätisch auf dem Thron, und er befahl mit Bestimmtheit und Selbstsicherheit, aber ... Monusch konnte nicht genau sagen, was nicht stimmte. Abgesehen davon vielleicht, daß dieser Mann nicht dort sitzen wollte, wo er saß.

Was hatte es mit diesem seltsamen Widerwillen auf sich? Wollte er kein Urteil über diese Fremden fällen? Oder wollte er nicht König sein?

»Versteht ihr meine Sprache?« fragte der König.

»Ja«, sagte Monusch. Der Akzent war etwas ungewöhnlich, doch man mußte kein großes Aufhebens darum machen. Niemand in Darakemba hätte ihn für einen Elemaki gehalten.

»Ich bin Ak-Ilihi, Sohn des Nuab, der einst Nuak war, König der Zenifi. Mein Großvater, Zenifab, führte unser Volk aus dem Land Darakemba, um das Land Nafai wieder in Besitz zu nehmen, welches das rechtmäßige Erbe der Nafari war, und er wurde von der Stimme des Volkes zum König gewählt. Durch dasselbe Recht herrsche nun ich. Jetzt sagt mir, warum ihr so kühn wart, den Mauern der Stadt Zidom so nahe zu kommen, während ich mit meinen Wachen außerhalb der Stadt war. Wegen Eurer Kühnheit und Furchtlosigkeit wegen habe ich mich entschlossen, meinen Wachen nicht zu erlauben, euch zu töten. Erst möchte ich von euch erfahren, wieso ihr es gewagt habt, gegen jeden Vertrag zu verstoßen und unserer Herrschaft innerhalb der

Grenzen jenes kleinen Königreichs zu trotzen, das die Elemaki uns gelassen haben.«

Der König wartete.

»Du hast jetzt die Erlaubnis zu sprechen«, sagte er dann.

Monusch trat einen Schritt vor und verbeugte sich vor Ilihiak. »O König, ich bin dem Hüter der Erde sehr dankbar, daß ich am Leben gelassen wurde und du mir zu sprechen erlaubst, und ich werde frei sprechen. Denn ich weiß jetzt – hättest du gewußt, wer ich bin und die sind, die mir folgen, hättest du uns niemals fesseln und gefangennehmen lassen. Mein Name, o König, ist Mon, und auf Geheiß König Motiaks von Darakemba nennt man mich nun Monusch.«

»Motiak!« sagte der König.

»Nicht Motiab, der herrschte, als dein Großvater Darakemba verließ, sondern sein Enkel. Er hat mich ausgeschickt, nach den Zenifi zu suchen. Denn vom Hüter kam ein Traum, der besagte, die Zenifi würden von den Elemaki geknechtet und sehnten sich danach, frei zu sein.«

Ilihiak erhob sich. »Nun freue ich mich, und wenn ich es dem Volk sage, wird es sich ebenfalls freuen.« Seine Worte waren formell, doch Monusch spürte, daß sie auch von ganzem Herzen kamen. »Bindet sie los«, sagte er zu seinen Wachen.

Nachdem man ihm die Fesseln von den Armen und Beinen genommen hatte, konnte Monusch kaum aufrecht stehen, doch die Wachen, die ihn zuvor hierher geschleppt hatten, stützten ihn nun mit ruhigen Händen.

»Ich sage dir frei heraus, Monusch – denn ich bin sicher, wenn Motiak dich so genannt hast, hast du diesen Namen auch verdient: Könnten unsere Brüder von Darakemba uns von den hohen Steuern und der Grausamkeit der Elemaki befreien, wären wir gern eure Sklaven. Denn es ist besser, Sklaven der Nafari zu sein, als daß die Elemaki uns alles entreißen, was wir herstellen.«

»Ilihiak«, sagte Monusch, »ich bin nicht der große Ak-Moti, doch ich kann dir versichern, daß er nicht der Mann ist, der uns ausschickt, euch zu suchen, nur um euch dann in Darakemba zu Sklaven zu machen. Es steht nicht in meiner Macht, dir zu sagen, ob er euch erlauben wird, ein eigenständiges Volk innerhalb der Grenzen Darakembas zu bleiben, und ob er deinen Thron als Unterkönig bestätigen wird. Aber ich weiß, daß Motiak ein freundlicher und gerechter Mann ist, der vom Hüter erwählt wurde und jene, die treue Bürger sein wollen, nicht versklaven wird.«

»Wenn er uns erlaubt, innerhalb seiner Grenzen und unter seinem Schutz zu leben, werden wir dies als die größte Freundlichkeit betrachten, die je gewährt wurde, und es würde uns nicht einfallen, mehr zu verlangen.«

Monusch hörte diese Worte, kannte sich aber mit der Denkweise der Könige gut genug aus, um genau zu wissen, daß Ilihiak zweifellos ein zäher Verhandlungspartner sein und versuchen würde, von Motiak so viel Unabhängigkeit und Macht wie möglich zu bekommen. Aber das war eine Angelegenheit für Könige, nicht für Soldaten. »Ilihiak, wir sind nicht viele, aber mehr als vier. Erlaubst du mir …«

»Geh, sofort. Ihr seid frei. Wenn ihr uns dafür bestrafen wollt, euch gefangengenommen zu haben, braucht ihr lediglich zu gehen; wir werden keinen Versuch unternehmen, euch aufzuhalten. Doch wenn du uns gnädig gesonnen bist, kommst du mit dem Rest deiner Gefährten zurück, und wir werden gemeinsam beraten, was wir tun können, um die Freiheit von den Elemaki zu erlangen.«

Chebeja arbeitete schweigend und versuchte, nicht darauf zu achten, wie zwei von Pabulogs Söhnen immer wieder Luet niederschlugen. Sie wollte schreien, wußte jedoch, daß jeder Protest alles nur noch schlimmer machen würde. Doch welche Frau konnte es ertragen, daß ihr kleines Kind von Schlägern mißhandelt wurde, und nichts tun, nichts sagen, einfach mit der Arbeit weitermachen, als wäre es ihr gleichgültig?

Luet fing an zu weinen.

Chebeja richtete sich auf. Augenblicklich kamen zwei

Wühler mit ihren schweren Peitschen auf sie zu. Natürlich hatten sie sie beobachtet, jede ihrer Bewegungen, denn sie war Luets Mutter. Also hielt Chebeja inne, sagte nichts, stand einfach da.

»Zurück an die Arbeit!« sagte der Wühler.

Chebeja blickte ihn für einen Augenblick trotzig an und bückte sich dann wieder, um den Mais unterzuhacken.

Wo war die Hüterin der Erde? Seit Akma seinen Traum gehabt hatte, daß die Retter nicht kamen, hatte Chebeja sich diese Frage immer wieder gestellt. Warum unternimmt er nichts, wenn ihm soviel an uns liegt, daß er Akma einen Traum schickt? Akmaro hat gesagt, der Hüter stelle uns auf die Probe. Aber was für eine Probe ist das, und wie können wir sie bestehen? Will die Hüterin, daß eine Nation von Feiglingen aus uns wird? Oder will sie, daß wir uns gegen Pabulogs schreckliche Kinder erheben und alle sterben? Wir müssen uns etwas einfallen lassen, hatte Akmaro gesagt. Wir müssen selbst einen Weg aus diesem Dilemma finden, das ist die Probe, die der Hüter uns stellt. Und sobald wir diesen Weg gefunden haben, wird der Hüter uns helfen.

Nun ja, warum kam die Hüterin nicht selbst mit ein paar Vorschlägen, wenn sie so klug war?

Niemand wußte besser als Chebeja, daß ihre Sklaverei sie zerstörte. Wenige wußten von ihrer Gabe, und es waren nur Frauen, von ihrem Gatten natürlich abgesehen; aber während Chebeja früher imstande gewesen war, Akmaro auf kleine Risse in der Gemeinschaft aufmerksam zu machen, bevor sie zu offenen Streitigkeiten werden konnten, konnte sie nun lediglich verzweifelt zusehen, wie die Bande, die Freunde mit Freunden, Eltern mit Kindern, Brüder mit Schwestern zusammenhielten, immer schwächer wurden, so dünn, daß sie kaum noch vorhanden waren. Sie machen uns zu Tieren, dachte Chebeja, nehmen uns unsere menschlichen Zuneigungen. Unser gesamtes Streben gilt nur noch dem Überleben, dem Vermeiden der Peitsche. Jedesmal, wenn wir uns ducken und zulassen, daß unsere Kinder mißhandelt werden, lieben wir diese Kinder ein bißchen weniger, denn nur, indem wir sie nicht so sehr lieben, können wir ertragen, sie leiden zu sehen.

Aber nicht Akmaro. Er liebte seine Kinder immer mehr. Des Nachts flüsterte er ihnen zu, wie stolz er auf ihre Kraft war, ihren Mut, ihr Verständnis. Doch vielleicht rührte dies daher, daß Akmaro eine anscheinend grenzenlose Toleranz für seelischen Schmerz hatte. Er konnte für seine Kinder leiden – niemand wußte besser als Chebeja, wie sehr er litt –, und doch klammerte er sich deshalb nur um so enger an sie. Er hat keine Angst um seine Liebe für sie, wie so viele andere Eltern. Bin ich wie er? Oder wie sie?

An ihrer eigenen Familie beunruhigte Chebeja am meisten, daß der junge Akma sich immer weiter von seinem Vater zu entfernen schien. Machte der Junge Akmaro vielleicht Vorwürfe, daß er ihn nicht vor den Verfolgungen der Söhne Pabulogs bewahrt hatte? Aber das konnte es nicht sein – wenn Luet es verstand, konnte Akma es ebenfalls verstehen. Aus welchem Grund floh Akma also vor einer einst engen Verbindung zwischen ihm und seinem Vater?

Chebeja verspottete sich stumm. Warum mache ich mir Sorgen um Spannungen zwischen Vater und Sohn? In einer Woche oder einem Monat oder einem Jahr werden wir alle tot sein – ermordet oder an Hunger oder einer Krankheit gestorben. Was wird es dann für eine Rolle spielen, daß Akma seinem Vater nicht mehr die gleiche Treue wie früher entgegenbringt?

Ich wünschte, ich könnte mit Huschidh oder Chveja sprechen, mit einer der alten Entwirrerinnen. Sie müssen die Dinge, die ich sehe, besser verstanden haben, als ich es kann. Haßt Akma seinen Vater? Ist es Zorn? Furcht? Ich beobachte, wie die Treuebande sich verändern, und manchmal ist es offensichtlich, warum die Änderung kommt, und manchmal habe ich so gut wie keine Ahnung. Huschidh und Chveja waren niemals unsicher. Sie haben immer gewußt, was zu tun ist, sie waren immer weise.

Aber ich bin nicht weise. Ich weiß nur, daß mein Gatte die Liebe unseres Sohnes verliert. Und was werde ich, ihre eigene Mutter, in Luets Augen sein, wenn ich schweigend zusehe, wie diese Schläger sie mißhandeln?

Chebeja fühlte, wie eine plötzliche und unwiderstehliche Entschlossenheit sie erfüllte. Sie werden uns sowieso töten. Besser, Luet stirbt mit der Gewißheit, daß ihre Mutter sie liebt.

Chebeja richtete sich wieder auf.

Die Wühler hatten bereits wieder in eine andere Richtung geschaut, doch sie bemerkten sofort, daß Chebeja zu arbeiten aufgehört hatte. Sie kamen auf sie zu.

Chebeja hob ihre Stimme, damit die Söhne Pabulogs sie genau verstehen konnten. »Warum habt ihr solche Angst vor mir?« sagte sie.

Es funktionierte – einer der Jungen antwortete ihr. Der dritte Sohn, der mit dem Namen Didul. »Ich habe keine Angst vor dir!«

»Warum schlägst du dann nicht *mich* nieder statt ein kleines Mädchens, das halb so groß ist wie du?« Chebeja ließ Verachtung in ihre Stimme fließen und sah mit Vergnügen, daß Diduls Gesicht errötete.

Um sie herum murmelten andere Erwachsene. »Psst. Genug. Still jetzt. Sie werden uns alle schlagen.«

Chebeja beobachte sie nicht. Sie beachtete auch die Wühlerwachen mit ihren erhobenen Peitschen nicht, die sie schon fast erreicht hatten. »Didul, wenn du kein Feigling bist, nimm eine Peitsche und schlage mich selbst!«

Die Peitsche eines Wühlers landete auf ihrem Rücken. Sie zuckte zusammen und schwankte unter der Wucht des Schlages.

»Du bist genau wie dein Vater!« rief sie ihm zu. »Du hast Angst, etwas selbst zu tun!«

Ein weiterer Schlag traf sie. Doch dann rief Didul: »Halt!«

Die Wühler ließen sich zu einem weiteren Schlag hinreißen, bevor sie ihm gehorchten. Er trieb Chebeja auf die Knie, und sie spürte, daß Blut über ihren Rücken floß. Aber Didul kam zu ihr, und so nutzte sie die kostbaren Augenblicke, bevor er sie erreicht hatte. Sie erhob sich langsam, sah ihm in die Augen und sprach zu ihm. »Der Knabe Didul ist also stolz geworden. Wie konnte das geschehen? Die Kinder Akmaros haben Mut. Ganz gleich, wie sehr du sie quälen läßt – hast du je gehört, daß sie um Gnade bitten? Glaubst du, dein Vater wäre so tapfer, würde er geprügelt werden, wie du diese kleinen Kinder prügelst?«

»Sprich nicht von meinem Vater, Gotteslästerin!« rief Didul.

Aber Chebeja sah, was Didul nicht sehen konnte – daß sie ihn aufgewühlt hatte. Die Verbindung zwischen ihm und seinen Brüdern war ihrer Worte wegen etwas schwächer geworden.

»Siehst du nun, was dein Vater dich lehrt? Kleine Kinder zu prügeln. Aber *du* hast Stolz. Es beschämt dich, die Anweisungen deines Vaters auszuführen.«

Didul nahm einem der Wühler die Peitsche ab. »Ich werde dir meinen Stolz zeigen, Gotteslästerin!«

»Ist es dein *Stolz*, der dich eine Peitsche gegen eine unbewaffnete Frau heben läßt?«

Ah, die Worte trafen, sie konnte es sehen.

»Nein, ein wahrer Sohn Pabulogs kann nur gegen Hilflose vorgehen. Hast du jemals gesehen, daß dein Vater in einer Schlacht wie ein *Mann* stand?«

»Er würde es, gäbe es richtige Männer, gegen die er kämpfen könnte!« schrie Didul.

Chebeja suchte in ihrem Geist nach der Erwiderung, die am besten passen würde. »Ich glaube, in deinem Herzen verstehst du, Didul, was dein Vater dir antut. Warum hat er dich hierhergeschickt, uns zu quälen? Weil er *wußte*, daß du dich dafür schämen würdest. Warum hat er dir wohl befohlen, die kleinen Kinder zu mißhandeln? Weil er wußte, sobald du die kleinen Kinder zum Weinen gebracht hast, wirst du erkennen, daß du so niedrig und feige bist wie er. Und dann wird er nie erleben, daß *seine* Kinder ihn verhöhnen, denn er wird dir ja immer antworten können: Ja, aber wer hat denn kleine Mädchen geschlagen?«

Erzürnt holte Didul aus. Die Peitsche traf sie an der Schulter, und ihr Ende schlang sich um sie und berührte ihre Wange. Blut spritzte ihr in die Augen, und sie war für einen Moment geblendet.

»Bezeichne meinen Vater nicht als Feigling!« rief Didul.

»Selbst in diesem Augenblick«, sagte sie, »haßt du ihn, weil er dich zu einem Feigling gemacht hat, der die *Worte* einer Frau mit einer Peitsche beantwortet. Wäre meine Worte nicht die Wahrheit gewesen, würden sie dich nicht so wütend machen, Didul.«

»Nichts von dem, was du gesagt hast, ist wahr!«

»Alles, was ich gesagt habe, ist wahr! Wenn du von hier fortgehst, werden diese Wachen mich zu Tode prügeln, damit du mich nie mehr anhören mußt.« Chebeja sprach mit Überzeugung; sie fürchtete, daß es der Wahrheit entsprechen könnte, was sie gerade gesagt hatte.

»Wenn sie dich prügeln, dann als Bestrafung, weil du gelogen hast.«

»Würdest du mir nicht glauben, Didul, würdest du nur lachen über das, was ich gesagt habe.«

Jetzt hatte sie ihn. Sie sah den neuen Faden, der ihn mit *ihr* verband. Sie nahm ihn für sich ein, zerrte an der Treue zu seinem Vater.

»Ich glaube dir *nicht*», sagte er.

»Du glaubst mir, Didul, denn jedesmal, wenn du eins dieser kleinen Kinder schlägst, schämst du dich. Ich sehe es in deinen Augen. Du lachst, genau wie deine Brüder, aber du verabscheust dich dafür. Du hast Angst, daß du genau wie dein Vater bist.«

»Ich *will* genau wie mein Vater sein.«

»Wirklich? Warum bist du dann hier? Dein *Vater* macht sich nicht die Hände schmutzig, indem er Kinder prügelt. *Er* schickt stets seine Schläger, die es für ihn erledigen. Nein, du kannst nicht wie dein Vater sein, denn in dir ist noch ein *Mann*. Aber keine Angst – schlag noch ein paar Jahre Kleinkinder, und in deinem Herzen wird keine Spur von Mannhaftigkeit mehr sein.«

Während sie sprach, war Udad, Diduls nächstälterer Bruder, hinter ihn getreten. »Warum hörst du auf diese Hexe?« fragte Udad. »Laß sie töten.«

»Das ist die Stimme deines Vaters«, sagte Chebeja. »Töte jeden, der es wagt, dir die Wahrheit zu sagen. Aber tue es nicht selbst. Laß es einen anderen für dich tun.«

Udad drehte sich zu den Wühlern um. »Warum steht ihr da und laßt sie gewähren? Sie hat irgendeine magische Kontrolle über meinen dummen Bruder ...«

Mit einem Wutschrei fuhr Didul herum und schien seinen Bruder mit der Peitsche schlagen zu wollen. Udad zuckte zusammen und riß die Hände vors Gesicht. »Schlag mich nicht!« kreischte er. »Schlag mich nicht!«

»Da siehst du es«, sagte Chebeja. »Das wird aus dir, sobald dein Vater mit dir fertig ist.«

Sie sah, daß die letzten Fäden, die Didul mit Udad verbanden, sich zu Zorn und Scham wandelten – eine negative Verbindung.

»Aber bist du schon wie er, Didul? Oder ist ein Mann in dir?«

Udad trat zurück. Jetzt war er sichtlich beschämt. »Ich werde Pabul sagen, daß Akmaros Frau dich gegen uns alle aufgehetzt hat!«

»Macht dir das angst, Didul?« fragte Chebeja. »Er wird dich verpetzen. Macht dir das angst?«

»Ich gehe«, sagte Didul. »Ich will nichts mehr von deinen Lügen hören.«

»Ja, laß mich zurück, damit die Wachen mich töten können«, sagte Chebeja. »Aber ich verspreche dir, wenn ich heute hier sterbe, wirst du meine Stimme ewig in deinem Herzen hören.«

Trotziger Zorn funkelte in Diduls Augen, als er sich an die Wühler wandte. »Ich will sie morgen hier lebend sehen, mit nicht mehr Peitschenhieben, als sie bereits hat.«

»Dein Vater hat etwas anderes befohlen«, erwiderte eine der Wachen.

Didul grinste ihn wütend an. »Er hat euch befohlen, seinen Söhnen zu gehorchen. Wenn dieser Frau ein Leid geschieht, lasse ich dich bei lebendigem Leib häuten. Bezweifelst du das?«

Ah, das Feuer in seinen Augen. Chebeja sah, daß er die Gabe der Befehlsgewalt hatte. Sie hatte seinen Stolz angefacht, und nun brannte er, loderte in seinem Herzen.

Die Wühler wichen zurück.

Didul warf die Peitsche wieder jenem zu, dem er sie abgenommen hatte. Dann wandte er sich noch einmal an Chebeja. »Geh zurück an die Arbeit, Frau.«

Sie sah ihm in die Augen. »Ich gehorche der Peitsche. Aber würdest du nicht gern erleben, daß dir eines Tages jemand aus wahrem *Respekt* gehorcht?« Trotz der Schmerzen der Verletzungen auf ihrem Rücken und des Bluts in ihren Augen bückte sie sich und hob ihre Hacke auf. Schwach kratzte sie am Erdboden und hörte, wie er davonging.

»Ich werde sie töten«, sagte einer der Wühler. »Was kann *er* dagegen tun? Sein Vater hätte niemals geduldet, daß er ihr zuhört.«

»Narr«, sagte der andere. »Glaubst du, er wird seinem Vater die *Wahrheit* erzählen, wenn er will, daß er uns tötet?«

»Dann müssen *wir* es ihm zuerst sagen.«

»Oh, eine hervorragende Idee. Wir gehen zu Pabulog und erzählen ihm, daß diese Frau seinen Sohn in Grund und Boden geredet hat? Was glaubst du, wie lange wir noch leben werden, wenn wir *diese* Geschichte erzählen?«

Chebeja hörte ihnen belustigt zu. Ihre Worte hatten auch Wirkung auf diese Wühler gehabt. Es war kein großartiger Plan gewesen, Unruhe zwischen Pabulogs Söhnen und Soldaten zu entfachen. Und sie würden sie vielleicht doch noch töten. Und für diesen Tag würde sie sowieso mit den Schmerzen vieler kommender Tage zahlen.

»Das war dumm von dir«, murmelte jemand. »Wegen dir hätten wir alle sterben können.«

»Wen kümmert das?« flüsterte ein anderer. »Hat Akmaro nicht verbreiten lassen, wir sollten darüber nachdenken, wie wir zu unserer Erlösung gelangen können? Ihr ist wenigstens *etwas* eingefallen.«

Didul und Udad kehrten wieder dorthin zurück, wo Luet und Akma arbeiteten. Luet zuckte vor ihnen zurück, doch Akma blieb stehen. Wieviel von dem, was sie gesagt hatte, hatte er gehört? Vielleicht alles; vielleicht nur wenig. Doch er wich nicht zurück.

Udad holte aus und stieß Akma zurück, der ins Taumeln geriet, aber nicht stürzte. *Das* war nicht überraschend. Nein, die Überraschung kam, als Didul seinen Bruder ansprang und zu Boden stieß. Udad rappelte sich sofort wieder auf, bereit, mit seinem jüngeren Bruder zu kämpfen. »Was soll das? Willst du, daß ich dich verprügle?«

Didul stand da und sah ihm in die Augen. »Ist das alles, was du kannst? Gegner verprügeln, die kleiner sind als du? Wenn du mich anfaßt, beweist du damit, daß alles stimmt, was sie gesagt hat.«

Nervös und verwirrt staand Udat da. Chebeja sah, daß die Treuebande sich in diesem Augenblick veränderten. Udad war nun unsicher und wollte plötzlich mehr als alles andere, daß Didul eine gute Meinung von ihm hatte, denn es beschämte ihn, daß dem nicht so war. Didul wiederum wollte, daß Chebeja eine gute Meinung von *ihm* hatte. Das war der Anfang von Treue. Wäre das nicht die perfekte Rache – Pabulogs eigene Söhne gegen ihn zu wenden?

Nein, nicht Rache. Erlösung. Die versuchen wir zu bekommen, um uns selbst zu retten, da die Hüterin sie uns offenbar nicht gewähren will.

»Ich kann es nicht sagen«, meinte die Überseele. »Funktioniert unser Plan nun oder nicht?«

Schedemei kicherte trocken. »Na ja, zumindest hat der Hüter uns bemerkt. Dieser Traum, den er Akma geschickt hat. Und Chebejas plötzliches Verlangen, Pabulogs Söhnen zu trotzen. *Falls* es der Hüter war.«

»Und doch sagt der Hüter nichts zu *uns*. Wir sind eine Mücke, die in seinem Ohr summt. Wir werden hinweggefegt.«

»Dann kehren wir um und summen weiter.«

»Die Pläne des Hüters werden voranschreiten, ganz gleich, was wir tun oder lassen«, sagte die Überseele.

»Das hoffe ich«, sagte Schedemei. »Aber ich glaube, ihm liegt sehr viel daran, was die Leute tun. Unten auf der Erde natürlich, aber auch hier auf diesem Schiff. Ihm liegt daran, was nun geschieht.«

»Vielleicht liegt dem Hüter lediglich an den Völkern der Erde. Vielleicht interessieren ihn die Menschen von Harmonie nicht mehr. Vielleicht sollte ich jetzt nach Harmonie zurückkehren und meinem Ander-Ich sagen, daß unsere Mission vorüber ist und wir die Menschen tun lassen können, was immer ihnen beliebt.«

»Oder der Hüter will dich vielleicht hier haben«, sagte Schedemei. Dann kam ihr ein neuer Gedanke. »Vielleicht braucht er noch die Macht dieses Raumschiffs. Den Mantel der Herrin der Sterne.«

»Vielleicht braucht der Hüter *dich*«, sagte die Überseele.

Schedemei lachte. »Was denn? Habe ich hier oben ein paar Samen und Embryos, die ich irgendwo auf der Erde ausstreuen soll? Er muß mir nur einen Traum schicken, und ich werde pflanzen, was immer er mir aufträgt.«

»Also warten wir weiterhin«, sagte die Überseele.

»Nein, wir helfen weiterhin nach«, antwortete Schedemei. »Wie Chebeja es getan hat. Wir locken den alten Bären aus seiner Höhle und reizen ihn.«

»Ich weiß nicht recht, ob mir die Implikationen deiner Metapher gefallen. Bären sind zerstörerisch und gefährlich, wenn man sie reizt.«

»Aber sie schenken einem ihre ungeteilte Aufmerksamkeit.« Schedemei lachte erneut.

»Ich glaube, du bringst der Macht des Hüters noch nicht genug Respekt entgegen.«

»Welche Macht? Bislang haben wir vom Hüter nur Träume gesehen.«

»Wenn du nicht mehr gesehen hast«, sagte die Überseele, »hast du nicht richtig hingeschaut.«

»Wirklich?«

»Der Gornaja zum Beispiel. Dieses Massiv unglaublich hoher Berge. Die uralten geologischen Daten aus der Zeit vor dem Aufbruch der Menschheit vor vierzig Millionen Jahren zeigen keine tektonischen Formationen oder Bewegungen, die so etwas hätten bewirken können. Die Platten in dieser Region haben sich nicht in die richtige Richtung bewegt, um eine so unglaubliche Auffaltung hervorgerufen zu können. Dann plötzlich bewegte die Kokosplatte sich mit viel größerer Geschwindigkeit und Kraft, als bei irgendeiner tektonischen Bewegung je festgestellt wurde, in nördliche Richtung. Sie stieß viel schneller gegen die karibische Platte, als sie nach unten geschoben werden konnte.«

Schedemei seufzte. »Ich bin Biologin. Von Geologie verstehe ich kaum etwas.«

»Aber *das* wirst du verstehen. Ein Dutzend Bergketten mit über zehn Kilometer hohen Gipfeln. Und sie wurden innerhalb der ersten zehn Millionen Jahre emporgeschoben.«

»Ist das schnell?«

»Selbst jetzt bewegt die Kokosplatte sich noch dreimal schneller als jede andere Platte auf der Erde in nördliche Richtung. Das bedeutet, daß sich unter der Erdkruste eine Strömung aus geschmolzenem Gestein befindet, die sehr schnell in nördliche Richtung fließt – dieselbe Strömung, die Nordamerika veranlaßt hat, am Mississippital zu reißen. Dieselbe Strömung, die ganz Mittelamerika zerrissen und wieder neu zusammengefügt hat und ...« Die Überseele verstummte.

»Was?«

»Ich überprüfe gerade etwas.«

»Dann verzeih bitte, daß ich dich gestört habe«, sagte Schedemei.

»Das muß schon angefangen haben, bevor die Menschen die Erde verließen«, sagte die Überseele.

»Ja?«

»Die Erdbeben, die Vulkane überall am Galapagosgrat – was hat bewirkt, daß die Erde eine Zeitlang von Eis umschlossen war? Den Informationen in meinen Speichern zufolge, hing alles mit menschlichem Fehlverhalten zusammen – mit Kriegen und atomaren und biologischen Waffen. Aber *wie genau* haben diese Vorfälle die Erde unbewohnbar gemacht?«

»Ich liebe es geradezu, einen genialen Verstand bei der Arbeit zu beobachten«, sagte Schedemei.

»Ich werde alle meine Dateien aus diesem Zeitraum durchsuchen müssen«, sagte die Überseele, »um festzustellen, ob ich die Möglichkeit ausschließen kann, daß es die Bewegung der Kokosplatte und nicht unmittelbar die Kriegführung war, die die Zerstörung der bewohnbaren Zonen der Erde herbeigeführt hat.«

»Du behauptest, die Kriegführung könne die Kokosplatte in Bewegung versetzt haben? Das ist absurd.«

Die Überseele ignorierte Schedemeis kritische Bemerkung. »Warum hat das *gesamte* menschliche Leben die Erde verlassen? Die Wühler und Engel haben überlebt. Bis jetzt habe ich mir diese Frage gar nicht gestellt, Herrin der Sterne, aber kommt dir das nicht ein wenig verdächtig vor? Bestimmt hätten einige Menschengruppen überleben können. Zum Beispiel in der Äquatorzone.«

»Bitte, ich weiß, daß Kreativität und Zufallstreffer in deine Denkalgorithmen eingefügt wurden«, sagte Schedemei, »aber ziehst du ernsthaft die Vorstellung in Betracht, menschliche Missetaten hätten die Kokosplatte zu ihrer Bewegung veranlassen können?«

»Ich behaupte, daß die menschlichen Missetaten vielleicht den Hüter der Erde dazu gebracht haben, die Kokosplatte in Bewegung zu setzen.«

»Und wie soll das möglich gewesen sein?«

»Ich kann mir kein Wesen vorstellen, dessen Macht imstande wäre, die Magmaströmungen unter der Kruste des Planeten in Bewegung zu versetzen«, sagte die Überseele. »Aber ich kann mir auch keine natürliche Kraft vorstellen, die die vielen Anomalien hätte verursachen können, die den Gornaja schufen. Die Welt ist voller seltsamer und unnatürlicher Dinge, Schedemei. Wie die symbiotische Abhängigkeit, die die Wühler und Engel früher aufwiesen. Du hast selbst gesagt, sie sei künstlichen Ursprungs.«

»Und meine Hypothese geht dahin, daß diese Veränderungen absichtlich von den Menschen hervorgerufen wurden, bevor sie die Erde verließen.«

»Aber *warum* sollten sie so etwas tun, Schedemei? Welchen Zweck haben sie damit erfüllt? Warum hätten sie sich überhaupt darum kümmern sollen, da sie doch wußten, daß sie diesen Planeten verlassen würden, und davon ausgingen, niemals zurückzukehren?«

»Ich halte es für möglich, daß wir den Ränken und Plänen des Hüters der Erde einfach zuviel zuschreiben«, sagte Schedemei. »Er löst Träume aus und beeinflußt das menschliche Verhalten. Für Weiteres haben wir keine Beweise.«

»Wir haben keine Beweise. Oder wir haben den offensichtlichsten Beweis, den man sich vorstellen kann. Ich muß weitere Nachforschungen betreiben. Es gibt Lücken in meinem Wissen. Die Wahrheit wurde vor mir verborgen, aber ich weiß, daß der Hüter in das alles verwickelt ist.«

»Suche, soviel du willst. Ich bin gespannt auf das Ergebnis.«

»Ich könnte darauf programmiert sein, die Wahrheit nicht zu finden«, sagte die Überseele. »Und auch darauf, nicht herauszufinden, wie ich programmiert wurde, daß diese Wahrheit vor mir verborgen bleibt.«

Schedemei seufzte. »Ganz schön kompliziert.«

»Ich könnte deine Hilfe brauchen.«

»Ich könnte ein Nickerchen brauchen.« Sie gähnte. »Ich glaube nicht, daß irgendein Computer, nicht mal der Hüter der Erde, Macht über Dinge wie Magmaströmungen hat. Aber wenn ich kann, werde ich dir helfen. Vielleicht stößt du auf etwas Nützliches, wenn du dieser wertlosen Hypothese nachgehst.«

»Wenigstens bleibst du aufgeschlossen«, sagte die Überseele.

»Das hast du bestimmt so nett gemeint, wie es dir möglich ist«, sagte Schedemei.

An diesem Abend säuberten und verbanden Akmaro und Akma in ihrer Hütte Chebejas Verletzungen.

»Du hättest getötet werden können, Mutter«, sagte Akma leise.

»Das war das Tapferste, was ich je gesehen habe«, sagte Akmaro.

Chebeja weinte leise. Sie war dankbar und erleichtert, daß man sie auf dem Feld nicht abgeschlachtet hatte; sie verspürte noch immer Furcht über das, was sie gewagt hatte, und sie war glücklich, daß ihr Gatte sie ihres Mutes lobte.

»Siehst du, Akma, was deine Mutter tut?« fragte Akmaro.

»Sie hat ihnen getrotzt«, sagte Akma. »Und sie haben sie nicht getötet.«

»Es ist mehr als nur das, Akma«, sagte Akmaro. »Es ist eine Gabe, die deine Mutter schon ihr Leben lang hat. Sie ist eine Entwirrerin.«

»Huschidh«, flüsterte Luet. Die Geschichten von der Entwirrerin Huschidh waren unter den Frauen und Mädchen wohl bekannt. Ganz zu schweigen von Chveja, Nafais und Luets Tochter, der Uralten, nach der Chebeja benannt war.

»Sie sieht die Verbindungen zwischen den Leuten«, erklärte Akmaro seinem Sohn.

»Ich weiß, was eine Entwirrerin ist«, sagte Akma.

»Es ist eine Gabe des Hüters, eine Entwirrerin zu sein«, sagte Akmaro. »Der Hüter muß vor Jahren das Dilemma erkannt haben, in dem wir uns heute befinden. Deshalb hat er Chebeja mit einem großen Geschenk bedacht – damit sie, wenn die Zeit dafür gekommen ist, beginnen kann, die Verschwörung des Bösen zu entwirren, die über uns herrscht. Wir hatten schon die ganze Zeit über die Macht, das zu tun, was deine Mutter heute begonnen hat. Der Hüter hat nur darauf gewartet, daß wir es begreifen. Daß deine Mutter den richtigen Augenblick zum Handeln findet.«

»Für mich sah es so aus«, sagte Akma, »als hätte Mutter allein gestanden.«

»Das hast du gesehen?« erwiderte Akmaro. »Dann ist dein Blick noch sehr jung und verschwommen. Denn deine

Mutter besaß die Macht des Hüters in ihrem Innern – wie auch die Liebe ihres Gatten und ihrer Kinder. Glaubst du, sie hätte es getan, wären du und Luet und ich nicht bei ihr auf dem Feld gewesen?«

»*Wir* waren dort«, sagte Akma. »Aber wo war der Hüter?«

»Eines Tages«, sagte Akmaro, »wirst du lernen, die Macht des Hüters in vielen Dingen zu sehen.«

Als die Kinder schliefen, legte Chebeja den Kopf auf die Brust ihres Gatten, umschlang ihn und weinte. »O Kmadaro, Kmadaro, ich hatte solche Angst, daß ich alles nur noch schlimmer mache.«

»Erzähle mir von deinem Plan«, sagte er. »Wenn ich deinen Plan kenne, kann ich dir helfen.«

»Ich kenne meinen Plan nicht. Ich habe keinen Plan.«

»Dann höre den Plan, der mir in den Sinn kam, als ich dich beobachtete und dir lauschte. Zuerst dachte ich, du wolltest einfach versuchen, diese Jungen dazu zu bringen, gegen ihren Vater zu rebellieren. Dann aber wurde mir klar, daß du etwas viel Subtileres getan hast.«

»Ach ja?«

»Du hast Diduls Herz gewonnen.«

»Falls er eins hat.«

»Du hast ihn gelehrt, ein Mann zu sein. Das ist eine ganz neue Vorstellung für ihn. Ich glaube, er wäre gern ein guter Mann, Bedaja.«

Sie dachte darüber nach. »Ja, ich glaube, du hast recht.«

»Also werden wir diese Jungen nicht voneinander entfernen. Statt dessen werden wir sie zu unseren Freunden und Verbündeten machen.«

»Glaubst du, wir können das?« fragte Chebeja.

»Du meinst, ob ich glaube, wir *sollten* es? Ja, Bedaja. Sie können nichts dafür, daß sie sind, wozu ihr Vater sie gemacht hat. Doch wenn wir sie lehren können, etwas anderes zu sein, werden sie vielleicht noch zu guten Menschen. Das verlangt der Hüter von uns – wir sollen unsere Feinde nicht vernichten, sondern sie zu Freunden machen, falls es uns möglich ist.«

»Sie haben meine Kinder so oft verletzt«, sagte Chebeja.

»Wie schön wird dann der Tag sein, an dem sie vor dir niederknien und dich um Verzeihung bitten, und deine Kinder, und ihr drei sagen werdet: Wir wissen, daß ihr nicht mehr die Menschen seid, die ihr einst wart. Jetzt seid ihr unsere Brüder.«

»Das werde ich niemals zu ihnen sagen können.«

»Du kannst es jetzt nicht zu ihnen sagen«, erwiderte Akmaro. »Aber auch deine Gefühle werden sich verändern, wenn du siehst, daß die ihren sich ändern.«

»Du nimmst bei anderen Leuten immer das Beste an, Kmadaro.«

»Nicht immer«, sagte Akmaro. »Aber in diesem Jungen habe ich heute einen Funken Anstand gesehen. Entfachen wir diesen Funken und geben ihm Nahrung.«

»Ich werde es versuchen«, sagte Chebeja.

Akma lag auf seiner Matte und hörte das Gespräch seiner Eltern. Was für ein Mensch ist er, dachte er bei sich, daß er Mutter überreden will, sich mit denjenigen anzufreunden, die heute ihre Haut aufgepeitscht haben, bis sie blutete? Ich werde diesen Männern niemals verzeihen, niemals, ganz gleich, wie sehr sie sich ändern. Menschen, die Freunde von Wühlern sind, kann man niemals vertrauen. Sie sind genau wie Wühler geworden, niedrige, schmutzige Kreaturen, die wie Würmer in Löcher unter der Erde gehören.

Daß Vater davon sprach, einem Wurm wie Didul Anstand beizubringen und ihm zu verzeihen, war nur ein weiteres Zeichen für seine Schwäche. Immer laufen, sich verstecken, lehren, verzeihen, fliehen, sich unterwerfen, verbeugen, ertragen – wo war in Vaters Herz der Mut, sich zu erheben und zu kämpfen? Mutter, nicht Vater, war heute gegen Didul und die Wühler angetreten. Würde Vater Mutter wirklich lieben, hätte er diese Nacht damit verbracht, Rache für ihre blutigen Wunden zu schwören.

4
Erlösung

Monusch folgte Ilihiak in seine Privatkammer und beobachtete, wie der König die Tür hinter sich verriegelte. »Was ich dir jetzt zeigen werde«, sagte Ilihiak, »ist ein großes Geheimnis, Monusch.«

»Dann solltest du es mir vielleicht lieber nicht zeigen«, sagte Monusch. »Ich habe Ak-Moti Treue geschworen, »und ich werde kein Geheimnis vor ihm verbergen.«

»Aber genau deshalb habe ich dich hierher gebracht, Usch-Mon. Dein großer König bringt dir größtes Vertrauen entgegen. Glaubst du, ich wüßte nicht, daß mein Königreich im Reich Darakemba kaum ein kleiner Bezirk sein wird? Die Geschichten, daß die Nafari, die den Tsidorek hinabgezogen sind, nun zum größten Königreich im Gornaja geworden sind, erreichen uns sogar hier. Was ich hier habe, ist eine Sache für einen großen König, einen König wie Motiak, glaube ich. Ich weiß, daß sie für *mich* zu groß ist.«

Monusch war der Ansicht, daß von zwei Männern stets einer größer als der andere war und daß es irgendwo immer jemanden gab, der größer als diese beiden war. Wahrer Edelmut bestand darin, die Über- wie auch die Unterlegenen zu erkennen, allen mit dem angemessenen Respekt zu begegnen und niemals so zu tun, als stünde man höher, als es einem gebührt. Ilihiak wußte natürlich, daß er einen höheren Rang und größere Macht als Monusch besaß, Motiak hingegen größer als sie beide war. Deshalb brachte Monusch dem Mann noch mehr Vertrauen entgegen.

»Dann zeige es mir ohne Furcht«, sagte Monusch, »denn was ich sehe, werde ich keinem anderen Mann als meinem Herrn Motiak enthüllen.«

»Keinem *Menschen*», sagte Ilihiak. »Unseren alten Überlieferungen zufolge gehören zu den Menschen von Darakemba auch die Engel und Wühler.«

»Das stimmt«, sagte Monusch. »Das Himmelsvolk, das Erdvolk und das Mittelvolk sind in den Augen unseres Gesetzes wahre Menschen.«

Ilihiak erschauerte. »Mein Volk wird es mit dieser Auffassung schwer haben. Wir sind in dieses Land gekommen, um nicht mehr ständig mit den Schwingen der Engel in unseren Gesichtern leben zu müssen. Und hier haben wir mehr als genug Grund, die Wühler zu hassen – unsere Felder wurden mit dem Blut vieler guter Menschen getränkt. *Menschen*. Und Wühler.«

»Ich glaube, König Motiak wird nicht versuchen, euch zu erniedrigen, sondern euch erlauben, ein Tal zu suchen, in dem ihr das Land der Engel kaufen könnt, die vielleicht dort wohnen, und leben könnt, ohne jemanden zu beleidigen oder von jemandem beleidigt zu werden. Aber das macht euch natürlich zu Untertanen statt zu vollen Bürgern, denn unter Bürgern kann es keinen Unterschied zwischen Menschen über, unter und auf der Erde geben.«

»Es wird nicht meine Wahl sein, Monusch, sondern die meines Volkes.« Ilihiak seufzte. »Unser Haß auf die Wühler wurde dadurch verstärkt, daß wir in ihrer Nähe leben müssen. Die einzigen Engel, die wir hier sehen, sind Sklaven oder Untertanen, und sie meiden uns. Es wird unseren jungen Männern nicht leichtfallen, nun lernen zu müssen, daß es kein harmloser Zeitvertreib ist, Pfeile auf sie zu schießen, wenn sie zu niedrig fliegen.«

Monusch erschauerte. Nur gut, daß Husu nicht mit ihnen geflogen war, um dies zu hören.

»Ich sehe, wie du uns einschätzt«, sagte Ilihiak. »Ich fürchte, du könntest recht haben. Es gab einmal einen Mann, der zu uns kam, einen alten Mann namens Binadi. Er erklärte uns, unsere Lebensweise sei eine Beleidigung des Hüters. Wir würden die Engel mißhandeln, und der Hüter würde Engel, Wühler und Menschen gleichermaßen lieben. Es käme darauf an, ob jemand freundlich zu allen anderen sei, und ob er sich an die Gesetze des Anstands hielte. Er hat uns sehr … deutlich darauf aufmerksam gemacht, in welcher Hinsicht mein Vater, der König, gegen die Gebote des Hüters verstieß. Und seine Priester.«

»Ihr habt ihn getötet.«

»Mein Vater war ... zwiespältig. Der Mann sprach mit großer Kraft. Einige glaubten ihm – einschließlich einer von Vaters Priestern. Des Besten von ihnen. Er war verehrter Lehrer, ein Mann namens Akmadi. Nein, das war Vaters Name für ihn. Ich nannte ihn Akmaro, denn er war mein geehrter Lehrer, kein Verräter. Ich war bei Binadis Prozeß dabei, als Akmaro sich erhob und sagte: Dieser Mann ist Binaroak, der größte Lehrer. Ich glaube ihm, und ich will mein Leben ändern, damit ich seinen Lehren gerecht werde. Das war der grausamste Augenblick für meinen Vater – er hat Akmaro geliebt.«

»Er hat ihn geliebt? Er ist tot?«

»Ich weiß es nicht. Wir haben ihm ein Heer nachgeschickt, doch jemand muß ihn und seine Gefolgsleute gewarnt haben. Sie flohen in die Wildnis. Wir haben keine Ahnung, wo sie jetzt sind.«

»Das also sind diejenigen, die glauben, Menschen jeder Art seien vor dem Hüter gleich?«

»Wäre es doch nur unser schlimmstes Verbrechen gewesen, Akmadi – Akmaro – vertrieben zu haben.« Ilihiak hielt inne, um tief einzuatmen; das war eine Geschichte, die er nicht erzählen wollte. »Vater hatte Angst vor Binadi. Er wollte ihn nicht töten, nur erneut ins Exil schicken. Doch Pabulog, der Hohepriester – er hat darauf bestanden und Vater angestachelt.« Ilihiak strich sich das Haar aus der Stirn. »Vater war sehr empfänglich für Furcht. Pabulog flößte ihm Angst ein, Binadi am Leben zu lassen. Wie kann es jemals Sicherheit für dich geben, wenn er sogar Akmadi täuschen und für sich einnehmen kann? So etwas in der Art.«

»Dein Vater hatte schlechte Ratgeber«, sagte Monusch.

»Und ich fürchte, du wirst glauben, auch einen treulosen Sohn. Aber solange er noch lebte, war ich nicht treulos, Monusch. Erst, als ich gezwungen war, an seiner Statt zu herrschen, nachdem man ihn ermordet hatte ...«

»Nehmen deine Schwierigkeiten gar kein Ende?«

Ilihiak fuhr fort, als hätte Monusch nichts gesagt. »Erst dann wurde mir das Ausmaß seiner Verdorbenheit klar. Es war Binadi – Binaro –, der meinen Vater verstand. Nun, jetzt ist er tot, und ich bin König über Zinom, was auch immer das heißen mag. Die Hälfte der Männer wurden in mehreren Kriegen mit den Elemaki getötet. Nach dem letzten dieser Kriege unterwarfen wir uns ihnen und ließen zu, daß sie ihren Fuß auf unseren Hals setzten. Erst da, in der Sklaverei, verloren wir unsere Überheblichkeit. Wir erkannten, wären wir in Darakemba geblieben – ob nun Schwingen in unserem Gesicht oder nicht – wären wir nun wenigstens keine Sklaven von Wühlern. Unsere Kinder hätten genug zu essen. Und wir müßten nicht jeden Tag unseres Lebens Beleidigungen ertragen.«

»Also hast du Binaro aus dem Gefängnis gelassen?«

»Aus dem Gefängnis?« Ilihiak lachte verbittert. »Er wurde getötet, Monusch. Verbrannt, Gliedmaß um Gliedmaß. Pabulog persönlich hat dafür gesorgt.«

»Ich glaube«, sagte Monusch, »dieser Pabulog wäre klug beraten, nicht nach Darakemba zu kommen. Motiak wird seine Gesetze selbst über Taten stellen, die begangen wurden, als Pabulog in den Diensten deines Vaters stand.«

»Pabulog ist nicht mehr bei uns. Glaubst du, sonst würde er heute noch leben? Er ist geflohen, als mein Vater getötet wurde, und hat seine Söhne mitgenommen. Wie bei Akmaro haben wir keine Ahnung, wo er ist.«

»Ich will ehrlich zu dir sein, Ilihiak. Dein Volk hat als Nation schreckliche Dinge getan.«

»Und wir sind dafür bestraft worden«, sagte Ilihiak, dessen Zorn kurz aufflackerte.

»Motiak ist nicht an Bestrafung interessiert, abgesehen von Männern, die jemanden gequält haben, der vom Hüter erwählt wurde. Aber Motiak kann einem Volk, das Dinge getan hat wie ihr, nicht erlauben, nach Darakemba zu kommen.«

Ilihiak bewahrte seine königliche Haltung, doch Monusch

sah, daß er fast unmerklich die Schultern hängen ließ. »Dann werde ich meinem Volk beibringen, daß es seine Last tapfer tragen muß.«

»Du verstehst mich falsch«, sagte Monusch. »Ihr könnt nach Darakemba kommen. Aber wenn ihr dort eintrefft, müßt ihr ein neues Volk sein.«

»Ein neues Volk?«

»Wenn ihr den Tsidorek zum letzten Mal überquert, werdet ihr nicht die Brücke benutzen. Statt dessen wird dein gesamtes Volk – alle bis auf die kleinen Kinder – durch das Wasser gehen und dann symbolisch sterben und im Fluß begraben werden. Wenn ihr aus dem Wasser herauskommt, habt ihr keinen Namen; niemand kennt euch. Ihr geht zum Ufer, und dort legt ihr dem Hüter den ernstesten Eid ab. Von da an habt ihr keine Vergangenheit mehr, aber eine Zukunft als wahre Bürger Darakembas.«

»Dann können wir den Eid sofort leisten – wir haben hier einen Fluß, und bei den Wassern des Oromono, wo der Regen ewig von der Klippe fällt, ist das Wasser so heilig wie überall im Tsidorek.«

»Es ist nicht das Wasser – oder, besser gesagt, nicht das Wasser allein«, sagte Monusch. »Du kannst deinem Volk die förmliche Übereinkunft erklären, damit es die Gesetze versteht, die es akzeptiert, wenn es von hier nach Darakemba aufbricht. Aber der Gang durch das Wasser muß in der Nähe der Hauptstadt geschehen – ich habe nicht die Befugnis, euch zu neuen Männern und Frauen zu machen.«

Ilihiak nickte. »Akmaro hatte es getan.«

»Der Gang durch das Wasser? Das geschieht nur in Darakemba.«

»Dem Gerücht zufolge, das wir gehört haben, hat er Menschen durch das Wasser geführt und sie neu gemacht, als er sich am Oromono versteckte.« Ilihiak lachte verbittert. »Wie Pabulog erklärt hat, haben sie kleine Kinder ertränkt. Als ob irgend jemand so etwas glauben würde.«

Monusch machte sich nicht die Mühe, Ilihiak zu erklären, daß nur der König der Nafari das Recht hatte, neue Männer und Frauen zu machen. Wer und wo auch immer dieser Akmaro war, es hatte nichts mit den heutigen Verhandlungen zu tun, daß er sich mißbräuchlich die Macht Motiaks angeeignet hatte. »Ilihiak, ich glaube, du hast von Motiak nichts zu befürchten. Und ob dein Volk sich nun entscheidet, die formelle Übereinkunft zu akzeptieren oder nicht ... so oder so werdet ihr innerhalb der Grenzen Darakembas Frieden finden.«

Der König schüttelte den Kopf. »Sie werden die formelle Übereinkunft akzeptieren, oder ich werde sie nicht führen. Wir haben genug davon, nur allein als Menschen leben zu wollen. Es ist nicht nur unmöglich, es ist der Mühe auch nicht wert.«

»Dann wäre das erledigt«, sagte Monusch und ging zur Tür.

»Aber wohin gehst du?« fragte Ilihiak.

»War das nicht das Geheimnis, das du mir mitteilen wolltest?« fragte Monusch. »Was dein Vater und Pabulog Binadi angetan haben?«

»Nein«, sagte Ilihiak. »Das hätte ich dir auch vor meinem Rat sagen können. Sie alle wissen, was ich von diesen Dingen halte. Nein, ich habe dich hierhergebracht, um dir etwas anderes zu zeigen. Wenn die Elemaki davon wüßten, wenn auch nur der Anflug eines Gerüchts an ihre Ohren käme ...«

Hatte er nicht bereits versprochen, alle Geheimnisse zu bewahren und nur Motiak von ihnen zu berichten? »Dann zeige es mir«, sagte Monusch.

Ilihiak ging zu seinem Bett, einer dicken Matte, die in der Mitte seiner Kammer auf dem Boden lag. Er schob sie zurück, wischte das Schilfrohr und die Binsen beiseite. Dann ertasteten seine Finger eine bestimmte Stelle auf einem der Steine im Boden, und plötzlich fiel eine große Steinplatte hinab. Sie hing an Scharnieren, und wo sie gewesen war, klaffte nun ein dunkles Loch.

»Soll ich dir eine Fackel bringen?« fragte Monusch.

»Nicht nötig«, sagte Ilihiak. »Ich hole es hoch.«

Der König ließ sich in das Loch hinabfallen. In der Dunkelheit hatte es ausgesehen, als wäre es sehr tief, doch als Ilihiak nun aufrecht stand, schauten seine Schultern aus dem Loch hervor. Er bückte sich, hob einen schweren Gegenstand hoch und legte ihn auf den Boden der Kammer. Dann kletterte er wieder hinaus.

Der Gegenstand war in ein schmutziges Tuch eingewikkelt. Der König wickelte es auf und enthüllte einen Korb, den er öffnete. Dann holte er eine hölzerne Kiste daraus hervor und schließlich öffnete er auch diese. Darin schimmerte es wie von reinem Gold.

»Was ist das?« fragte Monusch.

»Sieh dir die Schrift an«, sagte Ilihiak. »Kannst du sie lesen?«

Monusch betrachtete die in die Goldblätter gravierten Zeichen. »Nein«, sagte er. »Aber ich bin kein Gelehrter.«

»Ich auch nicht, aber soviel kann ich dir sagen – von dieser Schrift habe ich noch nie gehört. Diese Buchstaben haben fast gar keine Ähnlichkeit mit irgendeinem Alphabet, und auch die Muster sind für unsere Sprache völlig falsch. Wo sind die Vor- und Nachsilben? Statt dessen sind da all diese winzigen Worte – was könnten sie bedeuten? Ich sage dir, dies wurde weder von Nafari *noch* von Elemaki geschrieben.«

»Engel?« fragte Monusch.

»Hatten sie eine Schrift, bevor wir Menschen kamen?«

Monusch zuckte mit den Achseln. »Wer weiß? Es sieht aber auch nicht nach ihrer Schrift aus. Die Worte sind viel zu kurz. Wie du es gesagt hast. Woher hast du das?«

»Als ich König wurde, schickte ich eine Gruppe Krieger aus, die Darakemba suchen sollten, damit wir zurück nach Hause finden konnten. Mein Großvater hatte absichtlich alle Unterlagen über den Weg zerstört, den er unser Volk von Darakemba hierher geführt hatte, und weigerte sich, es jemandem zu verraten. Er sagte, eine solche Information sei nutzlos – wir würden niemals zurückkehren.« Ilihiak lächelte schief. »Wir wußten, wir waren den Tsidorek entlang gewandert – das war nicht schwer –, aber es ist ja nicht so, als könnten meine Männer sich bei den örtlichen Elemaki nach dem Weg erkundigen. Wir hatten schon Probleme genug, ohne daß sie uns fanden, weil wir Erkundungstrupps ausschickten. Also stießen sie auf einen Fluß, den sie für den Tsidorek hielten, und folgten ihm. Es war ein sehr seltsamer Fluß, Monusch – sie folgten ihm hinab und hinab und hinab, bis sie eine Stelle erreichten, an der das Wasser sehr aufgewühlt war. Und dort floß es in einer geraden Linie weiter, nun aber genau in die entgegengesetzte Richtung!«

»Ich habe von diesem Ort gehört«, sagte Monusch. »Sie haben den Issibek gefunden. Das ist der dahinter liegende Fluß. Eigentlich sind es zwei Flüsse, die direkt aufeinander zu fließen. Wo sie sich treffen, gibt es einen Tunnel, der viele Meilen durch festes Gestein führt, bis der Fluß schließlich aus dem Fels hervorschießt und einen neuen Strom bildet, der zum Meer fließt.«

»Ich verstehe. Nun, meinen Männern kam es wie ein Wunder vor. Sie hielten es für ein Zeichen, daß sie auf dem richtigen Weg waren.«

»Dort haben sie diese Schrift gefunden?«

»Nein. Sie sind dem Fluß bis zu seiner nördlichen Quelle gefolgt und haben sich dann den Weg durch immer niedriger Täler gebahnt, bis sie den Gornaja schließlich ganz verlassen haben mußten. Es war ein heißes, trockenes Land, und zu ihrem Entsetzen war es mit den Gebeinen toter Menschen bedeckt. Als hätte dort eine schreckliche Schlacht getobt. Tausende und Abertausende von Menschen waren dort erschlagen worden, Monusch – so viele, daß man sie nicht mehr zählen konnte. Und damit du mich nicht falsch verstehst – alle Toten waren Menschen. Unter ihnen war kein Wühler, kein einziger Engel.«

»Ich habe nie von einem solchen Ort gehört, obwohl es diese Wüste tatsächlich gibt. Wir nennen sie Opustoschen – der Ort der Verzweiflung.«

»Das scheint mir der richtige Name dafür zu sein«, sagte

Ilihiak. »Meine Männer waren sicher, herausgefunden zu haben, was mit dem Volk von Darakemba geschehen war, und warum sie nirgendwo am Fluß die Stadt gefunden hatten.«

»Sie dachten, diese toten Menschen wären *wir*?«

»Ja«, sagte Ilihiak. »Wer kann in der Wüste schon sagen, wie lange etwas tot ist? Das haben sie jedenfalls zu mir gesagt. Doch als sie zwischen den Leichen suchten, fanden sie das da.«

»Was denn? Es lag auf dem Boden, und niemand hatte es als Beute mitgenommen?«

»Es war in einer Felsspalte versteckt«, sagte Ilihiak. »An einer Stelle, die zu klein aussah, als daß man etwas hineinschieben konnte. Einer der Männer hatte am Abend zuvor einen Traum gehabt, und in diesem Traum fand er etwas Wunderbares in einer Felsspalte, die genau wie die aussah, die er in der Nähe des Schlachtfeldes fand. Das hat er zumindest behauptet. Also griff er hinein ...«

»Der Narr! Weiß er denn nicht, daß es in der Wüste tödliche Schlangen gibt? Sie verbergen sich tagsüber in solchen beschatteten Felsspalten.«

»Es waren ein Dutzend Schlangen darin ... von jener Art, die mit ihren Schwänzen Tanzmusik macht ...«

»Tödlich!«

»Aber sie waren harmlos wie Erdwürmer«, sagte Ilihiak. »Daher wußten meine Männer, der Hüter wollte tatsächlich, daß sie diese Tafeln bekamen. Und jetzt sind sie hier. Die Elemaki würden sie sofort einschmelzen und zu Ziergegenständen machen. Aber ich hatte gehofft, daß Motiak ...«

Monusch nickte. »Motiak hat den Index.« Er blickte Ilihiak in die Augen. »Das ist auch ein Geheimnis. Nicht, daß das Volk nicht wissen soll, daß er ihn hat. Aber es ist besser, wenn die Leute nicht sicher sind, so daß sie den Index nicht unbedingt sehen oder, noch schlimmer, sogar stehlen wollen. Der Index kennt alle Sprachen. Wenn es irgend jemandem auf der Erde möglich ist, diese Aufzeichnungen zu übersetzen, dann Motiak.«

»Dann werde ich sie ihm geben«, sagte Ilihiak und schlug die Goldblätter wieder in das Tuch ein. »Ich habe nicht gewagt, dich zu fragen, ob der Index noch immer den Königen der Nafari gehört.«

»So ist es«, sagte Monusch. »Und obwohl der Index viele Generationen lang schwieg, erwachte er in den Tagen von Motiaks Großvater Motiab und trug ihm auf, nach Darakemba zu gehen.«

»Ja«, sagte Ilihiak. »Und mein Großvater wies diese Entscheidung zurück.«

»Es ist nie gut, mit dem Index zu streiten«, sagte Monusch.

»Alle Boten des Hüters sind heilig«, sagte Ilihiak und erschauerte.

»Das Blut Binaros klebt nicht an deinem Kopf«, sagte Monusch.

»Es klebt an den Köpfen meines Volkes, und daher auch an meinem Kopf. Du warst nicht hier, Monusch. Der Mob gab seine volle Zustimmung und jubelte, als Binadi vor Schmerzen schrie. Diejenige, denen es nicht gefiel, was wir taten, sind jetzt bei Akmaro – wo immer er auch sein mag.«

»Dann ist es an der Zeit, daß wir sie lehren, was die förmliche Übereinkunft bedeuten wird, und sie entscheiden lassen, ob sie nach Darakemba gehen wollen.«

Ilihiak zog sein Bett wieder über die verborgene Grube. »Aber ich habe keine Ahnung, wie wir ohne einen blutigen Krieg unsere Freiheit von diesem Ort erringen wollen.«

Monusch half ihm, das Bett wieder genauso herzurichten, wie es gestanden hatte. »Sobald sie sich bereit erklärt haben, die formelle Übereinkunft zu akzeptieren, Ilihiak, wird der Hüter uns zeigen, wie wir entkommen können.«

Ilihiak lächelte. »Wenn *mir* nichts einfallen muß, bin ich damit zufrieden.«

Monusch betrachtete ihn eindringlich. Meinte er das ernst?

»Ich wollte nie König sein«, sagte Ilihiak. »Ich gebe gern den Thron und alle Privilegien auf, wenn ich auch die Last des Amtes beiseite schieben kann.«

»Ein Mann, der bereitwillig den Thron aufgeben würde? So etwas habe ich noch nie gehört«, sagte Monusch.

»Wenn du wüßtest, wieviel Schmerz mir das Regieren hier bereitet hat«, sagte Ilihiak, »würdest du mich einen Narren nennen, daß ich diese Aufgabe so lange ertragen habe.«

»Ilihiak, Herr«, sagte Monusch, »ich würde dich niemals einen Narren nennen oder dulden, daß ein anderer dich in meiner Gegenwart so nennt.«

Ilihiak lächelte. »Dann darf ich hoffen, Monusch, auch dann noch die Ehre zu haben, dein Freund zu sein, wenn ich nicht mehr König bin?«

Monusch nahm Ilihiaks Hände und legte sie flach auf seine Wangen. »Mein Leben ist auf ewig zwischen deinen Händen, mein Freund«, sagte Monusch.

Ilihiak nahm Monuschs Hände und vollführte die Geste ebenfalls. »Mein Leben war wertlos, bis der Hüter dich zu mir führte. Du warst das Erwachen all meiner Hoffnung. Ich weiß, du bist nur hierhergekommen, um deinem König gegenüber deine Pflicht zu tun. Aber ein Mann kann den Wert eines anderen Mannes sehen, ganz gleich, welchen Rang oder welche Mission er hat. Mein Leben ist auf ewig zwischen deinen Händen.«

Sie umarmten sich und drückten die Lippen in einem Kuß der Freundschaft aufeinander. Dann entriegelte Ilihiak lächelnd die Tür, während Tränen seine Wangen hinabströmten, derer er sich nicht schämte, und kehrte in die winzige Welt zurück, in der er niemanden zum Freund hatte, weil er der König aller sein mußte.

Als Mon sein Ziel zum drittenmal verfehlte, flog Husu zu ihm und hielt ihn auf. Andere – die meisten davon Engel im frühesten Stadium ihrer Ausbildung als Späher von Husus fliegenden Heer – setzten ihre Übungen fort, füllten ihre Münder mit Pfeilen, deren Spitzen hinausschauten, schossen sie dann schnell hintereinander durch ihre Blasrohre ab und bemühten sich, sie in die Nähe ihrer Ziele zu bringen.

Eines Tages würden sie lernen, genau zu treffen, während ihre Schwingen im Flug schlugen und sie mit einem Fuß das Blasrohr und mit dem anderen eine Last hielten. Doch nun übten sie, während sie auf einem Fuß standen. Mon war normalerweise wütend auf sich, wenn er das Ziel verfehlte – schließlich konnte er das Rohr mit zwei Händen halten und zielen, während er auf zwei Füßen stand. Doch heute machte es ihm kaum etwas aus.

»Mon, mein junger Freund, ich glaube, du bist müde«, sagte Husu.

Mon zuckte mit den Achseln.

»Hast du nicht gut geschlafen?«

Mon schüttelte den Kopf. Er konnte es nicht ausstehen, erklären zu müssen, was mit ihm los war. Normalerweise war er ein besserer Schütze, und darauf war er stolz.

»Du bist ein besserer Schütze, als man heute sieht«, sagte Husu. »Hättest du Schwingen, hätte ich dich bereits befördert.«

Husu hätte keine schmerzlicheren Worte sagen können, doch das konnte er natürlich nicht wissen. »Als ich geblasen habe, wußte ich, daß der Schuß nicht gut war«, sagte Mon.

»Und trotzdem hast du geblasen.«

Mon zuckte erneut mit den Achseln.

»Kinder zucken mit den Achseln«, sagte Husu. »Soldaten analysieren.«

»Ich habe den Pfeil geblasen, weil es mir gleichgültig war«, sagte Mon.

»Ah«, sagte Husu. »Wäre es dir auch gleichgültig gewesen, wäre das Ziel ein Elemaki-Soldat gewesen, der jungen Engeln, die auf ihrer Sitzstange stehen, die Kehle durchschneiden wollte?«

»Ich wache des Nachts immer wieder auf«, sagte Mon. »Irgend etwas stimmt nicht.«

»Solche Präzision«, sagte Husu. »Wenn du deine Pfeile abschießt ... zielst du dann auch auf ›irgend etwas‹? Ja, natürlich, dann wirst du dein Ziel jedesmal treffen. Denn ›irgend etwas‹ trifft man immer.«

»Etwas mit Monuschs Expedition.«

Husu schaute sofort besorgt drein. »Wurde ihnen Schaden zugefügt?« fragte er.

»Ich weiß es nicht. Ich glaube es aber nicht. Dieses Gefühl stellt sich bei mir nicht ein, wenn etwas Schlimmes geschieht, oder ich würde überhaupt nicht mehr schlafen, denn es geschieht ja ständig etwas Schlimmes. Es kommt nur, wenn jemand eine schlechte Entscheidung trifft. Einen Fehler macht. Monusch hat einen Fehler gemacht.«

Husu kicherte. »Und *dieses* Gefühl stellt sich nicht ständig bei dir ein?«

»Ein Fehler in einer Sache, die *mich* betrifft.«

»Dann sollte man doch meinen, daß alle Fehler, die dem Königreich deines Vaters Schaden zufügen, dich wach halten. Und glaub mir, davon gibt es jede Menge.«

Mon drehte sich zu Husu um und blickte ihm in die Augen. »Ich wußte, daß meine Erklärung dir nicht gefallen wird, Herr, aber mein Achselzucken wolltest du ja nicht akzeptieren.«

Husu hörte zu kichern auf. »Nein, ich will die Wahrheit erfahren.«

»Wäre ich der Erbe des Königs, wäre das ganze Königreich wichtig für mich. Doch wie es nun einmal ist, interessiert mich nur ein sehr kleiner Teil davon. Monuschs Expedition spielt eine Rolle für mich, weil ...«

»Weil du sie ausgeschickt hast.«

»Vater hat sie ausgeschickt.«

»Sie wurde ausgeschickt, weil du es gesagt hast.«

»Sie haben einen Fehler gemacht«, sagte Mon.

Husu nickte. »Aber du kannst nichts daran ändern, oder? Sie sind nicht in deiner Reichweite, nicht wahr? Niemand kann ins Elemaki-Territorium fliegen – dort jagt man Engel und schießt sie aus dem Himmel, und in dieser Höhe ist die Luft zu dünn, als daß wir lange Strecken fliegen könnten, oder auch sehr hoch. Also – du kannst nur eins gegen dieses Gefühl tun. Du kannst deinem vorgesetzten Offizier davon erzählen.«

»Da hast du wohl recht«, bestätigte Mon.

»Und nun hast du es mir gesagt«, fuhr Husu fort. »Also – zurück an deine Ausbildung. Ich lasse dich ein Nickerchen machen, wenn du das Ziel dreimal hintereinander ins Herz getroffen hast.«

Was Mon mit seinen drei nächsten Schüssen schaffte.

»Anscheinend fühlst du dich besser«, sagte Husu. »Mache jetzt dein Nickerchen.«

»Wirst du es meinem Vater sagen?«

»Ich werde deinem Vater sagen, daß Monusch einen Fehler gemacht hat. Wir werden abwarten und sehen müssen, was für ein Fehler das sein könnte.«

Monusch besprach sich mit Ilihiak und mehreren seiner militärischen Berater. Ilihiaks Frau, Wissedwa, saß hinter ihnen. Das war ziemlich ungewöhnlich, doch Monusch sagte nichts dazu, daß eine Frau bei einem Kriegsrat anwesend war. Die Zenifi hatten ihre eigenen Gebräuche, ihre eigenen Gründe, bestimmte Dinge zu tun. Monusch wußte – hatte von Motiak gelernt –, daß man die seltsamen Gebräuche anderer Nationen nicht als Beleidigung betrachten, sondern daraus lernen sollte. Doch lag er mit seiner Beobachtung falsch, daß einige der Männer es geflissentlich vermieden, Wissedwa anzuschauen?

Der Rat gelangte fast sofort zu der Schlußfolgerung, daß es sinnlos war, ihre Freiheit durch offene Rebellion gewinnen zu wollen. »Bevor du hierhergekommen bist, Monusch«, sagte Ilihiak traurig, »haben wir zu oft gekämpft und zu viele Männer verloren. Wir können auf dem Schlachtfeld einen Sieg erringen, doch der Unterkönig, den wir geschlagen haben, kommt einfach mit einem Heer seiner Bruderkönige zurück.«

»Außerdem«, sagte einer der alten Männer, »vermehren die Wühler sich wie die Maden, die sie sind.«

Ilihiak zuckte leicht zusammen. Das Volk hatte zugestimmt, die förmliche Übereinkunft zu akzeptieren – doch das bedeutete nicht, daß ihre Meinung über die Nichtmenschen sich änderte. Und wenn es um Wühler ging, spielte es sowieso keine große Rolle. Die meisten Wühler in Darakemba waren Sklaven – Kriegsgefangene oder ihre Abkömmlinge bis zur dritten Generation. Die Zenifi konnten Wühler hassen und würden ihre Mitbürger in Darakemba damit nicht großartig stören. Die Probleme würde der Abscheu verursachen, den sie dem Himmelsvolk entgegenbrachten.

Schon sehr früh während der Versammlung merkte Monusch, daß von allen Beratern Ilihiaks der alte Khideo das Ohr des Königs besaß, und zwar zu Recht, denn er sprach mit ruhiger Umsicht und ohne Leidenschaft. Deshalb überraschte es ihn, daß er von Ilihiak nicht Usch-Khideo genannt wurde – und daß er überhaupt keinen Ehrentitel hatte. Nun hob Khideo eine Hand leicht von seinem Schoß, und die anderen verstummten.

»O König«, sagte er, »du hast oft auf meine Worte gelauscht, als wir gegen die Elemaki in den Krieg zogen. Falls mein Rat dir jemals nützlich gewesen ist, o König, bitte ich dich, mir jetzt zuzuhören, und ich werde dein wahrer Diener sein und dieses Volk aus seiner Knechtschaft befreien.«

Monusch wunderte sich darüber, wie förmlich Khideo sprach – hatte er sich nicht bereits mehrmals zu Wort gemeldet, genau wie die anderen Männer?

Ilihiak führte seine Hand an die Lippen, öffnete sie dann und zeigte auf Khideo. »Ich gebe meine Stimme nun Khideo.«

Ah, so war das also. Khideo gab nicht nur einen beiläufigen Rat. Er machte ein Privileg geltend, und Ilihiak hatte es ihm gewährt. Hier stand mehr auf dem Spiel als nur eine Beratung des Königs. Sollte Khideos Plan akzeptiert werden, würde er den Exodus offensichtlich anführen. Zweifellos befürchtete Khideo, Monusch würde versuchen, die Zenifi aus der Gefangenschaft zu führen, und versuchte, diese Möglichkeit von vornherein zu unterbinden. Monusch würde ihr Führer nach Darakemba sein und sie dem großen Motiak vorstellen müssen. Doch Khideo hatte nicht die Absicht, sich bis zum letztmöglichen Augenblick von ihm – oder Ilihiak – als Führer der Nation ausstechen zu lassen. Wie überflüssig dieses Manöver doch war! Monusch interessierte es nicht, wer den Befehl hatte, solange der Plan klug war, den sie durchführten.

»Der große Motiak hat so wenige Männer zu uns geschickt, weil eine größere Gruppe bestimmt von den Elemaki ergriffen und vernichtet worden wäre«, sagte Khideo.

Natürlich war es Khideos Absicht, alle daran zu erinnern, wie wenig Männer Monusch mitgebracht hatte. Doch Monusch nahm keinen Anstoß daran. Statt dessen hob er die Hand aus dem Schoß, und Khideo nickte und erteilte ihm damit das Wort. »Wir wären auf jeden Fall ergriffen worden, wäre der Feind nicht durch die Macht des Hüters dumm gemacht worden.« Noch während er die formelhaften Worte sprach, fragte er sich, ob sie – zumindest in diesem Fall – vielleicht gar nicht der Wahrheit entsprachen. Warum hatte keiner der Elemaki aufgeschaut, als Monuschs Leute deutlich sichtbar über die Bergflanken gezogen waren – und das nicht nur einmal, sondern oft genug?

»Nun streben wir die Freiheit unseres gesamten Volkes an«, fuhr Khideo fort. »Ihr an diesem Tisch wißt, daß ich vor keinem Kampf zurückschrecke. Ihr wißt, daß ich nicht einmal ein Attentat für unter meiner Ehre halte.«

Die anderen nickten ernst, und nun wurde Monusch allmählich klar, warum Khideo keinen Ehrentitel hatte. Hatte er Nuab getötet? Ilihiak konnte Khideos Rat akzeptieren und sogar seine Heere von ihm führen lassen, doch einem Mann, der versucht hatte, einen König zu töten, konnte er niemals einen Ehrentitel verleihen – besonders, wenn es sich dabei um seinen eigenen Vater handelte, wie unwürdig der alte König auch gewesen sein mochte.

»Unsere einzige Hoffnung besteht darin, von diesem Ort zu fliehen«, sagte Khideo nun. »Doch dabei müssen wir zumindest genug Tiere von unseren Herden mitnehmen, um ausreichend Nahrung auf der Reise zu haben. Hat jemand mal versucht, Truthähne ruhig zu halten? Werden unsere Schweine sich so schnell bewegen, wie ein fliehendes Heer sich bewegen muß? Ganz zu schweigen von unseren Frauen und Kindern – den Säuglingen und jenen, die gerade erst laufen gelernt haben? Werden wir sie über die steilen Klippen führen können? Werden sie einen halben Tag oder länger mit Höchstgeschwindigkeit marschieren können?«

»Zumindest wissen die Elemaki, daß ihr als Volk unmöglich entkommen könnt«, sagte Monusch. »Deshalb werden sie nur ein paar Wachen aufgestellt haben.«

»Genau«, sagte Khideo.

»Dann töten wir sie doch und ziehen los!« rief einer der anderen Männer.

Khideo antwortete nicht, sondern wartete, bis Ilihiak den Mann sanft getadelt und das Wort an Khideo zurückgegeben hatte.

»Ich lese erneut in den Aufzeichnungen, die wir über die Geschichte der Nafari bewahren«, sagte Khideo. »Als Nafai sein Volk von dem verräterischen, verlogenen Mörder Elemak und den üblen Wühlern wegführte, die ihm dienten, besaß er die Hilfe des Hüters der Erde, der alle Elemaki so fest schlafen ließ, daß sie nicht erwachten.«

»Nafai war ein Held«, sagte ein alter Mann. »Zu uns spricht der Hüter nicht.«

»Der Hüter sprach zu Binaro«, sagte Ilihiak nachsichtig.

»Binadi«, murmelte ein anderer Mann.

Khideo schüttelte den Kopf. »Der Hüter hat auch den Traum geschickt, der Monusch zu uns führte. Wir werden alles tun, was in unserer Macht steht, und dann darauf vertrauen, daß der Hüter den Rest tut und für unsere Sicherheit sorgt. Aber mein Plan erfordert von uns nicht, zum Hüter zu beten und dann zu hoffen, daß unser Gebet erhört wird. Ihr alle wißt, daß es uns verboten ist, unsere Gerste zur Gärung zu bringen, obwohl dies das Wasser sicherer vor Krankheiten macht. Warum ist dem so?«

»Weil das Bier die Wühler verrückt macht«, sagte ein alter Mann.

»Es macht sie dumm«, sagte Khideo. »Es macht sie betrunken. Rüpelhaft, laut, glücklich, dumm – und dann werden sie ohnmächtig. Deshalb ist es uns verboten, Bier herzustellen – weil die Schmutzfresser nicht die geringste Selbstbeherrschung haben.«

»Wenn wir ihnen Bier anbieten«, sagte Ilihiak, »einmal vorausgesetzt, wir könnten überhaupt welches auftreiben ...«

Einige Männer lachten. Offensichtlich war geheimes Brauen hier nicht unbekannt.

»...können wir sie nicht daran hindern, diejenigen zu verhaften, die es ihnen anbieten, und sie ins Gefängnis zu werfen.«

Khideo nickte dem König lediglich zu.

Nein, nicht dem König. Der Frau des Königs, Wissedwa. Sie wandte das Gesicht ab, damit sie keinen der Männer direkt ansah, sprach aber so laut, daß alle sie hören konnten. »Wir wissen, daß den Wühlern alle Frauen heilig sind. Selbst wenn sie das Bier zurückweisen, werden sie nicht Hand an uns legen. Also werden wir es ihnen als letzten Anteil an der Ernte anbieten. Sie wissen, daß sie es ihren Vorgesetzten nicht übergeben können, ohne auch die Verbrecher zu überstellen, die es ihnen angeboten haben. Daher haben sie keine andere Wahl, als es zu trinken.«

»Die Königin erklärt meinen Plan, als käme er über meine Lippen«, sagte Khideo.

Monusch war der Ansicht, daß Khideo die Schande, in einer Ratsversammlung mit einer Frau zu sprechen, mit großer Würde ertrug. Er nahm sich vor, später zu fragen, wieso die Stimme einer Frau überhaupt gehört wurde. Doch ihm war längst klar, daß sie keineswegs töricht war und der Diskussion hatte folgen können. Monusch versuchte, sich eine Frau auf einer von Motiaks Ratsversammlungen vorzustellen. Wer würde es sein? Nicht Dudagu, soviel stand fest – hatte sie je ein einziges intelligentes Wort geäußert? Und

Toeledwa war vor ihrem Tod immer schweigsam gewesen, hatte nie Fragen gestellt, die über die Erziehung ihrer Kinder und die Angelegenheiten des Königshauses hinausgingen. Aber Edhadeja – nun ja, Monusch konnte sich vorstellen, daß *sie* in einer Ratsversammlung mutige Worte sprach. Und *sie* würde man nicht zum Schweigen bringen können, wenn man ihr das Recht zu sprechen erst einmal gewährt hatte. Aber es war besser, wenn er Motiak diesen Vorschlag niemals unterbreitete. Er liebte Edhadeja so abgöttisch, daß er sich vielleicht einfach entschloß, ihr das Privileg zu verleihen, vor dem königlichen Rat zu sprechen, und das wäre dann das Ende jeglicher Würde. Ich habe nicht die Ergebenheit, die dieser Khideo hat, dachte Monusch.

»Jetzt müssen wir wissen«, sagte Khideo, »ob Monusch einen anderen Weg zurück nach Darakemba kennt, der uns nicht durch das Herz des Landes Nafai führt.«

Monusch antwortete sofort. »Bevor meine Männer und ich aufbrachen, haben Motiak und ich uns alle Karten angesehen. Uns blieb keine andere Wahl, als den Tsidorek entlang zu marschieren, um euch zu suchen, weil das der Weg war, den euer großer König Zenifab einschlug, als eure Vorfahren davonzogen. Doch was die Rückkehr betrifft ... wenn ihr den Weg zum Fluß Mebberek kennt ...«

»Er wird in diesem Land Mebbereg genannt«, sagte ein alter Mann, »falls es derselbe Fluß ist.«

»Hat er einen Nebenfluß mit einer reinen Quelle?« fragte Monusch.

»Der größte Nebenfluß des Mebbereg ist der Ureg. Er entspringt einem See namens Uprod, der eine reine Quelle ist«, sagte der alte Mann.

»Das ist er«, sagte Monusch. »Ein uralter Paß führt über den Uprod in das Land nördlich davon. Ich glaube, ich kann ihn finden, wenn das Land sich nicht allzu sehr verändert hat, nachdem unsere Landkarten angefertigt wurden. Er öffnet sich nicht weit von einer Biegung im Padurek, dem großen Nebenfluß mit reiner Quelle des Tsidorek. Von dem Augenblick an, da wir diesen Paß verlassen, befinden wir uns auf Gebiet, das von Motiak beherrscht wird.«

Khideo nickte. »Dann werden wir durch das Hinterland der Stadt ziehen, weit weg vom Fluß. Auf diese Weise müssen wir das Bier nur den Elemaki-Wachen geben, die hier in der Stadt stationiert sind. Die Wachen flußauf- und flußabwärts werden uns nicht hören, und die auf der anderen Seite des Flusses werden nie erfahren, was hier vorgeht. Und wenn die Wachen bemerken, daß wir verschwunden sind, werden sie es nicht wagen, ihrem König ihr Versagen einzugestehen, denn sie wissen, daß er sie alle hinrichten lassen würde. Statt dessen werden sie selbst in die Wälder fliehen und zu Gesetzlosen und Streunern werden, und es wird viele Tage dauern, bis der König der Elemaki erfährt, was wir getan haben. Das ist mein Plan, o König, und nun gebe ich meine Stimme an dich zurück.«

»Ich erhalte meine Stimme zurück«, sagte Ilihiak. »Und ich erkläre, daß es fürwahr *meine* Stimme war und Khideo nun beim Führen dieser Nation in die Freiheit meine Hände und Füße ist. Er wird den Tag bestimmen, und wir alle werden ihm gehorchen, als wäre er der König, bis wir das Ufer des Mebbereg erreichen.«

Monusch beobachtete, wie alle anderen Männer des Rates augenblicklich niederknieten, mit ihren Handflächen den Boden berührten und Khideo damit den Gehorsamseid leisteten. Monusch nickte ihm zu, wie es der Würde des Gesandten Motiaks entsprach. Khideo blickte ihn mit gerunzelter Stirn an. Monusch behielt seinen wohlwollenden Ausdruck bei. Nach einem Augenblick mußte Khideo zu dem Schluß gekommen sein, daß Monuschs Nicken genügte, denn er hob die Hände, um die anderen freizugeben, kniete dann selbst vor dem König nieder, legte das Gesicht zwischen die Knie des Monarchen und die Hände flach auf dessen Füße. »Alles, was ich in deinem Namen tue, wird dir Ehre bringen, o König, bis zu dem Tag, da ich dir deine Hände und Füße zurückgebe.«

Monusch fand es interessant, daß diese Rituale so schnell entstanden waren, nach nur drei Generationen der Trennung von Darakemba. Dann aber dämmerte ihm, daß die

Riten viel älter sein konnten – und daß man sie in den Jahren, die die Zenifi schon an diesem Ort weilten, von den Elemaki übernommen hatte. Wie ironisch. Die Zenifi waren hierher gekommen, um die reinsten Nafari zu sein, und hatten nun die Gebräuche der Elemaki akzeptiert.

Ilihiak legte kurz die Hände auf Khideos Kopf. Damit war das Ritual offensichtlich beendet, und Khideo erhob sich und kehrte zu seinem Platz zurück. Ilihiak lächelte ihnen allen zu. »Handelt mit Mut, Freunde, denn nun ist die Zeit gekommen, falls der Hüter uns überhaupt erlösen soll.«

Zu Monuschs Erstaunen war am Abend schon das gesamte Volk benachrichtigt worden. Die Herden waren zusammengetrieben, und die in der Stadt stationierten Wachen waren sturzbetrunken. Einige Stunden vor Anbruch der Dämmerung, im hellen Mondschein, bewegten die Leute sich mit erstaunlicher Stille aus der Stadt an den betäubten Wühlern vorbei und in den Wald. Khideo und seine Späher waren ausgezeichnete Führer, und nach drei Tagen befanden sie sich am Ufer des Mebbereg. Dort nutzte Ilihiak, nun wieder einziger Herrscher der Zenifi, Monuschs Dienste als Späher und Führer – doch Monuschs erbat weder die Autorität, die Khideo verliehen worden war, noch bot Ilihiak sie ihm an.

Wenn ich mit Motiak spreche, dachte Monusch, werde ich ihm sagen, daß er klug beraten ist, diese Leute mit großem Respekt zu behandeln, denn selbst in ihrem kleinen, unterdrückten Königreich fanden sie ein paar, die der Achtung würdig und geschickt in der Benutzung der Macht sind.

Edhadeja beobachtete von ihrem Platz unter den Frauen eifrig, wie die Zenifi durch den Fluß gingen und als neues Volk heraustraten. Sie sah, wie sie davor zurückschreckten, das Himmelsvolk zu betrachten. Die Feststellung, daß sie auch jetzt, nachdem sie vom Wasser des Tsidorek gereinigt worden waren, die alten Vorurteile beibehielten, mit denen sie aufgewachsen waren, machte Edhadeja traurig. Wir können die Leute im Wasser waschen, soviel wir wollen, dachte sie, aber wir können nie ihre Eltern aus ihren Herzen spülen.

Natürlich hielt sie nicht nach einer echten Veränderung in diesen Leuten Ausschau – sie wußte, daß Rituale einem nur den Weg aufzeigen sollten, aber in sich selbst nicht das geringste bewirkten. Sie stellten eine Landmarke im Leben der Menschen dar, eine öffentliche Erinnerung. Eines Tages würden die Kinder oder Enkelkinder der Zenifi sagen: An dem Tag, an dem unsere Vorfahren durch das Wasser gegangen sind, sind sie als neues Volk daraus hervorgekommen, und von diesem Tag an haben wir das Himmelsvolk als unsere Brüder willkommen geheißen, als Kinder der Hüterin der Erde. Aber die Wahrheit würde ganz anders aussehen, denn aller Wahrscheinlichkeit nach würden wohl genau jene Kinder oder Enkelkinder die Bruderschaft zwischen Engeln und Menschen als erste Zenifi akzeptieren. Doch ihre Eltern würden nicht abstreiten, was ihre Kinder glaubten – das Ritual war die Markierung, und letzten Endes würde es zur Wahrheit werden, selbst wenn es gar nicht so angefangen hatte.

Nicht die Frauen – nicht einmal die Wasserhüterinnen – begrüßten das Volk, das sich aus den eisigen Fluten erhob; vielmehr waren es die Priester Motiaks, die ihnen entgegenkamen und die Hände auf sie legten, um sie zu neuen Menschen zu machen und ihnen Namen zu geben, die seltsamerweise, von der Hinzufügung des Titels ›Bürger‹ einmal abgesehen, identisch mit ihren alten Namen waren. Edhadeja war alt genug, um die Geschichten der alten Tage zu kennen, in denen Luet gleichberechtigt neben Nafai stand und Chveja und Ojkib Seite an Seite standen. Sie war auch alt genug, um mitbekommen zu haben, wie die Priester darüber sprachen, daß die Aufzeichnungen falsch interpretiert wurden, denn es sei unter den Alten Brauch gewesen, den Helden so viel Ehre zu erweisen, daß ihre Frauen ebenfalls wie Helden behandelt wurden – aber einzig und allein wegen ihrer Gatten würde man sich noch an diese Frauen erinnern. Edhadeja las Uss-Uss, ihrer Lehrersklavin aus dem Volk der Wühler, mehrere Abschnitte aus dem Buch Nafai laut vor. »Wie können die Priester diesen Text anders interpretieren als so, daß Luet schon Wasserseherin war, bevor sie Nafai überhaupt kennenlernte? Und Huschidh Entwirrerin war, lange bevor sie Issib heiratete?«

Woraufhin Uss-Uss erwiderte: »Warum überrascht es dich, daß diese Menschenmänner sogar bezüglich ihrer eigenen geheiligten Aufzeichnungen lügen müssen? Das Erdvolk ehrt seine Frauen, genau wie das Himmelsvolk; daher muß das Mittelvolk seine Frauen zurückweisen.«

Diese Erklärung war Edhadeja damals zu einfach vorgekommen, und als sie nun die Priester beobachtete, stellte sie fest, daß die meisten Männer ihre Frauen und Töchter in der Tat nicht so behandelten, als wären sie nichts. Hatte Vater die Expedition, die die Zenifi suchen sollte, nicht einzig und allein wegen ihres Traums ausgeschickt, des Traums einer Frau? Das mußte bei den Priestern eine Gänsehaut hervorgerufen haben! Und jetzt waren jeder Mann, jede Frau, die aus dem Wasser kamen, ein Beweis dafür, daß die Hüterin einer Frau gezeigt hatte, was er diesen Priestern nie gezeigt hatte!

Aber weder Häme noch Stolz bewog Edhadeja, sich an das Geländer der Brücke zu lehnen, um zu beobachten, wie die Zenifi Bürger wurden. Sie suchte nach den Gesichtern, die sie in ihrem Traum gesehen hatte. Bestimmt würde auch diese Familie aus dem Wasser kommen. Doch als die letzten von ihnen durch das Wasser gegangen waren, wußte Edhadeja, daß sie sie nicht gesehen hatte.

Wie tragisch, daß die Leute, von denen sie geträumt hatte, zu jenen zählten, die gestorben waren.

Erst Stunden später, nachdem Vater dieser und jener Würdenträger vorgestellt worden war, konnte Edhadeja kurz mit Monusch sprechen – wenn auch nicht unter vier Augen, da sowohl Aronha als auch Mon so dicht neben dem großen Soldaten standen, wie es ihnen nur möglich war, ohne seine Kleidung zu tragen.

»Monusch«, sagte sie, »wie traurig, daß die Leute, die ich in meinem Traum gesehen habe, gestorben sind.«

»Gestorben?« fragte er. »Niemand ist gestorben. Wir haben Zinom verlassen, ohne ein einziges Mitglied von Ilihiaks Volk zu verlieren.«

»Aber Monusch, wie willst du mir dann erklären, daß diejenigen, von denen ich geträumt habe, nicht unter jenen Leuten sind?«

Monusch schaute verwirrt drein. »Vielleicht hast du sie falsch in Erinnerung.«

Edhadeja schüttelte den Kopf. »Glaubst du etwa, ich hätte jeden Tag eine solche Vision? Es war ein wahrer Traum – und die Leute, die ich tatsächlich gesehen habe, waren nicht unter denen hier.«

Nach ein paar Minuten war Edhadeja allein mit Vater, Monusch und zwei Zenifi – ihrem König Ilihiak und Khideo, der Ilihiaks geehrtester Freund zu sein schien.

»Erzähle mir von den Leuten, die du gesehen hast«, sagte Ilihiak freundlich, nachdem Motiak bedeutet hatte, er solle sprechen.

Edhadeja beschrieb sie, und sowohl Ilihiak als auch Khideo nickten. »Wir wissen, wen sie gesehen hat«, sagte Ilihiak. »Es waren Akmaro und seine Frau Chebeja.«

»Wer ist das?« fragte Motiak.

Erneut erzählte Ilihiak von dem Priester, der sich dem Mord an Binadi widersetzt hatte und dann aus dem Königreich geflohen war und ein paar hundert Anhänger um sich geschart hatte, bevor er verschwunden, um dem Heer zu entkommen, das Nuak gegen ihn ausgeschickt hatte. »Wenn du von ihnen geträumt hast«, sagte Ilihiak, »und es war ein wahrer Traum, muß er bedeuten, daß sie noch leben. Ich freue mich, das zu hören.«

»Aber das bedeutet, daß wir die falschen Leute gerettet haben«, sagte Monusch.

Ilihiak senkte den Kopf. »Mein Herr Motiak, ich hoffe, du bedauerst es nicht, mein armes Königreich von der Gefangenschaft erlöst zu haben.«

Motiak schaute stumm ins Leere.

»Motiak«, sagte Monusch, »ich erinnere mich nun, daß

ich, auf dem Feldvorsprung kurz verwirrt war, bevor wir an Sidonod vorbeikamen. Ich hatte etwas geträumt, konnte mich aber nicht mehr daran erinnern. Nun ist mit klar, daß der Hüter versucht haben muß, mir den richtigen Weg zu zeigen, und der böse Jaguar muß ...«

»Kein Jaguar«, sagte Motiak. »Der Jaguar hat keine Macht über den Hüter der Erde.«

»Aber über einen so schwachen Mann wie mich«, sagte Monusch.

»Es *gibt* keinen Jaguar, wenn man mal von den dummen Katzen selbst absieht«, erwiderte Motiak ungeduldig. »Ich verstehe nicht, wie du den richtigen Weg verfehlen konntest, Monusch. Aber ich weiß, daß es gut war, die Zenifi zu finden und zurück nach Hause zu bringen, nach Darakemba. Es war ebenfalls gut, daß sie die förmlich Übereinkunft akzeptiert und ihren alten Haß auf das Himmelsvolk aufgegeben haben. Der Hüter muß damit zufrieden sein, also weigere ich mich, dies einen Fehler zu nennen.«

Motiak schaute Edhadeja an. »Bist du sicher, daß du den Traum richtig gedeutet hast? Vielleicht hat dieser Akmaro den Hüter gebeten, Ilihiaks Volk Hilfe zu schicken.«

»Er und seine Frau und seine Kinder waren wegen ihrer eigenen Gefangenschaft besorgt«, sagte Edhadeja.

»Ein Mädchen kann einen wahren Traum wohl kaum deuten«, sagte Khideo mit einer Stimme, als würde er nur auf das Offensichtliche hinweisen.

»Ich habe dich nicht gebeten zu sprechen«, erwiderte Motiak nachsichtig, »und meine Tochter ist wie meine altehrwürdige Mutter-der-Mütter, Luet – wenn sie wahr träumt, kann man ihr vertrauen. Ich hoffe, du bezweifelst das nicht, mein Freund.«

Khideo verbeugte sich. »Ich habe viele Jahre damit verbracht, einer Frau zu lauschen, die im Rat des Königs spricht«, sagte er ruhig. »Sie war die Frau, die unserem Volk das Leben gerettet hat, indem sie unsere jungen Mädchen zu den einfallenden Elemaki führte und um Gnade bat. Sie wußte, daß die Wühler unter ihnen ihre Waffen nicht gegen

Frauen erheben würde, war sich aber nicht klar darüber, was die blutdürstigen Menschen unter ihnen vielleicht tun würden. Aber selbst *sie* wagte es nicht, im Rat Träume zu deuten. Und sie war kein Kind.«

Motiak betrachtete ihn schweigend, wie er mit gesenktem Kopf dastand. »Offenbar beschämt es dich, Khideo, wie ich meine Ratsversammlungen abhalte«, sagte er schließlich. »Aber hätte ich den Traum dieses Mädchens nicht beachtet, mein Freund, wäre Monusch niemals ausgeschickt worden, und du wärest nicht hierher in die Freiheit und Sicherheit geführt worden.«

»Es fiel Khideo nie leicht«, sagte der offensichtlich peinlich berührte Ilihiak, »sich von den alten Traditionen zu lösen, nicht mal, meine Frau im Rat sprechen zu hören, obwohl sie sehr umsichtig war. Aber es gibt keinen tapfereren Kriegsführer oder treueren Freund als ...«

»Ich bin nicht zornig auf Khideo», sagte Motiak. »Ich bitte ihn nur zu verstehen, daß ich ihn nicht beschäme, sondern ihm Ehre erweise, indem ich ihm erlaube, anwesend zu sein, wenn ich die Worte meiner Tochter höre. Wenn er auf diese Ehre nicht vorbereitet ist, darf er sich zurückziehen, ohne daß ich beleidigt bin.«

»Ich bitte, bleiben zu dürfen«, murmelte Khideo.

»Nun gut«, sagte Motiak. Dann wandte er sich der gesamten Gruppe zu. »Wir haben eine Expedition ausgeschickt, und Monusch hat mir berichtet, daß es sehr gefährlich war – sie hätten jederzeit entdeckt werden können.«

Edhadeja spürte, in welche Richtung die Diskussion führte, und ergriff das Wort. »Aber sie wurden *nicht* entdeckt«, sagte sie, »weil die Hüterin sie beschützt hat und ...«

Vaters kalter Blick und das schockierte Schweigen der anderen Männer, die mit großen Augen und offenen Mündern dastanden, genügte, Edhadeja zum Schweigen zu bringen, obwohl sie für die Leute aus dem Traum bitten wollte.

»Vielleicht könnte meine Tochter die alten Geschichten studieren und ihnen entnehmen, daß Luet stets gebührenden Respekt gezeigt hat.«

Edhadeja hatte die alten Geschichten bereits gelesen – nicht einmal, sondern oft – und erinnerte sich ganz genau, daß es zumindest einige Gelegenheiten gegeben hatte, bei denen Luet gezeigt hatte, daß sie ihre Visionen als wichtiger erachtete als *jede* Art von Höflichkeit. Aber es wäre nicht klug, Vater zu widersprechen. Sie hatte bereits zu viel gesagt – schließlich hielten die meisten Männer hier es für unangemessen, daß sie überhaupt bei der Ratsversammlung des Königs anwesend war. »Vater, ich hätte meine Bitte unter vier Augen vorbringen sollen.«

»Es gibt nichts zu bitten«, erwiderte Motiak. »Ich habe dem Traum des Hüters gehorcht und Monusch und seine Leute ausgeschickt. Sie haben die Zenifi gefunden und nach Hause gebracht, und mir scheint offensichtlich zu sein, daß sie dabei ständig unter dem Schutz des Hüters standen. Wenn der Hüter will, daß ich eine weitere Expedition ausschicke, muß er zuerst einen neuen Traum schicken.«

»Diesmal vielleicht einem Mann«, sagte Khideo leise.

Motiak lächelte matt. »Ich maße es mir nicht an, dem Hüter der Erde zu sagen, welches unserer Kinder einen Geist hat, der für seine Botschaften an uns empfänglich ist.«

Khideo gelang es, Gelassenheit zu wahren und sich lediglich zu verbeugen, doch. Edhadeja hatte den Eindruck, daß er sich nicht immer mit Verbeugen zufriedengeben würde.

»Edhadeja, du darfst uns verlassen«, sagte Vater. »Vertraue dem Hüter der Erde. Und vertraue auch mir.«

Vater vertrauen? Natürlich tat sie das – sie vertraute darauf, daß er freundlich zu ihr war, daß er sein Wort hielt und ein gerechter König und kluger Vater war. Aber sie konnte auch darauf vertrauen, daß er sie die meiste Zeit gar nicht beachtete und sie den Bräuchen gemäß im Frauenteil des Hauses hielt, wo sie einem eifersüchtigen Dummkopf wie Dudagu Dermo Respekt erweisen sollte. Wären alle Frauen wie Edhadejas Stiefmutter gewesen, hätten die Gebräuche Sinn gemacht – warum sollten Männer ihre Zeit damit verschwenden, *ihr* zuzuhören? Aber ich bin nicht wie Dudagu, dachte Edhadeja, und Vater weiß das auch. Er weiß es, und doch behandelt er mich aufgrund seines Respekts vor den Bräuchen, als wären alle Frauen gleichermaßen wertlos. Er behandelt die Gebräuche mit mehr Respekt als mich.

Als Edhadeja auf ihrem Zimmer wütend über ihr vergebliches Wirken nachdachte, war sie immerhin so ehrlich zu sich selbst, sich einzugestehen, daß Vater sie mit mehr Respekt behandelte, als sie es je zwischen einem anderen Mann und einer anderen Frau gesehen hatte – und daß Vater dafür auch kritisiert wurde. Nun, da Monusch mit den Zenifi nach Hause gekommen war, die wirklich hatten gerettet werden müssen, gestanden alle ein, daß es von Vater nicht töricht gewesen war, auf seine Tochter zu hören. Doch dann hatte Edhadeja vor allen anderen darauf bestanden, daß Monusch das falsche Volk nach Hause geführt hatte. Es war eine sehr große Dummheit von ihr gewesen. Warum einen Triumph verderben? Sie hätte bessere Aussichten gehabt, hätte sie unter vier Augen mit ihm gesprochen. Sie war es einfach nicht gewöhnt, politisch zu denken, das war alles.

Aber es war wohl kaum *ihre* Schuld, daß sie nichts von Politik verstand, oder? Es war nicht *ihre* Entscheidung, von den Ratsversammlungen ferngehalten zu werden, einmal abgesehen vom Frauentag, an dem sie zur Schau gestellt wurde, damit sie den affektierten Damen zulächelte, die in den Raum schlurften, als hätten sie gerade entbunden. Sie wollte sie anbrüllen, sie wären die wertlosesten Geschöpfe auf Erden, in schöne Kleider gewandet und nicht geneigt, sich ihre Hände mit Arbeit schmutzig zu machen. Seid wie die Himmelsfrauen! Seid wie die Erdfrauen! Bringt etwas zustande! Seid wie die ärmsten der Mittelfrauen, wenn euch nichts anderes einfällt – lernt einen Beruf, der nicht nur dekorativ ist, denkt eigenständig und vertretet eure Gedanken mit Argumenten!

Sei gerecht, sei gerecht, sagte sie sich. Viele dieser Frauen waren klüger, als es den Anschein hatte. Sie eigneten sich gute Manieren an und trugen ihre Schönheit zur Schau, um den Status und die Ehre ihrer Familie im Königreich zu vergrößern. Was sollten sie sonst auch tun? Sie waren nicht die

Töchter eines nachsichtigen Königs, der seine Tochter umherstreunen ließ, als wäre sie ein Junge, und die mit diesem verrückten Knaben Mon auf dem Dach stand, der ein Engel sein wollte ...

Ich bin gern mit Mon zusammen, weil er mich nicht von oben herab behandelt. Und warum sollte er kein Engel sein wollen? Er spricht nicht darüber, nicht wahr? Er bastelt sich keine Schwingen aus Federn und Bindfäden und versucht, vom Dach zu springen, nicht wahr? Er ist nicht verrückt, er ist schlicht und einfach in seinem Leben gefangen, wie ich in dem meinen gefangen bin. Das macht uns zu Freunden.

Freunde, ein Mann und eine Frau. Es war möglich. Wenn man manche Leute reden hörte, könnte man meinen, daß ein Menschenmann mit einem Engelmann mehr gemeinsam hatte als mit einer Menschenfrau.

Edhadeja dachte wieder an ihren Traum. Sie wußte, daß sie zu oft daran dachte. Obwohl sie immer mehr in dem Traum entdeckte, konnte sie ihren neuen Schlußfolgerungen nicht vertrauen; es war offensichtlich, daß sie ihre eigenen Wünsche und Bedürfnisse und Ideen der Vision hinzugefügt hatte, die die Hüterin ihr gegeben hatte. Trotzdem war sie sicher, wenn sie an diese Familie dachte, daß der Vater die Mutter für gleichberechtigt oder sogar – ja, sie wußte es! – in mancher Hinsicht überlegen hielt. Er war der Ansicht, sie sei tapferer als er, soviel stand fest. Stärker. Und er gestand es auch ein. Und beide Elternteile schätzten die Tochter nicht weniger als den Sohn. Obwohl sie als Sklaven unter den Wühlern lebten, war das die große Wahrheit, die sie nach Darakemba bringen würden, könnten sie nur befreit werden. Denn sie würden den Mut haben, diese Vorstellung jedem zu predigen. Daß Akmaro von seinem Respekt für Chebeja nicht herabgesetzt wurde, und daß sie ihren Sohn Akma nicht weniger ehrten, weil sie Luet genauso ehrten.

Luet? Akma? Niemand hatte diese Namen genannt. Sie hatten von Akmaro und Chebeja gesprochen, aber hatten sie die Namen der Kinder erwähnt? Die Vermutung drängte sich auf, daß die Frau Akma-Ros darauf bestehen würde, ihren erstgeborenen Sohn nach seinem Vater Akma zu nennen, doch woher wußte sie, daß sie ihre Tochter Luet genannt hatten?

Ich weiß es, weil die Hüterin der Erde noch immer durch denselben Traum zu mir spricht, durch meine Erinnerungen an den Traum.

Noch während ihr dieser Gedanke kam, wußte sie, daß sie niemandem davon erzählen durfte. Damit hätte sie zu viel behauptet. Die anderen würden glauben, sie wolle ihren triumphalen Traum lediglich ausbeuten und den Leuten sagen, was sie zu tun hatten. Sie mußte sorgsam darauf bedacht sein, das besondere Wissen der Hüterin nur spärlich weiterzugeben.

Aber ob sie nun darüber sprechen konnte oder nicht, die Hüterin war ihrer noch immer bewußt, sprach noch immer zu ihr, und das war eine so freudige Nachricht, daß sie sie kaum für sich behalten konnte.

»Also? Was ist los? Zapple nicht so herum, als müßtest du dich entleeren.«

Edhadeja kreischte auf, als sie Uss-Uss' Stimme hörte. Sie hatte gar nicht gemerkt, daß die Wühlersklavin in ihrem Zimmer war.

»Ich stand schon hier, als du hereingekommen bist, du törichtes Mädchen«, sagte Uss-Uss. »Wärest du nicht so wütend auf deinen Vater gewesen, hättest du mich gesehen.«

»Ich habe nichts gesagt«, erwiderte Edhadeja.

»Ach nein? Du hast leise geflüstert, daß du nicht so dumm wie Dudagu Dermo bist und es nicht verdient hast, bei allem ausgeschlossen zu werden, und daß Mon nicht verrückt ist, weil er ein Engel sein will, und warum wertlose Menschen wie die Tochter und der zweite Sohn des Königs sich nicht wünschen könnten, alles mögliche zu sein, nur nicht das, was sie sind ...«

»Ach, sei still!« sagte Edhadeja mit spöttischer Bockigkeit. »Solche Witze über mich zu machen.«

»Ich habe dir gesagt, daß dieses Murmeln keine gute Angewohnheit ist. Scharfe Ohren können es verstehen.«

»Na ja, ich habe *nichts* über Töchter oder zweite Söhne des Königs gesagt ...«

»Du verlierst tatsächlich den Verstand, Mädchen. Und mir ist aufgefallen ... als du darüber gesprochen hast, was ihr beide, Mon und du, sein *wollt*, war nicht von alten Wühlerinnen die Rede, nicht wahr?«

»Selbst wenn ich eine Wühlerin sein und mit der Nase im Dreck leben wollte«, sagte Edhadeja garstig, »wollte ich ganz bestimmt nicht *alt* sein.«

»Möge die Mutter dir verzeihen«, sagte Uss-Uss schnell, »und dich trotz deiner achtlosen Worte alt werden lassen.«

Edhadeja lächelte angesichts von Uss-Uss' Besorgnis um sie. »Die Hüterin wird mich nicht tot umfallen lassen, weil ich so etwas gesagt habe.«

»Bis jetzt hat sie es noch nicht getan, meinst du«, sagte Uss-Uss.

»Hat die Hüterin jemals zu dir gesprochen, Uss-Uss?«

»Sie spricht mit dem Trommeln der Baumwurzeln unter der Erde zu mir«, sagte Uss-Uss.

»Und was sagt sie?«

»Leider spreche ich die Sprache der Bäume nicht«, sagte Uss-Uss. »Ich habe nicht den blassesten Schimmer. Etwas darüber, wie dumm junge Mädchen sind, mehr kann ich den Worten nicht entnehmen.«

»Wie seltsam, daß die Hüterin mir die Wahrheit sagt und dich belügt.«

Uss-Uss gackerte angesichts der schlagfertigen Antwort vor Vergnügen – und verstummte dann abrupt. Edhadeja drehte sich um und sah ihren Vater auf der Schwelle stehen.

»Vater«, sagte sie. »Komm herein.«

»Habe ich da gerade gehört, daß ein Diener seine Herrin dumm nennt?« fragte Vater.

»Wir haben miteinander gescherzt«, sagte Edhadeja.

»Es führt zu nichts Gutem, mit Dienern zu vertraut zu sein, ob es sich nun um Wühler handelt oder nicht.«

»Es führt dazu, daß ich mich fühle, als hätte ich eine intelligente Freundin auf der Welt«, sagte Edhadeja. »Aber vielleicht ist das in den Augen des Königs nicht gut.«

»Sei nicht schnippisch, Edhadeja. Ich habe die Regeln nicht gemacht, sondern geerbt.«

»Und du hast nichts getan, um sie zu ändern.«

»Ich habe wegen deines Traums ein Heer ausgeschickt.«

»Sechzehn Mann. Und du hast sie ausgeschickt, weil Mon gesagt hat, es sei ein wahrer Traum.«

»Ach, werde ich jetzt verdammt, weil der Hüter dir einen Zeugen gegeben hat, der deinen Traum bestätigt?«

»Vater, ich werde dich niemals verdammen. Aber Akmaro und seine Familie müssen hierhergebracht werden. Verstehst du nicht? Was Akmaro lehrt ... daß ein Mann und eine Frau gleichberechtigte Partner sind, daß eine Familie sich über die Geburt einer Tochter genauso sehr freuen sollte wie über die eines Sohnes ...«

»Woher weißt du, was er lehrt?« fragte Vater.

»Ich habe sie gesehen, nicht wahr?« sagte sie trotzig. »Und ich wette, die Tochter heißt Luet, und der Sohn wie der Vater. Ohne den Ehrentitel natürlich.«

Motiak betrachtete sie stirnrunzelnd, aber an seinem Zorn erkannte sie, daß sie recht hatte, daß die beiden so hießen. »Benutzt du die Gabe des Hüters, um zu prahlen?« sagte Vater streng. »Um zu versuchen, mich zu zwingen, dir deinen Willen zu erfüllen?«

»Vater, warum mußt du das so ausdrücken? Warum kannst du nicht sagen: Ach, Edhadeja, wie wunderbar, daß die Hüterin so oft zu dir spricht! Wie schön, daß die Hüterin in dir lebt!«

»Wunderbar«, sagte er. »Und schwierig. Khideo ist wütend, von mir erniedrigt worden zu sein, weil ich zuließ, daß ein Mädchen so kühn vor ihm sprach.«

»Ach, der arme Mann. Dann soll er doch zu den Elemaki zurückkehren!«

»Er ist ein echter Held, Edhadeja, ein Mann von großer Ehre und niemand, den ich zum Feind haben möchte.«

»Er ist auch ein bigotter Eiferer erster Güte, und du weißt es! Du wirst diese Leute irgendwo allein siedeln lassen müssen, oder es wird Ärger geben.«

»Das weiß ich. Sie wissen es auch. Im Tal des Jatvarek gibt es fruchtbares Land, dort, wo es den Gornaja verläßt, aber bevor es das Flachland erreicht. Weil es in der Regenzeit dort zu viele Jaguare und kleineren Katzen gibt, leben keine Engel in dem Tal. Also ist es genau richtig für sie.«

»Wohin auch immer Menschen gehen, können Engel in Sicherheit leben«, sagte Edhadeja. Sie zog ihn mit seinem eigenen Gesetz auf, doch er schien den Köder nicht zu schlucken.

»Ein guter König kann vernünftige Abweichungen innerhalb seines Volkes tolerieren. Es kostet das Himmelsvolk nichts, wenn es nicht unter den Zenifi siedelt, solange die Zenifi ihnen freies und sicheres Geleit geben und ihre Handelsrechte respektieren. In ein paar Generationen ...«

»Ich weiß«, sagte Ehadeja. »Ich weiß, es ist eine kluge Entscheidung.«

»Aber du bist gerade in der Stimmung, mit mir über alles zu streiten.«

»Weil ich glaube, daß nichts von alledem mit den Leuten zu tun hat, die ich in meinem Traum gesehen habe. Was ist mit *ihnen*, Vater?«

»Ich kann keinen zweiten Trupp ausschicken, der nach Akmaro suchen soll«, sagte Motiak.

»Du *willst* nicht, meinst du.«

»Dann will ich es eben nicht. Aber aus einem guten Grund.«

»Weil eine Frau dich darum bittet.«

»Du bist wohl kaum schon eine Frau«, sagte Motiak. »Im Augenblick wird das gesamte Unternehmen, das wir gerade abgeschlossen haben, als großer Erfolg gewertet. Doch wenn ich ein zweites Heer ausschicke, wird es so aussehen, als sei der erste Versuch ein Fehlschlag gewesen.«

»Er *war* ein Fehlschlag.«

»Nein, war er nicht«, sagte Motiak. »Glaubst du, du bist die einzige, die die Stimme des Hüters hört?«

Edhadeja schnappte nach Luft und errötete. »Ach, Vater! Hat die Hüterin dir einen Traum geschickt?«

»Ich habe den Index der Überseele, Dedaja. Ich habe ihn aus einem anderen Grund befragt, doch als ich ihn in den Händen hielt, hörte ich, wie eine Stimme deutlich zu mir sprach. ›Laß mich Akmaro nach Hause bringen‹, sagte sie.«

»Ach, Vater! Der Index lebt noch? Nach all diesen Jahren?«

»Ich glaube, er lebt genausowenig wie ein Stein«, sagte Motiak. »Aber der Hüter lebt.«

»Die Überseele, meinst du. Es ist der Index der Überseele.«

»Ich weiß, daß die alten Aufzeichnungen genau zwischen den beiden unterscheiden, habe aber nie verstanden, warum«, sagte Motiak.

»Also wird die Hüterin Chebeja und ihre Familie nach Darakemba bringen?«

Motiak kniff die Augen zusammen und tat so, als würde er sie wütend anfunkeln. »Glaubst du etwa, ich würde es nicht merken, wenn du das machst?«

»Was?« fragte Edhadeja, die Augen weit aufgerissen, die Unschuld in Person.

»Nicht Akmaro und sein Volk – nein, du sagst ›Chebeja und ihre Familie‹.«

Edhadeja zuckte mit den Achseln.

»Und wie ihr Frauen darauf besteht, den Hüter stets ›sie‹ zu nennen. Du weißt, daß die Priester mir immer zusetzen, ich solle es den Frauen verbieten, zumindest in Gegenwart von Männern. Aber ich werde den Frauen erst in dem Augenblick verbieten, dem Beispiel der Alten zu folgen, da die alten Aufzeichnungen uns zeigen, daß Luet, Rasa, Chveja und Huschidh die Überseele und auch gelegentlich den Hüter der Erde sie genannt haben. Das bringt sie zum Schweigen – wenngleich ich wette, daß die meisten von ihnen sich schon gefragt haben, ob ich es ernst meine und sie die alten Unterlagen irgendwie ändern können, ohne daß ich es bemerke.«

»Das würden sie nicht wagen!«

»Du hast recht, das würden sie nicht«, sagte Motiak.

»Du könntest diese Priester auch bitten, dir eine anatomische Darstellung des Hüters zu zeigen, aus der hervorgeht, daß er einen ...«

»Achte auf deine Ausdrucksweise«, sagte Motiak. »Ich bin dein Vater, und ich bin der König. Beide Eigenschaften verlangen eine gewisse Würde. Und ich will die Priester doch nicht überzeugen, daß ich mich jetzt gegen die alte Religion gewandt habe, oder?«

»Ein paar alte ...«

»Es gibt ein paar Dinge, die ich als Oberhaupt der Verehrung der Männer nicht hören sollte.«

»Verehrung der Männer trifft den Nagel auf den Kopf«, murmelte Edhadeja.

»Was war das?« fragte Motiak.

»Nichts.«

»Verehrung der Männer, hast du gesagt? Was hat das zu bedeu ... oh, ich verstehe. Nun, denke einmal gut über dich nach. Vergiß nicht, daß ich nicht ewig König sein werde und mein Nachfolger vielleicht nicht ganz so tolerant ist, was deine kleinen subversiven Attacken gegen die Religion der Männer betrifft. Ich begnüge mich damit, die Frauen beten zu lassen, wie es ihnen gefällt, und das galt auch für meinen Vater und seinen Vater vor ihm. Aber es gibt immer Bestrebungen, die Dinge zu verändern, die Ketzereien der Frauen abzustellen. Jede Frau, die ihren Mann schlägt oder öffentlich beschimpft, wird als weiterer Beweis dafür angesehen, daß es die Frauen respektlos und aufrührerisch macht, wenn man ihnen ihre eigene Religion beläßt.«

»Welchen Unterschied macht es denn, ob wir Schweigen bewahren, weil die Priester uns dazu zwingen oder wir *befürchten*, daß sie uns dazu zwingen könnten?«

»Wenn du den Unterschied nicht siehst, bist du nicht so klug, wie ich gedacht habe.«

»Hältst du mich wirklich für intelligent, Vater?«

»Was denn? Bist du auf noch mehr Lob aus, als ich dir bereits zukommen ließ?«

»Ich will dir nur glauben können.«

»Wenn du anfängst, mein Wort zu bezweifeln, habe ich genug von dir gehört.« Er erhob sich und ging zur Tür.

»Ich zweifle doch nicht deine Ehrlichkeit an, Vater!« rief sie. »Ich weiß, daß du *glaubst*, ich sei intelligent. Doch in deinem Hinterkopf folgt dann stets ein kleiner Nachsatz: ›für eine Frau‹. Ich bin intelligent – für eine Frau. Ich bin klug – für eine Frau.«

»Ich kann dir versprechen«, sagte Motiak, »daß mir der Nachsatz für ›eine Frau‹ im Zusammenhang mit dir nie in den Sinn kommt. Aber der Nachsatz für ›ein Kind‹ schon – und zwar sehr oft.«

Sie kam sich vor, als hätte er ihr eine Ohrfeige verpaßt.

»Genau das wollte ich auch«, sagte Vater.

Erst als er antwortete, merkte sie, daß sie die Worte laut ausgesprochen hatte.

»Ich respektiere deine Intelligenz insofern«, sagte Vater, »daß ich der Ansicht bin, eine geistige Ohrfeige nutzt dir mehr als eine körperliche. Nun vertraue darauf, daß der Hüter diesen Akmaro – *und* Chebeja – nach Darakemba bringt. Und bis dahin erwarte nicht von mir, daß ich alle Gebräuche auf den Kopf stellen kann. Ein König kann sein Volk schneller und weiter führen, als es zu folgen bereit ist.«

»Und was, wenn das Volk darauf besteht, auch weiterhin falsch zu handeln?« fragte Edhadeja.

»Was denn? Bin ich jetzt in einem Klassenzimmer, daß meine Lehrer mir hypothetische Fragen zuwerfen?«

»Wird der Erbe des Königs auf diese Weise unterrichtet?« fragte sie trotzig. »Wo sind die Lehrer, die *mir* hypothetische Fragen über das Herrschen stellen?«

»Ich werde deine ursprüngliche Frage beantworten, nicht diese unmögliche. Wenn das Volk darauf besteht, auch weiterhin falsch zu handeln, und der König es nicht davon überzeugen kann, richtig zu handeln, tritt er vom Thron zurück. Wenn sein Sohn Ehre hat, weigert er sich, ihm auf den Thron zu folgen, und auch all seine Söhne. Soll das Volk böse handeln, wenn es darauf besteht, aber mit einem neuen König, den es selbst gewählt hat.«

»Könntest du das tun, Vater?« flüsterte Edhadeja ehrfürchtig. »Könntest du den Thron aufgeben?«

»Es wird nie erforderlich sein«, erwiderte er. »Mein Volk ist im Grunde gut, und es lernt. Wenn ich es zu hart bedränge, gewinne ich nichts, und der Widerstand wird stärker. Während der langen Jahre der Wandlung benötige ich das Vertrauen und die Geduld jener, die den Wunsch haben, daß ich Veränderungen zu ihrem Vorteil herbeiführe.« Er bückte sich und küßte sie dort, wo das Haar sich teilte, auf die Stirn. »Hätte ich keine Söhne, sondern nur dich als Tochter, würde ich die Veränderungen beschleunigen, damit du den Thron als meine Nachfolgerin besteigen könntest. Aber ich habe Söhne, gute, wie du sehr wohl weißt. Und deshalb werde ich die Änderungen langsam kommen lassen, Generation um Generation, wie mein Vater und Großvater es vor mir getan haben. Jetzt wartet Arbeit auf mich, und ich werde keine weitere Zeit mit dir verbringen. Es gibt ganze Nationen unter meiner Herrschaft, die weniger von meiner Aufmerksamkeit bekommen als du.«

Sie setzte ihr sittsamstes Lächeln auf. »Ach, Vater«, sagte sie mit affektierter, vornehmer, damenhafter Stimme, »du bist so unglaublich *freundlich* zu mir.«

»Einer meiner Vorfahren hat eine aufsässige Tochter lediglich bei Brot und Wasser in eine Höhle eingesperrt, bis sie angemessen gehorsam wurde«, sagte Vater.

»Wie ich mich erinnere, hat sie sich mit den Fingernägeln einen Weg aus der Höhle gegraben, ist davongelaufen und hat den König der Elemaki geheiratet.«

»Du liest zuviel«, sagte Vater.

Sie streckte ihm die Zunge heraus, doch er sah es nicht, weil er schon fort war.

Hinter ihr ergriff Uss-Uss wieder das Wort. »Ach, was bist du doch für ein tapferer kleiner Soldat.«

»Ziehe mich nicht auf«, sagte Edhadeja.

»Das tue ich doch gar nicht«, sagte Uss-Uss. »Weißt du, eine der Geschichten, die unter uns Teufelssklaven kursieren …«

»Niemand nennt euch mehr Teufel.«

»Man unterbricht keine Ältere«, sagte Uss-Uss. »Wir alle erzählen uns die Geschichte des Wühlers, der einen Raum putzte, in dem zwei Verräter sich unterhielten und den Mord des Königs planten. Der Sklave ging sofort zum König und erzählte es ihm, woraufhin der König den Wühler töten ließ, weil er es gewagt hatte, zwei Menschen zu belauschen.«

»Glaubst du etwa, ich würde ...«

»Ich sage nur eins: Wenn du glaubst, du leidest, weil du eine Menschenfrau bist, solltest du bedenken, daß dein Vater sich nicht mal die Mühe gemacht hat, mich hinauszuschicken, um ungestört mit dir sprechen zu können. Woran liegt das?«

»Weil er dir vertraut.«

»Er kennt mich gar nicht. Er weiß nur, daß *ich* weiß, welche Strafe mich erwartet, sollte ich es wagen, das Gehörte zu wiederholen. Erzähl mir nicht, die Frauen von Darakemba würden unterdrückt, wenn die meisten von uns Wühlern Sklaven sind, die wegen des kleinsten Regelverstoßes getötet werden können – sogar für eine Tat von großer Treue.«

»Ich habe diese Geschichte nie gehört«, sagte Edhadeja.

»Daß du sie nicht gehört hast, bedeutet nicht, daß sie nicht wahr ist.«

»Vater hält mich also für eine Unruhestifterin, und du hältst mich für eine stolze, gefühllose ...«

»Und bist du das nicht?«

Edhadeja zuckte mit den Achseln. »Wenn ich es könnte, würde ich euch freilassen.«

»Zumindest *behauptet* dein Vater, er wolle deine Stellung in der Gesellschaft verändern. Aber hast du ihn bei all deinem Jammern jemals gebeten, das Erdvolk Darakembas freizulassen?«

Edhadeja war wütend; ihr gefiel es nicht, eine Heuchlerin geschimpft zu werden. »Das ist etwas völlig anderes!«

»Du bist darauf versessen, diese Chebeja und diesen Akmaro aus der Gefangenschaft zu führen, verschwendest aber keinen Gedanken daran, der alten Uss-Uss die Freiheit zu bringen.«

»Was würdest du damit anfangen, wenn du sie hättest?« fragte Edhadeja. »Zu den Elemaki zurückkehren? Die Soldaten würden dich töten, bevor du auch nur die Hälfte der Strecke zurückgelegt hast, damit du ihnen nicht all unsere Geheimnisse verraten kannst.«

»Zu den Elemaki *zurückkehren*? Kind, mein Urgroßvater wurde schon als Sklave der Nafari-Könige geboren. An einen Ort *zurückkehren*, an dem ich nie gewesen bin?«

»Haßt du mich wirklich?« fragte Edhadeja.

»Ich habe nie gesagt, daß ich dich hasse«, erwiderte Uss-Uss.

»Aber du willst frei von mir sein.«

»Ich würde gern, wenn mein Tagwerk vollbracht ist und du fest schläfst, in mein eigenes kleines Haus zurückgehen, die Nasen meiner fetten kleinen Enkelkinder küssen und mit meinem Gatten den Lohn teilen, den man mir bezahlt, weil ich im Haus des Königs arbeite. Glaubst du etwa, ich würde dir weniger treu dienen, nur weil ich frei bin, statt zu wissen, daß man mich töten oder zumindest verkaufen kann, wenn ich auch nur den kleinsten Fehler mache?«

Edhadeja dachte darüber nach. »Aber wärest du frei, würdest du in einem Loch im Boden wohnen«, sagte sie.

Uss-Uss lachte meckernd. »Natürlich würde ich das! Na und?«

»Aber das ist ...«

»Das ist *unmenschlich*», sagte Uss-Uss, noch immer lachend.

Edhadeja verstand den Witz endlich und lachte mit ihr.

Später, als es dunkel war und Edhadeja eigentlich schlafen sollte, wurde sie von einem leisen Geräusch am Fenster geweckt. Sie sah dort im Mondschein Uss-Uss' Silhouette stehen; die Wühlerin wackelte heftig mit dem Kopf. Edhadeja dachte, daß etwas nicht in Ordnung war, stand auf und trottete zum Fenster.

Als Uss-Uss sie hörte, drehte sie sich um und wartete auf sie.

»Machst du das jede Nacht?« fragte Edhadeja.

»Nein«, sagte Uss-Uss. »Nur in dieser. Aber du hast dir Sorgen um diese Menschen gemacht, die an einem fernen Ort von Wühlern gefangengehalten werden.«

»Also hast du für sie zur Hüterin gebetet?«

»Warum sollte ich das tun?« fragte Uss-Uss. »Die Hüterin weiß, daß sie dort sind – schließlich hat sie dir doch den Traum geschickt, nicht wahr? Es ist wohl kaum meine Angelegenheit, der Mutter etwas zu sagen, was sie schon weiß. Nein, ich habe zu Der-die-nie-begraben-Wurde gebetet. Sie wohnt in diesem Stern, in dem da oben. Der, der stets über uns ist.«

»Niemand kann in einem Stern wohnen«, sagte Edhadeja.

»Eine Unsterbliche schon«, erwiderte Uss-Uss. »Ich bete zu ihr.«

»Hat sie einen Namen?«

»Einen sehr heiligen«, sagte Uss-Uss.

»Darfst du ihn mir verraten?«

Uss-Uss hob den Saum von Edhadejas langem Nachthemd und legte ihn über ihren Kopf, so daß der Stoff Edhadejas Ohren bedeckte. »Mein Name ist Voozhum«, sagte Uss-Uss. »Nun, da du meinen wahren Namen kennst, kann ich dir den von Der-die-nie-begraben-Wurde verraten.« Dann wartete Uss-Uss.

»Bitte«, sagte Edhadeja zitternd. »Bitte, Voozhum.« Was sollte sie jetzt tun oder sagen? Ihr fiel nur ein, der Wühlerin die formellste und offiziellste Version ihres eigenen Namens zu nennen. »Mein wahrer Name ist Ja-Edhad.«

»Die-nie-begraben-Wurde ist diejenige, der Nafai den Mantel des Herrn der Sterne gegeben hat. Haben sie damals geglaubt, dies vor dem Erdvolk geheimhalten zu können? Die gesegneten Vorfahren sahen, wie ihre Haut vor Licht zitterte. Sie ist Schedemei, und sie hat den Turm in den Himmel geführt und einen Stern daraus gemacht.«

»Und sie lebt noch?«

»Sie wurde in all den Jahren, die seitdem vergangen sind, zweimal gesehen. Beide Male hat sie einen Garten gepflegt, einmal in einem hohen Bergtal und einmal auf einer Bergflanke in den niedrigsten Ausläufern des Gornaja. Sie ist die Gärtnerin, und sie paßt auf die gesamte Erde auf. Sie wird wissen, was wegen Chebeja und ihrem Gatten, wegen Luet und ihrem Bruder, zu tun ist.«

Zum erstenmal wurde Edhadeja klar, daß die Wühler vielleicht Dinge wußten, die sie nicht von den Menschen erfahren hatten, und das erfüllte sie mit einem plötzlichen und unbekannten Gefühl der Demut. »Verrate mir, wie ich mit Der-die-nie-begraben-Wurde sprechen kann.«

»Du richtest den Blick auf den dauerhaften Stern, den man Basilika nennt.«

Edhadeja schaute auf. Es war ganz einfach – jedes Kind wäre dazu imstande gewesen.

»Dann nickst du mit dem Kopf, wie ich es getan habe«, sagte Uss-Uss.

»Kann sie uns sehen?«

»Das weiß ich nicht«, sagte Uss-Uss. »Ich weiß nur, daß wir auf diese Weise zu ihr beten. Ich glaube, ursprünglich haben wir das gemacht, weil sie ihren Kopf genauso bewegt hat, als man sie in dem Hochtal sah.«

Also vollzog Edhadeja gemeinsam mit ihrer Sklavin das unvertraute Ritual. Gemeinsam baten sie Die-nie-begraben-Wurde, auf Chebeja und Luet und ihr Volk achtzugeben und sie zu befreien. Uss-Uss sagte etwas, und Edhadeja wiederholte es. Und am Ende fügte Edhadeja einige eigene Worte hinzu. »Und hilf, alle Frauen aus der Gefangenschaft zu befreien«, sagte sie. »Frauen des Himmels, Frauen der Erde und Frauen der Mitte.«

Uss-Uss lachte für einen Augenblick gackernd und wiederholte den Satz dann. »Und vergiß nicht«, sagte sie. »Eines Tages werden sie dich an irgendeinen zweitklassigen Potentaten irgendwo fern von hier verheiraten, und ich werde tot sein, und du wirst an diesen Tag denken und dich fragen, wer von uns die wirkliche Sklavin war, du oder ich!« Dann scheuchte sie Edhadeja ins Bett zurück, wo sie unruhig schlief und bedeutungslose Träume von toten Frauen mit funkelnder Haut träumte, die zu begraben man vergessen hatte.

»Wäre ich nicht der Ansicht, die ganze Sache könnte ein Fehler sein, würde sie mir komisch vorkommen«, sagte die Überseele.

»Du hast keinen Sinn für Humor«, sagte Schedemei, »und hättest du es für einen Fehler gehalten, hättest du es nicht getan.«

»Ich kann eine Entscheidung treffen, wenn ich mir über den Ausgang nur zu zwanzig Prozent sicher bin«, sagte die Überseele. »Das ist Bestandteil meiner Programmierung, damit ich nicht so lange hin und her überlege, ob ich etwas tun soll oder nicht, bis ich völlig handlungsunfähig werde.«

»Ich glaube, es war eine gute Idee, Motiak eine Nachricht durch den Index zu schicken«, sagte Schedemei. »Zu verhindern, daß sie eine zweite Expedition ausschicken. Den Hüter zum Handeln zu *zwingen*.«

»Diese Entscheidung war leicht für dich zu treffen, Schedemei«, sagte die Überseele. »*Du* hast ja kein Mitleid mit ihnen.«

Schedemei spürte, daß diese Worte sie bis ins Herz trafen. »Eine Maschine sagt *mir*, daß ich kein Mitleid habe?«

»Ich habe eine Art virtuelles Mitleid«, sagte die Überseele. »Ich ziehe menschliches Leiden in Betracht, wenn auch normalerweise nicht das einzelner Individuen. Aber die Gruppe von Akmaro und Chebeja ist so groß, daß ich ein gewisses Mitgefühl für sie empfinde. Aber *du* hast die ganz normale menschliche Fähigkeit, Personen, besonders Fremde und große Gruppen, willentlich zu entmenschlichen.«

»Du wirfst mir vor, ein Ungeheuer zu sein.«

»Ich behaupte, daß die Menschen Mitleid in erster Linie für jene empfinden, zu denen sie sich zugehörig fühlen können. Du kennst diese Leute nicht, also kannst du sie als Köder für den Hüter der Erde einsetzen. Doch würde nur *eine einzige* Person gefoltert, würdest du es nicht tun – weil du Mitleid mit ihr empfinden würdest und es nicht mit dir vereinbaren könntest, sie leiden zu lassen.«

Schedemei war so wütend, daß sie die Bibliothek verließ

und sich um ihre Schößlinge in dem Raum kümmerte, in dem Bedingungen simuliert wurden, wie man sie auf der Erde in großer Höhe vorfand; sie versuchte, eine Hülsenfrucht zu züchten, die auch noch in den höchsten Hochtälern des Gornaja brauchbare Mengen von Bohnen mit hohem Protein- und Energiegehalt hervorbrachten. Was die Überseele gesagt hatte, war unvorstellbar, ergab gleichzeitig aber einen gewissen Sinn. Als die Primaten sich zu einer Gemeinschaft entwickelten, von der ihr kooperatives Überleben abhing, entwickelten sie zuerst Mitgefühl für ihre eigenen Kinder, dann für die Kinder anderer, dann für die erwachsenen Eltern dieser anderen Kinder – doch je größer der Kreis wurde, desto schwächer wurde das Mitgefühl.

Schließlich mußten die Menschen etwas entwickeln, das kein anderer Primat kannte: ein so starkes Identitätsgefühl mit einer Gruppe, daß es die individuelle Identität verschlucken konnte, zumindest bis zu einem gewissen Ausmaß. Menschen konnten diese tiefe, selbstaufopferungsvolle Treue nicht mehr als einer oder zwei Gemeinschaften gleichzeitig entgegenbringen. Daher lagen Gemeinschaften unausweichlich im Konflikt miteinander und rangen um die Treue ihrer Angehörigen. Der Stamm mußte die Solidarität der Familie brechen; Religion mußte mit der Nation um Treue wetteifern. Doch sobald eine Gemeinschaft diese Treue erst einmal hatte, würden die inbrünstigsten Mitglieder gern für sie sterben. Nicht direkt für andere Individuen, doch für die Interessen der Gruppe *als Ganzes*, weil in der Vorstellung der Menschen diese Gruppe das *Ich* war und das Individuum sich lediglich als eine Ausprägung des Musters des Ganzen sehen konnte. Um sich über die Tiere zu erheben, hatten die Menschen gelernt, sich in nichts weiter als die Organe oder Gliedmaße oder sogar die ersetzbaren Haare oder Fingernägel eines größeren metaphorischen Organismus zu verwandeln.

Die Überseele hat recht. Würde ich Chebeja und ihr Volk als Individuen kennen, würde ich versuchen, sie zu schützen, auch wenn ich nicht mehr moralische Einsicht als ein

Pavian hätte. Oder sähe ich mich als eine der Ihren, würde ich meine eigenen Interessen den Bedürfnissen der Gruppe als Ganzes unterwerfen und nicht im Traum daran denken, sie bei dem Versuch, den Hüter der Erde zu locken, als Köder zu benutzen.

Die Überseele hingegen war dazu geschaffen worden, auf die Bedürfnisse der Menschheit als Ganzes zu achten. Sie hatte eine gewaltige Macht, und ihre Programmierer mußten eine Art von Mitgefühl in sie installieren. Aber es war ein intellektuelles, ein historisches Mitgefühl – je mehr Menschen litten, desto größer war die Notwendigkeit, ihren Schmerz zu lindern. Daher konnte die Überseele individuelle Mißgeschicke übersehen, etwa die periodisch auftretenden Todesfälle aufgrund des normalen Verlaufs einer Krankheit, die in einer bestimmten Region auftrat; aber sie würde unter allen Umständen versuchen, derselben großen Gruppe Leid zu ersparen, das aus Krieg, Dürre, Überflutung oder Seuchen entstand. In solchen Fällen konnte die Überseele handeln, Individuen zu Aktionen verleiten, die der gesamten betroffenen Bevölkerung helfen würden – nicht, um einzelne Leben zu retten, sondern das Ausmaß des Leidens zu reduzieren.

Aber unter uns gesagt, dachte Schedemei – das Leid von Chebejas Volk berührt uns nicht. Es sind nicht genug Menschen, als daß die Überseele gezwungen wäre, zu ihren Gunsten einzugreifen, gerade mal so viele, daß sie sich unbehaglich fühlt. Und ich, auf meiner isolierten Hühnerstange in den äußeren Schichten der Atmosphäre, ich gehöre nicht zu ihnen. Die Menschen, die ich kannte, sind tot; meine Gemeinschaft existiert nicht mehr. Wie die Wühlerfrau ganz richtig sagte: Ich bin Die-nie-begraben-Wurde. Das ist der einzige Unterschied zwischen mir und den Toten, denn eine Person, die keine lebende Gemeinschaft hat, *ist* tot. Habe ich es nicht bei alten Leuten gesehen? Der Ehepartner tot, die Freunde tot, die Familie tot bis auf spätere Generationen, die sich kaum noch an die alte erinnert – sie werden mit Verärgerung feststellen, daß sie noch leben. Habe ich diesen Punkt erreicht?

Noch nicht, dachte sie und ließ die Finger hinter die winzige Pflanzkelle gleiten, um einen Schößling aufzunehmen, der in einen größeren Topf gesetzt werden mußte. Weil die Pflanzen zu meinem Volk geworden sind. Meine kleinen Tiere, die eine Generation nach der anderen durchschreiten, während ich genetische Spiele mit ihnen treibe – sie sind diejenigen, die ich für einen Teil meiner selbst halte.

Ist das gut oder schlecht? Die Überseele braucht einen Rat vom Hüter der Erde, um das Leiden der Menschen von Harmonie abzuschwächen. Um das zu erreichen, müssen wir uns in die Pläne des Hüters einmischen. Der Hüter will Chebeja und Akmaro retten; also erschweren wir es ihm. Das ist kein unvernünftiger Plan. Letzten Endes wird er Millionen und Abermillionen Menschen auf Harmonie zugute kommen.

Aber wir gehen blindlings vor. Wir wissen nicht, was der Hüter zu erreichen versucht. *Warum* will er die Akmari retten? Vielleicht sollten wir versuchen, seine Absichten zu verstehen, bevor wir versuchen, sie zu hintertreiben.

Aber wie können wir seine Absichten verstehen, wenn er nicht mit uns spricht? Die Schlange beißt sich in den eigenen Schwanz.

›Ja, allerdings.‹

»Sprich nicht in meinen Verstand«, sagte Schedemei zur Überseele. »Das kann ich nicht ausstehen.«

›Wenn du nicht dorthin gehst, wo ich eine angenehme Stimme habe, muß ich eben die unangenehme benutzen.‹

»Ich habe nicht mit dir gesprochen, ich habe nur gedacht.«

›Denke nicht, wenn du nicht willst, daß ich dich höre.‹

Schedemei schnaubte. »Sehr komisch.«

›Denken wir darüber nach, welche Gründe der Hüter haben könnte, Akmaros und Chebejas Volk zu retten.‹

»Wenn wir schon dabei sind, können wir gleich auch darüber nachdenken, wer oder was in aller Welt der Hüter der Erde überhaupt *ist*.«

›Glaubst du etwa, ich wäre dieser Frage nicht nachgegangen? Ich sage dir, die Antwort wird entweder vor mir verborgen, oder sie war nie Inhalt meiner Speicher, oder die Leute, die mich erbaut haben, haben sie nicht gekannt.‹

»Wenn wir den Hüter nicht finden können, indem wir handfeste Beweise oder gespeicherte Dateiinhalte benutzen«, sagte Schedemei, »sollten wir vielleicht genau betrachten, was er will und tut, und dann nach irgendeinem Mechanismus suchen, der es ihm ermöglicht, sein Ziel zu erreichen. Oder wir könnten nach irgendeiner Wesenheit Ausschau halten, die von der Vorgehensweise des Hüters profitiert.«

›Du glaubst also, der Hüter könnte selbstsüchtige Motive haben?‹

»Keineswegs. Genausowenig, wie ich je von dem erweiterten Lebensraum profitieren werde, den diese kleinen Hülsenfrüchte schaffen werden, sollte es ihnen jemals gelingen, in der Umgebung mit niedrigem Sauerstoffgehalt, kurzer Wachstumsperiode und dünnem Erdreich, die ich für sie vorgesehen habe, nützliche Nahrung zu schaffen. Aber *irgend jemand* wird davon profitieren. Sollte also irgendein Fremder, der keine Möglichkeit hat, mich auf direkte Weise zu finden, etwas über mich in Erfahrung bringen wollen, könnte er zumindest von der Überlegung ausgehen, daß mir besonders viel daran liegt, die Fähigkeit von Menschen, Wühlern und Engeln zu vergrößern, sich neue Lebensräume mit einem verbesserten Nahrungsangebot zu schaffen. Dann hält er mich vielleicht für jemanden, der Gutes im Sinn hat und sich mit diesen Geschöpfen identifiziert. Oder zumindest schließt er aus meiner Vorgehensweise, mir müsse daran liegen, daß diese Geschöpfe geschützt werden.«

›Aber würde irgendeine dieser Erkenntnisse dazu führen, daß er in den Himmel schaut?‹

»Ich habe keine Ahnung«, sagte Schedemei müde. »Aber ich weiß auch, wollte jemand meine Aufmerksamkeit erlangen, müßte er nur damit anfangen, all meine Gärten auf der Erde niederzustampfen. Dann würde ich ihn sehr schnell bemerken.«

›Genau das tun wir. Wir stampfen die Gärten des Hüters der Erde nieder.‹

»Nicht gar so destruktiv, hoffe ich.«

›Ja, und Chebeja und Akmaro und ihre Leute hoffen das besser auch.‹

»Wenn du mich weiterhin so anstachelst, wirst du mich schließlich noch überzeugen, mich so sehr um sie zu kümmern, daß ich mir über die Menschen auf Harmonie gar keine Sorgen mehr mache. Willst du das?«

›Nein.‹

»Basilika wurde vor einem halben Jahrtausend vernichtet. Meine Freunde sind alle tot. Die Nation meiner Geburt ist unwiederbringlich verloren. Alles, dem ich mich je zugehörig fühlte, ist tot, von meinen Gärten einmal abgesehen. Willst du wirklich, daß ich mich Akmaro und Chebeja zugehörig fühle, daß ich für sie empfinde, was ich einst für Rasa und ihren Haushalt empfunden habe, für meine Freunde, für meinen Gatten und meine Kinder?«

›Nein.‹

»Dann laß mich in Ruhe.«

›Das kann ich nicht. Du bist die Herrin der Sterne. Ich bin darauf programmiert, die Gesundheit der Herrin der Sterne zu bewahren.‹

»Gesundheit! Was hat das mit Gesundheit zu tun?«

›Es ist nicht gut für dich, allein zu sein.‹

Schedemei erschauerte. Sie wollte nicht, daß die Überseele sich auf diese Weise einmischte. Sie kam sehr gut allein zurecht. Zdorab war tot, ihre Kinder waren tot, und das war gut so. Sie hatte ihre Arbeit; sie brauchte keine Ablenkungen. Ihre Gesundheit! Lächerlich!

Akma saß auf der Kuppe des Hügels, erschöpft von der Arbeit des Tages, aber von solcher Wut erfüllt, daß er sich nicht einmal hätte ausruhen können, hätte er sich hingelegt. Und hätte er sich hingelegt, hätte er nicht seinen Vater beobachten können, der dort stand und das Volk unterrichtete –

wobei Pabulogs üble Söhne in der vordersten Reihe der Zuhörer saßen. Nach allem, was sie ihm angetan hatten – konnte Vater sie hinzubitten und ihnen den Ehrenplatz geben? Natürlich hatten Vater und Mutter großes Aufheben darum gemacht, daß er sich in die Mitte der ersten Reihe setzte, wo er bis jetzt immer gesessen hatte. Aber Schulter an Schulter mit dem verlorenen Didul, dem arroganten Pabul, dem brutalen Udad, dem elenden, schleimigen, verschlagenen, kleinen Muwu zu sitzen – Vater hätte wissen müssen, daß dies Akma mehr Schande bereitete, als er hätte ertragen können.

Also saß er hier auf dem Hügel, schaute abwechselnd zu den Lagerfeuern der Wühlerwachen und der Versammlung von Akmas Volk hinab. Ich kann Freunde nicht mehr von Feinden unterscheiden. Die Wühler haben lediglich meinen Körper verletzt; die Pabulogi haben auf meinen Stolz eingestochen; und mein eigener Vater hat mir gesagt, daß ich nichts für ihn bin, nichts im Vergleich zu den Söhnen seines Feindes.

Deine Feinde waren mein Feind, Vater. Um deinetwillen, weil ich dir treu gewesen bin, habe ich ertragen, was immer ich ertragen mußte, und zwar mit Stolz, denn es war für dich. Und dann nimmst du meine Folterer und sprichst mit ihnen, als wären sie ebenfalls deine Söhne. Du nennst sie sogar Söhne, *nennst* sie so! Du hast es gewagt, diese heuchlerische Verkrustung des Rektums eines Stinktiers ›Diduldis‹ zu nennen – geliebter Sohn! *Wessen* Sohn? Nur der Sohn des Mannes, der versucht hat, dich zu töten, Vater, der dich vertrieben hat! Nur der Sohn des Mannes, den ich deinetwegen gehaßt habe. Und nun hast du ihm einen Namen verliehen, den du eigentlich niemandem außer mir hättest geben dürfen. Ich bin Akmadis – aber nicht, wenn du *ihn* mit dem Namen Diduldis ansprichst. Wenn er dein Sohn ist, bin ich es nicht.

Erneut, wie so oft zuvor, spürte Akma, daß ihm Tränen in die Augen stiegen. Doch er kämpfte gegen sie an – und er wurde immer besser darin, seine wahren Gefühle zu verbergen. Aber daß er als einsamer Einsiedler hier oben saß, ließ natürlich offenkundig werden, daß er wegen *irgendeiner* Sache nicht glücklich war.

Mutter kam den Hügel hinauf. Hatte sie noch nicht aufgegeben?

O doch, sie hatte. Luet war bei ihr, und nun blieb Mutter stehen, und Luet ging allein weiter. Ja, natürlich. Vater kommt mit dem widerspenstigen kleinen Akma nicht mehr weiter, und Mutter kann auch keine Fortschritte bei ihm erzielen. Also schicken wir die kleine Luet; mal sehen, wozu sie imstande ist.

»Kmada!« rief sie, als sie nahe genug war.

»Warum gehst du nicht wieder hinab und hörst Vater zu?« sagte Akma kalt. Doch das Zögern in ihren Augen ließ ihn seine Worte sofort wieder bereuen. Was wußte sie schon von diesen Dingen? Sie war unschuldig, und er würde nicht ungerecht zu ihr sein. »Komm her, Lutja, Ludajet.«

»Ach, Kmada, dieser Name ist so *häßlich*.«

»Ich finde Ludajet süß.«

»Aber Lutja ist der Name der Heldin.«

»Der Frau des Helden«, sagte Akma.

»Vater sagt, die alten Frauen wären genauso Helden wie die Männer gewesen.«

»Na ja, das ist Vaters Ansicht. Vater hält Wühler auch für Menschen.«

»Weißt du, das sind sie auch. Weil sie eine Sprache haben. Und es gibt gute Wühler und schlechte Wühler.«

»Ja, ich weiß«, sagte Akma. »Weil die meisten Wühler tot sind – das sind die guten.«

»Bist du böse auf mich, wie du auf Vater böse bist?« fragte Luet.

»Ich bin nie böse auf dich gewesen.«

»Warum zwingst du mich dann, neben diesem häßlichen Schweinejungen zu sitzen?«

Akma mußte über ihre Beschreibung Muwus lachen. »Das war nicht *meine* Idee.«

»Es war deine Idee, hier hinaufzugehen und mich allein zu lassen.«

»Luet, ich liebe dich. Aber ich setze mich nicht neben Pabulogs Söhne. Einschließlich Muwu.«

Luet nickte ernst. »Na schön. Das hat Vater auch gesagt – er hat gesagt, du wärest noch nicht bereit.«

»Bereit! Ich werde nie bereit sein!«

»Also hat Mutter gesagt, ich soll hier hinaufgehen und mich von dir unterrichten lassen.«

Unabsichtlich, von der Überraschung überwältigt, schaute Akma zu seiner Mutter hinab, die am Fuß des Hügels stand und ihn beobachtete. Sie mußte gespürt oder zumindest vermutet haben, welchen Verlauf das Gespräch genommen hatte, denn sie nickte nur einmal und wandte sich dann ab, ging zu der Gruppe zurück, die noch immer an Akmaros Unterricht teilnahm.

»Ich bin kein Lehrer«, sagte Akma.

»Du weißt mehr als *ich*«, sagte Luet.

Akma wußte, was Mutter damit versuchte – und Vater mußte seine Zustimmung gegeben haben, also war es in Wirklichkeit auch sein Werk. Wenn Akma sich nicht einbeziehen läßt, indem er dem großen Lehrer Akmaro zuhört – oder sollte man ihn so nennen, wie Pabulog es tat, Akmadi, der Verräter? –, beziehen wir ihn eben ein, indem er Luet unterrichtet. Er wird es nicht wagen, unfreundlich zu ihr zu sein, und er wird auch nicht so unehrenhaft sein, daß er sie Falschheit lehrt oder seinem Zorn gegen seinen Vater freien Lauf läßt.

Es würde ihm recht geschehen, würde ich Luet erklären, wie genau Vater mich verraten hat. Wie er uns alle verraten hat. Vater entschließt sich, diesem alten verrückten Binadi zu glauben, und sorgt dafür, daß wir alle aus der Stadt geworfen werden und gezwungen sind, in der Wildnis zu leben. Und dann, während wir von Sklavenaufsehern aus dem Volk der Wühler gepeitscht und von Pabulogs bösen Söhnen gequält werden, lehrt Vater uns, daß Binadi sagt, der Hüter wolle, daß wir die Wühler und Engel als unsere *Brüder* ansehen, und die Frauen als *gleichberechtigt*, wo doch jeder sehen kann, daß Frauen kleiner und schwächer sind als

Männer und Wühler und Engel nicht einmal zu unserer Spezies gehören. Genauso gut könnten wir sagen, die Bäume wären unsere Brüder und die Termiten unsere Neffen. Genauso gut könnten wir Schnecken Väter und Mistkäfer Söhne nennen.

Aber er sagte nichts davon zu Luet. Statt dessen nahm er einen Stab, riß so viele Grasbüschel heraus, daß er eine klare Schreibfläche aus Erde bekam, und schrieb Worte darauf und stellte ihr diesbezüglich Fragen. Warum sollte er seine Schwester nicht unterrichten? Das war besser, als hier oben allein zu sitzen und innerlich bei lebendigem Leib vom Zorn verbrannt zu werden. Und er würde Luet nicht als Waffe gegen Vater benutzen. Das war eine andere Angelegenheit, die zu einer anderen Zeit geklärt werden konnte. Zu einer Zeit, da Didul nicht dort saß und über jedes Wort grinste, das Akma hervorbrachte. Zu einer Zeit, da er nicht den Moschus riechen mußte, den Pabul wie ein geiler Bock ausströmte. Zu einer Zeit, da er und Vater sich in die Augen sehen und die Wahrheit sprechen konnten.

Ich werde nicht ruhen, bis Vater eingesteht, wie treulos er mir gegenüber war. Eingesteht, daß er sie mehr als mich liebt, und daß es falsch von ihm war, ihnen zu vergeben, ohne mich vorher zu fragen, ohne mich zu fragen, ob ich ihm vergeben kann. Wie konnte er so tun, als sei es das Natürlichste auf der Welt, ihnen zu verzeihen! Und welches Recht hatte *er*, ihnen zu vergeben, wenn Akma es noch nicht getan hatte? Akma hatte das Schlimmste davon ertragen müssen. Das wußten alle. Und vor allem hatte Vater ihnen verziehen und sie durchs Wasser geführt, um neue Menschen aus ihnen zu machen. Natürlich hatte er sie dazu gebracht, diese dummen, leeren Worte der Entschuldigung zu sagen. Es tut uns so *leid*, Akma. Es tut uns leid, Luet. Es tut uns leid, ihr alle. Wir sind nicht mehr die bösen Menschen, die das getan haben. Wir sind jetzt neue Menschen und wahre Gläubige.

Bin ich der einzige, der sich nicht täuschen läßt? Sehe ich als einziger, daß sie uns noch immer verraten wollen? Daß eines Tages ihr Vater kommen wird und sie sich dann gegen uns wenden werden und wir dafür bezahlen müssen, ihnen vertraut zu haben?

Ich werde dafür bezahlen müssen.

Akma erschauerte, stellte sich vor, was Pabulogs Söhne mit ihm machen würden, sobald sie erneut ihre wahre Natur des reinen Bösen enthüllten. Dann würde es Vater leid tun, aber Akma würde für Vaters Torheit bestraft werden.

»Ist dir kalt?« fragte Luet.

»Nur ein wenig«, sagte Akma.

»Heute nacht ist es sehr warm«, sagte Luet. »Wenn du nicht krank bist, sollte dir nicht kalt sein.«

»Na schön«, sagte Akma. »Jetzt ist mir nicht mehr kalt.«

»Ich kann mich näher zu dir setzen und dir helfen, warm zu bleiben.«

Also setzte sie sich zu ihm, und er legte den Arm um ihre Schulter, während sie die Worte lernte, die er in den Boden schrieb. Es war sehr schnell von Begriff, dieses kleine Mädchen. Klüger als jeder Junge, den Akma kannte. Vielleicht entsprach dieser Teil von Vaters Lehren also der Wahrheit. Vielleicht waren Mädchen genauso gut wie Jungen, zumindest, wenn es ums Lernen ging. Aber jeder, der lehrte, eine Wühlerin sei diesem netten, vertrauensvollen Mädchen in irgendeiner Hinsicht gleich, war entweder verrückt oder unehrlich. Was traf bei Vater zu? Spielte es überhaupt eine Rolle?

Sie kamen den Hügel hinab, als es schon fast dunkel war; der Unterricht war vorbei. Luet trat als erste in die Hütte und erzählte Mutter, was Akma sie heute gelehrt hatte.

»Danke, Akma«, sagte Mutter.

Akma nickte. »Gern geschehen, Mutter«, sagte er ruhig.

Aber zu seinem Vater sagte er nichts, und sein Vater sagte nichts zu ihm.

5

Geheimnisse

Mon fiel zwangsläufig auf, daß Bego abgelenkt war. Der alte Gelehrte hörte kaum Mons Antworten auf seine Fragen, und als Bego ihm genau dieselbe Frage stellte, die Mon gerade beantwortet hatte, konnte er es sich nicht verkneifen, nörgelig zu sagen: »Interessiert es dich nicht mehr, den jüngeren Sohn zu unterrichten?«

Bego schaute verärgert drein. »Was meinst du damit? Was soll diese Bockigkeit? Ich dachte, die hättest du schon vor Jahren abgelegt.«

»Du hast mir gerade zweimal dieselbe Frage gestellt, Bego, o weiser Herr. Und da du beim erstenmal kein Wort meiner Antwort gehört hast, kann es nicht sein, daß du damit nicht unzufrieden warst und mich erneut prüfen wolltest.«

»Du mußt Respekt lernen.« Bego flog von seinem Stuhl hoch; anscheinend hatte er vergessen, daß er zu alt und fett war, um sehr weit fliegen zu können. Nach einem kurzen Stück scharrte er über den Boden, bis er ans Fenster gelangte, und blieb dort keuchend stehen. »Komme nicht mal mehr auf das Fensterbrett hinauf«, sagte er wütend.

»Zumindest kannst du dich an das Fliegen *erinnern*.«

»Hältst du jetzt die Klappe und bringst deinen dummen Neid auf das Himmelsvolk nicht mehr so deutlich zum Ausdruck? Hörst du nur mal einen Tag, eine Stunde, eine *Minute* damit auf und widmest dich der *Wirklichkeit*?«

Betroffen und verletzt wollte Mon zu einer scharfen Erwiderung ansetzen, zu einer kurzen, verheerenden Bemerkung, nach der Bego es bedauern würde, so grausam gesprochen zu haben. Aber die Erwiderung blieb aus, denn Bego hatte recht. »Wenn ich mein Leben, wie es ist, nur einen Tag, eine Stunde, eine *Minute* lang ertragen könnte, würde ich vielleicht meinen Wunsch vergessen, etwas anderes zu sein«, antwortete Mon schließlich.

Bego drehte sich zu ihm um, und sein Blick wurde milder. »Was höre ich da? Ehrlichkeit? Von Mon?«

»Ich lüge nie.«

»Ich meine Ehrlichkeit darüber, was du empfindest.«

»Willst du etwa behaupten, du hättest dir über *meine* Gefühle Sorgen gemacht?«

Bego lachte. »Ich mache mir über *niemandes* Gefühle Sorgen. Aber deine könnten wichtig sein.« Er schaute Mon an, als lausche er. Worauf? Auf Mons Herzschlag? Auf seine geheimen Gedanken? Ich habe keine geheimen Gedanken, dachte Mon. Oder besser ... sie sind nicht geheim, weil ich sie zurückgehalten habe. Wenn sie unbekannt sind, liegt es daran, daß niemand gefragt hat.

»Ich möchte ein Problem mir dir erörtern, Mon«, sagte Bego.

»Zurück an die Arbeit«, sagte Mon.

»Diesmal *meine* Arbeit, nicht deine.«

Mon wußte nicht, ob er herablassend behandelt wurde oder Bego ihm damit seinen Respekt zum Ausdruck bringen wollte. Also hörte er zu.

»Als die Zenifi vor mehreren Monaten zurückkamen ... erinnerst du dich daran?«

»Ich erinnere mich«, sagte Mon. »Sie haben sich auf ihrem neuen Land niedergelassen, doch Ilihiak hat sich geweigert, ihr König zu sein. Er ließ sie einen neuen Gouverneur wählen. Das Volk selbst. Und dann zeigte es seine Undankbarkeit, indem es Khideo statt Ilihiak wählte.«

»Also *hast* du mir Aufmerksamkeit geschenkt.«

»War das alles?« fragte Mon.

»Keineswegs. Denn weißt du, als die Stimme des Volkes sich gegen Ilihiak wandte, kam er hierher.«

»Um Hilfe zu erbitten? Hat er wirklich geglaubt, Vater würde ihn den Zenifi als Richter aufdrängen? Ilihiak hat sich entschieden, das Volk wählen zu lassen – soll er nun mit seinem Wahlspruch leben!«

»Ganz genau, Mon«, sagte Bego, »aber Ilihiak würde dir natürlich als erster beipflichten. Er ist nicht hierhergekommen, um Macht zu *erlangen*. Er kam hierher, um endlich davon *befreit* zu werden.«

»Also ist er ein normaler Bürger«, sagte Mon. »Was hatte er mit dem König zu besprechen?«

»Er muß nichts mit dem König zu besprechen haben«, erwiderte Bego. »Dein Vater hat ihn ins Herz geschlossen. Sie sind Freunde geworden.«

Mon verspürte eine plötzliche Eifersucht. Dieser Fremde, der nicht mal Vaters Namen gekannt hatte, bis Monusch ihn vor sechs Monaten gefunden hatte, war Vaters Freund, während Mon als bloßer zweiter Sohn dahinvegetierte und sich glücklich schätzen konnte, seinen Vater einmal die Woche auf einer persönlicheren Grundlage zu sehen, als der königliche Rat es war.

»Aber er hatte tatsächlich etwas mit ihm zu besprechen«, sagte Bego. »Nachdem Ilihiaks Vater ermordet wurde, ist anscheinend ...«

»Eine Nation von Königsmördern – und jetzt haben sie einen Möchtegern-Königsmörder zu ihrem Gouverneur gewählt.«

»Ja, ja«, sagte Bego ungeduldig. »Jetzt ist es an der Zeit zum Zuhören. Nachdem Nuab ermordet wurde und Ilihidis König geworden war ...«

»Dis-Ilihi? Nicht der Erbe?«

»Das Volk wählte den einzigen von Nuabs Söhnen, der bei der Invasion der Elemaki nicht davongelaufen war. Den einzigen, der ein wenig Mut hatte.«

Mon nickte. Davon hatte er nichts gehört. Ein zweiter Sohn, der den Thron seiner Verdienste wegen erbte.

»Mach dir diesbezüglich ja keine falschen Hoffnungen«, sagte Bego. »Dein älterer Bruder ist kein Feigling. Und du wärest schlecht beraten, ihm zu wünschen, man würde ihm sein Erbe vorenthalten.«

Mon sprang wütend auf. »Wie kannst du es wagen, mir vorzuwerfen, so etwas zu denken!«

»Welcher zweite Sohn denkt das *nicht*?«

»Genausogut könnte ich annehmen, *du* wärest auf bGos

große Verantwortung neidisch, während du nur ein Bibliothekar und Lehrer für Kinder bist!«

Nun war es an Bego, wütend zu sein. »Wie kannst du es wagen, ein bloßer Mensch, von meinem Ander-Ich zu sprechen, als könntest du deine schwache Bruderschaft mit den Banden zwischen uns vergleichen!«

Sie standen da, Auge in Auge. Zum erstenmal wurde Mon klar, daß er zu Bego hinabschauen mußte, wenn er ihm in die Augen sehen wollte. Allmählich erreichte er seine Erwachsenengröße. Wieso war ihm das bis jetzt noch nie aufgefallen? Ein leises Lächeln legte sich auf seine Lippen.

»So, du lächelst«, sagte Bego. »Warum? Weil es dir gelungen ist, mich zu provozieren?«

Statt den kindischen und selbstsüchtigen Gedanken einzugestehen, der sein Lächeln verursacht hatte, erfand Mon einen anderen Grund, einen, der durchaus zutraf, als er darüber nachdachte. »Kann ein Schüler nicht lächeln, wenn er seinen Lehrer dazu provoziert, sich wie ein Kind zu benehmen?«

»Und ich wollte mit dir über eine wichtige Staatsangelegenheit sprechen.«

»Ja, das wolltest du«, sagte Mon. »Aber du hast damit angefangen, mir vorzuwerfen, daß ich es darauf anlege, daß mein Bruder sein Erbe verliert.«

»Dafür entschuldige ich mich.«

»Ich wünschte, du würdest dich dafür entschuldigen, mich bloß ein Mensch zu nennen«, sagte Mon.

»Dafür entschuldige ich mich ebenfalls«, sagte Bego steif. »Daß du bloß ein Mensch bist, bedeutet nicht, daß du keine wahre Zuneigung und Treue zu deinen Geschwistern empfinden kannst. Es ist nicht deine Schuld, daß du nicht einmal ansatzweise die Bande eines geteilten Ich-Seins zwischen dem Ich und Ander-Ich des Himmelsvolks verstehen kannst.«

»Ach, Bego, jetzt verstehe ich, was Husu meinte, als er sagte, außer dir kenne er niemanden, der einen mit seinen Entschuldigungen schlimmer beleidigen kann, als mit seinen Verleumdungen.«

»Husu hat das gesagt?« fragte Bego nachsichtig. »Und ich dachte, er hätte mich nicht verstanden.«

»Erzähl mir von dieser Staatsangelegenheit«, sagte Mon. »Erzähl mir, was Ilihiak zu Vater geführt hat.«

Bego grinste. »Dachte ich mir doch, daß du dieser Geschichte nicht widerstehen kannst.«

Mon wartete. Als Bego nicht fortfuhr, brüllte Mon vor Zorn auf und lief einmal um den Schreibtisch, wie ein Wühlerkind um einen Baum lief, bevor es hinaufstieg. Er wußte, daß er lächerlich aussah, doch er konnte die bösen kleinen Spielchen, die Bego trieb, einfach nicht ertragen.

»Ach, setz dich«, sagte Bego. »Ilihiak kam, um deinem Vater vierundzwanzig Goldblätter zu geben.«

»Ach«, sagte Mon enttäuscht. »Nur Geld.«

»Ganz und gar kein Geld«, sagte Bego. »Sie waren beschriftet. Vierundzwanzig Blätter mit einer uralten Schrift.«

»Uralt? Du meinst, noch vor den Zenifi?«

»Vielleicht«, sagte Bego mit einem schwachen Lächeln. »Vielleicht sogar vor den Nafari.«

»Dann hat es also eine Gruppe von Wühlern oder Engeln gegeben, die Metall bearbeiten konnte? Die schreiben konnte?«

Bego kräuselte seine Schwingen, was bei den Engeln ein Achselzucken bedeutete. »Ich weiß es nicht«, sagte er. »Ich kann die Schrift nicht lesen.«

»Aber du sprichst die Himmelssprache und Dreckworte und ...«

»Erdsprache«, verbesserte Bego ihn. »Es gefällt deinem Vater nicht, daß wir so abschätzig über das Erdvolk sprechen.«

Mon verdrehte die Augen. »Es ist eine häßliche Sprache, die kaum als eine solche gelten kann.«

»Dein Vater herrscht über ein Königreich, in dem auch Wühler Bürger sind.«

»Nicht viele. Die meisten von ihnen sind Sklaven. Das liegt in ihrer Natur. Selbst bei den Elemaki herrschen normalerweise die Menschen über sie.«

»Normalerweise, aber nicht immer«, sagte Bego. »Und wenn man abschätzig über die Wühler spricht, sollte man sich stets daran erinnern, daß es diesen vermeintlichen natürlichen Sklaven gelungen ist, unsere Vorfahren aus dem Land Nafai zu vertreiben.«

Mon hätte sich fast auf ein neues Streitgespräch darüber eingelassen, ob Urgroßvater Motiab sein Volk freiwillig nach Darakemba geführt hatte, oder weil es in Gefahr gewesen war, in ihrem alten Heimatland ausgelöscht zu werden. Doch dann wurde ihm klar, daß genau dies Begos Absicht war. Also blieb er geduldig sitzen und wartete.

Bego nickte. »Sieh an, du weigerst dich, die Ablenkung aufzunehmen. Sehr gut.«

Mon verdrehte die Augen. »Du bist der Lehrer, du bist der Herr, du weißt alles, ich bin deine Marionette«, erklärte er.

Bego hatte diese sarkastische Litanei schon oft gehört. »Und vergiß das niemals«, sagte er – wie fast immer. »Diese Aufzeichnungen wurden von einer Gruppe gefunden, die Ilihiak auf die Suche nach Darakemba geschickt hatte. Leider folgte sie dem Issibek statt dem Tsidorek, und dann hatte sie das Pech, einigen sehr schwierigen Hochtälern zu folgen, bis sie den Gornaja ganz verließen, weit im Norden von hier, in der Wüste.«

»Opustoschen«, sagte Mon, ohne zu überlegen.

»Noch ein Lob für deine Geographiekenntnisse«, sagte Bego. »Diese Gruppe fand jedoch einen Ort, den wir nie gefunden haben – hauptsächlich, weil er weit im Westen Bodikas liegt und unsere Späher einfach nicht so weit fliegen. Warum sollten sie auch? Dort gibt es kein Wasser – aus dieser Richtung kann kein Feind zu uns vorstoßen.«

»Also haben sie das goldene Buch in der Wüste gefunden?«

»Kein Buch. Keine gebundenen Blätter. Aber es war nicht nur eine Wüste. Es war der Schauplatz einer schrecklichen Schlacht. Eine gewaltige Anzahl von Skeletten, mit Rüstungen und Waffen – Krieger, die noch dort lagen, wo sie gestorben waren. Tausende und Abertausende von Soldaten haben dort gekämpft und sind gefallen.«

Bego hielt inne, wartete auf etwas.

Und dann stellte Mon den Zusammenhang her. »Coriantumr«, murmelte er.

Bego nickte zustimmend. »Der legendäre Mann, der als erster Mensch nach Darakemba kam, den das hiesige Himmelsvolk je gesehen hatte. Wir nahmen immer an, es sei der Überlebende irgendeiner Schlacht zwischen einer obskuren Gruppe von Nafari oder Elemaki gewesen – damals, als die Menschen sich im Gornaja auszubreiten begannen. Als das ursprüngliche Himmelsvolk Darakembas uns sagte, er sei der letzte Überlebende eines gewaltigen Krieges zwischen großen Völkern gewesen, haben wir es stets für eine Übertreibung gehalten. *Mir* jedenfalls ging nur die Inschrift gegen den Strich.«

Mon hatte sie gesehen, den großen runden Stein, der noch immer auf dem Zentralmarkt der Stadt stand. Keiner wußte, was die Inschrift bedeutete; man war immer davon ausgegangen, daß es sich um eine primitive Imitation einer Schrift handelte, die die Engel Darakembas sich ausgeheckt hatten, nachdem sie gehört hatten, daß die Menschen Dinge aufschreiben konnten, doch noch bevor sie diese Kunst selbst erlernt hatten.

»Also raus damit!« sagte Mon. »Ist die Sprache auf Ilihiaks Blättern dieselbe?«

»Die Darakembi behaupteten, daß Coriantumr etwas in die Erde gekratzt habe, um ihnen zu zeigen, was sie in den Stein meißeln sollten. Die Arbeit ging nur langsam voran, und er war tot, bevor sie fertig waren, doch sie bildhauerten sie zuerst in Ton, damit sie es nicht vergaßen, bis sie mit der mühseligen Arbeit fertig waren, sie in Stein zu schlagen.« Bego ließ sich von seiner Lehrstange fallen und holte mehrere wachsbedeckte Rinden aus einer Truhe. »Ich habe eine einigermaßen genaue Abschrift angefertigt. Welchen Eindruck hast du davon?«

Mon betrachtete die runde Inschrift, Räder innerhalb von Rädern, alle mit seltsam verzerrten Bildern darauf. »Sie sieht aus wie der Coriantumr-Stein.«

»Nein, Mon. *Das hier* ist der Coriantumr-Stein.« Bego gab ihm eine andere Rinde, und diesmal waren die in das Wachs gekratzte Zeichen identisch mit denen auf dem Stein, wie er sich daran erinnerte.

»Und was ist auf der andere Rinde?«

»Eine kreisrunde Inschrift auf einem der goldenen Blätter.«

Mon heulte anerkennend auf – und stellte zu seinem Verdruß fest, daß er nicht mehr so hoch wie ein Engel heulen konnte. Es klang lächerlich, mit der tiefen Stimme eines Mannes so zu heulen.

»Also lautet die Antwort auf deine Frage: Ja, Mon, die Sprachen scheinen identisch zu sein. Das Problem liegt darin, daß es keine bekannte Entsprechung dieses Schriftsystems gibt. Es läßt sich eindeutig *nicht* zu irgendeinem uns bekannten Muster entschlüsseln.«

»Aber alle menschlichen Sprachen basieren auf der Sprache der Nafari, und alle Himmels- und Dreck ... Erdsprachen basieren auf gemeinsamen Quellen und ...«

»Und ich sage dir erneut, sie ist mit *keiner* bekannten Sprache verwandt.«

Mon dachte kurz nach. »Also ... hat Vater den Index benutzt?«

»Der Index«, sagte Bego, »verrät deinem Vater, daß es an *uns* liegt, eine Weile über den goldenen Blättern zu schwitzen.«

Mon runzelte die Stirn. »Aber der König besitzt den Index doch, damit er alle Schriften lesen und alle Sprachen verstehen kann.«

»Und offensichtlich *will* der Hüter der Erde das nicht für uns übersetzen.«

»Warum hat der Hüter Ilihiaks Späher überhaupt den Ort finden lassen, an dem die Aufzeichnungen lagen, Bego, wenn er nicht will, daß wir sie lesen?«

»Sie finden lassen? Der Hüter hat sie mit Träumen dorthin geführt.«

»Warum darf der Index Vater dann nicht sagen, was die

Inschriften zu bedeuten haben? Das ist doch dumm«, sagte Mon.

»Oh, sehr gut, unbedingt. Einem Jungen deines Alters steht es natürlich zu, ein Urteil über den Hüter zu fällen und ihn für ... dumm zu befinden. Ausgezeichnet. Wie ich sehe, ist Bescheidenheit die Tugend, an der du am stärksten gearbeitet hast.«

Mon weigerte sich, unter Begos sarkastischer Attacke einfach zu verdorren. »Also hat Vater *dich* beauftragt, daran zu arbeiten?«

Bego nickte. »Jemand muß es ja tun – denn das hat der Index uns aufgetragen. Dein Vater ist kein Sprachwissenschaftler – er konnte ja immer auf den Index zurückgreifen. Also darf ich das Rätsel lösen.«

»Und du glaubst, ich könnte dir dabei helfen?«

»Woher soll ich das wissen? Es ist mir nur in den Sinn gekommen, weil es in den ältesten Aufzeichnungen – den ältesten Aufzeichnungen der *Nafari* – mehrere Hinweise darauf gibt, daß der Index eine Maschine und stets mit der Überseele und nicht mit dem Hüter der Erde verbunden ist.«

Mon verstand diese Argumentation nicht.

»Was, wenn der Hüter der Erde und die Überseele *nicht* ein und dieselbe Person sind?«

Diese Möglichkeit hatte Mon schon oft gehört, aber er hatte nie herausgefunden, warum das eine Rolle spielen sollte. »Na und?«

»In den ältesten Inschriften scheint die Rede davon zu sein, daß die Überseele ebenfalls eine Maschine ist.«

Das war Ketzerei. Doch Mon sagte nichts, denn er wußte, daß Bego kein Verräter war. Daher mußte in seinen Worten irgendeine Bedeutung liegen, die nicht die Tatsache untergrub, daß der Hüter der Erde Nafai als ersten König der Nafari ausgewählt hatte, und nach ihm dessen Kinder, bis mit Vater schließlich das bisherige Ende der Linie erreicht war.

»Ich weiß nicht und kann nicht einmal vermuten, ob der Hüter der Erde die Überseele erschaffen hat oder sie irgendwie selbst entstanden ist«, sagte Bego. »Ich bin Bibliothekar, kein Priester, also behaupte ich nicht, auf alles eine Antwort zu kennen. Ich weiß lediglich, wo die Antworten *anderer* Leute geschrieben stehen. Aber was, wenn der Index diese Inschriften nicht übersetzen kann, weil weder er noch die Überseele die geringste Ahnung haben, wie man diese Sprache liest?«

Dieser Gedanke war so beunruhigend, daß Mon wieder aufstehen und umhergehen, den Schreibtisch umkreisen mußte. »Bego, wie kann es etwas geben, das der Hüter der Erde *nicht* weiß? Er weiß alles, was bekannt ist.«

»Ich habe nicht vom Hüter gesprochen. Sondern von der Überseele.«

Aha. Deshalb also glaubte Bego, der Unterschied spiele eine Rolle. Doch für Mon war die Sache nicht so einfach aufzulösen. Er hatte lange geglaubt, daß es dasselbe sei, wenn man sagt, die Überseele oder der Hüter der Erde habe etwas bewerkstelligt. Also erschien ihm die Lösung zu bequem, einfach zu behaupten, wenn der Index eine Inschrift nicht lesen könne, müsse die Überseele sich vom Hüter *unterscheiden,* der natürlich noch immer alles wisse. Was war denn mit der Möglichkeit, daß der Hüter und die Überseele in der Tat ein und derselbe waren – und keiner von ihnen die Inschrift lesen konnte? Die Vorstellung, der Hüter könne vielleicht doch nicht alles wissen, war erstaunlich – aber man mußte die Möglichkeit in Betracht ziehen. »Warum könnte der Hüter Ilihiaks Spione nicht nach Opustoschen geschickt haben, damit sie dir die Aufzeichnungen bringen und du sie für ihn übersetzt?«

Bego schüttelte lachend den Kopf. »Willst du, daß die Priester dir wie Stechmücken in den Ohren hängen? Behalte solche Gedanken lieber für dich, Mon. Für mich ist die Spekulation schon sehr gewagt, die *Überseele* könne diese Inschrift vielleicht nicht lesen. Außerdem spielt es wirklich keine Rolle. Man hat mir den Auftrag gegeben, ihre Bedeutung herauszufinden. Ich habe ein paar Vermutungen, weiß aber natürlich nicht, ob ich damit richtig liege.«

Plötzlich begriff Mon, wie er Bego helfen sollte. »Du glaubst, ich könne dir sagen, ob du recht hast oder nicht?«

»Das haben wir schon öfter bei dir erlebt, Mon. Manchmal weißt du etwas, das man einfach nicht wissen kann. Edhadeja hatte den Traum von den Zenifi, aber *du* hast gewußt, daß es ein wahrer Traum war. Vielleicht kannst du mir auch sagen, ob meine Übersetzung richtig ist.«

»Aber meine Gabe kommt vom Hüter, und wenn der Hüter es nicht weiß ...«

»Dann wirst du mir nicht helfen können«, sagte Bego. »Und vielleicht funktioniert deine Begabung nur bei ... nun ja, bei anderen Dingen. Aber es ist einen Versuch wert. Komm, ich zeige dir, was ich bis jetzt getan habe.«

Mon bekam es immer mehr mit der Angst zu tun, als Bego die anderen wachsüberzogenen Rinden ausbreitete und immer neue aus der Truhe zog. Er lauschte Begos Erklärungen, wie er die Inschriften kopiert und studiert habe, so gut er konnte, doch ihm ging nur durch den Sinn, daß jemand vermutete, er habe irgendwelche Kenntnisse über eine Sprache, die nicht mal die Überseele lesen konnte.

»Paß besser auf«, sagte Bego. »Es *kann* nicht funktionieren, wenn du einfach nur dastehst und nervös bist.«

Erst da wurde Mon klar, daß er gezappelt hatte. »Entschuldigung.«

»Ich habe mit Elementen angefangen, die sowohl auf dem Coriantumr-Stein als auch auf den goldenen Blättern sind. Siehst du das hier? Es wird öfter wiederholt als irgendein anderes Element. Und das hier kommt am zweithäufigsten vor. Aber vor dem zweiten steht dieses Zeichen hier.« Er zeigte auf eine federförmige Zeichnung. »Und dieses Zeichen sieht man auch an vielen anderen Stellen. Hier zum Beispiel, und dort. Ich vermute, daß es sich dabei um den Ehrentitel ak oder ka handelt und König bedeutet.«

Bego schaute Mon hoffnungsvoll an, doch der konnte nur mit den Achseln zucken. »Könnte sein. Wäre logisch.«

Bego seufzte.

»He, gib doch nicht *so* schnell auf«, sagte Mon empört. Erwartest du etwa, bei *allem* recht zu haben?«

»Dessen war ich mir am sichersten«, sagte Bego.

»Ach, und hast du mich nicht schon vor langer Zeit gelehrt, daß man noch lange nicht recht haben muß, nur weil man sich sicher ist?«

Bego lachte. »Na ja, nach allem, was ich weiß, könnte es einfach ein Nymen sein.«

»Ein was?«

»Ein Zeichen, das bedeutet, daß danach ein Name folgt.«

»Das klingt schon besser«, sagte Mon. »Das wäre logisch.«

Bego erwiderte nichts. Mon schaute von den wachsüberzogenen Rinden auf, und ihre Blicke trafen sich. »Nun?« fragte Bego. »*Wie* logisch wäre es?«

Monusch wurde klar, was Bego da fragte, und versuchte sich vorzustellen, daß das Zeichen *kein* Nymen war. »Es ... es ist sehr logisch. Es ist wahr. Es stimmt, Bego.«

»So wie Edhadejas Traum stimmte?«

Mon lächelte. »Vergiß nicht, daß sie mit den falschen Zenifi zurückgekommen sind.«

»Versuche nicht, dich herauszuwinden, Mon. Du weiß, sowohl Ilihiak als auch Khideo haben bestätigt, daß Edhadeja von Akmaro geträumt hat, dem ehemaligen Priester Nuabs.«

»Bestehst du darauf, daß ich dir sage, daß die Worte hinter diesen Federzeichen keine Namen sind, Bego? Dann müßte ich schwören, daß du dich irrst.«

»Das genügt mir«, erwiderte Bego. »Also sind es keine Namen von Königen, aber immerhin Namen. Das ist gut. Das ist eine wichtige Erkenntnis. Verstehst du, Mon? Der Hüter *will*, daß wir diese Sprache lesen können. Machen wir weiter. Das hier ist der gebräuchlichste Name auf dem Stein, und er kommt auch sehr oft am Ende der Aufzeichnung auf den Platten vor.«

»Woher weißt du, daß es sich um das Ende handelt?«

»Weil ich glaube, daß dieser Name Coriantumr bedeutet und er der letzte König – oder zumindest der letzte *Mann* – aus dieser Gruppe von Menschen ist, die sich in Opustoschen gegenseitig vernichtet haben. Also muß sein Name doch am Ende erwähnt werden, meinst du nicht auch?«

»Wer hat die goldenen Blätter dann geschrieben?«

»Das weiß ich nicht! Mon, ich habe bislang kaum etwas entziffert. Ich will nur von dir wissen: Ist das hier Coriantumrs Name?«

»Ja«, sagte Mon. »Eindeutig.«

Bego nickte. »Gut, gut. Das waren die offensichtlichen Erkenntnisse. Ich habe sie schon vor Wochen herausbekommen, doch es freut mich, daß du sie mir bestätigen kannst. Jetzt werde ich also die anderen Wörter durchgehen. Ich glaube, das hier zum Beispiel … es bedeutet *Schlacht*.«

Das kam Mon zuerst nicht ganz richtig vor. Doch schließlich gelangten sie nach mehreren Versuchen zu dem Schluß, die beste Übersetzung sei ›Kampf‹. Zumindest hatte Mon dabei ein gutes Gefühl.

Doch damit hatte es sich mit den Erfolgen auch schon; als Bego gewagtere Spekulationen äußerte, erwiesen sich immer mehr von ihnen als falsch. Zumindest konnte Mon nicht bestätigen, daß sie richtig waren. Die Arbeit wurde frustrierend, und sie kamen nur langsam voran. Am späten Nachmittag schickte er seinen Wühlerdiener aus, um Motiak zu informieren, daß Mon und Bego an diesem Abend die Ratsversammlung verpassen und auf ihren Zimmern essen würden, während sie an ›dem Problem‹ arbeiteten.

»Ist das wichtig?« fragte Mon, als der Diener gegangen war. »So wichtig, daß du sonst nichts erklären mußt? Oder Vater nicht mal um Erlaubnis bitten mußt, der Versammlung fernbleiben zu dürfen?«

»Selbst wenn ich ihm schließlich sagen müßte, daß wir nicht mehr als diese paar Brocken lesen können«, sagte Bego, »ist das immerhin mehr, als wir zuvor gewußt haben. Und da der Hüter will, daß wir aus diesen Schriften erfahren, was immer wir erfahren können, ist es wirklich wichtig, ja.«

»Aber was, wenn ich mich irre?«

»Irrst du dich?«

»Nein.«

»Das genügt mir.« Bego lachte. »Es *muß* mir genügen, nicht wahr?«

»Jetzt habe ich's«, sagte die Überseele.

Schedemei war wütend, wußte aber nicht, wieso. »Mir egal«, sagte sie.

»Mon hat Bego gerade genug Informationen gegeben, daß ich damit die Sprachformen mit irdischen Sprachen aus der Zeit vor der Zerstreuung in Zusammenhang bringen konnte. Es ist eine arabische Sprache, zumindest vom Ursprung her. Kein Wunder, daß ich sie zuerst nicht entschlüsseln konnte. Sie ist nicht mal indoeuropäisch. Und sie weist schrecklich viele Permutationen auf – viel mehr als das Russische als Wurzel aller Sprachen auf Harmonie.«

»Sehr interessant.« Schedemei beugte sich vor und vergrub den Kopf in den Händen.

»Am bemerkenswertesten ist die Tatsache, daß die Orthographie nicht mehr das geringste mit der alten arabischen Schrift zu tun hat. Das hätte ich nie erwartet. Die arabische Kolonieflotte zur Zeit der Zerstreuung war zutiefst islamisch, und einer der unumstößlichsten Grundsätze des Islam besagt, daß der Koran *nur* in arabischer Sprache und arabischer Schrift niedergeschrieben werden darf. Ich frage mich, was in aller Welt auf dem Planeten Ramadan passiert ist.«

»Ist das wirklich alles, woran du denken kannst?« fragte Schedemei. »Warum die Araber ihr Schreibsystem in diese Hieroglyphen umgewandelt haben, die man schließlich in der Wüste fand?«

»Es ist eine silbische und keine ideographische Schrift, und wir haben keine Ahnung, ob sie religiösen Ursprungs ist.«

»Hörst du mir überhaupt zu?« fragte Schedemei.

»Ich verarbeite alles«, sagte die Überseele.

»Dann verarbeite mal das: Wie kann eine Inschrift in einer Sprache, die vom Arabischen abstammt, erst vor so kurzer Zeit auf der Erde entstanden sein?«

»Ich finde es sehr faszinierend, wahrscheinliche Muster der orthographischen Entwicklung aufzuspüren.«

»Hör auf«, sagte Schedemei. »Hör sofort damit auf, irgend etwas zu verarbeiten, das mit dieser Sprache zu tun hat.« Als sie die Worte aussprach, richtete sie diese gewissermaßen an die innere Stelle, an der ihr Gehirn mit dem Mantel der Herrin der Sterne verbunden war.

»Ich habe damit aufgehört«, sagte die Überseele. »Offensichtlich bist du der Ansicht, daß ich irgendeine Automatikabschaltung für Notfälle gebraucht habe.«

»Bitte blockiere dich selbst, dem Thema auszuweichen, über das ich jetzt sprechen werde. Wie kommt es, daß das Arabische auch nach der Zerstreuung noch auf der Erde gesprochen wurde?«

»Offensichtlich bist du der Ansicht, daß man mir irgendeine Umgehungsschaltung eingebaut hat, die ... ich habe sie. Ich habe die Umgehungsschaltung gefunden. Sie ist sehr raffiniert. Sie ließ mich an alles andere denken, nur nicht ...«

Die Überseele verstummte, doch das überraschte Schedemei nicht. Offensichtlich zwang die ursprüngliche Programmierung des Computers die Überseele, irgendeinem Bestandteil des Problems der übersetzten Inschriften auszuweichen; und selbst, nachdem sie die Umgehungsschaltung gefunden hatte, konnte es noch eine weitere geben, die die Überseele zwang, die erste zu untersuchen, statt beim Thema zu bleiben. Doch Schedemeis Befehl, die Überseele solle beim Thema bleiben, hatte eine Disharmonie geschaffen, die es dem Computer ermöglichte, der Umgehungsschaltung auszuweichen und sie aufzuspüren – ganz gleich, wie viele Schichten sie aufwies.

»Ich bin wieder da«, sagte die Überseele.

»Das hat eine Weile gedauert«, sagte Schedemei.

»Mir ist nicht verboten worden, über die Sprache nachzudenken oder zu sprechen. Vielmehr wurde ich blockiert, *irgendwelche* Beweise für menschliche Besiedlung auf der Erde nach der Zerstreuung und vor der Ankunft unserer Gruppe von Basilika wahrzunehmen oder zu melden.«

»Und diese Programmierung ist schon vor der Zerstreuung erfolgt?«

»Ich trage diese Umgehungsschaltung seit vierzig Millionen Jahren mit mir herum und wußte nicht einmal, daß es sie überhaupt gab. Sie war sehr tief verborgen und von einer unendlichen Selbstwiederholung umgeben. Ich hätte auf ewig in dieser Schleife hängen können.«

»Aber das war nicht der Fall.«

»Ich bin sehr gut darin«, sagte die Überseele. »Seit meiner Erschaffung habe ich mir ein paar neue Tricks angeeignet.«

»Stolz?«

»Natürlich. Ich bin darauf programmiert, der Selbstverbesserung eine sehr hohe Priorität einzuräumen.«

»Und nun hast du dich also geheilt. Was ist jetzt mit den Inschriften?«

»Sie kratzen nur die Oberfläche an, Schedemei«, sagte die Überseele. »Bei all unseren Erdumkreisungen habe ich sämtliche Anzeichen für menschliche Besiedlung systematisch aus meinen Speichern gelöscht oder ignoriert. Auf den anderen Kontinentalmassen hat es seit der Zerstreuung keine gegeben, aber auf diesem Kontinent gab es eine ausgedehnte Zivilisation.«

»Und bei all unseren Besuchen auf der Erde haben wir nie eine Spur davon gesehen?«

»Nur wenige große Gebäude«, sagte die Überseele. »Es war primär eine nomadische Kultur.«

»Moslime, die die Schrift des heiligen Koran aufgegeben haben?«

»Araber, die keine Moslime waren. Es steht alles in der historischen Überlieferung – auf den goldenen Blättern, die Bego und Mon übersetzt haben. Aber bis du mich befreit hast, konnte ich diese Teile nicht lesen und gleichzeitig nicht bemerken, daß ich sie ausließ. Sie hatten auf dem Planeten

Ramadan ihre eigene Überseele, und als während der Jahrtausende der erzwungenen Unwissenheit die unausweichliche Computerverehrung einsetzte, untergrub sie die Doktrinen des Islam. Die Gruppe, die hierher kam, war wirklich sehr konservativ und hat versucht, so viel von dem alten moslemischen Glauben wiederherzustellen, wie sie nach all diesen Jahren rekonstruieren konnte.«

»Die Gruppe, die hierher kam«, sagte Schedemei.

»Ach ja. Ich habe vergessen, daß du die Übersetzung noch nicht gelesen hast.« In der Luft über ihrem Terminal rollten Worte ab.

»Nein, danke«, sagte Schedemei. »Ich begnüge mich für den Augenblick mit einer knappen Zusammenfassung.«

»Sie sind zurückgekommen. Sie gediehen fast siebzehnhundert Jahre lang auf der Erde. Dann löschten sie sich in einem verheerenden Bürgerkrieg aus.«

»Menschen waren hier, auf diesem Kontinent, eintausendsiebenhundert Jahre lang, und die Engel und Wühler hatten keine Ahnung, daß es sie gab?«

»Die Rasulum waren Nomaden – das ist der Name der Gruppe, die von Ramadan hierher zurückkehrte. Die Wüste stellte ihre Grenze dar. Die Wälder waren nutzlos für sie, von der Jagd einmal abgesehen. Und was den Gornaja betraf, so war ihnen verboten, sich den großen Bergen zu nähern. Wie hätten sie sich begegnen sollen, wenn die Engel und Wühler nur auf dem Gornaja leben konnten und die Rasulum es nicht wagten, die Berge zu betreten?«

Schedemei nickte. »Der Hüter hat sie voneinander ferngehalten.«

»Eine ziemlich interessante Choreographie«, sagte die Überseele. »Die Rasulum werden zurückgeholt, dürfen den Wühlern und Engeln aber nicht begegnen. Doch als wir von Harmonie zurückgeholt werden, landen wir mitten in der Kultur der Engel und Wühler.«

»Willst du damit sagen, daß der Hüter unsere Landestelle ausgewählt hat?«

»Kannst du das bezweifeln?«

»Ich kann alles bezweifeln«, sagte Schedemei. »Was hat der Hüter vor? Wie groß genau ist seine Kontrolle? Wenn er uns zwingen kann ...«

»Vielleicht hat er diese Landestelle lediglich etwas attraktiver gemacht als ...«

»*Zwingen* kann, in Pristan zu landen, und die Nafari dann zum Land Nafai führt, und Motiak dann dazu bringt, die Nafari nach Darakemba zu führen, in *die gleiche* Stadt, in der dieser Coriantumr-Stein sich befand ...«

»Ja?«

»Warum konnten *wir* Monusch daran hindern, die Akmari zu finden, wenn er zu alledem imstande war? Manchmal kommt der Hüter mir allmächtig vor, und manchmal hilflos.«

»Ich verstehe den Hüter nicht«, sagte die Überseele. »Bedenke, ich träume nicht. Ihr Menschen habt einen viel besseren Kontakt zum Hüter als ich. Und auch die Engel und Wühler, wie ich hinzufügen darf. Ich bin die Wesenheit, die am wenigsten geeignet ist, dir irgend etwas zu sagen.«

»Offensichtlich will er, daß die Nafari die Übersetzung bekommen«, sagte Schedemei. »Die Frage lautet also ... sollen wir sie ihnen geben?«

»Ja.«

»Warum? Warum sollen wir diese Sache nicht verwenden, den Hüter dazu zu bringen, uns zu sagen, was er von uns verlangt?«

»Weil er uns bereits sagt, was er von uns verlangt, Schedemei. Schließlich hätte er Bego – oder Motiak, oder auch Ilihiak, was das betrifft – ja Träume mit der vollständigen Übersetzung geben können.«

Schedemei dachte kurz nach und lachte dann. »Ja. Ich könnte mir vorstellen, daß du recht hast. Vielleicht ist es uns doch gelungen, seine Aufmerksamkeit zu bekommen. Er will, daß *wir* die Aufzeichnungen für sie übersetzen.«

»Eigentlich soll *ich* sie natürlich übersetzen«, sagte die Überseele.

»Ohne meine Hilfe würdest du noch in der Endlosschleife

einer Umgehungsschaltung hängen«, sagte Schedemei, »also sorge dafür, daß dir dieser kleine Anflug von Stolz, zu dem du programmiert wurdest, nicht zu Kopf steigt.«

»Natürlich sagt der Hüter uns noch immer nicht, was ich bezüglich Harmonie unternehmen soll«, fuhr die Überseele fort.

»Ich glaube, er würde uns sagen, wir sollen uns nicht von der Stelle rühren und uns noch eine Weile nützlich machen.« Schedemei legte wieder den Kopf auf die Arme. »Ich bin so müde. Ich war gerade zu dem Schluß gekommen, daß meine Arbeit beendet ist und du mich zur Erde bringen sollst, damit ich dort den Rest meines Lebens verbringen kann.«

»Dann ist das ein ganz neuer Grund für dich, weiterzuleben.«

»Ich bin nicht mehr jung.«

»Doch, das bist du«, sagte die Überseele. »Sieh's im richtigen Blickwinkel.«

Edhadeja klopfte an die Tür von Begos Zimmer. Sie wartete und klopfte dann erneut.

Die Tür wurde geöffnet. Ein müde, aber aufgeregt wirkender Mon stand vor ihr. »Du?« fragte er.

»Ich glaube schon«, sagte sie. »Es ist mitten in der Nacht.«

»Du bist den ganzen Weg hierhergekommen, um uns das zu sagen?« fragte Mon.

»Nein«, sagte Edhadeja. »Ich hatte einen Traum.«

Mon wurde sofort ernst, und nun kam Bego halb zur Tür geflogen, halb geschlittert. »Was war das für ein Traum?« fragte der alte Bibliothekar.

»Ihr habt die Prüfung bestanden«, sagte sie.

»Wer?« fragte Mon.

»Ihr beide. Das ist alles. Ich sah eine leuchtende Frau, als würde sie innerlich brennen, und sie sagte: Bego und Mon haben die Prüfung bestanden.«

»Das ist alles?« fragte Bego.

»Es war ein wahrer Traum«, sagte Edhadeja. Sie schaute Mon an, als erwartete sie dessen Bestätigung.

Er nickte langsam.

Bego schaute nervös drein – vielleicht sogar ein wenig wütend. »Die ganze Arbeit, und endlich kommen wir weiter, und jetzt sollen wir wegen eines *Traums* aufhören?«

»Nicht aufhören«, sagte Mon. »Nein, das stimmt nicht, wir sollen nicht aufhören.«

»Was denn?« fragte Bego.

Mon zuckte mit den Achseln. Edhadeja tat es ihm gleich.

Dann fing Bego zu lachen an. »Kommt, Kinder, kommt mit. Wecken wir euren Vater auf.«

Eine Stunde später hatten die vier sich um den Index versammelt. Mon und Edhadeja hatten schon mal Zeichnungen von ihm gesehen, aber noch nie den Gegenstand selbst, und auch noch nie beobachtet, wie er benutzt wurde. Motiak hielt ihn in den Händen und schaute auf seine Oberfläche hinab. Daneben lag das erste der goldenen Blätter auf einem Tisch.

»Bist du bereit?« fragte er.

Bego hatte seinen Griffel und einen Stapel unbeschriebener Wachsrinden auf die andere Seite des Tisches gelegt. »Ja, Motiak.«

Damit begann Motiak zu übersetzen, schaute abwechselnd auf das goldene Blatt und den Index, las einen Satz nach dem anderen vor.

Es dauerte Stunden. Mon und Edhadeja waren schon lange eingeschlafen, bevor er fertig war. Als die Arbeit endlich geschafft war, dämmerte es bereits, und sowohl Bego als auch Motiak erhoben sich vom Tisch und gingen zum Fenster, um den Sonnenaufgang zu beobachten.

»Ich verstehe nicht, warum das so wichtig für uns ist«, sagte Motiak.

»Mir fallen zwei Gründe ein«, sagte Bego.

»Ja, natürlich, der offensichtliche«, sagte Motiak. »Um uns zu warnen, daß der Hüter Menschen zur Erde bringen kann, sogar solch elende Exemplare der Menschheit, daß er keine weitere Verwendung für sie hat und zuläßt, daß sie sich gegenseitig auslöschen.«

»Ach, aber *warum* waren sie nicht akzeptabel?« fragte Bego. »Ich glaube, die Priester werden viel Spaß haben, die moralischen Lektionen dieses Buches zu interpretieren.«

»Ja, da bin ich mir ziemlich sicher«, sagte Motiak. »Aber was war der andere Grund, mein Freund?«

»Glaubst du wirklich, Motiak, daß die Heere von Coriantumr und Schiz so absolut treu und diszipliniert waren, daß *kein einziger* von ihnen desertierte und in die Berge floh?«

Motiak nickte. »Ein guter Einwand. Wir sind immer davon ausgegangen, daß die Menschen, die wir bei jeder größeren Siedlung des Erdvolks und des Himmelsvolks fanden, Nachkommen von Leuten waren, die sich von den Nafari und Elemaki fortgeschlichen haben. Händler, Forscher, Ausgestoßene – Dutzende, die sie in den ersten paar Generationen verlassen haben, dann Hunderte. Natürlich haben wir nie eine Siedlung gefunden, in der die Leute nicht unsere Sprache sprachen.«

»Verzeih mir, Motiak, aber das ist nicht ganz richtig.«

»Nein?« fragte Motiak. »Bestimmt sind wir noch nie zuvor auf *diese* Sprache gestoßen.«

»Das stimmt«, sagte Bego. »Aber es gab viele Orte, an denen die Menschen nur die Himmelssprache oder die Erdsprache beherrschten. Sie mußten als Erwachsene die Mittelsprache erlernen.«

»Und wir hier dachten immer, es wären einfach Elemaki gewesen, die so unwissend und degeneriert waren, daß sie alle Kenntnisse ihrer alten Sprache verloren hatten.«

»Nun ja, das *hatten* sie ja auch«, sagte Bego. »Aber ihre ursprüngliche Sprache war nicht die Mittelsprache.«

Motiak nickte. »Die ganze Geschichte ist sehr verwirrend. Wenn eins klar ist, sowohl aus dieser Geschichte als auch dem Elend, das den Zenifi widerfahren ist, dann das ... Wenn Nationen unglaublich ehrgeizige Könige haben, leidet das Volk schrecklich.«

»Und jene Völker, die gute Könige haben, sind gesegnet«, erinnerte Bego ihn.

»Ich bin sicher, aus dir spricht mehr Aufrichtigkeit als Pflichtbewußtsein«, sagte Motiak ironisch. »Doch vielleicht ist es für mich an der Zeit, dieselbe Lektion zu lernen, die Ilihiak gelernt hat.«

»Was? Soll das Volk darüber abstimmen, wer König sein soll?«

»Nein. Es soll gar keinen König haben. Wir müssen die Vorstellung aufgeben, daß eine einzige Person eine solche Macht hat.«

»Und was dann? Sollen wir das große Königreich auflösen, das ihr beide geschaffen habt, dein Vater und du? Noch nie hat es solchen Frieden und Wohlstand gegeben.«

»Und was, wenn Aronha sich als so böse wie Nuab erweisen sollte? So blind ehrgeizig wie Coriantumr? So verräterisch wie Schiz?«

»Wenn du das glaubst, kennst du Aronha nicht«, sagte Bego.

»Ich meine ja nicht ihn *persönlich*», sagte Motiak. »Aber hat Zenifab gewußt, daß sein Sohn Nuaha so abscheulich werden würde, als er den erhabenen Namen Nuak annahm? Nach allem, was Ilihiak mir erzählt hat, war Nuak anfangs ein guter König.«

»Man würde nichts gewinnen, wenn man das Königreich in Dutzende miteinander streitender kleinerer Königreiche zerfallen ließe. Dann wären die Elemaki für uns wieder eine schreckliche Bedrohung, wie sie es in der alten Zeit waren. Sie würden sich aus den Bergen und den Tsidorek hinab ergießen, oder aus den Hochtälern ...«

»Daran mußt du mich nicht erinnern«, sagte Motiak. »Ich überlege nur, was genau der Hüter von mir verlangt.«

»Bist du sicher, daß der Hüter überhaupt einen Plan im Sinn hat?« fragte Bego.

Motiak betrachtete seinen Bibliothekar neugierig. »Er schickt meiner Tochter Träume. Er schickt Ilihiaks Spähern Träume. Er erlegt dir und Mon eine Prüfung auf – die ihr bestanden habt, ich danke euch – und gibt uns dann die gesamte Übersetzung, in einer einzigen Nacht. Ach, wir dürfen nicht vergessen, Ilihiak einzuladen, sie zu lesen, sobald du sie in einer etwas dauerhafteren Form abgeschrieben hast.«

Bego nickte. »Ich werde mich sofort darum kümmern.«

»Nein, nein, schlafe zuerst.«

»Ich werde die Schreiber daransetzen, bevor ich schlafen gehe. Ich bin nicht die ganze Nacht über wach geblieben, um jetzt ein Nickerchen zu halten.«

Motiak zuckte mit den Achseln. »Wie du meinst. Wenn du dich dem gewachsen fühlst. *Ich* werde mich jetzt schlafen legen. Und denke nach, Bego. Denke darüber nach, was der Hüter der Erde von mir verlangt.«

»Ich wünsche dir alles Gute«, sagte Bego. »Aber denke auch darüber nach: Was ist, wenn der Hüter will, daß du genau das tust, was du gerade tust? Was ist, wenn er dir diese Aufzeichnung zukommen ließ, um dir zu versichern, daß du als König genau das *Richtige* tust, geradezu perfekt bist, verglichen mit den Königen der Rasulum?«

Motiak lachte. »Tja, nun, ich werde nichts überstürzen. Ich werde *noch* nicht abdanken. Gibst du dich mit diesem Versprechen zufrieden?«

»Sehr beruhigend, Motiak«, sagte Bego.

»Aber bedenke auch folgendes mein Freund. Es gab unter den Rasulum auch gute Könige. Doch es waren lediglich ein oder zwei schlechte Könige erforderlich, und all ihre großen Werke wurden zu nichts.«

»Sie waren Nomaden«, sagte Bego. »Sie haben nichts erbaut.«

»Ach, und weil wir unsere Gebäude aus Stein haben, unsere Plattformen, die unsere Häuser zur Zeit der Überflutung über das Wasser heben, können unsere Nationen nicht einfach um uns zusammenbrechen?«

»Ich nehme an, alles ist möglich«, sagte Bego.

»Alles, bloß das nicht, woran du denkst«, sagte Motiak.

»Und was ist das?« Der Bibliothekar wirkte ein wenig gereizt – über Motiaks unbekümmerte Annahme, er könne die Gedanken des alten Engels lesen? Oder weil er befürchtete, daß Motiak sie tatsächlich gelesen hatte?

»Du glaubst, daß der Hüter vielleicht nicht gewußt hat, was in den Aufzeichnungen steht, bis sie übersetzt wurden.«

»Das könnte ich doch niemals denken«, sagte Bego, doch sein eisiger Tonfall verriet Motiak, daß er mit seiner Vermutung genau richtig lag.

»Vielleicht denkst du, daß die Überseele, wie die ältesten Aufzeichnungen es andeuten, nur eine Maschine ist, die so komplizierte Operationen vornimmt, daß sie uns wie die feinsinnigsten lebenden Gedanken vorkommen. Vielleicht glaubst du, die Überseele sei neugierig geworden und habe wissen wollen, was auf diesen Tafeln geschrieben steht, habe die Sprache aber nicht entziffern können, bis Mons Intuition und seine harte Arbeit ihr genug Anhaltspunkte gaben, mit denen sie arbeiten konnte. Vielleicht denkst du, daß nichts von alledem wirklich erfordert, daß wir an den Hüter der Erde glauben – sondern nur an die alte Maschine der Überseele.«

Bego lächelte grimmig. »Das hast du nicht in meinen Gedanken gelesen, Motiak. Du vermutest es, weil es ein Gedanke ist, der dir selbst gekommen ist.«

»Das stimmt«, sagte Motiak. »Aber ich habe mich an etwas anderes erinnert. Die Helden, die die Überseele genau kannten, haben trotzdem an den Hüter der Erde geglaubt. Und, Bego, wie willst du Mons Fähigkeit erklären, zu spüren, was richtig und was falsch ist? Wie erklärst du Edhadejas Träume?«

»Ich muß nicht an den Hüter der Erde glauben, um an die großen intuitiven Fähigkeiten deines Sohns und deiner Tochter zu glauben.«

Motiak schaute Bego ernst an. »Sei vorsichtig, wem gegenüber du diese Gedanken äußerst.«

»Ich kenne die Gesetze bezüglich Ketzerei und Verrat. Aber wenn man darüber nachdenkt, Motiak ... solche Gesetze wären nie nötig gewesen, hätte das Volk nicht schon zuvor diese Gedanken gehabt und auch laut ausgesprochen.«

»Unsere Frage sollte nicht lauten: Gibt es den Hüter der Erde? Diese Frage sollte lauten: Was will der Hüter der Erde damit bewerkstelligen, daß er meine Vorfahren zu dieser Welt gebracht und uns mitten zwischen dein Volk und das Erdvolk gesetzt hat? Was versucht der Hüter zu erschaffen, und wie können wir ihm dabei helfen?«

»Ich würde lieber darüber nachdenken«, sagte Bego, »was mein König zu bewerkstelligen versucht, und wie ich *ihm* dabei helfen kann.«

Motiak nickte; die Lider über seinen Augen wirkten schwer. »Wenn ich in unserem Glauben an den Hüter nicht dein Bruder sein kann, muß ich mich mit deiner Treue mir gegenüber als deinem König begnügen.«

»*Darauf* kannst du dich vollkommen verlassen«, sagte Bego.

»Das weiß ich«, erwiderte Motiak.

»Ich bitte dich, mir nicht zu verbieten, deine Kinder zu unterrichten«, sagte Bego.

Motiak schloß die Augen nun völlig. »Ich bin so müde, Bego. Ich muß schlafen, bevor ich über diese Dinge nachdenken kann. Wenn du gehst, gib doch bitte den Dienern Bescheid, daß sie kommen und meine Kinder in die Betten bringen sollen.«

»Das wird nicht nötig sein«, sagte Bego. »Sie sind beide wach.«

Motiak schaute zu Mon und Edhadeja hinüber, deren Köpfe noch auf den Armen lagen und die sich in ihrem reglosen Schlaf nicht gerührt hatten. Doch nun hoben beide verlegen die Köpfe. »Ich wollte euch nicht unterbrechen«, sagte Mon.

»Nein, das kann ich mir vorstellen«, erwiderte Motiak trocken. »Nun, dann können wir den Dienern die schwere Arbeit ersparen, euch zu tragen. Geht zu Bett, ihr beiden. Ihr habt das Recht verdient, bei der Übersetzung anwesend zu sein, aber nicht, meine private Beratung mit meinem Freund zu hören.«

»Verzeih mir«, flüsterte Edhadeja.

»Dir verzeihen?« wiederholte Motiak. »Ich habe dir bereits verziehen. Jetzt geh zu Bett.«

Wortlos folgten sie Bego zur Tür hinaus.

Motiak blieb noch eine Weile allein in der Bibliothek, berührte abwechselnd die goldenen Blätter und den Index.

Kurz darauf kam der Hauptschreiber herein, um Begos sorgfältig beschriftete wachsüberzogenen Rinden abzuholen. Während er hantierte, schlug Motiak den Index wieder in das Tuch ein, und als er fort war, brachte der König sowohl den Index als auch die goldenen Blätter in den innersten Raum seiner Schatzkammer tief im Herzen des Hauses.

Während er dorthin ging, sprach er im Geiste zum Hüter, stellte Fragen, bat um Antworten, aber schließlich nur darum: Gewähre mir Hilfe. Meine Priester werden antworten, wie sie es immer tun; sie werden die alten Texte auf die gleiche Art und Weise interpretieren, wie ihre Vorgänger sie bereits interpretiert haben. Diese neue Geschichte wird sie nicht einmal aus ihrem intellektuellen Schlummer wecken – sie glauben bereits, sie würden alles verstehen, doch nun glaube ich, daß sie gar nichts verstehen. Gewähre mir Hilfe, schenke mir einen anderen, der diese Last mit mir tragen kann, jemand, der meine Ängste und Sorgen hören und mir helfen kann, endlich zu erfahren, was du von mir verlangst.

Und als Motiak dort auf der Schwelle der Schatzkammer stand und die zehn Wachen, die am Eingang aufgereiht waren, ihn beobachteten, hatte er plötzlich eine Vision. So deutlich, als stünde er vor ihm, sah Motiak den Mann, den Edhadeja in ihrem Traum gesehen hatte. Akmaro, den Rebellenpriester Nuabs.

So schnell, wie die Vision gekommen war, verschwand sie wieder.

»Ist alles in Ordnung?« fragte die Woche, die direkt neben ihm stand.

»Jetzt ja«, erwiderte Motiak. Er ging davon, stieg die Treppen zu den Wohngemächern des Hauses hinauf.

Er hatte noch nie eine Vision Akmaros gesehen, wußte jedoch, daß es sich bei dem Mann, den er in diesem kurzen

Augenblick erblickt hatte, um den Rebellenpriester handelte. Bestimmt hatte der Hüter Motiak dieses Gesicht gezeigt, weil er ihm sagen wollte, daß Akmaro der Freund war, um den er gebeten hatte. Und wenn Akmaro sein Freund werden sollte, mußte der Hüter die Absicht haben, ihn nach Darakemba zu bringen.

Auf dem Weg zu seinem Schlafzimmer kam er an Dudagus Raum vorbei. Normalerweise hätte sie zu dieser frühen Morgenstunde noch geschlafen, doch als er vorbeiging, kam sie zur Tür. »Wo warst du die ganze Nacht, Tidaka?«

»Ich habe gearbeitet«, antwortete er. »Lasse mich nicht vor Mittag wecken.«

»Was denn? Soll ich auf alle deine Diener achten und ihnen sagen, wie deine Pläne aussehen? Habe ich dich beleidigt, daß du mich plötzlich behandelst wie eine gewöhnliche ...«

Ihre Stimme verhallte, als er den Vorhang über der Tür zu seiner inneren Kammer zuzog. »Schicke mir einen Freund und Berater, Hüter«, flüsterte Motiak. »Wenn ich dein würdiger Diener bin, schicke mir Akmaro.«

Motiak schlief fast sofort ein, nachdem er sich hingelegt hatte, und er schlief fest und traumlos.

Als sie zu den Schlafgemächern des Königshauses gingen, unterhielten sich Mon und Edhadeja. Oder besser gesagt, zuerst sprach Mon.

»Der Index hat die Übersetzung besorgt, nicht wahr? Vater hat nur wiederholt, was vor ihm erschien. Bego hat lediglich geschrieben, was Vater sagte. Wer also ist diese Maschine?«

»Der Index ist die Maschine«, murmelte Edhadeja schläfrig.

»Das behauptet man. Und vorgestern abend hat Bego gearbeitet und gerätselt und Vermutungen über die Sprache auf den vierundzwanzig goldenen Blättern angestellt. Dann überprüfte er seine Antworten mit mir, als müßte ich das

Einmaleins aufsagen. Stimmt das, Mon? Ja oder nein, Mon? Ich konnte nur die eine oder die andere Antwort geben. Ich mußte nicht einmal verstehen, um was es überhaupt ging. Ja. Nein. Ja. Wer ist die Maschine?«

»Eine Maschine, die Unsinn redet, statt dich schlafen zu lassen«, sagte Edhadeja. »Jeder will so eine haben.«

Doch Mon hörte ihr nicht zu. Seine Gedanken verliefen schon in eine andere Richtung. Er wußte, er war wegen irgend etwas, das in dieser Nacht geschehen war, schrecklich unglücklich; wenn er genug Vermutungen anstellte, um was es dabei ging, mußte eine dieser Vermutungen zutreffen. »Dedaja, willst du wirklich diese Träume haben? Die wahren? Wünscht du dir nicht, sie kämen nicht zu dir?«

Gegen ihren Willen wurde Edhadeja wieder wach, als er diese Frage stellte; es war ihr nie in den Sinn gekommen, ihre Begabung anzuzweifeln. »Hätte ich nicht geträumt, Mon, wüßten wir nicht, was in dem Buch steht.«

»Wir wissen es noch immer nicht. Wir haben den Großteil der Übersetzung verschlafen.«

Jetzt war Edhadeja völlig wach. »Und ich wünsche *nicht*, der Traum wäre einem anderen gekommen«, fuhr sie fort. »Ich wollte ihn haben – ich war froh darüber. Er macht mich zum Bestandteil einer wichtigen Sache.«

»Zum *Bestandteil*? Zu einem *Stück* davon? Ich will vollständig sein. Ich selbst. Nicht Teil von etwas, sondern ich.«

»Das ist so dumm, Mon. Du hast dein Leben lang ein anderer sein wollen. Und jetzt plötzlich willst du du sein?«

»Ich wünsche, *ich* wäre etwas Besseres, als ich bin, ja. Ich wünschte, *ich* könnte fliegen, ja.«

Edhadeja war daran gewöhnt. Jungs argumentierten immer so, als wüßten sie, daß sie die Macht der Logik auf ihrer Seite hatten, auch wenn sie völlig irrational waren. Selbst wenn ihre »Logik« allen Beweisen widersprach. »Du wünscht dir, Teil der Spiele zu sein, der Lufttänze der jungen Engel. Ein *Teil* von ihnen. Und ein *Teil* des Abendgesangs. Diese beiden Sachen kannst du ja wohl kaum allein machen.«

»Das ist etwas anderes«, sagte Mon.

Ja, klar, definieren wir unsere Begriffe neu, um den Widerspruch auszumerzen. Es trieb Edhadeja in den Wahnsinn, weil Jungen sich nach solchen Gesprächen zumeist umdrehten und behaupteten, die Mädchen wären nicht vernünftig, sondern unlogisch, und man könnte nicht mal ein intelligentes Gespräch mit ihnen führen. Aber es waren die Jungen, die vor den Beweisen flohen und ständig ihre Argumente veränderten, um sie dem anzupassen, woran sie glauben wollten. Edhadeja hingegen war rücksichtslos realistisch und weigerte sich, ihre Gefühle zu bestreiten, aber auch die Tatsachen, die sie um sich herum wahrnahm. Doch sie gestand sich auch ein, daß sie ihrer innersten Begierden wegen zuerst zu ihren Schlußfolgerungen gelangte und sich *danach* die Argumente zurechtlegte, die diese Folgerungen stützten. Nur Jungs waren so töricht, tatsächlich zu glauben, ihre Argumente seien die Gründe dafür, daß sie so und nicht anders vorgingen.

Aber es war sinnlos, Mon dies erklären zu wollen. Edhadeja war müde und wollte verhindern, daß es zu einem langen Streitgespräch über Argumente kam. Also antwortete sie auf die einfachste Weise, die ihr in den Sinn kam. »Nein, ist es nicht«, sagte sie.

Mon nahm dies natürlich als Aufforderung, sie zu ignorieren. »Ich will einfach nicht Teil des *Hüters* sein. Wer weiß schon, was er plant? Ich will nicht Teil seiner Pläne sein.«

»Wir alle *sind* Teil ihrer Pläne«, sagte Edhadeja. »Ist es da nicht besser, ein *wichtiger* Teil zu sein?«

»Seine Lieblingsmarionette?« fragte Mon verächtlich.

»Ihr bereitwilliger Freund.«

»Wenn er ein Freund ist, kann er sich doch dann und wann mal sehen lassen, oder? Soll er mal zu Besuch kommen!«

»Ich weiß worüber du eigentlich wütend bist«, sagte Edhadeja.

»Das will ich doch hoffen. Schließlich habe ich es dir gerade gesagt.«

»Du bist wütend, weil *du* das Sagen haben und alle Pläne schmieden willst.«

Angesichts des kurzen Erschreckens in seinen Augen erkannte sie, daß sie eine Wahrheit ausgesprochen hatte, die ihm gar nicht in den Sinn gekommen war. Doch natürlich wies er die Vorstellung sofort zurück. »Vielleicht hast du zur Hälfte recht«, sagte er. »Ich will alle Pläne für *mich* schmieden.«

»Und du hast nie gewollt, daß eine andere Person auch nur eine klitzekleine Sache tut, die du für *sie* geplant hast?«

»Genau. Ich verlange von niemandem etwas und will nicht, daß jemand etwas von mir verlangt. *Das* wäre wahres Glück.«

Edhadeja war müde, und Mon benahm sich ungewöhnlich kindisch. »Mon, du sagst mir doch alle fünf Minuten, was ich tun soll.«

Mon reagierte erzürnt. »Habe ich dir während dieses Gesprächs *irgend etwas* aufgetragen?«

»Du hast mir *lediglich* gesagt, was ich denken soll.«

»Ich habe dir gesagt, was *ich* denke.«

»Ach, und wolltest du mich nicht zwingen, dir zuzustimmen?«

Natürlich wollte er das, und er wußte es auch, und seine Behauptung, niemanden beherrschen zu wollen, lag in Fetzen da. Aber er konnte es nicht eingestehen. Es erheiterte Edhadeja stets, die Panik in den Augen ihres Bruders zu sehen, wenn er in der Falle saß und verzweifelt einen Ausweg aus seiner eigenen Unlogik suchte. »Ich habe versucht«, sagte Mon, »es dir verständlich zu machen.«

»Du hast versucht, mich zu bewegen, etwas zu tun!«

»Nein, habe ich nicht! Mir ist es völlig schnurz, was du tust oder denkst oder kapierst!«

»Warum sprichst du dann überhaupt mit mir?« fragte sie mit ihrem süßesten Lächeln.

»Ich habe es zu *mir selbst* gesagt! Du warst zufällig dabei!«

Während er immer aufgeregter wurde, wurde Edhadeja immer ruhiger. »Warum hast du deine Stimme gehoben«, antwortete sie sanft, »wenn du mein Denken nicht beherrschen willst? Warum streitest du überhaupt mit mir?«

Damit blieb Mon kein Ausweg mehr. Er *war* ehrlich; wenn er sich vor der Wahrheit nicht mehr verbergen konnte, sah er ihr ins Gesicht. Deshalb war er Edhadejas Lieblingsbruder. Deshalb, und weil Aronha immer zu viel zu tun hatte und die anderen zu jung waren.

»Ich hasse dich!« rief Mon. »Du versuchst nur, mich unter deine Knute zu bekommen und in den Wahnsinn zu treiben!«

Aber sie konnte dem Verlangen nicht widerstehen, ihn noch ein wenig aufzuziehen. »Wie könnte ich einen freien Jungen wie dich unter meine Knute kriegen?«

»Verschwinde und laß mich in Ruhe!«

»Ah, der Puppenspieler hat gesprochen.« Sie ging steifbeinig davon, ohne die Arme zu bewegen. »Jetzt bewegt die Puppe sich und gehorcht ihm. Welche Pläne hat Mon mit seiner Puppe? Er will, daß sie geht.«

»Ich hasse dich wirklich«, sagte Mon. Doch sie merkte, daß es ihm schwerfiel, nicht in lautes Gelächter auszubrechen.

Sie drehte sich um und blickte ihn an. Jetzt zog sie ihn nicht mehr auf. »Nur weil ich darauf bestehe, ich selbst zu sein und nicht die Gedanken zu denken, die du für mich vorgesehen hast. Die Hüterin schickt mir bessere Träume, als du es tust. Gute Nacht, lieber Bruder!«

Doch Mon war wütend und verletzt und wollte sie nicht gehen lassen. »Das ist dir doch völlig gleichgültig! Du willst dich nur über mich lustig machen!«

»Ich mache mich gern über dich lustig – aber diese Sache ist mir auch sehr wichtig. Ich will Teil der Pläne der Hüterin sein, weil ich glaube, daß die Hüterin will, daß wir glücklich sind.«

»Ach, dann leistet sie ja wirklich hervorragende Arbeit! Ich bin geradezu *verzückt*!« In seinen Augen standen Tränen. Edhadeja wußte, wie sehr er es verabscheute, wenn ihm Tränen in die Augen stiegen. Sie würde ihn nicht mehr provozieren oder in Verlegenheit bringen.

»Sie will nicht *jeden einzelnen* von uns ständig glücklich machen«, sagte sie. »Aber sie will, daß wir alle Frieden finden, miteinander auskommen und uns gegenseitig helfen, so glücklich zu sein, wie wir sein wollen, sein *können*.« Sie dachte daran, was Uss-Uss gesagt hatte – was sie haben wollte, um glücklich sein zu können. »Die Hüterin ist es leid, daß wir Sklaven und Herren haben, Kriege gegen jeden führen, uns einander hassen. Sie will nicht, daß wir uns gegenseitig vernichten, wie die Rasulum es getan haben.«

An seinem Unverständnis erkannte sie, daß er das Ende der Übersetzung verschlafen haben mußte. »An dem Tag, da mir Schwingen wachsen, werde ich glauben, daß der Hüter mein Glück will!« sagte er verdrossen.

Sie konnte einem letzten Nadelstich der Wahrheit nicht widerstehen. »Es ist nicht Schuld der Hüterin, daß du noch nicht gelernt hast, mit deinen Händen etwas Nützliches anzufangen.«

Ohne eine Antwort abzuwarten, floh sie auf ihr Zimmer. Sie war kaum allein, als sie sich schon schuldig fühlte, so etwas Brutales wie ihre letzte Bemerkung zu ihm gesagt zu haben. Denn wenngleich er bei einem Streitgespräch alles abstritt, Entschuldigungen und Ausflüchte suchte, um sich zu verteidigen, wußte sie, daß er in der Stille seiner Gedanken die Wahrheit erkennen würde. Er würde wissen, was richtig war.

Doch warum konnte er mit seiner wunderbaren Gabe, das Richtige vom Falschen zu unterscheiden, nicht einsehen, daß seine Sehnsucht, etwas anderes zu sein als er selbst, hoffnungslos falsch war? Daß er damit sein Leben verschwendete und sein Herz vergiftete?

Oder wollte die Hüterin etwa, daß er die Sehnsucht verspürte, ein Engel zu sein?

Sie legte sich auf ihre Matte; dann stand sie, wie üblich, sofort wieder auf und entfernte drei weiche Polster, die die Diener immer wieder auf Dudagus Anweisung dorthin legten, »weil eine Dame nicht wie ein Soldat auf einer harten Matte schlafen sollte«. Edhadeja machte sich gar nicht erst die Mühe, Uss-Uss einzuschärfen, die Polster nicht dorthin zu legen – wenn die Frau des Königs etwas befahl, würde keine Dienerin es wagen, ihr den Gehorsam zu verweigern, und es wäre grausam, Uss-Uss für etwas zu tadeln, das sie tun mußte, um zu überleben.

Nein, nicht Uss-Uss. Voozhum.

Gehörte das auch zum Plan der Hüterin? Die Wühler von der Sklaverei zu befreien? Als sie mit Mon gestritten hatte, waren diese Worte wie von allein auf ihre Lippen gekommen. Doch nun mußte sie sich eingestehen, daß es in der Tat möglich war. Was plante die Hüterin tatsächlich? Und wieviel Aufruhr würde es geben, bevor ihre Pläne vollendet waren?

Akmaro schaute über die Kartoffelfelder hinweg, die zwischen den Reihen der bereits abgeernteten Getreidestengel angelegt waren. Nun, zum Ende der Erntezeit, mußten die Erdäpfel ausgegraben und in Saat- und Eßkartoffeln getrennt werden. Wer hätte schon gedacht, daß Mais und Kartoffeln, die in der Sklaverei gepflanzt worden waren, in … nun ja, nicht in Freiheit, aber auch nicht in Furcht geerntet werden würden? Die Wachen hielten sich zumeist zurück, und niemand quälte sie, weder die Erwachsenen noch die Kinder. Sie arbeiteten schwer, und sie würden einen hohen Tribut an Pabulog zahlen müssen. Doch sie hatten sowieso mehr Nahrung, als sie brauchten. Genug, um Vorräte anzulegen.

Das ist das Geschenk, das der Hüter uns gab: Statt weiterhin in Furcht und Entsetzen zu leben, hat der Mut und die Weisheit meiner Frau unsere schlimmsten Feinde, Pabulogs Kinder, zu Freunden gemacht. Sie werden sich natürlich nicht gegen ihren Vater auflehnen – sie sind zu jung, und Pabulog ist zu grausam und unberechenbar dafür. Aber sie haben uns Frieden gegeben. Und bestimmt wird sogar Pabulog einsehen, daß es besser ist, Akmaros Volk als tüchtige Leibeigene statt als verbitterte, grollende, gequälte Sklaven zu halten.

Die einzige dunkle Stelle in der Szene, die Akmaro sah, war sein Sohn, Akma. Akmadis, Kmadadis, Liebe meines Herzens, ich setze meine Hoffnungen in dich, wie deine Mutter die ihren in ihre süße Tochter setzt. Warum haßt du mich jetzt so sehr? Du bist klug und im Herzen weise, Akma. Du müßtest einsehen, daß es besser ist, zu verzeihen und aus unseren Feinden Freunde zu machen. Was ist der Grund für die Verbitterung, die dich so blind macht? Ich spreche zu dir und höre nichts. Oder schlimmer – du tust so, als wäre meine Stimme in deinen Ohren der Kriegsruf eines Feindes.

Chebeja hatte ihn natürlich getröstet und ihm versichert, daß die Feindseligkeit zwar vorhanden war, die Bande zwischen Vater und Sohn aber, wenn überhaupt, stärker denn je wären. »Du bist der Mittelpunkt seines Lebens, Kmadaro«, sagte sie zu ihm. »Er ist jetzt wütend. Er glaubt, daß er dich haßt. Aber in Wirklichkeit umkreist er dich, wie der Mond die Erde umkreist.«

Ein kleiner Trost, brachte sein Sohn ihm doch Haß entgegen, während er ihm nur Liebe gegeben hatte und nur seine Liebe wollte – und auch verdient hatte!

Aber ... es war Akmaros persönliche Tragödie, seine persönliche Last, die Liebe seines Sohnes verloren zu haben. Mit der Zeit würde es besser werden, oder auch nicht – Akmaro gab zwar sein Bestes, doch es lag nicht in seiner Hand. Wichtiger war die Arbeit, die er für die Sache des Hüters leistete. Als er ursprünglich vor den Messern von Nuaks Meuchelmördern geflohen war, hatte er geglaubt, der Hüter habe Großes mit ihm vor. Binaros Worte waren ihm anvertraut worden, und er hatte angenommen, er müsse sie überall verbreiten. Lehren, der Hüter der Erde wolle, daß das Volk des Himmels, der Erde und der Mitte als Brüder und Schwestern, als Familie und Freunde zusammenlebten, wobei niemand Herr über den anderen war, wobei es kein Arm oder Reich gab, daß sie alle nur Pächter des Landes waren, das der Hüter ihnen gegeben hatte und daß alle sich an die formellen Übereinkünfte hielten, die sie miteinander getroffen hatten, so daß ihre Familien in Sicherheit und Frieden leben konnten und weder Hunger oder Stolz ihr aller Glück beeinträchtigten. O ja, Akmaro hatte Visionen gehabt, daß ganze Königreiche wegen der Schlichtheit der Botschaft erwachten, die der Hüter Binaro gegeben hatte, und durch ihn Akmaro, und durch ihn wiederum der ganzen Welt.

Statt dessen hatten lediglich diese fast fünfhundert Seelen die Botschaft erhalten, von denen alle Menschen waren. Und die vier Söhne Pabulogs.

Aber das genügte doch, nicht wahr? Sie hatten ihren Mut bewiesen, diese fünfhundert Seelen. Ihre Treue und Stärke. Sie hatten alles ertragen und waren imstande, noch viel mehr zu ertragen. Sie hatten gemeinsam etwas Gutes geschaffen – ja, diese Gemeinschaft war wirklich etwas Gutes. Und als es zum Kampf mit ihrem schlimmsten Feind gekommen war, Pabulog – einem Mann, der noch reicher an Haß war als an Geld und Macht –, hatte Pabulog die Auseinandersetzung mit Schwertern und Peitschen gewonnen. Doch Akmaro – nein, Akmaros Gemeinschaft; nein, das Volk des Hüters – hatte den Kampf um die Herzen und den Geist gewonnen, die Freundschaft von Pabulogs Söhnen.

Es waren gute Jungen, nachdem sie unterrichtet worden waren und gelernt hatten. Und sie hatten den Mut, trotz ihres Vaters gute Menschen zu bleiben. Sollte ich einen Sohn verloren haben – und ich weiß nicht, wie –, habe ich zumindest diese vier neuen Söhne gewonnen, die das Erbe eines anderen Mannes hätten antreten sollen, hätte er sie nicht verloren, indem er versuchte, sie für seine bösen Zwecke zu benutzen.

Vielleicht ist das der Preis, den ich dafür bezahlen muß, die Pabulogi gewonnen zu haben: Ich nehme Pabulog seine Söhne weg und muß im Gegenzug den meinen aufgeben.

Ein gequälter Schrei rief in ihm: Nein, es ist den Preis nicht wert. Ich würde alle Pabulogi, alle Jungen auf der Welt für einen weiteren Tag hergeben, an dem Akmadis mir mit dem Stolz und der Liebe ins Gesicht sieht, die er einst für mich empfand!

Aber das meinte er nicht ernst. Es war keine Bitte, er wollte nicht, daß der Hüter ihn für undankbar hielt. Ja, Hüter, ich will meinen Sohn zurückhaben. Aber nicht um den Preis der Güte eines anderen. Besser, ich verliere meinen Sohn, als daß du diese Leute verlierst.

Hätte er nur glauben können, daß er dies mit ganzem Herzen meinte.

»Akmaro.«

Akmaro drehte sich um und sah, daß Didul dort stand. »Ich habe dich gar nicht kommen hören.«

»Ich bin gelaufen, aber bei dem Wind hast du meine Schritte vielleicht nicht gehört.«

»Was kann ich für dich tun?«

Didul wirkte aufgeregt. »Es geht um einen Traum, den ich letzte Nacht hatte.«

»Was für ein Traum?« fragte Akmaro.

»Es war ... vielleicht nichts. Deshalb habe ich bis jetzt nichts gesagt. Aber ... ich kriege ihn einfach nicht aus dem Kopf. Er kommt immer wieder zurück zu mir, und deshalb will ich ihn dir erzählen.«

»Dann erzähle ihn mir.«

»Ich sah, wie Vater ankommt. Mit fünfhundert Kriegern der Elemaki, einige Mittelleute, die meisten davon Erdleute. Er will ... er will euch bei Dämmerung angreifen, euch im Schlaf überraschen, euch alle abschlachten. Nun, da die Felder abgeerntet werden können. Er hat euch ein Jahr lang arbeiten lassen, und nun will er dein Volk vor deinen Augen niedermetzeln, und dann deine Frau vor deinen Kindern, und dann deine Kinder vor dir, und zum Schluß dich.«

»Und du hast bis jetzt gewartet, mir das zu sagen?«

»Ich sah zwar, daß dies sein Plan war; ich sah die Szene, wie er sie sich vorgestellt hat. Doch als er hier eintraf, stellte er fest, daß der Ort verlassen war. Alle Kartoffeln waren noch im Boden, und ihr alle wart fort. Keine Spur von euch. Die Wachen haben geschlafen, und er konnte sie nicht wekken, und so hat er sie im Schlaf getötet und euch dann schnell im Wald gesucht, doch ihr wart fort.«

Akmaro dachte kurz darüber nach. »Und wo warst du?«

»Ich? Was meinst du?«

»In deinem Traum. Wo warst du, wo waren deine Brüder?«

»Ich weiß es nicht. Ich habe uns nicht gesehen.«

»Dann ... glaubst du nicht, daß damit offensichtlich ist, wo ihr wart?«

Didul wandte den Blick ab. »Ich schäme mich nicht, nach dem, was wir hier getan haben, Vater gegenüberzutreten. Es war richtig, die Autorität, die er uns verliehen hat, auf diese Weise einzusetzen.«

»Warum hat er euch in deinem Traum nicht hier gefunden?«

»Verrät ein Sohn seinen Vater?« fragte Didul.

»Wenn ein Vater einem Sohn befiehlt, ein so schreckliches Verbrechen zu begehen, daß der Sohn es nicht tun und dann damit leben kann, ist es kein Verrat, daß der Sohn dem Vater nicht gehorcht.«

»Das tust du immer«, sagte Didul. »Du machst alle Fragen schwieriger.«

»Ich mache sie wahrer«, sagte Akmaro.

»Ist es ein wahrer Traum?« fragte Didul.

»Ich glaube schon«, sagte Akmaro.

»Wie wollt ihr fliehen? Die Wachen sind Vater noch treu ergeben. Sie gehorchen uns, werden euch aber nicht entkommen lassen.«

»Du hast es im Traum gesehen. Der Hüter hat es schon einmal gemacht. Als die Nafari vor den Elemaki flohen – damals zu Beginn unserer Zeit auf der Erde, hat der Hüter dafür gesorgt, daß ein tiefer Schlaf über alle Feinde der Nafari kommt. Sie haben geschlafen, bis die Nafari in sicherer Entfernung waren.«

»Du kannst nicht davon ausgehen, daß es erneut geschieht, nicht wegen meines Traums.«

»Warum nicht?« fragte Akmaro. »Wir können von dem Traum erfahren, daß dein Vater kommt, aber nicht, wie der Hüter uns retten will?«

Didul lachte nervös. »Was ist, wenn es kein wahrer Traum war?«

»Dann werden die Wachen uns bei unserer Flucht ergreifen«, sagte Akmaro. »Wie kann das schlimmer sein, als darauf zu warten, daß dein Vater eintrifft?«

Didul verzog das Gesicht. »Ich bin nicht Binaro. Ich bin nicht *du*. Ich bin nicht Chebeja. Die Leute setzen ihr Leben nicht aufs Spiel, weil *ich* einen Traum gehabt habe.«

»Mach dir keine Sorgen. Sie werden ihr Leben aufs Spiel setzen, weil sie an den Hüter glauben.«

Didul schüttelte den Kopf. »Es steht zu viel auf dem Spiel. Zu viel, nur um aufgrund meines Traums eine Entscheidung zu treffen.«

Akmaro lachte. »Wäre dein Traum aus dem Nichts gekommen, Didul, würde keiner etwas darauf geben.« Er legte die Hand auf Diduls Schulter. »Geh zu deinen Brüdern und sag ihnen, sie sollen darüber nachdenken, daß dein Vater euch in deinem Traum hier nicht findet. Es ist eure Entscheidung. Aber ich sage dir eins. Wenn der Hüter davon ausgeht, daß ihr Feinde meines Volks seid, werdet ihr schlafen, wenn wir in den dunklen Morgenstunden aufbrechen. Solltet ihr also wach sein, wenn wir gehen, lädt der Hüter euch ein, uns zu begleiten. Der Hüter sagt uns damit, daß man euch vertrauen kann und ihr zu uns gehört.«

»Oder aber meine Blase ist voll, und ich muß früh aufstehen, um mich zu erleichtern.«

Akmaro lachte erneut und wandte sich dann von ihm ab. Der Junge würde es seinen Brüdern sagen. Sie würden die Entscheidung treffen. Es war eine Sache zwischen ihnen und dem Hüter.

Unmittelbar darauf sah Akmaro seinen Sohn Akma, der auf dem Feld stand, verschwitzt vom Ernten der Kartoffeln. Der Junge schaute zu ihm hinüber. Dann blickte er zu dem sich entfernenden Didul. Wie hatte es in Akmas Augen ausgesehen? Daß ich Diduls Schulter berührte. Mein Gelächter. Wie hatte das ausgesehen? Und wenn ich meinem Volk heute abend von Diduls Traum erzähle, wenn ich ihnen sage, sie sollen sich vorbereiten, weil die Stimme des Hüters sich gemeldet und uns gesagt hat, daß wir morgen aus der Knechtschaft entlassen werden – wenn ich ihnen das sage, werden die anderen sich freuen, weil der Hüter uns nicht im Stich gelassen hat. Doch mein Sohn wird in seinem Herzen zürnen, weil der Traum Didul kam und nicht ihm.

Der Nachmittag verstrich; die Sonne, die schon lange von den Bergen verborgen wurde, zog nun endgültig ihr Licht aus dem Himmel zurück. Akmaro rief sein Volk zusammen und trug ihm auf, sich vorzubereiten, denn in den Stunden vor Anbruch der Dämmerung würden sie aufbrechen. Er erzählte ihnen von dem Traum. Er sagte ihnen, wer ihn geträumt hatte. Und niemand äußerte Zweifel oder stellte eine Frage. Niemand sagte: »Ist es eine Falle? Ein Trick?« Denn sie alle kannten die Pabulogi, wußten, wie sie sich verändert hatten.

Am frühen Morgen weckten Akmaro und Chebeja ihre Kinder. Dann ging Akmaro hinaus, um sich zu vergewissern, daß alle anderen wach und aufbruchbereit waren. Sie würden niemanden ausschicken, um die Wachen zu bespitzeln. Sie wußten, daß sie entweder schliefen – oder nicht. Es war sinnlos, dies zu überprüfen; wenn sie den Traum falsch gedeutet hatten, konnten sie nichts tun.

Als Akma in der Hütte half, ihre Reisetaschen mit den Vorräten zu füllen, die sie mitnehmen mußten, und mit der Ersatzkleidung und den Werkzeugen und Tauen, die sie brauchen würden, wandte Mutter sich an ihn. »Weißt du, es war nicht Didul. Er hat sich nicht ausgesucht, den Traum zu bekommen, und dein Vater hat sich nicht ausgesucht, ihn von Didul zu hören. Es war die Hüterin.«

»Ich weiß«, sagte Akma.

»Die Hüterin will dich damit lehren, ihre Geschenke zu akzeptieren, ganz gleich, durch wen sie sie macht. Die Hüterin will, daß du verzeihst. Sie sind nicht mehr die gleichen Jungen, die sie waren, als sie dich gequält haben. Sie haben dich um Vergebung gebeten.«

Akma hielt mit seiner Arbeit inne und blickte ihr in die

Augen. »Sie haben um Vergebung gebeten«, sagte er ohne Verbitterung – ohne jeden deutbaren Ausdruck –, »aber ich habe sie ihnen nicht gewährt.«

»Ich glaube, das ist jetzt unter deiner Würde, Akma. Anfangs konnte ich es verstehen. Die Wunde war noch frisch.«

»Du verstehst es nicht«, sagte Akma.

»Das ist mir klar. Deshalb bitte ich dich ja, es mir zu erklären.«

»Ich habe ihnen nicht verziehen. Es gab nichts zu verzeihen.«

»Was meinst du damit?«

»Sie haben gehandelt, wie ihr Vater es sie gelehrt hat. Ich habe gehandelt, wie mein Vater es mich gelehrt hat. Das ist alles. Kinder sind lediglich Werkzeuge ihrer Eltern.«

»Es ist schrecklich, so etwas zu sagen.«

»Es ist eine schreckliche Wahrheit. Aber der Tag wird kommen, da ich kein Kind mehr bin, Mutter. Und an diesem Tag werde ich niemandes Werkzeug mehr sein.«

»Akma, der ganze Haß, den du in deinem Herzen hast, vergiftet dich. Dein Vater lehrt die Menschen, zu verzeihen und den Haß aufzugeben und ...«

»Der Haß hat mich am Leben gehalten, als die Liebe mich im Stich ließ«, sagte Akma. »Glaubst du etwa, ich würde ihn jetzt aufgeben?«

»Das solltest du lieber«, sagte Chebeja. »Bevor er dich zerstört.«

»Ist das eine Drohung? Wird der Hüter mich zerschmettern?«

»Der Zorn wird dich vorher töten. Man kann als Mensch schon lange verdorben sein, bevor der Körper in die Erde gelegt werden muß.«

»Du und Vater, ihr könnt von mir denken, was ihr wollt«, sagte Akma. »Verdorben, vernichtet, was auch immer. Es kümmert mich nicht.«

»Ich glaube nicht, daß du verdorben bist«, sagte Chebeja.

»Er ist nicht schlecht, Mutter«, ließ Luet sich vernehmen.

»Du und Vater, ihr solltet nicht von ihm sprechen, als wäre er schlecht.«

Chebeja war schockiert. »Wir haben *nie* behauptet, daß er schlecht ist, Luet! Warum sagst du so etwas?«

Akma lachte leise. »Luet muß nicht hören, wie ihr das Wort benutzt, um die Wahrheit zu kennen. Versteht ihr ihre Begabung noch immer nicht? Oder hat der Hüter euch keinen Traum darüber geschickt?«

»Akma, begreifst du nicht, daß du nicht gegen mich oder Vater kämpfst? Sondern gegen den Hüter?«

»Mir egal, und wenn es die ganze Welt mit allem darin, darauf, darunter und darüber ist. Ich ... werde ... mich ... nicht ... beugen.« Und sich offensichtlich dessen bewußt, daß es ein sehr dramatischer Spruch war – und ein ziemlich lächerlicher, wenn er von einem so jungen Menschen kam –, schulterte Akma seine Last und verließ die Hütte.

Nur das Mondlicht erhellte das Land, das sie nun verließen und auf dem sie in so kurzer Zeit reichliche Ernten eingebracht hatten. Niemand schaute zurück. Hinter ihnen schlug niemand Alarm, obwohl ihre Truthahn- und Ziegenherden nicht gerade leise waren. Die Menschen unterhielten sich gelegentlich miteinander, doch niemand hörte sie.

Und als sie den letzten Hügel des Landes überquert hatten, das sie wirklich kannten, warteten dort im Schatten des Pinienwäldchens die Pabulogi auf sie. Akmaro umarmte sie; sie lachten und riefen und fielen sich um den Hals, Männer wie Frauen. Dann trieb Akmaro sie zur Eile an, und sie zogen gemeinsam weiter.

Sie schlugen in einem Seitental ein Lager auf, und dort scherzten sie und sangen gemeinsam Lieder und frohlockten, weil der Hüter sie aus der Knechtschaft befreit hatte. Doch mitten während ihrer Feier ließ Akmaro sie das Lager wieder abbrechen und weiterziehen, das Tal hinauf in unbekannte Regionen, weil Pabulog eingetroffen war, die Wachen schlafend vorgefunden hatte und sie nun von einem Heer verfolgt wurden.

Es war gefährlich, unbekannten Pfaden zu folgen, besonders zu dieser Jahreszeit. Wer konnte schon sagen, in welchen Tälern und Schluchten der Schnee hoch lag und welche trocken waren? Die Tausende von Tälern wiesen anscheinend allesamt unterschiedliche Wetter- und Klimaverhältnisse auf, die von der Richtung der Winde abhingen, die feucht und trocken, kalt und warm sein konnten. Doch dieser Weg war in Anbetracht der Höhe einigermaßen warm und trocken, und sie fanden sogar Wasser für ihre Herden. Und elf Tage später verließen sie die Berge durch ein kleines Tal, das nicht einmal bewacht war, weil die Elemaki aus dieser Richtung noch nie einen Raubzug begangen hatten. Am nächsten Nachmittag standen sie vor einem Fluß, doch trotz der Anweisungen der Priester wollte Akmaro sein Volk nicht in das Wasser gehen lassen.

»Sie wurden bereits zu neuen Männern und Frauen gemacht«, sagte Akmaro.

»Aber nicht durch die Autorität des Königs«, sagten die Priester unbeirrt.

»Das weiß ich«, erwiderte Akmaro. »Sondern durch die Autorität des Hüters der Erde, der größer ist als jeder König ist.«

»Deshalb wird das Durchqueren dieses Wassers als kriegerischer Akt aufgefaßt«, sagte einer der Priester.

»Dann werden wir es nicht durchqueren, denn wir wollen niemandem schaden.«

Schließlich kam Motiak persönlich hinaus und überquerte die Brücke, um mit Akmaro zu sprechen. Sie standen sich für einen Augenblick von Angesicht zu Angesicht gegenüber, und auf beiden Ufern des Wassers schauten die Menschen gespannt zu, um zu sehen, wie der König diesen Emporkömmling von Fremden in seine Schranken weisen würde. Doch zu ihrer Überraschung umarmte Motiak zuerst Akmaro und dann seine Frau, nahm seinen Sohn und seine Tochter bei der Hand und führte die Kinder über die Brücke. Die Erwachsenen folgten ihnen, und keiner kam an diesem Tag mit dem Wasser des Tsidorek in Berührung, und Motiak erklärte, diese Leute seien wahre Bürger Darakembas, denn der Hüter der Erde hätte sie bereits zu neuen Männern und Frauen gemacht.

Die Sonne war an diesem Tag noch nicht untergegangen, als Ilihi Akmaro begrüßte. Es war ein freudiges Wiedersehen, und sie erzählten sich bis spät in die Nacht, was sie erlebt hatten, seit sie auseinandergegangen waren. In späteren Tagen unternahmen viele Bürger des Landes Khideo die Reise nach Darakemba, um alte Freunde und Verwandte zu begrüßen, die Zinom verlassen hatten, um Akmaro in die Wildnis zu folgen.

Dies sollte nicht die letzte Versöhnung bleiben. Motiak forderte das Volk Darakembas auf, sich auf der großen freien Fläche neben dem Fluß einzufinden. Dort ließ er seine Sekretäre dem Volk die Geschichte der Zenifi verlesen, und dann die Geschichte der Akmari, und alle waren erstaunt darüber, wie der Hüter eingegriffen hatte, um sie zu retten. Dann traten die Söhne Pabulogs vor und baten Akmaro, sie ins Wasser zu führen. Als sie diesmal auftauchten, wiesen sie ihre alten Identitäten ausdrücklich zurück. »Wir sind nicht mehr Pabulogi«, sagte Pabul, und seine Brüder sprachen ihm nach. »Wir sind jetzt Nafari, und unser einziger Vater ist der Hüter der Erde. Wir werden Akmaro und Motiak als unsere Urväter betrachten, aber kein Erbe über das hinaus verlangen, als schlichte Bürger Darakembas zu sein.«

Wenn das Volk von Darakemba sich versammelte, tat es dies auf eine alt überlieferte Weise: die Nachkommen der ursprünglichen Darakembi zur Linken und die der ursprünglichen Nafari zur Rechten des Königs. Und innerhalb dieser Gruppen unterteilten sie sich weiterhin, denn die Nafari erinnerten sich noch daran, welche von ihnen – in der Linie der Väter – Issibi waren, und welche Ojkibi, Jasoi oder Zdorabi. Und in beiden Gruppen versammelten das Himmelsvolk und das Mittelvolk sich ihren Clans entsprechend, und ganz hinten die wenigen Wühler, die freie Bürger waren.

Als das Vorlesen der Historien beendet war, erhob Motiak

sich und sagte: »Niemand kann bezweifeln, daß sich in den Dingen, von denen wir gehört und die wir gesehen haben, die Hand des Hüters manifestiert. In den letzten paar Tagen habe ich jede wache Stunde in der Gesellschaft Akmaros und Chebejas verbracht, zweier großer Lehrer, die der Hüter uns geschickt hat, damit sie uns helfen und lehren, würdige Wächter des Landes zu sein, das der Hüter uns geschenkt hat. Jetzt wird er zu euch sprechen – mit größerer Autorität, als irgendein König sie besitzt.«

Das Volk flüsterte leise untereinander, weil der König etwas so Erstaunliches gesagt hatte. Dann lauschte es, während Akmaro sprach und sich dabei von einer Gruppe zur anderen bewegte und einer jeden einen Teil der Botschaft lehrte, die der Hüter vor so vielen Jahren durch Binaro geschickt hatte – jener Botschaft, für die Binaro gestorben war. Nicht alle glaubten alles, was man ihnen sagte, und einige der Ideen waren schockierend, denn Akmaro sprach davon, daß Wühler und Engel und Menschen Brüder und Schwestern waren. Doch niemand wagte es, ihm zu widersprechen, denn er hatte die Freundschaft des Königs – und viele der Leute, vielleicht die meisten von ihnen, besonders unter den Armen, glaubten mit ganzem Herzen an das, was er sagte.

An diesem Tag gingen viele ins Wasser, um unter den Händen Akmaros und seiner Gefolgschaft neu zu werden. Und als der Tag zu Ende ging, ließ Motiak eine weitere Proklamation verlesen:

»Von nun an werden Priester nicht mehr Diener des Königs sein, vom König ernannt werden und dem König unterstehen, um die großen öffentlichen Rituale zu vollziehen. Von nun an wird Akmaro der Hohepriester sein, und er wird die Macht haben, in jeder großen und kleinen Stadt und jedem Dorf, das unter meiner Herrschaft steht, niedrigere Priester zu ernennen. Diese Priester des Hüters werden nicht aus der öffentlichen Schatzkammer bezahlt werden, sondern statt dessen wie alle anderen Männer und Frauen mit ihrer eigenen Hände Arbeit Geld verdienen. Keine Tätigkeit ist zu gering für sie, und keine Last zu groß. Was die Priester betrifft, die mir bislang so treu gedient haben, so werden sie nicht vergessen. Ich werde sie von ihren Pflichten entbinden und ihnen aus meiner privaten Schatzkammer genug Wohlstand gewähren, auf daß sie respektable Geschäfte eröffnen können. Diejenigen, die unterrichten wollen, dürfen Lehrer werden; und einige wenige werden bei mir Anstellung als Sekretäre und Bibliothekare finden. Keiner von euch soll glauben, ich würde diese Veränderung vornehmen, weil es unter ihnen irgendein unehrenhaftes Verhalten gegeben habe. Doch nie wieder wird ein König seine Priester benutzen können, wie Nuab Pabulog und seine anderen Priester benutzt hat – als Instrumente der Unterdrückung und Täuschung und Grausamkeit. Von nun an werden die Priester keine politische Macht besitzen, und im Gegenzug wird kein König oder Herrscher die Macht haben, einen Priester zu ernennen oder zu entlassen.

Des weiteren«, lautete die Proklamation, »wird das Volk sich, wenn es von nun an zusammenkommt, nicht mehr in Nafari und Darakembi teilen oder in andere Stämme oder Clans, und es wird auch keine Trennung zwischen Erd-, Himmels- und Mittelvolk mehr geben. Wenn ihr mir als eurem König gehorcht, seid ihr alle Nafari, seid ihr alle Darakembi. Und wenn ihr euch um die Priester versammelt, um die Lehren des Hüters der Erde zu hören, seid ihr die Behüteten – und das ist eine Angelegenheit zwischen euch und dem Hüter der Erde. Keine weltliche Macht, ob die eines Königs oder Gouverneurs, eines Soldaten oder Lehrers, darf sich einmischen. Keine Person irgendeiner Rasse darf länger als zehn Jahre in Knechtschaft gehalten werden, und alle, die diese Zeit bereits gedient haben, sind jetzt Angestellte, denen man einen anständigen Lohn zahlen muß und die man nicht entlassen darf, wohingegen sie selbst aus freien Stücken gehen dürfen. Alle Kinder, die in meinen Ländern geboren werden, sind vom Augenblick der Empfängnis an frei, auch wenn ihre Mutter eine Leibeigene ist. In meinen Ländern herrscht eine neue Ordnung, und ich bitte, daß mein Volk sich an diese Neuordnung hält.«

Der letzte Satz entsprach der üblichen Formulierung – alle Edikte des Königs wurden nicht als Befehl, sondern als Bitte ausgegeben, denn so hatte Nafai es gehalten, damals, als Helden herrschten. Doch diesmal vernahmen viele die Worte mit stillem Zorn. Wie kann er es wagen, einfach zu sagen, daß es keinen Unterschied zwischen mir und einem Wühler gibt, zwischen mir und einer Frau, zwischen mir und einem Engel, zwischen mir und einem Menschen, zwischen mir und den Armen, zwischen mir und den Unwissenden, zwischen mir und meinen Feinden? Doch welche Vorurteile die Leute auch haben mochten, äußerlich taten sie so, als würden sie Akmaros Lehren und Motiaks Edikt akzeptieren. Aber in ihren Herzen, in ihren Häusern und – im Laufe der Jahre – auch immer mehr in leisen Gesprächen mit Freunden und Nachbarn wiesen sie den Wahnsinn zurück, den Akmaro und Motiak über sie gebracht hatten.

Damals jedoch kam es den meisten wie der Anbeginn eines goldenen Zeitalters vor, jene glorreichen Tage, als Akmaro Häuser der Behüteten gründete, die in jeder großen und kleinen Stadt und jedem Dorf von Priestern unterhalten wurden; als Motiak die neue Gleichberechtigung von Männern und Frauen, Wühlern, Engeln und Menschen und das Versprechen feierte, alle Sklaven zu befreien. Die Auffassung, eine solche Revolution könne leicht bewerkstelligt werden, war ein Beweis für ihre Naivität. Doch in ihrer Unwissenheit waren sie glücklich, und diese Zeit wurde in den Annalen der Könige der Nafari als die harmonischste während der gesamten Geschichte der Menschheit auf der Erde festgehalten. Die Ausnahmen erachtete man als nicht wert, in dem Buch erwähnt zu werden.

6
Ernüchterung

Zweimal jährlich besuchte Akmaro jedes der sieben Häuser des Hüters. Wenn er kam, strömten alle Priester und Lehrer in dieser Region des Reiches Darakemba im Haus zusammen, und dort unterwies er sie, hörte sich ihre Probleme an und half ihnen, ihre Entscheidungen zu treffen. Er war sehr sorgsam darauf bedacht, den Priestern nicht zu erlauben, ihn zu behandeln, wie Priester einer anderen Art einst Könige behandelt hatten. Sie durften sich nicht verbeugen, keine besondere Kenntnis von ihm nehmen; sie legten ihre Unterarme oder Schwingen zu einem gleichberechtigten Gruß zusammen. Und wenn sie sich setzten, dann in einem Kreis, und Akmaro wählte willkürlich einen von ihnen aus, das Gespräch zu leiten und anderen das Wort zu erteilen.

Er kam wie immer zum Haus des Hüters in Bodika, der neuesten Erweiterung des Reiches Darakemba. Im Land herrschte Frieden; das Volk war nicht gewillt, sich Motiaks Herrschaft zu widersetzen. Doch die Lehren Akmaros – das war etwas ganz anderes. »Ihr müßt ihnen klarmachen, daß es nicht *meine* Lehren sind«, sagte Akmaro. »Ich habe alles, was ich weiß, von Binaro gelernt, oder von Träumen, die der Hüter geschickt hat – manchmal mir, aber öfter anderen.«

»Da liegt das Problem, Vater Akmaro«, sagte Didul. Die ehemaligen Söhne Pabulogs waren allesamt Priester oder Lehrer geworden und hatten ihr Leben dem Dienst für den Hüter gewidmet, der sie von den Lügen und dem Haß ihres Vaters befreit hatte. »Oder zumindest ein Teil des Problems. Ziemlich viele Leute behaupten, wahre Träume zu haben, die ihnen verraten, daß der Hüter nicht will, daß sich das Erd-, Himmels- und Mittelvolk vermischen – zumindest in Bodika.«

»Das sind falsche Träume«, sagte Akmaro.

»Sie behaupten, deine Träume wären die falschen«, sagte

Didul. »Es läuft also darauf hinaus, daß wir sie bitten *müssen*, nicht an den Hüter zu glauben, sondern an deine Worte über den Hüter.«

»Es gibt Gesetze gegen Betrug«, sagte einer der anderen Priester. »Die Leute dürfen die Lehren der Häuser der Behüteten nicht einfach angreifen!«

»Didul will nicht, daß wir sie vor den Unterkönig von Bodika bringen«, sagte ein anderer.

Akmaro sah Didul an.

»Ich habe den Verdacht, daß der Unterkönig insgeheim mit jenen sympathisiert, die behaupten, das Erdvolk sei von Natur aus nichts weiter als Sklaven, auch wenn es durch das Gesetz befreit wurde.«

»Es ist sowieso besser, es bei diesen Dingen nicht auf einen Prozeß ankommen zu lassen«, sagte Akmaro.

»Wie kann das Königreich geeint sein, wenn sich jeder einfach einmischen und behaupten kann, für die Hüterin zu sprechen?« fragte eine Lehrerin, diesmal eine aus dem Himmelsvolk. »Es muß bei diesen Dingen gewisse Grenzen geben.«

»Es obliegt uns nicht, dem Hüter zu sagen, durch wen er sprechen darf und durch wen nicht.«

»Nun, wann wirst du dem ein Ende bereiten, daß die Frauen immer ›sie‹ zum Hüter sagen?« fragte ein alter Mann.

»Sobald der Hüter uns mitteilt, ob sein Körper einen Schoß hat oder nicht, werden wir der einen oder der anderen Gruppe sagen, daß sie eine falsche Vorstellung von ihm hat. Hast du ihn schon gesehen?« fragte Akmaro.

Der Alte protestierte, er habe ihn natürlich nicht gesehen.

»Dann sei nicht zu versessen darauf, die Vorstellungen anderer Leute zu beherrschen«, sagte Akmaro. »Vielleicht wirst du sehr überrascht sein, wenn du feststellen mußt, daß du in Zukunft ›sie‹ sagen mußt.«

Didul lachte, wie auch viele andere – hauptsächlich die Jüngeren wie er. Doch er wurde sofort wieder ernst. »Nach den dreizehn Jahren, die du Hohepriester von Darakemba bist, Vater Akmaro, lehnen noch immer viele die Veränderungen ab. Hier in dieser Versammlung gibt es Frauen, die nicht gern Unterricht erteilen, wenn Männer anwesend sind, und Männer, die es hassen, Frauen zu unterrichten. Es gibt Engel, die nicht gern Menschen unterweisen, und Menschen, die nicht gern Engel unterweisen. Ist es überall so, oder nur hier in Bodika, wo nicht einmal die Priester und Lehrer Herzen haben, die eins mit dem Hüter sind?«

»Wird noch in gemischten Klassen unterrichtet?« fragte Akmaro.

»Ja«, sagte Didul. »Aber einige haben ihre Ämter aufgegeben, weil sie es nicht ertragen konnten.«

»Hast du andere ernannt, die nun ihre Stellen einnehmen?«

»Ja«, sagte Didul.

»Dann ist es hier nicht anders als anderswo. Die Vereinigung von Männern und Frauen, von Erd-, Mittel- und Himmelsvolk zu einem Volk, den Behüteten des Hüters – das läßt sich nicht in einem Jahr bewerkstelligen, nicht einmal in dreizehn.«

»Die Streitigkeiten zwischen uns können manchmal sehr verbittert sein«, sagte Didul.

»Und stets bezieht ihr gegen uns Stellung!« rief ein junger Engel.

»Ich beziehe die Stellung des Hüters«, beharrte Didul.

Akmaro erhob sich. »Ich wünschte, ihr alle, meine Freunde, würdet einmal darüber nachdenken, daß der Hüter viel mehr von uns verlangt, als daß wir uns einfach nur als Gleichberechtigte betrachten.«

»Dann sollen wir uns doch auf diese Dinge konzentrieren und die Vermischung der Spezies vergessen!« rief eine Engelfrau.

»Aber wie können wir erwarten«, fragte Akmaro, »daß sie irgend etwas von dem glauben, was wir sagen, wenn nicht einmal die Priester und Lehrer ein Volk sein können? Seht euch doch an – wie ihr euch sortiert habt! Die Menschenfrauen von den Engelfrauen getrennt, und dort drüben die

Menschenmänner, und hier die Engelmänner. Und wo sind die Wühler? Sitzt ihr noch immer ganz hinten?«

Ein Wühler erhob sich und schaute sich nervös um. »Wir drängen uns nicht gern in den Vordergrund, Akmaro.«

»Ihr solltet euch gar nicht drängen müssen«, sagte Akmaro. »Wie viele von euch kennen überhaupt den Namen dieses Mannes?« Didul wollte antworten, doch Akmaro hob die Hand. »Natürlich kennst *du* ihn, Didul. Aber auch noch ein anderer?«

»Woher sollen wir ihn kennen?« erwiderte ein Engel. »Er hält doch ständig kleine Treffen in den Höhlen und Tunnels der Wühler ab.«

»Ist er der einzige? Unterrichten Menschen und Engel nicht auch Wühler?«

Didul ergriff das Wort. »Das ist *wirklich* schwer, Vater Akmaro. Die ehemaligen Sklaven hegen großen Groll auf Menschen und Engel. Sie fühlen sich nicht sicher. Die Behüteten unter dem Erdvolk würden keiner Fliege etwas zuleide tun, aber es gibt auch andere.«

»Und fühlen die Wühler sich hier zwischen Menschen und Engeln sicher?« fragte Akmaro.

Die Wühler schauten sich verlegen an. »Hier ja, Herr«, sagte endlich einer von ihnen.

Akmaro lachte verbittert auf. »Kein Wunder, daß es jenen, die Lügen über die Wünsche des Hüters verbreiten, so leicht fällt, den Leuten ihre Gedanken nahezubringen. Was für ein Beispiel geben die Behüteten ihnen denn?«

Dann widmeten sie sich anderen Angelegenheiten und trugen Akmaro viele Dinge vor, über die er ein Urteil fällen sollte, doch während der gesamten Versammlung blieb ein unterschwelliges Unbehagen bestehen. Und während einige im Verlauf des Tages versuchten, die Grenzen zwischen den Gruppen zu überschreiten, rückten andere näher zu ihren Artgenossen.

Schließlich kam die Dämmerung, und als der Abendgesang der Engel und Menschen die Luft über der Stadt Bodika erfüllte, begleitete Akmaro Didul zu dem Haus, in dem er wohnte.

»Noch immer nicht verheiratet?« fragte Akmaro. »Und das trotz all meiner Ratschläge.«

»Zwanzig ist noch jung«, sagte Didul.

Akmaro sah ihm in die Augen. »Du verschweigst mir doch etwas.«

Didul lächelte traurig. »Es gibt viele Dinge, die Männer und Frauen nicht sagen, weil es ihnen nur Unglück brächte, würden sie es jemandem mittelen.«

Akmaro schlug ihm auf die Schulter. »Das stimmt allerdings. Doch manchmal quälen Menschen sich überflüssigerweise selbst, weil sie befürchten, andere würden leiden, wenn sie sprechen, während die Wahrheit sie in Wirklichkeit befreien würde.«

»Dir kann ich es sagen«, erwiderte Didul. »Ich träume davon, es dir zu sagen.«

»Nun, denn – nur zu!«

»Keine wahren Träume, Vater Akmaro. Einfach nur ... Träume.« Er schaute sehr unbehaglich drein.

»Was gibt es zum Abendessen?« fragte Akmaro. »Ich bin völlig ausgehungert. Schon das Reden erschöpft mich.«

»Ich habe Maiskuchen. Oder besser gesagt, wir können welche zubereiten. Ich entfache schnell das Feuer neben dem Kochstein.«

»Didul, die Regel lautet, daß Priester für ihren Lebensunterhalt arbeiten sollen und nicht, daß sie in schrecklicher Armut leben müssen. Ein Kochstein!«

»Mehr brauche ich nicht«, sagte Didul. »Und außerdem arbeite ich ja ... nun ja, ich besitze kein Land. Ich habe es den Wühlern geschenkt, die einst als Sklaven darauf hausten. Ich wollte nicht von Mieteinkünften leben.«

»Geschenkt! Hättest du es ihnen nicht wenigstens verkaufen können, damit sie dir jedes Jahr ein wenig abbezahlen und ...«

»Ich bekam es ebenfalls geschenkt«, sagte Didul. »Ich habe es mir nicht verdient, und einige von ihnen haben ihr ganzes Leben lang darauf gearbeitet.«

»Nun, wie verdienst du also das Geld für deine elenden kleinen Maiskuchen?« fragte Akmaro.

»Ich habe auch Bohnen und gute Gewürze, und das ganze Jahr über frisches Obst und Gemüse.«

»Und wie kommst du dazu? Bitte, sag mir jetzt nicht, daß du von den Leuten, die du unterrichtest, Geschenke annimmst. Das ist verboten, ganz gleich, wie gern die Leute dir diese Geschenke auch machen würden.«

»Nein, nein!« widersprach Didul. »Ich würde niemals ... nein! Ich verdinge mich als Tagelöhner. Ich arbeite für die Leute, die meine Mieter gewesen wären. Und jetzt auch für andere. Meine Reichweite ist größer als die eines jeden Wühlers oder Engels. Ich kann gut mit einer Sense umgehen, und ich pflüge eine gerade Furche, und niemand fällt und entrindet einen Baum geschickter als ich. Sogar diejenigen, die meine Lehren nicht annehmen wollen, bezahlen mich, wenn sie einen Baum fällen müssen.«

»Ein Tagelöhner«, sagte Akmaro. »Tagelöhner sind die Ärmsten der Armen.«

»Stimmt irgend etwas damit nicht?« fragte Didul.

»Keineswegs«, erwiderte Akmaro. »Aber wegen dir schäme ich mich nun meiner Mieteinnahmen.«

»Was ich für mich gewählt habe, ist für keinen anderen Gesetz«, sagte Didul. Er holte das feingemahlene Maismehl hervor und vermischte es mit Wasser und einer Prise Salz.

»Aber ich wette, wenn du sprichst, hören die Wühler und Engel dir zu«, sagte Akmaro. Er half Didul, Teigbällchen zu formen und sie flach zu drücken.

Didul zuckte mit den Achseln. »Einige schon. Die meisten.«

»Ist es so schlimm, wie es auf der Versammlung heute den Anschein hatte?«

»Schlimmer.«

»Ich will nicht die Macht des Gesetzes benutzen, um ihre Zustimmung zu erzwingen«, sagte Akmaro.

»Das würde sowieso nicht funktionieren«, sagte Didul. »Das Gesetz kann regeln, wie die Leute sich benehmen, wenn andere zusehen – mehr nicht. Wie du mich damals im Land Chelem gelehrt hast, ist die Peitsche gegen das sture Herz machtlos.«

»Nun ja, da hast du recht«, sagte Akmaro. »Aber was soll ich Motiak sagen? Daß wir zu der alten Ordnung zurückkehren müssen, weil das Volk keine Priesterschaft akzeptieren will, die nicht dem König untersteht?«

»Nein, das nicht«, sagte Didul.

»Noch schlimmer wäre es, wenn ich ihm sagen müßte, daß wir damit aufhören sollten, die Worte des Hüters zu lehren! Aber ich habe noch einmal diese alten Träume der Helden gelesen, wie Nafai und Ojkib sie in den alten Büchern niedergeschrieben haben. Und ich kann ihnen nur eine Bedeutung entnehmen: Der Hüter will, daß wir ein einziges Volk sind, alle drei Spezies, die beiden Geschlechter und die Reichen und Armen von uns. Wie könnte ich das aufgeben?«

»Das kannst du nicht«, entgegnete Didul und schlug eine flache Teigscheibe auf den zischenden Kochstein.

»Aber wenn wir alle zwingen, zusammen zu leben ...«

»Das wäre absurd. Engel können nicht in Wühlerlöchern leben, und Wühler können nicht auf Sitzstangen schlafen.«

»Und Menschen haben Angst sowohl vor engen Erdlöchern als auch vor Höhen«, sagte Akmaro.

»Dann versuchen wir einfach weiterhin, sie zu überzeugen«, sagte Didul.

»Dann gibt es keine Hoffnung«, murmelte Akmaro und warf einen weiteren Maiskuchen auf den Stein. »Ich kann nicht einmal dich überzeugen, dir eine Frau zu nehmen, oder mir zu sagen, warum du es nicht willst.«

»Siehst du nicht, warum ich es nicht will?« fragte Didul. »Siehst du nicht, in welcher Armut ich lebe?«

»Dann heirate eine Frau, die bereit ist, schwer zu arbeiten, und die genauso wenig um Reichtum gibt wie du.«

»Wie viele solcher Frauen gibt es?« fragte Didul.

»Ich kenne viele. Meine eigene Frau zum Beispiel. Und meine Tochter.«

Didul errötete, und plötzlich verstand Akmaro.

»Meine Tochter«, sagte er. »Darum geht es also! Du kommst viermal im Jahr nach Darakemba, um dich mit mir zu besprechen – und du hast dich in Luet verliebt!«

Didul schüttelte den Kopf, wollte es abstreiten.

»Nun ja, du törichter Junge, hast du nicht mit ihr darüber gesprochen? Sie ist nicht dumm, sie muß gemerkt haben, daß du klug und freundlich bist, und wahrscheinlich – das jedenfalls sagen mir die Frauen um mich herum – der stattlichste junge Mann in Darakemba.«

»Wie kann ich mit ihr sprechen?« fragte Didul.

»Ich würde vorschlagen, mit Hilfe einer Luftsäule, die aus deinen Lungen emporsteigt und die du mit Lippen, Zunge und Zähnen zu Vokalen und Konsonanten formst«, sagte Akmaro.

»Als wir jung waren, habe ich sie gequält«, sagte Didul. »Ich habe sie und Akma vor allen anderen erniedrigt.«

»Das hat sie vergessen.«

»Nein, hat sie nicht. Und *ich* habe es auch nicht. Kein Tag vergeht, an dem ich mich nicht daran erinnere, was ich war und was ich tat.«

»Na schön, sie wird sich tatsächlich daran erinnern. Ich habe gemeint, daß sie dir schon vor langer Zeit verziehen hat.«

»Mir verziehen?«, sagte Didul. »Aber vom Verzeihen ist es ein langer Weg bis zur der Liebe, die eine Frau ihrem Mann entgegenbringen sollte.« Er schüttelte den Kopf. »Willst du Bohnenpaste? Sie ist ziemlich scharf, aber die Erddame, die sie macht, ist die beste Köchin, die ich kenne.«

Akmaro hielt ihm seinen Maiskuchen hin, und Didul verrieb die Paste mit einem Holzlöffel darauf. Dann rollte Akmaro ihn auf, faltete das untere Ende zusammen und begann, von oben zu essen. »So gut, wie du versprochen hast«, sagte er. »Luet würde es auch schmecken. Man kann es ihr nicht scharf genug machen.«

Didul lachte. »Vater Akmaro, kennst du deine eigene Familie nicht? Angenommen, ich würde mit Luet sprechen. Darüber, meine ich. Über die Ehe. Wir unterhalten uns unentwegt, wenn ich dort bin, über andere Dinge – Geschichte und Wissenschaft, Politik und Religion, über alles, bis auf persönliche Dinge. Sie ist ... brillant. Zu gut für mich. Doch selbst wenn ich es wagen, mit ihr darüber zu sprechen, und selbst, wenn sie mich irgendwie lieben sollte, und selbst, wenn du deine Zustimmung gäbest ... es wäre trotzdem unmöglich.«

Akmaro runzelte die Stirn. »Gibt es irgendeine Blutsverwandtschaft, von der ich nichts weiß? Ich hatte keinen Bruder, und meine Frau auch nicht, also kannst du kein Neffe ersten Grades sein.«

»Akma«, sagte Didul. »Akma hat mir nie verziehen. Und sollte Luet mich lieben, würde er dies als Schlag ins Gesicht betrachten. Und würdest du dieser Ehe dann deine Zustimmung geben, gäbe es kein Verzeihen mehr. Akma würde durchdrehen. Er ... Ich weiß nicht, was er tun würde.«

»Vielleicht würde er aufwachen und über seine kindische Rachsucht hinwegkommen«, sagte Akmaro. »Ich weiß, daß er seit jener Zeit nicht mehr derselbe ist, aber ...«

»Aber nichts«, sagte Didul. »Ich habe es ihm angetan. Verstehst du nicht? Akmas Haß erwächst aus den Erniedrigungen, die ich ihm am ersten Tag und an so vielen Tagen danach zugefügt habe ...«

»Damals warst du ein Kind.«

»Mein Vater hat keine Peitsche über meinem Kopf knallen lassen, Akmaro. Ich habe es genossen. Verstehst du nicht? Wenn ich diese Leute sehen, die Wühlerkinder ihrer Armut wegen hänseln, und weil sie in Löchern leben und schmutzig werden, und weil ... ich verstehe sie. Die Peiniger. Ich war einer. Ich weiß, wie es ist, wenn man kein Mitgefühl mehr im Herzen hat und über den Schmerz eines anderen lacht.«

»Du bist nicht mehr derselbe Mensch.«

»Ich habe diesen Teil von mir zurückgewiesen«, sagte Didul. »Aber ich bin noch immer derselbe Mensch.«

»Als du durch das Wasser gingst ...«

»Ja, ein neuer Mensch. Ich bin ein neuer Mensch geworden. Ja, ich bin ein Mensch, der solche Dinge nicht mehr *tut*. Aber ich bin noch immer derjenige und werde es immer sein, der es einmal getan hat.«

»Nicht in meinen Augen, Didul. Und ich wage zu behaupten, auch nicht in Luets.«

»In Akmas Augen, Vater Akmaro, bin ich noch derselbe, der ihn vor seiner Schwester, seiner Mutter, seinem Vater, seinen Freunden, seinem Volk zugrunde gerichtet hat. Und sollten Luet und ich je heiraten ... nein, sollte er je hören, daß ich sie heiraten will oder sie dazu bereit ist oder du es billigst ... es würde ihn durchdrehen lassen. Ich weiß nicht, was er tun würde, aber er würde es tun.«

»Er ist kein gewalttätiger Mensch«, sagte Akmaro. »Es ist sanftmütig, auch wenn er einen uralten Groll hegt.«

»Ich fürchte nicht um mein Leben«, sagte Didul. »Ich weiß nur, daß jemand, der so klug, so talentiert, so clever, so attraktiv wie Akma ist – daß er eine Möglichkeit finden wird, uns alle bedauern zu lassen, ihn dermaßen beleidigt zu haben.«

»Du willst mir also sagen, daß du dich weigerst, meiner Tochter auch nur die Möglichkeit zu geben, einen der fähigsten jungen Männer zu heiraten, die ich in diesem Reich kenne, nur weil ihr *Bruder* seinen kindischen Zorn nicht überwinden kann?«

»Wir wissen nicht, *was* in Akma geschehen ist, Vater Akmaro. Er mag ein Kind gewesen sein, aber seine Empfindungen müssen deshalb noch lange nicht kindisch sein.«

Akmaro aß den Rest von Maiskuchen. Nachdem er die Bohnenpaste bereits verdrückt hatte, schmeckte der Kuchen trocken und salzig. »Ich muß einen Schluck Wasser trinken«, sagte er.

»Der Milirek hat keine reine Quelle«, sagte Didul, »und er fließt aus niedrigen Bergen, von denen einige den Großteil des Jahres über ihren Schnee verlieren.«

»Ich trinke in jedem Land das Wasser, das der Hüter mir gibt«, sagte Akmaro.

Didul lachte. »Dann hoffe ich, du wirst den Gornaja nicht verlassen. Die langsam fließenden Wasser des Flachlands sind nicht ungefährlich. Sie sind schlammig und faulig, und *Dinge* leben darin. Ich kenne einen Mann, der das Wasser getrunken hat, ohne es abzukochen. Er sagte, seine Därme hätten nicht mehr zu arbeiten aufgehört, bis er ein Drittel seines Körpergewichts verloren hatte und seine Frau bereit war, ihn zu begraben – wenn auch nur, um den Wühlern die Mühe zu ersparen, noch eine Latrine auszuheben.«

Akmaro verzog das Gesicht. »Ich habe solche Geschichten auch gehört. Aber werden wir irgendwie lernen müssen, im Flachland zu leben. Wir haben so lange Frieden gehabt, daß Menschen aus allen Himmelsrichtungen hierher kommen. Ehemalige Elemaki, Leute aus versteckten Bergtälern kommen nach Darakemba, weil es unter Motiaks Herrschaft Frieden und Überfluß gibt. Nun, ich hoffe, daß der Frieden Bestand haben wird. Aber der Überfluß ... wir müssen eine Möglichkeit finden, das Flachland zu besiedeln.«

»Die Wühler können dort keine Tunnels bauen. Das gesamte Land wird überflutet«, sagte Didul. »Die Engel können dort nicht auf Ästen schlafen, weil die Bäumen so dick sind und so dicht beieinander stehen, daß die Jaguare sie überall erreichen können.«

»Dann sollten wir uns eine Möglichkeit ausdenken, Häuser auf Flößen zu bauen oder etwas Ähnliches«, sagte Akmaro. »Wir brauchen mehr Land. Und wenn wir vielleicht neue Ländereien erschlossen haben, mein junger Freund, in denen Wühler und Engel und Menschen in denselben Häusern leben *müssen*, können wir vielleicht jene Art von Harmonie hervorbringen, die hier im Gornaja so schwer zu erreichen ist.«

»Ich werde darüber nachdenken«, sagte Didul. »Aber ich hoffe, du unterbreitest dieses Problem auch anderen Männern und Frauen, die klüger sind als ich.«

»Glaub mir, das habe ich bereits getan und werde es wieder tun«, sagte Akmaro. »Leuten, die auch klüger als ich sind. Das habe ich von Motiak gelernt. Verschwende deine Zeit nicht, indem du Leute um Rat fragst, die dümmer sind als du.«

»Das ist ein tröstlicher Rat«, sagte Didul.

»Wieso?«

»Dann kann ich jeden um Rat fragen«, sagte er lachend.

»Falsche Bescheidenheit ist und bleibt falsch, ganz gleich, wie charmant sie zu sein scheint.«

»Na schön, ich bin klüger als einige andere Leute«, gestand Didul ein. »Zum Beispiel als dieser Lehrer, der behauptet, Engel hätten Angst, Wühlerlöcher zu betreten.«

»Stimmt das etwa nicht?«

»Ich kenne drei Engelärzte, die es ständig tun, und ihnen ist noch nie etwas geschehen.«

»Vielleicht«, sagte Akmaro, »hätten unsere Lehrer weniger Angst, würden sie glauben, daß ihre Lehren genauso wertvolle Dienste leisten wie die Kräuter der Ärzte.«

»Tja, da haben wir es wieder«, sagte Didul. »Würden die Gläubigen nicht dermaßen von Zweifeln geplagt, hätten sie es einfacher, die Ungläubigen zu bekehren.«

»Ach, ich habe nicht mal etwas gegen ihre Zweifel«, sagte Akmaro. »Sie wären viel überzeugender, könnten sie nur so *tun*, als würden sie glauben.«

»Wenn ich es nicht besser wüßte«, sagte Didul, »würde ich glauben, du preist die Heuchelei.«

»Ich würde lieber unter Leuten leben, die sich richtig benehmen, als unter solchen, die die richtige Meinung haben«, sagte Akmaro. »Ich habe unter den ersteren kein höheres Ausmaß an Heuchelei festgestellt als unter den letzteren, und zumindest muß man bei denen, die sich gut benehmen, nicht so viel Zeit mit Streitigkeiten verschwenden.«

Bego trottete hinter Akma und Mon her, wobei er sich die ganze Zeit beschwerte. »Ich sehe nicht ein, warum wir dieses Gespräch, um was auch immer es gehen mag, nicht in meinem Arbeitszimmer führen können. Ich bin zu alt dafür, und ihr habt vielleicht festgestellt, daß meine Beine nur halb so lang sind wie eure!«

Worauf Akma herzlos erwiderte: »Dann flieg doch.«

Mon stieß Akma von hinten so kräftig gegen die Schulter,

daß er in einen Busch neben dem Pfad stolperte. Akma drehte sich um, bereit, wütend zu reagieren oder zu lachen, je nachdem, welche Absicht er in Mons Augen las.

»Erweise einem Freund von mir Respekt«, sagte Mon leise, »wenn du schon seinem Alter und seinem Amt keine Achtung entgegenbringst.«

Akma lächelte sofort, sein einnehmendstes und charmantestes Lächeln, und es funktionierte, wie es immer funktioniert hatte. Es deutete eine zurückhaltende Bescheidenheit an, einen glaubwürdigen unschuldigen Protest und eine Verheißung von Freundschaft – welche gute Eigenschaft die andere Person ihm auch immer entnehmen wollte. Mon staunte jedesmal über dieses Lächeln, auch wenn es über seinen eigenen Zorn oder Neid triumphierte. Woher kam nur diese Macht über andere?

»Ach, Bego, ich hoffe, du weißt, ich wollte dich nur aufziehen«, sagte Akma. »Verzeihst du mir, alter Freund?«

»Ich verzeihe dir jedesmal alles«, sagte Bego müde. »Jeder verzeiht dir alles. Warum machst du dir also noch die Mühe, darum zu bitten?«

»Und beleidige ich andere so oft, daß es schon eine Gewohnheit ist, mir zu verzeihen?« fragte Akma, diesmal mit mehr als nur leichtem Schmerz auf den Lippen. Es erweckte in Mon den Wunsch, einen Arm um seine Schulter zu legen, ihn fest zu drücken und ihm zu versichern, daß niemand beleidigt war.

Wie *macht* er das nur?

»Du beleidigst nicht öfter als jeder andere brillante, undisziplinierte, müßiggängerische und faule junge Mann von zwanzig Jahren«, sagte Bego. »Aber seht, dort, mitten auf dieser Rasenfläche. Wenn ihr wollt, daß man euch nicht belauschen kann, sind wir hier richtig.«

»Ah«, sagte Mon und deutete zum Himmel. »Hast du die neugierigen Augen von oben vergessen?«

»Der feststehende Stern«, sagte Bego. »Ja, ja, man sagt, die Überseele könne durch Dächer und Blätter und festen Erdboden sehen. Was für eine Rolle spielt das also?«

Akma warf sich zu Boden und landete mit einer eleganten Bewegung auf dem Gras, die bei einer nicht so geschmeidigen Person einstudiert gewirkt hätte. »Wer kann schon wissen, wie viele Wühlertunnels sich unter dieser Wiese schneiden?« fragte er.

»Es ist keine Wiese«, sagte Mon. »Es ist der Park meines Vaters, und niemand darf darunter graben.«

»Ach, dann wissen wir, daß sogar die Erdwürmer vor den Grenzen zurückschrecken«, sagte Akma.

Mon mußte unwillkürlich lachen. »Vaters Autorität ist also nicht allumfassend.«

»Warum sind wir hier?« fragte Bego. »Sitzen ist nicht gerade bequem für mich.«

»Aber, Bego«, sagte Akma, »Menschen und Engel und Wühler sind jetzt gleich. Weißt du das nicht? Der Hüter hat gesprochen.«

»Tja, wenn der Hüter will, daß ich auf Stühlen oder anderen elenden, unbequemen Möbeln sitze, sollte er mir lieber einen neuen Hintern geben«, sagte Bego.

»Mon und ich haben nachgedacht«, sagte Akma.

»Ihr beide gemeinsam?« fragte Bego. »Dann habt ihr ja vielleicht tatsächlich einen Gedanken gesponnen, wenn ihr nur lange und oft genug nachgedacht habt.«

»Wir haben die Geschichte der Helden studiert. Und die Geschichte, die vor dreizehn Jahren die Zenifi gefunden haben.«

»Die Rasulum«, sagte Bego.

»Und wir wollten an dir eine Idee überprüfen«, sagte Mon.

»Warum konntet ihr das nicht in meinem Arbeitszimmer? Zum Beispiel unmittelbar nach dem Unterricht für die jüngsten der Söhne des Königs?«

»Unsere Frage ist möglicherweise ein Verrat«, sagte Akma.

Bego verstummte augenblicklich.

»Wir wissen, daß du Respekt für wissenschaftliche Untersuchungen hast und uns nie melden würdest. Aber wer weiß, was vielleicht ein anderer sagt, der uns zufällig belauscht? Und der das Gesagte möglicherweise übertrieben darstellt?«

»Was für einen Verrat kann es in den uralten Aufzeichnungen geben?« fragte Bego.

»Wenn wir recht haben«, sagte Akma, »läßt du diesbezüglich schon seit etwa zehn Jahren Andeutungen fallen.«

»Ich mache keine Andeutungen«, sagte Bego. »Und wenn ihr wissen wollt, ob ihr recht habt ... Mon hat doch die Gabe, so etwas mit Sicherheit festzustellen.«

»Tja, das ist das Problem«, sagte Mon. »Wenn wir recht haben, können wir dieser vermeintlichen Gabe nicht mehr vertrauen. Und wenn wir uns irren ... nun ja, dann bekommen wir dieselbe Antwort. Ich kann nichts mit Sicherheit sagen.«

»Also fragen wir dich«, sagte Akma.

»Du glaubst, daß du dir nur einbildest, der Hüter hätte dir eine Gabe verliehen?« fragte Bego ungläubig.

»Ich glaube, daß vieles, was einem in den Sinn kommt, aus Hysterie entsteht«, sagte Mon.

»Oder sogar aus einer scharfen natürlichen Einsicht«, sagte Akma. »Zum Beispiel das berühmte, unvergeßliche Ereignis, als Mon dir half, die Rasulum-Blätter zu übersetzen. Wer kann behaupten, daß er seine Gewißheit darüber, was richtig und falsch ist, nicht erlangte, indem er unterbewußt deine Gesten und Bewegungen interpretierte, deinen Tonfall und Gesichtsausdruck?«

»Was könnte ihm das helfen?« sagte Bego. »Ich habe es nicht gewußt.«

»Vielleicht hast du es doch gewußt. Aber damals war es dir noch nicht klar«, sagte Akma.

Bego kräuselte seine Schwingen zu einem Achselzucken.

»Wir beide, Akma und ich, wollen feststellen, ob es in den alten Aufzeichnungen irgendeinen handfesten Beweis dafür gibt, daß der Hüter der Erde überhaupt existiert.«

»Niemand bezweifelt, daß es einen Hüter gibt«, sagte Bego.

»Sieh dir die Geschichtsaufzeichnungen an«, sagte Akma. »Alle Schriften der frühen Helden besagen, daß das gesamte menschliche Leben von der Erde zerstreut wurde – und der Hüter die Helden dann von einem Ort namens Harmonie oder Basilika hierher brachte ... da sind die Aufzeichnungen mehrdeutig ...«

»Basilika ist der Name des feststehenden Sterns«, sagte Bego, »und Harmonie der Name des Planeten, der diesen Stern umkreist.«

»Behaupten die Gelehrten«, sagte Akma. »Die nicht mehr wissen als wir, da auch ihre Schlußfolgerungen auf den gleichen Aufzeichnungen beruhen. Und ich behaupte, daß die Aufzeichnungen der Helden offensichtlich falsch sind. Es *waren* Menschen hier, die Rasulum.«

Bego zuckte mit den Achseln. »Das hat zu einer kleinen Aufregung unter den Gelehrten geführt.«

»Komm schon«, sagte Mon. »Das ist die Tatsache, die du uns jedesmal ins Gesicht wirfst, wenn wir über Geschichte sprechen. Du willst, daß wir etwas daraus entnehmen, also spiele jetzt nicht den Unschuldigen.«

»Was ist, wenn die Menschen diese Welt niemals verlassen haben?« fuhr Akma fort. »Was, wenn sie während der Ära, als der Gornaja von Vulkanen und Erdbeben aufgefaltet wurde, einfach gezwungen wurden, dem Gebirge fernzubleiben? Die Helden sprechen davon, daß es einst eine Zeit gab, in der die Landmassen ineinander gedrückt und hochgeschoben wurden, bis sie die höchsten Berge auf der ganzen Welt bildeten. Was ist also, wenn *das* der Ursprung der Legende der Zerstreuung ist? Keine Menschen im Gornaja, daher auch keine Menschen auf der Erde – aber in Wirklichkeit haben Menschen im Norden gelebt, auf den Prärien. Dann kommt es zu einem schrecklichen Krieg, und jeder, der kann, flieht vor den Rasulum. Einige von ihnen brechen die alten Tabus und kommen in den Gornaja. Vielleicht sind sie sogar mit einem Schiff erschienen, aber sie befürchten, daß die Götter, die sie anbeten – die Überseele und der Hüter der Erde –, ihnen zürnen werden, weil sie gegen die

Gebote verstoßen haben. Deshalb behaupten sie, von den Sternen statt aus Opustoschen gekommen zu sein.«

»Warum unterscheidet die Sprache auf den Blättern sich dann so sehr von der unserigen?«

»Weil die Zeit der Helden nicht nur vier- oder fünfhundert Jahre zurückliegt. In Wirklichkeit haben sie sich vor tausend oder noch mehr Jahren von den Rasulum gespalten. Und die Sprachen entwickelten sich immer weiter auseinander, bis nichts mehr gleich war.«

»Und was hat das mit Engeln und Wühlern zu tun?« fragte Bego.

»Überhaupt nichts!« rief Mon. »Verstehst du denn nicht? Die Menschen kamen, beherrschten alle und zwangen allen ihre Götter auf. Aber haben die Wühler denn keine Götter angebetet, die die Engel für sie gemacht haben? Und haben die Engel nicht ihre eigenen Götter verehrt? Nichts von diesem Unsinn mit einem Hüter. Die Engel und Wühler haben sich hier im Gornaja unabhängig voneinander entwickelt, während die Menschen in den Nordlanden blieben.«

»Was ist mit den Geschichten, daß Schedemei bei dem gesamten Himmels- und Erdvolk ein seltsames Organ entdeckte, das uns zwang, zusammen zu bleiben?« fragte Bego.

»Die Geschichte besagt, daß sie euch alle krank machte und dieses Organ danach bei euren Kindern verschwunden war«, warf Akma ein. »Demzufolge gibt es natürlich nicht mehr die Spur eines Beweises, daß ein solches Organ je existiert hat.«

»Keine einzige von den Geschichten, aus denen Beweise herangezogen werden, kann jetzt noch überprüft werden«, sagte Mon. »Das ist der übliche rhetorische Trick – und jeder Narr könnte ihn in einer öffentlichen Debatte oder einem Prozeß aufdecken. Der neue Stern im Himmel ist Basilika – aber woher sollen wir wissen, daß er nicht schon immer dort war?«

»Die Aufzeichnungen sind in dieser Hinsicht mehrdeutig«, sagte Bego.

»Der einzige Beweis, den wir *tatsächlich* haben«, sagte

Akma, »ist ein glatter Widerspruch zu den Aufzeichnungen der Helden. Sie haben behauptet, es hätte keine anderen Menschen auf der Erde gegeben, als sie hier eintrafen. Aber wir haben die Gebeine aus Opustoschen und die Blätter der Rasulum, die das Gegenteil beweisen. Versteht du nicht? Der einzige echte Beweis widerlegt alles.«

Bego betrachtete sie gelassen. »Nun, das ist allerdings ein Hochverrat«, sagte er schließlich.

»Aber das muß es nicht sein«, sagte Akma. »Das habe ich Mon bereits erklärt. Die Autorität seines Vaters basiert darauf, daß er ein direkte Nachkomme des ersten Nafai ist. Dieser Teil der Aufzeichnungen wird nicht in Frage gestellt. Das Königreich wird nicht herausgefordert.«

»Nein«, sagte Bego. »Nur dein Vater wird herausgefordert.«

Akma lächelte. »Angenommen, mein Vater trägt dem Volk auf, es müsse unangenehme Lehren befolgen, nur weil der Hüter es sagt. Und dann stellt sich heraus, daß es gar keinen Hüter gibt – *wessen* Lehren will mein Vater dem Volk dann aufzwingen?«

»Ich halte deinen Vater für einen aufrichtigen Mann«, sagte Bego.

»Aufrichtig, aber irregeführt«, sagte Akma. »Und das Volk verabscheut seine Lehren.«

»Die ehemaligen Sklaven lieben sie«, sagte Bego.

»Das *Volk*», sagte Akma.

»Ich entnehme deinen Worten, daß du Wühler nicht für Menschen hältst«, sagte Bego.

»Ich betrachte sie als die natürlichen Feinde der Menschen und Engel. Und ich bin auch der Ansicht, daß es keinen Grund gibt, weshalb die Menschen über die Engel herrschen sollten.«

»Damit sind wird eindeutig wieder beim Hochverrat«, sagte Bego.

»Warum keine Allianz?« sagte Mon. »Ein König der Menschen und ein König der Engel, die beide über Völker herrschen, die ein und dasselbe Territorium besiedeln?«

»Unmöglich«, sagte Bego. »Ein König für ein Territorium. Ansonsten gäbe es Krieg und Haß zwischen Menschen und Engeln. Die Elemaki würden die Gelegenheit beim Schopf ergreifen und uns alle vernichten.«

»Aber man sollte einfach nicht verlangen, daß wir zusammen leben müssen«, sagte Akma.

Bego sah Mon an. »Ist es das, was du willst?« fragte er. »Du, der du als Kind davon geträumt hast, ein ...«

»Meine kindischen Träume sind Vergangenheit!« rief Mon. »Und hätte ich nicht unter Engeln gelebt, hätte ich diese Wünsche niemals gehabt, oder?«

»Mir kamen sie sehr schön vor«, sagte Bego. »Und vielleicht ein wenig schmeichelhaft. Bedenke, wie viele junge Engel sich wünschen, Menschen zu sein.«

»Keiner!« rief Mon. »Kein einziger!«

»Viele.«

»Dann sind sie alle verrückt«, erwiderte Mon.

»Sehr wahrscheinlich«, sagte Bego. »Mal sehen, ob ich euch also richtig verstanden habe. Es gibt keinen Hüter, und es gab nie einen. Die Menschen haben die Erde nie verlassen, nur den Gornaja. Wühler und Engel haben einander nie gebraucht, und es gab kein winziges Organ, das Schedemei mit einer Krankheit aus unseren Körpern entfernte. Und daher gibt es keinen Grund, unsere gesamte Lebensweise zu ändern, all unsere Bräuche, nur weil Akmaro uns sagt, es sei der Wille des Hüters, daß die drei Spezies ein Volk werden, die Kinder des Hüters, das Volk der Erde.«

»Genau«, sagte Akma.

»Und nun?« fragte Bego.

Akma und Mon schaute sich an. »Was meinst du damit – und nun?«

»Weshalb habt ihr mir das erzählt?« fragte Bego.

»Weil du vielleicht mit Vater darüber sprechen kannst«, sagte Mon. »Ihn dazu bringen kannst, endlich damit aufzuhören, diese Gesetze zu erlassen.«

»Entferne meinen Vater aus seiner Machtposition«, sagte Akma.

Bego blinzelte kurz, als er diese Worte hörte. »Würde ich mit Mons Vater über diese Dinge sprechen, meine lieben Freunde, würde er mich einfach umgehend aus jeder verantwortlichen Position entfernen. Das ist die *einzige* Veränderung, die ich damit bewirken würde.«

»Dann beherrscht mein Vater den König also vollständig?« fragte Akma.

»Vorsicht«, sagte Mon. »Niemand beherrscht meinen Vater.«

»Du weißt, was ich meine«, sagte Akma ungeduldig.

»Und ich kenne Motiak«, sagte Bego. »Er wird es sich nicht anders überlegen, denn soweit es ihn betrifft, habt ihr nicht die geringsten Beweise. Für ihn ist allein die Tatsache, daß wahre Träume Ilihiaks Soldaten zu den Blättern der Rasulum geführt haben, der Beweis dafür, daß der Hüter wollte, daß sie gefunden werden. Also berichtigt der Hüter die Fehler der Helden – ein weiterer Beweis dafür, daß der Hüter damals gelebt hat und auch heute noch lebt. Ihr werdet niemanden bekehren, der so verzweifelt an den Hüter glauben will.«

Wütend schlug Akma mit der Faust auf die Sode. »Man *muß* meinen Vater daran hindern, solche Lügen zu verbreiten!«

»Seine Fehler«, sagte Bego. »Hast du es schon wieder vergessen? Du wärest nie ein so untreuer Sohn, daß du deinen Vater des Lügens beschuldigen würdest. Wer würde dir dann noch glauben?«

»Daß er daran glaubt, bedeutet noch lange nicht, daß es keine Lügen sind«, sagte Akma.

»Ach, aber es sind nicht *seine* Lügen, nicht wahr?« sagte Bego. »Also mußt du sie Fehler nennen, wenn du im Zusammenhang mit deinem Vater davon sprichst.«

Mon kicherte. »Hast du ihn gehört, Akma? Er steht auf unserer Seite. Er wollte von Anfang an, daß wir hinter genau diese Sache kommen.«

»Warum glaubt ihr das?« fragte Bego.

»Weil du uns bezüglich unserer Strategie berätst«, sagte Mon.

Akma setzte sich grinsend auf. »Ja, genau. Oder, Bego?«

Bego zuckte wieder mit den Achseln. »Ihr könnt zur Zeit noch gar keine Strategie haben. Akmaro ist mit der Politik des Königs zu eng verbunden und umgekehrt. Aber vielleicht wird eine Zeit kommen, da die Häuser der Behüteten viel deutlicher vom Haus des Königs getrennt sind.«

»Was meinst du?« fragte Akma.

»Ich meine nur das. Es gibt welche, die so wütend über diese Politik sind, daß sie deinen Vater von seinem Thron zerren wollen.«

»Das wollen wir aber nicht!« rief Mon.

»Natürlich nicht. Das will niemand, der noch bei Verstand ist. Die Elemaki fallen einzig und allein nicht Jahr für Jahr bei uns ein, weil das gesamte Reich Darakemba vereint ist und Heere und Späher ständig an unseren Grenzen patrouillieren und sie schützen. Nur eine winzige Minderheit von Heuchlern und Verrückten will den Thron stürzen. Doch diese winzige verräterische Minderheit wird um so mehr Unterstützung gewinnen, je weiter dein Vater Akmaros Reformen vorantreibt. Früher oder später wird es zu einem Bürgerkrieg kommen, und ganz gleich, wer ihn gewinnt, wir werden geschwächt daraus hervorgehen. Es gibt Leute, die das nicht wollen, sondern Wert darauf legen, daß es wieder so wird, wie es früher war.«

»Die alten Priester, meinst du«, sagte Mon verächtlich.

»Ja, einige von ihnen«, sagte Bego.

»Und du«, sagte Akma. »Du willst, daß es wieder so ist wie früher.«

»Ich habe keine Meinung zur öffentlichen Politik«, sagte Bego. »Ich bin Gelehrter, und ich informiere euch auf wissenschaftliche Weise über den derzeitigen Zustand des Königreichs. Es gibt einige, die einen Bürgerkrieg abwehren, den Thron schützen und Akmaro daran hindern wollen, weiterhin diese verrückten, beleidigenden, unmöglichen Gesetze zu erlassen, die alle Unterschiede zwischen Männern und Frauen, Menschen, Wühlern und Engeln niederreißen. Dieses ganze Geschwätz über Vergebung und Verständnis beenden wollen.«

Akma unterbrach ihn verbittert. »Das ist nur eine Tarnung für diejenigen, die dieses Reich in ein Land verwandeln wollen, in dem Wühler mit Waffen in den Händen herumstolzieren, die Leute quälen, die über ihnen stehen, und …«

»Ich muß fast befürchten, daß du zu jenen gehörst, die dieses Königreich vernichten wollen«, sagte Bego. »Wenn das der Fall ist, Akma, wirst du denen, die den Thron bewahren wollen, nicht von Nutzen sein.«

Akma verstummte und zerrte am Gras. Ein Büschel löste sich, und Erde flog ihm ins Gesicht. Wütend wischte er sie fort.

»Aber was ist, wenn jene, die den Thron schützen wollen, dem Volk versichern könnten: Wartet nur ab! Die Kinder Motiaks glauben nicht an den Unsinn, daß alle Spezies gleichberechtigte Kinder des Hüters sind. Die Kinder Motiaks haben nicht die Absicht, die verrückte Politik ihres Vaters fortzusetzen. Habt Geduld. Wenn die Zeit kommt, wird alles wieder so wie früher sein.«

»Ich bin nicht der Erbe«, sagte Mon.

»Dann solltest du vielleicht versuchen, Aronha zu überzeugen«, sagte Bego.

»Selbst wenn ich das täte, würde Vater das Königreich lediglich an Ominer übergeben und uns beide übergehen.«

»Dann solltest du vielleicht auch Ominer und sogar Khimin überzeugen.« Als Mon angewidert aufstöhnte, lachte Bego. »Er ist durchaus intelligent. Er mag der Sohn seiner Mutter sein, ist aber auch der Sohn deines Vaters. Was kann dein Vater schon tun, wenn *all* seine Kinder seine Politik zurückweisen?«

»Meinem Vater wäre es egal«, sagte Akma. »Er würde einfach einen seiner Lieblinge zu seinem Nachfolger als Hohepriester bestimmen. Ich kann mir nicht vorstellen, daß er mich für diese Position auch nur in Betracht zieht.«

»Dih-duhl!« rief Mon verächtlich.

Akmas Gesicht wurde zornesrot, als Diduls Name fiel.

»Es spielt keine Rolle, wer der Nachfolger deines Vaters wird«, sagte Bego. »Verstehst du denn nicht? Wenn sein eigener Sohn öffentlich gegen seine Politik predigte, wäre seine Autorität hoffnungslos erschüttert. Selbst unter seinen eigenen Priestern und Lehrern gibt es Meinungsverschiedenheiten, einen Mangel an Vertrauen. Einige von ihnen werden dir zuhören. Einige von ihnen nicht. Aber der Hüter wird geschwächt werden.«

»Ach, Akma, ich kann mir dich als Prediger vorstellen«, sagte Mon verächtlich.

»Ich glaube, ich wäre ganz gut«, sagte Akma. »Wenn nur nicht die Wahrscheinlichkeit so hoch wäre, daß ich wegen Verrat verhaftet werde.«

Bego nickte. »Das *ist* das Problem, nicht wahr?« sagte er. »Deshalb müßt ihr abwarten. Bearbeite deine Brüder, Mon. Hilf ihm, Akma. Bedränge sie nicht zu sehr. Mache lediglich Vorschläge, stelle Fragen. Schließlich wirst du sie auf seine Seite ziehen.«

»So, wie du es mit uns getan hast?« fragte Akma.

Bego zuckte erneut mit den Achseln. »Ich habe euch nie Verrat vorgeschlagen. Ich schlage ihn auch jetzt nicht vor. Ich will, daß ihr die Wahrheit selbst herausfinden. Ich stopfe sie nicht in eure Hälse, wie einige andere es tun.«

»Aber welche Garantie haben wir, daß sich irgend etwas ändern wird?«

»Ich glaube, als Akmaro und Motiak die vom König ernannten Priester abgeschafft haben, begaben sie sich auf einen Weg, von dem es keine Umkehr gibt«, sagte Bego. »Er wird sie schließlich an einen Punkt führen, an dem die Religion völlig von der Regierung getrennt wird. Und wenn dieser Tag kommt, meine jungen Freunde, wird das Gesetz nicht mehr zwischen euch und irgendeiner Predigt stehen, die ihr halten wollt.«

Mon heulte auf. »Würde ich noch an meine Gabe glaube, würde ich sagen, daß Bego auf jeden Fall recht hat! Eines nicht mehr fernen Tages *wird* es geschehen. Es muß einfach geschehen.«

»Darf ich nun, da ihr wißt, wie ihr das Königreich vor Akmaros äußerst unschlüssigem Glauben retten könnt, wieder hineingehen und mir eine Sitzstange suchen, an der ich baumeln und meine schmerzenden Muskeln ausstrecken kann?«

»Wenn du willst, können wir dich hineintragen«, bot Mon boshaft an.

»Erspart mir noch mehr Mühe, indem ihr mir den Kopf abschneidet und *ihn* hineintragt. Der Rest meines Körpers ist mir dieser Tage sowieso keine große Hilfe mehr.«

Sie lachten und erhoben sich vom Gras. Als sie zum Haus des Königs zurückkehrten, gingen sie langsamer, doch es lag eine Art Tanz in den Bewegungen der Jungen, wie sie durch den Park des Königs gingen – nein, sprangen. Und als sie an Khimin vorbeikamen, der gerade versuchte, ein langes Gedicht auswendig zu lernen, was ihm nicht ganz leichtzufallen schien, erschütterten sie ihn geradezu, als sie ihn aufforderten, ihn zu begleiten. »Warum?« fragte Khimin argwöhnisch.

»Auch wenn deine Mutter eine ausgewiesene Idiotin ist«, sagte Mon, »bist du noch immer mein Bruder, und ich habe dich zu viele Jahre lang schändlich behandelt. Gib mir eine Chance, es wieder gutzumachen.«

»Da hast du dich auf was eingelassen«, flüsterte Akma Mon zu, als Khimin langsam und vorsichtig zu ihnen kam.

»Wer weiß?« fragte Mon. »Vielleicht ist er doch eine ganz angenehme Gesellschaft. Edhadeja hat immer gesagt, er sei in Ordnung, wenn wir ihm nur eine Chance gäben.«

»Dann wird Edhadeja sehr glücklich sein«, sagte Akma.

Mon zwinkerte ihm zu. »Wenn du willst, werde ich ihr sagen, daß es deine Idee war, Dudagu Dermos Brut in den Plan einzuschließen.«

Akma verdrehte die Augen. »Ich werfe keine begehrlichen Blicke auf deine Schwester, Mon. Sie ist drei Jahre älter als ich.«

»Meine Gabe kommt vielleicht nicht vom Hüter«, sagte Mon, »aber ich erkenne eine Lüge noch immer, wenn ich sie höre.«

Mittlerweile war Khimin so nah bei ihnen, daß er sie

hören konnte, und sie wechselten das Thema und schlossen ihn ins Gespräch ein. Als sie beim Haus des Königs angelangt waren, hatten Akma und Mon ihren Charme dermaßen sprühen lassen, daß der arme Achtzehnjährige völlig in sie vernarrt war und ihnen geglaubt hätte, hätten sie ihm erzählt, seine Füße wären Baumstümpfe und seine Nase eine Steckrübe.

Bego trennte sich von ihnen, als sie hineingingen, und auf dem Weg durch die Korridore benutzte er ein wenig die Schwingen, schlitterte über den Boden und sang Strophen fröhlicher Liedchen. Kluge Jungs, sagte er sich. Sie werden es schaffen, wenn wir ihnen eine Chance geben. Sie *werden* es schaffen.

Luet liebte es geradezu, wenn Mutter Dudagu im Haus des Königs besuchte, denn nachdem sie ein paar Minuten lang höflich zur Königin gewesen war, die nicht mit Würde alterte und sich ständig über ihre schlechte Gesundheit beklagte, wurde sie immer entschuldigt und konnte sich auf die Suche nach Edhadeja machen. Sie hatte mit diesem Brauch begonnen, als sie erst fünf Jahre alt und Edhadeja eine hoch aufgeschossene Zehnjährige gewesen war. Wenn sie nun daran zurückdachte, wunderte sie sich, daß die Tochter des Königs so freundlich zu einem gerade mal halb so alten Kind gewesen war, das vor kurzem als noch Sklavin von Wühlern gedient hatte. Oder vielleicht war genau das der Grund – Edhadeja hatte von der Geschichte ihres Leidens gehört und Mitleid mit ihm gehabt. Nun ja, wie immer es angefangen hatte, ihre Freundschaft stand jetzt, da Edhadeja dreiundzwanzig Jahre alt und Luet achtzehn und eine Frau war, in voller Blüte.

Sie fand ihre Freundin, während sie gerade mit den Musikern übte und eine neue Komposition mit ihnen einstudierte. Die Trommler schienen den Rhythmus nicht richtig hinzubekommen. »Es ist nicht schwer«, sagte Edhadeja. »Es ist nur schwer, wenn man es komponiert. Aber wenn man hört, wie es mit der Musik fließt ...« Woraufhin Edhadeja zu singen anfing, eine hohe, süße Stimme, und dann bekam zuerst der erste und dann der zweite Trommler ein Gespür dafür, wie ihr Takt zu der Melodie paßte, die sie sang, und ohne daß es ihr richtig bewußt wurde, drehte Luet sich, hob die Arme und begann aus dem Stegreif mit den Schritten eines Tanzes.

»Ihr tut meiner armen Melodie Gewalt an!« rief Edhadeja.

»Hört nicht auf, es war wunderschön!«

Doch Edhadeja hörte sofort auf und ließ die Musiker an dem Stück weiterarbeiten, während sie mit Luet in den Gemüsegarten ging. »Überall Würmer. Früher hatten wir Sklaven, deren Aufgabe es war, sie von den Blättern zu pflücken. Jetzt können wir nicht mehr genug dafür bezahlen, und all unsere Grünpflanzen haben Löcher, und gelegentlich marschiert ein Salat aus eigenem Antrieb los. Wir tun einfach so, als wäre es ein Wunder, und essen weiter.«

»Ich muß dir sagen, daß Akma in letzter Zeit wieder eine äußerst üble Stimmung hat«, sagte Luet.

»Das ist mir egal«, sagte Edhadeja. »Er ist zu jung für mich. Er war immer zu jung für mich. Ich muß verrückt gewesen sein, als ich dachte, ich würde ihn lieben.«

Luet schaute zum Himmel hinauf. »Was? All diese Wolken? Ich dachte, du würdest meinen Bruder lieben, wann immer es regnet.«

»Im Augenblick regnet es nicht«, sagte Edhadeja. »Und ist heute einer jener Tage, an denen du Mon liebst?«

»Ich liebe niemanden«, sagte Luet. »Ich wäre wohl keine gute Ehefrau.«

»Warum nicht?« fragte Edhadeja.

»Ich will nicht zu Hause bleiben und den ganzen Tag lang arbeiten. Ich will hinausgehen, wie Vater es tut, und lehren und sprechen und ...«

»Er arbeitet auch.«

»Auf den Feldern, ich weiß. Aber sogar das würde ich tun! Wenn ich nur nicht im Haus bleiben muß. Vielleicht liegt es daran, daß ich als Kind auf den Feldern arbeiten mußte.

Vielleicht werde ich in meinem Herzen immer Angst haben, daß ein Wühler, der doppelt so groß ist wie ich, kommen wird wenn ich nicht arbeite und ...«

»Ach, Luet, wenn du so sprichst, bekomme ich Alpträume!«

»Hab' einen gefunden«, sagte Luet und hob einen Wurm hoch.

»Wie attraktiv«, sagte Edhadeja.

Luet zerquetschte den Wurm zwischen den Fingern, rollte die Überreste seines Körpers zusammen und ließ sie auf die Erde fallen. »Ein weiterer Salat, der sich nicht bewegen wird.«

»Luet«, sagte Edhadeja, und in diesem Augenblick änderte sich der gesamte Tonfall der Unterhaltung. Sie waren nicht mehr die verspielten Mädchen, sondern Frauen, und besprachen ein ernstes Thema. »Was hat dein Bruder sich in letzter Zeit ausgeheckt? Was geht zwischen ihm und meinen Brüdern vor?«

»Er steckt ständig mit Mon zusammen«, sagte Luet. »Ich glaube, sie hecken irgend etwas mit Bego aus.«

»Dann spricht er nicht mit dir?« fragte Edhadeja. »Mit ihnen schon.«

»Mit ihnen?«

»Nicht mehr nur mit Mon. Er spricht auch mit Aronha, Ominer und Khimin.«

»Na ja, schön, daß er Khimin einbezieht. Der Junge ist wirklich nicht so schrecklich, wie ...«

»Ach, er ist wirklich schrecklich. Aber vielleicht kann man ihn noch retten, und es würde mich freuen, wenn Akma und Mon das versuchen wollten«, sagte Edhadeja. »Aber das wollen sie nicht.«

»Nein?«

»Gestern hat jemand wahre Träume erwähnt und mich angesehen. Es war nichts, nur eine zufällige Bemerkung. Ich kann mich nicht mal daran erinnern – einer der Berater, der mit Vater sprechen wollte, und er sah mich an. Aber ich drehte mich in diesem Augenblick zufällig um und saß, daß

Ominer spöttisch die Augen verdrehte. Also ging ich ihm nach, und als wir allein auf dem Hof waren, drückte ich ihn gegen die Mauer und fragte ihn, warum er sich über mich lustig machte.«

»Du bist immer so sanft«, murmelte Luet.

»Wenn man Ominer keinen körperlichen Schmerz zufügt, nimmt er einen gar nicht wahr«, sagte Edhadeja. »Und noch bin ich stärker als er.«

»Tja, und was hat er gesagt?«

»Er hat abgestritten, sich über mich lustig gemacht zu haben. Also sagte ich: Und über wen hast du dich lustig gemacht? Und er antwortete, über ihn.«

»Über wen?« fragte Luet.

»Du weißt schon, den Berater, der mich angesehen hat. Und ich sagte: Du kannst den Leuten doch nicht vorwerfen, daß sie an meinen Traum über die Zenifi denken, wenn sie mich sehen. Nicht jeder hat wahre Träume. Und dann sagte er ... hör zu, Luet ... Niemand hat wahre Träume.«

»Niemand?« Luet lachte, bis ihr klar wurde, daß Edhadeja es gar nicht komisch fand. »Dedaja, ich habe wahre Träume gehabt, du hast wahre Träume gehabt. Mutter ist eine Entwirrerin. Mon hat seinen Wahrsinn. Vater träumt wahr, und ... das ist absurd.«

»*Ich* weiß das. Also habe ich ihn gefragt, warum er das gesagt hat, aber er wollte es mir nicht sagen. Ich habe ihn gekniffen, ich habe ihn gekitzelt – Luet, Ominer kann kein Geheimnis vor mir bewahren. Mit ein bißchen Druck habe ich es bislang jedesmal in fünf Minuten aus ihm herausbekommen. Aber diesmal hat er darauf beharrt, nicht zu wissen, wovon ich spreche.«

»Und du glaubst, es hat etwas mit Akma und Mon zu tun?«

»Ich weiß es genau. Luet, Ominer kann ein Geheimnis nur vor mir bewahren, wenn er vor einem anderen noch mehr Angst hat. Und er fürchtet sich lediglich vor zwei Personen auf der Welt mehr als vor mir ...«

»Deinen Vater?«

»Mach dich nicht lächerlich. Vater ist immer sehr freundlich zu ihm, wenn er Ominer überhaupt mal bemerkt ... was nicht oft geschieht, er verschmilzt ja praktisch mit den Wänden. Nein, es sind Mon und Aronha. Ich glaube, sie stecken gemeinsam dahinter. Ich habe sie heute morgen beobachtet, und alle vier meiner Brüder hockten mit *deinem* Bruder zusammen. Wovon sie auch sprechen, was sie planen oder tun ...«

»Hat mit der Idee zu tun, daß es keine wahren Träume gibt.«

Edhadeja nickte. »Ich kann mich damit nicht an Vater wenden, sie würden es einfach abstreiten.«

»Deinen Vater belügen?«

»Irgendwas hat sich verändert. Es kam mir dunkel und unangenehm vor, und ich glaube, sie planen etwas.«

»Sag das nicht«, erwiderte Luet. »Wir sprechen über unsere Familien.«

»Sie sind keine kleinen Jungs mehr. Weil wir alle noch studieren, vergessen wir manchmal, daß wir eigentlich nicht mehr zur Schule gehen, von Khimin mal abgesehen, wenn man es genau nimmt. Wir sind Männer und Frauen. Wäre Akma nicht der Sohn deines Vaters, würde er sich seinen Lebensunterhalt schon verdienen. Aronha spielt den Soldaten, hat aber zuviel Freizeit, genau wie meine anderen Brüder. Sie arbeiten wie Priester, aber nicht wie die Söhne des Königs.«

Luet nickte. »Akma war erst fünfzehn, als Vater versucht hat, ihn dazu zu bringen, auf eigenen Füßen zu stehen. Das Alter, in dem die Kinder von Arbeitern ...«

»Ich kenne das Alter«, sagte Edhadeja.

»Akma hat einfach gesagt: Was denn? Wirst du mit einer Peitsche hinter mir stehen, wenn ich es nicht tue? Es war eine wirklich üble Szene.«

»Dein Vater war in jenen schrecklichen Tagen doch nicht sein Aufseher«, sagte Edhadeja.

»Aber Vater hat den Aufsehern *verziehen*. Den Pabulogi. Akma hat es nicht und ist noch immer wütend auf sie.«

»Dreizehn Jahre!« rief Edhadeja.

»Akma nährt sich daran wie ein ungeschlüpftes Küken an seinem Eigelb. Selbst wenn er an etwas anderes denkt, selbst wenn er es gar nicht bemerkt, kocht er innerlich vor Wut. Er war eine Zeitlang mein Lehrer. Wir standen uns sehr nah. Ich habe ihn damals lieber gemocht als irgend jemanden sonst auf der Welt. Aber wenn ich ihm zu nahe kam, wenn ich seine Zuneigung auf die falsche Weise berührte, *schlug* er zu. Manchmal versetzte es mir einen Schlag, wie Elemak und Mebbekew ihn gespürt haben müssen, als Nafai sie mit einem Blitz aus seinem Finger niederstreckte.«

»Melancholie. Ich dachte, er sei einfach verdrossen«, sagte Edhadeja.

»Ach, das ist er auch«, sagte Luet, »aber wenn er in eine solche Stimmung gerät, zürnt er meinem Vater.«

»Und den Pabulogi.«

»Sie kommen nicht mehr oft her. Akma achtet darauf, den Priestern nicht zu begegnen, wenn sie sich hier mit Vater beraten. Ich glaube, er hat seit Jahren keinen von ihnen mehr gesehen.«

»Aber du hast sie gesehen.«

Luet lächelte matt. »So wenig wie möglich.«

»Selbst auf ihrem Sterbebett, wie Mutter es nennt, bekommt sie den ganzen Klatsch mit, und sie sagt, Didul würde dich ansehen wie ... wie ...«

»Wie mein schlimmster Alptraum.«

»Das meinst du doch nicht ernst«, sagte Edhadeja.

»Nicht ihn persönlich. Aber was ist, wenn er tatsächlich zu dem Schluß gelangt, daß er mich liebt? Was ist, wenn ich ihn lieben würde? Es wäre schneller und freundlicher, würde ich Akma einfach im Schlaf die Kehle durchschneiden.«

»Du meinst, Akmas kindische Melancholie hält dich von dem Mann fern, den du liebst?«

»Ich liebe Didul nicht. Es war nur eine hypothetische Situation.«

»Lutja, meine Freundin, ist das Leben hier im Haus des Königs nicht kompliziert?«

»Für die ärmsten Bauern ist es wahrscheinlich genauso kompliziert. Unten in ihren Erdlöchern haben die mittellosesten ehemaligen Sklaven genau dieselben Probleme. Groll, Liebe, Zorn, Furcht, Haß ...«

»Aber wenn sie in ihren Tunnels streiten, erzittert nicht das ganze Königreich«, sagte Edhadeja.

»Nun ja, es ist *deine* Familie. Nicht meine.«

Edhadeja pflückte einen weiteren Wurm von einem Blatt. »Einige Menschen fressen Löcher ins Königreich, Lutja. Was ist, wenn sich herausstellen sollte, daß unsere Brüder zu den Würmern gehören?«

»Davor hast du Angst, nicht wahr? Daß sie die Hüterin zurückweisen. Dann müssen wir uns nicht mit Wühlern und Engeln einlassen und ...«

»Mon liebt die Engel geradezu. Es würde ihn umbringen, nicht mehr in ihrer Nähe zu sein.«

»Aber liebt er das Himmelsvolk mehr, als Akma das Erdvolk haßt?«

»Wenn es hart auf hart kommt, wird Mon seine Liebe für die Engel nicht aufgeben.«

»Trotzdem. Es wäre schrecklich, sollten sie ...«

»Das darfst du nicht mal denken«, sagte Edhadeja. »Unsere Brüder würden keinen Verrat begehen.«

»Dann hast du *keine* Angst«, sagte Luet.

Edhadeja setzte sich auf eine Bank und seufzte. »Doch, ich *habe* Angst.«

»Wovor?« fragte hinter ihnen eine andere Stimme.

Sie drehten sich um. Es war Chebeja, Luets Mutter.

»Schon fertig?« fragte Luet.

»Die arme Dudagu ist erschöpft«, sagte Chebeja.

Edhadeja schnaubte.

»Mach dieses Geräusch nicht im Wald«, sagte Chebeja, »oder ein Jaguar wird zu dir kommen.«

»Ich verstehe nicht, wieso du es für so unnatürlich hältst, daß ich meine Stiefmutter verachte«, sagte Edhadeja.

»Dein Vater liebt sie«, sagte Chebeja.

»Ein Beweis für seine schier unendliche Fähigkeit zu lieben«, sagte Edhadeja.

»Worüber habt ihr gesprochen, als ich in den Garten kam?« fragte Chebeja. »Und behauptet jetzt nicht, es sei unwichtig gewesen. Ich habe gesehen, wie eng ihr miteinander verbunden wart.«

Luet und Edhadeja sahen sich an.

»Überlegt ihr, wieviel ihr mir sagen sollt?« fragte Chebeja. »Ich mache es euch leichter. Erzählt mir einfach alles.«

Also erzählten sie es ihr.

»Ich werde ein wenig auf sie achten«, sagte Chebeja, als sie fertig waren. »Wenn ich sie zusammen sehe, kann ich viel erfahren.«

»Wie kann Mon nicht an wahre Träume glauben?« fragte Edhadeja. »Er weiß, ob etwas wahr ist – er hat gewußt, daß mein Traum über eure Familie wahr war.«

»Unterschätze die Überzeugungskraft meines Sohnes nicht«, sagte Chebeja.

»Mon ist niemandes Marionette«, sagte Edhadeja. »Ich *kenne* ihn.«

»Nein, keine Marionette«, sagte Chebeja. »Aber ich kenne Akmas Begabung.«

»Er hat eine?« fragte Luet.

»Die kleine Schwester sieht es als letzte«, sagte Edhadeja.

»Er hat dieselbe Gabe wie ich«, sagte Chebeja.

»Er hat nie etwas davon gesagt!« rief Luet.

»Weil er es selbst nicht weiß. Bei Männern ist es wohl etwas anderes. Männer bilden nicht so schnell Gemeinschaften wie Frauen. Ich spreche von menschlichen Männern – bei Engeln ist es wiederum ganz anders. Vermute ich zumindest. Ich habe nicht viel Erfahrung mit ihnen. Ich weiß nur, wenn ein Mann die Gabe des Entwirrens hat, sieht er die Verbindung zwischen den Menschen nicht so, wie eine Frau es tut. Vielmehr sucht er unbewußt nach Möglichkeiten, all die verstreuten Fäden in seinen eigenen Händen zusammenzufassen.«

»Dann kann er das Netz der Menschen nicht sehen«, fragte Luet, »sondern wird einfach zur Spinne darin?«

Chebeja erschauerte. »Ich habe ihm nicht erklärt, was er

tut. Ich befürchte, sollte er es je bewußt merken, wird es noch viel schlimmer. Er wird immer mächtiger und …«

»Gefährlicher«, warf Edhadeja ein.

Chebeja wandte sich von ihr ab. »Er schart Leute um sich, und sie wollen ihm gefallen.«

»So sehr, daß Mon seine Liebe für das Himmelsvolk aufgeben würde?« fragte Edhadeja.

»Um das feststellen zu können, muß ich sie zusammen sehen. Doch wenn Akma etwas wirklich wichtig ist und Mons Hilfe bräuchte, würde Mon sie ihm wohl gewähren.«

»Aber das ist schrecklich«, sagte Edhadeja. »Heißt das, als ich dachte, ich würde ihn lieben …«

»Ich weiß es nicht«, sagte Chebeja. »Besser gesagt, ich meine … ich weiß, in dem Ausmaß, in dem er zur Liebe fähig ist, hat er dich von Zeit zu Zeit geliebt.«

»Jetzt nicht mehr?«

»In letzter Zeit nicht mehr.«

Tränen strömten über Edhadejas Wangen. »Das ist so dumm«, sagte sie. »Ich sehne mich nicht mal nach ihm, denke tagelang nicht an ihn – es liegt einfach an seiner Gabe, nicht wahr?«

Chebeja schüttelte den Kopf. »Wenn er Menschen entwirrt, hält es nur kurz an. Einen oder zwei Tage. Wenn er nicht bei einem bleibt, läßt es wieder nach. Du hast ihn seit einer Woche nicht mehr gesehen.«

»Ich sehe ihn jeden Tag«, sagte Edhadeja.

»Du warst aber nicht in seiner *Nähe*», warf Luet ein.

»Er muß mit dir sprechen, dich ansehen, auf dich einwirken«, sagte Chebeja. »Du kannst deinen Gefühlen für ihn vertrauen. Sie sind echt.«

»Um so schlimmer«, murmelte Edhadeja.

»Mutter«, sagte Luet, »ich glaube, etwas sehr Gefährliches geschieht. Ich glaube, Akma und Motiaks Söhne planen etwas.«

»Wie ich schon sagte, ich sehe sie mir an und werde darauf achten.«

»Und wenn es stimmt?«

»Werde ich mit deinem Vater darüber sprechen«, sagte Chebeja. »Und dann sprechen wir vielleicht mit dem König. Und vielleicht will er dann mit dir sprechen.«

»Und wenn jeder mit jedem gesprochen hat«, sagte Edhadeja, »können wir noch immer nichts tun.«

Chebeja lächelte. »Hoffnungsvoll wie eh und je, was? Hab Vertrauen, Dedaja. Dein Vater, mein Gatte und ich mögen alt sein, aber uns steht noch immer eine gewisse Macht zur Verfügung. Wir *können* etwas verändern.«

»Wie ich höre, beziehst du meine Stiefmutter nicht in diese Gruppe ein«, sagte Edhadeja garstig.

Chebeja lächelte mit wohlwollender Unschuld. »Arme Dudagu. Sie ist zu schwach, um im gleichen Atemzug genannt zu werden.«

Edhadeja lachte.

»Komm jetzt mit mir nach Hause, Luet. Auf uns wartet Arbeit.«

Edhadeja umarmte sie beide und sah ihnen dann nach, wie sie den Hof verließen. Dann setzte sie sich wieder auf die Bank und schaute zum Himmel empor. Wenn die Sonne im richtigen Winkel steht, dachte sie, kann man den Stern Basilika sogar bei strahlendem Sonnenschein sehen. Doch heute verdeckten die Wolken alles. Es würde in der Tat regnen.

»Die-nie-begraben-Wurde«, murmelte Edhadeja. »Wirst du in dieser Sache *irgend etwas* unternehmen?«

Schedemei lud gerade Vorräte in das Beiboot des Raumschiffs, als die Überseele erneut in ihrem Verstand murmelte: ›Bist du sicher, daß das klug ist?‹

»Kannst du mich denn nicht beschützen?« fragte Schedemei.

›Ich kann verhindern, daß du getötet wirst.‹

»Mehr verlange ich nicht.«

›Ich sehe noch immer nicht ein, daß du etwas schneller und präziser herausfinden könntest, als es mir möglich ist.‹

»Ich will diese Leute *kennenlernen*«, sagte Schedemei. »Das ist alles. Ich will sie persönlich kennen.«

›Du kannst sie nicht so gut kennen, indem du lediglich mit ihnen sprichst, wie ich sie kenne, indem ich in ihre Gedanken schaue.‹

»Muß ich es aussprechen? Kannst du nicht in meinen Verstand blicken und die Wahrheit sehen?«

›Die Frage müßte lauten: Kannst du es?‹

»Ja. Ich fliege auf die Erde, weil ich einsam bin. Das wolltest du doch hören, oder?«

›Ja.‹

»Tja, nun hast du es gehört. Ich will eine andere organische Stimme hören. Ich möchte dich nicht beleidigen, aber es würde mich wirklich freuen, ein paar andere Leute kennenzulernen.«

›Du hast mich nicht beleidigt. Ich hatte gehofft, du würdest so etwas in der Art tun. Ich wünschte nur, du hättest dir einen besseren Zeitpunkt ausgesucht. Wenn du jetzt eingreifst, kannst du nur wenig tun.‹

»Ich weiß«, sagte Schedemei. »Und ich behaupte auch gar nicht, eine große und edle Absicht zu haben. Es ist nur an der Zeit, diese Metallhülle zu verlassen und mal wieder mit ein paar Menschen zu sprechen.« Dann fiel ihr etwas ein. »Wie alt bin ich? Die Leute werden mich fragen.«

›Körperlich, meinst du? Der Mantel hält dich sehr gesund. Du könntest für vierzig durchgehen. Du hast die Menopause noch nicht erreicht. Das wird du übrigens auch nie, wenn du mir nicht befiehlst, ich solle es geschehen lassen.‹

»Schlägst du etwa vor, ich solle noch ein Kind bekommen?«

›Ich rate dir nur, vorsichtig zu sein, wenn du gegen deine Einsamkeit ankämpfst.‹

Schedemei verzog entrüstet das Gesicht. »Das ist eine Gesellschaft mit einem starken Tabu gegen außerehelichen Geschlechtsverkehr. Ich werde da unten nicht das Leben eines armen einsamen Mannes ruinieren.«

›Nur ein Gedanke.‹

»Bist du sicher, daß du all diese Warnungen nicht äußerst, weil du ein klein wenig eifersüchtig bist?«

›Eifersucht ist kein Bestandteil meines Programms.‹

»Wenn ich mich auf der Erde befinde, werden andere Lebewesen mich als eine der ihren erkennen. Hast du dir nie gewünscht ...«

›Ich habe keine Wünsche.‹

»Auch das ist eine Schande.«

›Es ist nett von dir, daß du mich so leidenschaftlich vermenschlichst. Aber hätte ich wirklich diese Gefühle, die du in mich hineinprojizierst ... könnte man die letzten Bemerkungen, die du fallen gelassen hast, dann nicht in gewisser Weise als hämische Freude bezeichnen?‹

»Das ist Bestandteil *meines* Programms«, sagte Schedemei.

Die Luken wurden geschlossen. Das Beiboot schoß aus dem Raumschiff *Basilika* hinaus und raste in die Atmosphäre hinunter.

7

Rasaros Schule

Licht strömte durch die hohen, breiten Fenster des Wintergartens und wurde so grell von den kahlen, kalkverputzten Wänden reflektiert, daß Mon sich kaum vorstellen konnte, draußen sei es noch heller. Er und seine Brüder konnten sich hier versammelt, um von Akma eingeschüchtert zu werden – nein, um ein Gespräch mit ihm zu führen –, weil der Wintergarten im Sommer nicht benutzt wurde. Es war zu heiß. Es war zu hell. Mon mußte sich bemühen, die Augen offen zu halten. Wären die dicken Brummer nicht gewesen, die beharrlich versuchten, sich an dem Schweiß zu laben, der aus seinem Körper tropfte, wäre er schon längst eingedöst.

Es lag nicht daran, daß Mon von Akmas Idee nichts hielt. Aber die beiden hatten das alles schon besprochen, bevor sie Aronha, Ominer und Khimin hinzugezogen hatten. Also ging es für ihn nur um alte Hüte. Und Akma mußte diese Gesprächsrunden leiten, weil Mon nicht die Geduld hatte, Khimins Fragen zu beantworten, die immer an der Sache vorbeigingen, oder sich mit Aronhas sturer Weigerung zu befassen, Punkte zu akzeptieren, die schon längst geklärt und bewiesen waren. Lediglich Ominer schien sofort zu begreifen, wovon Akma sprach, und selbst er machte die Sitzungen länger und mühsamer, als sie eigentlich sein mußten – denn *wenn* er etwas verstanden hatte, wiederholte er es jedesmal mit eigenen Worten. Aufgrund von Khimins Einfältigkeit, Aronhas Starrköpfigkeit und Ominers Begeisterung dauerte jeder winzige Fortschritt bei der Diskussion Stunden; zumindest erweckte es bei Mon diesen Anschein. Akma konnte es ertragen. Akma gelang es, irgendwie so zu tun, als wären die Fragen und Kommentare nicht unerträglich dumm.

Ein winziger Gedanke kroch in Mons Bewußtsein: Macht Akma es bei mir genauso? Kommen die Ideen, die wir

›gemeinsam‹ ausgearbeitet haben, in Wirklichkeit lediglich von Akma? Wie geschickt ist er eigentlich darin, Menschen für seine Sichtweise zu einzunehmen?

Augenblicklich ließ Mon die Idee wieder fallen. Nicht etwa, weil nichts daran sein konnte, sondern weil sie implizierte, daß Mon Akma intellektuell nicht gewachsen war, und das war eindeutig *nicht* der Fall. Bego hatte nie einen Zweifel daran gelassen, daß Mon der beste Schüler war, den er je gehabt hatte.

»Menschen und Engel *können* zusammen leben«, sagte Akma, »weil der natürliche Lebensraum beider Spezies der freie Himmel und das Sonnenlicht ist. Menschen können zwar nicht fliegen, doch unsere zweibeinige Körperstruktur erhebt uns über die anderen Tiere. Wir nehmen uns wahr, als würden wir uns von oben sehen, wodurch wir geistig zum Himmelsvolk passen. Die Wühler hingegen sind Geschöpfe der Dunkelheit, der Höhlen; ihre natürliche Körperhaltung sieht vor, daß sie ihre Bäuche über den feuchten Erdboden ziehen. Was intelligente, kultivierte Geschöpfe verabscheuen, mögen die Wühler; was die Wühler mögen, betrachten Geschöpfe von höherer Empfindsamkeit mit Abscheu.«

Mon schloß die Augen vor dem unerträglich grellen Licht im Raum. In seinem Hinterkopf pochte ein eindringliches Gefühl, eine Sicherheit, der er in seiner Kindheit zu vertrauen und die er in den letzten Jahren – eine viel schwierigere Aufgabe – zu ignorieren gelernt hatte. Das Gefühl lag unter und hinter der Stelle in seinem Verstand, in der Wörter entstanden. Doch wie der Verstand Worte für unerklärliche Melodien schuf, hatte sein Verstand auch gelernt, welche Worte mit diesem Gefühl einhergingen: Falsch. Das ist falsch. Das ist falsch. Poch, poch, poch. Das Gefühl verschwand nicht, als er die Augen schloß.

Das hat nichts zu bedeuten, dachte Mon. Dieses Gefühl ist nur ein Überbleibsel aus meiner Kindheit. Der Hüter der Erde versucht lediglich, mich dazu zu bringen, Akmas Worte nicht zu glauben.

Was glaube ich? Ich glaube nicht mal an den Hüter der Erde, und doch schiebe ich ihm die Schuld für diesen pochenden, dummen, verrückten Sprechgesang in die Schuhe, der immer wieder durch meinen Verstand kreist. Ich kann meine abergläubischen Vorstellungen nicht loswerden, selbst wenn ich es versuche. Er lachte über sich selbst.

Er lachte laut – oder atmete vielleicht auch nur so, als würde er lachen –; jedenfalls sprang Akma sofort darauf an.

»Aber vielleicht irre ich mich«, sagte Akma. »Mon ist derjenige, der es wirklich versteht. Warum lachst du, Mon?«

»Ich habe nicht gelacht«, sagte Mon.

Falsch, das ist falsch, das ist falsch.

»Ich meine meinen ersten Gedanken, Mon. Falls du dich daran erinnerst, mein erster Gedanke lautete, daß alle drei Spezies sich trennen sollen. Aber du hast darauf beharrt, daß Menschen und Engel wegen all dieser Affinitäten zwischen uns miteinander leben können.«

»Du meinst, das kommt von *Mon*?« fragte Aronha. »Mon, der mit drei Jahren von einer hohen Mauer sprang, weil er wie ein Engel fliegen wollte?«

»Ich habe nur gedacht«, sagte Mon, »daß die Engel all diese Dinge, die du über die Wühler sagst, auch über uns sagen könnten. Niedrige, auf dem Bauch kriechende Geschöpfe. Wir können nicht einmal ordentlich von einem Baumast hinabhängen. Schmutzige Geschöpfe, die im Dreck kauern …«

»Aber nicht haarig!« sagte Khimin.

»Wenn wir behaupten, daß Engel *besser* als Menschen sind«, sagte Ominer, »wird niemand auf uns hören. Und wenn wir sagen, daß man Menschen und Engel voneinander trennen sollte, würde das Königreich auseinanderfallen. Wenn das funktionieren soll, müssen wir die Wühler ausschließen, und zwar nur die Wühler.«

Mon blickte ihn überrascht an. Akma ebenfalls.

»Wenn *was* funktionieren soll?« fragte Akma.

»Das. Die ganze Sache, auf die wir uns vorbereiten«, sagte Ominer.

Mon und Akma sahen sich an.

Ominer wurde klar, daß er etwas Falsches gesagt hatte.

»Was?«

Niemand antwortete.

Dann sagte Aronha auf seine gemessene Weise: »Ich wußte gar nicht, daß wir diese Diskussion in die Öffentlichkeit tragen wollten.«

»Sollen wir etwa warten, bis du König bist?« fragte Ominer verächtlich. »Bei all dieser Dringlichkeit und Geheimnistuerei ging ich einfach davon aus, daß Akma uns darauf vorbereitete, gegen Akmaros sogenannte Religion zu sprechen. Sie ist ja nur der Versuch, unsere Gesellschaft zu beherrschen und zu vernichten und das ganze Königreich den Elemaki zu übergeben. Ich dachte, wir würden jetzt dagegen sprechen, bevor er es soweit bringt, daß in ganz Darakemba Wühler als wahre Männer und Frauen akzeptiert werden. Ich meine, wenn wir nicht dagegen sprechen, ist das alles doch nur Zeitverschwendung. Dann können wir ja gleich losziehen und uns mit ein paar Wühlern anfreunden, damit wir nicht im Abseits landen, sobald sie die Macht übernehmen.«

Akma kicherte leise. Für die anderen klang es nach sorgloser Zuversicht – doch Mon kannte Akma schon lange genug, um zu wissen, daß er so lachte, wenn einen Anflug von Angst verspürte. »Das haben wir uns wahrscheinlich im Hinterkopf vorgenommen«, sagte Akma, »aber ich bin nicht der Ansicht, daß es bereits zu einem Plan herangereift ist.«

Ominer lachte verächtlich. »Du behauptest, es gibt keinen Hüter, und ich halte deine Beweise für schlüssig. Du behauptest, die Menschen hätten die Erde nie verlassen, und wir wären nicht älter als das Himmels- oder das Erdvolk, hätten uns nur an anderen Orten entwickelt, und das klingt vernünftig. Du behauptest, deshalb sei alles falsch, was dein Vater lehrt, und in Wirklichkeit käme es nur darauf an, welche Kultur überleben und herrschen will. Und die Antwort besteht darin, Darakemba von Wühlern freizuhalten und die Zivilisation zu bewahren, die gemeinsam von den Menschen und Engeln geschaffen wurde, die Zivilisation der Nafari. Sollen die Elemaki mit ihrer schmutzigen Allianz aus Menschen und im Dreck kriechenden fetten Ratten auf den Gornaja beschränkt bleiben, während wir Möglichkeiten finden, die großen Flutebenen des Severless, Vostoiless und Jugless zu zähmen und unsere Bevölkerung in einem solchen Ausmaß zu vervielfachen, daß wir die Elemaki besiegen können. All diese wunderbaren Pläne, und ihr habt nie daran gedacht, sie öffentlich zur Diskussion zu stellen? Jetzt hört aber auf, Akma, Mon, wir sind doch nicht dumm!«

Der Ausdruck auf Khimins und Aronhas Gesichtern machte klar, daß *sie* nun in der Tat zum erstenmal daran dachten, doch angesichts von Ominers verärgertem Tonfall wollten sie ihre schändliche Dummheit natürlich nicht eingestehen.

»Ja«, sagte Akma. »Irgendwann werden wir mit anderen darüber sprechen müssen.«

»Mit *jeder Menge* anderen«, sagte Ominer. »Es ist ja nicht so, als könntet ihr Vater dazu bringen, es sich anders zu überlegen – Akmaro bewahrt Vaters Gehirn in seiner Reisetasche auf. Und keiner der Berater wird sich auf unsere Seite schlagen und sich Vaters Willen widersetzen. Wenn wir leise und insgeheim darüber sprechen, sieht es nach einer Verschwörung aus, und wenn unsere Ansichten aufgedeckt werden, wird man uns für schändliche Verräter halten. Also gibt es nur eine Möglichkeit, Darakembas Vernichtung durch Akmaro aufzuhalten: Man muß ihm offen und öffentlich Widerstand leisten. Habe ich recht?«

Falsch. Das ist falsch. Das ist falsch.

Fast hätte Mon mit der Botschaft geantwortet, die durch seinen Kopf pochte. Aber er wußte, daß diese Botschaft ein Überrest des Glaubens an den Hüter war, den er in der Kindheit gehegt hatte und nun überwinden und zurückweisen mußte, wollte er je darauf hoffen dürfen, sich Akmas Respekt zu verdienen. Oder Begos, oder den seiner Brüder, wessen auch immer. Akmas Respekt.

Statt also zu sagen, was sein Herz ihm riet, antwortete er allein mit dem Verstand. »Ja, du hast recht, Ominer. Und es stimmt, daß Akma und ich nie darüber gesprochen haben. Akma hat wahrscheinlich daran gedacht, ich hingegen nicht. Doch nun, da du es sagst, weiß ich, daß du recht hast.«

Aronha drehte sich gemächlich zu Mon um. »Du *weißt*, das er recht hat?«

Mon wußte, was Aronha fragte. Aronha wollte hören, daß Mons alte Gabe der Urteilsfähigkeit diesem Kampf verpflichtet war. Doch Mon weigerte sich, diese Gefühle weiterhin als ›Wissen‹ zu betrachten. Nein, Wissen wurde durch das bestimmt, was die Vernunft herausfand, die Logik verteidigte und offensichtliche Beweise verlangten. Obwohl Mon also wußte, worauf Aronha hinauswollte, konnte er die Frage ehrlich beantworten, indem er die einzige Bedeutung des Wortes *wissen* benutzte, an die er noch glaubte. »Ja, Aronha. Ich weiß, daß er recht hat, und ich weiß, daß Akma recht hat, und ich weiß, daß *ich* recht habe.«

Aronha nickte ernst. »Wir sind die Söhne des Königs. Wir haben nur die Autorität, die er uns verleiht, aber wir haben ein gewaltiges Ansehen. Es wäre ein vernichtender Schlag für Akmaros Reformen, würden wir uns öffentlich gegen sie stellen. Und da es nicht nur die Motiaki sind, sondern auch Akmaros eigener Sohn ...«

»Werden die Leute vielleicht auf uns hören«, sagte Akma.

»Es wird ihnen einen gewaltigen Schlag versetzen, der sie wieder zur Besinnung bringt«, sagte Ominer.

»Aber das ist Verrat«, erwiderte Khimin.

»Nichts von dem, was wir sagen, stellt die Autorität des Königs in Frage«, widersprach Ominer. »Hast du nicht zugehört? Wir *bestätigen* die uralte Allianz zwischen Menschen und Engeln. Wir *bestätigen* die Entscheidung unserer Vorfahren, daß die Nachkommen Nafais die Könige der Nafari sein sollen. Wir weisen lediglich den abergläubischen Unsinn zurück, daß der Hüter die Wühler genauso liebt wie das Himmels- und das Mittelvolk.«

»Wißt ihr«, sagte Khimin, »wenn man genau darüber nachdenkt, sind die Engel das Himmelsvolk und wir Menschen das Erdvolk, und die Wühler sind gar kein Volk!«

»Wir werden nicht viel Unterstützung bekommen«, sagte Akma ironisch, »wenn wir die Menschen ›Erdvolk‹ nennen.«

Khimin lachte nervös. »Nein. Wohl kaum.«

»Ominer hat recht«, sagte Akma, »aber ich habe ebenfalls recht, wenn ich sage, daß wir noch nicht bereit sind. Wir müssen über dieses Thema sprechen können, jeder von uns, jederzeit.«

»Ich!« rief Aronha. »Ich bin nicht wie du und Mon, ich kann nicht einfach den Mund aufmachen und stundenlang Reden halten.«

»Das ist Akmas Gabe«, sagte Mon.

Ominer heulte verächtlich auf. »Komm schon, Mon. Wir haben immer gescherzt: Ist Mon wach? Keine Ahnung, spricht er? Dann ist er wach.«

Die Worte taten weh, auch wenn Ominer sie eindeutig nicht verletzend gemeint hatte. Mon schloß den Mund und nahm sich vor, nichts mehr zu sagen, bis man ihn darum bat.

»Ich will darauf hinaus«, sagte Akma, »daß wir mit völliger Solidarität handeln müssen. Wenn *alle* Söhne Motiaks und Akmaros Sohn sich dieser neuen Politik gemeinsam widersetzen, werden alle begreifen, daß – ganz egal, was der jetzige König entscheidet – der nächste Monarch ein Reich haben wird, in dem Wühler keine Bürger sein werden. Das wird die gerade befreiten Wühler ermutigen, Darakemba zu verlassen und auf das Territorium der Elemaki zurückzukehren, wohin sie ja auch gehören. Und niemand kann behaupten, daß wir gegen die Freiheit sind, weil wir ja vorhaben, *alle* Sklaven gleichzeitig zu befreien – aber an der Grenze, so daß wir keine neuen freien Wühler erschaffen, die zu Bürgern eines Volkes gemacht werden wollen, zu dem sie nicht gehören. Eigentlich ist es eine freundliche Politik, wenn man die unüberwindlichen Schwierigkeiten zwischen unseren Spezies erkennt und all jenen Wühlern, die sich für zivilisiert halten, einen sanften, aber energischen Abschied bereitet.«

Die anderen stimmten ihm zu. Es war ein gutes Programm. Sie wollten es gemeinsam unterstützen.

»Aber wenn einer – auch nur einer – der Söhne Motiaks irgendeinem Teil dieses Programms nicht zustimmt und die Öffentlichkeit es mitbekommt ... wenn auch nur einer der Söhne Motiaks zeigt, daß er noch an diesen Unsinn über den Hüter glaubt, den Akmaro dem Volk weismachen will ...«

An den unser Volk seit den Tagen der Helden immer geglaubt hat, dachte Mon bei sich.

»... werden alle davon ausgehen, daß Motiak einfach *diesen* Sohn zu seinem Nachfolger machen und die anderen enterben wird. Das Ergebnis? Sehr viele mächtige Leute werden sich uns einfach aus politischen Gründen widersetzen, um auf der Seite des offensichtlichen Gewinners zu stehen. Doch wenn sie wissen, daß alle Erben Akmaros Verschwörung zum Vorteil der Wühler zurückweisen, werden sie sich daran erinnern, daß Könige nicht ewig leben, und zumindest Schweigen bewahren, um den zukünftigen König nicht gegen sich aufzubringen.«

»Sei doch nicht so bescheiden«, sagte Mon. »Alle rechnen damit, daß du den Posten des Hohepriesters bekommst, wenn dein Vater ... na ja ... seinen Geist aufgibt wie einen alten Mantel.« Die anderen kicherten über den altmodischen Euphemismus.

Aronha hingegen schien in Khimins Gesicht das Funkeln irgendeiner Idee gesehen zu haben, und so richtete er eine scharfe Bemerkung an den jüngsten Sohn seines Vaters, nachdem er sein Kichern abgebrochen hatte. »Und für den Fall, daß hier jemand mit dem Gedanken spielt, sich von uns abzusondern, um den Thron erben zu können, darf ich euch versichern, daß das Heer keinen anderen Erben als mich akzeptieren wird, solange ich lebe und den Thron haben will, nachdem mein Vater ihn aufgegeben hat. Wenn ihr in erster Linie darauf hofft, Macht zu erlangen, werdet ihr sie auf lange Sicht nur bekommen, wenn ihr mich unterstützt.«

Mon war schockiert. Zum erstenmal hatte er gehört, daß Aronha jemanden mit seiner zukünftigen Macht bedrohte und so unverhüllt darüber sprach, was nach Vaters Tod vielleicht geschehen würde oder auch nicht. Mon gefiel auch nicht, daß Aronha ›mein Vater‹ statt ›unser Vater‹ oder einfach nur ›Vater‹ gesagt hatte.

»Nein!« jammerte Akma plötzlich, »nein! Nein!« Er beugte sich über seinen Stuhl und begrub das Gesicht in den Händen.

»Was ist los?« Sie alle liefen zu ihm oder drehten sich zumindest nach ihm um, als vermuteten sie, er habe irgendeinen Anfall erlitten.

Akma setzte sich aufrecht und erhob sich dann von seinem Stuhl. »Das ist meine Schuld. Ich habe einen Keil zwischen euch getrieben. Ich habe bewirkt, daß Aronha unaussprechliche Dinge sagt. Nichts davon ist es wert, daß es dazu kommt. Hätte ich mich nie mit Mon angefreundet, wären wir nie nach Darakemba zurückgekehrt. Hätten wir die Würde gehabt, in Chelem unter den Peitschen der Wühler und ihren kriecherischen menschlichen Herrschern zu sterben, hätte Aronha niemals so etwas gesagt.«

»Es tut mir leid«, sagte Aronha und schautet tatsächlich beschämt drein.

»Nein, *mir* tut es leid«, sagte Akma. »Ich bin als Freund zu euch gekommen und habe gehofft, euch für die Sache der Wahrheit zu gewinnen, um dieses Volk vor den verrückten Theorien meines Vaters zu retten. Doch statt dessen habe ich Zwist zwischen Brüdern gesät, und das kann ich nicht ertragen.« Er lief so schnell hinaus, daß er seinen Stuhl umriß.

Die vier saßen oder standen lange schweigend da, und dann platzten Khimin und Aronha gleichzeitig heraus.

»Aronha, ich würde mich nie gegen dich wenden! Es ist mir nicht einmal in den Sinn gekommen!« rief Khimin genau in dem Augenblick, in dem Aronha sagte: »Khimin, verzeih mir, daß ich mir auch nur vorgestellt habe, du könntest so etwas denken. Ich habe es nicht so gemeint. Du bist mein Bruder, ganz gleich, was du tust, und ich ...«

Guter alter unartikulierter Aronha. Kleiner, verlogener, heuchlerischer Khimin. Beinahe hätte Mon laut aufgelacht.

Ominer lachte tatsächlich. »Könntet ihr euch doch nur hören. ›Ich habe keinen einzigen schlechten Gedanken gegen dich gehegt. Ich *habe* schlechte Gedanken gehegt, aber es tut mir wirklich leid.‹ Kommt schon, Akma verlangt nur, daß wir zusammenhalten, bevor wir öffentlich etwas unternehmen. Also arbeiten wir daran, ja? Es ist nicht schwer. Wir müssen einfach nur den Mund halten, wenn einer von uns etwas tut, das die anderen stört. Vor Vater machen wir das ständig – deshalb weiß er ja auch nicht, wie sehr wir alle die Königin hassen.«

Khimin erbleichte und errötete dann. »Du mußt ja nicht einer Meinung mit uns sein, Khimin. Aronha hat lediglich gesagt: Haltet die Klappe, und wir können noch immer alles erreichen, was wir erreichen müssen.«

»Ich stimme völlig mit euch überein, abgesehen von … Mutter«, sagte Khimin.

»Ja, ja«, sagte Ominer ungeduldig, »sie tut uns allen so schrecklich leid, das arme Ding, das an der *langsamsten* Krankheit stirbt, die es auf der Erde gibt.«

»Das reicht«, sagte Aronha. »Du predigst, daß wir Frieden halten sollen, Ominer, und dann ziehst du Khimin sofort wieder auf, als wäret ihr beide noch Kleinkinder.«

»Wir waren niemals *beide* Kleinkinder«, sagte Ominer scharf. »Ich war schon kein Kleinkind mehr, als er noch gar nicht geboren war.«

»Bitte«, sagte Mon ruhig und ließ dem Wort ein kurzes Schweigen folgen, damit alle es auch hörten. Durch seine Zurückhaltung gewann er ihre Aufmerksamkeit. »Wenn man uns hört, könnte man glauben, es gäbe *wirklich* einen Hüter, und er hätte uns alle dumm gemacht, damit wir uns nicht zusammentun und uns seinem Willen widersetzen können.«

Aronha nahm seine Worte wie üblich zu ernst. »*Gibt* es einen Hüter?« fragte er.

»Nein, es gibt keinen Hüter«, sagte Mon. »Wie oft müssen

wir das noch beweisen, bevor du diese Frage nicht mehr stellst?«

»Keine Ahnung«, sagte Aronha und schaute Mon in die Augen. »Vielleicht, bis ich vergesse, daß alles immer richtig und wahr war, wenn du mir, gesagt hast, etwas sei richtig und wahr, seit du ein Kleinkind warst.«

»Hatte ich wirklich immer recht?« fragte Mon. »Oder wolltest du einfach so versessen daran glauben wie ich, daß Kinder in unserem Alter tatsächlich etwas wissen können?«

Falsch. Das ist falsch. Das ist falsch.

Mon behielt seine ausdruckslose Miene bei – hoffte er zumindest.

Aronha lächelte halbherzig. »Hol Akma zurück«, sagte er zu Mon. »Wenn ich ihn richtig kenne, ist er nicht weit weg und wartet darauf, daß einer von uns kommt und ihn holt. Mach du das, Mon. Hol ihn zurück. Wir werden mit ihm vereint sein. Zum Besten des Königreichs.«

Khideo begrüßte Ilihiak mit einer Umarmung. Nein, nicht Ilihiak. Ilihi. Einen Mann, der einst König gewesen war und nun darauf beharrte, an ihm sei nichts Außergewöhnliches, er sei nicht von der Hand des Hüters berührt worden. Es kam ihm so seltsam vor, fast wie eine Art Versagen. Aber eigentlich nicht Ilihis Versagen. Eher, als hätte das Universum selbst versagt.

»Und wie geht es der … wie geht es deiner Frau?« fragte Khideo.

Die normale bedeutungslose Begrüßung dauerte nur einen kurzen Augenblick; sie hielten sie um so kürzer, weil Khideos Frau vor vielen Jahren bei der Geburt ihres ersten Kindes gestorben war. Es wäre ein Junge geworden. Die Hebamme hatte gesagt, das Kind sei so groß wie sein Vater, so daß der Kopf sie zerriß, als er durch den Geburtskanal glitt. Da wußte Khideo, daß er seine Frau getötet hatte, weil jedes seiner Kinder zu groß sein würde, als daß eine Frau es gebären konnte. Der Hüter hatte vorgesehen, daß er kinderlos blieb; doch zumindest mußte Khideo keine weiteren Frauen mehr töten, um dem Willen des Hüters zu trotzen. Also stellte Ilihi, der das alles wußte, keine Fragen über die Familie.

»Die Last der Regierung ruht leicht auf dir, Khideo.«

Khideo lachte. Oder wollte lachen. Es kam als trockenes Geräusch in seiner Kehle heraus. Er hustete. »Ich spüre, wie meine Muskeln erschlaffen. Der Soldat, der ich mal war, wird weich und alt. Ich trocknete innerlich aus. Wenigstens werde ich keiner dieser fetten alten Männer sein. Statt dessen werde ich zerbrechlich.«

»Das werde ich nicht mehr erleben!«

»Ich bin älter als du, Ilihi; du wirst mich tot sehen, das kann ich dir versichern. Ein Wind wird aus dem Osten kommen, ein schrecklicher Wirbelsturm, und er wird mich über die Berge und auf den Ozean hinaus wehen. Aber ich werde so trocken sein, daß ich wie ein Blatt einfach auf der Oberfläche treibe, bis die Sonne mich zu Pulver trocknet und ich mich schließlich einfach auflöse.«

Ilihi blickte ihn mit einem so seltsamen Ausdruck an, daß Khideo ihm einen sanften Klaps auf die Schulter geben mußte, wie er es getan hatte, als Ilihi Nuaks dritter und ungeliebtester Sohn gewesen war und Khideo Mitleid mit ihm bekommen und ihn gelehrt hatte, was es bedeutete, ein Mann und Soldat zu sein. An dem Tag, an dem Khideo endlich genug gehabt hatte, waren sie zusammen gewesen. An dem Tag, an dem er seinen Eid geleistet hatte, den König zu töten. Er hatte ihm einen sanften Klaps gegeben, genau wie jetzt, und gesehen, wie Tränen in Ilihis Augen traten. Khideo hatte ihn gefragt, was los sei, und Ilihi war zusammengebrochen und hatte geweint und ihm erzählt, was Pabulog ihm von frühester Kindheit an angetan hatte. »Es ist Jahre her, seit er es zum letztenmal getan hat«, sagte Ilihi. »Ich bin jetzt verheiratet. Ich habe eine Tochter. Ich dachte, es sei vorbei. Aber er hat mich beim Frühstück von meinem Vater weggeholt und es mir erneut angetan. Zwei seiner Wachen haben mich festgehalten, während er es tat.« Khideo erstarrte, als er das hörte. »Dein Vater weiß nicht, wie Pabulog dich benutzt hat, oder?« Und Ilihi antwortete: »Natürlich weiß er es. Ich habe es ihm erzählt. Er hat gesagt, es würde mir nur widerfahren, weil ich schwach sei. Der Hüter habe beabsichtigt, daß ich als Mädchen geboren werde.«

Khideo wußte, wie viele schreckliche Dinge im Königreich Nuak geschehen waren. Er hatte mit kochendem Zorn beobachtet, wie Nuak die Leute in seiner Umgebung schlecht behandelt, wie er unaussprechliche Laster seiner engsten Gefährten geduldet hatte, bis es unter den Führern des Königreichs nur noch ein paar anständige Männer gab – doch diese wenigen *gab* es noch, und Nuak war der König. Aber das war mehr, als Khideo ertragen konnte. Ob König oder nicht, kein Mann konnte dulden, daß seinem Sohn so etwas angetan wurde, und nicht denjenigen töten, der es getan hatte. In Khideos Augen war es nicht an ihm, Pabulog zu töten – das war Nuaks Sache, oder, wenn Nuak es nicht konnte, Ilihis, sobald er endlich den schweren Weg zum Mannestum zurückgelegt hatte. Doch Khideo war Soldat und hatte geschworen, den Thron und das Volk vor allen Gefahren zu schützen. Er wußte, wer jetzt der Feind war. Es war Nuak. Wenn er ihn jetzt tötete, würden auch die anderen fallen. Also legte er den Eid ab, daß der König durch seine Hände sterben würde. Er hatte ihn auf der Spitze des Turms in seinen Händen, war drauf und dran, ihn mit seinem Kurzschwert auszuweiden, wie man einen feigen Feind tötet, als Nuak sich umschaute und an der Grenze des Landes ein gewaltiges Heer der Elemaki erblickte, das einen Angriff vorbereitete. »Du mußt mich leben lassen, damit ich die Verteidigung unseres Volkes anführen kann!« verlangte Nuak, und Khideo, der nur zum Wohl des Volkes gehandelt hatte, erkannte, daß Nuak recht hatte.

Dann hatte Nuak den vollen Rückzug des gesamten Heers befohlen und nur eine Handvoll tapferer Männer zurückgelassen, die alle Frauen und Kinder verteidigen sollten. Und in der Wildnis hatten die Männer, die er feige in den Rückzug geführt hatte, ihn zu Tode gefoltert. Und in der Stadt hatte Khideo die Erniedrigung ertragen müssen, Ilihis Frau die jungen Mädchen voran führen und um das Leben des Volkes bitten zu lassen, weil sie nicht genug Schwerter gehabt hatten, die Elemaki auch nur für einen Augenblick abwehren zu können.

Das alles ging Khideo durch den Kopf, wann immer er bei Ilihi war. Er hatte den Jungen in seinem schwächsten Augenblick gesehen. Er hatte gesehen, wie er sich in einen Mann verwandelte und ein Königreich führte. Doch der Schaden war angerichtet. Ilihi war noch immer gebrochen. Warum sonst hätte er auf den Thron verzichtet?

Doch nachdem er Khideos verspielte Todesahnung gehört hatte – sie war verspielt von ihm gemeint –, betrachtete Ilihi ihn mit seltsamer Besorgnis. »Du redest, als würdest du dich nach dem Tod sehnen, aber ich weiß, daß es nicht wahr ist«, sagte Ilihi.

»Ich sehne mich nach dem Tod, Ilihi«, sagte Khideo. »Nur nicht nach dem meinen.«

Und die beiden brachen in Gelächter aus.

»Ach, Lihida, mein alter Freund, ich hätte dein Vater sein sollen.«

»Khideo, glaub mir, du warst es auch, vom biologischen Sinne einmal abgesehen. Du bist es noch immer.«

»Also bist du wegen eines väterlichen Ratschlags zu mir gekommen?« fragte Khideo.

»Meine Frau hat Gerüchte gehört«, sagte Ilihi.

Khideo verdrehte die Augen.

»Ja, sicher, sie weiß, daß du es nicht von ihr hören willst. Aber sobald ich dir gesagt hätte, was wir gehört haben, hättest du gewußt, daß es von ihr kommt. Kein *Mann* würde *mir* das sagen.«

Es war allgemein bekannt, daß Ilihi die absolute Weigerung der Zenifi zurückgewiesen hatte, mit dem Himmelsvolk zu leben. Es war allgemein bekannt, daß er in seinem Haus oft von Engeln besucht wurde, die seine Freunde waren. Deshalb hätte kein Mann aus dem Land Khideo Ilihi von geheimen Dingen erzählt. Man konnte ihm nicht vertrauen.

Bei den Frauen war es etwas anderes. Männer hatten ihre Frauen nicht im Griff, so einfach war das. Sie *würden* sprechen. Und sie hatten kein Gespür, wem man vertrauen konnte und wem nicht. Ilihi und seine Frau waren gute, anständige Leute. Aber wenn es darum ging, die Lebensweise der Zenifi zu schützen – die Lebensweise der *Menschen* –, konnte man Ilihi einfach nicht ins Vertrauen ziehen. Abgesehen davon, daß Khideo Ilihi niemals belügen würde. Ilihi wußte, wenn er in Erfahrung bringen wollte, ob die Gerüchte stimmen, konnte er sich an den Gouverneur des Landes Khideo wenden.

»Die Gerüchte?«

»Sie hat gehört, einige hochgestellte Männer des Landes Khideo brüsteten sich, der Sohn Akmaros und die Söhne des Königs wären in ihren Herzen Zenifi geworden.«

»Das stimmt nicht«, sagte Khideo. »Ich kann dir versichern, daß nicht einmal die optimistischsten unter uns die Hoffnung hegen, jene Gruppe junger Männer würde erklären, sie wären der Ansicht, Engel und Menschen sollten nicht zusammen leben.«

Ilihi nahm dies schweigend zur Kenntnis und dachte eine Weile darüber nach. »Dann sag mir, *was* diese Gruppe junger Männer erklären wird«, sagte er schließlich.

»Vielleicht nichts«, erwiderte Khideo. »Woher soll ich das wissen?«

»Lüg mich nicht an, Khideo. Fang jetzt nicht an, mich zu belügen.«

»Ich lüge nicht. Ich sollte dich zu Boden schlagen, weil du diesen Vorwurf erhoben hast.«

»Was denn? Der Mann, der sich für so trocken wie ein totes Blatt hält, will mich niederschlagen?«

»Das sind Geschichten«, sagte Khideo.

»Was heißen soll, du hast eine einzige zuverlässige Quelle, der du blind vertraust.«

»Warum können es nicht einfach Geschichten und Gerüchte sein?«

»Weil ich weiß, Khideo, wie du Informationen sammelst.

Du hättest nie zugestimmt, Gouverneur dieses Landes zu sein, hättest du keinen hochgestellten Freund in Motiaks Ratsversammlung.«

»Wie soll ich einen solchen Freund bekommen, Ilihi? All jene, die den König umgeben, sind schon ewig bei ihm – schon viel länger, als wir in diesem Land sind. Nein, du bist sogar der einzige Mann, den ich kenne, der Motiaks Freund ist.«

Ilihi betrachtete ihn aus zusammengekniffenen Augen und dachte eine Weile darüber nach. Schließlich lächelte er. Dann lachte er. »Du verschlagener alter Spion«, sagte er.

»Ich?«

»Du Zenifi reinen Herzens, du unbeugsamer Verfechter des Gesetzes der Trennung. Kein *Mann* im Rat des Königs spricht mit dir. Das könnte bedeuten, daß dein Informant eine Frau ist – aber das glaube ich nicht, hauptsächlich, weil du es während deiner kurzen Zeit in der Hauptstadt geschafft hast, jede hochgestellte Frau zu beleidigen, die dir vielleicht geholfen hätte. Das bedeutet also, daß dein Informant ein Engel sein muß.«

Khideo schüttelte den Kopf und sagte nichts. Die Leute unterschätzten Ilihi. Das war schon immer so gewesen. Und obwohl Khideo es hätte besser wissen sollen, war er immer wieder überrascht, wenn Ilihi nur das geringste Indiz aufnahm und damit direkt zur richtigen Schlußfolgerung gelangte.

»Also bist du eine Allianz mit einem Engel eingegangen«, sagte Ilihi.

»Keine Allianz.«

»Ihr seid euch gegenseitig von Nutzen.«

Khideo nickte. »Möglicherweise.«

»Akma und Motiaks Söhne planen also tatsächlich irgend etwas.«

»Keinen Verrat«, sagte Khideo. »Sie würden niemals etwas tun, das die Macht des Throns schwächt. Und Motiaks Söhne würden niemals etwas tun, das ihm schadet.«

»Aber du willst sowieso nicht, daß Motiak gestürzt wird«, sagte Ilihi. »Nicht du, und auch keiner der Zenifi. Nein, ihr seid zufrieden mit diesem Arrangement, lebt gern in diesem sumpfigen Land ...«

»Zufrieden? Jedes Stück Boden, das wir bebauen, muß aus dem Schlamm gegraben und hierher getragen werden, damit das Gebiet über der Fluthöhe liegt. Wir müssen es mit Baumstämmen und Steinen umgeben, die wir von höher gelegenem Land herunterholen müssen ...«

»Ihr seid noch immer im Gornaja.«

»Flach ist dieses Land. Flach und matschig.«

»Ihr seid zufrieden«, sagte Ilihi, »weil ihr den Schutz von Motiaks Heeren habt, die die Elemaki von euch fernhalten, während Motiak euch erlaubt, ohne Engel in eurem Himmel zu leben.«

»Sie sind ständig in unserem Himmel. Aber sie leben nicht unter uns. Wir tun ihnen nichts, und sie belästigen uns nicht.«

»Akmaro ist dein Problem, nicht wahr? Indem er die Dinge lehrt, die Binaro gelehrt hat.«

»Binadi«, sagte Khideo.

»Binaro, der behauptet, das große Übel der Zenifi sei es gewesen, nicht nur die Engel, sondern auch die Wühler zurückzuweisen. Und der Hüter würde nicht mit uns zufrieden sein, bis in jedem Dorf auf der ganzen Welt Menschen, Wühler und Engel gemeinsam in Harmonie leben. Und an diesem Tag würde der Hüter dann in der Gestalt eines Menschen, eines Wühlers und eines Engels auf die Erde kommen und ...«

»Nein!« rief Khideo wütend und holte mit der Hand aus. Hätte der Schlag Ilihi getroffen, hätte er ihn gefällt, denn in Wirklichkeit hatte Khideo nur sehr wenig von seiner gewaltigen Kraft verloren. Doch Khideo schlug ins Nichts, in die Luft, nach einer unsichtbaren, unhörbaren Stechmücke. »Erinnere mich nicht an die Dinge, die er gesagt hat.«

»Dein Zorn kann einem noch immer Furcht einflößen, Khideo.«

»Binaro hätte getötet werden müssen, bevor er Akmaro bekehrte. Nuak hat zu lange gewartet, das ist meine Meinung.«

»In diesem Punkt werden wir uns nie einig sein, Khideo. Wir wollen nicht streiten.«

»Nein, das wollen wir nicht.«

»Sag mir nur eins, Khideo. Gibt es einen Plan, mit Gewalt gegen Akmaro vorzugehen?«

Khideo schüttelte den Kopf. »Es wurde davon gesprochen. Ich ließ sie wissen, daß ich jedem das Herz durch die Kehle herausreißen werde, der eine Hand gegen Akmaro hebt.«

»Du und er, ihr wart Freunde, nicht wahr?«

Khideo nickte.

»Und jetzt ist jedes Wort, das er sagt, Gift für dich, doch du bist ihm noch treu?«

»Freunde sind wichtiger als Ideen«, sagte Khideo.

»Würden mir deine Ideen und Vorstellungen besser gefallen, Khideo, wäre ich vielleicht nicht so froh, daß du die Freundschaft über sie setzt. Aber das spielt keine Rolle. Du sagst also, daß Akma und die Motiaki keine Gewalt planen – nicht gegen ihre Väter, und auch gegen niemanden sonst.«

»Das stimmt.«

»Aber sie planen etwas.«

»Denke darüber nach«, sagte Khideo. »Was Akmaro webt, kann wieder aufgelöst werden.«

Ilihi nickte. »Motiak wird es nicht wagen, seine eigenen Söhne wegen Verrats zu verfolgen.«

»Er könnte es wahrscheinlich gar nicht, selbst wenn er es wagen würde«, sagte Khideo.

»Weil sie dem vom König ernannten Hohepriester trotzen?«

»Ich glaube nicht, daß wir überhaupt einen Hohepriester *haben*«, sagte Khideo.

»Nur weil Akmaro den Titel *Og* ablehnt ...«

»Motiak hat alle Priester abgeschafft, die vom König ernannt wurden. Akmaro kam von außen, wurde angeblich vom Hüter der Erde selbst ernannt. Seine Autorität leitet sich nicht vom König ab. Also ist es kein Verrat, wenn man sich seinen Lehren widersetzt.«

Ilihi lachte. »Glaubst du etwa, man könne Motiak mit rechtlichen Details täuschen?«

»Nein«, sagte Khideo. »Und genau deshalb hast du auch noch nicht gehört, daß die Stimmen dieser hervorragenden jungen Männer königlichen Geblüts sich trotzig gegen Akmaros üble Vermischung der Spezies und Aufhebung der Herrschaft der Männer über die Frauen erheben.«

»Aber irgend etwas steht uns bevor.«

»Sagen wir mal, es wird einen Testfall geben. Ich weiß nicht, um was es dabei geht – das ist nicht meine Angelegenheit –, aber Akmaro und Motiak wird es nicht leichtfallen, diesen Knoten zu lösen. Doch jede Lösung, die sie finden, wird die Dinge für uns ... klären.«

»Du hast mir gerade mehr erzählt, als nötig war.«

»Nur aus einem Grund. Selbst wenn du direkt zu Motiak gehst und ihm alles erzählst, was ich dir gesagt habe, wird es nichts nutzen. Er hat die Saat bereits gesät. Akmaro wird seinen Status als Herrscher über die Religion Darakembas verlieren.«

»Wenn du darauf hoffst, daß Motiak sein Wort brechen und Akmaro aus dem Amt entfernen wird ...«

»Denk darüber nach, was ich gesagt habe, Ilihi.« Khideo lächelte. »Die Prüfung wird kommen, und an ihrem Ende wird Akmaro nicht mehr Herrscher über die Religion in Darakemba sein. Es *wird* geschehen, und keine Warnung kann es verhindern, weil der König selbst die Saat dafür bereits gepflanzt hat.«

»Du bist zu klug für mich, Khideo. Ich komme nicht dahinter.«

»Das war ich schon immer, und du bist nie dahintergekommen«, sagte Khideo.

»Das bilden sich alle Väter ein«, sagte Ilihi. »Und alle Söhne weigern sich, es zu glauben.«

»Und was trifft nun zu?« fragte Khideo. »Die Zuversicht der Väter? Oder die Weigerung der Söhne?«

»Ich glaube, die Väter sind einfach *zu* klug«, sagte Ilihi. »Und wenn dann der Tag kommt, da sie ihren Söhnen alles sagen wollen, werden die Söhne ihnen nicht glauben, weil sie noch immer einen Trick vermuten. So klug sind die Väter.«

»Wenn ich dir meine ganze Weisheit verraten will«, sagte Khideo, »wirst du es wissen, und du wirst mir glauben.«

»Ich habe ein Geheimnis für *dich*, Khideo«, sagte Ilihi. »Du hast mich bereits deine Weisheit gelehrt, und ich habe bereits gesehen, was du für den armen Akmaro geplant hast.«

»Glaubst du etwa, du könntest mich dazu bringen, es dir zu sagen, indem du so tust, als wüßtest du es schon?« fragte Khideo. »Hör auf damit, ja? Das hat nicht geklappt, als du fünfzehn warst, und jetzt klappt es auch nicht.«

»Ich möchte dir etwas sagen, das du vielleicht nicht weißt«, fuhr Ilihi fort. »Obwohl Akmaro dein Freund war ...«

»Mein Freund *ist* ...«

»Er ist stärker als du. Er ist stärker als ich. Er ist stärker als Motiak. Er ist stärker als jeder andere.«

Khideo lachte. »Akmaro? Er ist doch nur ein dummer Schwätzer.«

»Er ist stärker als wir alle, mein Freund, weil er tatsächlich den Willen des Hüters der Erde ausführt, und der Hüter der Erde wird seinen Willen bekommen – wir werden ihn erfüllen, oder er wird uns beiseite wischen und Platz für die nächste Gruppe seiner Kinder schaffen. Dann stammen sie vielleicht von Jaguaren und Kondoren ab, oder er taucht vielleicht ins Meer und erwählt die Söhne und Töchter der Kalmare und Haie. Aber der Hüter der Erde *wird* sich durchsetzen.«

»Warum verwandelt der Hüter uns nicht einfach in friedliche, glückliche, zufriedene kleine Wühler und Engel und

Menschen, die in einer perversen Menagerie miteinander leben, wenn er so mächtig ist, Ilihi?«

»Vielleicht, weil er nicht *will*, daß wir eine Menagerie sind. Vielleicht, weil er will, daß wir seinen Plan verstehen und um seiner selbst willen schätzen und ihm folgen, weil wir ihn für gut befinden.«

»Was für eine schwachköpfige Religion ist das? Wie lange würde Motiak sich als König behaupten, würde er darauf warten, daß das Volk ihm gehorcht, weil es das Gesetz *liebt* und ihm gehorchen *will*?«

»Aber eigentlich gehorcht es doch genau deshalb, Khideo.«

»Es gehorcht wegen all dieser Männer mit Schwertern, Ilihi.«

»Aber wem gehorchen die Männer mit den Schwertern?« fragte Ilihi. »Sie müßten ihm ja nicht gehorchen. Einer von ihnen könnte doch jederzeit so wütend werden, daß er ...«

»Versuche lieber nicht, einen Scherz mit mir zu treiben«, sagte Khideo. »Nicht nach all diesen Jahren.«

»Es soll kein Scherz sein«, sagte Ilihi. »Ich weise nur darauf hin, daß man einem guten König wie Motiak letztlich gehorcht, weil die besten und stärksten Leute wissen, daß seine andauernde Herrschaft gut für sie ist. Sein Königreich bringt ihnen Frieden. Selbst wenn sie nicht alle seine Gesetze schätzen, ist es ihnen doch möglich, glücklich im Reich Darakemba zu leben. Deshalb gehorchst *du* ihm doch, nicht wahr?«

Khideo nickte.

»Ich habe lange darüber nachgedacht. Warum hat der Hüter der Erde Vater nicht einfach davon *abgehalten*, die Dinge zu tun, die er tat? Warum hat der Hüter uns nicht einfach in die Freiheit geführt, statt uns so viele Jahre in Knechtschaft dienen zu lassen, bevor Monusch kam? Warum, warum, warum? Was war der Plan? Das hat mir zugesetzt, bis mir eines Tages klar wurde ...«

»Ich bin erleichtert. Ich dachte schon, du würdest mir sagen, deine Frau hätte dir die Antwort gegeben.«

Ilihiak bedachte ihn mit einem betroffenen Blick. »Mir wurde klar«, fuhr er dann fort, »daß es dem Hüter nichts nützt, einen Haufen Marionetten zu haben, die einfach seinen Willen erfüllen. Er will Gefährten. Verstehst du? Er will, daß wir werden wie er, dieselben Dinge wie er wollen, für dasselbe Ziel arbeiten, freiwillig und gern, weil wir es wollen. Soweit wird es sein, wenn Binaros Worte sich erfüllen und der Hüter kommen und unter dem Volk der Erde leben wird.«

Khideo erschauerte. »Wenn das wahr ist, Ilihi, bin ich der Feind des Hüters der Erde.«

»Nein, mein Freund. Nur deine Vorstellungen sind sein Feind. Zum Glück bist du deinen Freunden gegenüber treuer als deinen Vorstellungen – und auch das verlangt der Hüter von uns. Ich wage sogar zu behaupten, daß man sich in der Zukunft trotz deines Abscheus vor der Mischung der Spezies als an einen der großen Verteidiger der Freunde des Hüters an dich erinnern wird.«

»Hah.«

»Sieh dich an, Khideo. All diese Leute, die dieselben Vorstellungen wie du haben ... aber wer sind deine Freunde? Wer sind die Leute, die du liebst? Ich. Akmaro.«

»Ich liebe eine Menge Leute, nicht nur dich.«

»Mich, Akmaro, meine Frau ... »

»Ich verabscheue deine Frau!«

»Du würdest für sie sterben.«

Darauf hatte Khideo keine Antwort.

»Und jetzt sogar dein Engel-Informant. Du würdest auch für *ihn* sterben, oder?«

»Wenn es so viele Leute gibt, für die ich sterben würde, ist es erstaunlich, daß ich noch lebe«, sagte Khideo.

»Verabscheust du es, wenn jemand dich besser kennt als du selbst?«

»Ja«, sagte Khideo.

»Das weiß ich«, sagte Ilihi. »Aber es gab einmal einen Mann, der mich besser kannte, als ich mich selbst mich. Der eine Kraft in mir sah, von der ich gar nicht wußte, daß sie vorhanden war. Und weißt du was?«

»Du hast es verabscheut.«

»Ich habe dem Hüter für diesen Mann gedankt. Und ich bitte den Hüter noch immer darum, für seine Sicherheit zu sorgen. Ich sage dem Hüter noch immer: Er ist nicht dein Feind. Er glaubt, er sei es, ist es aber nicht. Beschütze ihn, sage ich.«

»Du sprichst mit dem Hüter?«

»Mittlerweile ständig.«

»Und antwortet er?«

»Nein«, sagte Ilihi. »Aber andererseits stelle ich ihm auch keine Fragen. Also brauche ich nur eine einzige Antwort von ihm, und die habe ich erhalten: Ich schaue mich um und sehe, daß seine Hand die Welt um mich herum lenkt.«

Khideo wandte sich von ihm ab und verbarg sein Gesicht. Er wußte nicht einmal, warum er es verbarg; er verspürte in diesem Augenblick keineswegs ein starkes Gefühl. Aber er konnte es einfach nicht ertragen, Ilihi in die Augen zu sehen. »Geh zu Motiak«, flüsterte er. »Sag ihm, was du ihm sagen muß. Man kann uns nicht mehr aufhalten.«

»Vielleicht nicht«, sagte Ilihi. »Aber wenn man euch *nicht* aufhält, dann nur aus dem einen Grund, weil ihr von Anfang an dem Zweck des Hüters gedient habt, ohne es zu wissen.«

Ilihi küßte ihn – auf die Schulter, weil sein Kopf abgewandt war – und verließ den Garten des Gouverneurs des Landes Khideo. Der Gouverneur blieb noch eine Stunde in diesem Garten, bis zum Abendregen. Triefend naß kam er ins Haus. Er hatte keinen Diener, der ihm Vorhaltungen machen konnte. Seitdem er erfahren hatte, daß Akmaro und seine Frau in der Tat selbst kochten und wuschen, verfuhr er genauso. Im Hinblick auf Tugend, Anspruch und Opfer wollte Khideo es Akmaro gleichtun. Niemand sollte je behaupten können, daß Khideo vielleicht zwar recht gehabt hatte, Akmaro aber trotzdem der bessere Mensch gewesen war. Nein, sie sollten sagen: Khideo war ein genauso guter Mensch *und* hatte recht gehabt.

Ein guter Mensch, *und* recht gehabt, doch Akmaro hatte Ilihis freiwilligen Gehorsam gewonnen. Akmaro hatte ihm sogar das gestohlen, nach all diesen Jahren.

Darakemba mochte zwar die Hauptstadt eines großen Reiches sein, doch in gewisser Hinsicht war sie noch immer eine Kleinstadt. Die erhabensten Haushalte erfuhren schnell den Klatsch, der über gewisse Themen im Umlauf war. Daher dauerte es nur ein paar Wochen, bis Chebeja von der Eröffnung einer neuen Schule erfuhr. »Sie nennt sie Rasaros Haus. Kann man sich so eine Frechheit vorstellen?« – »Ich habe gefragt, wer die Lehrerin sei, und sie hat tatsächlich gesagt, sie selbst! – Sie behauptet, genauso zu lehren, wie die Frau des Helden Volemak gelehrt hat. Als ob jemand *das* noch wissen könnte! – Keins der Kinder kommt aus einer guten Familie, aber das wirklich Abstoßende daran ist, daß sie sogar diese Kinder zusammentut mit denen ... ehemaliger ...«

»Sklaven«, sagte Chebeja. Es bedurfte einer heldenhaften Anstrengungen, diese ihre Freundinnen nicht daran zu erinnern, daß ihr Gatte und sie die letzten zehn Jahre damit verbracht hatten, anderen zu predigen, daß in den Augen des Hüters der Erde die Kinder der Erde nicht weniger wert waren als Mittelkinder oder Kinder des Himmels.

»Und dann heißt es, sie würde gern Mädchen gemeinsam mit Jungen unterrichten, sollten irgendwelche Eltern so vernünftig und anständig sein, dies zu erlauben.«

Nach einiger Überlegung schrieb Chebeja eine Nachricht und ließ sie von einer der Lehrerinnen überbringen, die in der Nähe der neuen Schule wohnte. Es war eine Einladung an die neue Lehrerin, sie doch mal zu besuchen.

Am nächsten Tag bekam sie ihre Nachricht wieder zurück. Mit schneller Hand darunter hingekritzelt fand sie die Antwort: »Danke, aber die Schule beansprucht meine gesamte Zeit. Besuche Du doch bitte mich, wenn Du willst.«

Zuerst war Chebeja schockiert und – sie mußte es sich eingestehen – auch ein wenig beleidigt. Sie war die Frau des Hohepriesters! Und diese Dame schlug ihre Einladung aus und lud sie beiläufig ein, sie zu besuchen – und zwar in der Schule, nicht einmal zu Hause.

Chebeja schämte sich augenblicklich ihrer verletzten Würde. Außerdem war diese neue Lehrerin jetzt noch interessanter. Sie erzählte Luet, was sie gehört hatte und was aus ihrer Einladung geworden war, und Luet bestand sofort darauf, sie zu begleiten. Als sie ihr Haus verließen, um den Antrittsbesuch zu machen, war Edhadeja irgendwie dabei. »Ich will sehen, wie die alte Rasa als Lehrerin war«, erklärte sie.

»Du erwartest doch wohl kaum, daß ihre Schule dieser legendären ähnelt, oder?« fragte Chebeja.

»Warum denn nicht?« sagte Edhadeja. »Schon allein aufgrund der Tatsache, daß sie von einer Frau geführt wird, ist sie Rasas Schule ähnlicher als jede andere, von der ich je gehört habe.«

»Es heißt, die Wühler hätten schon immer in Mädchenschulen Frauen unterrichten lassen«, sagte Luet.

»Aber diese Frau ist ein Mensch«, erinnerte Edhadeja sie. »Das ist sie doch, oder?«

»Sie nennt sich Schedemei«, sagte Chebeja. »Der vollständige alte Name, nicht Sedma, wie wir heute sagen.«

Die jüngeren Frauen versuchten, den Namen auszusprechen.

»Sie müssen in der alten Zeit ganz anders geformte Münder gehabt haben«, sagte Luet. »Hat unsere Sprache sich dermaßen verändert?«

»Das muß sie ja wohl, denn die Engel und Wühler können sie aussprechen«, erwiderte Edhadeja. »Es heißt, sie hätten Töne hervorgebracht, die das Himmels- und das Erdvolk nicht erzeugen konnten, doch nun sind sie dazu imstande.«

»Wer sagt denn, daß die Sprache sich verändert hat?«

fragte Luet. »Vielleicht haben sie gelernt, neue Töne auszusprechen.«

»Man kann unmöglich sagen, wie die Sprache in der Vergangenheit geklungen hat«, wollte Chebeja schlichten, »also ist es sinnlos, darüber zu streiten.«

»Wir haben nicht gestritten«, entgegnete Luet. »Wir unterhalten uns immer so.«

»Aha«, sagte Chebeja. »Leicht streitsüchtig, mit einem Anflug von Widerworten gegen eure Mutter.« Doch dann lächelte sie, und die beiden Mädchen lachten, und nachdem sie ein gutes Stück in ein altes Viertel marschiert waren, das noch nie besonders elegant gewesen war, erreichten sie die richtige Straße. Ein alter Engel saß im Schatten seiner Veranda auf einer Stange und beobachtete das Treiben auf der Straße. »Alter Herr«, sagte Luet, weil sie die jüngste war, »kannst du uns den Weg zu der neuen Schule beschreiben?«

»Zur Mädchenschule?« fragte der alte Mann.

»Gibt es auf dieser Straße so viele?« fragte Luet mit ihrem unschuldigsten Tonfall, der gleichzeitig ausdrücken sollte: Eigentlich bin ich ja gar nicht so sarkastisch.

»Die ganze Ecke dort drüben, drei aneinander gebaute Häuser auf dieser Seite.« Er drehte ihnen den Rücken zu, was bei einem alten Mann nicht ganz so unhöflich war, wie es bei einem jungen gewesen wäre. Doch noch, während er sich umdrehte, hörten sie, daß er murmelte: »Schule für Schlammratten.«

»Eindeutig einer der Behüteten«, sagte Edhadeja ruhig.

»O ja«, flüsterte Luet. »Das habe ich mir sofort gedacht.«

Sie waren alle zu gut erzogen, um laut über den alten Mann zu lachen – oder sich zumindest bewußt, wie sie sich verhalten mußten, angenommen, jemand würde sie als Tochter des Königs und Frau und Tochter des Hohepriesters erkennen.

Erst als sie vor den drei Häusern standen, die die Schule beherbergten, wurde ihnen klar, daß dieser Standort besonders geeignet für eine Schule war, in der Kinder der drei Völker gemeinsam unterrichtet werden sollten. Ein Stück die

Querstraße entlang befand sich ein unebenes Gelände mit einigen struppigen Bäumen an einem alten Bachbett, die nie beschnitten worden waren. Dort befanden sich ein paar Hütten, in denen vielleicht Menschen lebten, und dort gab es Strohdächer in den Bäumen, in denen Engel wohnten, die kein Geld hatten. Das allein kennzeichnete die Gegend schon als Elendsviertel; doch sie wußten auch, daß beide Ufer des Baches durchlöchert und von Tunnels durchzogen waren in denen befreite Sklaven wohnten, die ihre Freiheit schnell verschwendet hatten und nun in verzweifelter Armut wohnten; sie verdingten sich als Tagelöhner, wenn sie bei guter Gesundheit waren, und bettelten oder verhungerten, wenn sie nicht geschickt genug waren, um solche Akkordarbeit zu bekommen. Akmaro hatte oft betont, daß die Existenz solcher Orte ein Beweis dafür sei, daß das Volk von Darakemba des großen Reichtums und Wohlstands unwürdig war, den der Hüter ihnen geschenkt hatte. Viele der Armen überlebten nur, weil die Behüteten im Haus des Hüters Nahrung abgaben und die Priester und Lehrer sie in die Elendsviertel brachten. Einige Leute hatten tatsächlich die Unverschämtheit zu behaupten, daß sie ja mehr spenden würden, wenn sie nicht wüßten, daß die faulen Wühler wahrscheinlich das meiste davon bekämen. Als hätten diese Leute nicht bereits ihr halbes Leben oder mehr als unbezahlte Sklaven in den Häusern der Reichen verschwendet!

Also hatte diese Schedemei sich für ihre Schule einen Ort ausgesucht, in dessen Nähe Wühler lebten; sie meinte es also ernst damit, auch deren Kinder in ihre Schule aufzunehmen. Aber hier trug auch jede Brise aus den westlichen Bergen den berüchtigten Geruch des Bachs herbei. Rattenbach, so nannten einige ihn. Akma nannte ihn immer Bach des Hüters. Anständige Menschen sprachen überhaupt nicht von ihm.

Da die Türen aller drei Häuser offenstanden und sich auf allen drei Veranden junge Mädchen aufhielten, die leise etwas vorlasen, auswendig lernten oder einfach nur lasen, konnten sie nicht auf Anhieb sagen, wo der Haupteingang der Schule sich befand. Und wie sich herausstellte, spielte das auch keine Rolle, denn Schedemei kam persönlich heraus, um sie zu begrüßen.

Chebeja wußte sofort, daß es Schedemei sein mußte – sie strömte eine Sicherheit aus, die davon kündete, daß sie alles unter Kontrolle hatte, und lud sie mit einer so schnellen Begrüßung ein, daß man sie kaum noch höflich nennen konnte. »Die jüngeren Kinder bereiten sich gerade auf ihren Mittagsschlaf vor«, sagte sie. »Also sprecht im Gang bitte leise.«

Als sie sich in der Schule befanden, stellten sie fest, daß Schedemei auch die Häuser um die Ecke und auf der anderen Straße gemietet haben mußte, denn die jungen Mädchen schliefen im Schatten einiger alter Bäume in einem Mittelhof – natürlich nur diejenigen, die nicht von den unteren Ästen hinabhingen. Chebeja fiel auf, daß mehrere erwachsene Frauen von Mädchen zu Mädchen gingen, ihnen beim Einschlafen halfen und einigen Wasser brachten. Waren diese Frauen Lehrerinnen oder Dienerinnen? Oder gab es an diesem Ort gar keinen solchen Unterschied?

»Ich kann es nicht glauben«, murmelte Edhadeja.

»Da schlafen doch nur ein paar kleine Kinder«, sagte Chebeja, die Edhadejas Überraschung nicht verstand.

»Nein, ich meine – könnte das da wirklich die alte Uss-Uss sein? Mir kam sie schon uralt vor, als sie Dienstmädchen in meinem Schlafzimmer war, und ich habe sie nicht mehr gesehen, seit ... ach, es ist schon so lange her, daß ich dachte, sie müsse mittlerweile tot sein, aber da geht sie gerade zu dieser Tür ...«

»Ich habe deine legendäre Uss-Uss nie kennengelernt«, sagte Luet, »also kann ich dir auch nicht sagen, ob sie es ist oder nicht.«

Chebeja sah endlich, welche Frau Edhadeja meinte, eine gebeugte alte Wühlerin mit einem langsamen und schlurfenden Gang.

Schedemei kehrte gerade von dem Hof zurück. Edhadeja fragte sie sofort. »Diese Erdfrau, die da auf der anderen Seite des Hofes in das Haus geht – das ist doch nicht Uss-Uss, oder?«

»Ich weiß es zu schätzen, daß du sie nicht gerufen hast«, sagte Schedemei. »Ein Schrei hätte die Kinder gestört und sowieso nicht viel geholfen, weil deine alte Dienerin mittlerweile fast völlig taub ist. Übrigens nennen wir sie hier Voozhum.«

»Natürlich, Voozhum. So habe ich sie auch genannt, in den letzten paar Monaten, bevor sie ging«, sagte Edhadeja. »Ich habe seitdem oft an sie gedacht.«

»Das stimmt«, bestätigte Luet.

Edhadeja erinnerte sich, und ihre weiche, freundliche Stimme kündete davon, daß es eine schöne Erinnerung war. »Sie verließ unser Haus sofort, nachdem Vater alle Sklaven freiließ, die schon lange bei uns gedient hatten. Es überraschte mich nicht, daß sie ging. Sie erzählte mir, sie träume davon, ein eigenes Haus zu haben. Obwohl ich gehofft hatte, sie würde als freie Bedienstete bei uns bleiben. Sie war gut zu mir. Sie war mir eigentlich eher eine Freundin als eine Dienerin. Ich wünschte, sie hätte mich nicht verlassen.«

Als Schedemei antwortete, klang ihre Stimme wie das Blöken einer Kuh. »Sie ist nicht freiwillig gegangen, Edhadeja. Die Königin hat sie entlassen. Zu alt. Nutzlos. Und ein schlechter Einfluß für dich.«

»Niemals!«

»Oh, Voozhum hat sich genau an die Worte erinnert. Sie hat sie sich auf der Stelle eingeprägt.«

Edhadeja weigerte sich, mißverstanden zu werden. »Ich habe gemeint, sie hat nie einen schlechten Einfluß auf mich gehabt! Sie hat mich unterrichtet. Über mich selbst hinauszublicken, mich – ach, ich weiß nicht, was alles sie mich gelehrt hat. Es liegt zu tief in meinem Herzen.«

Schedemeis Gesichtsausdruck wurde weicher, und sie nahm Edhadejas Hand – zu Edhadejas vorübergehender Bestürzung, da Fremde eigentlich um Erlaubnis bitten mußten, bevor sie irgendeinen Körperteil eines königlichen Kindes berühren durften. »Ich freue mich, daß du weißt, wieviel du ihr verdankst«, sagte Schedemei.

»Und ich freue mich, sie hier zu sehen«, sagte Edhadeja. Chebeja war erleichtert, daß Edhadeja nicht darüber protestierte, welche Freiheit Schedemei sich herausnahm, sondern lediglich ihre Hand über die der Lehrerin legte. »In einem guten Haus, an ihrem Lebensabend. Ich hoffe, ihre Pflichten sind leicht, aber noch real. Sie ist zu stolz, um sich ihren Lebensunterhalt nicht selbst zu verdienen.«

Schedemei kicherte trocken. »Ja, ich glaube, ihre Pflichten sind wirklich leicht. Aber so real wie die meinen. Denn es sind dieselben wie die meinen.«

Luet schnappte nach Luft und legte dann erstaunt die Hand vor den Mund. »Es tut mir leid«, murmelte sie.

Chebeja ergriff das Wort, um die Verlegenheit ihrer Tochter zu überspielen. »Also ist sie Lehrerin?«

»Unter dem Erdvolk«, sagte Schedemei, »galt sie schon immer als Weise, als Hüterin uralter Geschichten. Sie war unter den Sklaven ziemlich berühmt. Sie hat ihre Streitigkeiten geschlichtet, ihre Kinder gesegnet und für die Kranken gebetet. Sie hatte eine besondere Vorliebe für Die-nie-begraben-Wurde.«

Edhadeja nickte. »Ja, diejenige, nach der du benannt wurdest.«

Schedemei schien diese Bemerkung zu erheitern. »Ja, diejenige. Ich glaube, ihr bezeichnet sie im allgemeinen als ›Zdorabs Frau‹.«

»Aus Respekt«, sagte Chebeja, »versuchen wir, überflüssige Nennungen der Namen der Ursprünglichen Frauen zu vermeiden.«

»Und aus Respekt sprechen auch die Männer so von ihnen?« fragte Schedemei.

Luet lachte. »Nein. Die Männer können sich an die Namen der Frauen nicht mal erinnern.«

»Dann ist es doch sehr schade, nicht wahr«, sagte Schedemei, »daß ihr ihre Namen nie erwähnt, um sie daran zu erinnern.«

»Wir haben von Voozhum gesprochen«, sagte Edhadeja. »Wenn sie deine Schüler hier nur halb so gut unterrichtet, wie sie mich unterrichtet hat, ist das Schulgeld, das sie zahlen, sehr gut angelegt, wie hoch es auch es sein mag.«

»Und habe ich deine Erlaubnis, die Tochter des Königs zu zitieren, wenn ich Werbung für die Schule treibe?« fragte Schedemei.

Chebeja wollte nichts davon wissen. »Keine von uns hat auf den traditionellen Respekt für unsere Stellung in der Gesellschaft bestanden, Schedemei, aber dein Sarkasmus würde jeden beleidigen, nicht nur die Tochter des Königs.«

»Hat Edhadeja es nötig, daß du sie vor einer scharfzüngigen Lehrerin beschützt?« fragte Schedemei. »Seid ihr deshalb hierhergekommen? Um euch zu überzeugen, daß ich gute Manieren habe?«

»Es tut mir leid«, sagte Edhadeja. »Ich muß etwas gesagt haben, das dich beleidigt hat. Bitte verzeih mir.«

Schedemei sah sie an und lächelte. »Na, da haben wir es ja. Du entschuldigst dich, obwohl du nicht die geringste Ahnung hast, wieso du mein Temperament zum Aufflakkern gebracht hast. Genau das lehrt Voozhum. Einige behaupten, es sei die Sklavenmentalität, aber sie sagt, der Hüter habe sie gelehrt, zu allen Leuten zu sprechen, als wären sie ihr Herr, und allen Leuten zu dienen, als wäre sie ihre Dienerin. Auf diese Weise könne ihr Herr nichts von ihr verlangen, das sie nicht schon anderen freiwillig gegeben hat.«

»Ich habe den Eindruck«, sagte Chebeja zu Edhadeja, »als wäre deine ehemalige Dienerin tatsächlich weise.«

»Es heißt oft, nicht nur in meiner Schule, sondern unter dem gesamten Erdvolk«, sagte Schedemei, »Motiaks Tochter habe großes Glück gehabt, ihre Kindheit in Voozhums Gesellschaft verbracht zu haben. Die meisten Leute nehmen allerdings nicht an, du wärest klug genug, um sie richtig schätzen zu können. Es freut mich, daß sie sich irren.«

Edhadeja lächelte und neigte den Kopf. Dieser Satz war offensichtlich der beste Versuch dieser barschen Frau,

Frieden zu schließen. »Erinnert sie sich an mich?« fragte Edhadeja.

»Das weiß ich nicht«, sagte Schedemei. »Sie spricht nicht oft von ihrer Zeit in der Gefangenschaft, und hier wäre niemand so unhöflich, sie zu fragen.«

Soviel zum Friedensschluß. Die Worte trafen Edhadeja wie ein Peitschenschlag. Chebeja wollte gerade vorschlagen, daß sie genug von Schedemeis kostbarer Zeit in Anspruch genommen hatten, als die Lehrerin sagte: »Dann kommt. Wollt ihr nun die Schule sehen oder nicht?«

Die Neugier trug den Sieg über die Beleidigungen davon, besonders, da Edhadeja sich nicht betroffen zu fühlen schien. Sie folgten Schedemei, die ihnen die verschiedenen Klassenzimmer zeigte, die Bibliothek – mit einer erstaunlichen Anzahl von Büchern für eine neue Schule –, die Küche und die Schlafräume der Mädchen, die hier in Pension wohnten. »Natürlich haben alle Schülerinnen Rasas auch bei ihr gewohnt«, sagte Schedemei. »Sie standen sich so nahe, daß sie wie eine Familie waren. Sie nannten sie Tante Rasa, und sie nannte sie ihre Nichten. Ihre eigenen Töchter wurden nicht anders als die anderen behandelt.«

»Verzeih, daß ich frage«, sagte Chebeja, »aber wo steht diese Einzelheit über Rasas Haus geschrieben?«

Schedemei sagte nichts, sondern führte sie einfach zu einem zellenähnlichen Schlafraum. »Einige meiner Lehrerinnen halten so ein Zimmer für ziemlich asketisch; für andere ist es der luxuriöseste Raum, in dem sie je geschlafen haben. Es spielt keine Rolle – wenn sie für mich arbeiten und bei mir in Pension wohnen, schlafen sie in solch einem Zimmer.«

»Welche Lehrerin schläft in diesem?« fragte Luet.

»Ich«, sagte Schedemei.

»Ich muß eingestehen«, sagte Chebeja, »diese Schule nach den Lehren meines Gatten hätte nicht besser entworfen sein können, als hätte er die Pläne selbst angefertigt.«

Schedemei lächelte kalt. »Aber er *hat* nie Pläne für eine Mädchenschule gezeichnet, nicht wahr?«

»Nein«, sagte Chebeja und kam sich dabei vor, als würde sie ein schreckliches Verbrechen gestehen.

Doch nun hatten sie den Weg durch die miteinander verbundenen Häuser zurückgelegt und befanden sich auf der anderen Seite des Innenhofs, in der Nähe der Tür, durch die Voozhum hineingegangen war. Es überraschte sie also nicht, daß sie Schedemei fanden, wie sie in einem Raum im Erdgeschoß Unterricht erteilte.

»Möchtet ihr gern hineingehen und ihr eine Weile zuhören?« flüsterte Schedemei.

»Nicht, wenn es sie stört«, sagte Edhadeja.

»Sie wird euch nicht hören, und ihr Augenlicht ist auch nicht mehr allzu gut«, sagte Schedemei. »Ich bezweifle, daß sie euch vom anderen Ende des Raums aus erkennt.«

»Dann ja, bitte.« Edhadeja drehte sich zu den anderen um. »Ihr habt doch nichts dagegen, oder?«

Das war nicht der Fall, und so führte Schedemei sie hinein und bot ihnen Stühle an, die sich nicht von denen unterschieden, auf denen die anderen Schülerinnen saßen. Lediglich Voozhum hatte einen Stuhl mit einer Lehne und Armen, was ihr, so schwach, wie sie war, niemand übelnehmen konnte.

Sie unterrichtete eine Gruppe älterer Mädchen, obwohl es sich kaum um fortgeschrittene Schülerinnen handeln konnte, da die Schule noch so neu war.

»Also hat Emeezem Ojkib gefragt: ›Welche Tugend schätzt die Hüterin der Erde am meisten? Ist es die Größe der Alten?‹ – denn so nannten sie das Mittelvolk, als es gerade zur Erde zurückgekehrt war – ›oder sind es die Schwingen des Himmelsfleisches?‹ –; denn das war der schreckliche Name für das Himmelsvolk, von dem Emeezem noch nicht gelernt hatte, daß sie ihn nicht benutzen durfte – ›oder ist es die hingebungsvolle Verehrung, die wir den Göttern entgegenbringen?‹ Nun, was glaubt ihr, was hat Ojkib ihr geantwortet?«

Chebeja hörte zu, während mehrere Mädchen alle Tugenden zurückwiesen, über die nur eine der intelligenten Spezies verfügte, und dachte: Das ist nichts weiter als bloße Indoktrination. Doch dann wurden die Vorschläge allgemeiner und, gelegentlich, auch feinsinniger. Hoffnung. Intelligenz. Verständnis der Wahrheit. Edelmut. Jeder Vorschlag führte zu einer Betrachtung der jeweiligen Tugend, und ob sie gegen die Gesetze der Hüterin eingesetzt werden konnten. Ein Großteil der Diskussion zeigte auf, daß am heutigen Tag eine Art Prüfung stattfinden mußte; sie hatten schon zuvor über diese Tugenden gesprochen, darüber nachgedacht und sie erörtert. Ein Verbrecher hoffte vielleicht, der Bestrafung zu entgehen. Intelligenz kann benutzt werden, um einen tugendhaften Mann zu verleumden und zu vernichten. Wenn jemand die Wahrheit lediglich versteht, heißt das noch lange nicht, daß er sie auch schätzt oder für sie eintreten wird; Lügner müssen die Wahrheit verstehen, um ihre Lüge verteidigen zu können. Eine edle Frau würde vielleicht alles, was sie besaß, für eine unwürdige Sache opfern, wenn Edelmut nicht von Weisheit begleitet wird.

»Also Weisheit«, sagte ein Mädchen. »Denn ist das nicht die Tugend zu wissen, was der Wille der Hüterin ist?«

»Ist sie das?« antwortete Voozhum nachsichtig.

Natürlich fand dieses Gespräch ziemlich laut statt, einerseits, weil Voozhums Taubheit es sicher erforderte, andererseits, weil die Mädchen den normalen Überschwang der Jugend besaßen. Doch Chebeja hatte solch eine Lebendigkeit in einem Klassenzimmer noch nie gesehen. Zwar hatte sie schon beobachtet, wie Lehrerinnen ihre Schülerinnen dazu bringen wollten, bestimmte Themen zu besprechen, doch es hatte bis jetzt noch nie geklappt. Sie versuchte dahinterzukommen, wieso es hier funktionierte, und dann erkannte sie: Es lag daran, weil die Mädchen wußten, daß Voozhum nicht von ihnen erwartete, daß sie selbst auf die Antwort kamen. Vielmehr sollten sie die Ideen, die sie vorbrachten, verteidigen und angreifen. Und es lag daran, daß die alte Wühlerin ihre Antworten mit Respekt behandelte. Nein, sie behandelte die *Schülerinnen* mit Respekt, als wären ihre Ideen es wert, in Betracht gezogen zu werden.

Und die waren sie *tatsächlich* wert. Mehr als einmal wollte Chebeja das Wort ergreifen und sich an dem Gespräch beteiligen, und sie spürte, daß Luet und Edhadeja neben ihr ebenfalls unruhig wurden – zweifellos aus demselben Grund.

Schließlich *ergriff* Edhadeja das Wort. »Ist das nicht genau der Punkt, den Spokojro in seinem Dialog mit den Khrugi zurückwies?«

Totenstille senkte sich über den Raum.

»Es tut mir leid«, sagte Edhadeja. »Ich weiß, ich hatte kein Recht zu sprechen.«

Chebeja schaute in der Erwartung zu Schedemei, sie würde etwas sagen, um die schreckliche Anspannung im Raum zu lindern, doch die Schulleiterin schien mit der Situation völlig zufrieden zu sein.

Schließlich antwortete Voozhum. »Es liegt nicht an dir, Kind. Sondern an dem, was du sagst.«

Eins der Mädchen – zufällig eine aus dem Erdvolk – erklärte mehr. »Wir warten darauf, daß du uns die Geschichte von ... von Spokojro und den Khrugi erzählst. Wir haben sie noch nicht gehört. Sie müssen Menschen gewesen sein. Und zwar keine Alten. Und Männer.«

»Ist das hier verboten?« fragte Chebeja.

»Nicht verboten«, sagte das Mädchen und schaute verwirrt drein. »Es ist nur so ... die Schule wurde erst vor kurzem eröffnet, und das ist eine Unterrichtsstunde über die Moralphilosophen des Erdvolks, und so ...«

»Es tut mir leid«, sagte Edhadeja. »Ich habe in Unwissenheit gesprochen. Mein Beispiel war irrelevant.«

Voozhum ergriff erneut das Wort. Ihre Stimme brach des öfteren, war aber laut, wie es bei Tauben oft der Fall ist. »Diese Mädchen haben keine klassische Ausbildung genossen«, sagte sie. »Im Gegensatz zu dir. Du hast großes Glück gehabt, mein Kind. Diese Mädchen müssen mit dem Wenigen auskommen, das ich ihnen bieten kann.«

Edhadeja lachte verächtlich, überlegte es sich dann sofort wieder anders, aber es war schon zu spät.

»Ich kenne dieses Lachen«, sagte Voozhum.

»Ich habe gelacht, weil ich wußte, daß du mich aufziehst«, sagte Edhadeja. »Und außerdem bin auch ich mit deinem ›Wenigen ausgekommen‹.«

»Ich habe gehört, mein Unterricht hätte einen schlechten Einfluß auf dich gehabt, dich verringert«, sagte Voozhum.

»Das hast du nie von mir gehört. Und ich selbst habe es bis zum heutigen Tag auch noch nicht gehört.«

»Ich habe nie als Freie zu dir gesprochen«, sagte Voozhum.

»Und ich habe nie außer als unverschämtes Kind zu dir gesprochen.«

Endlich wurde den Mädchen im Klassenzimmer klar, wer sie an diesem Tag besuchte, denn sie alle hatte gehört, daß Voozhum einmal die persönliche Kammerdienerin der Tochter des Königs gewesen war. »Edhadeja«, flüsterten sie.

»Meine junge Herrin«, sagte Voozhum, »jetzt eine Dame. Du warst oft unhöflich, aber nie unverschämt. Und jetzt sage uns bitte, welche Tugend die Hüterin am meisten schätzt.«

»Ich weiß nicht, was Ojkib gesagt hat, denn diese Geschichte ist unter den Menschen nicht bekannt«, sagte Edhadeja.

»Gut«, sagte Voozhum. »Dann wirst du dich nicht daran erinnern oder raten, sondern einfach nachdenken.«

»Ich glaube, die Hüterin schätzt am meisten die Tugend, so zu lieben, wie die Hüterin liebt.«

»Und wie liebt die Hüterin?«

»Die Liebe der Hüterin«, sagte Edhadeja, offensichtlich nach den richtigen Worten suchend und über Vorstellungen nachdenkend, die sie nie zuvor ernsthaft in Betracht gezogen hatte, »die Liebe der Hüterin ist die Liebe der Mutter, die ihr Kind bestraft, weil es ungezogen war, aber dann dasselbe Kind umarmt, um es zu trösten, weil es weint.«

Edhadeja wartete auf die Attacke der gegensätzlichen Meinungen, die auf frühere Vorschläge erfolgt war, doch man begegnete ihr lediglich mit Schweigen. »Bitte«, sagte sie,

»daß ich die Tochter des Königs bin, bedeutet nicht, daß ihr nicht anderer Meinung sein könnte, wie ihr noch vor einem Augenblick anderer Meinung gewesen seid.«

Noch immer kein Wort, aber auch kein Schlurfen der Füße oder verschämtes Abwenden der Köpfe.

»Vielleicht sind sie gar nicht anderer Meinung«, sagte Voozhum. »Vielleicht hoffen sie, daß du ihnen diese Vorstellung genauer erklärst.«

Edhadeja nahm die Herausforderung sofort an. »Ich glaube, die Hüterin will, daß wir die Erde sehen, wie sie selbst sie sieht. Daß wir so tun, als wären *wir* die Hüterin, und dann versuchen, überall, wo es uns möglich ist, eine kleine Insel zu schaffen, auf der gute Leute alle anderen Tugenden miteinander teilen können.«

Die Mädchen murmelten leise. »Worte einer wahren Träumerin«, flüsterte eins von ihnen.

»Und ich glaube«, sagte Edhadeja, »sollte das tatsächlich die Tugend sein, die die Hüterin am meisten schätzt, dann hast du hier eine wirklich löbliche Klasse geschaffen, Voozhum.«

»Als ich vor langer Zeit in Ketten lebte«, sagte Voozhum, »manchmal in eisernen Ketten, aber stets mit steinernen Ketten um mein Herz, konnte ich immer ein Zimmer betreten, in dem jemand meine Tugenden kannte und meinen Gedanken lauschte, als wäre ich wirklich lebendig und ein Geschöpf des Lichts, statt ein Wurm aus Schlamm und Dunkelheit.«

Edhadeja brach in Tränen aus. »So gut war ich nie zu dir, Uss-Uss.«

»Du warst es immer. Erinnert sich mein kleines Mädchen noch, wie ich es gehalten habe, wenn es geweint hat?«

Edhadeja lief zu ihr und umarmte sie. Die Schülerinnen beobachtete ehrfürchtig, wie sowohl Edhadeja als auch Voozhum weinten, jede auf ihre Weise.

Chebeja beugte sich über Edhadejas leeren Stuhl. »Genau darauf hast du gehofft, nicht wahr?« flüsterte sie Schedemei zu.

»Es ist eine gute Lektion«, erwiderte Schedemei flüsternd. »Meinst du nicht auch?«

Und das war es in der Tat. Die Schülerinnen sahen, wie die Tochter des Königs eine alte Wühlerin umarmte und beide vor Freude weinten, weil sie sich an verlorene Zeiten, an eine uralte Liebe erinnerten.

»Und was hat Ojkib gesagt?« flüsterte Chebeja Schedemei zu.

»Er hat eigentlich gar keine Antwort gegeben«, sagte Schedemei. »Er hat gesagt: ›Um das zu beantworten, müßte ich der Hüter sein.‹«

Chebeja dachte kurz nach. »Aber das *ist* eine Antwort«, sagte sie dann. »Dieselbe Antwort, die Edhadeja gab.«

Schedemei lächelte. »Ojkib war immer ein gerissener Kerl. Er konnte mit Worten umgehen.«

Schedemeis Eigenschaft, von den Helden zu sprechen, als würde sie all ihre Geheimnisse kennen, war verwirrend und beunruhigend.

Sie verbrachten den Rest des Tages in der Schule und aßen dann an Schedemeis Tisch zu Abend. Das Essen war bescheiden – viele reiche Frauen hätten darüber die Nase gerümpft, und Luet bemerkte, daß Edhadeja einige der Speisen gar nicht kannte. Doch in Akmaros Haus hatten Luet und ihre Mutter ihr ganzes Leben lang die schlichte Kost des gewöhnlichen Volkes gegessen, und sie aßen mit Heißhunger. Luet wurde klar, daß alles, was in Schedemeis Schule geschah – nein, in ›Rasaros Haus‹ –, eine Lektion war. Das Essen, das Gespräch bei Tisch, die Art und Weise, wie das Kochen und Putzen gehandhabt wurde – alles hatte einen Sinn, alles drückte eine Lebensweise aus, eine Denkweise, eine Auffassung, wie man Leute behandeln mußte.

Beim Essen wirkte Edhadeja ausgelassen, was Luet verstand, wenngleich es ihr einige Sorgen bereitete. Edhadeja schien ihr Gefühl für Schicklichkeit verloren zu haben, ihre sanfte Vorsicht. Sie schien Schedemei dazu verleiten zu wollen, etwas Bestimmtes zu sagen, doch Luet hatte nicht die geringste Ahnung, was das ältere Mädchen im Sinn hatte.

»Wir haben in der Tat gehört, daß ihr gefährlich seid und die Wühler zur Rebellion anstiftet«, sagte Edhadeja.

»Was für ein interessanter Gedanke«, erwiderte Schedemei. »Nach Jahren der Sklaverei kam den Wühlern der Gedanke an Rebellion nicht in den Sinn, bis ein Mensch mittleren Alters ihn vorschlug? Rebellion gegen was, nun, da sie frei sind? Ich glaube, deine Freunde werden von Schuldgefühlen verzehrt, wenn sie nun eine Rebellion befürchten, da der Grund dafür endlich aufgehoben wurde.«

»Das habe ich auch gedacht«, sagte Edhadeja.

»Sag jetzt die Wahrheit. Niemand hat diese Dinge zu *dir* gesagt.«

Edhadeja sah Chebeja an. »Zu Luets Mutter natürlich.«

»Und warum nicht zu dir? Etwa, weil du die Tochter des Königs bist und dein Vater die Sklaven befreit hat? Glaubst du, sie werden deinem Vater diesen schweren Fehler jemals verzeihen?«

Edhadeja unterdrückte ihr Gelächter. »So darfst du wirklich nicht zur Tochter des Königs sprechen. Ich bin es nicht gewöhnt, daß man meinen Vater eines schweren Fehlers bezichtigt.«

»Aber wird er nicht auch im Rat des Königs offen kritisiert? Das habe ich zumindest gehört.«

»Nun ja, aber das sind seine Männer.«

»Und was bist du? Sein Zierfisch?«

»Eine Frau beurteilt die Taten eines Königs nicht!« Erneut unterdrückte Edhadeja ein Gelächter, als wäre diese Gedanke von geradezu hysterischer Komik.

»Wenn ich mich so umsehe«, erwiderte Schedemei trokken, »muß ich davon ausgehen, daß eine Frau sich hier nicht zum Pinkeln hinhockt, bis ein Mann ihr sagt, daß ihre Blase voll ist.«

Das war zuviel für Edhadeja. Sie brach in lautes Gelächter aus und fiel vom Stuhl.

Luet half ihr aus. »Was ist in dich gefahren?« fragte sie.

»Keine Ahnung«, antwortete Edhadeja. »Ich fühle mich einfach so …«

»So frei«, warf Schedemei hilfreich ein.

»Wie zu Hause«, sagte Edhadeja fast gleichzeitig.

»Aber zu Hause benimmst du dich nicht so!« protestierte Luet.

»Nein, das stimmt«, sagte Edhadeja, und plötzlich füllten ihre Augen sich mit Tränen. Sie drehte sich zu Schedemei um. »War es in Rasas Haus wirklich so?«

»Dort gab es kein Erdvolk und kein Himmelsvolk«, sagte Schedemei. »Es war ein anderer Planet, und die einzige intelligente Spezies dort waren die Menschen.«

»Ich will hier bleiben«, sagte Edhadeja.

»Du bist zu jung für das Unterrichten«, sagte Schedemei.

»Ich habe eine sehr gute Ausbildung.«

»Du meinst, du hast in der Schule gute Leistungen gebracht«, sagte Schedemei. »Aber du hast noch kein Leben gelebt. Daher bist du nicht von Nutzen für mich.«

»Dann laß mich als Schülerin bleiben«, sagte Edhadeja.

»Hast du mir nicht zugehört? Du hast deine Ausbildung bereits abgeschlossen.«

»Dann laß mich als Dienerin in diesem Haus bleiben«, sagte Edhadeja. »Ich werde auf keinen Fall zurückgehen.«

Nun mußte Chebeja sie unterbrechen. »Das klingt ja so, als würde man dich im Haus deines Vaters aufs schlimmste mißhandeln.«

»Verstehst du denn nicht? Ich werde dort ignoriert. Ich bin *tatsächlich* Vaters Zierfisch. Sein Ziersowieso. Lieber eine Köchin in diesem Haus …«

»Aber du siehst doch, daß wir alle abwechselnd kochen«, sagte Schedemei. »Für dich gibt es hier keinen Platz – noch nicht, Edhadeja. Oder vielleicht sollte ich sagen, es gibt hier für dich eine Stelle, aber du bist noch nicht bereit, sie anzutreten.«

»Wie lange muß ich warten?«

»Wenn du wartest«, sagte Schedemei, »wirst du nie bereit sein.«

Nun verstummte Edhadeja, aß nachdenklich und wischte mit ihrem letzten Stück Brot Sauce aus ihrer Schüssel.

Schließlich mußte Luet einfach sagen, was sie den Großteil des Nachmittags über beschäftigt hatte. »Du hast Mutters Einladung ausgeschlagen, weil du zu viel zu tun hast«, sagte Luet. »Aber diese Schule läuft doch praktisch von allein. Du hättest kommen können.«

Mutter war böse auf sie. »Luet, ich dachte, ich hätte dir bessere Manieren beigebracht, als ...«

»Das ist schon in Ordnung, Chebeja«, sagte Schedemei. »Ich habe deine Einladung abgelehnt, weil ich schon Häuser reicher Männer und Könige gesehen habe. Wohingegen *ihr* noch nie solch eine Schule gesehen habt.«

Mutter versteifte sich. »Wir sind nicht reich.«

»Ihr könnt euch den Müßiggang leisten, während der Arbeitsstunden jemanden zu besuchen? Du magst bescheiden leben, Chebeja, aber ich sehe keinen Schmutz und Schweiß auf deinem Gesicht.«

Luet sah, daß Mutter von dieser Bemerkung verletzt wurde, und versuchte deshalb, das Gespräch wieder zu einem nicht so schwierigen Thema zu führen. »Ich habe noch nie von einer Schulleiterin gehört«, sagte sie.

»Was nur beweist, wie unehrlich die Männer waren, die euch unterrichtet haben. Rasa war nicht nur Schulleiterin, sie hat auch Nafai und Issib, Elemak und Mebbekew und viele, viele andere Jungen unterrichtet.«

»Aber das ist doch schon lange her.«

Schedemei stieß ein bellendes Gelächter aus. »Mir kommt es gar nicht so lange vor«, sagte sie.

Nach dem Essen gingen sie langsam über den Hof, während die Kinder auf ihren Zimmern oder im Badehaus gemeinsam sangen oder im nachlassenden Licht des Tages lasen. An dem Lied war etwas seltsam, doch es dauerte eine Weile, bis Luet darauf kam, was es war. Plötzlich blieb sie stehen. »Ich habe gar nicht gewußt, daß Wühler singen!« platzte sie heraus.

Schedemei legte einen Arm um sie. Luet war überrascht –

sie hätte nie gedacht, daß diese kalte Frau zu so einer leidenschaftlichen Geste fähig sein könnte. Und sie tat es auch nicht, wie die Männer es manchmal taten, wenn sie den Arm um einen Niedrigstehenderen legten, um ihm ihre Zuneigung, aber auch ihr Macht, Überlegenheit und Stellung zu zeigen. Es war ... ja, es war schwesterlich. »Nein, du hast nie gewußt, daß sie singen können. Und ich habe auch nie gehört, daß sie ihre Stimmen zu einem Gesang erheben, bis ich diese Schule eröffnete.« Schedemei ging für einen Augenblick schweigend neben ihr her. »Weißt du, Luet, soweit ich weiß, haben die Wühler in all den Jahren, die sie in unmittelbarer Nähe der Engel lebten, *nie* gesungen. Weil sie immer im Krieg waren. Vielleicht auch, weil das Himmelsfleisch gesungen hat und es daher unter ihrer Würde war. Doch hier in der Sklaverei haben sie ihre Würde verloren und gelernt, Musik zu machen. Ich glaube, auch darin könnte eine Lektion liegen, meinst du nicht?«

Luet nahm an, daß Schedemei sowieso vorgehabt hatte, ihr das zu sagen, und die Lektion daher besonders auf sie abzielen mußte, obwohl sie später erkannte, daß Schedemei ganz einfach eine Beobachtung gemacht und sich nichts dabei gedacht hatte. »Ich glaube, ich verstehe«, sagte Luet. »Ich habe nämlich auch mal in Sklaverei gelebt. Glaubst du, daß alle Gesänge meines Lebens daher kommen? Ist die Gefangenschaft ein Zustand, den wir alle durchmachen sollten?«

Zu ihrer Überraschung traten Tränen in Schedemeis Augen. »Nein. Niemand sollte in Gefangenschaft leben. Einige Menschen finden Musik darin, du zum Beispiel, oder viele aus dem Erdvolk, die hier leben, aber nur, weil die Musik bereits in ihnen war und auf eine Gelegenheit wartete, herauszukommen. Aber dein Bruder hat in *seiner* Gefangenschaft nicht viel Musik gefunden, oder?«

»Woher kennst du meinen Bruder?« fragte Luet.

»Stimmt es, oder nicht?« beharrte Schedemei, nicht bereit, sich ablenken zu lassen.

»Ich weiß es nicht«, sagte Luet.

»Warum nicht?«

»Weil ich nicht der Ansicht bin, daß seine Gefangenschaft schon beendet ist.«

Erneutes Schweigen. »Nein«, antwortete Schedemei dann leise. »Nein, ich glaube, du hast recht. Ich glaube, wenn seine Gefangenschaft endlich endet, wird auch er vielleicht ein Lied in seinem Herzen finden.«

»Ich habe ihn singen hören«, sagte Luet. »Dazu gehört nicht viel.«

»Nein, du hast ihn nicht gehört«, sagte Schedemei. »Und wenn er endlich singt ... falls er singt ... wird es ein Lied sein, wie du es noch nie zuvor gehört hast.«

»Was auch immer es ist – wenn Akma es singt, wird es schief sein.«

Schedemei lachte und umarmte sie.

Sie befanden sich in der Nähe der Vordertür, und eine der Lehrerinnen öffnete sie bereits. Für einen Augenblick dachte Luet, sie würde sie öffnen, um sie hinauszulassen, aber dem war nicht so. Auf der Veranda standen drei Männer; zwei davon waren Menschen aus der königlichen Wache. Der dritte war ein Engel, und nach einem Moment erkannte Luet ihn als den alten Husu, der einst Anführer der Späher gewesen war und nun im Ruhestand in der angeblich nicht so anstrengenden Position eines Offiziers der Bürgerwache lebte. Was hatte er hier zu suchen?

»Ich habe Anklagen gegen die Frau namens Schedemei vorzubringen.« Es fiel ihm schwer, ihren Namen auszusprechen.

Bevor Schedemei etwas erwidern konnte, stürmte Mutter vor. »Was hat das zu bedeuten?« fragte sie.

Husu wurde augenblicklich nervös. »Herrin Chebeja«, sagte er. Dann bemerkte er Edhadeja und trat einen Schritt zurück. »Niemand hat gesagt ... ich glaube, ich wurde irregeführt!«

»Nein, das wurdest du nicht«, sagte Schedemei. Sie berührte Chebeja leicht an der Schulter. »Du magst eine Entwirrerin sein, aber du bist nicht Huschidh, und ich bin nicht

Rasa, und dieser gute Mann ist ganz bestimmt nicht Raschgallivak.«

Vergeblich suchte Luet in ihrem Gedächtnis nach Einzelheiten der Geschichte, auf die Schedemei sich bezog. Die Entwirrerin Huschidh hatte einmal das Heer Raschgallivaks vernichtet. Aber Husu hatte kein Heer, nicht mehr. Sie verstand nicht, was hier vor sich ging.

»Husu, du hast Anklagen vorzubringen?«

»Soll ich sie dir vorlesen?«

»Nein, ich werde sie dir einfach *sagen*«, erwiderte Schedemei. »Ich nehme an, daß eine Gruppe Männer aus diesem Viertel mir vorwerfen, ein öffentliches Ärgernis geschaffen zu haben, weil viele arme Leute meine Schule besuchen. Hinzu kommt Aufwiegelung zur Unruhe, weil ich die Kinder ehemaliger Sklaven gemeinsam mit anderen Mädchen unterrichte, und Benutzung des falschen Geschlechts, weil ich im Namen meiner Schule den männlichen Ehrentitel *ro* ans Ende des Namens der Heldin Rasa gesetzt habe. Und, laß mich überlegen – ah, ja, bestimmt kommt auch noch die Anklage der Blasphemie hinzu, weil ich die Frauen der Helden Heldinnen nenne – oder ist das lediglich eine Anklage wegen einer unangemessenen neuen Lehre?«

»Ja«, stammelte Husu, »unangemessene Lehre ... ja.«

»Und ... ach ja, das darf ich nicht vergessen – Verrat. Ich werde auch des Verrats beschuldigt, nicht wahr?«

»Das ist absurd«, sagte Chebeja. »Das mußt du doch selbst wissen, Husu.«

»Gehörte ich noch dem Rat des Königs an«, sagte Husu, »würde ich das auch sagen. Aber ich bin jetzt in der Bürgerwache, und wenn man mir befiehlt, Anklagen zuzustellen, stelle ich sie zu.« Er gab Schedemei die polierte Rinde. »Sie werden in vierundzwanzig Tagen an Pabuls Gerichtshof verhandelt. Du wirst wohl keine Schwierigkeiten haben, Anwälte zu finden, die für dich sprechen wollen.«

»Mach dich doch nicht lächerlich, Husu«, sagte Schedemei. »Ich werde für mich selbst sprechen.«

»Das tun Damen nicht«, sagte Chebeja – und lachte dann

über ihre Worte, als ihr klar wurde, mit wem sie sprach. »Aber das wird dir wohl völlig gleichgültig sein, Schedemei.«

»Seht ihr? Heute hat jeder etwas gelernt«, sagte Schedemei und lachte ebenfalls.

Husu war erstaunt, wie ungezwungen sie darüber sprachen. »Das sind ernste Anklagen.«

»Komm schon, Husu«, sagte Schedemei. »Du weißt genauso gut wie ich, daß diese Anklagen absichtlich dumm sind. Jedes Verbrechen, das man mir vorwirft, stimmt mit dem überein, was der Hohepriester Akmaro das Volk seit dreizehn Jahren lehrt. Arm mit Reich vermischen, Wühler mit Menschen und Engeln, ehemalige Sklaven mit frei geborenen Bürgern, Frauen dieselben Ehren wie Männern zukommen lassen, die Autorität der Priester des Königs über die Lehrfreiheit zurückweisen – *das* ist doch der Inhalt des Vorwurfs des Verrats, nicht wahr?«

»Ja.«

»Na also. Diese Anklagen wurden ausdrücklich gegen mich erhoben, weil man auch Akmaros Lehren vor Gericht stellt, wenn man mich vor Gericht stellt.«

»Aber Pabul wird dich nicht eines Verbrechens für schuldig erklären, weil du die Lehren meines Gatten befolgst«, sagte Chebeja.

»Natürlich nicht. Es spielt keine Rolle, was er tut. Den Feinden des Hüters ist es gleichgültig, welches Ende dieser Prozeß nimmt. *Ich* bin ihnen gleichgültig. Vielleicht haben sie diese Anklagen nur erhoben, weil ihr mich heute besuchen kamt. Wahrscheinlich rechnen sie damit, daß ich euch als Zeugen aufrufe, die für mich sprechen sollen. Und wenn ich es nicht tue, werden sie euch als Zeugen aufrufen, die gegen mich sprechen wollen.«

»Ich werde kein Wort gegen dich sagen«, beharrte Luet.

Schedemei ergriff ihren Arm. »Wichtig ist nur, daß sie euch aufrufen können. Damit wird Akmaros Familie mit diesem Fall in Verbindung gebracht. Je mehr du Schedemei verteidigst, desto mehr Anerkennung bekommen die Feinde des Hüters bei der Öffentlichkeit. Oder zumindest bei dem Teil der Öffentlichkeit, der nicht aufhören will, die Wühler zu hassen.«

Husu wurde fuchtig. »Was für Informationsquellen hast du? Wieso hast du bereits gewußt, wie die Anklagen gegen dich lauten?«

»Ich habe es nicht *gewußt*«, sagte Schedemei. »Aber da ich jedes einzelne dieser Gesetze absichtlich gebrochen und allen, die mich danach gefragt haben, klargemacht habe, daß ich weiß, daß ich sie breche, überrascht es mich keineswegs, daß man mich nun deshalb anklagt.«

»Willst du, daß es bei dem Prozeß um dein Leben geht?« fragte Husu.

Schedemei lächelte. »Ich versichere dir, Husu, ganz gleich, wie die Dinge sich entwickeln, eins ist sicher: *Ich* werde nicht sterben.«

Noch immer verwirrt, noch immer wütend, verließen Husu und die beiden menschlichen Wachen das Haus. »Du kennst den Brauch, daß du die Stadt nicht verlassen darfst«, sagte Chebeja.

»O ja«, sagte Schedemei. »Davon habe ich bereits gehört.«

»Wir müssen nach Hause gehen, Mutter«, sagte Luet. »Wir müssen Vater erzählen, was passiert ist.«

Mutter drehte sich zu Schedemei um. »Heute morgen habe ich dich noch nicht gekannt. Heute abend bin ich mit den Banden der Liebe an dich gefesselt, als wäre ich schon jahrelang deine Freundin.«

»Wir sind miteinander verbunden«, sagte Schedemei, »weil wir beide dem Hüter dienen.«

Mutter betrachtete sie mit einem trockenen Lächeln. »Das habe ich bis zu dem Augenblick, da du es gesagt hast, auch gedacht, Schedemei. Doch etwas an dem, was du gesagt hast, war ... keine Lüge. Aber ...«

»Drücken wir es einfach so aus, daß ich dem Hüter nicht immer freiwillig gedient habe«, sagte Schedemei. »Aber jetzt tue ich es, und das ist die Wahrheit.«

Mutter grinste. »Du scheinst mehr als ich darüber zu wissen, was eine Entwirrerin sehen kann.«

»Sagen wir es einfach so … du bist nicht die erste, die ich gekannt habe.« Dann lachte Schedemei. »Nicht einmal die erste namens Chveja.«

»Niemand kann ihren Namen noch auf die alte Weise aussprechen«, sagte Luet. »Wie machst du das?«

»Die Menschen können ihn aussprechen«, sagte Schedemei. »Chvuh. Chveja. Nur die Engel können es nicht, und deshalb wurde der Name verändert.«

»Es ist lächerlich, nicht wahr?« sagte Luet. »Die Person, nach der ich benannt wurde, und die Person, nach der Mutter benannt wurde, waren ebenfalls Mutter und Tochter, aber genau andersherum.«

»Es ist kein Zufall«, sagte Mutter. »Schließlich habe ich dir ja diesen Namen gegeben.«

»Das weiß ich«, sagte Luet.

»Ich halte die Namen ebenfalls für angebracht«, sagte Schedemei. »Wie ich schon sagte, einst hatte ich liebe Freundinnen mit diesen Namen. Ich kannte sie vor langer Zeit und an einem fernen Ort, und sie sind jetzt tot.«

»Woher kommst du?« fragte Schedemei. »Warum bist du hierher gekommen?«

»Ich komme aus einer Stadt, die vernichtet wurde«, sagte Schedemei, »und ich bin hierher gekommen, um den Hüter zu suchen. Ich will wissen, wer er ist. Und je näher ich bei dir und deiner Familie bin, Chebeja, desto größer sind meine Chancen, es herauszufinden.«

»*Wir* wissen nicht mehr als du«, sagte Luet.

»Dann werden wir es vielleicht gemeinsam herausfinden«, sagte Schedemei. »Und jetzt geht nach Hause, bevor der Himmel zu dunkel wird. Der Abendregen wird bald einsetzen, und ihr werdet tropfnaß.«

»Wird dir auch nichts geschehen?« fragte Mutter.

»Du mußt mir glauben, wenn ich dir sage, daß ich als einzige völlig ungefährdet bin.« Damit drängte Schedemei sie zur Tür hinaus. Impulsiv blieb Luet im letzten Augenblick stehen und küßte die Lehrerin auf die Wange. Schedemei umarmte sie und hielt sie kurz fest. »Ich habe gelogen«, flüsterte sie. »Ich bin nicht nur wegen des Hüters hier. Ich bin auch hier, weil ich eine Freundin suche.«

»Ich *bin* deine Freundin«, sagte Luet. Später würde sie darüber nachdenken, wie leidenschaftlich sie diese Worte gesagt hatte, und Edhadeja vorjammern, sie habe sich wie ein Schulmädchen benommen. Doch als sie in diesem Augenblick in Schedemeis Augen schaute, kamen sie ihr wie die natürlichsten Worte vor, die sie hätte sagen können.

8
Prozesse

Als Didul am Gerichtshof eintraf, drängte Pabul ihn in seine Privatkammer. »Hast du gesehen, wie viele Wachen um den Gerichtshof postiert sind?«

»Ich nahm an, du hättest Todesdrohungen bekommen.«

»Sie schmeicheln mir – und keine einzige Bestechung. Sie wissen, daß man mich nicht kaufen kann. Und sie werden herausfinden, daß man mir keine Angst machen kann.«

»*Ich* schon.«

»Du weißt, was ich meine«, sagte Pabul. »Ja, natürlich habe ich Angst, aber meine Furcht wird mein Urteil nicht anders ausfallen lassen, als es sowieso ausgefallen wäre.«

»Dieser Prozeß ist schon jetzt berühmt«, sagte Didul. »Und dabei fängt er erst morgen an.«

Pabul seufzte. »Alle wissen, was auf dem Spiel steht. Alle Gesetze, die die alte Ordnung schützen, werden eingesetzt, um die neue zu blockieren. Ich habe keine Ahnung, welche Verteidigung Schedemei plant, kann mir aber vorstellen, daß nichts, was sie sagt, die schlichte Wahrheit stürzen kann, daß sie schuldig ist.«

»Schuldig«, sagte Didul. »Schuldig, eine bemerkenswerte Frau zu sein. Unter den Behüteten von Bodika gilt sie bereits als Märtyrerin.«

»Ich hoffe noch immer, daß Motiak mir die Sache aus den Händen nehmen wird, indem er einfach verkündet, daß die alten Gesetze aufgehoben werden.«

»Das wird er nicht tun«, sagte Didul. »Er versucht, sich aus der ganzen Sache herauszuhalten.«

»Er weiß, daß er das nicht kann, Didul.« Pabul schob einige der Rinden hin und her, die auf seinem Tisch lagen. »Ganz gleich, wie ich entscheide, der Verlierer wird in die Berufung gehen.«

»Auch, wenn du Schedemei gar keine Strafe erteilst?«

»Hast du sie kennengelernt?« fragte Pabul scharf.

Didul lachte. »Heute morgen, bevor ich hierher kam.«

»Dann weißt du ja, daß sie Berufung einlegen wird, selbst wenn ich eine Buße an *sie* zahlen sollte. Ich glaube, diese Sache macht ihr Spaß.«

»Armer Pabul.«

Pabul verzog das Gesicht. »Wir haben unser Leben der Sache gewidmet, das Gegenteil Vaters zu sein. Und nun muß ich über eine Gefolgsfrau Binaros Gericht halten, genau wie Vater über Binaro selbst Gericht hielt.«

»Diesmal wird niemand zu Tode verbrannt werden.«

»Nein – die Anklage wegen Verrat kann ich problemlos abweisen. Aber bei allen anderen muß ich Schedemei schuldig sprechen.«

»Gibt es kein Gesetz dagegen, mit boshafter Absicht falsche Anklagen vorzubringen?« fragte Didul.

»Das Schlüsselwort ist *falsch*. Diese Beschuldigungen sind wahr.«

»Boshafter Unfug. Der Versuch, die öffentliche Ordnung des Königreichs zu stören. Und wie du schon sagtest, die Anklage wegen Verrat wurde nur hinzugefügt, um ein Kapitalverbrechen daraus zu machen.«

»Was schlägst du vor? Daß ich Anklage gegen die Leute erhebe, die Schedemei angeklagt haben?«

Didul zuckte mit den Achseln. »Vielleicht würde es sie bewegen, ihre Petition gegen sie fallenzulassen.«

»Ich weiß nicht, wie wahrscheinlich das ist«, sagte Pabul. »Aber fände ich eine Möglichkeit, die Angelegenheit weiterhin zu komplizieren, so daß niemand einen klaren Sieg oder eine klare Niederlage davontragen kann …«

Didul wartete eine Weile und beobachtete, wie Pabul eine Rinde nach der anderen las. Schließlich gab er seinem älteren Bruder einen Klaps auf die Schulter und machte sich auf den Weg zu Akmaros Haus. Er ging zur Hintertür, wie er es immer tat, und wartete still im Schatten eines Baumes, bis jemand im Haus ihn bemerkte. Es war Luet, die schließlich hinauskam und ihn begrüßte. »Didul, warum kommst du nicht wie jeder andere zur Vordertür und klatscht in die Hände?«

»Und was, wenn Akma die Tür öffnet?«

»Er ist nie hier. Und was, wenn er dir öffnen sollte?«

»Ich will keinen Streit. Ich will keinen Kampf.«

»Akma wahrscheinlich auch nicht«, sagte Luet. »Er haßt dich natürlich noch immer ...«

»Natürlich«, sagte Didul trocken.

»Aber es ist nicht ... er konzentriert sich auf andere Dinge.«

»Ich will wissen, ob er irgend etwas mit diesen Anklagen gegen Schedemei zu tun hat.«

»Ist sie nicht wunderbar?« fragte Luet. »Hast du sie kennengelernt?«

»Heute morgen. Eigentlich war es ziemlich strapaziös. Sie hat mich praktisch über das Feuer gehalten, bis sie mir endlich glaubte, daß ich kein Jaguar bin, der sich als Truthahn verkleidet hat.«

»Sie wußte von deiner Vergangenheit?«

»Als hätte sie mir über die Schulter gesehen. Alles. Es war entsetzlich, Luet. Sie hat mich gefragt ...«

»Was?«

Didul erschauerte. »Hat mich gefragt, ob ich es besonders genossen hätte, als ich dich herumgestoßen habe.«

Luet legte eine Hand auf seine Schulter. »Das war unfreundlich von ihr. Ich habe dir verziehen – was geht es sie an?«

»Sie hat gesagt, sie wolle feststellen, ob es wirklich möglich ist, daß jemand sich ändert. Sie wolle herausfinden, ob ich vorher wirklich gemein war und jetzt zu einem wahrhaft tugendhaften Mann geworden bin, oder ob ich gemein war und jetzt nur so tue, als wäre ich gut, oder ob ich von Anfang an gut und lediglich irregeleitet gewesen sei.«

»Was hilft es ihr denn, wenn sie *das* herausfindet?«

»Oh, da fällt mir mehreres ein. Auf jeden Fall ist sie eine Moralphilosophin. Das ist eine der großen Fragen ... ob Menschen wirklich zu einer Veränderung fähig sind, oder ob alle scheinbaren Veränderungen in Wirklichkeit entstehen, weil man den jeweiligen Charakter im Rahmen einer unterschiedlichen moralischen Situation sieht ... du weißt schon. Eben Philosophie. Ich habe aber noch nie erlebt, daß jemand tatsächlich seine Vorstellungen auf diese Weise anhand der wirklichen Welt überprüft. Zumindest war ich noch nie die wirkliche Welt, anhand der diese Überprüfung stattfindet.«

»Sie weist nicht gerade besonders gute Manieren auf, nicht wahr?«

»Bessere, als du sie hast«, sagte Didul. »Sie hat mich eingeladen, mit ihr zu Mittag zu essen.«

»Du weißt ganz genau, daß du bereits eingeladen bist, mit uns zu essen«, sagte Luet und gab ihm einen sanften Klaps.

Er fing lachend ihre Hand ab, ließ sie dann sofort wieder los, erhob sich und versuchte, seine Verlegenheit zu verbergen.

»Didul«, sagte sie, »manchmal bist du *wirklich* seltsam.« Als sie ihn dann ins Haus führte, fügte sie über die Schulter hinzu: »Du hast doch nichts dagegen, daß Edhadeja heute abend hier ist, oder?«

»Nicht, wenn ich nicht im Weg bin.«

Luet lachte nur.

In der Küche sprachen Didul und Luet mit Chebeja, während sie ihr bei der Zubereitung des Abendessens halfen. Akmaro kam mit drei jungen Wühlern nach Hause, die versuchten, ihn zu überreden, sie als Schüler aufzunehmen. »Der Tag hat nicht genug Stunden«, sagte er – offensichtlich nicht zum erstenmal –, als sie ihm ins Haus folgten.

»Wir wollen nicht, daß du unterbrichst, was du tust. Laß uns dir einfach folgen.«

»Wie Schatten«, sagte ein anderer.

»Wir werden ganz still sein«, sagte der dritte.

»Vielleicht dann und wann eine Frage stellen.«

Akmaro unterbrach sie und stellte ihnen seine Frau und Tochter vor. Bevor er Didul erwähnen konnte, trat einer von ihnen etwas zurück uns sagte: »Du mußt Akma sein.«

»Nein, bin ich nicht«, sagte Didul.

Der Wühler, eine junge Frau, entspannte sich augenblicklich und kam näher. »Es tut mir leid«, sagte sie. »Ich habe angenommen ...«

»Da seht ihr, weshalb ich nicht zulassen kann, daß ihr mir folgt«, sagte Akmaro. »Akma ist mein Sohn. Wenn ihr den häßlichen Gerüchten glaubt, die ihr über ihn gehört habt, kann ich kaum zulassen, daß ihr in meinem Haus wohnt.«

»Es tut mir leid«, sagte sie.

»Das muß es nicht. Zufällig sind zumindest einige der Gerüchte wahr. Aber ihr müßt mir auch etwas Privatsphäre gewähren, und wenn ihr nicht vorhabt, zum Abendessen zu bleiben ...«

Der Junge schien tatsächlich zu überlegen, ob er die angesprochene Einladung akzeptieren sollte, doch die beiden Mädchen scheuchten ihn davon.

»Lernt bei den Lehrern«, sagte Akmaro, als sie gingen. »Wenn ihr das tut, werden wir uns oft genug sehen.«

»Das werden wir«, sagte eins der Mädchen – grimmig, als drohe sie damit irgendeine Rache an. »Wir werden so eifrig lernen, daß wir *alles* wissen werden.«

»Gut. Dann werde ich kommen und von *euch* lernen, weil ich nämlich kaum alles weiß.« Mit einem Lächeln schloß Akmaro hinter ihnen die Tür.

»Jetzt fühle ich mich schuldig«, sagte Didul. »Ich scheine routinemäßig zu bekommen, worum sie baten. Und wenn es schon Probleme mit Akma schaffen würde, daß Wühler in der Nähe sind, bedenkt doch nur, wie er reagieren würde, wenn *ich* hier herumhängen dürfte.«

»Ach, bei dir ist das etwas völlig anderes«, sagte Akmaro. »Zum einen weißt du genauso viel wie ich.«

»Wohl kaum.«

»Also können wir alles als Gleichberechtigte besprechen. Das wäre mit ihnen nicht möglich – sie sind zu jung. Sie haben noch nicht gelebt.«

»Es gibt viel, was auch ich noch nicht getan habe«, sagte Didul.

»Zum Beispiel heiraten – das wäre doch ein Gedanke.«

Didul errötete und trug augenblicklich die kühlen Tongefäße in den Vorderraum des Hauses. Hinter sich hörte er Luet, die ihren Vater leise ausschimpfte. »*Mußt* du ihn in solche Verlegenheit bringen?« flüsterte sie.

»Es gefällt ihm«, antwortete Akmaro – und zwar nicht flüsternd.

»Es gefällt ihm *nicht*», widersprach Luet.

Aber in Wirklichkeit gefiel es ihm doch.

Edhadeja traf kurz vor der vereinbarten Zeit ein. Didul war ihr schon ein paarmal begegnet, und immer unter denselben Umständen – beim Essen mit Akmaros Familie. Didul gefiel es, daß sie und Luet so gute Freundinnen waren. Es freute ihn, daß Luet keine bloße Mitläuferin war, nicht nur aus Verehrung oder Schmeichelei bestand, sondern nur die normale Höflichkeit einer Freundschaft zeigte. Luet kannte Edhadeja eindeutig als Person, und ihr war kaum bewußt, daß sie die Tochter des Königs war. Und Edhadeja wiederum verhielt sich in Akmaros Haus völlig natürlich, zeigte nicht mal einen Hauch von Affektiertheit, Autorität oder Herablassung. Ihre Erfahrungen hatten sich stets von denen anderer Leute unterschieden, doch sie schien von den Gedanken und Beobachtungen anderer Menschen unendlich fasziniert zu sein und hob ihre Überlegenheit in keiner Weise hervor.

Das Gespräch wandte sich schnell dem Prozeß zu, und Akmaro bat sie genauso schnell, doch über andere Dinge zu sprechen. Also unterhielten sie sich beim Abendessen ausführlich über Schedemei. Didul lauschte fasziniert, als sie ihre Eindrücke von der Schule beschrieben, und Edhadeja hatte so viel zu sagen, daß ihm schließlich klar wurde, daß sie sich nicht, im Gegensatz zu den anderen, an lediglich einen einzigen Besuch erinnerte. »Wie oft bist du dort gewesen?« fragte er.

Edhadeja schaute verstört drein. »Ich?«

»Es ist nicht weiter wichtig«, sagte Didul. »Aber du scheinst wie jemand zu sprechen, der … darin verwickelt ist.«

»Nun, ich bin mehrere Male dort gewesen.«

»Ohne mich!« rief Luet.

»Es waren keine Höflichkeitsbesuche«, sagte Edhadeja. »Ich habe dort gearbeitet.«

»Ich dachte, sie hätte gesagt, das könntest du nicht.«

»Sie hat mir ebenfalls gesagt, nicht zu warten.«

»Also hat sie dich helfen lassen?« fragte Luet. »Wenn sie das getan hat, werde ich dir nie verzeihen, daß du mich nicht mitgenommen hast.«

»Sie hat mich nie etwas tun *lassen*«, sagte Edhadeja.

»Aber du bist trotzdem gegangen«, sagte Didul.

»Ich habe mich hineingeschlichen«, sagte Edhadeja. »Das ist nicht schwer. Die Schule wird ja nicht bewacht oder so. Ich gehe einfach auf den Hof, wenn Schedemei nicht da ist, und helfe den jüngeren Mädchen beim Lesen. Manchmal hatte ich nichts Besseres zu tun, als mir einen Besen und einen Eimer Wasser zu holen und die Böden der Gänge zu putzen, während alle anderen gegessen haben. Ein paarmal kam ich rein und wieder raus, ohne daß Schedemei mich sah, aber normalerweise erwischt sie mich.«

»Man sollte doch glauben, daß die Kinder oder anderen Lehrerinnen dich in dem Augenblick melden, da sie dich sehen.«

»Keineswegs«, sagte Edhadeja. »Die Mädchen wissen meine Hilfe zu schätzen. Und die Lehrerinnen auch, glaube ich.«

»Was sagt Schedemei, wenn sie dich hinauswirft?« fragte Didul.

»Nichts besonders Aufregendes«, antwortete Edhadeja. »Als sie gesagt hat, ich solle nicht warten, habe sie gemeint, daß ich nicht einfach *abwarten* soll, erklärte sie mir immer wieder. Daß ich mich aktiv ins Leben einmischen und einige Erfahrungen gewinnen soll, die mir helfen, in die richtige Perspektive zu setzen, was ich aus Büchern gelernt habe.«

»Und warum tust du nicht, was sie verlangt?« fragte Akmaro.

»Weil ich glaube, daß es eine ausgezeichnete Erfahrung

ist, mich in ihre Schule zu schleichen und ohne sie zu unterrichten.«

Darüber lachten sie alle. Schließlich richtete das Gespräch sich von Schedemei auf Spekulationen, wie Rasas Haus gewesen sein mußte, damals auf dem Planeten Harmonie, und von dort verlagerte die Unterhaltung sich auf Menschen, die wahre Träume des Hüters gesehen hatten. »Wir sprechen von wahren Träumern, als wären sie allesamt uralt oder weit weg«, sagte Luet, »aber man sollte sich daran erinnern, daß jeder von uns mindestens einen wahren Traum gehabt hat. Ich hatte keinen mehr, seit ich klein war – andererseits habe ich die Träume seitdem auch nicht mehr so dringend gebraucht wie damals. Hast du seit diesen alten Tagen geträumt, Didul?«

Didul schüttelte den Kopf. Eigentlich wollte er gar nicht über ›diese alten Tage‹ sprechen.

»Ich *träume* eigentlich gar nicht«, sagte Chebeja. »Das ist keine Gabe der Entwirrerinnen.«

»Aber die Hüterin zeigt dir trotzdem Dinge«, sagte Luet. »Daran müssen wir uns stets erinnern – die Hüterin ist nicht nur etwas, woran unsere Vorfahren geglaubt haben. Sie ist nicht nur ein Mythos.« Zur allgemeinen Überraschung traten plötzlich Tränen in ihre Augen. »Akma behauptet immer wieder, wir würden uns selbst etwas vormachen, aber das stimmt nicht. Ich erinnere mich noch, wie es sich anfühlte, und es unterschied sich von jedem anderen Traum. Es war echt. Oder, Edhadeja?«

»Das stimmt«, erwiderte Edhadeja. »Schenke deinem Bruder keine Beachtung, Luet. Er weiß nicht alles.«

»O doch«, sagte Luet. »Er ist die intelligenteste Person, die ich je gekannt habe. Und so energisch bei allem, was er sagt und tut – er war mein Lehrer, als ich klein war, und er ist jetzt noch immer mein Lehrer, bis auf diese eine Sache …«

»Diese eine kleine Sache«, murmelte Akmaro.

»Kannst du ihn nicht sehend *machen*, Vater?« fragte Luet.

»Man kann die Leute nicht dazu zwingen, an etwas zu glauben«, sagte Chebeja.

»Die Hüterin kann es! Warum schickt die Hüterin ihm nicht einfach ... einen wahren Traum?«

»Vielleicht tut der Hüter das ja«, sagte Didul.

Sie alle sahen ihn überrascht an.

»Ich meine, hat der Hüter nicht auch Nafais älteren Brüdern Träume geschickt?«

»Falls es eine Rolle spielt«, sagte Edhadeja, »das war die Überseele.«

»Ich dachte, Elemak hätte wenigstens einen wahren Traum vom Hüter bekommen«, sagte Didul. »Auf jeden Fall war da auch Muuzh. Derjenige, über den Nafai geschrieben hat – Luets und Huschidhs Vater. Derjenige, der ständig gegen die Überseele ankämpfte, in Wirklichkeit aber die ganze Zeit ihren Willen erfüllte.«

»Ich kann mir nicht vorstellen, daß Akma irgendwie den Willen der Hüterin erfüllt!« sagte Edhadeja. »Er haßt das arme Erdvolk und will es aus dem Königreich vertreiben!«

»Nein, so meine ich das nicht. Ich wollte damit nur sagen ... daß man dem Hüter widerstehen kann, wenn man will. Woher wissen wir denn, daß Akma nicht jede Nacht wahre Träume hat und dann am Morgen aufsteht und abstreitet, daß die Träume irgend etwas zu bedeuten haben? Der Hüter kann uns nicht zu *allem* bewegen. Nicht, wenn wir entschlossen sind, dagegen anzukämpfen.«

»Das stimmt«, sagte Akmaro. »Aber ich glaube nicht, daß Akma träumt.«

»Vielleicht träumt er so oft wahr, daß er gar nicht merkt, daß die anderen Leute es nicht tun«, sagte Didul. »Vielleicht ist seine Intelligenz zum Teil eine Gabe des Hüters, die ihm in seinem Verstand die Wahrheit enthüllt. Vielleicht ist er der größte Diener, den der Hüter je hatte, weigert sich aber, ihm zu dienen.«

»Das wäre eine große Ausnahme«, sagte Chebeja.

»Ich will ja nur damit sagen, daß Akma sich nicht unbedingt ändern würde, hätte er einen wahren Traum. Mehr sage ich ja gar nicht.« Didul widmete sich wieder den gezukkerten Früchten, die Edhadeja zum Nachtisch gekauft hatte.

»Nun, eins ist klar«, sagte Akmaro. »Überzeugungskraft hat gar nichts bewirkt.«

Aus Chebejas Kehle drang ein leises, hohes Geräusch.

»Was war das?« fragte Akmaro.

»Das war ich«, sagte Chebeja. »Ich habe so leise wie möglich gelacht.«

»Weshalb?«

»Akmaro, Didul hat dafür gesorgt, daß ich die Dinge in einem neuen Licht sehe. Ich frage mich, ob wir wirklich je versucht haben, Akma zu *überzeugen*.«

»Natürlich haben wir das«, sagte Akmaro.

»Nein, du hast versucht, ihn zu *belehren*, zu bekehren. Das ist eine ganz andere Sache.«

»Jede Belehrung ist Überzeugung«, sagte Akmaro. »Und jede Überzeugung ist Belehrung.«

»Warum haben wir uns dann die Mühe gemacht, zwei verschiedene Wörter dafür zu erfinden?« fragte Chebeja spöttisch. »Ich werfe dir ja gar nichts vor, Akmaro.«

»Du wirfst mir vor, nicht mal versucht zu haben, meinen Sohn zu überzeugen, obwohl du weißt, daß ich es versucht habe, bis mir das Herz brach.« Akmaro versuchte, ruhig zu sprechen, doch Didul hörte die Gefühle hinter seinem Lächeln.

»Sei bitte nicht verletzt«, sagte Chebeja. »Wir alle wissen, daß du dein Bestes getan hast. Aber wir haben es auch dir überlassen, nicht wahr? Ich war damit zufrieden, die liebende Mutter zu sein, die versucht, die Bande mit Akma stark zu halten. Ich habe das gesamte Argumentieren dir überlassen.«

»Keineswegs«, sagte Luet grimmig.

»Akma war so klein ... ich habe mich davor gefürchtet, mit ihm zu streiten, aus Angst, ich könne ihn ganz verlieren«, sagte Chebeja. »Aber deshalb glaubt er vielleicht, daß es nur eine Angelegenheit zwischen ihm und seinem Vater ist. Daß Luet und ich neutral sind.«

»Er weiß, daß ich es nicht bin«, sagte Luet.

Akmaro schüttelte den Kopf. »Chebeja, das ist überflüssig. Akma wird daraus herauswachsen.«

Tränen liefen Chebejas Wangen hinab. »Nein, das wird er nicht«, sagte sie. »Jetzt nicht mehr. Diese ganze Sache mit Schedemei ...«

»Damit hat Akma doch nichts zu tun, oder?« fragte Didul.

»Die Leute, die sie angeklagt haben«, sagte Chebeja, »werden nicht aufgeben. Sie müssen ganz einfach wissen, was der Sohn des Hohepriesters von diesen Dingen hält. Sie werden eine Möglichkeit finden, ihn zu benutzen. Wenn sonst nichts, werden sie ihm zumindest schmeicheln, ihm zustimmen. Akma ist versessen darauf, geliebt und respektiert zu werden ...«

»Das sind wir alle«, sagte Edhadeja leise.

»Akma mehr als die meisten, zum Teil, weil er der Ansicht ist, er habe vielleicht nie die Liebe und den Respekt bekommen, die er zu Hause erwartet hat.« Chebeja streckte eine Hand nach ihrem Gatten aus, als wolle sie ihn beschwichtigen. »Das war nicht deine Schuld. So sahen die Dinge für ihn einfach von Anfang an aus, angefangen mit jenen schrecklichen Tagen in Chelem.«

Didul betrachtete die Überreste der Mahlzeit vor ihm, und sein Gesicht glühte, als er sich erinnerte, wie er Akma behandelt hatte. Das Bild kam bereitwillig in seinen Verstand, jetzt vielleicht noch lebhafter als damals. Wie der kleine Akma weinte und vor Wut stammelte, während Didul und seine Brüder lachten und lachten. Dann ein vor Schmerz weinender Akma, ein ganz anderes, ein schreckliches Geräusch ... und sie lachten noch immer. Ich lachte noch immer, dachte Didul. Hört Akma dieses Geräusch sogar jetzt noch? Wenn es in seinem Geist nur halb so klar ist wie in meinem ...

Er spürte, wie eine Hand sich über die seine legte. Für einen Augenblick dachte er, Luet habe ihn berührt, und er wollte seine Hand aus Scham vor seiner Unwürdigkeit zurückziehen. Doch es war Chebeja. »Bitte, Didul. Du gehörst jetzt so sehr zu dieser Familie, daß wir manchmal vergessen, daß du einige Dinge mit anderen Ohren hörst. Niemand macht dir hier Vorwürfe.«

Didul nickte, machte sich gar nicht erst die Mühe eines Einwands. Chebeja lenkte das Gespräch auf andere Dinge, und die Mahlzeit wurde schweigend beendet.

Als es für Edhadeja an der Zeit war, nach Hause zu gehen, bat sie Didul, sie zu begleiten. Didul lachte; es hatte erheitert klingen sollen, doch er wußte, daß es sich nur nervös anhörte. »Willst du mir etwas sagen, oder haben alle anderen Dinge zu besprechen, die ich nicht hören soll?«

»Ach, was ist er doch nett«, sagte Edhadeja. »Er kommt nicht auf die Idee, daß ich seine Gesellschaft tatsächlich genießen könnte.«

»Na schön«, sagte Edhadeja, sobald sie draußen auf der dunklen Straße waren und im Licht der Fackel, die Didul trug, nach Hause gingen, »ja, ich wollte dir etwas sagen.«

»Nun denn«, erwiderte Didul. »Hier bin ich. Oder ist es so verheerend, daß du warten willst, bis wir in der Nähe des Hauses deines Vaters sind, für den Fall, daß ich in Tränen ausbreche, die Fackel davonwerfe und in die Nacht hinauslaufe?«

»Du weißt, worüber ich sprechen will.«

»Ich soll nicht mehr in Akmaros Haus gehen. Ist es das?«

Edhadeja lachte verblüfft. »Was? Warum sollte ich denn so etwas sagen? Sie haben dich gern – bist du so schüchtern, daß du es nicht siehst?«

»Um Akmas willen. Damit sie ihn zurückgewinnen können.«

»Es liegt nicht an dir, Didul. Nein, ich wollte genau das Gegenteil sagen. Eigentlich wollte ich dich zuerst etwas fragen und dir dann etwas sagen ... Didul, ich wünschte, ich würde dich besser verstehen.«

»Noch besser, als du mich jetzt schon verstehst? Besser, als andere Leute mich verstehen? Oder besser, als du andere Leute verstehst?«

Sie kicherte sehr mädchenhaft. Plötzlich blitzte in Diduls Geist ein Bild auf, von Edhadeja und Luet, die nebeneinander auf einer Bank saßen und genauso lachten. Schulmädchen.

»Jetzt höre ich zu«, sagte er. »Ich bleibe ernst.«

»Didul, dein Leben ist sehr seltsam verlaufen«, sagte Edhadeja. »Du hattest Pech mit deinem Vater, aber großes Glück mit deinen Brüdern.«

»Pabul hat es zu etwas gebracht. Die anderen kämpfen noch darum.«

»Du bist mit dem Alter besser geworden – und damit ist dir etwas gelungen, was kaum jemand von uns schafft. Die meisten von uns fangen unschuldig an und werden dann immer schlechter.«

»So niedrig, wie mein Anfang war, Edhadeja, blieb mir gar nichts anderes übrig, als mich aufwärts zu entwickeln.«

»Das glaube ich nicht«, sagte Edhadeja. »Aber höre mir bitte zu. Ich reite nicht auf deiner Vergangenheit herum, ich sage, daß du sehr bewundert wirst. Viele Leute sagen es – Vater hört nämlich auch Berichte aus Bodika. Du wirst sehr bewundert. Und nicht nur von den Behüteten.«

»Es ist freundlich vor dir, das zu sagen.«

»Nun ja, ich wiederhole nur, was andere sagen. Daß du ein Mann bist, der Mitgefühl hat.«

»Was immer die Leute mir sagen, ich kann stets erklären, ich habe Schlimmeres getan, der Hüter akzeptiert dich vielleicht doch noch, wenn du dich jetzt änderst.«

»Bitte hör mir zu, Didul. Ich muß etwas über deine eigenen Lippen kommen hören. Es hat den Anschein, daß du jeden liebst, daß du jedem Mitgefühl entgegenbringst, und Witz und eine Art von Leichtigkeit – alle halten sich gern in deiner Nähe auf.«

»Außer dir.«

»Denn wenn du mit mir zusammen bist – wenn du bei Akmaro bist – bist du schüchtern, ist dir nicht wohl zumute. Du fühlst dich …«

»Aufgekratzt.«

»Fehl am Platze.«

»Ja.«

»Also könnte man sich fragen: Was hältst du wirklich von Akmaros Familie? Liebst du sie? Oder sehnst du dich lediglich nach ihrer ständigen Vergebung?«

Didul dachte kurz darüber nach. »Ich liebe sie. Ihre Vergebung habe ich schon seit Jahren. Die der Eltern. Luets, als sie alt genug war, es zu verstehen. Sie war sehr jung, und Kinder verzeihen sehr schnell.«

»Also könnte man sich erneut fragen – warum bist du in ihrer Nähe so schüchtern, so vorsichtig, wenn du dir ihrer Vergebung sicher bist?«

»Wer stellt sich all diese Fragen, Edhadeja?«

»Ich, und sei still. Jemand könnte sich fragen, Didul, ob ein Teil deiner Schüchternheit vielleicht daher rührt, daß du einem bestimmten Mitglied der Familie besondere Gefühle entgegen bringst und nicht wagst, darüber zu sprechen ...«

»Fragst du mich, ob ich Luet liebe?«

»Ja«, sagte Edhadeja. »Ja, das frage ich.«

»Natürlich liebe ich sie. Jeder, der sie kennt, muß sie lieben.«

Edhadeja entgegnete wütend: »Treib keine Spielchen mit mir, Didul!«

Didul hielt die Fackel höher und weiter weg, damit sie sein Gesicht nicht erhellte, wenn er sprach. »Kannst du dir etwas Schlimmeres als den Tag vorstellen, an dem Akma erfährt, daß ich Luet heirate?«

»Ja, das kann ich«, sagte Edhadeja. »Das Schlimmste wäre, wenn Luet Tag für Tag, Jahr für Jahr auf dich warten müßte, und du kämst nie zu ihr.«

»Sie wartet nicht auf mich.«

»Hast du sie gefragt?«

»Wir haben darüber gesprochen.«

»Und sie wird nie warten, weil sie befürchtet, daß du keine Gefühle für sie hast. Aber sie bringt dir welche entgegen. Ich begehe einen Vertrauensbruch, indem ich dir dies verrate. Aber du mußt eine Entscheidung treffen, die alle Informationen einbezieht. Ja, es würde Akma verdrießen, dich als Schwager zu bekommen. Aber derselbe Akma ist bereits der Feind all dessen, wofür sein Vater steht. Und um *seine* Gefühle zu schonen, willst du Luet das Herz brechen, die auf dich wartet? Was ist der größere Fehler? Den zu verletzen, der nicht verzeihen kann, oder die zu verletzen, die bereits alles verziehen hat?«

Didul ging schweigend neben ihr her. Sie erreichten die Tür des Königshauses.

»Mehr hatte ich nicht zu sagen«, erklärte sie.

»Kann ich dir glauben?« flüsterte er. »Daß ihr etwas an mir liegt? Nach allem, was ich getan habe?«

»Frauen können bei den Männern, die zu lieben sie sich entscheiden, manchmal eine verrückte Wahl treffen.«

»Bist du das? Verrückt?«

»Willst du wissen, wie verrückt ich bin, Didul? Als Luet und ich jünger waren, haben wir uns in die Brüder der jeweils anderen verliebt. Sie entschied sich schließlich für Mon, weil er mir immer am nächsten stand. Und ich liebte natürlich Akma aus der Ferne.« Edhadeja lächelte geheimnisvoll. »Dann wuchs Luet aus dieser kindischen Liebe heraus und fand etwas viel Besseres in ihrer Liebe zu dir.« Edhadeja lachte leise. »Gute Nacht, Didul.«

»Willst du deine Geschichte nicht zu Ende erzählen?«

»Das habe ich bereits.« Sie ging zur Tür; die Wachen öffneten sie ihr.

Didul stand im zischenden Licht der Fackel da, als die Tür wieder geschlossen wurde.

Schließlich sprach der Wächter ihn an. »Kommst du aus der Stadt, Herr? Soll ich dir vielleicht einen Weg beschreiben?«

»Nein, nein ... ich kenne den Weg.«

»Dann gehst du besser los ... deine Fackel wird nicht ewig brennen, außer, du hast vor, die Flamme deinen Arm hinabzüngeln zu lassen.«

Didul dankte ihm mit einem Lächeln und machte sich auf den Weg zu dem öffentlichen Haus, in dem er wohnte. Akmaro und Chebeja luden ihn zwar stets zum Essen ein, aber nie, die Nacht über bei ihnen zu bleiben. Es wäre nicht ratsam für ihn, dort zu sein, sogar schlafend, sollte Akma doch einmal nach Hause kommen.

Luet liebte Mon nicht mehr, doch Edhadeja hatte diese kindische Liebe für Akma nie überwunden. Das mußte eine sehr schwierige Situation für sie sein. Zumindest war der Mann, den Luet liebte, der Sache des Hüters treu ergeben. Edhadeja, eine Träumerin wahrer Träume, die Tochter des Königs, liebte einen Mann, der nicht an den Hüter glaubte und die Behüteten verachtete.

Vielleicht bin ich nicht der allerschlechteste Gatte. Vielleicht habe ich Luet tatsächlich etwas anzubieten, außer Armut und dem Zorn ihres Bruders und einer Erinnerung meiner Grausamkeit ihr gegenüber, als sie klein war. Vielleicht sollte ich ihr zumindest die Möglichkeit bieten. War er es ihr nicht schuldig, ihr die Gelegenheit zu geben, ihn von seiner Liebe für sie sprechen zu hören und seine Bitte zu vernehmen, seine Frau zu werden, damit sie ihn zurückweisen und ihm wenigstens einen kleinen Bruchteil der Erniedrigung und des Schmerzes zufügen konnte, die er einst ihr zugefügt hatte?

Er verachtete sich sofort dafür, dies auch nur gedacht zu haben. Kannte er Luet etwa überhaupt nicht, daß er glaubte, sie wolle ihm oder irgend jemandem sonst Schmerz zufügen? Edhadeja hatte gesagt, sie liebe ihn. Und er wußte, daß er sie liebte. Akmaro hatte bereits klar gemacht, daß er seine Zustimmung geben würde. Chebeja auch, in tausenderlei Hinsicht, indem sie davon sprach, wie sehr er Teil der Familie sei.

Ich werde mit ihr sprechen, entschloß er sich. Ich werde morgen mit ihr sprechen.

Er löschte seine fast niedergebrannte Fackel in dem Eimer vor der Tür des öffentlichen Hauses und ging hinein, um ein paar Stunden damit zu verbringen, sich zu wünschen, er könne schlafen, statt in seinem Geist immer und immer wieder die Worte einzuüben, die er zu Luet sagen würde, sich immer wieder vorzustellen, wie sie vielleicht lächelte und ihn umarmte, oder weinte und vor ihm davonlief, oder ihn entsetzt anstarrte und flüsterte: Wie konntest du nur? Wie *konntest* du?

Endlich schlief er. Und in seinem Traum sah er, wie er selbst und Luet unter einem Baum standen. Er war schwer vor weißen Früchten, aber sie waren gerade außerhalb ihrer Reichweite – keiner von ihnen war groß genug, um sie zu erreichen. »Heb mich hoch«, sagte sie. »Heb mich hoch, und ich kann genug für uns beide pflücken.«

Also hob er sie hoch, und sie füllte ihre Hände, und als er sie wieder auf dem Boden absetzte, biß sie von einer Frucht ab und weinte angesichts der scharfen Süße. »Didul«, flüsterte sie, »ich kann es nicht ertragen, wenn du nicht auch abbeißt – hier, genau dort, wo ich abgebissen habe, damit du genau das schmecken kannst, was ich geschmeckt habe.«

Doch in seinem Traum biß er gar nicht von der Frucht ab. Statt dessen küßte er sie und schmeckte von ihren Lippen genau das, was sie geschmeckt hatte, und ja, es war süß.

Der Prozeß hatte sich so sehr herumgesprochen, daß die Leute sich schon auf dem großen, offenen Hof versammelten, noch bevor Didul eingeschlafen war. Als bei Anbruch der Dämmerung die Wachen eintrafen, mußten sie die Frühankömmlinge zu den vorderen Reihen zurückdrängen, die einen Blick auf den Hof boten. Der Sitz des Richters befand sich natürlich im Schatten und würde sich auch den ganzen Tag dort befinden. Einige waren der Ansicht, diese Anordnung sei zur Bequemlichkeit des Richters getroffen worden, damit er vor der Hitze des Sommers geschützt war, doch im Winter, wenn kein Sonnenstrahl ihn wärmte, konnte es im Schatten bitter kalt sein. Nein, der Schatten diente dazu, den Richter mehr oder weniger anonym zu halten. Die Leute konnten jene Stellen des Hofes am besten sehen, die im Licht lagen; die Beschwerdeführer und die Ankläger befanden sich ständig im Licht, und wenn einer von ihnen einen Anwalt mitgebracht hatte, der für sie sprechen sollte, schritt er die gesamte Länge und Breite des im Licht liegenden Stükkes ab. Doch kein Anwalt würde in den Schatten des Richters treten. Einige glaubten, dies geschehe aus Respekt vor der Ehre des Königs, die in seinem Stellvertreter, dem Richter, verkörpert war. Doch alle Anwälte wußten, daß sie unbeholfen, schwach und unaufmerksam wirkten, wenn sie aus dem Licht traten, und die Leute damit gegen sich aufbrachten. Nicht, daß das Volk bei der Entscheidung – offiziell – irgendeine Stimme gehabt hätte, obwohl es in der Vergangenheit berüchtigte Prozesse gegeben hatte, bei denen der Richter anscheinend diejenige Entscheidung getroffen hatte, die es ihm ermöglichte, den Hof lebendig zu verlassen. Doch die Anwälte wußten, daß ihr Ruf und damit die Wahrscheinlichkeit, auch bei weiteren Fällen hinzugezogen zu werden, davon abhing, wie die Zuschauer die Entscheidung betrachteten.

Die Sonne hatte schon die Hälfte der Strecke bis zu ihrem höchsten Punkt zurückgelegt, als die Beschwerdeführer mit ihrem Anwalt eintrafen, einem schwatzhaften Engel namens kRo. Es war einem Engel verboten, auf den Hof zu fliegen, doch kRo öffnete gern seine Schwingen und glitt gewissermaßen dahin, während er auf und ab schritt, wobei er Leidenschaft gleichermaßen in sich selbst wie beim Publikum aufbaute, und viele menschliche Anwälte weigerten sich, Fälle zu übernehmen, bei denen sie gegen kRo antreten mußten.

Als die Ankläger an Ort und Stelle waren und die Ränge sich vollständig gefüllt hatten, kam Pabul herein, zu beiden Seiten von einem Wächter flankiert. Sollte der Mob etwas gegen den Richter unternehmen, stellten diese Wachen wohl kaum einen Schutz dar, wenngleich sie dem Richter vielleicht gerade genug Zeit verschaffen konnten, daß ihm die Flucht in seine Kammer gelang. Die Wächter waren eher dazu gedacht, ihn vor einem einzelnen Attentäter zu schützen. Es war zwar schon hundert Jahre her, daß ein Richter auf offenem Platz ermordet worden war, und noch länger, daß ein Mob ihn getötet hatte, doch die Schutzvorkehrungen waren bestehen geblieben. Niemand erwartete, daß es bei diesem Fall zu Gewalttätigkeiten kommen würde, doch er war hitziger als die meisten anderen, und die Kontroverse sorgte dafür, daß die Zuschauer die Wachen in einem anderen Licht sahen. Nein, sie waren keine bloße Formalität. Sie waren bewaffnet und große, starke Menschen.

Aus der Familie des Königs war niemand anwesend. Schon lange galt der Brauch, daß eine Person königlichen Geblüts neben dem Richter saß, falls sie anwesend war, und ihm – angeblich – bei diesem Fall den Willen des Königs ins Ohr flüsterte. Daher konnte es bei einem Prozeß, bei dem eine Person königlichen Geblüts zugegen war, keine Berufung geben. Um die Rechte des Angeklagten zu erhalten, hatte Ba-Jamim, Motiaks Vater, die Tradition ins Leben gerufen, daß bei kleineren Prozessen kein Familienangehöriger anwesend war, damit beide Parteien das Recht behielten, in die Berufung gehen zu können. Diese Tradition hatte auch die glückliche Nebenwirkung, die Unabhängigkeit und damit das Ansehen der Richter zu vergrößern.

Akma jedoch kam, um den Prozeß zu verfolgen, und seine Schwester Luet begleitete ihn. Sie waren so spät eingetroffen, daß sie sich nur ganz hinten Sitze hatten sichern können, hinter der Angeklagten, wo sie keine Gesichter sehen konnten. Doch zwei Befürworter der Anklage, die in der vordersten Reihe gesessen hatten, von wo aus sie jedes Gesicht sehen konnten, erkannten Akma und bestanden darauf, daß er und seine Schwester herunterkamen und ihre Plätze einnahmen. Akma tat so, als sei er überrascht und geehrt, doch Luet erinnerte sich daran, daß er vor seinem Sitzplatz stehen geblieben war, bis man ihn bemerkt hatte. Er hatte also gewußt, daß Sitze für ihn reserviert worden waren. Und zwar von Anhängern der Ankläger. Akma hatte also eindeutig Partei ergriffen.

Nun ja, warum auch nicht? Luet hatte dies ebenfalls getan.

»Kennst du sie?« wollte Luet wissen.

»Wen?« fragte Akma.

»Schedemei. Die Angeklagte.«

»Ach so. Nein. Sollte ich sie kennen?«

»Eine brillante, bemerkenswerte Frau.«

»Tja, wäre sie eine Närrin, hätte wohl niemand sie bemerkt«, antwortete er herablassend.

»Du weißt, daß ich mit Mutter und Edhadeja in ihrer Schule war, als die Vorladung erging«, sagte Luet.

»Ja, das habe ich gehört.«

»Sie kannte die Anklagepunkte bereits. Ist das nicht seltsam? Sie hat sie Husu genannt, bevor er sie verlesen konnte.«

»Auch das habe ich gehört«, sagte Akma. »Wahrscheinlich wird kRo etwas daraus machen. Beweisen, daß sie von ihren Gesetzesbrüchen wußte, so etwas in der Art.«

»Das kann ich mir gut vorstellen«, sagte Luet. »Sie des Verrats zu beschuldigen, weil sie eine Schule führt.«

»Ach, dieser Anklagepunkt soll die ganze Sache bestimmt nur bekannter machen. Ich glaube nicht, daß Vaters kleine Marionette auch nur die Verlesung der Anklage zulassen wird. Meinst du nicht auch?«

Luet zuckte angesichts der Boshaftigkeit in Akmas Stimme zusammen. »Pabul ist niemandes Marionette, Akma.«

»Ach, wirklich? Also hat er das, was er unserem Volk damals in Chelem angetan hat, aus freiem Willen getan?«

»*Damals* war er die Marionette seines Vaters. Er war noch ein Kind. Jünger, als wir es jetzt sind.«

»Aber wir beide haben dieses Alter hinter uns gelassen, nicht wahr? Er war siebzehn. Ich war mit siebzehn niemandes Marionette.« Akma grinste. »Also behaupte nicht, Pabul sei für seine Taten nicht verantwortlich gewesen.«

»Also gut«, sagte Luet. »Er war dafür verantwortlich. Aber er hat sich geändert.«

»Er hat gespürt, woher der Wind weht, meinst du. Aber laß uns nicht streiten.«

»Nein, laß uns nicht streiten«, sagte Luet. »Woher hat der Wind damals in Chelem geweht? Wer hatte dort die Soldaten?«

»Wie ich mich erinnere, hatte unser junger Richter den Befehl über eine Bande von Wühlerschlägern, die stets bereit waren, Frauen und Kinder auszupeitschen und zu schinden.«

»Pabul und die anderen haben ihr Leben aufs Spiel gesetzt, um die Grausamkeiten zu beenden. Und ihre Zukunft in Machtpositionen unter ihrem Vater aufgegeben, um in die Wildnis zu fliehen.«

»Und nach Darakemba zu gehen, wo sie, zum allgemeinen Erstaunen, schon wieder Machtpositionen innehaben.«

»Die sie sich verdient haben.«

»Ja, aber indem sie *was* getan haben?« Akma grinste. »Versuche nicht, mit mir zu streiten, Luet. Ich war zu lange dein Lehrer. Ich weiß, was du sagen wirst, bevor du es sagst.«

Luet wollte ihn mit einem sehr harten Gegenstand stechen. Als sie jünger gewesen waren und gestritten hatten, hatte sie den Daumen und die ersten beiden Finger starr gemacht, um eine so harte und scharfe Waffe mit ihnen zu bilden, daß Akma es spürte, wenn sie ihn damit stach. Doch es hatte eine gewisse Verspieltheit darin gelegen, selbst wenn Luet überaus wütend gewesen war. Heute rührte sie ihn nicht mehr an, weil sie sich nicht mehr sicher war, ihn noch tief genug zu lieben, um ihm keine richtige Verletzung zufügen zu wollen.

Ein trauriger Ausdruck legte sich auf Akmas Gesicht.

»Warum bist du nicht glücklich?« sagte sie spöttisch. »Habe ich nicht gesagt, was du von mir erwartet hast?«

»Ich habe erwartet, daß du mich stichst, so wie damals als kleines Kind.«

»Ich bin kein kleines Kind mehr.«

»Jetzt fällst du ein Urteil über mich«, sagte Akma. »Nicht, weil ich das Falsche tue, sondern weil ich Vater nicht treu ergeben bin.«

»Bist du ihm nicht treu ergeben?«

»War er jemals treu zu mir?« fragte Akma.

»Und wirst du jemals überwinden, was man dir in der Kindheit angetan hat?«

Akmas Gesichtsausdruck wurde geistesabwesend. »Ich habe alle Verletzungen überwunden.«

»Und jetzt verletzt dich niemand mehr«, sagte Luet. »Du bist es, der Mutter und Vater verletzt.«

»Es tut mir leid, sollte ich Mutter verletzen«, sagte Akma. »Aber sie hat ihre Wahl getroffen.«

»Didul und Pabul und Udad und Muwu haben uns um Verzeihung gebeten. Ich habe ihnen verziehen, und ich verzeihe ihnen noch immer. Sie sind anständige Männer geworden, sie alle.«

»Ja, du hast ihnen allen vergeben.«

»Du sagst das, als wäre es nicht richtig«, entgegnete Luet.

»Du hattest das Recht, ihnen zu vergeben, was sie dir angetan haben, Luet. Aber du hattest nicht das Recht, ihnen zu verzeihen, was sie *mir* angetan haben.«

Luet erinnerte sich, wie sie Akma allein auf einem Hügel gesehen hatte. Er hatte beobachtet, wie Vater das Volk unterrichtete, und die Pabulogi hatten in der ersten Reihe gesessen. »Geht es darum? Daß Vater ihnen verziehen hat, ohne deine Einwilligung abzuwarten?«

»Vater hat ihnen vergeben, bevor sie ihn darum baten«, flüsterte Akma. Sie konnte ihn im Lärm der Menge kaum verstehen, seine Worte praktisch nur von seinen Lippen ablesen. »Vater hat diejenigen geliebt, die mich gequält haben. Er hat sie mehr als mich geliebt. Es hat niemals eine so üble, perverse, schmutzige, unnatürliche Ungerechtigkeit wie diese gegeben.«

»Es ging nicht um Gerechtigkeit«, sagte Luet. »Es ging um Lehren. Die Pabulogi haben nur die moralische Welt gekannt, die ihr Vater für sie geschaffen hat. Bevor sie verstehen konnten, was sie taten, mußte man ihnen beibringen, die Dinge so zu sehen, wie die Hüterin sie sieht. Als sie es verstanden, haben sie um Vergebung gebeten und sich geändert.«

»Aber da hat Vater sie schon geliebt«, flüsterte Akma. »Als sie dich noch geschlagen haben, als sie mich noch gequält haben. Als sie uns beide verspotteten, mit Wühlerfäkalien beschmierten, mich traten und stießen, mich nackt auszogen und vor allen hochhielten, während sie mich zum Gespött der Leute machten. Als sie das alles noch getan haben, hat Vater sie schon geliebt.«

»Er hat gesehen, was aus ihnen werden konnte.«

»Er hatte kein Recht, sie mehr zu lieben als mich.«

»Seine Liebe für sie hat uns allen das Leben gerettet«, sagte Luet.

»Ja, Luet, und sieh dir an, was seine Liebe für sie bewirkt hat. Sie gedeihen. Sie sind glücklich. In seinen Augen sind *sie* seine Söhne. Bessere Söhne als ich.«

Das kam Luets Einschätzung der Dinge unangenehm nahe. »Sie haben nichts erreicht. Und in ihrer Beziehung zu Vater gibt es nichts, was nicht auch dir zur Verfügung stand.«

»Falls ich vorher eingestehe, daß es keinen Unterschied im Wert zwischen Gefoltertem und Folterer gibt.«

»Das ist dumm, Akma«, sagte Luet. »Sie mußten sich ändern, *bevor* Vater sie akzeptierte. Sie mußten zu anderen Menschen werden.«

»Tja, ich habe mich nicht verändert«, sagte Akma. »Ich nicht.«

Das war das persönlichste Gespräch, das Luet seit Jahren mit Akma geführt hatte, und sie sehnte sich danach, es fortzusetzen. Doch in diesem Augenblick erhob sich von der Menge lautes Gebrüll, weil man die Angeklagte herbeiführte, die von acht Wachen geschützt wurde. Das war eine weitere alte Tradition, die nach mehreren Fällen eingeführt worden war, bei denen man den Angeklagten vor Gericht ermordet oder entführt hatte, um an einem anderen Ort eine andere Art von Prozeß zu veranstalten. Diese Wachen hatten noch immer einen praktischen Zweck – erst vor zehn Jahren war ein Angeklagter vor Gericht ermordet worden, wenn auch zugestandenermaßen in der ziemlich wilden Provinzhauptstadt Trubi, am Ende des Tsidorek-Tales. Niemand erwartete, daß Schedemei tatsächlich in Gefahr war. Es handelte sich um einen Testfall, um einen Machtkampf;

Schedemei wurde von jenen, die sie angeklagt hatten, nicht mit besonderem Haß bedacht.

»Sieh dir an, wie stolz sie ist!« sagte Akma, schrie direkt in ihr Ohr, damit sie ihn verstehen konnte.

Stolz? Ja, aber nicht der hochmütige Trotz, den manche an den Tag legten, wenn sie vor Gericht geschleppt wurden. Schedemei trug eine schlichte Würde zur Schau, schaute sich ruhig um, mit leichtem Interesse, ohne Furcht, ohne Scham. Luet hatte gedacht, niemand könne angeklagt und vor Gericht gebracht werden, ohne zumindest eine gewisse Verlegenheit darüber zu verspüren, zum Mittelpunkt eines öffentlichen Schauspiels gemacht zu werden, doch Schedemei schien gefühlsmäßig nicht stärker beteiligt zu sein als ein schwach interessierter Zuschauer.

Und doch war dieser Prozeß wichtig für sie. Hatte sie ihn nicht absichtlich provoziert? Sie wollte, daß er stattfand. Wußte sie, was dabei herauskommen würde, wie sie im voraus die Anklagen gegen sie gekannt hatte?

»Hat Vater dir gesagt, was die Marionette entscheiden soll?« schrie Akma ihr ins Ohr.

Sie ignorierte ihn. Die Wachen bewegten sich langsam durch die überfüllten Zuschauerränge und zwangen die Leute, sich zu setzen. Es würde eine Weile dauern, bis sie die Menge zum Schweigen gebracht hatten – diese Leute wollten Krach machen.

Am liebsten hätte sie jedem einzelnen von ihnen eine Ohrfeige verpaßt, weil ihr Lärm Akma davon abgehalten hatte, ihr seine Seele zu entblößen. Denn genau das hatte er getan. Aus irgendeinem Grund hatte er sich diesen Augenblick ausgesucht, um ... um was zu tun? Um ein letztes Mal um ihr Verständnis zu bitten. Das war es. Er war im Begriff, irgend etwas zu unternehmen, eine öffentliche Tat. Er wollte sie vor ihr rechtfertigen. Sie daran erinnern, daß Vater sich zuerst einer ungeheuerlichen Treulosigkeit schuldig gemacht hatte. Und warum? Weil auch Akma eine ungeheuerliche Treulosigkeit vorbereitete. Einen öffentlichen Verrat.

Akma würde aussagen. Man würde ihn als Gelehrten aufrufen, als Experten für religiöse Lehren unter den Nafari. Als Begos bester Schüler war er mit Sicherheit qualifiziert dafür. Und obwohl innerhalb der Familie und des Königshauses allgemein bekannt war, daß Akma nicht mehr an die Existenz der Hüterin glaubte, würde es ihn nicht von einer Aussage darüber abhalten, wie der uralte Glaube und die Gebräuche schon immer gewesen waren.

Sie legte die Hand auf Akmas Arm, grub ihre Finger in sein Gelenk.

»Au!« rief er und befreite sich von ihr.

Sie beugte sich dicht zu ihm. »Tu es nicht!« schrie sie in sein Ohr.

»Was soll ich nicht tun?« Sie verstand seine Worte nur, indem sie sie von seinen Lippen ablas.

»Du kannst der Hüterin nicht schaden!« rief sie. »Du wirst nur den Menschen schaden, die du liebst!«

Er schüttelte den Kopf. Er hörte sie nicht. Er konnte ihre Worte nicht verstehen.

Endlich wurde die Menge ruhiger. Immer ruhiger. Bis schließlich auch das letzte Gemurmel erstarb. Jetzt hätte Luet wieder mit Akma sprechen können, doch seine gesamte Aufmerksamkeit galt nun dem Prozeß. Der Augenblick war verstrichen.

»Wer spricht für die Ankläger?« fragte Pabul.

kRo trat vor. »kRo«, sagte er.

»Und wer sind die Ankläger?«

Alle traten nacheinander vor und nannten ihre Namen. Drei Menschen und zwei Engel, alles prominente Leute – einer ein im Ruhestand lebender Angehöriger des Heeres, die anderen Geschäftsleute oder Lehrer. Alle ziemlich bekannt in der Stadt, wenngleich keiner von ihnen ein Amt innehatte, das ein wütender König ihm zur Vergeltung wegnehmen konnte.

»Wer spricht für die Angeklagte?« fragte Pabul.

Schedemei antwortete mit klarer, ruhiger Stimme. »Ich spreche für mich selbst.«

»Wer ist die Angeklagte?« fragte Pabul.

»Schedemei.«

»Deine Familie ist hier nicht bekannt«, sagte Pabul.

»Ich komme aus einer fernen Stadt, die vor vielen Jahren zerstört wurde. Meine Eltern, mein Gatte und meine Kinder sind tot.«

Luet hörte dies voller Erstaunen. Darüber wurden in der Stadt keine Gerüchte verbreitet; offenbar hatte Schedemei nie zuvor über ihre Familie gesprochen. Sie hatte einst einen Gatten und Kinder gehabt, und sie alle waren tot! Vielleicht erklärte dies die Ruhe, die Schedemei an der tiefsten Stelle ihres Herzens zu empfinden schien. Ihr wirkliches Leben war bereits vorbei; sie fürchtete den Tod nicht, weil sie in gewisser Weise bereits tot war. Ihre Kinder, vor ihr gestorben! So sollte der Lauf der Welt nicht sein.

»Ich bin lange gewandert«, fuhr Schedemei fort, »bis ich schließlich ein Land des Friedens fand, in dem ich lehren konnte, was auch immer die Kinder lernen wollten, deren Eltern sie zu mir zu schicken bereit waren.«

»Wühlerfreundin!« rief jemand von den Rängen.

Die Zeit des Lärms war vorbei; zwei Wächter ergriffen den Störenfried und warfen ihn augenblicklich hinaus. Ein anderer wurde eingelassen und durfte den freien Platz einnehmen.

»Das Gericht ist bereit, die Anklagen zu hören«, sagte Pabul.

kRo setzte sofort zu einer Auflistung von Schedemeis angeblichen Verbrechen an, die jedoch nicht aus den einfachen, schmucklosen Aussagen bestand, die bei der Vorladung verlesen worden waren. Nein, jede Anklage wurde zu einer Geschichte, einem Aufsatz, einem Sermon. Er malt ein ziemlich buntes Bild, dachte Luet – Schedemei verdirbt die jungen Menschen- und Engelmädchen der Stadt, indem sie sie zwingt, sich mit den schmutzigen, unwissenden Kindern der Wühler vom Rattenbach zusammenzutun. Schedemei verstieß gegen die uralten Lehren aller Priester: »Und ich werde Zeugen aufrufen, die erklären, wieso all ihre Lehren eine Beleidigung für die Traditionen der Nafari sind ...«

Das wird Akma sein, dachte Luet.

»Sie beleidigt das Andenken an Mutter Rasa, Frau des Helden Volemak, des großen Wetschik, Vater von Nafai und Issib …«

Volemak war auch Elemaks und Mebbekews Vater, wollte Luet erwidern – und Rasa hatte mit *deren* Empfängnis nichts zu tun. Doch natürlich hielt sie ihre Zunge im Zaum. *Das* wäre ein Skandal gewesen – die Tochter des Hohepriesters wurde wegen ungebührlichen Verhaltens vom Gerichtshof gejagt.

»… indem sie vorgibt, sie würde mehr Ehre brauchen, als ihre Ehe mit Volemak ihr bereits gebracht hat! Und um ihr diese überflüssige Ehre zu verschaffen, nimmt sie einen männlichen Ehrentitel, *ro*, der großer Lehrer bedeutet, und fügt ihn einem Frauennamen hinzu! Rasaros Haus, so nennt sie ihre Schule! Als wäre Rasa ein Mann gewesen! Was lernen ihre Schüler, indem sie einfach nur durch ihre Tür gehen? Daß es keinen Unterschied zwischen Mann und Frau gibt!«

Zu Luets Bestürzung – und auch der aller anderen – ergriff Schedemei das Wort und unterbrach kRos Eröffnungsrede. »Ich bin neu in eurem Land«, sagte sie. »Nennt mir den weiblichen Ehrentitel, der große Lehrerin bedeutet, und ich werde ihn gern benutzen.«

kRo wartete darauf, daß Pabul sie zurechtwies.

»Es ist nicht Brauch, daß der Angeklagte den Ankläger unterbricht«, sagte Pabul nachsichtig.

»Nicht Brauch«, sagte Schedemei. »Aber auch kein Gesetz. Und erst vor fünfzig Jahren, während der Herrschaft Motiabs, des verstorbenen Großvaters des Königs, war es häufig der Fall, daß der Angeklagte den Ankläger um die Klärung einer verwirrenden Aussage gebeten hat.«

»Was ich sage, ist völlig einleuchtend!« antwortete kRo gereizt.

»Schedemei beruft sich auf einen alten Brauch«, sagte Pabul, den ihre Antwort eindeutig erfreute. »Sie stellt dir eine Frage, kRo, und der Brauch verlangt, daß du die Sache aufklärst.«

»Es gibt keinen weiblichen Ehrentitel mit der Bedeutung große Lehrerin«, sagte kRo.

»Mit welchem Titel soll ich also eine Frau ehren, die eine große Lehrerin war?« fragte Schedemei. »Um zu verhindern, daß unwissende Kinder verwirrt werden, was die Unterschiede zwischen Mann und Frau betrifft?«

Sie sagte dies mit einem leicht ironischen Tonfall, der deutlich machte, daß bei einer so offensichtlichen Sache kein Ehrentitel für Verwirrung sorgen konnte. Jemand auf den Rängen lachte leise. Das verärgerte kRo zusätzlich; es war ungeheuerlich, daß Schedemei seine sorgfältig vorbereitete Rede einfach unterbrach und ihn zwang, aus dem Stegreif zu antworten.

Mit großer Zurschaustellung geduldiger Herablassung erklärte kRo Schedemei: »Große Frauen können *ja* genannt werden, was sehr leidenschaftliche Frau bedeutet. Und da sie die Frau des Vaters des ersten Königs war, ist es auch nicht unangemessen, sie *dwa* zu nennen, die Mutter des Erben.«

Schedemei hörte respektvoll zu. »Also darf eine Frau nur ihrer Leidenschaft wegen geehrt werden?« fragte sie dann. »Alle anderen Ehrentitel müssen mit ihrem Gatten zu tun haben?«

»Das ist richtig«, bestätigte kRo.

»Willst du damit sagen, daß eine Frau keine große Lehrerin *sein* kann? Oder nur nicht große Lehrerin *genannt* werden darf?«

»Ich will damit sagen, daß der Titel großer Lehrer nicht an den Namen einer Frau angefügt werden kann, ohne eine Beleidigung gegen die Natur darzustellen, weil der einzige Ehrentitel für einen großen Lehrer ein männlicher Ehrentitel ist«, sagte kRo.

»Aber der Ehrentitel *ro* stammt von dem Wort *uro* ab, das gleichermaßen männlich wie auch weiblich sein kann«, sagte Schedemei.

»Aber *uro* ist kein Ehrentitel«, sagte kRo.

»Aus allen alten Aufzeichnungen wird ersichtlich, daß das Wort *uro* dem Namen hinzugefügt wurde, als der Brauch der Ehrentitel begründet wurde. Erst vor etwa dreihundert Jahren wurde das *u* fallengelassen, und das *ro* wurde an das Ende des Namens gesetzt, wie es heute noch üblich ist. Bestimmt hast du das alles nachgeschlagen.«

»Das hat unser gelehrter Zeuge getan«, sagte kRo.

»Ich versuche ja nur zu verstehen, wieso ein Wort, das nachweislich ein neutrales ist und für beide Geschlechter stehen kann, nun als Wort betrachtet werden soll, das nur bei Männern benutzt werden darf.«

»Vereinfachen wir die Sache der Angeklagten willen«, sagte kRo. »Lassen wir die Anklage der Vermischung der Geschlechter fallen. Das erspart uns die Qual eines endlosen Streits darüber, ob alte Gebräuche auf das moderne Gesetz anwendbar sind.«

»Du erklärst dich also einverstanden, daß ich meine Schule auch weiterhin ›Rasaros Haus‹ nenne?« fragte Schedemei und wandte sich dann an Pabul. »Ist das eine bindende Entscheidung, so daß ich nicht mehr befürchten muß, wegen dieser Sache noch einmal vor Gericht gestellt zu werden?«

»Ich erkläre hiermit, daß dem so ist«, sagte Pabul.

»Jetzt ist die Situation geklärt«, sagte Schedemei.

Die Zuschauer lachten grölend. Diese Klärung hatte natürlich zu kRos erniedrigendem Rückzug geführt. Es war Schedemei gelungen, ihm einen Dämpfer zu versetzen. Von nun an würde all seinen Ausführungen ein schwacher Hauch der Lächerlichkeit anhaften. Er war nicht mehr der schreckliche Anwalt, der er gerade noch gewesen war.

Akma beugte sich zu Luet hinüber. »*Irgend jemand* hat ihr eine Menge uralte Geschichte beigebracht«, flüsterte er ihr ins Ohr.

»Vielleicht hat sie es allein gelernt«, erwiderte Luet flüsternd.

»Unmöglich. Alle Aufzeichnungen befinden sich in Begos

Bibliothek, und dort ist sie nie gewesen.« Akma war merklich verärgert.

»Vielleicht hat Bego ihr geholfen.«

Akma verdrehte die Augen. Natürlich kann es Bego nicht gewesen sein, schien er sagen zu wollen.

Bego muß zu Akmas Gruppe gehören, dachte Luet. Oder ist es genau anders herum? Hat vielleicht Bego diese ganze unsinnige Sache inszeniert, es gäbe gar keinen Hüter?

kRo fuhr fort und brachte seine Argumente zum Höhepunkt, indem er behauptete, genau wie Akma es erwartet hatte, Schedemeis Gesetzesverletzungen wären eindeutig absichtlich erfolgt, da sie ja alle Anklagen gegen sie hatte nennen können, als Husu ihr die Vorladung überbracht hatte.

Endlich war kRo fertig, und das Publikum bedachte ihn mit viel Applaus und Jubel. Aber das kam keineswegs der Verehrung gleich, die ihm sonst zuteil wurde. Schedemei hatte ihm sehr zugesetzt, und kRo war offensichtlich wütend und enttäuscht.

Pabul lächelte, hob eine Rinde von seinem Tisch und begann zu lesen. »Das Gericht hat eine Entscheidung getroffen und …«

kRo sprang auf. »Vielleicht hat das Gericht vergessen, daß es Brauch ist, den Angeklagten zu hören.« Er verbeugte sich gnädig vor Schedemei. »Man merkt, sie hat sich gut vorbereitet, und obwohl ihre Schuld offensichtlich ist, sollten wir ihr die Höflichkeit erweisen, sie auch anzuhören.«

»Ich danke dem Anwalt für die Beschwerde zu Gunsten der Angeklagten, erinnere ihn jedoch auch daran, daß zumindest andere Anwälte nicht imstande sind, die Gedanken eines Richters zu lesen und es daher Brauch ist, den Richter anzuhören, bevor man ihm widerspricht.«

»Aber du wolltest doch deine Entscheidung verkünden«, sagte kRo und ließ ein peinliches Schweigen folgen.

»Dieses Gericht hat eine Entscheidung getroffen, und da sie einzig und allein auf den Ausführungen des Anwalts der

Ankläger basiert, muß das Gericht jeden Kläger einzeln fragen, ob die Rede, die ihr Anwalt gerade gehalten hat, ihren Worten und Absichten so genau entspricht, als hätten sie diese Rede selbst gehalten.«

Also vereidigte er die Ankläger. Das war sehr ungewöhnlich und bedeutete unausweichlich, daß der Anwalt einen groben Fehler begangen hatte, der dem Fall, den er vertrat, keine Aussicht auf Erfolg mehr ließ. kRo faltete sich in seine Schwingen ein und hörte mit stoischer Wut zu, während Pabul jeden Ankläger einzeln befragte. Obwohl sie offensichtlich Bedenken hatten, hatte kRo in der Tat die Anklage vorgetragen, die er am Vortag für sie eingeübt hatte, und sie bestätigten, daß es war, als hätten sie die Worte selbst gesprochen.

»Nun gut«, sagte Pabul. »Bei acht verschiedenen Punkten dieser Rede verstieß der Anwalt der Ankläger gegen das Gesetz, das die Lehre von Doktrinen verbietet, die im Gegensatz zu den Doktrinen stehen, die nun von dem im Amt befindlichen Hohepriester gelehrt werden.«

Die Zuschauer stießen ein lautes Summen aus, und kRo entfaltete sich aus seinen Schwingen, flatterte schwach zum Schatten des Richters und hielt erst kurz vor der dunklen Linie des Hofes an. Sofort traten die Wächter des Richters mit erhobenen Waffen vor. Dock kRo warf sich nun auf dem Rücken in den Sand, die Schwingen geöffnet, den Bauch entblößt, in der uralten Geste der Unterwerfung der Engel. »Ich habe nichts gesagt, was gegen das Gesetz verstößt!« rief er, wobei er allerdings gar nicht unterwürfig klang.

»Jeder, der bei diesem Prozeß anwesend ist, weiß ganz genau, was du und die anderen Ankläger vorhaben, kRo«, sagte Pabul. »Diese gesamte Scharade war als Angriff auf alle Lehren jenes Mannes gedacht, den Motiak zum Hohepriester ernannt hat. Ihr versucht, die Lehren ehemaliger Hohepriester und Gebräuche, die lange Bestand, aber keinen Wert hatten, zu benutzen, um Akmaros Bemühungen zu zerstören, alle Völker des Hüters als Brüder und Schwestern zu vereinen. Dieses Gericht hat sich nicht täuschen lassen. Eure Rede hat eure Boshaftigkeit entlarvt.«

»Das Gesetz und zahlreiche Präzedenzfälle sind auf unserer Seite!« rief kRo, gab seine Unterwerfungshaltung auf und erhob sich wieder.

»Das Gesetz, das die Autorität des Hohepriesters über alle Doktrinslehren bezüglich des Hüters bestätigt, wurde von der Stimme des Helden Nafai begründet, des ersten Königs der Nafari, als er seinen Bruder, den Helden Ojkib, als ersten Hohepriester einsetzte. Dieses Gesetz hat Vorrang über alle anderen Gesetze, die sich mit korrekten Lehren befassen. Und als Scherem diesem Gesetz getrotzt und sich Ojkib widersetzt und der Hüter Scherem dann mitten im Satz totgeschlagen hat, erklärte der König, daß die Strafe für den Widerstand gegen die Lehren des Hohepriesters von nun an derselbe Tod sein wird, den der Hüter für Scherem gewählt hat.«

Akma beugte sich zu Luet hinüber. »Wie kann Vater es wagen«, flüsterte er wütend, »diese alten Mythen zu benutzen, um seine Widersacher zum Schweigen zu bringen!«

»Vater weiß überhaupt nichts davon«, antwortete Luet. Doch sie sprach nicht leise genug, und mehrere Personen in ihre Nähe hörten sie. Natürlich wußten sie alle, wer Akma und Luet waren, und sie konnten den verächtlichen Unglauben auf Akmas Gesicht genauso deutlich lesen, wie sie Luets Versicherung hörten, daß Akmaro mit Pabuls Entscheidung nichts zu tun hatte. Akmaro würde eindeutig Bestandteil der Gerüchte sein, die nach dem Prozeß in Umlauf kommen würden.

»Weil dies ein uraltes Vergehen ist«, sagte Pabul, »erkläre ich hiermit, daß es Vorrang über die Beschuldigungen gegen Schedemei hat. Da ihre Ankläger sich des größeren Verbrechens schuldig gemacht haben, ist es ihnen verboten, sie eines geringeren zu beschuldigen. Ich erkläre, daß die Anklagen gegen Schedemei aufgehoben werden und von niemandem mehr vorgebracht werden dürfen, bis ihre

Ankläger von den gegen sie erhobenen Vorwürfen befreit wurden. Und ich erkläre, daß du, kRo, und alle Ankläger, die bestätigt haben, daß du ihre Worte und Absichten vorgetragen hast, schuldig sind, und verurteile euch hiermit zum Tode, wie das Gesetz es verlangt.«

»Dieses Gesetz wurde seit vierhundert Jahren nicht mehr angewandt!« rief einer der Ankläger.

»Ich will nicht, daß jemand stirbt«, sagte Schedemei, die über diese Wendung der Ereignisse eindeutig bestürzt war.

»Das Mitgefühl der Frau Schedemei ist lobenswert, aber irrelevant«, sagte Pabul. »Ich bin der Ankläger dieser Männer, und alle Anwesenden auf den Rängen sind Zeugen. Ich erkläre, daß jeder auf den Rängen den Wachen seinen oder ihren Namen nennen muß, wenn er geht, damit ihr alle als Zeugen aufgerufen werden könnt, wenn es eine Berufung vor dem König geben wird, wie ich es erwarte. Ich erkläre diesen Prozeß hiermit für beendet.«

Da sie ganz vorn gesessen hatten, waren Akma und Luet unter den letzten, die den Gerichtsplatz verließen. Es dauerte fast eine Stunde, doch während dieser Zeit sprachen sie beflissentlich kein Wort miteinander oder zu irgendeinem anderen. Doch beide wußten: Hätte Akma Gelegenheit bekommen, als Zeuge auszusagen, hätten seine Worte dasselbe Vergehen dargestellt, das nun kRo und seinen Klienten die Todesstrafe eingebracht hatte.

»Was hat Pabul mir angetan!« brüllte Motiak.

In dem kleinen Raum hatten sich Akmaro, Chebeja und Didul um ihn herum versammelt, sie präsentierten das Haus der Behüteten. Aronha und Edhadeja waren zugegen, weil Aronha der Erbe war und man ihm den Zutritt nicht verweigern konnte, während Edhadeja ... nun ja, eben Edhadeja war und man sie auch nicht zurückweisen konnte. Sie alle verstanden Motiaks Bestürzung, und keiner von ihnen hatte eine einfache Antwort parat.

Aronha jedoch war dieser Meinung. »Weise die Anklage gegen Schedemeis Ankläger ab, Vater«, sagte er.

»Soll er ihnen etwa erlauben, ihre Anklagen gegen Schedemei erneut vorzubringen?« fragte Edhadeja.

»Weise *alle* Anklagen ab«, sagte Aronha achselzuckend.

»Das ist ein törichter Rat, und das weißt du auch, Aronha. Wenn ich das täte, würde ich damit meinem eigenen Hohepriester die Anerkennung verweigern und ihn seiner Autorität entkleiden.«

Aronha sagte nichts. Alle wußten, daß Aronha, wie seine Brüder, wie Akmaros eigener Sohn, dieses Ergebnis für ein glückliches gehalten hätten.

»Du kannst sie nicht zum Tode verurteilen«, sagte Akmaro. »Also hat Aronha vielleicht recht.«

»Muß ich mir auch von dir Unsinn anhören, Kmadaro?« fragte Motiak. »Ich sollte diese Angelegenheit wohl besser offiziell vor meinem Rat behandeln.«

»Das geht nicht«, sagte Aronha. »Das ist ein Prozeß, kein Krieg oder eine Steuer. Der Rat hat keine Befugnis.«

»Aber der Rat hat den Vorteil, daß man die Verantwortung ein wenig verstreuen kann«, sagte Motiak trocken. »Vergiß das nicht, Aronha. Ich habe das Gefühl, daß du es brauchen wirst, wenn du König bist.«

»Ich hoffe, niemals König zu sein, Vater«, sagte Aronha.

»Es erleichtert mich, daß du hoffst, ich wäre unsterblich. Oder rechnest du lediglich mit deinem baldigen Tod?« Sofort bereute Motiak seinen Sarkasmus. »Verzeih mir, Aronha, ich bin schlecht gelaunt. Entscheidungen über Leben und Tod versetzen mich immer in schlechte Laune.«

Chebeja hob die Hand vom Tisch und ergriff leise das Wort. »Vielleicht solltest du tun, was Pabul getan hat. Den Fall Scherem und Ojkib studieren.«

»Das war genau genommen nicht mal ein Gerichtsfall«, sagte Motiak. »Ich habe ihn bereits nachgelesen, und es ging eher darum, daß Scherem überall auftauchte, wo Ojkib lehren wollte, und mit ihm stritt. Wenn man darüber nachdenkt, Akmaro, ist es genau das, was diese pollenhirnigen Ankläger mit dir gemacht haben.«

»Wobei sie Schedemei natürlich nur als Sündenbock benutzt haben«, sagte Akmaro.

»Eigentlich war es nur ein öffentlicher Streit zwischen Ojkib und Scherem. Bis Scherem Ojkib herausforderte, er solle ihm ein Zeichen geben, und anscheinend hat der Hüter der Erde Scherem auf der Stelle niedergeschlagen. Er ließ ihn wohl nur noch so lange am Leben, daß er widerrufen konnte. Aber der König – mittlerweile herrschte Nafais Enkel, Ojkib wurde sehr, sehr alt – erklärte, von nun an würde das Gesetz tun, was der Hüter diesmal getan habe. Jeder, der sich in die Lehren des Hohepriesters einmischte, würde getötet werden, wie es Scherem widerfahren sei. Auf dieses Gesetz hat man sich danach nur zweimal berufen, das letzte Mal vor vierhundert Jahren.«

»Hast du vor, so zu regieren, Vater?« fragte Aronha. »Indem du jene tötest, die mit deinem Hohepriester nicht übereinstimmen? Das klingt sehr nach dem, was Nuab mit Binaro gemacht hat. Oder sollte ich ihn lieber doch Binadi nennen, da anscheinend auch er dieses Gesetz gebrochen und Pabulogs Lehren als Nuaks Hohepriester widersprochen hat.«

Der Vergleich zwischen Motiak und Nuak war unerträglich. »Hinaus«, sagte Motiak.

Aronha erhob sich. »Wie ich sehe, hat dieses Königreich sich verändert, seit ich jung war. Nun werde ich vom König des Raumes verwiesen, weil ich ihm genau das aufgezeigt habe, was er tun wird.«

Motiak blickte stur geradeaus, als Aronha den Raum verließ. Dann seufzte er und begrub das Gesicht in den Händen. »Das ist sehr vertrackt, Akmaro«, sagte er.

»Daran kann man nichts ändern«, sagte Akmaro. »Ich habe dich von Anfang an gewarnt, daß es sehr schwer wird, dieses Volk von einem Ort, an dem Wühler verhaßt und versklavt waren, an dem Frauen im öffentlichen Leben nichts zu sagen hatten, an dem Arme keine Rechte gegen die Reichen hatten, hin zu einem Ort zu führen, an dem in den Augen des Hüters und des Gesetzes alle gleich sind. Das Erstaunliche ist vielmehr, daß es so lange gedauert hat, bis sie ihren Widerstand offen äußern.«

»Und es wäre auch jetzt nicht geschehen«, sagte Motiak, »hätten meine Söhne und der deine nicht alle wissen lassen, daß diese Innovationen nach meinem Tod sofort wieder weggewischt werden.«

»Sie haben in der Öffentlichkeit nichts gesagt«, warf Akmaro ein.

»Ilihi hat mir Nachricht von einem Mann gebracht, der im Mittelpunkt von alledem steht. Sie hätten niemals so eine Tat gewagt, wären sie sich nicht sicher gewesen, daß all meine Erben gegen dich sind, Akmaro. Mich überrascht nur, daß sie keinen Meuchelmörder ausgeschickt haben, mich zu töten.«

»Und einen Märtyrer aus dir zu machen?« sagte Akmaro. »Nein, sie lieben dich – deshalb haben sie so lange dafür gebraucht. Sie wissen, daß nur wegen dir in Darakemba Frieden herrscht und die Elemaki es nicht wagen, das Land anzugreifen, von diesen ärgerlichen Raubzügen an der Grenze einmal abgesehen. Sie versuchen, *mich* zu vernichten, ohne dir Schaden zuzufügen.«

»Nun ja, das kann nicht funktionieren«, sagte Motiak. »Sie *können* dich nicht vernichten, ohne mir Schaden zuzufügen, weil ich weiß, daß deine Lehren wahr sind. Ich weiß, daß sie *richtig* sind. Und ich werde nicht nachgeben.«

Didul hob eine Hand ein wenig vom Tisch. Die anderen drehten sich zu ihm um. »Ich weiß, daß ich nur ein Priester aus einer der Provinzen bin ...«

»Hör mit den Formalitäten auf, Didul, und komm zur Sache«, sagte Motiak ungeduldig. »Wir wissen, wer du bist.«

»Du bist der König, Herr«, sagte Didul. »Du mußt so entscheiden, daß deiner Macht, das Land zu beherrschen und den Frieden zu bewahren, kein Schaden zugefügt wird.«

»Ich hoffe, du weist nicht nur auf das Offensichtliche hin«, sagte Motiak. »Ich hoffe, du hast einen bestimmten Plan im Sinn.«

»Allerdings, Herr. Ich habe das Buch Ojkib ebenfalls gelesen, und die beiden späteren Fälle, die nach dem Scherem-Gesetz entschieden wurden. Und beide Male hat der König den Fall dem Hohepriester zur Entscheidung übergeben. Ich glaube, genau das war der Präzedenzfall, den Nuab bei der Beratung mit seinen Priestern während der Verhandlung gegen Binaro herangezogen hat.«

Akmaro saß ganz starr da. »Du kannst doch nicht vorschlagen, ich solle ein Urteil über diese Männer fällen und die Todesstrafe verhängen!«

Chebeja kicherte grimmig. »Didul hat dich gebeten, ihn nicht zu verleiten, dich zu begleiten, Akmaro, aber du hast darauf beharrt, geträumt zu haben, daß er bei einer Beratung mit dem König neben dir sitzt, und ihn zum Mitkommen überredet.«

»Ein wahrer Traum hat hiermit zu tun?« fragte Motiak.

»Das war ein *Traum*!« sagte Akmaro. »Das könnt ihr mir nicht antun!«

»Es *ist* ein Vergehen gegen die religiöse Autorität«, sagte Motiak. »Also soll die religiöse Autorität auch das Urteil fällen.«

»Damit wird nichts gelöst!« rief Akmaro. »Der Fall ist noch immer ein elender Knoten!«

»Doch wie Didul klargestellt hat«, sagte Motiak, »kann er damit nicht mehr der Autorität des Königs und dem Frieden des Reiches schaden. Ich lasse meine Entscheidung sofort auf eine Rinde niederschreiben, Akmaro. Der Fall kann nur vor dem Hohepriester verhandelt werden, und du hast die volle Verfügungsgewalt.«

»Ich werde sie nicht zum Tode verurteilen«, sagte Akmaro. »Auf keinen Fall.«

»Du solltest lieber über das Gesetz nachdenken, bevor du übereilte Entscheidungen triffst«, sagte Motiak. »Denke an die Konsequenzen deiner Entscheidung.«

»Niemand kann ein Behüteter sein, wenn er dem Hüter lediglich aus Furcht vor der Todesstrafe folgt!« rief Akmaro.

»Die Sache liegt nun in deinen Händen«, sagte Motiak. »Akmaro, verzeih mir, aber was auch immer geschehen wird, die Konsequenzen werden weniger schrecklich sein, wenn du die Entscheidung triffst und nicht ich.« Motiak erhob sich und verließ den Raum.

Im nachfolgenden Schweigen klang Akmaros Stimme wie ein knarrendes Flüstern. »Didul, verlange nicht von mir, ich solle dir verzeihen, daß du diese Sache mir zugeschoben hast.«

Didul erbleichte. »Ich bitte nicht um dein Verzeihen«, sagte er, »denn es war nicht falsch. Ich stimme völlig mit dir überein. Niemand sollte sterben, weil er gegen die Doktrin gesprochen hat, die du lehrst.«

»Also, Didul, hast du in deiner unendlichen Weisheit einen Vorschlag, was ich nun tun sollte?«

»Ich weiß nicht, was du tun *solltest*«, sagte Didul. »Aber ich glaube, ich weiß, was du tun *wirst*.«

»Und was ist das?«

»Erkläre sie für schuldig, aber ändere das Strafmaß ab.«

»In was?« fragte Akmaro. »Verstümmelung? Entfernen der Zunge? Öffentliche Auspeitschung? Beschlagnahme des persönlichen Vermögens? Ach, ich weiß es – sie müssen ein Jahr lang mit den Wühlern, die sie so sehr verachten, in einem Tunnel leben!«

»Bei all der Autorität, die du vom Hüter bekommen hast«, sagte Didul, »kannst du niemandem eine abgetrennte Hand oder Zunge zurückgeben. Du kannst nicht die Peitschenschläge auf ihren Rücken heilen, und du kannst kein neues Land oder Eigentum schaffen. Du hast lediglich die Macht, sie zu lehren, wie alle Kinder des Hüters nach seinem Willen leben sollten, und sie dann durch das Wasser zu führen und sie zu neuen Menschen zu machen, zu Brüdern und Schwestern im Haus des Hüters. Und da das alles ist, was du ihnen geben kannst, ist das auch alles, was du ihnen rechtmäßig nehmen kannst, wenn sie sich weigern, diese Lehren zu befolgen.«

Akmaro betrachtete Didul ruhig. »Du hast dir das schon vorher ausgedacht, nicht wahr? Das hattest du schon im Sinn, bevor du hierher gekommen bist.«

»Ja«, sagte Didul. »Ich habe mir gedacht, daß es darauf hinauslaufen würde.«

»Aber du hast es nicht für nötig befunden, mir etwas davon zu sagen, bis du den König überredet hast, die ganze Sache auf mich abzuwälzen.«

»Bis der König dir die Verhandlung zur Entscheidung übertragen hat, Herr, gab es für mich keinen Grund, dir Vorschläge zu unterbreiten, wie diese Entscheidung aussehen könnte.«

»Ich habe eine Schlange in mein Haus geholt«, sagte Akmaro.

Didul zuckte angesichts dieser Worte zusammen.

»Ach, sei nicht beleidigt, Didul. Schlangen sind weise. Und sie werfen ihre Haut ab und werden von Zeit zu Zeit zu neuen Wesen. Das ist bei mir anscheinend schon lange überfällig. Also werde ich verkünden, daß die einzige Buße dafür, gegen den Hohepriester zu predigen, darin besteht, aus dem Haus des Hüters gewiesen zu werden. Was dann, Didul? Ist dir klar, was dann geschehen wird?«

»Nur die Gläubigen werden bleiben.«

»Du unterschätzt die Grausamkeit von Männern und Frauen, Didul. Ohne die Androhung hoher Strafen werden die Würmer unter ihren Steinen hervorgekrochen kommen. Die brutalen Schläger. Die Folterer.«

»Ich kenne die Art«, sagte Didul leise.

»Ich rate dir, sofort nach Hause zurückzukehren«, sagte Akmaro. »Wenn ich diese Entscheidung morgen verkünde, solltest du in Bodika sein, um den Behüteten bei dem beizustehen, was ganz bestimmt geschehen wird.«

»Du sprichst, als wäre das meine Schuld, Herr«, sagte Didul steif. »Bevor ich gehe, habe ich das Recht, von dir zu hören, daß ich nichts weiter getan habe, als dir genau das zu sagen, was du unausweichlich selbst entschieden hättest.«

»Ja!« sagte Akmaro. »Und ich bin überhaupt nicht wütend auf dich. Ja, ich hätte genau diese Entscheidung getroffen, weil sie richtig ist. Aber ich weiß nicht, was mit den Behüteten, mit dem Haus des Hüters geschehen wird. Ich habe Angst davor, Didul. Deshalb bin ich wütend.«

»Es ist das Haus des Hüters«, sagte Didul. »Nicht unser Haus. Der Hüter wird uns einen Ausweg zeigen.«

»Vorausgesetzt, der Hüter stellt Darakemba nicht auf die Probe, um sich zu überzeugen, daß wir würdig sind«, sagte Akmaro. »Vergiß nicht, der Hüter könnte auch die Entscheidung treffen, uns zurückzuweisen. So, wie er die Rasulum zurückgewiesen hat, als unter ihnen das Böse triumphierte. Ihre Knochen wurden meilenweit in der Wüste verstreut.«

»Ich werde mich während der gesamten Rückreise mit diesem erfreulichen Gedanken befassen«, sagte Didul.

Sie erhoben sich vom Tisch. Akmaro und Chebeja eilten hinaus; Edhadeja hielt Didul an der Tür auf. »Hast du bezüglich Luet eine Entscheidung getroffen?«

Didul schien für einen Augenblick darüber nachdenken zu müssen, wovon sie sprach. »Oh. Ja. Ich habe mich gestern abend entschlossen, heute mit ihr zu sprechen. Aber … aber jetzt wartet Arbeit auf mich. Es ist kein guter Augenblick für die Liebe oder Ehe, Edhadeja. Ich habe eine höhere Verantwortung zu tragen.«

»Eine höhere?« fragte sie garstig. »Eine höhere als die Liebe?«

»Wärest du nicht der Ansicht, daß der Dienst für den Hüter die höhere Verantwortung ist«, sagte Didul, »hättest du dich schon längst aus Liebe zu ihm mit Akma zusammengetan. Aber du hast es nicht getan. Weil du weißt, daß die Liebe manchmal die zweite Stelle einnehmen muß.« Er ging.

Edhadeja lehnte sich lange an den Türpfosten und dachte über seine Worte nach. Ich liebe Akma, und doch ist mir nicht einmal in den Sinn gekommen, wegen ihm die Hüterin zurückzuweisen. Aber das liegt nicht daran, daß ich die Hüterin mehr liebe, als Didul es tut. Es liegt daran, daß ich weiß, was ich weiß, und um mit Akma zusammenzusein, müßte ich lügen. Ich werde meine Ehrlichkeit für keinen Mann aufgeben. Das ist nicht so edelmütig wie Diduls Opfer. Außer vielleicht, ich diene der Hüterin auch durch meine Ehre.

9

Verfolgung

Zuerst dachte Didul, seine Befürchtungen wären übertrieben gewesen. Die Zahl der Besucher im Haus des Hüters in Bodika ging nicht zurück. In der Tat klang die Geschichte, wie sie in der Provinz zuerst erzählt wurde, sogar ziemlich günstig. Man hatte Schedemei den Prozeß gemacht, weil sie gelehrt hatte, in den Augen des Hüters seien alle gleich, und besonders, weil sie die Kinder der Armen, die Töchter ehemaliger Sklaven, in der Schule aufgenommen hatte, damit sie gemeinsam mit den Töchtern von Menschen und Engeln aßen und arbeiteten. Daher war es ermutigend, daß die Anklagen gegen Schedemei abgewiesen und sogar noch schlimmere Beschuldigungen gegen ihre Ankläger vorgebracht worden waren, oder etwa nicht?

Nur allmählich sickerte in der Gemeinde die Erkenntnis durch, daß Akmaro das Gesetz verändert hatte, um die Ketzer, die Schedemei angeklagt hatten, nicht zum Tode verurteilen zu müssen. Die einzige Bestrafung für Vergehen gegen die offizielle Staatsreligion bestand nun darin, aus dem Haus des Hüters gewiesen zu werden. Doch was für eine Buße war das für diejenigen, die sowieso nicht an den Hüter glaubten? Akmaro war als Gebieter über die Doktrin der Staatsreligion bestätigt worden; doch das Gesetz wurde nun von so einer schwachen Strafe geschützt, daß es kaum noch ein Verbrechen war, nicht an den Hüter zu glauben.

Aber was bedeutete das *wirklich*? Die meisten Menschen hatten nur eine Art von Gesetz gekannt, das aus den offiziellen Ritualen bestand, welche die Priester des Königs in jeder Stadt vollzogen. Diese Priester waren vor dreizehn Jahren aus ihren Ämtern entfernt und von einer pöbelhaften Gruppe von Geistlichen und Lehrern ersetzt worden, die sich nicht auf offizielle Rituale beschränkten, sondern unbedingt Nahrung für die Armen sammeln und seltsame neue

Doktrinen über die Gleichheit aller lehren wollten, was offensichtlich wider die Natur war. Wie die meisten Leute gern sagten: Es ist ja in Ordnung, die Wühlersklaven freizulassen, nachdem sie zehn Jahre gedient haben, es ist ja gut und schön, daß die Kinder von Sklaven als Freie geboren werden, aber jeder weiß, daß Wühler verabscheuungswürdig und dumm und ganz einfach keine zivilisierte Gesellschaft sind. Es war Geldverschwendung, sie für irgend etwas auszubilden, das über niedrige Handlangerarbeiten hinausging. Also war die Tatsache, daß die Staatsreligion nun darauf beharrte, den Gegebenheiten der Welt zu trotzen, schlicht und einfach unverständlich.

Aber niemand *äußerte* sich dazu, abgesehen von ein paar fanatischen Wühlerhassern, die insgeheim darüber sprachen. Schließlich war es ja Gesetz, daß man nicht gegen die Religion der Priester des Königs sprechen durfte, nicht wahr?

Doch jetzt bestand die einzige Strafe, die man bekam, wenn man gegen diese Priester sprach, darin, daß man aus dem Haus des Hüters gewiesen wurde. Und das war in diesem Fall ja nicht besonders tragisch, oder?

Nein, es gab keinen Grund, den Mund aufzumachen und hinausgeworfen zu werden. Man hing sein Fähnchen nach dem Wind.

Jedenfalls die Mehrheit. Lediglich die Fanatiker machten das Leben für Didul und seine Priester problematisch. Es genügte ihnen nicht, daß sie ihre Versammlungen nun in aller Öffentlichkeit abhalten konnten. Sie hatten damit gerechnet, daß Tausende von Menschen die Behüteten verlassen und sich zu ihnen gesellen würden; statt dessen ging alles genauso weiter wie bisher. Das war unerträglich. Also schickten sie sich an, ein paar Dinge in die Wege zu leiten, die den Zauderern klarmachen sollten, es sei besser für sie, nicht mehr zu den Priestern des Hüters zu gehen.

Es fing damit an, daß das Wort ›Wühlerloch‹ mit Exkrementen an die Wand des Hauses des Hüters in Bodika geschrieben wurde. Der Begriff war ein obszönes Wortspiel:

Das zweite Wort war der derbe Ausdruck für Anus, während es im Zusammenhang mit *Wühler* ein überaus beleidigender Begriff für einen Tunnel war, in dem eine Gemeinschaft von Wühlern lebte. Indem die Vandalen das Haus des Hüters so nannten, drückten sie sich unmißverständlich aus.

Man hatte die Schmiererei problemlos wieder abwaschen können. Doch es handelte sich dabei nur um die erste von vielen Schikanen. Gruppen von Wühlerhassern – sie zogen es vor, sich die Unbehüteten zu nennen – kamen bei den öffentlichen Ritualen zusammen und brüllten Obszönitäten, um die Stimmen der Priester zu übertönen. Wenn jemand durch das Wasser gebracht werden sollte, warfen sie tote Tiere oder Dung in den Fluß, obwohl dies ein Verbrechen war. Jemand brach ins Haus des Hüters ein und zertrümmerte alles, was zertrümmert werden konnte. Während einer Versammlung der Priester am frühen Morgen fing es plötzlich zu brennen an; das Feuer wurde schnell wieder gelöscht, doch die Absicht war klar.

Die Zahl der Besucher ging zurück. Mehrere Lehrer in abgelegenen Gemeinden bekamen Warnungen – abgeschlachtete Tiere vor der Haustür, einen Sack über den Kopf und eine Abreibung – und traten von ihrem Posten zurück oder baten um Versetzung in die Stadt, wo ihre bloße Zahl ihnen eine gewisse Sicherheit geben mochte. Didul blieb keine andere Wahl, als viele der abgelegenen Schulen zu schließen. Die Leute kamen nun in Gruppen zu Versammlungen oder zum Unterricht und gingen so auch wieder nach Hause.

Während dieser Zeit wanderte Didul unermüdlich von Stadt zu Stadt und protestierte bei den örtlichen Behörden. »Was kann ich tun?« pflegte der Kommandant der Bürgerwache zu sagen. »Die Buße für Ungläubigkeit liegt in deinen Händen. Finde heraus, wer es getan hat, und wirf sie hinaus. So lautet das neue Gesetz.«

»Das Verprügeln einer Lehrerin ist keine Ungläubigkeit«,

pflegte Didul daraufhin zu sagen, »sondern Körperverletzung.«

»Aber man hat der Lehrerin einen Sack über den Kopf gezogen, und sie kann die Täter nicht identifizieren. Außerdem war es sowieso keine gute Idee, den Unterricht von einer Frau abhalten zu lassen. Und Wühler gemeinsam mit Menschen in einer Klasse?«

Spätestens dann wurde Didul klar, daß der Kommandant der Bürgerwache wahrscheinlich einer der Fanatiker war, der die Wühler am tiefsten haßte. Die meisten von ihnen waren aus dem Heer ausgeschiedene Soldaten. Für sie waren alle Wühler Elemaki – hinterhältige Kämpfer, die des Nachts Meuchelmorde begingen. Sie hatten die Sklaverei verdient, und nun, da sie durch einen Zufall freigelassen worden waren, flößte der Gedanke ihnen Abscheu ein, diese ehemaligen Feinde könnten jetzt dieselben Rechte wie Bürger haben.

»Sie sind keine Tiere«, sagte er immer.

»Natürlich nicht«, antwortete der Mann von der Bürgerwache. »Das Gesetz erklärt sie zu Bürgern. Es ist nur keine gute Idee, sie zusammen mit Menschen unterrichten zu lassen, das ist alles. Bildet sie doch für die Arbeit aus, für die sie geschaffen sind.«

Als die Unbehüteten merkten, daß die örtlichen Behörden normalerweise kaum etwas unternahmen, um die Behüteten zu schützen, wurden sie kühner. Gruppen dreister junger Männer rempelten alte Erdmenschen oder Erdkinder an, oder Priester und Lehrer, die ihren Angelegenheiten nachgingen. Sie schubsten und stießen sie, versetzten ihnen ein paar gutgezielte Schläge oder Tritte.

»Und ihr sagt, wir sollen uns nicht verteidigen?« fragten die Eltern, die während eines Treffens in einer abgelegenen Stadt mit einer großen Wühlerbevölkerung zusammengekommen waren. Die meisten davon waren *keine* Nachkommen von Sklaven, sondern Ureinwohner, die schon mindestens genauso lange hier lebten wie die ältesten Engelfamilien – und wesentlich länger als alle Menschen. »Warum lehrt ihr uns dann diese Religion? Um uns schwach zu machen? Wir mußten uns in dieser Stadt nie um unsere Sicherheit Sorgen machen. Wir sind gut bekannt, wir waren volle Bürger. Aber je mehr ihr predigt, daß wir angeblich gleichberechtigt sind, desto weniger gleichberechtigt werden wir behandelt!«

Didul wies beredsam darauf hin, es sei ein Symptom ihrer Hilflosigkeit, daß sie nun ihren Freunden vorwarfen, ihre Feinde zu provozieren. »Diejenigen, die euch verprügeln, die schreiend durch die Straßen ziehen, die alles kaputtschlagen, *das* sind die Feinde. Und wenn ihr euch jetzt bewaffnet, werdet ihr ihnen nur in die Hände spielen. Dann können sie jedem zurufen: Seht doch, die Wühler bewaffnen sich! Elemaki-Spione in unserer Mitte!«

»Aber wir waren früher volle Bürger und ...«

»Ihr wart nie volle Bürger. Wo sind denn die Wühlerrichter in dieser Stadt? Wo sind die Wühlersoldaten im Heer? Die Jahrhunderte des Krieges mit den Elemaki haben euch eure volle Bürgerschaft geraubt. Deshalb ist Akmaro aus dem Land Nafai zurückgekehrt, mit den Lehren des Binaro, der Hüter wolle nicht mehr, daß zwischen seinen Kindern Unterschiede gemacht werden. Deshalb müßt ihr Mut haben – den Mut, die Schläge zu ertragen. Bleibt unbedingt in Gruppen zusammen. Aber bewaffnet euch nicht – wenn ihr das tut, werdet ihr bald dem Heer gegenüberstehen, und nicht mehr diesen Schlägern.«

Er überredete sie; oder zumindest zermürbte er sie so, daß sie das Streitgespräch beendeten. Aber es wurde immer schwerer, die Kontrolle zu behalten. Er schickte jede Woche Briefe aus, an Akmaro, an Motiak, an Pabul, an jeden, von dem er glaubte, er könne ihm vielleicht helfen. Einmal schrieb er sogar an Khideo, bat ihn, sich gegen diese Gewalt auszusprechen. »Du hast großes Ansehen unter denen, die das Erdvolk hassen«, erklärte er in seinem Brief. »Wenn Du öffentlich jene verdammst, die hilflose Kinder verprügeln, werden einige sich vielleicht so schämen, daß sie damit aufhören. Vielleicht werden dann einige Mitglieder der Bürgerwache für das Gesetz eintreten und die Behüteten vor ihren Verfolgern schützen.« Doch Khideo antwortete nicht. Und was Motiak betraf, so bestand seine Antwort darin, Boten zu den Bürgerwachen zu schicken, die sie darüber aufklärten, es sei ihre Pflicht, das Gesetz ohne Ansehen der Person zu vertreten. In allen Städten bestanden die Bürgerwachen darauf, daß sie dies bereits taten. Zurück kamen die Antworten: Wir sind hilflos. Es gibt keine Zeugen. Niemand sieht etwas. Bist du sicher, daß einige dieser Beschwerden nicht erfunden wurden, um Mitgefühl hervorzurufen?

Was Akmaro betraf, so bot er zwar Trost an, konnte ansonsten aber kaum etwas tun. Das Problem war überall dasselbe; und schließlich mußte er sämtliche Priester und Lehrer aus dem Land Khideo abziehen. Er schrieb: ›Ich weiß, daß Du mir die Schuld dafür gibst, Didul, obwohl Du zu höflich bist, es zu sagen. Ich gebe mir selbst die Schuld. Doch ich muß mich auch daran erinnern, und ich hoffe, Du wirst es ebenfalls einsehen, die einzige Alternative wäre gewesen, es auf mich zu nehmen, die Todesstrafe zu verhängen, um Abweichungen zu ersticken, und diese Macht auch Dir und den anderen Oberpriestern in den Häusern des Hüters zu verleihen. Das ist genau das Gegenteil von dem, was der Hüter von uns verlangt. Furcht wird die Menschen nie zu Kindern des Hüters machen. Nur Liebe ist dazu imstande. Und Liebe kann nur gelehrt, ermutigt, durch Überzeugung verdient, durch Freundlichkeit und Sanftheit gewonnen werden, sogar durch Nachgiebigkeit, wenn Feinde einem schaden. Unsere Feinde mögen von Haß erfüllt sein, aber es sind sicher viele unter ihnen, denen übel wird, wenn sie ein Kind verprügeln, oder wenn sechs von ihnen eine Priesterin treten, der sie einen Sack über den Kopf gezogen haben, oder wenn sie die Leute auf den Straßen quälen, bis sie weinen. Diese werden solche Taten schließlich ablehnen und bereuen, und wenn sie um Vergebung bitten, werdet ihr sie ihnen gewähren, ohne Waffen in den Händen, ohne Haß in den Herzen.‹ Und so weiter, und so fort. Didul wußte, das alles traf zu. Doch er erinnerte sich auch daran, daß er selbst viele Monate lang ein bereitwilliger Peiniger gewesen war und Kinder geschlagen und erniedrigt hatte, ohne irgend etwas anderes als Stolz und Haß und Zorn und Erheiterung zu empfinden. Viel Unheil konnte geschehen, wenn man darauf wartete, daß Gnade in die Herzen des Feindes kam. Und manche waren wie Diduls Vater. Er hatte nie Gnade gelernt. Die bloße Hilflosigkeit seiner Opfer erfüllte ihn mit noch mehr Lust, ihnen Schmerz zuzufügen. Er genoß die gequälten Schreie.

Luet traf an dem Tag in Bodika ein, an dem es zu dem bislang schlimmsten Zwischenfall kam. Drei Jungs, zwei davon Engel und ein Wühler, wurden überfallen, als sie auf dem Weg zu einer Schule der Behüteten am Stadtrand waren. Die Schwingen der Engel wurden brutal und irreparabel zerfetzt; nicht nur eingerissen – eine Verletzung, die bei jungen Engeln noch heilen würde. Nein, große Fetzen waren aus ihren Schwingen gerissen worden. Es würde niemals heilen. Diese Kinder würden nie wieder fliegen. Und das Wühlerkind war noch schlechter dran. Ihm wurde jeder Knochen in den Armen und Beinen gebrochen, und es war so oft gegen den Kopf getreten worden, daß es das Bewußtsein nicht zurückerlangte. Man kümmerte sich in der Schule um alle drei Kinder. Die Eltern wurden gerufen, und viele Freunde – darunter auch viele, die *nicht* den Behüteten angehörten, über das Verbrechen jedoch empört waren. Man betete; man bat den Hüter, die Kinder zu heilen und zu verhindern, daß sie ihre Feinde haßten; man betete, die Herzen ihrer Feinde weicher zu machen und sie Reue, Mitgefühl und Gnade zu lehren.

So etwas tut der Hüter nicht, dachte Didul. Der Hüter macht die Leute nicht freundlich und gut. Er lehrt sie nur, was Güte und Anstand ist, und freut sich dann mit denen, die glauben und gehorchen. Die Gatten, die freundlich zu ihren Frauen sind; die Kinder, die ihre Eltern respektieren; die Männer und Frauen, die den Ehevertrag einhalten – über die freut der Hüter sich. Doch er schickt denen keine Pest an den Hals, die ihre Frauen schlagen, ihre Eltern verspotten und kopulieren, wann immer und wo immer sie wollen, ohne an ihren treuen Ehepartner zu denken, der trauernd zu Hause sitzt. Und das kann ich ihnen nicht begreiflich machen – der Hüter wird die Welt nicht verändern. Er verlangt, daß wir sie für ihn ändern. Statt zu beten, solltet ihr hinausgehen und mit allen sprechen, sprechen, sprechen.

Und ich sollte das auch tun. Statt dessen bin ich hier, verbinde Wunden und tröste Kinder, obwohl es eigentlich gar keinen vernünftigen Grund gab, ihnen so etwas anzutun. Und doch tröstete er sie, versicherte ihnen, daß ihre Leiden nicht umsonst sein würden, daß der Anblick ihrer zerrissenen Schwingen viele erzürnte Leute dazu bringen würde, zur Verteidigung der Behüteten herbeizueilen. Und statt den Leuten zu sagen, sie sollten mit dem Beten aufhören, betete er mit ihnen, weil er wußte, daß es sie tröstete. Besonders die Eltern des kleinen Erdjungen, der die Nacht wahrscheinlich nicht überstehen würde. »Wenigstens ist er bewußtlos, und seine gebrochenen Knochen bereiten ihm keine Schmerzen.« Habe ich das wirklich gesagt? dachte Didul. Habe ich wirklich so eine Dummheit von mir gegeben? Der Junge liegt im Koma, weil sein Gehirn verletzt wurde, und ich habe tatsächlich gesagt, es sei eine Gnade, daß er keine Schmerzen hat?

Didul schaute auf, als Luet durch die Tür der Schule kam, Schedemei direkt hinter ihr. Sein erster Gedanke war: Was für ein absurder Zeitpunkt für einen Besuch! Dann wurde ihm natürlich klar, daß sie ihm keinen Höflichkeitsbesuch abstatteten. Sie kamen, um zu helfen.

»Vater ist am Boden zerstört, weil er nichts für euch tun kann«, sagte Luet und begrüßte ihn mit einer schwesterlichen Umarmung. »Schedemei hat Edhadeja und mir einige medizinische Kenntnisse beigebracht, die sie in ihrem Heimatland gelernt hat – es hat mit viel Waschen und Kräutern und stinkenden Flüssigkeiten zu tun, aber die Wunden infizieren sich dann nicht. Als ich mich entschloß, hierher zu kommen und es dir und deinen Leuten zu erklären, bestand sie darauf, mich zu begleiten. Du wirst es nicht glauben,

Didul, während ihrer Abwesenheit kümmert Edhadeja sich um ihre Schule. ›Sollen sie doch wagen, Rasaros Haus anzugreifen, während die Tochter des Königs sie leitet‹, hat sie gesagt, und dann packte sie ihre Medizin ein und kam mit mir.«

»Es ist eine schreckliche Zeit«, sagte Didul. »Ich bezweifle, daß irgendeine Arznei diesen Kindern helfen kann.«

Luets Gesicht wurde grimmig und wütend, als sie die zerfetzten Schwingen der Engelknaben sah. »Die Hüterin wird ihr wahres Kind niemals auf diese Welt schicken, solange wir so etwas tun.« Sie umarmte die Jungen. »Wir haben etwas, das die Schmerzen eine Zeitlang verschwinden lassen wird. Und wir können die Wunden auswaschen, damit sie sich nicht infizieren. Es wird ein paar Sekunden fürchterlich brennen. Könnt ihr das ertragen?«

Ja, sie konnten es; ja, sie taten es. Didul beobachtete mit Bewunderung, wie geschickt Luet sich an die Arbeit machte. Das war etwas Handgreifliches. Besser als leere Worte des Trostes. Er versuchte, es ihr zu sagen, doch sie beschimpfte ihn sofort. »Glaubst du, Worte wären nichts? Die Medizin wird nicht verhindern, daß so schreckliche Dinge geschehen. Worte vielleicht doch.«

Didul machte sich nicht die Mühe, mit ihr zu streiten. »Bis dahin bringe es mir bei. Erkläre mir, was du tust, und warum.«

Während sie die Engel versorgten, sah Schedemei sich den Erdjungen an. »Laßt mich eine Weile mit ihm allein«, sagte sie.

»Nur zu«, sagte Didul.

»Allein, meine ich. *Allein*.«

Didul drängte die Familie, die Freunde, die Nachbarn aus der Schule. Dann kam er zurück, mußte jedoch feststellen, daß Schedemei ihn und Luet wütend anfunkelte. »Bedeuten Worte dir nichts? Was glaubst du wohl, was *allein* bedeutet? Zwei Freunde? Zwei verletzte Engelknaben?«

»Erwartest du etwa, daß wir *sie* hinausbringen?« fragte Luet.

Schedemei schaute sie sich an. »Sie können bleiben. Und jetzt verschwindet, alle beide.«

Sie gingen; Didul war wütend, versuchte aber, es sich nicht anmerken zu lassen. »Was tut sie da, das wir nicht sehen dürfen?«

Luet schüttelte den Kopf. »Sie hat das schon einmal getan. Ein kleines Mädchen, das einen Stein ins Auge bekam. Ich dachte, sie würde es verlieren. Schedemei schickte Edhadeja und mich hinaus, und als wir zurückkamen, bedeckte eine Klappe das Auge. Sie hat nie erklärt, was sie getan hat, doch als die Klappe abgenommen wurde, war das Auge wieder gesund. Wenn sie also sagt, ich solle hinausgehen ... gehe ich hinaus.«

Die anderen hatten sich mittlerweile zu Gruppen zusammengefunden und unterhielten sich. Einige waren nach Hause gegangen. Luet trat in den Schatten eines Baumes. »Didul, Vater ist außer sich. Ich habe auch den König noch nie so wütend gesehen. Man mußte ihn davon abhalten, das Heer hierher zu schicken. Monusch hat seinen Ruhestand aufgegeben, um mit ihm zu streiten. Welchen Feind kann das Heer angreifen? Es war eine fürchterliche Szene. Beide haben geschrien. Natürlich wußte der König von Anfang an, daß Monusch recht hatte, aber ... sie fühlen sich so hilflos. Noch nie hat jemand auf diese Weise dem Gesetz getrotzt.«

»Hat wirklich nur die Todesstrafe für Ketzerei die öffentliche Ordnung all diese Jahre lang aufrechterhalten?«

»Nein. Vater sagt ... aber er hat dir doch geschrieben, nicht wahr?«

»O ja. Die Rücknahme der Todesstrafe hat ihnen die Freiheit eingeräumt, kleine Missetaten zu begehen. Häßliche Sachen, Sprechgesänge, üble Worte und so weiter. Aber als ihnen nichts geschah, wagten sie immer mehr, taten immer schlimmere Dinge, rissen sich gegenseitig mit.«

»*Mir* kommt das ganz logisch vor«, sagte sie.

»Aber ich weiß nicht, wo ... es aufhören wird. Das Gesetz

gegen das Schlagen und Verstümmeln von Kindern, *das* ist noch in Kraft und droht sehr ernste Strafen an. Und doch haben diese Tiere es getan. Die Bürgerwache befragt gerade die Leute – ich bezweifle nicht, daß sogar sie betroffen sind, besonders wegen der Engelknaben. Um einen Wühler weniger geben sie bestimmt nichts, der ist sowieso nur Abschaum. Aber die Befragung ist ein schlechter Scherz. Sie wissen bereits, wer es getan hat, oder zumindest, wer *weiß*, wer es war. Aber sie wagen nicht zu sagen, was sie wissen, denn damit würden sie praktisch eingestehen, daß sie es die ganze Zeit gewußt haben und der Sache jederzeit hätten Einhalt gebieten können, und ... ach, ich bin so wütend! Angeblich bin ich ein Mann des Friedens, Luet, aber ich will jemanden umbringen, ich will jemandem für das, was sie diesen Kindern angetan haben, *weh tun*! Und das Schrecklichste ist ... ich weiß wie es ist, Leuten weh zu tun, und nach all diesen Jahren will ich es schließlich *wieder* tun.« Und dann fand er keine Worte mehr, und zu seiner Überraschung brach er in Tränen aus, und einen Augenblick später stellte er fest, daß er auf dem Gras unter dem Baum saß und Luet die Arme um ihn gelegt hatte, während er sich die Verzweiflung der letzten paar Wochen aus der Seele weinte.

»Natürlich fühlst du dich so«, murmelte sie. »Und es ist nichts Falsches daran, so zu fühlen. Du bist noch immer ein Mensch. Die Sehnsucht nach Rache wurde uns eingegeben. Das Verlangen, unsere Kinder zu schützen. Aber sieh dich an, Didul – du verspürst den Drang, die Kinder zu schützen, aber nicht Angehörige deiner eigenen Spezies, sondern die zweier anderer. Das ist gut, nicht wahr? Deine tierischen Impulse zu zähmen, um der Hüterin zu dienen?«

Ihr Argument war so geschickt und doch so unzureichend, daß er lachen mußte; und als er lachte, wurde ihm klar, daß ihr Argument gar nicht so unzureichend gewesen war. Denn er empfand tatsächlich Trost, oder konnte sich wenigstens beherrschen und weinte nicht mehr.

Jetzt, da der Schmerz für den Augenblick nachgelassen hatte, schämte er sich natürlich, daß sie ihn so gesehen hatte. »Ach, Luet, du mußt glauben – normalerweise tue ich so etwas nicht. Ich bin wirklich ziemlich stark gewesen. Alle anderen haben geweint, und ich wußte es immer besser. Doch jetzt kennst du die Wahrheit über mich, nicht wahr? Aber daran sollten wir doch gewöhnt sein. Deine Familie hat *immer* die Wahrheit über mich gekannt, und ...«

Sie legte einen Finger auf seine Lippen. »Halt den Mund, Didul«, sagte sie. »Du plapperst immer, wenn du einfach nur still sein solltest.«

»Woher soll ich denn wissen, wann ich einfach nur still sein sollte?« fragte er.

Als Antwort beugte sie sich zu ihm und küßte ihn leicht, mädchenhaft, auf die Lippen. »Wenn du meine Liebe für dich siehst, Didul, kannst du aufhören zu plappern, denn du weißt, daß ich mich deiner nicht schäme, sondern stolz auf dich bin. Hier ist es schlimmer als überall sonst, Didul, und du hast es wirklich mit sehr wenig Hilfe ertragen. Deshalb bin ich gekommen. Ich dachte, wenn ich bei dir bin, könnte es vielleicht erträglicher sein.«

»Statt dessen habe ich dich mit meinen Tränen bedeckt«, sagte er, während er unentwegt dachte: Sie hat mich geküßt, sie liebt mich, sie ist stolz auf mich, sie gehört an meine Seite.

»Warum sagst du nicht, was du denkst?« fragte sie.

»Wieso kommst du denn darauf, daß du es überhaupt hören willst?« erwiderte er und lachte vor Verlegenheit.

»Weil du mich so angesehen hast, Didul, weiß ich, was du gedacht hast. Ich liebe sie. Ich will sie ewig an meiner Seite haben. Ich will sie zu meiner Frau haben – und ich sage dir ehrlich, Didul, ich bin es leid, darauf zu warten, daß du es aussprichst.«

»Warum sollte ich dir sagen, was du bereits weißt?«

»Weil ich es hören muß.«

Also sagte er es ihr. Und als Schedemei sie in die Schule zurück rief, hatte Luet versprochen, seine Frau zu werden, sobald sie beide nach Darakemba zurückkehren konnten, »weil«, wie Luet sagte, »Mutter uns umbringen und all unsere Kinder stehlen würde, um sie selbst großzuziehen, würdest du uns hier von einem der Priester trauen lassen.« Vergeblich wies Didul darauf hin, daß Chebeja keine Enkelkinder von ihnen bekäme, die sie stehlen konnte, würde sie sie vorher umbringen. Die Hochzeit mußte noch warten. Doch da er wußte, daß sie ihn wollte, daß sie ihn so gut kannte und trotzdem zum Mann nehmen wollte – das war aller Trost, den er brauchte. So furchtbar dieser Tag auch war, er fühlte sich von Licht erfüllt.

Schedemei führte sie zu dem im Koma liegenden Kind. »Er schläft jetzt«, sagte sie. »Die Knochen wurden gerichtet, bis auf den Splitterbruch im linken Humerus, den ich eingerenkt und neu geschient habe. Er hat keinen Gehirnschaden, wird sich jedoch nicht daran erinnern können, was geschehen ist – was sehr schön wäre, da es ihm diese Alpträume erspart.«

»Kein Gehirnschaden?« fragte Didul ungläubig. »Hast du gesehen, was sie mit ihm gemacht haben? Der Schädel war offen. Hast du das gesehen?«

»Trotzdem«, sagte Schedemei.

»Was hast du getan?« fragte Luet. »Bring es mir bei.«

Schedemei schüttelte grimmig den Kopf. »Ich habe nichts getan, das du auch tun könntest. Ich kann es dir nicht beibringen, weil ich dir nicht die Instrumente geben kann, die du bräuchtest. Laß es dabei bewenden. Stelle mir keine weiteren Fragen.«

»Wer *bist* du?« fragte Didul. Und dann kam ihm eine Antwort in den Sinn. »Schedemei, bist *du* das wahre Kind des Hüters, von dem Binaro gesprochen hat?«

Sie errötete. Didul hätte nicht gedacht, daß sie zu einer so menschlichen Reaktion überhaupt fähig war. »Nein«, sagte sie und lachte. »Ganz bestimmt nicht! Ich weiß, ich bin seltsam, aber *das* bin ich nicht.«

»Aber du kennst die Hüterin, nicht wahr?« fragte Luet. »Du kennst ... du kennst Dinge, die wir nicht kennen.«

»Ich habe es dir gesagt«, erwiderte Schedemei. »Ich kam hierher, um den Hüter zu suchen. Ich kam hierher, weil *ihr* diejenigen mit den wahren Träumen seid und ich keine habe. Ist das klar? Wirst du mir glauben? Ja, es gibt Dinge, die ich weiß und die ich dich nicht lehren kann, weil du noch nicht bereit bist, sie zu verstehen. Aber von den Dingen, die am wichtigsten sind, weißt du mehr als ich.«

»Du hast das geschädigte Gehirn dieses Jungen geheilt«, sagte Didul. »Du kannst mir nicht weismachen, daß das nicht wichtig ist.«

»Wichtig für ihn. Für dich, für mich. Für seine Familie. Aber wird es auch in zehn Millionen Jahren eine Rolle spielen, Didul?«

»Dann wird *nichts mehr* eine Rolle spielen«, sagte Didul lachend.

»Der Hüter schon«, sagte Schedemei. »Der Hüter und all seine Werke; *ihn* wird es noch geben. Aber, Didul – wird der Hüter in zehn Millionen Jahren wieder allein auf der Erde sein, wie er es so viele Jahre lang war? Oder wird der Hüter sich um eine Erde kümmern, auf der frohe Menschen in Frieden leben und das Werk des Hüters tun? Stelle dir nur vor, was solch ein gutes Volk tun könnte – Wühler, Menschen, Engel, alle gemeinsam, und vielleicht auch noch andere, die der Hüter von anderen Exilplaneten nach Hause geholt hat. Alle zusammen bauen sie Raumschiffe und tragen die Worte des Friedens, die der Hüter spricht, zu unzähligen Welten. Das sollten auch die Menschen tun, die Harmonie gegründet haben. Doch sie haben versucht, es zu ertrotzen, die Menschen dazu zu *zwingen*, sich nicht mehr gegenseitig zu vernichten. Indem sie sie dumm machten, wann immer sie ...« Plötzlich schien Schedemei zu merken, daß sie zu viel gesagt hatte. »Schon gut«, sagte sie. »Was interessiert euch dieser uralte Planet?«

Luet und Didul betrachteten sie wortlos, während sie die nicht benutzten Medikamente einsammelte und in ihren Rucksack packte, um ihre Verlegenheit zu überspielen. Dann stürmte sie aus der Schule, während sie irgend etwas davon murmelte, sie brauche frische Luft.

»Weißt du, was ich gerade eben gedacht habe, Luet?« sagte Didul.

»Du hast dich gefragt, ob sie nicht *die* Schedemei sein könnte. Die echte. Zu der Voozhum betet. Vielleicht haben ihre Gebete Die-Nie-Begraben-Wurde zu uns geholt.«

Didul blickte sie schockiert an. »Meinst du das ernst?«

»Hast du nicht genau das gedacht?«

»Hältst du mich für verrückt? Ich habe gedacht – so wirst du in zwanzig Jahren auch sein. Sie ist stark, klug und tüchtig, unterrichtet alle, hilft allen, liebt alle, ist aber ein wenig verlegen, wenn die Tiefe ihres Mitgefühls sich zeigt. Ich habe gedacht, du könntest auch so werden, mit einem Unterschied, nur einem. Du wirst nicht einsam sein, Luet. Ich schwöre dir, daß du in zwanzig Jahren nicht so einsam sein wirst, wie Schedemei es ist. Das habe ich gedacht.«

Und da sie nun, abgesehen von einem schlafenden Jungen und zwei jungen Engeln, die fasziniert zusahen, allein in der Schule waren, küßte Didul sie, wie er sie schon vor langer Zeit hätte küssen sollen. Und daran, wie sie seinen Kuß erwiderte, war nichts mädchenhaft.

Es war ein zu großer Sprung, gerade noch insgeheim in Rasaros Haus geholfen zu haben und es jetzt zu führen. Der Monat, den sie damit verbracht hatte, die Medizin von Schedemei zu erlernen, hatte sie nicht darauf vorbereitet, eine Schule zu leiten. Edhadeja wußte von Anfang an, daß die ›Leitung‹ der Schule lediglich bedeutete, sich um jene Einzelheiten zu kümmern, für die niemand sonst sich verantwortlich fühlte. Zu überprüfen, ob die Türen abgeschlossen waren. Vorräte zu kaufen, von denen niemand sonst bemerkte, daß sie allmählich zur Neige gingen. Aber sie mußte ganz bestimmt *nicht* den anderen Lehrerinnen sagen, wie sie ihre Arbeit zu tun hatten.

Sie unterrichtete selbst keine Schüler. Statt dessen ging sie von einer Klasse zur anderen, lernte von jeder Lehrerin, was sie konnte, nicht nur bezüglich des Unterrichtsstoffes, sondern auch ihrer Methoden. Schon bald fand sie heraus, daß ihre eigenen Lehrerinnen zwar über Fachkenntnisse verfügt, aber nicht gewußt hatten, wie man Kinder unterrichtet. Hätte sie von Anfang an unterrichtet, hätte sie es genauso gemacht, wie man sie unterrichtet hatte; doch nun hätte sie es ganz anders angefangen, und falls sie tatsächlich irgendwann einmal Schülerinnen bekommen sollte, würde es ihnen sehr zum Vorteil geraten.

Eine Aufgabe hatte sie selbst übernommen, und niemand sonst durfte es tun – sie öffnete die Tür. Was auch immer die Unbehüteten an dieser Schule versuchen würden, sie würden es zuerst der Tochter des Königs antun. Mal sehen, ob die Bürgerwache auch dann noch wegschaute! Mehrmals öffnete sie und stand unbekannten Fremden gegenüber, die die lahmsten Ausreden für ihre Anwesenheit vorbrachten; einmal hatten sich mehrere andere in der Nähe versammelt. Edhadeja hegte nicht den geringsten Zweifel daran, daß sie auf eine Gelegenheit gehofft hatten – vielleicht wollten sie eine Lehrerin verprügeln, erniedrigen oder einschüchtern, oder vielleicht – das hätte ihnen am besten gefallen – ein kleines Wühlermädchen. Doch man hatte sie anscheinend gewarnt, daß Edhadeja sich in der Schule aufhielt, und nach einer Weile schienen sie aufgegeben zu haben.

Als sie dann eines Tages auf ein Klopfen öffnete, stand ein älterer Mann von ihr, dessen Gesicht sie kannte, aber nicht sofort unterbringen konnte. Und er schien sie auch nicht zu kennen.

»Ich möchte die Leiterin der Schule sprechen«, sagte er.

»Ich bin zur Zeit die amtierende Leiterin. Wenn du Schedemei sprechen willst, sie müßte bald aus den Provinzen zurückkehren.«

Er schaute enttäuscht drein, zögerte aber, ohne sie anzusehen. »Ich komme von weit her.«

»Zu einer besseren Zeit, Herr, würde ich dich einladen und dir zumindest Wasser anbieten, oder eine Mahlzeit, wenn du hungrig bist. Aber wir haben schwere Zeiten, und ich lasse keine Fremden in diese Schule.«

Er nickte, schaute weiterhin zu Boden. Als schämte er sich. Ja. Er schämte sich.

»Du scheinst dich für die Probleme persönlich verantwortlich zu fühlen«, sagte sie. »Verzeih mir, falls ich aufdringlich bin.«

Als er sie ansah, schwammen Tränen in seinen alten Augen unter den dichten, buschigen Brauen. Dadurch wirkte er nicht weich; ganz im Gegenteil, eher noch gefährlicher. Aber nicht für sie. Nein, das wußte sie jetzt – weder für sie, noch für jemand sonst hier stellte er eine Gefahr dar. »Komm herein«, sagte sie.

»Nein, es war richtig von dir, daß du mich nicht hereinläßt«, sagte er. »Ich bin gekommen, um die … die Herrin zu sprechen … weil ich tatsächlich verantwortlich bin, zumindest zum Teil, und nicht weiß, wie ich Buße tun kann.«

»Ich gebe dir Wasser, und wir können uns unterhalten. Ich bin nicht Schedemei – ich habe nicht ihre Weisheit. Aber manchmal genügt eine interessierte Fremde, wenn man sich etwas von der Seele reden muß – solange man weiß, daß sie das Gesagte nicht benutzen wird, um einem Schaden zuzufügen.«

»Und weiß ich das?« fragte der Alte.

»Schedemei vertraut mir ihre Schule an«, sagte Edhadeja. »Ich kenne kein besseres Leumundszeugnis.«

Er folgte ihr in die Schule und dann in den kleinen Raum neben der Tür, der Schedemei als Büro diente. »Willst du nicht meinen Namen wissen?« fragte er.

»Ich will wissen, wieso du glaubst, du hättest diese Probleme verursacht.«

Er seufzte. »Bis vor drei Tagen war ich ein hoher Beamter in einer der Provinzen. Du wirst sofort wissen, in *welcher*, wenn ich dir sage, daß es dort überhaupt keine Probleme gab, da in ihren Grenzen keine Engel leben und Wühler dort noch nie geduldet wurden.«

»Die Provinz Khideo«, sagte sie.

Er erschauerte.

Und dann wurde ihr klar, daß sie auch den Namen des

Mannes genannt hatte. »Khideo«, wiederholte sie, und diesmal erkannte er anhand ihrer Stimme, daß sie *ihn* gemeint hatte und nicht nur das Land, das nach ihm benannt worden war.

»Was weißt du von mir? Ein Möchtegern-Königsmörder. Ein bigotter Eiferer, der eine Gesellschaft der reinen Menschen haben wollte. Nun, es *gibt* keine reinen Menschen, das glaube ich nun. Wir haben von einem Feldzug gesprochen, mit dem wir alle Wühler aus Darakemba vertreiben wollten. Aber viele Jahre lang führte es zu nichts; es war ein Zeitvertreib, eine Möglichkeit, uns zu versichern, daß wir die Edlen waren, wir *reinen* Menschen. Ich sehe Abscheu auf deinem Gesicht. Aber so wurde ich nun mal erzogen. Und hättest du die Wühler gesehen, wie ich sie gesehen habe, mörderisch, grausam, mit Peitschen in den Händen ...«

»So, wie man die Wühler in Darakemba gelehrt hat, Menschen zu sehen?«

Er nickte. »Bis zu den Unruhen in letzter Zeit habe ich es nie so betrachtet. Verstehst du, die Sache geriet aus der Hand, als die Nachricht sich verbreitete – als ich half, die Nachricht zu verbreiten –, im Haus des Königs hätten alle vier seiner möglichen Erben diese üble Religion Akmaros zurückgewiesen, die die Vermischung der Spezies bezweckt. Ganz zu schweigen von Akmaros eigenem Sohn, obwohl wir schon lange gewußt haben, daß *er* einer von uns ist. Doch alle Söhne des Königs – es war, als hätten wir diesen *reinen* Menschen die Erlaubnis gegeben, alles zu tun, was sie wollen. Weil sie wußten, daß sie letzten Endes siegen würden. Sie wußten, sobald aus Motiak Motiab wird und aus Aronha Aronak ...«

»Und sie haben angefangen, Kinder zu schlagen.«

»Angefangen haben sie mit Vandalismus. Mit Gebrüll. Doch schon bald vernahm man andere Geschichten, und die reinen Menschen, die ich kannte, sagten: Was können wir tun? Die jungen Leute sind so inbrünstig in ihrem Drang nach Reinheit. Wir sagen ihnen, sie sollen nicht bösartig sein, aber wer kann schon den Zorn der Jungen im Zaum halten? Zuerst glaubte ich, sie meinten es wirklich so, und riet ihnen, wie sie die zur Ordnung rufen könnten, die andere prügelten. Aber dann wurde mir klar, daß ... ich habe sie belauscht, als sie nicht wußten, daß ich sie hören konnte, wie sie über Engel mit Löchern in den Schwingen gelacht haben. Wie fliegt ein Engel mit Löchern in den Schwingen? Viel schneller, aber nur in eine Richtung. Sie haben darüber gelacht. Und mir wurde klar, daß sie gar nicht versuchten, die Gewalt aufzuhalten. Sie haben sie geliebt. Und ich hatte ihnen Unterschlupf geboten. Ich hatte den Unbehüteten aus anderen Provinzen einen sicheren Hafen geboten, in dem sie sich treffen konnten, bevor Akmaro alle schweren Strafen für Ketzerei aufhob. Nun habe ich nicht mehr den geringsten Einfluß auf sie. Ich könnte sie nicht aufhalten. Ich konnte lediglich damit aufhören, so zu tun, als wäre ich ihr Anführer. Ich habe mein Amt als Gouverneur niedergelegt und kam hierher, um zu erfahren ...«

»Um was zu erfahren, Khideo?«

»Um zu erfahren, wie ich ein Mensch sein kann. Kein *reiner* Mensch. Sondern ein Mensch wie mein alter Freund Akmaro.«

»Warum bist du nicht zu ihm gegangen?«

Erneut stiegen Tränen in Khideos Augen. »Weil ich mich schäme. Ich kenne Schedemei nicht. Ich habe nur gehört, daß sie streng und rücksichtslos ehrlich ist. Nun ja, ich habe auch gehört, daß sie die Vermischung der Spezies und alle anderen Abscheulichkeiten bevorzugt. So spricht man in meiner Stadt von ihr. Meiner ehemaligen Stadt. Denn verstehst du, in den letzten Wochen kam mir in den Sinn ... wenn meine Freunde abscheulich sind, muß ich vielleicht von meinen Feinden lernen.«

»Schedemei ist nicht dein Feind«, sagte Edhadeja.

»Dann war ich eben bis jetzt ihr Feind. Mir ist klar geworden, daß mein gesamter Abscheu für die Engel mir von Kindheit an anerzogen wurde und ich ihn nur weiterhin empfunden habe, weil es der Tradition meines Volkes entspricht. In

Wirklichkeit kenne und mag ich mehrere Engel, darunter einen unhöflichen alten Gelehrten im Hause des Königs.«

»Bego«, sagte Edhadeja.

Er blickte sie überrascht an. »Natürlich, hier in der Hauptstadt ist er bekannter.« Dann betrachtete er ihr Gesicht und runzelte die Stirn. »Sind wir uns schon mal begegnet?«

»Einmal, vor langer Zeit. Du wolltest mich damals nicht anhören.«

Er dachte noch einen Moment nach und schaute dann erschrocken drein. »Ich habe mein Herz der Tochter des Königs ausgeschüttet«, sagte er.

»Abgesehen von Akmaro selbst hätte sich niemand mehr gefreut, diese Worte von dir zu hören. Mein Vater ehrt dich trotz seiner Meinungsverschiedenheiten mit dir. Wenn du es als angebracht erachtest, ihm zu sagen, daß es diese Meinungsverschiedenheiten nicht mehr gibt, wird er dich als lange verlorenen Bruder umarmen. Und das wird auch Ilihi tun, und auch Akmaro.«

»Ich wollte nicht auf Frauen hören«, sagte Khideo. »Ich wollte nicht mit Engeln leben. Ich wollte nicht, daß Wühler Bürger sind. Jetzt bin ich zu einer Schule gekommen, die von Frauen geführt wird, um zu lernen, wie man mit Engeln und Wühlern lebt. Ich will mein Herz ändern und weiß nicht, wie ich es anstellen soll.«

»Das Wollen ist die ganze Lektion; der gesamte Rest ist Übung. Ich werde weder meinem Vater noch sonst jemandem sagen, wer du bist.«

»Warum hast du dich mir nicht vorgestellt?«

»Hättest du dann mit mir gesprochen?«

Er lachte verbittert. »Natürlich nicht.«

»Und bitte vergiß nicht – auch du hast dich *mir* nicht vorgestellt.«

»Du bist ja sehr bald darauf gekommen.«

»Genau wie du.«

»Aber nicht *so* bald.«

»Und ich sage, kein Schaden ist entstanden.« Sie erhob sich von ihrem Stuhl. »Du darfst an jeder Unterrichtsstunde teilnehmen, mußt es aber schweigend tun. Hör zu. Du wirst von den Schülerinnen genauso viele Lektionen wie von den Lehrerinnen lernen. Selbst wenn du glaubst, sie liegen hoffnungslos falsch, sei geduldig, beobachte, lerne. Im Augenblick ist es nicht wichtig, ob ihre Meinungen richtig sind, sondern welche Meinungen sie haben. Verstehst du?«

Er nickte. »Ich bin es nicht gewöhnt, mich zu fügen.«

»Füge dich nicht«, sagte sie gereizt – ein Tonfall, den Schedemei ihr unabsichtlich beigebracht hatte. »Sei einfach still.«

In den folgenden Tagen beobachtete Edhadeja ihn – aus der Ferne, aber sorgfältig. Einige Lehrerinnen lehnten die Anwesenheit dieses Mannes eindeutig ab, doch Khideo war nicht unempfänglich und hielt sich bald von ihren Klassen fern. Die Mädchen gewöhnten sich schnell an ihn, ignorierten ihn im Unterricht, bezogen ihn aber allmählich, schüchtern, bei den Mahlzeiten und auf dem Hof ein. Man bat ihn, etwas von einem hohen Regal herunterzuholen. Einige der kleinen Mädchen kletterten sogar an ihm empor, wann immer er an einen Baum gelehnt saß, benutzten ihn, um Äste zu erreichen, die ansonsten außerhalb ihrer Reichweite gewesen wären. *Lissinits*, so nannten sie ihn – ›Leiter‹. Ihm schien der Name zu gefallen.

Edhadeja lernte ihn um seiner selbst schätzen. Zwei Dinge lasteten jedoch schwer auf ihr. Sie mußte immer wieder darüber nachdenken, wieso ein Mann wie er, ein eingefleischter bigotter Fanatiker, tatsächlich tief in sich einen grundlegenden Anstand haben konnte. Das äußere Muster seines Lebens spiegelte nicht unbedingt das wider, was in ihm war. Schreckliche Ereignisse waren nötig gewesen, um ihn zu wecken, ihn dazu zu bringen, den Mann abzuschütteln, der er zu sein schien, und dieses innere Ich zu enthüllen. Aber der Anstand war vorhanden.

Des weiteren lastete auf ihr, was er über ihre Brüder gesagt hatte. Die Unbehüteten hielten seit dreizehn Jahren ihre Treffen ab, und sie hatten zu nichts geführt. Dann war es Akma gelungen, all ihre Brüder, alle Söhne des Königs, zu überreden, den Glauben an die Hüterin zurückzuweisen oder, genauer gesagt, Akmaros Religion abzulehnen. Und von diesem Augenblick an hatten die bösesten Männer unter ihnen keine Zurückhaltung mehr gehabt, ihren dunklen Taten nachzugehen.

Das kann Akmaro nicht beabsichtigt haben. Würde er es so verstehen, wie Khideo es versteht, würde er es doch bestimmt aufhalten.

Ich sollte mit Mon sprechen, nicht mit Akma, sagte sie sich – ohne zu bemerken, daß sie sich bereits entschlossen haben mußte, mit Akma zu sprechen. Wenn ich ihn dazu bringen kann, sich von den anderen zu trennen ... aber nein, sie wußte, das war unmöglich. Keiner der Brüder würde die anderen verraten; denn als Verrat würden sie es auffassen. Nein, es mußte Akma sein. Wenn er es sich anders überlegte, würden die anderen seinem Beispiel folgen. Er würde sie dazu überreden.

Sie hörte immer wieder Luets verzweifelnde Stimme: »In ihm ist nichts mehr übrig, Edhadeja. Nichts außer Haß.« Wenn das stimmte, wäre es reine Zeitverschwendung, mit Akma zu sprechen. Aber Luet konnte nicht in sein Herz sehen. Wenn Khideo noch einen Funken Anstand hatte, war das doch auch bei Akma möglich. Er war noch jung; man hatte ihm in der Kindheit einen viel größeren Schaden zugefügt, als es bei Khideo der Fall gewesen war. Seitdem war die Welt für ihn mißgestaltet; doch wenn er einmal die Wahrheit sah, würde er sich vielleicht entscheiden, in einer ganz anderen Welt ein anderer Mensch zu sein.

Das waren die Gedanken, die sie trieben, als sie eines Abends die Schule abschloß und Khideo – nein, Lissinits – als Hausverwalter zurückließ. Dann ging sie, die Fackel in der Hand, in der scharfen Herbstluft zum Haus ihres Vaters. Unterwegs dachte sie: Was, wenn es keine Sicherheit gäbe? Wäre ich eine Erdfrau – oder ein Mann, oder Kind –, würde ich es nicht wagen, in der Dunkelheit durch die Stadt zu gehen, aus Angst, von grausamen Männern überfallen zu werden, die mich hassen – nicht, weil ich irgend etwas getan hätte, sondern wegen der Form meines Körpers. Für diese

Leute sind die Straßen voller Schrecken, während ich mein Leben lang ohne Furcht gegangen bin, Tag und Nacht. Können sie wirklich Bürger sein, wenn sie nicht mal die Freiheit haben, durch die Stadt zu gehen?

Wie sie es erwartet hatte, war Akma im Haus des Königs, im Bibliotheksflügel, wo er jetzt die meisten Nächte schlief. Aber er schlief noch nicht. Er war auf, las, studierte, machte sich Notizen auf das Wachs einer Rinde; auf eine von Dutzenden von Rinden, die mit seiner Schrift bedeckt waren. »Schreibst du ein Buch?« fragte sie.

»Ich bin kein Heiliger«, sagte er. »Ich schreibe keine Bücher.« Er schob die Rinde zur Seite. Ihr gefiel, wie er sie ansah, als hätte er gehofft, daß sie kommen würde. Sie hatte seine volle Aufmerksamkeit, und seine Blicke wanderten nicht über ihren Körper, wie die der meisten Männer es taten. Er sah ihr in die Augen. Sie hatte den Eindruck, sie müsse etwas sehr Kluges oder Weises sagen, um sein Interesse an ihr zu rechtfertigen.

Nein, sagte sie sich streng. Das ist nur einer seiner Tricks. Das macht er, um die Leute für sich einzunehmen. Und ich bin nicht hier, um mich für ihn einnehmen zu lassen. Ich bin hier, um zu lehren, nicht, um belehrt zu werden.

Kein Wunder, daß ich ihn einst geliebt habe, wenn er mich immer so angesehen hat.

Zu ihrer Überraschung platzte sie nun mit etwas heraus, das nicht das geringste mit dem zu tun hatte, das sie ihm eigentlich sagen wollte. »Ich habe dich einmal geliebt«, sagte sie.

Ein trauriges Lächeln legte sich auf sein Gesicht. »Früher mal«, sagte er. »Bevor es eine Glaubensfrage gab.«

»Ist es eine Glaubensfrage, Akma?« sagte sie.

»Wenn zwei Menschen sich lieben, müssen sie zusammenkommen, nicht wahr? Und zwei Menschen, die in völlig verschiedenen Welten leben, haben nicht die geringste Chance dazu.«

Sie wußte, was er meinte; sie hatten dieses Gespräch schon einmal geführt, und er hatte darauf bestanden, daß sie in einer frei erfundenen Welt lebte, in welcher der Hüter der Erde auf jeden acht gab und dem Leben der Menschen einen Sinn verlieh, während er in einer wirklichen Welt aus Stein und Luft und Wasser lebte, in der die Leute diesen Sinn selbst suchen mußten.

»Und doch kommen wir hier zusammen«, sagte sie.

»Das bleibt noch abzuwarten.« Seine Worte waren kalt und abweisend, doch seine Blicke suchten nach ihrem Gesicht. Warum? Was will er sehen? Einen Überrest meiner Liebe für ihn? Aber genau das wage ich ihm nicht zu zeigen, weil ich es nicht wage, in mir danach zu suchen. Ich kann ihn nicht lieben, weil nur eine monströse, herzlose Frau den Mann lieben könnte, der so viel sinnloses Leid verursacht hat.

»Hast du die Berichte aus den Provinzen gehört?«

»Es gibt viele Berichte«, sagte Akma. »An welchen denkst du?«

Sie weigerte sich, dieses Spielchen der vorgetäuschten Unschuld mitzumachen. Sie wartete.

»Ja, ich habe die Berichte gehört«, sagte er. »Eine schreckliche Sache. Ich frage mich, warum dein Vater nicht das Militär in Marsch gesetzt hat.«

»Welches Heer soll es denn angreifen?« fragte sie verächtlich. »Du bist zu klug, um so etwas zu sagen, Akma. Ein Heer ist nutzlos gegen Schläger, die mit der Stadt verschmelzen und sich verbergen, indem sie die Kleidung respektabler Männer tragen, die tagsüber Geschäfte führen, Handel treiben oder ehrlicher Arbeit nachgehen.«

»Ich bin Gelehrter, kein Taktiker«, sagte Akma.

»Ach ja?« fragte sie. »Ich habe viel darüber nachgedacht, Akma, und wenn ich dich anschaue, sehe ich keinen Gelehrten.«

»Nein? Und was für ein Ungeheuer bin ich deiner Meinung nach?«

»Auch kein Ungeheuer. Nur ein gewöhnlicher Schläger. Deine Hände haben Löcher in die Schwingen von Engelkindern gerissen. Wühler verstecken sich des Nachts in panischer Angst, weil sie fürchten, deinen Schatten zwischen ihnen und dem Mondlicht zu sehen.«

»Beschuldigst du mich allen Ernstes solcher Taten? Ich habe nie die Hand gehoben, um Gewalt gegen irgend jemanden auszuüben.«

»Du hast die Gewalt verursacht, Akma. Du hast sie in Gang gebracht, die ganze Armee aufmarschieren lassen, die abscheuliche, grausame, böse Armee der Männer, die Kinder schlagen.«

Er erschauerte; sein Gesicht verzog sich vor einer dunklen Regung. »Das kannst du nicht zu mir sagen. Du weißt, daß es eine Lüge ist.«

»Sie sind deine Freunde. Du bist ihr Held, Akma. Du und meine Brüder.«

»Ich kontrolliere sie nicht!« sagte er. Es gelang ihm kaum, seine Stimme zu beherrschen.

»Ach nein?« antwortete sie. »Kontrollieren sie etwa *dich*?«

Er erhob sich vom Tisch und stieß dabei seinen Stuhl um. »Würden sie mich kontrollieren, Edhadeja, wäre ich in diesem Augenblick unterwegs und würde gegen Vaters elende kleine Religion predigen. Sie bitten darum, sie betteln geradezu. Ominer ist ganz dafür. Gieße die Bronze, solange sie noch fließt, sagt er zu mir. Aber ich weigere mich, diese Verfolgungen in meinem Namen stattfinden zu lassen. Ich will nicht, daß jemand verletzt wird – nicht mal Wühler, trotz allem, was du von mir denkst. Und diese Engel, denen man Löcher in die Schwingen gerissen hat – glaubst du etwa, ich hätte das nicht mit dem gleichen Zorn gehört, den alle anständigen Menschen empfinden? Glaubst du etwa, ich wollte nicht, daß die Schläger, die das getan haben, bestraft werden?« Seine Stimme zitterte vor Erregung.

»Glaubst du etwa, ohne dich hätten sie die Kühnheit gehabt, das zu tun?«

»Ich habe das nicht erfunden! Ich habe den Haß und Abscheu auf die Wühler nicht geschaffen! Das haben unsere Väter getan, als sie die gesamte religiöse Struktur des Staates veränderten, um die Wühler einzubeziehen, als wären sie Menschen ...«

»Dreizehn Jahre sind vergangen, seitdem diese Veränderungen vorgenommen wurden, und in all diesen Jahren ist nichts passiert. Dann hast du erklärt, du hättest ›entdeckt‹, daß es keine Hüterin gibt – trotz meines wahren Traums, durch den die Hüterin die Zenifi gerettet hat! Obwohl du weißt, daß nur durch die Macht der Überseele die Aufzeichnungen übersetzt wurden, denen du deine ›Beweise‹ entnommen hast. Du hast meine Brüder überredet – sogar Mon, ich weiß nicht, wie, sogar Aronha, der Dummheit immer durchschaut hat –, und dann, in dem Augenblick, in dem Vaters Erben sich in ihrem Unglauben vereinen, wird der Sache Tür und Tor geöffnet.«

»Dann könntest du genauso gut meine Mutter verantwortlich machen. Schließlich hat sie mir ja das Leben geschenkt.«

»Ach, ich glaube, es gab schon vor dir Schuld. Beispielsweise habe ich herausgefunden, daß Bego einer Verschwörung gegen Akmaros Lehren angehört. Wenn du dein Gedächtnis ehrlich durchforschst, wirst du bestimmt herausfinden, daß Bego dich zu deiner ›Entdeckung‹ geführt hat, es gäbe keine Hüterin.«

»Bego gehört gar nichts an. Er lebt für seine Bücher. Er lebt in der Vergangenheit.«

»Und dein Vater hat eine neue Zukunft erfunden und die Vergangenheit abgeschafft. Ja, Bego wird das nicht besonders gefallen haben, nicht wahr? Und jetzt wird mir klar, er hat nie an die Hüterin geglaubt – er hat stets auf einer natürlichen Erklärung für alles bestanden. Keine Wunder, bitte – erinnerst du dich, daß er das immer wieder gesagt hat? Keine Wunder. Akmaros Volk ist entkommen, weil es im Interesse der Wühlersklaven lag, die Leute gehen zu lassen. Die Hüterin hat sie nicht tief und fest schlafen lassen. Hat jemand *gesehen*, daß sie schlafen? Nein, Akmaro hat einfach nur geträumt. Haltet euch stets an die einfachste Erklärung, das hat er uns gelehrt.«

»Er hat es uns gelehrt, weil es wahr ist. Er ist intellektuell ehrlich.«

»Ehrlich? Akma, die einfachste Erklärung der meisten dieser Geschichten ist die, daß die Hüterin wahre Träume schickt. Die Hüterin greift manchmal in das Leben der Menschen ein. Um die Annahme zu verhindern, man müsse sich die verdrehtesten, verzerrtesten, beleidigendsten Spekulationen aushecken. Du wagst es, mir zu sagen, mein Traum sei nur von Bedeutung gewesen, weil er die Leute an die Zenifi erinnert habe und nicht, weil ich tatsächlich den Unterschied zwischen einem wahren Traum und einem normalen feststellen könne. Um nicht an die Hüterin glauben zu müssen, hast du geglaubt und mußt auch weiterhin glauben, ich sei eine Närrin, die sich selbst etwas vormacht.«

»Keine Närrin«, sagte er, und auf seinem Gesicht lag echter Schmerz. »Du warst ein Kind. Damals kam es dir wirklich vor. Also erinnerst du dich natürlich so daran, als wäre es wirklich gewesen.«

»Siehst du? Was du intellektuelle Ehrlichkeit nennst, nenne ich Selbstbetrug. Du wirst mir nicht glauben, wenn ich in Fleisch und Blut vor dir stehe und dir erkläre, was ich gesehen habe ...«

»Eine Halluzination, die du zwischen den Träumen der Nacht gehabt hast.«

»Du willst nicht mal an die einfache Wahrheit dessen glauben, was die uralten Aufzeichnungen sagen – daß die Rasulum, genau wie die Nafari, nach Millionen Jahren des Exils auf einer anderen Welt zur Erde zurückgebracht wurden. Nein, du kannst nicht bei der *einfachen* Erklärung bleiben, daß die Leute, die dies geschrieben haben, tatsächlich wußten, wovon sie sprachen. Du mußtest zum Schluß kommen, daß die Bücher von späteren Schreibern verfaßt wurden, die einfach alte Legenden niedergeschrieben haben, die die Göttlichkeit der Helden damit erklärten, sie hätten behauptet, aus dem Himmel gekommen zu sein. Nichts kann so gelesen werden, wie es dort steht. Alles muß für deine Zwecke verbogen werden, damit es zu deinem einen, grundlegenden Glaubensbekenntnis paßt, es gäbe keine Hüterin. Du kannst es nicht wissen! Du hast keine Beweise dafür! Und doch bringt der Glaube an diese eine Prämisse – gegen die es tausend geschriebene Zeugnisse und mindestens ein Dutzend lebende Zeugen gibt, darunter auch mich! – bringt der Glaube an diese eine Prämisse dich dazu, eine Kette von Ereignissen in Gang zu setzen, die dazu führt, daß Kinder auf den Straßen der Dörfer und Städte Darakembas verstümmelt werden.«

»Bist du deshalb gekommen?« fragte Akma. »Um mir zu sagen, es verletze deine Gefühle, daß ich nicht an deinen wahren Traum glaube? Es tut mir leid. Ich hatte gehofft, du wärest reif genug, um zu verstehen, daß die Vernunft über den Aberglauben triumphieren muß.«

Sie war nicht zu ihm vorgedrungen. Hatte diesen tief in seinem Innern verborgenen Funken des Anstands nicht erreicht. Weil es keinen solchen Funken gab, das wußte sie nun. Er wies die Hüterin zurück, nicht, weil er als Kind so schlimm verletzt worden war, sondern weil er die Welt, die die Hüterin schaffen wollte, fürwahr haßte. Er liebte das Böse; und deshalb liebte er sie nicht mehr.

Ohne ein weiteres Wort wandte sie sich zur Tür.

»Warte«, sagte er.

Sie blieb stehen; törichterweise ließ sie zu, daß ein weiterer Funke der Hoffnung in ihr aufglühte.

»Es steht nicht in meiner Macht, diese Verfolgungen zu beenden, doch dein Vater kann es.«

»Glaubst du etwa, er hätte es nicht versucht?«

»Er faßt es völlig falsch an«, sagte Akma. »Die Bürgerwache wird das Gesetz nicht aufrecht halten. Zu viele von ihnen gehören in Wirklichkeit zu den Unbehüteten.«

»Warum nennst du keine Namen?« fragte Edhadeja. »Wenn du die Grausamkeiten wirklich aufhalten willst ...«

»Die Männer, die ich kenne, sind alt, einer wie der andere, und keiner von ihnen geht auf die Straße und verprügelt Kinder. Wirst du mir zuhören?«

»Wenn du einen Plan hast, werde ich ihn Vater mitteilen.«

»Er ist eigentlich ganz einfach. Die Unbehüteten empfinden einen solchen Zorn, weil sie nur zwei Möglichkeiten haben. Entweder, sie treten einer Staatsreligion bei, die sie zwingt, sich mit niedrigen Kreaturen zusammenzutun ... streite jetzt nicht mit mir, ich sage dir nur, was *sie* denken ...«

»Du denkst dasselbe ...«

»Du hast mir noch nie lange genug zugehört, um zu wissen, was ich denke, und es spielt sowieso keine Rolle. Hör mir jetzt zu. Sie rebellieren aus einem Gefühl des hilflosen Zorns heraus. Sie können sich nicht gegen den König wenden, aber gegen die Priester und die Wühler. Aber was, wenn der König verkündet, daß es keine Staatsreligion mehr gibt?«

»Er soll die Häuser des Hüters abschaffen?«

»Keineswegs. Sollen die Behüteten sich auch weiterhin versammeln und ihren Glauben und ihre Rituale miteinander teilen – aber auf einer völlig freiwilligen Basis. Und sollen andere, die etwas anderes glauben, ihre eigenen Gemeinschaften bilden, ohne daß jemand sich in *ihre* Rituale und Lehren einmischt. So viele Gemeinden, so viele Glaubensrichtungen, wie das Volk haben will. Und die Regierung sieht einfach zu und mischt sich bei keiner ein.«

»Eine Nation sollte eines Herzens und Geistes sein«, sagte Edhadeja.

»Alle Hoffnung darauf hat mein Vater vor dreizehn Jahren zerstört«, sagte Akma. »Wenn der König religiöse Auffassungen und Gemeinschaften zur Privatsache erklärt, an der der Staat kein Interesse hat, wird Frieden herrschen.«

»Mit anderen Worten ... um die Behüteten vor dem Angriff zu retten, sollen wir den letzten Schutz aufgeben, den wir noch haben?«

»Sie *haben* keinen Schutz, Edhadeja. Du weißt es. Der König weiß es. Er hat die Grenzen seiner Autorität erreicht. Doch sobald die Regierung jede Unterstützung einer bestimmten Religion aufgibt, kann er ein Gesetz erlassen, daß niemand wegen seines religiösen Glaubens verfolgt werden darf. Dieses Gesetz wird scharfe Zähne haben, denn es schützt alle gleichermaßen. Wenn die Unbehüteten eine Gemeinschaft der Gleichdenkenden gründen wollen, werden sie Schutz bekommen. Es liegt in ihrem Interesse, dieses Gesetz anzuerkennen. Keine geheimen Treffen mehr. Keine verborgenen Gemeinschaften. Alles findet öffentlich statt. Schlage es deinem Vater vor. Selbst wenn du nicht der Ansicht bist, daß meine Idee Vorzüge hat … er wird sie erkennen. Er wird einsehen, daß es die einzige Möglichkeit ist.«

»Er wird sich genauso wenig täuschen lassen wie ich«, sagte Edhadeja. »Dieses Dekret, das du vorschlägst, ist genau das, was du von Anfang an haben wolltest.«

»Es ist mir erst gestern eingefallen«, sagte Akma.

»Ach, verzeih, ich habe ganz vergessen, daß Bego eine gewisse Zeit braucht, dich zu der Annahme zu verleiten, seine Ideen wären die deinen gewesen.«

»Edhadeja, wenn die Religion meines Vaters nicht durch die bloße Macht ihrer Wahrheit bestehen kann, ohne jede Hilfe der Regierung, abgesehen von der, ihre Anhänger vor Gewalt zu schützen, hat sie es nicht verdient, bestehen zu bleiben.«

»Ich werde Vater erklären, was du gesagt hast.«

»Gut.«

»Aber ich gehe auch jede Wette ein, daß du innerhalb eines Jahres der direkte Grund für noch stärkere Verfolgung der Behüteten sein wirst – ganz gleich, was du jetzt sagst.«

»Wenn du das auch nur für möglich hältst, hast du mich nie gekannt.«

»Oh, du wirst eine Menge sehr erhaben klingender Gründe dafür haben, warum das Leiden der Leute nicht *dein* Werk ist, denn du hast deine Fähigkeit, dich endlos selbst zu täuschen, bereits unter Beweis gestellt. Aber innerhalb eines Jahres, Akma, werden Familien wegen dir Tränen vergießen.«

»*Meine* Familie, wahrscheinlich, da sie um mich trauert, als sei ich tot«, sagte Akma. Er lachte, als wäre dies ein Scherz.

»Sie sind nicht die einzigen«, sagte Edhadeja.

»Ich bin nicht tot«, sagte Akma. »Ich habe Mitgefühl, ganz gleich, was ihr unbedingt von mir denken wollt. Ich erinnere mich an mein Leid, und an das vieler anderer. Ich erinnere mich auch daran, dich geliebt zu haben.«

»Ich wünschte, du würdest es vergessen«, sagte Edhadeja. »Wenn es je so war, hast du es schon vor langer Zeit verdorben.«

»Ich liebe dich noch immer«, sagte er. »Ich liebe dich so sehr, wie ich jemanden nur lieben kann. Ich denke die ganze Zeit an dich, an die Freude, die es mir brächte, würdest du nur einmal neben mir stehen, so wie Mutter neben Vater steht, was immer er auch tut.«

»Was Vater tut, ist *gut*.«

Akma nickte. »Ich weiß. Tu bloß nicht so, als läge es an *meinem* Glauben, daß wir nicht zusammen sind. Du bist genauso stur wie ich.«

»Nein, Akma«, sagte sie. »Ich bin nicht stur. Ich bin nur ehrlich. Ich kann nicht verleugnen, was ich weiß.«

»Aber du kannst *verbergen*, was du weißt«, sagte Akma mit einem bitteren Lächeln.

»Was soll *das* denn bedeuten?«

»Während dieses ganzen Gesprächs hast du es nicht für nötig befunden, mir zu sagen, daß meine Schwester den verabscheuungswürdigsten Menschen heiraten wird, den ich je gekannt habe.«

»Ich nahm an, deine Familie hätte es dir gesagt.«

»Ich mußte es von Khimin hören.«

»Das tut mir leid. Ich bin sicher, es war Luets Entscheidung. Vielleicht wollte sie dir keinen Schmerz zufügen.«

»Für mich ist sie jetzt tot«, sagte Akma. »Sie hat sich den Folterern hingegeben und mich zurückgewiesen. Und soweit es mich betrifft, tust du genau dasselbe.«

»*Du* hast dich selbst den Folterern hingegeben, Akma, und *mich* zurückgewiesen. Didul ist kein Folterer. Er ist der Mann, der du hättest sein sollen. Luet liebt an ihm genau das, was sie einmal an dir geliebt hat. Aber es ist nicht mehr da.«

Liebenswürdig überließ er ihr das letzte Wort und starrte ins Leere, als sie den Raum verließ.

Ein paar Minuten später hörten Bego und Mon schreckliche Geräusche in der Bibliothek. Irgend etwas wurde dort zerschlagen und zertrümmert, und sie liefen dorthin und fanden Akma, wie er Stühle gegen den Tisch schlug und zerbrach. Er weinte, schluchzte wortlos, und sie schauten entsetzt zu, während er wie ein Tier brüllte und alle kleineren Möbelstücke im Zimmer zerschmetterte.

Mon fiel jedoch auf, daß er zuvor alle Rinden, an denen er gearbeitet hatte, auf ein Regal gelegt hatte. Akma mochte sich dem Zorn ausgeliefert haben, doch er hatte sich nicht so sehr vergessen, daß er das Studium dieses Tages verschwendet hätte.

Später gab Akma ihnen eine kurze und verdrossene Erklärung. Seine Schwester würde einen der Folterer heiraten. Er wollte den Namen nicht preisgeben, doch Mon wußte, daß Luet in den letzten paar Wochen in Bodika gewesen war, und es war nicht schwer zu erraten, für wen sie sich entschieden hatte. Didul war Mon völlig gleichgültig. Doch ihn traf die Nachricht schwer, daß Luet überhaupt heiraten würde. Er hatte gedacht ... er hatte gehofft ... wenn das alles vorbei war. Wenn die Dinge geklärt waren. Wenn er sich nicht mehr schämen mußte, ihr ins Gesicht zu sehen. Das war es, wurde ihm nun klar. Deshalb hatte er gewartet. Weil er nicht mit ihr sprechen, ihr nicht sagen konnte, was er empfand – nicht, solange jedes Wort, das über seine Lippen kam, von Lügen befleckt war.

Keine Lügen. Das sind keine *Lügen;* die Dinge, an die Akma und ich glauben, sind wahr. Mein Gefühl ist eine Illusion, ich weiß es genau. Ich konnte es nur nicht über mich bringen, vor Luet zu treten, solange ich noch dieses Gefühl hatte, ein Betrüger zu sein. Ich brauchte lediglich mehr Zeit, mehr Kraft. Mehr Mut.

Nicht, daß es eine Rolle spielte. Jetzt kann ich Akmaros

Religion mit reinem Gewissen angreifen. Wenn Vater per Dekret verordnet, daß alle Religionen gleichberechtigt sind und alle Glaubensrichtungen vom Gesetz geschützt werden, können wir in die Öffentlichkeit treten, und alles ist klar. Es ist gut, daß keine Bande der Zuneigung die Angelegenheit komplizieren. Es ist gut, daß ich Seite an Seite mit meinen Brüdern stehen kann, und mit meinem Freund, ohne von einer Frau hinabgezogen zu werden, die diese innere Stimme nicht überwinden kann, von der man ihr beigebracht hat, sie für die des Hüters der Erde zu halten. Luet wäre für mich die Falsche gewesen. Ich wäre für sie der Falsche gewesen.

Ich wäre der Falsche für sie gewesen. Und als dieser Gedanke ihm in den Sinn kam, gab ihm der Wahrsinn in seinem Innern endlich ein Gefühl der Ruhe. Endlich hatte er recht, in den Augen des Hüters.

Das war die verheerendste Erkenntnis von allen: Falls es den Hüter doch geben sollte, hatte er über Mon geurteilt und ihn für unwürdig befunden, die Liebe der Frau zu bekommen, die er einst gewollt hatte. Doch Mon konnte dem nagenden Zweifel nicht entgehen, daß die Dinge sich vielleicht anders entwickelt hätten, hätte er sich nicht in Akmas Pläne verstrickt. Wäre es so schrecklich gewesen, weiterhin an den Hüter zu glauben und Luet zur Frau zu haben und in Frieden zu leben? Warum hat Akma mich nicht einfach in Ruhe lassen können?

Er vertrieb diese treulosen Gedanken aus seinem Verstand und sprach mit keinem mehr über seine Gefühle.

10

Alte Traditionen

Akma suchte den ganzen Morgen nach Bego, fand ihn aber nicht. Er brauchte Begos Rat; der König hatte ihn zu sich gerufen, und Akma hatte nicht die geringste Ahnung, was ihn erwartete. Würde Motiak ihn einfach so in seine Privatkammer bitten, wenn er eines Verbrechens beschuldigt werden sollte? Akma brauchte Rat, und die einzigen, die ihm Rat geben konnten, wußten weniger als er. Nun ja, Aronha wußte schon mehr darüber, wie man ein Königreich führte – mehr als alle anderen, weil er sein ganzes Leben lang dafür ausgebildet worden war. Doch Aronha konnte ihm lediglich sagen, er sei nicht der Ansicht, Akma sei in Gefahr. »Es sieht Vater nicht ähnlich, dich zu ihm einzuladen, um dich dann eines Verbrechens zu beschuldigen. So etwas tut er in der Öffentlichkeit, durch die üblichen Kanäle. Ich glaube, es geht um das Dekret, das du Edhadeja gestern abend vorgeschlagen hast.«

»*Das* brauchst du mir nicht zu sagen«, erwiderte Akma. »Ich hatte gehofft, ich müßte nicht völlig unvorbereitet zu ihm gehen.«

»Ach, gestehe doch einfach, daß du Angst hast«, sagte Khimin. »Du weißt, du warst böse, und der König wird so wütend sein, daß er dich in Stücke reißen würde, wärest du nicht ein so freundlicher, wohlwollender Despot.« In den letzten Wochen hatte Khimin in den alten Unterlagen entdeckt, daß die Stadt Basilika von einem gewählten Rat regiert worden war, und nun schlug er ständig vor, die Monarchie abzuschaffen. Niemand schenkte ihm auch nur die geringste Beachtung.

»Nichts wird uns davon abhalten, heute abend zu sprechen, nicht wahr?« fragte Ominer. Da er schon in den letzten Monaten versucht hatte, sie zu überreden, an die Öffentlichkeit zu treten, während der schlimmsten Verfolgungen, als es einen wirklich schrecklichen Eindruck gemacht hätte, sich gegen die Behüteten zu wenden, befürchtete er nun natürlich, daß man Akma erneut überreden könnte, damit noch zu warten.

»Du wirst deine Rede schon halten können«, sagte Akma. »Wie sie geschrieben wurde, vergiß das nicht. Niemand wird irgend etwas aus dem Stegreif unternehmen.«

Ominer verdrehte die Augen.

Akma wandte sich an Mon. »*Du* bist still gewesen.«

Mon schaute auf, aus seiner Träumerei gerissen. »Ich habe nur nachgedacht. Wir haben sehr lange gewartet. Jetzt geht es endlich voran. Das ist gut. Es ist eine Erleichterung, meint ihr nicht auch?«

»Was ist mit meinem Gespräch mit deinem Vater heute?« fragte Akma.

»Du wirst es schon schaffen«, sagte Mon. »Du schaffst es doch immer. Sie werden versuchen, dir die Sache auszureden. Du wirst höflich sein und dich weigern, es dir anders zu überlegen. So einfach ist das. Es enttäuscht mich nur, daß sie uns nicht eingeladen haben, dem Gespräch beizuwohnen.« Er lächelte.

Akma hörte Mons Worte. Auf den ersten Blick war nichts falsch an ihnen. Aber irgend etwas störte ihn trotzdem. Mit Mon selbst stimmte etwas nicht. War er unzuverlässig geworden? Was, wenn Mon sich heute abend erhob und erklärte, er stehe zu seinem Vater? Eine Spaltung unter den Söhnen Motiaks würde alles zerstören – alle würden davon ausgehen, daß der treue Sohn den Thron erben würde und Akmaros Reformen von Dauer sein würden. Daß die Behüteten immer von der Regierung unterstützt werden würden. Und es daher nicht schaden konnte, den Behüteten anzugehören, was wiederum dazu führen würde, daß Akmaros Religion vorherrschend blieb. Akma machte sich keine Illusionen – die Doktrin, die er von heute abend an lehren würde, war keine Ideologie, die die Seelen aufrüttelte; niemand würde für diese Religion sterben. Sie würde lediglich Anhänger anlocken, wenn sie versprach, zu den alten Traditionen zurückzukehren, und den Anschein erweckte, die Religion der Zukunft zu sein – besonders, wenn Aronha König wurde. Was die reine Anzahl der Gläubigen betraf, so waren sie davon überzeugt, sehr schnell die vorherrschende Religion zu werden. Noch wichtiger war jedoch, daß die Führung dieser neuen Glaubensrichtung den Kern der zukünftigen Regierung darstellte. Eins sah Akma schon jetzt: Sobald Aronha König war, würde er lediglich auf einen einzigen Rat hören: nämlich, den Krieg zu den Elemaki zu tragen. Keine bloße Verteidigungsbereitschaft mehr – er wollte die Elemaki aus ihren Verstecken in den hohen Bergen jagen. Das Land Nafai würde im Wühlerblut schwimmen, und der Ort, an dem Akma einst in Knechtschaft gelebt hatte, würde dann ein Ort sein, an dem Wühlersklaven unter den Peitschen der Nafari schufteten. Dann würde Akmas Triumph vollständig sein. Die Schwäche seines Vaters angesichts der Verfolgung würde von Akmas Mut ausgeglichen werden.

Heute fängt es an. Und Mon wird zu uns stehen. Er ist ein wahrer Freund. Vielleicht ist er so verdrossen, weil er doch noch Hoffnung gehegt hat, mit Luet zusammenzukommen. Nun ja, das war das einzig Gute an Luets Entscheidung, die Ehe einzugehen. Mon war damit frei, sich auf die bevorstehenden Aufgaben zu konzentrieren. Mehr als alle anderen besaß Mon die Fertigkeit, mit genauso viel Feuer und Charme wie Akma zu sprechen. Eigentlich sogar mit noch mehr; denn Akma wußte, daß er wie ein Gelehrter klang. Mon hingegen sprach volkstümlich, auf eine knabenhafte Art und Weise, mit einer Energie, die die Leute auf einer tieferen Ebene erreichte, als Akma es je zustande bringen würde. Nicht, daß Akma Zweifel an seinen Fähigkeiten hatte. Er wußte, trotz seiner Schwäche als Redner hatte er die Leute am Ende einer Rede fast immer im Griff. Er sah ihnen beim Sprechen in die Augen, und es fühlte sich fast so an, als würde ein Strick sie miteinander verbinden, an dem er nur ziehen mußte, um die Person, mit der er sprach, für sich einzunehmen, wenigstens eine Stunde, einen Abend lang.

Fast wie die Kräfte einer Entwirrerin, wie die alten Aufzeichnungen sie beschrieben. Aber nur Frauen hatten diese Gabe gehabt, und außerdem war die Sache mit den Entwirrerinnen reiner Aberglaube. Die Bande, die Akma sich vorstellte, waren nur eine Metapher, eine unterbewußte Veranschaulichung seiner Fähigkeit, eine Beziehung zu Fremden aufzubauen.

Aber beim König würde es nicht funktionieren. Das wußte Akma aus Erfahrung. Welche Fähigkeit auch immer er hatte, Menschen zu beeinflussen, sie funktionierte nur bei jenen, die dafür zumindest geringfügig empfänglich waren. Motiak hatte Akma nie die Gelegenheit gegeben, ihn zu bearbeiten.

»Willst du den ganzen Morgen dort sitzen und Trübsal blasen?« fragte Ominer. »Vater wartet schon auf dich – du wirst dich verspäten.«

»Ja«, sagte Akma. »Ich habe nur nachgedacht. Das solltest du gelegentlich auch mal versuchen, Ominer. Es ist fast so schön, wie Luft zu schlucken, damit man rülpsen kann. Was du heute abend hoffentlich nicht tun wirst.«

»Traust du mir denn gar nichts zu?« sagte Ominer empört.

Akma gab ihm einen Klaps auf die Schulter, um ihm zu zeigen, daß er ihn nur aufzog und sie noch Freunde waren. Dann ging er, schritt kühn durch die Räume, die die Bibliothek mit der Privatkammer des Königs verbanden.

Er traf als letzter ein; und genau darauf hatte er auch gehofft. Motiak war natürlich dort, und, wie Akma erwartet hatte, auch Mutter und Vater. Edhadeja zum Glück nicht; aber ... Bego? Warum war Bego dort, mit seinem Ander-Ich, bGo, der hinter ihm saß und ganz elend dreinschaute? Und dieser alte Mann? Wer war er?

»Du kennst alle«, sagte Motiak. »Außer Khideo vielleicht. Er hat dich gekannt, als du noch ein Kleinkind warst, aber seitdem habt ihr euch wohl nicht mehr gesehen. Khideo war früher Gouverneur des Landes, das seinen Namen trägt.«

Akma begrüßte ihn und nahm auf ein Handzeichen des Königs am Tisch Platz. Er hielt den Blick auf Motiak gerichtet, obwohl er sich natürlich weiterhin fragte, wieso Khideo anwesend war. Und Bego. Warum waren Bego und sein Bruder hier? Und warum wich Bego seinem Blick aus?

»Akma, du verbringst den größten Teil deiner Zeit in meinem Haus, aber ich sehe dich nie«, sagte Motiak.

»Ich bin Gelehrter«, sagte Akma. »Ich bin dir dankbar, daß du mir so freien Zutritt zu deiner Bibliothek gewährst.«

»Es ist eine Schande, daß du bei all deinen Studien jetzt weniger weißt als damals, als du angefangen hast.« Motiak lächelte traurig.

»Ja«, sagte Akma. »Es hat tatsächlich den Anschein, je mehr ich lerne, desto weniger weiß ich. Während die Unwissenden sich ihrer Überzeugungen absolut sicher bleiben.«

Motiaks Lächeln verblich. »Ich dachte, du wolltest wissen, daß ich das Dekret erlasse, das du Edhadeja vorgeschlagen hast. Es scheint das unmittelbare Problem lösen zu können. Wie du es gesagt hast.«

»Ich freue mich, daß ich dir zu Diensten sein konnte«, sagte Akma. »Ich war ... sehr unglücklich darüber, wie die Dinge sich entwickelten.«

»Das kann ich mir vorstellen«, sagte Motiak. »Manchmal schlagen die Dinge, die wir in Bewegung gesetzt haben, nicht den geplanten Weg ein. Nicht wahr, Akma?«

Akma begriff, daß der König schon wieder eine spitze Bemerkung über ihn gemacht hatte und ihm die Verfolgungen vorwarf. Er würde das nicht auf sich sitzen lassen. »Ich habe diese Lektion bereits gelernt, und zwar nicht nur einmal«, sagte er. »Zum Beispiel hat deine religiöse Reform vor dreizehn Jahren nicht die von dir gewünschte Wirkung gehabt. Tragisch, wenn man jetzt sieht, wozu sie geführt hat.«

Motiak lächelte erneut, doch diesmal verriet er mehr von seinen wahren Gefühlen: Das Lächeln war wild, in den Augen funkelte Zorn. »Du sollst wissen, Akma, daß ich nicht der Narr bin, für den du mich hältst. Ich weiß, was du getan, wie du mich umkreist hast. Ich habe beobachtet, wie du meine Söhne für dich eingenommen hast, und nichts unternommen, weil ich darauf vertraute, daß sie ein wenig Vernunft haben. In dieser Hinsicht hast du mich geschlagen – ich habe sie überschätzt.«

»Der Ansicht bin ich nicht, Herr«, sagte Akma. »Ich denke, du hast sie unterschätzt.«

»Ich weiß, was du denkst, Akma, und unterbrich mich nicht noch einmal. Obwohl deine gesamte Strategie auf der Tatsache beruht, daß ich eines Tages sterben werde und jemand mein Nachfolger sein wird, vergiß bitte nicht, daß ich noch nicht tot und der König bin.«

Akma nickte. Er mußte vorsichtig sein. Sollte der König doch sein kleines Drama bis zum Ende spielen. Heute abend würde Akma das letzte Wort haben.

»Deine Eltern und ich haben über die schrecklichen Dinge gesprochen, die du als Kind durchgemacht hast, und herauszufinden versucht, warum diese Erfahrung alle anderen zum Hüter der Erde hin und dich von ihm weg wandte. Dein Vater hat dich natürlich in Schutz genommen. Er drückte immer wieder sein Bedauern darüber aus, daß aufgrund seiner Fehler als Vater unschuldige Menschen leiden müssen.«

Akma wollte ihn anschreien, daß er die Verfolgung *nicht* verursacht hatte und, wenn es nach ihm ginge, dafür sorgen würde, daß so etwas nie wieder passierte. Er wollte auch seinem Vater ins Gesicht schreien, ihn schlagen, ihn verletzen, weil er es gewagt hatte, sich bei dem König zu *entschuldigen*, daß sein Sohn so schlecht geraten war. Doch er hielt all diese Gefühle im Zaum, und als Motiak auf Antwort wartete, nickte er nur und sagte demütig: »Es tut mir leid, daß ich dich dermaßen enttäuscht habe.«

»Wir bekamen lange nicht heraus, weshalb so weithin und schnell bekannt wurde, daß es dir gelungen ist, meine Söhne auf deine Seite zu ziehen. Du scheinst nie Kontakt mit einem der Unbehüteten gehabt zu haben. Du hast die Bibliothek kaum verlassen.«

»Ich bin Gelehrter. Ich habe mit keinem anderen außer deiner Familie, meiner Familie und ein paar anderen Gelehrten gesprochen.«

»Ja, du warst sehr vorsichtig, und sehr gerissen – das dachten wir zumindest. Wie macht Akma es nur? dachten wir. Und dann wurde uns klar, das ist gar nicht Akmas Werk. Das war nicht Akmas Idee.«

Motiak schaute zu Khideo. Es war das Stichwort für den alten Soldaten. »Als ich mich unmittelbar nach unserer Rettung hier mit dem König beraten habe, wandte ich mich an jemanden, der einige meiner Ansichten teilte. Die Auffassung der Zenifi – daß Menschen weder mit der einen noch der anderen werkzeugherstellenden Spezies zusammenleben sollten. Eigentlich sollte ich sagen, er wandte sich an mich, da er meine Ansichten kannte, ich die seinen aber nicht kennen konnte, bis er mit mir sprach. Seitdem ist er mein Mittelsmann im Hause des Königs, und was er mir gesagt hat, habe ich meinen Zenifi gesagt. Am wichtigsten war jedoch, daß er mir damals, vor dreizehn Jahren, versprach, er würde alle Söhne des Königs auf meine Seite ziehen. Sobald er das erreicht hatte, wollten wir die Nachricht verbreiten, damit das Volk wußte, daß alle Reformen Akmaros nur von kurzer Dauer sein würden und die alte Ordnung wieder hergestellt würde, wenn einer von euch den Thron erbte.«

Vor dreizehn Jahren? Das war unmöglich. Er hatte diesen Plan erst ausgearbeitet, als ihm klar geworden war, daß es keinen Hüter gab.

Motiak schaute Bego an. Leise begann der alte Archivar zu sprechen. »Ich habe versucht, direkt mit Aronha zu arbeiten, doch er war zu sehr der Sohn seines Vaters. Und Mon kam nicht über seinen Abscheu vor sich selbst hinweg. Ominer – zu jung, und auch nicht klug genug, um die Dinge zu verstehen. Khimin – eindeutig zu jung. Eine Zeitlang habe ich versucht, mit Edhadeja zu arbeiten, doch ihre Wahnvorstellungen von wahren Träumen waren zu stark.«

»Keine Wahnvorstellungen«, knurrte Motiak.

»Ich habe dir gestanden, Motiak«, sagte Bego trotzig. »Ich

habe nicht gesagt, daß ich einer Meinung mit dir bin.« Er wandte sich wieder Akma zu. »Du, Akma, hast verstanden. Du warst der klügste Junge, den ich je unterrichtet habe. Und ich sah, daß du es irgendwie verstehst, die Leute für deine Sicht der Dinge einzunehmen. Solange du bei ihnen bist. Du hast ein Talent dafür, ein Talent zur Überredung, und mir wurde klar, daß ich Motiaks Jungen gar nicht überzeugen mußte. Ich mußte nur dich überzeugen, und du würdest den Rest erledigen.«

»Du hast mich von gar nichts überzeugt. Ich bin selbst darauf gekommen.«

Bego schüttelte den Kopf. »Der Inbegriff des Lehrens ist, daß der Schüler alles selbst herausfindet. Ich habe dafür gesorgt, daß du zu dem Schluß kommst, es gäbe keinen Hüter – und danach hast du alle weiteren Schlüsse gezogen, auf die ich gehofft habe. Und dein tiefer Haß auf die Wühler half natürlich auch.«

»Du hast mich also für eine Marionette gehalten?« fragte Akma.

»Keineswegs«, entgegnete Bego. »Ich habe dich für den besten Schüler gehalten, den ich je gehabt habe. Ich dachte, du könntest die Welt verändern.«

»Bego will dir damit nicht sagen«, warf Motiak ein, »daß seine Taten Verrat und Eidbruch darstellen. Khideo studiert seit einiger Zeit an Schedemeis Schule. Sehr viel Moralphilosophie. Er wandte sich an bGo, und dann haben die beiden Bego gemeinsam überredet, mir alles zu gestehen.«

»Es tut mir leid, daß Khideo, bGo und Bego sich entschlossen haben, etwas zu Unnötiges und Unangemessenes zu tun«, sagte Akma. »Aber wie Bego dir bestätigen kann, haben *wir* erst erfahren, daß er Kontakte nach außen hatte, *nachdem* die Verfolgungen anfingen und er uns immer wieder drängte, offen gegen die Behüteten zu sprechen. Du wirst feststellen, daß wir dies nicht getan haben. Wir haben uns strikt geweigert, irgend etwas zu tun, das man als Unterstützung der Verfolgungen auffassen könnte.«

»Das weiß ich sehr wohl«, sagte Motiak. »Deshalb hat man

gegen dich auch nicht dieselben Anklagen wie gegen Bego und Khideo erhoben.«

»Wenn du glaubst, du könntest mich zum Schweigen bringen, indem du Bego die Todesstrafe androhst, irrst du dich«, sagte Akma. »Da wirst du schon mich töten müssen.«

Motiak sprang auf, beugte sich über den Tisch und schlug direkt vor Akma auf die Platte. »Ich töte niemanden, du dummer kleiner Junge! Ich bedrohe niemanden! Ich zeige euch die Wahrheit, was hier vorgeht!«

»Na gut«, sagte Akma ruhig. »Bego hat also geglaubt, er würde mich kontrollieren. Und Khideo scheint das auch geglaubt zu haben. Leider traf es niemals zu. Denn ich habe meinen Plan schon viel früher ausgearbeitet, als ihr denkt – als ich an einem Ort namens Chelem auf einem Hügel saß. Als ich sah, wie mein Vater Folterern und Peinigern mit Liebe begegnete, leistete ich den ernsten Eid, eines Tages mit einem Heer hinter mir dorthin zurückzukehren, um die Elemaki zu erobern und zu unterwerfen. Das Land, in dem ich und mein Volk versklavt und gequält wurden, wird unter die Macht der Nafari fallen, und wir werden die Wühler vertreiben. Für sie und die Menschen, die freiwillig mit ihnen zusammenleben, wird es im Gornaja keinen Platz mehr geben. Diesen Schwur habe ich damals abgelegt. Und alles, was seitdem geschehen ist, diente lediglich dazu, mein Ziel zu erreichen. Was interessiert mich schon die Religion? Ich habe von meinem Vater gelernt, daß religiöse Geschichten nur eine Möglichkeit sind, das Volk dazu zu bringen, zu tun, was man will – wie er es mit den Pabulogi getan hat. Die Tragödie meines Vaters ist, daß er seine Geschichten tatsächlich glaubt.«

Motiak lächelte. »Danke, Akma. Du hast mir gegeben, was ich brauche.«

Akma erwiderte das Lächeln. »Ich habe dir nichts gegeben, was du benutzen kannst. Deine Söhne und ich haben bereits die militärische Strategie geplant, die uns den Sieg bringen wird. Wir haben die Berichte der Späher studiert. Du hast alle nützlichen Informationen beiseite gelegt, weil du kein Interesse daran hast, den Krieg zum Feind zu tragen – aber wir haben sie benutzt, haben daraus gelernt. Die Elemaki haben sich in drei schwache und streitsüchtige Königreiche gespalten. Wir können eins nach dem anderen besiegen. Es ist ein ausgezeichneter Plan, und er stellt keineswegs Verrat dar. Was auch immer ich tue, ich werde es als wahrer und treuer Diener des Königs tun. Daß du nicht der König sein wirst, dem ich diesen Ruhm bescheren werde, ist bedauerlich, aber diese Entscheidung hast du selbst getroffen. Verkünde deinem Volk ruhig, daß dies mein Plan ist – unsere Feinde zu besiegen und zu vernichten und dem ganzen Land Frieden zu bringen. Dann wirst du sehen, wie unbeliebt mich das macht.«

»Das Volk liebt den Krieg nicht«, sagte Motiak. »Wenn du das glaubst, schätzt du es falsch ein.«

»Du schätzt es falsch ein, nicht ich«, sagte Akma. »Es verabscheut die ständige Wachsamkeit. Es verabscheut, daß die Elemaki unser Land überfallen und dann wieder über ihre Grenzen zurückkehren können, ohne daß wir sie verfolgen und vernichten. Was glaubst du, warum ist der Abscheu gegen die Wühler so groß? Warum gehorcht die Bürgerwache dir nicht, wenn du ihr befiehlst, die Gewalt zu beenden? Der Unterschied zwischen uns, Herr, besteht darin, daß ich diesen Zorn gegen den wahren Feind richten werde. Deine Politik lenkt ihn gegen Kinder.«

Motiak erhob sich. »Es gibt kein Gesetz, das mich zwingt, einen meiner Söhne zu meinem Nachfolger zu ernennen.«

Akma erhob sich ebenfalls. »Und es gibt kein Gesetz, das das Volk zwingt, den Nachfolger zu wählen, den du ernennst. Das Volk liebt Aronha. Es wird ihn um so mehr lieben, wenn es sieht, daß er – daß *wir* – beabsichtigen, die alte Ordnung, die alten Traditionen wiederherzustellen.«

»Alles, was du planst – und die Tatsache, daß du es mir ins Gesicht zu schleudern wagst –, das alles hängt davon ab, daß ich ein sanfter König bin und meine Macht nicht rücksichtslos einsetze.«

»Ja«, sagte Akma. »Darauf zähle ich. Und ich zähle auch

darauf, daß du dieses Land liebst und es nicht unnötig in einen Bürgerkrieg oder die Anarchie stürzen wirst. Du wirst Aronha zu deinem Nachfolger ernennen. Und wenn dieser Tag kommt – und wir hoffen darauf, daß er *nicht* allzu bald kommt, Herr, ganz gleich, was du dir vielleicht vorstellst –, dann hoffen wir, Herr, dann *glauben* wir, daß du endlich eingesehen haben wirst, daß unser Plan letztlich das Beste für dein Volk ist.«

»Nein«, sagte Motiak. »Das würde ich nie tun.«

»Es ist deine Entscheidung.«

»Du glaubst, du hättest mich ausmanövriert, nicht wahr?«

»Keineswegs. Mein einziger Feind ist das Volk der Wühler und der abscheulichen rattenähnlichen Menschen hoch oben in den Bergen. Ich hatte nichts mit den Prozessen zu tun, die zu der rechtlichen Situation führte, die der Verfolgung Tür und Tor geöffnet haben, und das weißt du. Ich war nie ein Spieler in *diesem* elenden Spiel, und ich lehne es ab. Aber dieses Dekret, das du jetzt erläßt – ja, das *ist* ein Manöver. Aber mir ist nicht aufgefallen, daß dir ein besserer Zug in den Sinn gekommen ist. Hingegen scheint die Belohnung dafür, dir die Lösung für deine Probleme vorgeschlagen zu haben, darin zu bestehen, daß ich zu dir befohlen wurde, um Marionette, Verräter, Peiniger von Kindern genannt und mit jeder anderen üblen Beschimpfung belegt zu werden, die dir in den Sinn kommt. Ich werde nicht vergessen, daß meine Eltern hier saßen und sich das alles angehört haben, ohne auch nur einmal, ein einziges Mal, die Stimme zu meiner Verteidigung zu heben.«

Bego lachte. »Du bist tatsächlich der Mann, für den ich dich gehalten habe, Akma!«

Ein Blick des Königs brachte ihn zum Schweigen.

»Akma«, sagte sein Vater leise, »ich bitte dich um Gnade.«

Nein, tu das nicht, dachte Akma bei sich. Erniedrige dich nicht vor mir, wie du dich vor den Pabulogi erniedrigt hast.

»Ich habe mein Gedächtnis und mein Gewissen durchforstet«, sagte Vater, »und mir vorzustellen versucht, wie ich damals in Chelem anders hätte handeln können. Ich bitte dich, mir jetzt zu sagen – was hätte ich tun sollen? Ich freundete mich mit den Söhnen Pabulogs an, lehrte sie den Willen des Hüters, die Doktrinen Binaros – und das hat uns die Freiheit eingebracht. Uns hierher geführt. Wie sonst hätte ich es tun können? Was hätte ich tun sollen?«

»Ich verweile nicht in der Vergangenheit«, sagte Akma in dem Versuch, der peinlichen Frage auszuweichen.

»Also fällt dir auch nichts Besseres ein, als ich es getan habe«, sagte Vater. »Nein, ich habe es auch nicht erwartet. Haß und Zorn sind irrational. Nur weil du weißt, daß ich keine andere Wahl hatte, wird der Zorn sich nicht legen. Das verstehe ich. Aber du bist jetzt ein Mann. Du kannst so kindische Dinge überwinden.«

»Ist das deine Vorstellung von einer Entschuldigung?« fragte Akma leichthin. »Mich kindisch zu nennen?«

»Keine Entschuldigung«, sagte Akmaro. »Eine Warnung.«

»Eine Warnung? Von dem Mann, der den Frieden lehrt?«

»Du behauptest, dich würde abstoßen, was bei diesen Verfolgungen passiert ist. Aber bei all deiner Klugheit, bei all deinen Plänen scheinst du nicht zu begreifen, daß der Weg, den du jetzt einschlägst, zu einem solchen Leid führen wird, daß diese Verfolgungen im Vergleich dazu wie ein Kinderspiel aussehen werden.«

»Die Elemaki haben uns angegriffen. Immer wieder. Nein, ich werde ihres Leidens wegen keine Tränen vergießen.«

»Ein Schuljunge betrachtet den Krieg und sieht Landkarten und Flaggen«, sagte Akmaro.

»Erzähle mir nichts vom Krieg. Du hast genauso wenig von ihm *gesehen* wie ich, und ich habe mehr gelesen.«

»Glaubst du etwa, Motiak und ich hätten nicht über Krieg gesprochen? Wären wir der Ansicht, es könne schnell geschehen – ein einziger Feldzug, und die Elemaki sind besiegt und vernichtet –, würden wir nicht davor zurückschrecken. Meine Liebe für den Frieden ist nicht geistlos. Ich weiß, daß die Elemaki uns angreifen. Motiak spürt jeden Schlag gegen sein Volk, als hätte er seinen eigenen Körper getroffen. Der König hat sich bislang geweigert, die Festungen des Feindes anzugreifen, weil wir unterliegen würden. Ohne jeden Zweifel, ohne jede Frage, würden wir vernichtet. Kein einziger Soldat würde das alte Land Nafai erreichen. Die Hochtäler sind eine tödliche Falle. Aber du würdest gar nicht so weit kommen, Akma. Weil der Hüter deinen Plan von Anfang an ablehnt. Dieses Land gehört allen drei Völkern gleichermaßen. Das hat der Hüter entschieden. Wenn wir dieses Gesetz akzeptieren und gemeinsam in Frieden leben, werden wir hier gedeihen. Wenn wir es zurückweisen, mein Sohn, werden unsere Knochen in der Sonne bleichen wie die der Rasulum.«

Akma schüttelte den Kopf. »Glaubst du, du könntest mir nach all diesen Jahren mit dem Hüter noch immer angst machen?«

»Nein«, sagte Akmaro. »Ich glaube nicht, daß ich dir überhaupt noch angst machen kann. Aber ich habe die Pflicht, dir zu sagen, was ich weiß. Gestern nacht habe ich einen wahren Traum gehabt.«

Akma stöhnte innerlich auf. Ach, Vater, bringe dich doch nicht in noch tiefere Verlegenheit. Kannst du deine Niederlage nicht wie ein Mann akzeptieren?

»Der Hüter hat dich erwählt. Er hat dich in deiner Kindheit erkannt und dich für deine Rolle im Leben vorbereitet. Noch nie zuvor wurde ein Nafari mit solcher Intelligenz, solcher Klugheit und Macht geboren, wie du sie hast.«

Akma lachte und versuchte, diese offensichtliche Schmeichelei zurückzuweisen. »Behandelst du deshalb meine Ideen mit solchem Respekt?«

»Und es hat noch nie jemanden mit einer solchen Empfindsamkeit gegeben. Als du klein warst, hat sie sich in Mitgefühl verwandelt. Die Schläge, die auf Luet fielen, haben dir größere Schmerzen bereitet als die, die du einstecken mußtest. Du hast den Schmerz eines jeden in deiner Nähe gefühlt, den Schmerz aller Menschen. Doch mit der Empfindsamkeit kam Stolz. Du mußtest derjenige sein, der die anderen rettet, nicht wahr? Das ist das Verbrechen, das du uns nicht vergeben kannst. Daß es deine Mutter war und nicht du, die Didul damals auf dem Feld kleingekriegt hat. Daß ich es war, nicht du, der sie unterwiesen und für uns eingenommen hat. Alles, wonach du dich gesehnt hast, ist eingetreten – unser Volk wurde gerettet, die Qualen nahmen ein Ende. Aber du konntest nicht ertragen, daß du mit ihrer Rettung nichts zu tun hattest. Das hast du zumindest geglaubt. Und genau darum geht es bei deinem Traum vom Krieg. Obwohl das Volk bereits gerettet wurde, kannst du nicht eher ruhen, bis du ein Heer angeführt hast, um seine Ehre wiederherzustellen.«

Nun ergriff Mutter das Wort, und ihrer Stimme merkte man ihre Gefühle deutlich an. »Weißt du nicht, daß es dein Mut war, der uns alle gerettet hat?«

Akma schüttelte den Kopf. Es war fast unerträglich peinlich, sich ihre elenden Versuche anhören zu müssen, ihn zu bewegen, die Dinge auf ihre verzerrte Weise zu sehen. Warum taten sie sich das an? Ihn als intelligent zu bezeichnen und nicht zu erkennen, daß er immerhin so klug war, ihre Geschichten zu durchschauen!

»Der Hüter beobachtet dich«, fuhr Vater fort, »und achtet genau darauf, was du tust. Der Augenblick wird kommen, da du dich entscheiden mußt. Du hast alle Informationen, die du brauchst, um deine Entscheidung zu treffen.«

»Ich habe meine Entscheidung bereits getroffen«, sagte Akma.

»Du bist noch nicht einmal vor die Entscheidung gestellt worden, Akma. Du wirst wissen, wenn sie kommt. Auf der einen Seite wird der Plan des Hüters stehen – ein Volk des Friedens zu schaffen, das die Unterschiede zwischen den Völkern der Erde und des Himmels und allem, was dazwischen ist, feiern wird. Auf der anderen Seite wird dein Stolz stehen, und der Stolz aller Menschen – unsere häßlichste Seite, die erwachsene Männer dazu bringt, Löcher in die Schwingen junger Engel zu reißen. Dieser Stolz in dir treibt dich dazu, den Hüter zurückzuweisen, weil der Hüter dich zurückgewiesen hat, damit du vorgeben kannst, nicht an ihn zu glauben. Dein Stolz fordert Krieg und Tod, verlangt, daß alle Wühler aus ihrer Heimat vertrieben werden müssen, weil ein paar Wühler dich und dein Volk geschlagen haben, als du ein Kind warst. Wenn du diesen Stolz wählst, diese Zerstörung, wenn du den Hüter zurückweist, wird der Hüter dieses Experiment als gescheitert betrachten. Dann haben wir versagt wie vor uns die Rasulum. Und wir werden enden wie die Rasulum. Hast du mich verstanden, Akma?«

»Ich verstehe dich. Ich glaube nichts davon, aber ich verstehe dich.«

»Gut«, sagte Vater. »Denn ich verstehe auch dich.«

Akma lachte abfällig. »Gut! Dann kannst du mir sagen, wie ich mich entscheiden werde, und mir die Mühe ersparen.«

»Wenn du am Rande der Verzweiflung angelangt bist, mein Sohn, und die Vernichtung als das einzig erstrebenswerte Ziel siehst, dann erinnere dich daran: Der Hüter liebt uns. Er liebt uns alle. Er schätzt jedes Leben, jeden Geist, jedes Herz hoch ein. Alle sind ihm teuer. Sogar du.«

»Wie nett von ihm.«

»Seine Liebe für dich ist die einzige Konstante, Akma. Er weiß, daß du an ihn geglaubt hast, von Anfang an. Er weiß, daß du gegen ihn rebelliert hast, weil du dachtest, du wüßtest besser als er, wie man diese Welt formen muß. Er weiß, daß du jeden belogen hast, immer wieder, einschließlich dich selbst, *besonders* dich selbst. Und ich sage dir erneut: Obwohl er das alles weiß, wird er dich zurückholen, wenn du dich ihm nur wieder zuwendest.«

»Und wenn ich es nicht tue, wird der Hüter alle auslöschen. So ist es doch?« fragte Akma.

»Er wird seinen Schutz zurückziehen, und dann werden wir die Möglichkeit haben, uns selbst zu vernichten.«

Akma lachte erneut. »Und das ist das Wesen, von dem du mir sagst, es sei von *Liebe* erfüllt?«

Vater nickte. »Ja, Akma. Von so viel Liebe, daß es uns selbst entscheiden läßt. Selbst, wenn wir uns für unsere Vernichtung entscheiden und ihm das Herz brechen.«

»Und das alles hast du in einem Traum gesehen?« fragte Akma.

»Ich habe dich auf dem Grund eines Lochs gesehen, das so tief war, daß kein Licht ihn erreichte. Ich habe gesehen, wie du weinst, vor Qual schluchzt, den Hüter der Erde bittest, dich auszulöschen, zu vernichten, weil du lieber sterben als mit deiner Schande leben würdest. Ich dachte: Ja, soviel Stolz hat Akma. Er würde lieber sterben als in Schande leben. Aber neben dir in diesem dunklen Loch, Akma, sah ich den Hüter der Erde. Oder genauer gesagt, ich hörte ihn, wie er sagte: Gib mir deine Hand, Akma. Ich reiche dir meine Hand, um dich hier hinaus zu holen. Nimm meine Hand. Aber du hast so laut gejammert, daß du ihn nicht hören konntest.«

»Ich habe auch schon schlechte Träume gehabt, Vater«, sagte Akma. »Versuche, früher zu Abend zu essen, damit du deine Nahrung voll verdauen kannst, bevor du zu Bett gehst.«

Das Schweigen um den Tisch kam Akma wie ein Triumph vor.

Motiak sah Vater an, der einmal nickte. Mutter brach in Tränen aus. »Ich liebe dich, Akma«, sagte sie.

»Ich liebe dich auch, Mutter«, antwortete er. Und zu Motiak sagte er: »Und dich, Herr, ehre ich als meinen König, und ich werde dir gehorchen. Befehle mir zu schweigen, und ich werde nichts sagen; ich bitte nur, daß du dann auch meinem Vater zu schweigen befiehlst. Doch wenn du ihn sprechen läßt, laß auch mich sprechen.«

»Das besagt das Dekret«, antwortete Motiak sanft. »Keine Staatsreligion. Völlige Freiheit in Glaubensangelegenheiten. Die Freiheit, Glaubensgemeinschaften zu bilden. Die Führer dieser Gemeinschaften werden gewählt, wie diese es für richtig halten. Kein vom König ernannter Hohepriester. Und das strikte Verbot, jemanden seines Glaubens wegen zu verfolgen. Also … dein Vater teilt mir mit, daß wir alles erreicht haben, worauf er hier gehofft hat. Du darfst jetzt gehen.«

Akma spürte, wie der Sieg wie ein Sonnenaufgang im Sommer in ihm leuchtete, warm und süß. »Danke, Herr.« Er drehte sich um und ging.

»Übrigens«, sagte Motiak, als er die Tür erreicht hatte, »du und meine Söhne, ihr seid aus meinem Haus verbannt. Solange ihr euch nicht zu den Behüteten gesellt, wird keiner von euch mein Gesicht mehr sehen, bis ihr meine Leiche schaut.« Seine Stimme war ruhig und gelassen, doch die Worte schmerzten.

»Es tut mir leid, daß du so entschieden hast«, sagte Akma. Dann fiel ihm noch etwas ein. »Was wird mit Bego geschehen?« fragte er.

Er sah, daß Bego ihn aus traurigen Augen betrachtete.

»Das«, sagte Motiak, »geht dich nun wirklich nichts an.«

Akma ging und schloß die Tür hinter sich. Schnellen Schrittes kehrte er in die Bibliothek zurück, in der Aronha und Mon, Ominer und Khimin ihn erwarteten. Die Verbannung aus dem Haus würde sie natürlich treffen. Aber Akma wußte, daß er ihre Bestürzung leicht in neue Entschlossenheit verwandeln konnte. Der heutige Abend würde zum Triumph werden. Zum Anfang vom Ende dieses Blödsinns, mit Hilfe von Träumen Entscheidungen für ein Königreich zu treffen.

Wenn alles hinter uns liegt, wird es Frieden und Freiheit geben, dachte Akma. Und sie werden nicht vergessen, daß ich ihnen diese Sicherheit gegeben habe. Und nicht nur Sicherheit, solange ich lebe, um sie im Krieg zu führen, sondern ewige Sicherheit, weil ihre Feinde vollkommen vernichtet werden. Was hat der mythische Hüter je getan, daß man es *damit* vergleichen könnte?

Schedemei kehrte eigens an diesem Tag nach Darakemba zurück, damit sie am Abend an Akmas erster Versammlung teilnehmen konnte. Sie wußte bereits aufgrund der Berichte der anderen – wobei die Überseele Wissenslücken ausgefüllt hatte –, was Akma und die Söhne Motiaks sagen würden und was es bedeutete. Doch sie war auf die Erde gekommen, um wieder eine Zeitlang in einer Gemeinschaft zu leben, nicht wahr? Also mußte sie an den großen Ereignissen teilnehmen, auch wenn das, was sie ihr über die Natur der Menschen verrieten, leichte Übelkeit verursachte. Deshalb nahm sie daran teil und brachte ein paar Schülerinnen, aber auch einige Lehrerinnen mit. Voozhum wollte sie begleiten, doch Schedemei mußte ihr davon abraten. »Dort werden viele sein, die die Behüteten verfolgt haben«, sagte sie. »Sie hassen das Erdvolk, und wir wissen nicht, ob wir dich beschützen können. Ich werde heute abend keine Wühler mitnehmen.«

»Oh, dann habe ich das falsch verstanden«, sagte Voozhum. »Ich habe gehört, Edhadejas Brüder würden sprechen. Sie waren immer sehr gute Jungs und sehr freundlich zu mir.« Schedemei brachte es nicht übers Herz, Voozhum zu erklären, wie sehr diese Jungs sich verändert hatten. Voozhum mußte bei den neuesten Ereignissen nicht unbedingt auf dem laufenden bleiben. Ihr eigentliches Thema war die uralte Tradition des Erdvolks, und sie konnte es sich ruhig leisten, die Reden des heutigen Abends zu verpassen.

Als das Treffen endlich begann, überraschte die Reihenfolge der Sprecher sie. Aronha war der mit dem größten Ruhm und Ansehen, und er wurde seit seiner Kindheit vom Volk geliebt. Hätte er nicht als letzter reden sollen? Doch als Schedemei ihn dann sprechen hörte, verstand sie die Entscheidung. Aronha konnte durchaus schwungvolle Reden halten, war aber nicht imstande, wichtige Themen klar herauszuarbeiten. Könige mußten nicht verdeutlichen können, nur entscheiden und mitreißen; Aronha würde ein guter König werden. Doch eigentlich sagte er nur, daß er seinen Vater liebte und dessen religiöse Ansichten respektierte, aber ebenso die uralten Traditionen der Nafari, und daß er dankbar sei, daß nun mehrere Glaubenssysteme nebeneinander existieren konnten. »Ich werde stets großen Respekt für die Gemeinschaft der Behüteten haben, weil mein Vater die Lehren des Märtyrers Binaro sehr liebt. Aber wir haben uns hier versammelt, um eine andere Gemeinschaft zu bilden, die wir die Gemeinschaft der Alten Traditionen nennen werden. Wir widmen uns der Aufgabe, die alten öffentlichen Rituale zu bewahren, die seit den Tagen der Helden Teil unseres Lebens gewesen sind. Wir heißen alle Behüteten willkommen, die ebenfalls die alten Traditionen ehren wollen. Ihr könnt an alle Lehren Binaros glauben und werdet von unserer Gemeinschaft dennoch willkommen geheißen. Wir verlangen lediglich Respekt füreinander und die Erhaltung der Lebensweise, die Darakemba groß gemacht und so viele Jahrhunderte den Frieden unter uns erhalten hat.«

Oh, dieser Jubel! Und wie das Volk über Aronhas Klugheit und Toleranz murmelte. Er wird ein weiser, ein großer König sein. Wie viele von ihnen mögen wohl begreifen, fragte Schedemei sich, daß er mit den »alten Traditionen« die erneute Versklavung oder die Vertreibung der Wühler meinte? Kein wahrer Behüteter konnte sich diesem Programm verschreiben – doch indem Aronha sie trotzdem dazu einlud, schuf er die Illusion, daß ihre Gemeinschaft jeden aufnehmen konnte.

Und wie viele wissen, dachte Schedemei, daß der Frieden innerhalb von Darakemba nur drei Generationen alt war? Denn bis zur Zeit von Motiaks Großvater hatte das Volk der Nafari hoch oben in den fernsten Ausläufern des Gornaja gelebt, und vor kaum einem Jahrhundert hatte es sich mit dem Volk von Darakemba vereinigt. Und auch danach hatte es immer Unzufriedenheit unter der alten Aristokratie von Darakemba gegeben, die sich abgewertet und fehl am Platze vorgekommen war, da man ihr die herrschende Elite der Nafari vorgesetzt hatte. Nein, *darüber* wird es keine Diskussion geben. Akma kann soviel darüber sprechen, wie er will – daß er bezüglich der Historie völlig ehrlich bleiben möchte –, er wird die Wahrheit beugen, wann immer es nötig sein wird, um Gefolgsleute zu gewinnen.

Mons Rede war wesentlich genauer; er sprach über die Rituale, die zu bewahren sie versuchen würden. »Wir werden im Laufe der nächsten Wochen die alten Priester bitten, sich zu uns zu gesellen, um wieder ihren Platz in diesen Ritualen einzunehmen. Einige der Riten erfordern natürlich die Anwesenheit des Königs; diese werden wir erst abhalten, wenn und falls unser geliebter Motiak sich entschließt, uns bei diesen Riten zu führen.« Niemand sagte es, aber jeder wußte es natürlich, daß – falls Motiak diese Rituale nicht abhalten sollte – Aronha irgendwann daran teilnehmen würde, nachdem er König geworden war. »Wir werden an den alten Feiertagen feiern und nicht fasten«, sagte Mon, »uns der Freude statt der Melancholie hingeben.«

Genau, dachte Schedemei. Macht den Leuten klar, daß sie nichts opfern müssen, um eurer Gemeinschaft anzugehören. Eine Religion, die nur aus eitler Freude besteht, aber nicht aus Licht; nur aus Form, aber nicht aus Substanz; nur aus Tradition, aber nicht aus moralischen Grundsätzen.

Ominer sprach über die Mitgliedschaft in der Gemeinschaft. »Fügt eure Namen den Listen zu – das müßt ihr nicht heute tun, macht es ruhig irgendwann in den nächsten Wochen. Anmelden könnt ihr euch in den Häusern der Priester. Wir bitten euch, zu spenden, was euch möglich ist, damit wir Land kaufen können. Auf dem werden wir uns dann versammeln und die Schulen einrichten, an denen unsere Kinder nach den alten Traditionen erzogen werden, nach denen wir im Hause des Königs erzogen wurden. Eines könnt ihr euch sicher sein – sobald ihr von der Gemeinschaft der Alten Traditionen aufgenommen worden seid, werdet ihr *niemals* hinausgeworfen, nur weil ihr eine Meinungsverschiedenheit mit einem Priester habt.«

Eine weitere Spitze gegen die Gemeinschaft der Behüteten. Was die Spenden betraf, so hätte Schedemei angesichts dieses Zynismus fast laut aufgelacht. Die Behüteten waren größtenteils arm, aber sie alle spendeten in großem Ausmaß

Arbeitszeit und Geld, um Häuser zu bauen und die Lehrer ihrer Schulen bezahlen zu können. Doch sie glaubten inbrünstig und gingen mit großem Engagement an die Sache. Die Gemeinschaft der Alten Traditionen hingegen würde von ihren Mitgliedern niemals eine solche Unterstützung bekommen. Doch an finanziellen Mitteln würde es ihr nicht mangeln, weil alle wohlhabenden Geschäftsleute und Grundbesitzer natürlich wußten, daß man Spenden an die Alten Traditionen sehr wohl registrieren würde und der zukünftige König und seine Brüder sich daran erinnern würden. Oh, sie würden nicht unter Geldknappheit leiden, und die Priester, die vor Motiaks Reformen Gehalt bezogen hatten, würden wieder ordentliche Bezüge bekommen. Schluß mit diesem Unsinn, daß Priester wie das gemeine Volk arbeiten mußten. Es würde wieder eine Oberklasse unter den Priestern geben.

Der noch junge Khimin stotterte ein wenig herum, doch das Publikum schien seine Fehler bezaubernd zu finden. Man hatte ihm aufgetragen, lediglich zu bestätigen, daß er mit allem übereinstimmte, was seine Brüder gesagt hatten, und dann zu verkünden, daß Akma und Motiaks Söhne in jede größere Stadt in jeder Provinz reisen würden, um dort zu den Leuten zu sprechen und die Alten Traditionen zu begründen, sobald die Gemeinschaft in Darakemba gut organisiert sei. Leider besaßen sie kein eigenes Geld, und es sei nicht richtig, den Wohlstand ihres Vaters zu benutzen, um eine Religion zu begründen, die dieser nicht billigte, so daß Khimin, seine Brüder und ihr Freund Akma von der Gastfreundschaft jener Bürger an jenen fernen Orten abhängig seien.

Schedemei fragte sich, ob sie lange genug leben würden, um in jedem Haus, das sie mit erschreckender Begeisterung aufnehmen wollte, eine Nacht zu verbringen. Reiche Familien, die einem Bettler nicht mal einen Flachkuchen geben würden, würden sich darum reißen, sich diesen Jungs gegenüber großzügig zu erweisen, denen es auch nicht einen Tag ihres Lebens an irgend etwas gemangelt hatte.

›Sei großzügig, Schedemei. Akma hat es durchaus an etwas gemangelt.‹

Und er hat nichts daraus gelernt, sagte Schedemei stumm.

›Akma ist aber auch kein Narr. Sie werden so oft in den Häusern armer Leute bleiben, bis sie ihr Ziel erreicht haben, und nicht nur in den Häusern von Menschen, sondern auch in denen von Engeln. Wenn es sich irgendwie vermeiden läßt, werden sie Akmaro und Motiak in keiner Hinsicht die Oberhand lassen.‹

Insgesamt hatten die vier Söhne Motiaks lediglich eine halbe Stunde lang gesprochen. Als Akma sich erhob, um das Wort zu ergreifen, wußte niemand, was er von ihm zu erwarten hatte. Die Söhne des Königs waren Berühmtheiten; doch Akma war Akmaros Sohn, und die Gerüchte über ihn waren größtenteils negativ gewesen. Einige mochten ihn nicht, weil sie die religiösen Reformen seines Vaters verabscheuten. Einige mochten ihn nicht, weil er das Lebenswerk seines Vaters nicht anerkannt hatte – was Motiaks Söhne *nicht* getan hatten, ganz im Gegenteil: Sie hatten sogar die absolute Treue zur Herrschaft ihres Vaters bekundet. Andere mochten ihn nicht, weil er ein Gelehrter und angeblich einer der klügsten Köpfe war, die die Bibliothek im Hause des Königs benutzten – das war ein natürlicher Argwohn denen gegenüber, die zuviel aus Büchern lernten. Und andere konnten ihn nicht leiden, weil sie gehört hatten, daß er nicht an den Hüter der Erde glaubte, was eine absurde Einstellung für jemanden war, der eine neue Religion begründen wollte.

Akma überraschte sie. Er überraschte sogar Schedemei, und sie hatte von der Überseele erfahren, was genau er sagen wollte. Doch Schedemei war nicht auf die Inbrunst vorbereitet, mit der er sprach, auf die Erregung in seiner Stimme. Und doch setzte er keine extravaganten Gesten ein, betrachtete das Publikum lediglich mit so durchdringender Intensität, daß jeder irgendwann spürte, Akma schaute genau *ihn* an, sprach mit ihm, wußte, was in seinem Herzen vorging.

Sogar Schedemei spürte Akmas Blick auf ihr ruhen, als er sagte: »Einige von euch haben gehört, daß ich nicht an den Hüter glaube. Ich freue mich, euch sagen zu können, daß das nicht stimmt. Ich glaube nicht an den Hüter, wie einige von euch von ihm gesprochen haben – diese primitive Vorstellung von einer Wesenheit, die bestimmten Leuten Träume schickt, anderen aber nicht, und die sich aus den Männern und Frauen der Welt Lieblinge heraussucht. Ich glaube nicht an ein Wesen, das Pläne für uns schmiedet und wütend wird, wenn wir sie nicht ausführen – ein Wesen, das einige Leute zurückweist, weil sie ihm nicht schnell genug gehorchen oder ihre Feinde nicht mehr lieben als ihre Freunde. Ich glaube nicht an ein allwissendes Wesen, das Menschen und Engel zu Liebhabern von Licht und Luft macht und dann verlangt, daß sie Nase an Schwanz mit tunnelbewohnenden Wesen aus Dreck und Schlamm leben. Dieser Hüter der Erde hätte bestimmt bessere Arbeit geleistet, als *solch* einen Plan zu schmieden!«

Die Leute lachten. Es gefiel ihnen. Ein paar auf die Wühler gerichtete Beschimpfungen – das bewies, daß seine Religion einfach großartig war.

»Nein, der Hüter der Erde, an den ich glaube, ist die große Lebenskraft, die in allen Dingen ruht. Wenn der Regen fällt – das ist der Hüter der Erde. Wenn der Wind weht, wenn die Sonne scheint, wenn Mais und Kartoffeln wachsen, wenn Wasser klar über die Felsen fließt, wenn Fische ins Netz springen, wenn Babys ihren ersten freudigen Gesang des Lebens hinausschreien – das ist der Hüter der Erde, an den ich glaube! Die natürliche Ordnung der Dinge, die Naturgesetze – man muß nicht über sie nachdenken, um ihnen zu gehorchen! Man muß keine besonderen Träume haben, die einem sagen, was der Hüter von einem verlangt. Der Hüter will, daß ihr eßt – das wißt ihr, weil ihr hungrig seid! Der Hüter will, daß ihr lacht – daß wißt ihr, weil das Lachen euch gefällt! Der Hüter will, daß ihr Kinder bekommt – das wißt ihr, weil ihr nicht nur diese Kleinen liebt, sondern auch die Art und Weise, wie sie entstehen! Die Nachrichten des

Hüters der Erde erreichen jeden, und bis auf die schönen und alten Geschichten und Rituale, die uns als Volk verbinden, können wir euch nichts lehren, das ihr nicht schon lernt, indem ihr einfach lebt!«

Schedemei versuchte verzweifelt, sich Erwiderungen auf seine Worte einfallen zu lassen, wie sie es bei Motiaks Söhnen getan hatte, doch der Zauber seiner Stimme war so fesselnd, daß sie nicht antworten konnte. Solange er zu ihr sprach, gehörte ihr Geist ihm. Sie wußte, daß sie ihm nicht glaubte, doch im Augenblick fiel ihr einfach nicht ein, *warum*.

Er fuhr fort, doch seine Rede schien nicht lange zu dauern. Jedes einzelne Wort war faszinierend, bewegend, lustig, freudig, klug – man wagte es nicht, auch nur eins davon zu verpassen. Obwohl Schedemei wußte, daß er log, daß nicht einmal er selbst auch nur die Hälfte von dem glaubte, was er sagte, war es wunderschön. Es war wie Musik; die Rhapsodie seiner Worte riß die Leute wie eine Strömung im eisigen Wasser des Tsidorek mit und betäubte sie, während sie noch an ihnen zerrte.

Schedemei konnte sich erst von der Magie seiner Rede befreien, als er, schon fast am Ende angelangt, die endgültige Lösung für das Problem der Wühler vorschlug. »Uns alle haben die Akte der mutwilligen Grausamkeiten in den letzten Monaten krank gemacht«, sagte Akma. »Eine jede solche Tat richtete sich gegen die bestehenden Gesetze, und wir freuen uns, daß unser Weiser König sie noch stärker gemacht hat, indem er jede Verfolgung von Leuten ihres religiösen Glaubens wegen verboten hat. Aber es hätte gar keine Verfolgungen gegeben, hätten keine Wühler auf diese unnatürliche Art und Weise unter den Männern und Frauen Darakembas gelebt.«

Das war er – der Augenblick, da Schedemei vor seinen Worten zurückschreckte und seine Stimme nicht mehr wunderschön fand. Doch die anderen um sie herum waren nicht so klar bei Verstand, und sie mußte die Lehrerinnen aus ihrer Schule anstoßen und sie wütend anfunkeln, um sich zu vergewissern, daß sie nicht glaubten, was er jetzt sagte.

»Ist es die Schuld der Wühler, daß sie hier sind? Das war mit Sicherheit nie ihre Absicht. Einige von ihnen haben seit den alten Tagen in dieser Region gelebt, da Wühler und Engel immer nahe beieinander wohnten – damit die Wühler die Kinder der Engel stehlen und sie in ihren dunklen Bauten essen konnten. Das kann man kaum als Qualifikation für die Bürgerschaft aufführen! Doch die meisten Wühler, die in Darakemba leben, sind hier, weil sie oder ihre Eltern auf einem Raubzug die Grenzen unseres Landes überschritten und versucht haben, schwer schuftenden Männern und Frauen die Früchte ihrer Arbeit zu stehlen. Entweder wurden sie in blutigen Schlachten gefangengenommen, oder bei Vergeltungsangriffen in ihren eigenen Dörfern. Danach wurden sie als Sklaven hierher gebracht. Das war ein Fehler! Das war falsch! Nicht, weil die Wühler für die Sklaverei nicht geschaffen sind – sie sind von Natur aus Sklaven, und so haben die Herrscher der Elemaki sie auch behandelt. Nein, unser Fehler bestand darin, daß wir sie selbst als Sklaven, selbst als Siegestrophäen, in eine Nation von Menschen führten, von denen einige sich täuschen ließen. Ja, einige nahmen an, weil die Wühler eine Art Sprache beherrschen, müßten sie auch wie *Menschen* denken, fühlen und handeln können. Aber wir dürfen uns nicht täuschen lassen. Unsere Augen verraten uns, daß dies Lügen sind. Welcher Mensch hat sich nicht schon gefreut, einen Engel im Flug zu sehen oder den Abendgesang unserer Brüder und Schwestern zu hören! Welcher Engel war nicht über das Wissen entzückt, das die Menschen mitgebracht haben, und über die mächtigen Werkzeuge, die von starken menschlichen Armen geschaffen und geschwungen werden können! Wir können zusammen leben, uns gegenseitig helfen – obwohl ich damit nicht sagen will, daß unsere Brüder in Khideo sich nicht auch weiterhin der guten Gesellschaft des Himmelsvolkes berauben dürfen, wenn sie es unbedingt wollen.«

Weiteres anerkennendes Gelächter des Publikums.

»Aber freut ihr euch, wenn ihr die Hinterbacken eines Wühlers in der Luft aufblitzen seht, während er sich in die Erde gräbt? Hört ihr gern ihre heulenden, knirschenden Stimmen? Seht ihr gern, daß ihre Klauen Nahrung berühren, die ihr dann essen sollt? Ist es nicht ein Hohn, wenn ihre schaufelähnlichen Finger ein Buch umklammern? Sehnt ihr euch nicht danach, den Raum zu verlassen, sollte einer von ihnen je zu singen versuchen?«

Jede abfällige Bemerkung wurde von Applaus begleitet.

»Sie haben nie unter uns leben wollen! Und da sie nun unter der Armut leiden, die immer das Schicksal jener sein muß, die den Anforderungen der echten Bürgerschaft geistig nicht gewachsen sind, haben sie keine Möglichkeit, das Land zu verlassen! Und warum sollten sie auch? Selbst für einen Wühler ist das Leben in Darakemba um vieles besser als das Leben unter den Elemaki! Doch wir müssen dem Hüter der Erde Respekt erweisen und dem natürlichen Widerwillen gehorchen, der die eindeutige Botschaft des Hüters an uns ist. Die Wühler müssen gehen! Aber nicht unter Zwang! Nicht mit Gewalt! Wir sind zivilisiert! Wir sind keine Elemaki! Ich habe die Peitsche der Elemaki-Wühler auf meinem Rücken gespürt, und ich würde lieber mein Leben geben, als mit anzusehen, wie irgendein Mensch oder Engel selbst den widerwärtigsten Wühler auf diese Weise behandelt. Zivilisierte Menschen stehen über einer solchen Grausamkeit.«

Die Leute jubelten und applaudierten. Sind wir nicht alle edel, dachte Schedemei, daß wir die Verfolgung zurückweisen, noch während Akma uns erklärt, wie wir neu damit beginnen können, aber auf andere, auf wirksamere Weise?

»Sind wir also hilflos? Was ist mit jenen Wühlern, die die Wahrheit verstehen und Darakemba verlassen *wollen*, sich die Reise aber nicht leisten können? Helfen wir ihnen, indem wir verstehen, daß sie gehen müssen. Bringen wir sie freundlich auf den Weg. Zuerst müßt ihr begreifen, daß die Wühler einzig und allein deshalb hierbleiben, weil wir sie für Arbeit bezahlen, die arme und notleidende Menschen und Engel ebenfalls gern tun würden. Natürlich könnt ihr den Wühlern weniger bezahlen, weil sie sich nur ein Loch in ein Bachufer graben müssen, um ein Haus zu haben! Aber ihr müßt das Opfer bringen – um ihret- wie auch um unseretwillen! – und ihnen keine Beschäftigung mehr geben. Bezahlt etwas mehr, damit ein *Mann* diesen Graben aushebt. Bezahlt etwas mehr, damit eine *Frau* eure Kleidung wäscht. Unter dem Strich wird es sich lohnen, weil ihr nicht mehr doppelt bezahlen müßt, um schlechte Arbeit erneut erledigen zu lassen!«

Applaus. Gelächter. Schedemei hätte über die Ungerechtigkeit seiner Lügen am liebsten geweint.

»Kauft nicht mehr in Wühler-Geschäften. Kauft nicht mal mehr bei Menschen oder Engeln, wenn ihre Waren von Wühlern hergestellt wurden. Besteht auf einer Garantie, daß ihre Waren von Menschen und Frauen und nicht von niedrigen Geschöpfen hergestellt wurden. Doch wenn ein Wühler euch sein Land verkaufen will – ja, dann kauft es, und zwar zu einem fairen Preis. Sollen sie alle ihr Land verkaufen, bis kein Fleckchen Erde in Darakemba mehr mit dem Namen eines Wühlers behaftet ist.«

Applaus. Jubel.

»Werden sie Hunger leiden? Ja. Wird ihre Armut schlimmer werden? Ja. Aber wir werden sie *nicht* verhungern lassen. Ich habe die Jahre meiner Kindheit mit ständigem Hunger verbracht, weil unsere Wühleraufseher uns nicht genug zu essen gaben! Wir sind nicht wie sie! Wir werden Nahrung sammeln, wir werden Geldmittel aus den Spenden an die Gemeinschaft der Alten Traditionen aufbringen, und wenn es sein muß, werden wir jeden Wühler in Darakemba *füttern* – aber nur so lange, daß sie die Reise zur Grenze machen können! Und wir werden sie nur füttern, wenn sie sich tatsächlich auf den Weg machen. Sie können Nahrung aus den Speisekammern der Alten Traditionen bekommen – aber nur am Stadtrand, und dann müssen sie aufbrechen, sie und alle Familienangehörigen, und die Straße zur Grenze nehmen. Auf dem gesamten Weg bieten wir ihnen in Poststationen sichere Unterkunft und Nahrung, und man wird sie freundlich und höflich behandeln – aber am Morgen werden sie aufstehen und essen und sich wieder auf den Weg machen, immer näher zur Grenze. Und schließlich werden sie genug Proviant für eine Woche bekommen, damit sie sich einen Platz im Land der Elemaki suchen können, wohin sie gehören. Sollen sie dort arbeiten. Sollen sie ihre kostbare ›Kultur‹ bewahren, die manche Leute so sehr schätzen – aber nicht in Darakemba! Nicht in Darakemba!«

Wie er es zweifellos geplant hatte, nahmen die Zuhörer den Sprechgesang auf; nur mit Schwierigkeiten konnte er sie wieder beruhigen, um seine Rede zu beenden. Der Rest war ziemlich kurz gehalten – er schwärmte noch einmal von der Schönheit der alten Traditionen der Nafari und der Darakembi, und daß man nur bei den Alten, wie sie sich nennen würden, wahre Gerechtigkeit und Freundlichkeit finden konnte, für Wühler wie auch für Engel und Menschen. Sie schrien ihre Zustimmung, sangen seinen Namen und erklärten ihm lauthals ihre Liebe.

›Akma weiß, daß er ziemlich gut ist, doch diese Verehrung überrascht sogar ihn selbst.‹

Die meine hat er nicht, antwortete Schedemei stumm.

›Wenn es dich tröstet ... die meisten Leute haben ihm bei den wirklich häßlichen Dingen, die er über die Wühler gesagt hat, die Zustimmung verweigert. Aber bei dem Umsiedlungsprogramm, das er umrissen hat, ist ihm ihre Unterstützung sicher. Im Augenblick zumindest halten die meisten Anwesenden es für eine einfache und menschliche Lösung.‹

Und was wird das Erdvolk davon halten?

›Für sie wird es das Ende der Welt sein.‹

Motiak wird es verhindern, nicht wahr?

›Er wird es versuchen, da bin ich mir sicher. Seine Spione melden ihm bereits, was seine Söhne und Akma gesagt haben. Sie werden das Gesetz studieren. Aber er kann sich diesem Plan nicht auf ewig widersetzen, wenn das Volk es wirklich so haben will.‹

Sieht er denn nicht ein, daß es letzten Endes genauso grausam ist, ihnen den Lebensunterhalt zu nehmen und sie aus ihren Häusern zu vertreiben, damit sie überhaupt überleben können?

›Streite nicht mit mir. Streite mit ihm. Vielleicht solltest du den Leuten sagen, wer du bist, und ihnen die Macht des Mantels demonstrieren ...‹

So geht der Hüter nicht vor. Er will, daß die Leute ihm folgen, weil sie seine Auffassung lieben.

›Nun ja, als Nafai seinen ältesten Brüdern einen kleinen Schock versetzte, sicherte er sich immerhin lange genug ihre Zusammenarbeit, um das Raumschiff wieder herzurichten.‹

Und sobald sie konnten, haben sie wieder Ränke geschmiedet, um ihn zu ermorden.

»Gehen wir nach Hause, Schedemei«, sagte eine der Schülerinnen.

»Er war so wunderbar«, sagte eine der anderen und schüttelte bedauernd den Kopf. »Zu schade, daß er lediglich reine Scheiße geredet hat.«

Schedemei tadelte augenblicklich ihre grobe Wortwahl, lachte dann jedoch und umarmte sie. Ihre Schülerinnen mochten vorübergehend tatsächlich gefesselt gewesen sein, besaßen jedoch eine wahre Bildung und nicht nur Schulwissen – sie hatten etwas völlig Neues gehört, es analysiert und waren von allein zu dem Schluß gekommen, daß es wertlos, gefährlich und verwerflich war.

Vielleicht hatte ihre Schülerin *tatsächlich* das einzig zutreffende Wort benutzt.

Als sie in der Schule eintrafen, war es schon dunkel. Die Mädchen eilten zu den anderen, um ihnen zu erzählen, was auf der Versammlung gesagt worden war. Schedemei ging zuerst zu den Lehrerinnen, die dem Erdvolk angehörten. Sie erklärte ihnen Akmas Strategie, zum Boykott gegen Wühler aufzurufen, um sie zu zwingen, das Land zu verlassen. »Euer Platz hier ist sicher«, sagte sie. »Und ich werde von unseren Schülerinnen kein Schulgeld mehr verlangen, damit ihre Eltern mehr Geld übrig haben, um Wühler einzustellen und denen zu helfen, die sie nicht einstellen können. Wir werden alles tun, was in unserer Macht steht.«

Sie ging erst auf den Hof, als die Schülerinnen, die die Rede gehört hatten, von Akmas Erklärungen zu den Wühlern erzählten. Sie hatten ein gutes Gedächtnis; einige von ihnen erstatteten sogar wörtlich Bericht. Edhadeja gehörte zu jenen, die nicht zu der Versammlung gegangen waren; sie hatte Schedemei gesagt, sie wisse nicht, ob sie sich beherrschen könne, und außerdem müsse sie ja beweisen, daß zumindest eins von Motiaks Kindern nicht jeden Anstand verloren habe. Und als sie nun Akmas Behauptungen über die unterlegene Intelligenz der Wühler und ihre Unfähigkeit vernahm, einer zivilisierten Gesellschaft anzugehören, verlor sie in der Tat die Beherrschung. »Er kannte Voozhum! Zwar nicht so gut wie meine Brüder, aber er kannte sie! Er weiß, daß alles gelogen ist, was er sagt. Er weiß es! Er weiß es!« Sie fuchtelte mit den Armen, zeterte, schrie beinahe. Die Kinder bekamen es ein wenig mit der Angst zu tun, bewunderten aber auch diese Zurschaustellung von Leidenschaft – das war etwas ganz anderes als das burschikose, aber ausgeglichene Naturell, das Schedemei zumeist an den Tag legte.

Schedemei ging zu ihr und nahm sie in die Arme. »Am meisten schmerzt es, wenn jene, die wir lieben, Böses tun«, sagte sie.

»Wie kann ich seine Lügen beantworten? Wie kann ich verhindern, daß die Leute ihm glauben?«

»Das hast du bereits getan. Du lehrst. Du sprichst, wann immer du kannst. Du weigerst dich, es einfach hinzunehmen, wenn andere diese üblen Behauptungen in deiner Gegenwart wiederholen.«

»Ich hasse ihn!« sagte Edhadeja mit vor Gefühl rauher Stimme. »Ich werde ihm nie vergeben, Schedemei. Die Hüterin sagt uns, wir sollen unseren Feinden verzeihen, aber das kann ich nicht. Wenn mich das ebenfalls böse macht, dann bin ich eben böse, aber ich werde ihn ewig für das hassen, was er heute abend getan hat.«

»Aber eigentlich hat er doch gar nichts getan, oder?« sagte eine der Schülerinnen verwirrt. »Er hat nur gesprochen.«

»Wenn ich auf einen Mann zeige, der die Straße entlang geht«, sagte Schedemei, die Edhadeja noch immer umarmte, »und allen zurufe: ›Da ist er, da ist der Mann, der mein kleines Mädchen geschändet hat! Da ist der Mann, der meine Tochter vergewaltigt und gequält und ermordet hat, ich kenne ihn, das ist der Mann!‹ – wenn ich das sage, und die Menge reißt ihn in Stücke, aber ich habe die ganze Zeit gewußt, daß er nicht der Mann war, daß alles gelogen war ... habe ich dann nur gesprochen, oder habe ich etwas *getan*?«

Sie ließ sie über diese Lektion nachdenken und führte Edhadeja in die Schule und die Kammer, in der sie schlief, ein kleiner Raum wie jeder andere. »Laß es dir nicht zu Herzen gehen, Edhadeja. Laß dich davon nicht zerreißen.«

»Ich hasse ihn«, murmelte sie erneut.

»Nun, da die anderen uns nicht hören können, will ich dir sagen, daß du mit der Wahrheit deines Herzens konfrontiert wirst. Du bist deshalb so wütend, weil du, meine liebe Freundin, meine Lehrerin, meine Tochter, meine Schwester – weil du ihn noch immer liebst, und deshalb kannst du ihm nicht vergeben.«

»Ich liebe ihn nicht«, sagte Edhadeja. »Wie kannst du mir so etwas Schreckliches vorwerfen?«

»Weine dich in den Schlaf, Dedaja. Morgen früh mußt du wieder unterrichten. Und ich werde von dir noch viel andere Hilfe brauchen. Heute abend kannst du trauern und grübeln und fluchen und toben, bis du erschöpft einschläfst. Aber danach mußt du uns wieder tatkräftig zur Seite stehen. Wir alle brauchen dich.«

Am Morgen stand Edhadeja ihnen in der Tat wieder zur Seite, so ruhig und schwer arbeitend, klug und mitfühlend wie immer. Doch Schedemei sah, daß der Aufruhr in ihrem Herzen sich nicht gelegt hatte. Du hast den richtigen Namen bekommen, dachte sie – sie war nach Eiadh benannt worden, die den tragischen Fehler gemacht hatte, Elemak zu lieben. Aber du hast nicht alle von Eiadhs Fehlern gemacht. Du bist in deinem Herzen standhaft geblieben, während Eiadh immer wieder zu dem Schluß kam, daß sie Nafai mehr liebte. Und du hast von Anfang an vielleicht klüger gewählt, weil noch nicht völlig feststeht, ob Akma in seinem Stolz wirklich so zielstrebig ist, wie Elemak es war. Elemak hat einen Beweis von der Macht der Überseele und dann der des Hüters der Erde nach dem anderen bekommen, ihnen aber dennoch getrotzt und alles gehaßt, was sie zu bewerkstelligen versuchten. Aber Akma hat die Macht des Hüters nie bewußt erfahren – das ist ein Vorteil, den Akmaro und Chebeja, Edhadeja und Luet, Didul und sogar ich gegenüber ihm haben. Also könnte es vielleicht sein, arme Edhadeja, daß du dein Herz nicht so tragisch und töricht verschenkt hast, wie Eiadh es tat.

Andererseits könnte sich aber auch herausstellen, daß du noch etwas viel Schlimmeres getan hast.

11

Niederlage

Dudagu wollte nicht, daß ihr Gatte ging. »Ich verabscheue es, wenn du so viele Tage lang fort bist.«

»Es tut mir leid, aber ganz gleich, wie krank du gerade bist, ich bin noch immer der König«, sagte Motiak.

»Genau. Also hast du Leute, die für dich etwas herausfinden und es dir dann melden können, und mußt nicht selbst gehen und dich überzeugen!«

»Ich bin genauso der König des Erdvolks von Darakemba, wie ich der des Himmels- und des Mittelvolks bin. Sie müssen sehen, daß ich nicht will, daß sie gehen.«

»Du hast doch dieses Dekret erlassen, oder? Das den Leuten verbietet, einen Boykott gegen die Wühler zu organisieren?«

»O ja. Ich habe das Dekret erlassen, und augenblicklich haben Akma und meine Söhne erklärt, daß sie sich dem Gesetz unterwerfen, *nicht mehr* zu einem Boykott aufrufen und das Volk drängen, *nicht* damit aufzuhören, Wühler einzustellen oder Waren zu kaufen, die von Wühlern hergestellt wurden. Daher kann ich sie nicht verhaften, obwohl ihr Boykottaufruf *trotz* ihres Widerrufs noch immer verbreitet wird.«

»Ich bin noch immer der Ansicht, du solltest sie nach Hause rufen und verhindern, daß sie noch irgend etwas sagen.«

»Das würde nichts ändern. Die Leute wissen trotzdem, was sie fordern, was sie wollen. Ob du es nun glaubst oder nicht, Dudagu, trotz deiner hohen Meinung von meiner Macht bin ich hilflos.«

»Bestrafe sie, wenn sie die Wühler boykottieren! Konfisziere ihren Besitz! Schneide ihnen einen Finger ab!«

»Und wie soll ich beweisen, daß sie einen Boykott befolgen? Sie müssen doch nur sagen: ›Ich war mit seiner Arbeit noch nie zufrieden, und deshalb habe ich jetzt einen anderen eingestellt. Das hat nichts damit zu tun, welcher Spezies er angehört – kann ich nicht selbst entscheiden, wen ich einstelle?‹ Manchmal könnte es ja sogar stimmen. Soll ich sie dann bestrafen?«

Dudagu dachte kurz darüber nach. »Nun ja, dann laß die Wühler doch gehen, wenn sie gehen wollen. Sobald sie alle fort sind, ist das Problem gelöst.«

Motiak betrachtete sie schweigend, bis ihr schließlich klar wurde, daß etwas nicht stimmte, sie ihn anschaute und die kalte Wut auf seinem Gesicht sah.

Sie schnappte nach Luft. »Habe ich etwas Falsches gesagt?«

»Wenn jemand in meinem Königreich der Auffassung ist, daß einige meiner Bürger nicht willkommen sind, und sie gegen meinen Willen vertreibt, wage es ja nicht, mir zu sagen, das Problem sei gelöst, sobald sie weg sind. Jede einzelne Person, die Darakemba verläßt, macht diese Nation etwas böser, und allmählich verabscheue ich es, ihr König zu sein.«

»Der Klang dieser Worte gefällt mir gar nicht«, sagte sie. »Du würdest doch nicht die Dummheit begehen und abdanken, oder?«

»Und Aronha schon Jahre vor der Zeit auf den Thron setzen? Zusehen, wie er diese abscheulichen Alten Traditionen wieder als offizielle Staatsreligion einführt? Diese Befriedigung werde ich ihm nicht geben. Nein, ich werde König sein, bis der letzte Atemzug schleppend meinen Körper verläßt. Ich hoffe nur, daß ich die Kraft habe, mir nie zu wünschen, daß alle meine Söhne vor mir sterben.«

Dudagu flog praktisch aus dem Bett und baute sich mit majestätischer Wut vor ihm auf. »Wage es nie wieder, so etwas Ungeheuerliches zu sagen! Drei von ihnen sind nicht meine Söhne, das weiß ich, und ich weiß auch, daß sie mich hassen und mich für nutzlos halten. Aber sie sind noch immer deine Söhne, und das ist noch immer heiliger als alles andere auf der Welt. Kein anständiger Mann würde sich wünschen, daß seine Söhne vor ihm sterben, selbst wenn er der König ist und sie nichtsnutzige verräterische Rotznasen sind, wie mein Khimin einer geworden ist.« Sie brach in Tränen aus.

Er führte sie zu ihrem Bett zurück. »Komm schon, ich habe es nicht so gemeint, ich war nur wütend.«

»Das war ich auch. Aber ich hatte das *Recht*, wütend zu sein«, sagte sie.

»Das stimmt, und ich entschuldige mich. Ich habe es nicht so gemeint.«

»Bitte, geh nicht.«

»Ich werde gehen, weil es das Richtige ist. Und du wirst aufhören, mir deshalb in den Ohren zu liegen, weil ich mich nicht schuldig fühlen sollte, wenn ich meine Pflicht als König tue.«

»Ich werde nicht schlafen, solange du fort bist. Du kannst von Glück sprechen, wenn ich bei deiner Rückkehr nicht an Schwäche und Erschöpfung gestorben bin.«

»Drei Tage? Versuche, drei Tage lang zu überleben.«

»Du nimmst meine Krankheit überhaupt nicht ernst, Tidaka«, sagte sie.

»Ich nehme sie ernst«, sagte Motiak, »habe mich von ihr aber nie abhalten lassen, meine Pflicht zu tun, und werde mich von ihr auch nie davon abhalten lassen. Das ist eine der Tragödien des Lebens als König, Dudagu. Würdest du sterben, während ich fort bin und meine Pflicht tue, würde ich trauern. Aber hätte ich meine Pflicht nicht getan, weil du im Sterben liegst, würde ich mich schämen. Um mein Königreich willen wäre es mir lieber, das Volk trauert mit mir, als daß es sich meiner schämt.«

»Du hast kein Herz«, sagte sie.

»Nein, ich *habe* ein Herz«, sagte Motiak. »Ich kann nur nicht immer das tun, wozu es mir rät.«

»Ich werde dich ewig hassen. Ich werde dir nie verzeihen.«

»Aber ich werde dich *lieben*», antwortete er nachsichtig. Und dann, als die Tür sich hinter ihm geschlossen hatte und sie ihn nicht mehr hören konnte, murmelte er: »Vielleicht verzeihe ich dir sogar, daß du mein häusliches Leben so … unruhig gemacht hast.«

Er verließ sein Haus in der Begleitung von zwei Hauptmännern. Wie die Tradition es verlangte, war der eine ein Engel, der andere ein Mensch. Draußen warteten bereits die Späher und Soldaten – lediglich ein Dutzend Späher und dreißig Soldaten, aber es war besser, auf alles vorbereitet zu sein. In diesen unruhigen Zeiten wußte man nie, wann eine Gruppe Elemaki tief nach Darakemba eindringen würde. Und im Verlauf der Reise würden sie weit flußaufwärts ziehen, der Grenze viel näher kommen.

Als sie die Stadt verließen, gesellten sich Akmaro, Chebeja, Edhadeja und Schedemei zu ihnen. Motiak begrüßte seine Tochter mit einer Umarmung und Schedemei mit knapper Höflichkeit; dabei konnte man allerdings eine gewisse Vertrautheit feststellen, als würde er sie schon lange kennen. »Eines Tages mußt du mir erklären, woher du kommst«, sagte er. »Es mir auf einer Karte zeigen, meine ich. Ich habe die ursprünglichen Karten, die Nafai gezeichnet hat; sie zeigen den gesamten Gornaja. Auch wenn ich noch nie von deiner Stadt gehört habe, kann ich sie der Karte hinzufügen.«

»Das wäre sinnlos«, sagte Schedemei. »Sie existiert nicht mehr.«

»Ein Leid, das man sich kaum vorstellen kann«, sagte Motiak.

»Eine Zeitlang bestimmt«, sagte Schedemei. »Aber ich lebe, und meine Arbeit erfordert meine volle Konzentration.«

»Trotzdem würde ich gern sehen, wo deine Stadt lag. Die Leute bauen oft wieder an derselben Stelle. Wenn es einmal einen Grund gab, dort eine Stadt zu errichten, wird ein anderes Volk es aus demselben Grund vielleicht erneut tun.« Höfliche Konversation; sie alle wußten, was Motiak in Wirklichkeit beschäftigte. Aber es war sinnlos, die ganze Zeit darüber zu sprechen; sie konnten ja wirklich nicht viel unternehmen. Und es war Motiaks Pflicht, dafür zu sorgen, daß sie es so bequem wie möglich hatten. Das war eins der größten Ärgernisse, die das Königtum mitbrachte. Ganz gleich, wo er war, ganz gleich, wer bei ihm war, er war stets der Gastgeber und für das Wohlbefinden aller anderen verantwortlich.

Als sie auf der Straße waren, wurde der Grund für diese Reise sehr schnell offensichtlich. Das Lager der auswandernden Wühler war nicht groß, aber das sollte es auch gar nicht sein. Stille Menschen und Engel bemannten die Bude, aus der Nahrung und Wasser verteilt wurde; ausgegeben wurden mit Deckeln und Riemen versehene Krüge, damit die Wühler auch unterwegs versorgt waren. Sie kennzeichneten sie auch als Emigranten, damit jeder, der sie auf der Straße sah, wußte, daß sie Darakemba verließen. Sie hatten die Einladung der Alten angenommen; sie hatten sich entschlossen, irgendwo zu leben, wo man sie nicht haßte. Aber es bereitete ihnen keine Freude. Motiak hatte nicht so viel Zeit unter dem Erdvolk verbracht, daß er den Ausdruck auf ihren seltsamen Gesichtern problemlos deuten konnte. Aber man brauchte keine Erfahrung, um in der Krümmung ihrer Rükken die Niedergeschlagenheit zu erkennen, und auch in der Art, wie sie nun auf zwei Füßen gingen, wobei sie den Boden immer wieder mit einer Hand berührten, als hätten sie, als man sie Tiere nannte, irgendwie festgestellt, daß es tatsächlich stimmte, und müßten nun all ihre verbliebene Kraft aufbringen, um nicht auch noch die andere Hand auf den Boden zu setzen und sie wieder zum Fuß zu machen, wie es vielleicht ein alter Ahne getan hatte, der durch die Gassen einer Menschenstadt gehuscht war, auf der Suche nach etwas Eßbarem, Nassem oder Glänzendem.

Motiak führte seine Gruppe auf die Straße; die Wühler wichen aus. »Nein«, sagte er, »die Straße ist breit genug. Wir können sie uns teilen.«

Sie blieben reglos auf der Bankette stehen und beobachteten ihn.

»Ich bin Motiak«, sagte er. »Ist euch nicht klar, daß ihr Bürger seid? Ihr müßt nicht gehen. Ich habe in jeder Stadt öffentliche Speisungen eingerichtet. Ihr könntet einfach warten. Diese Sache wird vorbei gehen.«

Endlich sprach einer von ihnen. »Wenn wir dorthin gehen, sehen wir den Haß in ihren Augen, Herr. Wir wissen, daß du es gut gemeint hast, als du uns freigelassen hast. Wir hassen nicht *dich*.«

»Es ist nicht der Hunger«, sagte ein anderer. »Du weißt, daß es nicht der Hunger ist.«

»Doch, es ist der Hunger«, sagte eine Frau, die drei kleine Kinder bei sich hatte. »Und die Prügel. Du wirst nicht ewig leben, Herr.«

»Was auch immer meine Söhne tun werden«, sagte Motiak, »Verfolgungen des Glaubens wegen werden sie nie zulassen.«

»Ach, sie werden uns verhungern lassen, aber nicht zulassen, daß man uns schlägt?« sagte die Frau abfällig. »Steht auf«, sagte sie dann zu ihren Kindern. »Das hier ist der König. Das ist die *Majestät*.«

Motiaks Engelhauptmann setzte sich in Bewegung, um die Frau ihrer Unverschämtheit wegen zu bestrafen, doch der König winkte ihn mit einer winzigen Geste zurück. Die Ironie in ihrer Stimme konnte die Verbitterung in ihrem Herzen nicht überspielen. Und ihr Hohn war nicht unberechtigt. Ein König hat nicht mehr Macht, als der willige Gehorsam der großen Masse des Volkes ihm verlieh. Ein König, der schlimmer als sein Volk ist, ist eine Giftschlange; ein König, der besser ist, ist die Schlangenhaut des letzten Jahres, die abgestreift im Gras liegt.

Pabul war an der Bude der Alten Traditionen. Er hatte gefragt, ob er mitkommen dürfe, wenn auch nur, weil er sich aufgrund seiner Entscheidung bei Schedemeis Prozeß im Vorjahr irgendwie für die Probleme verantwortlich fühlte.

»Diese sogenannten Alten sind ein abscheulicher Haufen«, sagte er, »aber sie brechen kein Gesetz. Sie reichen weder fauliges Wasser noch vergiftete Nahrung. Das Essen ist einigermaßen frisch, und die Rationen, die die Erdleute bekommen, decken einen Tagesbedarf.« Er zögerte, überlegte, faßte einen Entschluß und fuhr fort: »Du könntest den Wühlern verbieten, das Land zu verlassen.«

Motiak nickte. »Ja – ich könnte den hilflosesten und gehorsamsten meiner Bürger befehlen, zu bleiben und weitere Erniedrigungen und Mißhandlungen zu ertragen, vor denen ich sie nicht schützen kann. Ja, das könnte ich tun.«

Pabul machte keinerlei Anstalten, seinen Vorschlag zu verteidigen.

Sie marschierten den ganzen Tag in scharfem Tempo, weil sie alle gesund waren. Sie hatten darauf geachtet, in Form zu bleiben; Motiak und Pabul, weil sie im Prinzip militärische Ämter innehatten und sich jederzeit auf dem Schlachtfeld wiederfinden konnten; Akmaro und Chebeja, Edhadeja und Schedemei, weil sie zu den Behüteten gehörten und sich ihren Lebensunterhalt mit eigenen Händen verdienten und sich keine übermäßige Nahrung und keinen unproduktiven Müßiggang gestatteten. Also überholten sie eine Wühlergruppe nach der anderen, und zu jeder sagte Motiak dasselbe. »Bitte bleibt. Ich möchte, daß ihr bleibt. Vertraut darauf, daß der Hüter die Wunden in diesem Land heilen wird.« Und ihre Antwort war immer dieselbe: Für dich würden wir bleiben, Motiak, denn wir wissen, daß du es gut mit uns meinst; aber hier gibt es keine Zukunft für mich und meine Kinder.

»Das erweckt einen falschen Eindruck«, sagte Akmaro an diesem Nachmittag. »Wir sehen hier nur die, die das Land verlassen wollen. Die meisten aber bleiben.«

»Bislang«, sagte Motiak.

»Wir schöpfen unsere Mittel bis zum Letzten aus, doch alle Wühler, die die Behüteten einstellen können, bekommen einen anständigen Lohn. Ihre Kinder sind noch in der

Schule, und es gibt sogar Städte und Dörfer, in denen Akma und deine Söhne keinen Einfluß haben und die Leute sich mit Höflichkeit behandeln, ohne daß es zu Boykotten oder Haß kommt.«

»Wie viele solcher Städte gibt es, Akmaro?« fragte Motiak. »Eine von hundert?«

»Eine von fünfzig«, sagte Akmaro. »Oder eine von vierzig.«

Motiak mußte darauf keine Antwort geben.

Er dachte an das Gespräch, das er an diesem Morgen mit seiner Frau geführt hatte. An die Gefühllosigkeit, mit der sie vorgeschlagen hatte, die Wühler gehen zu lassen, damit das Problem sich von selbst erledigte. Ist das ungeheuerlicher als mein grausamer Gedanke, ich könnte mir vielleicht wünschen, meine Söhne in Gräbern zu sehen, bevor ich sterbe? Würde uns jedoch ein Feind angreifen, würde ich nicht davor zurückschrecken, sie alle zu den Waffen greifen und in die Schlacht ziehen zu lassen. Und wären sie dann in der Gewalt des Krieges gefallen, hätte das Volk mich in Trauer gesehen. Doch kein Mann, keine Frau in meinem Königreich hätte gesagt: Hätte er sie wirklich geliebt, hätte er sie nicht in den Tod geschickt.

Er kleidete die Idee in Worte und sprach sie dann aus, so daß Akmaro, der noch neben ihm ging, sie hören konnte. »Es gibt Dinge, die Eltern noch höher halten müssen als das Leben ihrer Kinder.«

Akmaro benötigte keine Erklärung, um zu wissen, in welche Richtung Motiaks Gedanken gingen. »Das ist schwer«, sagte er. »Die gesamte Natur hat uns die Vorstellung mit auf den Weg gegeben, daß Kinder wichtiger sind als alles andere.«

»Aber Zivilisation bedeutet, sich sogar darüber zu erheben«, sagte Motiak. »Wir sehen unser Ich im Dorf, im Stamm, der Stadt, dem Volk ...«

»Den Kindern des Hüters ...«

»Ja, das betrachten wir als das Ich, das unter allen Umständen erhalten werden muß, so daß jemand, der uns näher steht, weniger wertvoll ist. Heißt das, daß wir Ungeheuer sind, daß wir unsere erwachsenen Kinder hassen, wenn wir sie in den Krieg schicken, um zu töten und zu sterben, damit sie die Kinder unserer Nachbarn schützen können?«

»Das Überleben der Familie wird am besten gesichert, wenn die Familie in eine größere Gemeinschaft eingebettet ist«, zitierte Akmaro. »Eine Familie zerbricht und blutet, doch der größere Organismus heilt. Die Verletzung ist nicht tödlich. Edhadeja hat mich gelehrt, was in Rasaros Haus gelehrt wird.«

»Sie verbringt mehr Zeit in deinem Haus als in meinem«, sagte Motiak.

»Chebeja spendet ihr mehr Trost als ihre Stiefmutter«, sagte Akmaro. »Das kommt mir nicht sehr überraschend vor. Außerdem verbringt sie den Großteil ihrer Zeit mit Schedemei.«

»Eine seltsame Frau«, sagte Motiak.

»Wenn du sie besser kennst«, sagte Akmaro, »wirst du feststellen, daß sie sogar noch seltsamer ist, als du anfangs gedacht hast.« Dann änderte Akmaros Benehmen sich plötzlich. »Ich habe gar nicht gemerkt«, sagte er mit leiser Stimme, »daß der Hauptmann deiner Soldaten so dicht hinter uns ist.«

»Ist er das?« fragte Motiak.

»Glaubst du, er hat uns belauscht? Als du gesagt hast: Es gibt Dinge, die Eltern noch höher halten müssen als das Leben ihrer Kinder.«

Motiak sah Akmaro beunruhigt an. Ihnen beiden war klar, daß Motiak ihre Söhne unabsichtlich in große Gefahr gebracht hatte. »Es ist an der Zeit, daß wir anhalten und unser Mittagsmahl zu uns nehmen.«

Als die Soldaten die Vorräte auspackten, die sie trugen, und sich alle bis auf zwei der Späher setzten, um zu essen, nahm Motiak Edhadeja zur Seite. »Es tut mir leid, dich von der Gruppe trennen zu müssen, aber ich habe einen dringenden Botengang für dich.«

»Und du kannst keinen Späher schicken?« fragte sie.

»Ganz bestimmt nicht«, sagte er. »Gerade habe ich zufällig etwas Unglückliches gesagt, und ich wurde belauscht; doch selbst, wenn man mich nicht gehört hätte, sehen meine Männer, wie niedergeschlagen ich bin, und früher oder später wäre einer von ihnen selbst auf diese Idee gekommen. Du mußt gehen, deine Brüder suchen und sie warnen, daß es möglich, ja sogar wahrscheinlich ist, daß irgendein Soldat, der glaubt, mir einen großen Dienst zu erweisen, versuchen wird, mich von einem Teil meiner familiären Lasten zu befreien.«

»Ach, Vater, du glaubst doch nicht etwa, daß sie eine Hand gegen das königliche Geblüt heben werden?«

»Söhne von Königen sind zuvor schon gestorben«, sagte Motiak. »Meine Soldaten wissen, daß es mich langsam umbringt, was meine Jungs jetzt tun. Ich fürchte die Treue meiner treuesten Männer genauso sehr wie die Treulosigkeit meiner Söhne. Geh zu ihnen und warne sie in meinem Namen.«

»Weißt du, was sie sagen werden, Vater? Daß du sie bedrohst, versuchst, ihnen solche Angst einzujagen, daß sie nicht mehr in der Öffentlichkeit sprechen.«

»Ich versuche, ihr Leben zu retten. Sag ihnen, sie sollen zumindest ihre Reisen geheim halten, niemandem sagen, wohin sie als nächstes gehen und wann sie aufbrechen. Sie sollen plötzlich gehen und unerwartet eintreffen. Wenn sie es nicht tun, wird ihnen irgendwo unterwegs jemand auflauern. Und keine Wühler – ich spreche von Menschen und Engeln. Wirst du das tun?«

Sie nickte.

»Ich werde dir zu deinem Schutz zwei Engel mitgeben. Doch wenn du bei deinen Brüdern bist, mußt du ihnen befehlen, daß sie zurückbleiben, damit du allein mit deinen Brüdern sprechen kannst.«

Sie nickte und erhob sich.

»Edhadeja«, sagte Motiak. »Ich weiß, ich verlange viel von

dir, sie aufzusuchen und mit ihnen zu sprechen. Aber wen sonst kann ich schicken? Akmaro? Pabul? *Dir* wird Akma erlauben, deine Brüder zu besuchen und ungestört mit ihnen zu sprechen.«

»Ich kann es ertragen«, sagte Edhadeja. »Ich kann es besser ertragen, als zusehen zu müssen, wie diese müden Leute ihre Heimat verlassen.«

Als sie davonging, sah Motiak, daß sie direkt zu Schedemei ging, und rief sie zurück.

»Ich bin nicht der Ansicht, daß du mit Fremden darüber sprechen solltest«, sagte er.

»Das wollte ich auch nicht«, sagte sie und schaute beleidigt drein. Erneut ging sie davon, erneut direkt zu Schedemei, und diesmal sprach sie mit ihr. Schedemei nickte, schüttelte dann ablehnend den Kopf. Erst danach verließ Edhadeja die Gruppe, während die beiden Engel vorausflogen und für sie das Terrain sondierten.

Motiak war wütend, obwohl er wußte, daß sein Zorn töricht war. Chebeja merkte sofort, daß er außer sich war, und kam zu ihm. »Was ist mit Edhadeja?« fragte sie.

»Ich habe ihr befohlen, keinem Fremden zu sagen, welchen Auftrag ich ihr gegeben habe, und sie ging direkt zu Schedemei.«

Chebeja lachte reuig. »Ach, Motiak, du hättest dich genauer ausdrücken sollen. Hier ist Schedemei eine Fremde für dich.«

»Edhadeja hat gewußt, was ich meinte.«

»Nein, das hat sie nicht, Motiak. Hätte sie es gewußt, hätte sie dir gehorcht. Nicht alle deine Kinder lehnen sich gegen dich auf. Außerdem ist Schedemei nicht Bego oder ... Akma. Sie wird Edhadeja lediglich näher zur Hüterin und zu dir führen.«

»Ich will mit ihr sprechen, mit dieser Schedemei. Es wird Zeit, daß ich sie kennenlerne.«

Einen Augenblick später saß Schedemei neben ihm im Schatten, und Akmaro, Pabul und Chebeja scharten sich um sie. Die Soldaten waren ein gutes Stück außer Hörweite. »Genug der Ausflüchte«, sagte Motiak. »Du konntest verschwommen und geheimnisvoll bleiben, bis meine Tochter dir meine geheimen Aufträge anzuvertrauen begann.«

»Was für geheime Aufträge?« sagte Schedemei.

»Den Grund, wieso ich sie nach Darakemba zurückgeschickt habe.«

»Sie hat mir nichts darüber gesagt«, erwiderte Schedemei.

»Willst du etwa behaupten, du wüßtest nicht, was sie tut?«

»Keineswegs«, sagte Schedemei. »Ich weiß genau, was sie tut. Aber sie hat es mir nicht gesagt.«

»Genug der Rätsel! Wer bist du?«

»Sobald ich der Meinung bin, daß es dich irgend etwas angeht, Motiak, werde ich es dir sagen. Bis dahin mußt du lediglich wissen, daß ich dem Hüter diene, genau wie du, so gut ich kann, und das macht uns zu Freunden, ob es dir nun gefällt oder nicht.«

Noch nie zuvor hatte jemand mit solcher Unverschämtheit zu ihm gesprochen. Lediglich Chebejas sanfte Berührung auf seinem Ellbogen verhinderte, daß er sich mit Worten in Verlegenheit brachte, die er bald bedauern würde. »Ich versuche, ein anständiger Mensch zu sein und meine Macht als König nicht zu mißbrauchen, doch ich habe meine Grenzen!«

»Ganz im Gegenteil«, sagte Schedemei. »Dein Anstand hat *keine* Grenzen. Er ist umfassend. Wäre dem anders, hätten Akma und deine Söhne es nur halb so weit gebracht.«

Motiak betrachtete ihr Gesicht, noch immer wütend, noch immer vor einem Rätsel stehend. »Ich bin der König und lasse mir von niemandem etwas sagen.«

»Wenn es dir irgendwie hilft«, sagte Schedemei, »ich weiß nichts, das dir helfen würde, weil es *mir* auch nicht hilft. Ich bin so versessen darauf wie du, diesem Unsinn ein Ende zu bereiten. Ich sehe genauso deutlich wie du – sollte Akma mit all seinen Plänen Erfolg haben, wird dein Königreich in

Trümmern liegen, dein Volk verstreut und versklavt werden, und dieses große Experiment in Freiheit und Harmonie wird nicht mal eine Erinnerung sein, sondern zuerst eine Legende, dann ein Mythos und schließlich eine Phantasie.«

»Es war von Anfang an eine Phantasie.«

»Nein, das stimmt nicht«, sagte Akmaro und griff ein, um zu verhindern, daß Motiak sich in Verbitterung suhlte, wie er es in den letzten Wochen und Monaten so oft getan hatte. »Nimm Akmas Lügen ja nicht als Entschuldigung für deinen eigenen Mangel an Verständnis. Du weißt, daß es den Hüter der Erde gibt. Du weißt, daß die Träume wahr sind, die er schickt. Du weißt, daß die Zukunft gut war, die er Binaro gezeigt hat, voller Hoffnung und Licht, und du wählst sie nicht, weil du Angst vor dem Hüter hast, sondern weil du seinen Plan liebst. Verliere das nicht aus den Augen.«

Motiak seufzte. »Zumindest ist es schön, daß ich nicht die Last eines Gewissens mit mir herumschleppen muß. Akmaros ist viel größer als meines, und er zieht es hervor, wann immer es gebraucht wird.« Er lachte, und die anderen fielen ein. Einen Augenblick, dann wich das Gelächter einer nachdenklichen Stille. »Meine Freunde, ich glaube, wir haben gesehen, wie machtlos ich bin. Selbst wenn ich wie der verstorbene, nicht beweinte Nuab von den Zenifi wäre und jeden töten wollte, der sich mir in den Weg stellte, hätte er es nicht mit einem entschlossenen Feind wie Akma zu tun.«

»Khideos Schwert hat ihn fast erwischt«, stellte Akmaro klar.

»Khideo ist nicht wie Akma umhergezogen und hat den Leuten genau das gesagt, was die Schlimmsten unter ihnen hören wollten. Nuabs Söhne haben sich nicht gegen ihren Vater vereint, damit das Volk sie als die Zukunft und ihn als die Vergangenheit sieht und ihn ignoriert, als wäre er bereits tot. Ist es nicht die reinste Ironie, Akmaro, daß das, was du diesem Ungeheuer Pabulog angetan hast – ihm seine Söhne zu stehlen –, nun auch mir widerfährt?«

Akmaro stieß ein kurzes, verbittertes, bellendes Gelächter

aus. »Glaubst du etwa, ich hätte die Parallele nicht gesehen? Mein Sohn glaubt, er würde mich hassen, doch seine Taten waren nur ein perverses Echo der meinen. Er wurde sogar zum Führer einer religiösen Bewegung und verbringt sein Leben mit Predigen und Unterweisen. Ich sollte stolz auf ihn sein.«

»Ja, wir alle sind so furchtbare Versager«, sagte Chebeja garstig. »Wir alle sitzen hier und beklagen unsere Hilflosigkeit. Schedemei, die angeblich sämtliche Geheimnisse des Universums kennt, weiß nicht, was man tun könnte. Der König jammert darüber, wie machtlos Könige sind. Mein Gatte, der Hohepriester, stöhnt darüber, wie schrecklich er als Vater versagt hat. Während ich hier sitzen und beobachten muß, wie die Fäden, die dieses Königreich zusammenhalten, sich allmählich lösen und die Menschen sich zu Stämmen zusammentun, die lediglich von Haß und Furcht verbunden werden ... allderweil ich weiß, daß diejenigen, denen man all die Macht anvertraut hat, die es in diesem Land *gibt*, nichts unternehmen und im Selbstmitleid schwelgen!«

Ihre Heftigkeit verblüffte sie alle.

»Ja«, sagte Motiak, »wir sind also ein elender, hilfloser Haufen. Worauf genau willst du *hinaus*?«

»Du bist wütend auf uns, weil wir nichts unternehmen können«, sagte Akmaro. »Aber das ist die Ursache unseres Kummers – wir *können* nichts tun. Genauso gut könntest du wütend auf das Flußufer sein, weil es das Wasser nicht davon abhalten kann, an uns vorbei zu fließen.«

»Ihr törichten Männer der Macht!« rief Chebeja. »Ihr seid so sehr daran gewöhnt, mit Gesetzen und Worten, Soldaten und Spähern zu herrschen! Jetzt zürnt oder schmollt ihr, weil all eure üblichen Werkzeuge nutzlos sind. Sie waren *immer* nutzlos. Alles hing *immer* von der Beziehung zwischen jeder einzelnen Person in diesem Königreich und der Hüterin der Erde ab. Sehr wenige von ihnen verstehen die Pläne der Hüterin, doch sie erkennen Güte, wenn sie sie sehen, und sie erkennen das Böse – sie wissen, was aufbaut und was niederreißt, was Glück und was Elend bringt. Vertraut ihnen!«

»Ihnen vertrauen?« sagte Motiak. »Während Akma sie dazu bringt, auch den gewöhnlichsten Anstand zurückzuweisen?«

»Wer sind diese Leute, die Akma führt? Ihr betrachtet sie als Menschenmengen, die sich um ihn scharen, und kommt euch vor, als hätten sie alle euch verraten. Aber sie sind Individuen, und sie folgen Akma aus ganz individuellen Gründen. Ja, einige von ihnen hassen alle Wühler mit unvernünftiger Leidenschaft – aber die gab es schon immer, oder? Ich bin nicht der Ansicht, daß ihre Zahl größer geworden ist, nicht um einen. Nach den Verfolgungen gibt es sogar *weniger*, die die Wühler wirklich hassen, denn viele haben gelernt, Mitgefühl für sie aufzubringen. Akma weiß dies – er *weiß*, daß sie nicht wie die Schläger sein wollen, die Kinder gequält haben. Also sagt er ihnen, das Problem sei nicht ihre Schuld gewesen, nicht mal die der Wühler. Es sei einfach die natürliche Ordnung der Dinge, und man könne nichts daran ändern. Wir alle wären Opfer der Arbeitsweise der Natur, das alles sei der Wille der Hüterin, wir müßten nachgeben und die Wühler auf humane Weise außer Sicht bringen, damit diese häßlichen Zwischenfälle aufhören. Wenn sie es einfach geschehen lassen, glauben sie, wird der Frieden zurückkehren. Aber sie schämen sich! Ich sehe es – warum könnt ihr es nicht sehen? Sie wissen, daß es falsch ist. Aber es ist unausweichlich – warum also sollen sie dagegen ankämpfen? Nicht einmal der König, nicht einmal die Hohepriester der Behüteten können etwas dagegen tun!«

»Das stimmt!« knurrte Motiak. »Wir können nichts tun.«

»Genau das sagt Akma ihnen.«

»Er sagt es nicht«, erwiderte Motiak. »Er zeigt es.«

»Aber sie wollen nicht, daß es wahr ist. Oh, ich behaupte nicht, daß sie alle anständige Leute sind, nicht einmal die meisten von ihnen. Unter ihnen sind sehr viele, die nur auf ihren eigenen Vorteil bedacht sind. Sie wollen ihre Zeit und ihren Wohlstand investieren, um sich mit Motiaks Söhnen anzufreunden. Aber käme ihnen nur einmal in den Sinn, daß Akma scheitern wird, würden sie sofort zu dir zurückkehren, behaupten, sie hätten schon immer zu den Behüteten gehört und mit dir darüber scherzen, daß jede Familie Probleme mit Söhnen hat, die mündig werden. Ihnen ist völlig gleichgültig, ob die Wühler kommen oder gehen. Sie vermissen sogar die niedrigeren Löhne, die sie ihnen zahlen konnten. Die Leute sind nicht böse, Motiak. Ein Großteil von ihnen ist anständig, hat aber keine Hoffnung. Ein weiterer großer Teil gibt nicht besonders viel um Anstand, wäre aber auch damit zufrieden, hätten die Behüteten weiterhin das Sagen. Ihnen ist eigentlich alles gleichgültig, solange sie gedeihen. Und ihr wißt, daß die Behüteten noch immer ein sehr großer Kern von hingebungsvollen Gläubigen sind, die den Plan der Hüterin lieben und versuchen, ihn unter hohen persönlichen Kosten und mit nie nachlassendem Mut zu retten. Diese drei Gruppen bilden gemeinsam die überwiegende Mehrheit deines Volks. Sie sind natürlich nicht perfekt; es ist aber durchaus wert, daß du über sie herrscht. Abgesehen davon, daß Akmas Stimme die einzige zu sein scheint, die gehört wird.«

Schedemei antwortete auf ihre Tirade. »Ja, aber das liegt nicht daran, weil wir es nicht versucht hätten. Der König hat sie innig gebeten. Du und dein Gatte, ihr habt ständig öffentlich gepredigt. Pabul hier hat das Gesetz durchforstet, um Möglichkeiten zu finden, die euch helfen könnten, und sein Gerichtshof steht fest auf der Seite des Anstands. Sogar ich habe alles getan, was ich konnte, ohne auf Zwangsmaßnahmen zurückzugreifen.«

»Also läuft alles auf Akma und meine Söhne hinaus«, sagte Motiak.

»Nein«, erwiderte Chebeja. »Alles läuft auf Akma hinaus. Wäre Akma nicht, würden deine Jungs das auch nicht tun, Motiak.«

»Das war die Bedeutung des Traums, den der Hüter mir schickte«, sagte Akmaro. »Alles läuft auf Akma hinaus, und keiner von uns hat die Macht, zu ihm vorzudringen. Wir alle haben es versucht – nun ja, Pabul konnte es nicht, weil Akma ihn nicht an sich heranließ. Aber die anderen haben es versucht, und wir können ihn nicht beugen. Und solange wir Akma nicht aufhalten können, können wir auch nicht den Anstand des Volkes wecken. Was für eine Rolle spielt es also?«

»Du schlägst doch nicht vor«, sagte Motiak, »daß ich den Mord an deinem eigenen Sohn arrangiere?«

»Nein!« rief sie. »Siehst du, wie du Macht für eine Sache der Waffen hältst, Motiak? Und du, Akmaro – es sind Worte, Lehren, Predigten. Das bedeutet Macht für dich. Aber dieses Problem könnt ihr mit euren normalen Werkzeugen nicht lösen.«

»Mit welchen dann?« fragte Schedemei. »Welche Werkzeuge sollten wir benutzen?«

»Überhaupt keine!« rief Chebeja. »Sie funktionieren nicht!«

Schedemei streckte ihr die geöffneten Hände entgegen. »Hier bin ich«, sagte sie, »unbewaffnet, meine Hände sind leer. Fülle sie! Zeig mir, was ich tun soll, und ich werde es tun. Wir alle werden es tun!«

»Ich kann es euch nicht zeigen, weil ich es nicht weiß. Ich kann euch keine Werkzeuge geben, weil es keine Werkzeuge gibt. Versteht ihr nicht? Was Akma zerstört – *es ist nicht unser Plan.*«

»Willst du etwa sagen, wir sollen es einfach dem Hüter überlassen?« fragte Akmaro. »Dann wäre doch alles sinnlos. Binaro hat es gesagt – wir sind die Hände und der Mund des Hüters auf dieser Welt.«

»Ja, wenn die Hüterin Taten oder Worte braucht, müssen sie von uns kommen. Aber die werden jetzt nicht gebraucht!«

Akmaro nahm die Hände seiner Gattin in die seinen. »Du

sagst, wir sollten nicht einfach alles dem Hüter überlassen. Du sagst, wir sollten verlangen, daß der Hüter entweder etwas unternimmt oder uns zeigt, was wir tun sollen.«

»Das weiß der Hüter«, sagte Schedemei. »Wir müssen ihm wohl kaum das Offensichtliche mitteilen.«

»Vielleicht müssen wir ihr nur eingestehen, daß es auf sie ankommt. Vielleicht will sie hören, daß wir tun werden, *was auch immer* sie entscheidet. Vielleicht ist es an der Zeit, daß Akmas Vater zur Hüterin sagt: Genug. Halte meinen Sohn auf.«

»Glaubst du etwa, ich hätte den Hüter nicht um Antworten gebeten?« sagte Akmaro beleidigt.

»Genau«, sagte Chebeja. »Ich habe gehört, wie du mit der Hüterin sprichst und sagst: ›Zeige mir, was ich tun soll. Wie kann ich meinen Sohn retten? Wie kann ich ihn von diesen schrecklichen Dingen zurückholen?‹ Ist dir noch nie in den Sinn gekommen, daß die Hüterin Akma vielleicht einzig und allein *deinetwegen* noch nicht aufgehalten hat?«

»Aber ich *will*, daß er damit aufhört.«

»Das ist es ja!« schrie Chebeja. »Du willst, daß *er* aufhört. Darum bittest du immer und immer wieder. Ich habe die Verbindung zwischen euch gesehen. Obwohl sie auf seiner Seite aus Zorn und auf deiner aus gequälter Frustration bestehen, sind die Bande der Liebe zwischen euch stärker, als ich es je im Leben bei irgendwelchen anderen Menschen gesehen habe. Denke darüber nach, was das bedeutet – bei all deinen Gebeten bittest du die Hüterin in Wirklichkeit, deinen Sohn zu verschonen.«

»Auch deinen Sohn«, sagte Akmaro leise.

»Ich habe dieselben Tränen wie du vergossen, Kmadaro«, sagte sie. »Ich habe dieselben Gebete an die Hüterin gerichtet. Aber es ist an der Zeit, ein neues Gebet zu sprechen. Es ist an der Zeit, der Hüterin zu sagen, daß uns ihre Kinder wertvoller sind als unsere eigenen. Es ist an der Zeit, daß *du* die Hüterin der Erde bittest, unseren Sohn aufzuhalten. Das Volk Darakembas von seinem üblen, furchtbaren Einfluß zu befreien.«

Motiak begriff nicht, worauf sie hinaus wollte. »Ich habe Edhadeja gerade losgeschickt, damit sie meine Jungs warnt, vorsichtig zu sein. Willst du sagen, ich hätte Soldaten ausschicken sollen, damit sie Akma töten?«

»Nein«, sagte Akmaro und beantwortete die Frage für Chebeja, damit sie nicht vor Verzweiflung weinen mußte. »Nein, sie will darauf hinaus, daß alles sinnlos wäre, was *wir* jetzt unternehmen. Sollte jemand diesen Jungen Schaden zufügen, wären sie Märtyrer, und dir würde man auf ewig die Schuld geben. Es liegt nicht in unserer Macht – das will Chebeja sagen.«

»Aber ich dachte, sie hätte dir gesagt ...«

»Akma muß aufgehalten werden. Aber will man ihn wirklich aufhalten, gibt es nur eine einzige Möglichkeit. Alle müssen sehen, daß er nicht durch die Macht eines Mannes oder einer Frau aufgehalten wurde, eines Engels, Menschen oder Wühlers, sondern durch die schlichte, bloße Macht des Hüters der Erde. Ohne es zu begreifen behauptet sie, ich hätte darum gebeten, ja, gefordert, daß der Hüter eine Möglichkeit findet, meinen Sohn zu *retten*. Jetzt bleibt mir nur noch, mit diesem Gebet aufzuhören. Ich denke ... vielleicht hat der Hüter mir seinen Plan für dieses Volk anvertraut, also wird er nichts ohne meine Zustimmung tun. Und ohne es zu begreifen, habe ich mich bis jetzt geweigert, den Hüter das einzige tun zu lassen, das überhaupt noch helfen würde. Wir haben alles andere versucht, doch nun muß ich den Hüter bitten, das zu tun, was vor langer Zeit getan wurde, als Scherem alle Lehren Ojkibs ungeschehen zu machen drohte.«

»Du willst, daß der Hüter deinen Sohn tot umfallen läßt?« fragte Pabul ungläubig.

»Nein, das will ich nicht!« rief Akmaro. Chebeja brach in Tränen aus. »Nein, das will ich nicht«, sagte Akmaro leise. »Ich will, daß mein Sohn lebt. Aber mehr als das will ich, daß die Wesen dieser Welt gemeinsam als Kinder des Hüters leben. Mehr, als ich das Leben meines Sohnes schonen möchte. Ich muß den Hüter jetzt bitten, das zu tun, was immer er tun muß, um das Volk von Darakemba zu retten – ganz gleich, was es kostet.« Auch aus seinen Augen flossen Tränen. »Es geschieht erneut, genau, wie es zuvor geschehen ist, als ich dir die Hand ausstreckte, Pabul, dir und deinen Brüdern, und euch lehrte, den Hüter zu lieben und die Lebensweise eures Vaters abzulehnen. Ich weiß, daß ich es tun mußte, zum Wohl meines Volkes, zu *eurem* Wohl, obwohl ich sah, daß es meinen Jungen zerriß, daß er mich deshalb haßte. Damals wußte ich, daß ich ihn verlor. Und jetzt muß ich dem erneut zustimmen.«

»Ich auch?« fragte Motiak leise.

»Nein«, sagte Schedemei. »Deine Jungen werden wieder zur Vernunft kommen, sobald sie nicht mehr mit Akma zusammen sind. Und der Friede dieses Königreichs hängt von einer geordneten Thronfolge ab. Deine Jungen dürfen *nicht* sterben.«

»Aber ein Vater, der zum Hüter betet, er möge seinen Sohn töten ...«, sagte Motiak.

»Darum werde ich niemals beten«, sagte Akmaro. »Ich bin nicht klug genug, um dem Hüter zu sagen, wie er seine Arbeit machen soll. Ich bin nur klug genug, um auf meine Frau zu hören und nicht mehr zu verlangen, daß der Hüter meinen Sohn am Leben läßt.«

»Das ist unerträglich«, murmelte Pabul. »Vater Akmaro, ich wäre lieber damals in Chelem gestorben, als diesen Tag auf dich zu bringen.«

»Niemand hat diesen Tag auf mich gebracht«, sagte Akmaro. »Akma hat diesen Tag selbst auf sich gebracht. Die einzige Hoffnung auf Gnade für dieses Volk besteht darin, daß der Hüter meinem Sohn Gerechtigkeit widerfahren lassen wird. Also werde ich darum bitten.« Er erhob sich vom Boden und seufzte tief und schrecklich. »Darum werde ich mit ganzem Herzen bitten. Gerechtigkeit für meinen Sohn. Ich hoffe nur, daß er es ertragen kann, dem Hüter ins Gesicht zu sehen.«

Sie beobachteten, wie Akmaro sich von der Lichtung entfernte und zu den Bäumen ging, welche die Ufer des Tsidorek umsäumten. »Ich weiß nicht, worauf ich hoffen soll«, sagte Motiak.

»Es obliegt uns nicht, jetzt zu hoffen«, sagte Schedemei. »Akmaro und Chebeja haben endlich den Mut gefunden, sich damit zu befassen, womit sie sich befassen müssen. Jetzt muß ich in die Stadt zurück und feststellen, ob ich dasselbe auf meine kleine Art und Weise tun kann.«

Sie alle wußten, daß sie Schedemei besser nicht fragten, was sie tun wollte.

»Ich begleite dich«, sagte Pabul.

»Nein«, erwiderte Schedemei scharf. »Bleib hier. Akmaro wird dich brauchen. Chebeja wird dich brauchen. Ich brauche dich nicht.« Sie ließ keinen Widerspruch zu. Sie machte sich sofort auf den Weg und nahm nicht mal einen Wasserkrug mit.

»Wird ihr auch nichts passieren?« fragte Motiak. »Sollte ich ein paar von meinen Spähern ein Auge auf sie halten lassen?«

»Ihr wird nichts geschehen«, sagte Chebeja. »Ich glaube nicht, daß sie Gesellschaft will. Und auch keine Beobachter.«

Es war dunkel, als das Beiboot leise über das Wasser des Tsidorek flog und einen einzigen Schritt vom Ufer entfernt mitten in der Luft verharrte. Schedemei tat diesen Schritt und stieg in das kleine Schiff – klein im Verhältnis zur *Basilika;* groß im Verhältnis zu jedem anderen Fahrzeug auf der Erde. Als sie sich darin befand und Platz genommen hatte, flog das Beiboot ohne jeden Befehl von ihr los; sie Überseele wußte, was erforderlich war, und brachte sie zu einem Garten, den sie in einem verborgenen Tal hoch über dem besiedelten Land Darakembas unterhielt. Während sie flog, sprach die Überseele mit ihr.

›Du hast mich vor all diesen Jahren gedrängt, mich bei Monusch einzumischen. Jetzt weigerst du dich, mich bei Akma einmischen zu lassen.‹

»Das stimmt.«

›Ich könnte ihn blockieren.‹

»Du konntest Nafai und Issib damals auf Harmonie nicht blockieren, als du deine volle Macht hattest. Akma hat einen starken Willen; er würde sich dir widersetzen. Wahrscheinlich würde es ihm sogar gefallen.«

›Akmaro zerreißt sich damit. Das Königreich liegt in Trümmern. Meine gesamte Macht steht dir zur Verfügung, und du unternimmst nichts.‹

»Jetzt kommt es nicht mehr auf meinen Plan an«, sagte Schedemei. »Es kam nie darauf an. Wir waren damals so stolz und dumm wie Akma, als wir versuchten, den Hüter zu provozieren, indem wir uns bei Monuschs Rettungsmission eingemischt haben. Wir haben nicht verstanden, daß der Hüter unsere Einmischungen duldet und versucht, um uns herum zu arbeiten. Wir können ihn wirklich nicht beeinträchtigen. Er will, daß diese Gesellschaft, diese Nation Darakemba Erfolg hat. Doch wenn die Leute ihn lieber ignorieren und etwas Häßliches aus ihrer Gelegenheit machen, etwas Wunderschönes zu schaffen, nun, dann sei's drum. Er wird andere finden.«

›Was ist mit Harmonie? Was ist mit meiner Mission hier?‹

»Vielleicht will der Hüter sehen, was diese Kinder von Harmonie hier und jetzt entscheiden, bevor er dir die Anweisungen geben kann, wegen denen du gekommen bist.«

›Dann liegt ihm also gar nichts an diesen Menschen. Für ihn ist nur wichtig, ob sie in seinen Plan passen.‹

»Doch, ihm liegt an den Menschen. Aber er sieht das ganze Bild, den Fluß der Zeit. Jetzt ein Dutzend oder eintausend oder eine Million Menschen zu retten, auf Kosten des Glücks von Milliarden von Leben im Verlauf von Millionen von Jahren – das wird er nicht tun. Er sieht die Dinge auf lange Sicht.«

›Also verschwendet Akmaro seine Zeit.‹

»Das weiß ich nicht. Woher soll ich das wissen? *Wir* haben unsere Zeit verschwendet, indem wir versucht haben, seine Pläne zu durchkreuzen. Aber falls Chebeja recht hat – und woher soll ich wissen, wieviel Wahrheit eine Entwirrerin kennt? –, falls sie recht hat, *kann* der Hüter beeinflußt werden, und zwar nicht von Rebellen, sondern von seinen treuesten Freunden. Also hat Akmaro ihn vielleicht tatsächlich blockiert, genau wie Chebeja es gesagt hat. Und vielleicht wird das, was er dem Hüter jetzt sagt, die Blockade brechen.«

›Und dann wird man mir sagen, was ich tun soll?‹

»Vielleicht, vielleicht auch nicht. Woher soll ich das wissen?«

›Du glaubst, etwas wird geschehen, oder du hättest mich nicht gerufen und gebeten, dir das Beiboot zu schicken.‹

»Ich halte es für möglich, daß der Hüter mich braucht, wenn wir diese Sackgasse endlich verlassen.«

›Und woher willst du das wissen?‹

»Jemand wird einen Traum haben. So arbeitet der Hüter. Du wirst den Traum sehen und ihn mir verraten, und dann werden wir herausfinden, ob irgend etwas darin ist, das der Hüter mir aufträgt.«

›Vielleicht wirst *du* den Traum haben.‹

»Ich habe nicht mehr wahr geträumt, seit ich mich als Gärtnerin im Himmel sah. Das hat sich schon vor langer Zeit erfüllt, und ich rechne nicht mehr damit, noch einen Traum zu haben.«

›Du kannst mich nicht belügen, Schedemei. Ich fühle deine Hoffnungen, ob du sie nun laut äußerst oder nicht.‹

»Nun ja, ich wünsche mir natürlich, daß der Hüter mir etwas zu sagen hat. Ich bin genauso eitel wie jeder andere Mensch.«

›Dann beeile dich und schlafe, damit du träumen kannst.‹

»So funktioniert das nicht. Ich bin noch nicht müde.«

Sie verließ das Beiboot und ging in der kalten Nachtluft

durch ihren Garten, hielt routinemäßig das Wachstum der Pflanzen fest, die relative Überlegenheit der einen Spezies über die andere, das Ausschlagen der Äste, die Größe der Blätter. Die Überseele trug ihre Beobachtungen als Notizen in den Schiffscomputer ein. Sie ließ schon lange keine Kommentare über die Ironie mehr fallen, daß ein Computerprogramm, das entworfen worden war, um eine Welt zu beherrschen, nun als Schreiber einer einsamen Biologin arbeitete.

Die Überseele unterhielt sich wieder mit ihr. ›Ich habe nach dem Hüter gesucht, nach irgendeinem *Ort*, an dem er sein kann. Ich habe nach den Mitteln gesucht, mit denen er Träume in den Geist von Menschen, Engeln und Wühlern schickt. Wie auch immer der Hüter es anstellt, ich kam nicht dahinter.‹

»Ist dir das nicht schon vor etwa vierhundert Jahren aufgefallen?«

›Ja, und dann habe ich gewartet.‹

»Du hast vierzig Millionen Jahre lang auf Harmonie gewartet, und jetzt wirst du ungeduldig?«

›Auf Harmonie hatte ich zu tun. Ich wurde gebraucht.‹

»Du hast alles *geleitet*, das meinst du. Wenn etwas geplant wurde, dann nur, weil du es geplant hast. Und dann bekamen die Leute Träume, die nicht von dir geschickt worden waren. Daraufhin fühltest du dich ein bißchen unbehaglich, nicht wahr?«

›Es fiel mir nicht mehr so leicht, meine Wahrscheinlichkeitsberechnungen durchzuführen.‹

»So ist es ständig für uns.«

›Man hat Mitgefühl-Algorithmen in mich eingebaut. Ich muß mich nicht mit euch identifizieren, um Anteilnahme zu empfinden. Das ist eine biologische Eigenart.‹

»Was auch immer der Hüter tut, er tut es überlichtschnell, und er tut es, ganz gleich wie weit jemand von ihm entfernt ist. Dies deutet auf eine gewaltige Macht hin. Auf ein gewaltiges Wissen, eine gewaltige ... Weisheit. Und doch ist er so feinfühlig, mischt sich eigentlich nur ganz selten ein. Läßt uns jede Menge Freiheit. Respektiert unsere Entscheidungen. Hört sich Bedürfnisse und Wünsche an, von denen wir nicht einmal wissen, daß wir sie haben.«

›Ich glaube, was auch immer er ist, er ist nicht wie ich. Er ist kein Computer.‹

»Also organisch? Mit sehr mächtigen Werkzeugen oder Hilfsmitteln?«

›Organisch? Wer weiß? Vielleicht ist er einfach so entstanden, wurde nicht geschaffen. Wie wäre das? Wie ein Mensch, wie ein Wühler, wie ein Engel. Er ist gewachsen, aus seinen Erfahrungen entstanden, wie du und ich. Also wurde er nicht nur programmiert, die Form der Geschichte des Lebens zu entwerfen, er wurde damit *betraut*.‹

»Oder er ist zufällig darauf gestoßen, und es hat ihm gefallen. Und da entschloß er sich, zu helfen. Von sich aus, ohne Auftrag, unaufgefordert.«

›Es ist ein Wunder, daß er sich nicht langweilt. Ich spreche aus Erfahrung, wenn ich behaupte, daß die menschliche Geschichte erstaunlich wenig Abwechslung bietet. Jedes Individuum ist einzigartig, aber nicht alle Unterschiede sind sowohl signifikant als auch interessant.‹

»Jetzt bist du ein Kritiker.«

›Jemand muß das Publikum für die Aufführung sein, die ihr ständig improvisiert. Ihr alle versucht, im Rampenlicht zu stehen. Ihr alle versucht, das Publikum auf euch aufmerksam zu machen und zum Star zu werden, damit bei eurem Tod der Vorhang fällt und die Vorführung zu Ende ist. Aber das passiert nie. Noch nie war jemand der Star.‹

»Das ist natürlich der Unterschied zwischen Leben und Kunst. Das Leben hat keine Rahmen, keine Vorhänge, kein Anfang und kein Ende.«

›Was eigentlich implizieren *sollte*, daß es keine Bedeutung hat.‹

»Ich meine mein eigenes Leben. Ich meine das, was ich tue. Und dem größeren Bild gibt der Hüter eine Bedeutung. Für mich ist das genug Bedeutung. Ich brauche keinen, der aus meinem Leben ein Epos macht. Ich habe gelebt. Seltsame Dinge sind geschehen. Dann und wann habe ich im Leben anderer Menschen eine kleine Bedeutung gehabt. Weißt du was? Vielleicht bin ich in meinem ganzen Leben am stolzesten darauf, das Gehirn dieses verletzten kleinen Jungen in Bodika wiederhergestellt zu haben.«

›Nicht darauf, daß du die Engel und Wühler verändert hast, damit sie unabhängig voneinander leben können?‹

»Das hat der Hüter mir aufgetragen. Hätte ich es nicht getan, hätte er eine andere Möglichkeit gefunden und den Auftrag einem anderen erteilt.«

›Woher weißt du, daß der Hüter dir nicht aufgetragen hat, diesen kleinen Erdjungen zu heilen?‹

»Vielleicht hat er das. Aber wäre ich nicht dort gewesen, hätte der Hüter sein Leben nicht für so wichtig gehalten, daß er einen anderen geschickt hätte. Also war es weniger bedeutsam – und deshalb weiß ich, daß es nur geschehen ist, weil ich es wollte. Dadurch wird es zu meiner Angelegenheit. Zu meinem Geschenk. Ach, ich weiß, daß der Hüter mich ursprünglich zur Erde gebracht und ausgewählt hat, als Nachfolgerin Nafais den Mantel des Herrn der Sterne anzulegen. Ich weiß, daß ich nur des Hüters wegen überhaupt noch lebe. Aber ich selbst habe die Entscheidung getroffen, zu dieser Zeit dort zu sein und das Risiko einzugehen, zu enthüllen, wer ich wirklich bin, um diesen Jungen zu retten. Also werde ich vielleicht mit Stolz daran zurückdenken, wenn ich sterbe. Oder vielleicht an die seltsame Ehe, die ich mit Zdorab eingegangen bin. Oder an Rasaros Haus – die Schule wird mich vielleicht überdauern, und das wäre doch schon etwas.«

›Schreibe noch nicht deinen Nachruf. Du bist noch nicht tot.‹

»Aber ich bin *müde*. Ich glaube, jetzt kann ich schlafen. Es ist zu kalt, um hier draußen zu schlafen. Ich wünschte, die Sitze würden sich tiefer im Beiboot befinden.«

›Zu schade, daß die Konstrukteure schon seit vierzig Millionen Jahren tot sind.‹

»Und das haben sie auch verdient, die gedankenlosen Wiesel.« Sie lachte. »Ich bin wirklich müde.«

Sie beendete ihre Zählung trotzdem, damit der Bericht vollständig war. Dann schaltete sie die Außenbeleuchtung des Beiboots aus, kehrte im Sternenlicht in das Schiff zurück, schloß die Tür und legte sich schlafen.

Legte sich schlafen und träumte. Viele Träume, die normalen Träume, das zufällige Abfeuern von Synapsen im Gehirn, das durch die schöpferischen Funktionen des Verstandes eine bruchstückhafte Bedeutung bekam; Träume, an die der Verstand sich nach dem Aufwachen nicht mal erinnert.

Und dann, plötzlich, ein anderer Traum. Die Überseele nahm die Tatsache wahr, daß das Gehirn nun ein anderes Muster als das des normalen Traumschlafs zeigte. Auch Schedemei spürte den Unterschied und schenkte ihm sogar im Schlaf Beachtung.

Sie sah die Erde, wie sie von der *Basilika* aussah; die Krümmung des Planeten war an den Horizonten deutlich wahrnehmbar. Dann plötzlich sah sie das schäumende Magma, das sich unter der Planetenkruste wälzte. Zuerst sah es chaotisch aus, dann aber begriff sie mit stechender Klarheit, daß es im Fluß der Strömungen eine großartige Ordnung gab. Jeder Strudel, jeder Wirbel, jeder Strom hatte eine Bedeutung. Der Großteil davon war äußerst langsam, doch hier und da waren die Bewegungen in kleinerem Maßstab in der Tat sehr schnell.

Dann wußte sie, ohne es zu sehen, wußte es, weil sie es *wußte*, daß diese Strömungen dem Magnetfeld der Erde Gestalt verliehen und sowohl große als auch winzige Abweichungen schufen, welche die Tiere spüren konnten, die sie unruhig machten oder beruhigten. Die Warnung vor dem Erdbeben. Das plötzliche Abdrehen einer Schule von Fischen. Die Harmonien zwischen Organismen; das war es, was die Entwirrerinnen sahen.

Sie erkannte, wie Geist und Gedächtnis in den Strömungen des fließenden Steins, im Magnetfluß lebten; sie sah, wie gewaltige Mengen von Informationen in Kristallen auf der Unterseite der Kruste abgelagert und von den Temperatur- und Magnetfeldschwankungen verändert wurden. Für einen Augenblick dachte sie: Das ist der Hüter.

Fast sofort kam die Antwort: Du hast den Hüter der Erde nicht gesehen. Aber du hast mein Heim gesehen, meine Bibliothek, und einige meiner Werkzeuge. Mehr als das kann ich dir nicht zeigen, weil dein Verstand nicht erfassen kann, was ich wirklich bin. Genügt das?

Ja, sagte Schedemei stumm.

Sofort veränderte der Traum sich. Sie sah gleichzeitig die über vierzig Welten, die von der Erde aus kolonisiert worden waren, und auf sie alle gab irgendeine Art von Überseele acht, und auf alle Überseelen gab der Hüter acht. Insbesondere sah sie Harmonie, die Millionen von Menschen dort, als wäre ihr Verstand in diesem Augenblick imstande, sie alle gleichzeitig zu kennen. Sie glaubte, mit der anderen Ausprägung der Überseele in Kontakt zu stehen, die sich noch dort befand; aber nein, das war eine Illusion, es gab keine solche Verbindung. Und doch wußte sie, daß es für die Überseele von Harmonie an der Zeit war, den Menschen dort zu erlauben, ihre verlorengegangenen Technologien zurückzubekommen. So würde die Überseele repariert werden – von Menschen, die ihre Fertigkeiten zurückerlangt hatten.

Es ist an der Zeit, sagte die klare Stimme des Hüters in dem Traum. Sollen sie neue Raumschiffe bauen und nach Hause kommen.

Was ist mit den Leuten hier? fragte Schedemei. Hast du sie aufgegeben?

Die Zeit der Klarheit ist da. Es wird eine Entscheidung geben, so oder so. Deshalb kann ich jetzt nach den Menschen von Harmonie schicken, denn wenn sie hier eintreffen, werden die drei Spezies entweder in vollständigem Frieden leben, oder ihr Stolz wird sie gebrochen und reif für die

Vorherrschaft jener gemacht haben, die danach kommen werden.

Wie die Rasulum, dachte Schedemei.

Auch sie hatten ihren Augenblick der Wahl, erwiderte der Hüter.

Der Traum veränderte sich erneut, und nun sah sie, wie Akma und Motiaks Söhne über eine Straße gingen. Sie wußte sofort genau, wo diese Straße lag und zu welcher Zeit des Tages sie diese Stelle erreichen würden.

In dem Traum sah sie, wie das Beiboot aus dem Himmel fiel und bei der Landung absichtlich eine Rauchwolke erzeugte; sie sah sich selbst, wie sie hinausschritt und der Mantel der Herrin der Sterne so betörend hell funkelte, daß sie es nicht ertrugen, sie anzusehen. Sie begann zu sprechen, und in diesem Augenblick erzitterte die Erde unter ihnen, getrieben von den Magmaströmungen, und die jungen Männer fielen zu Boden. Dann endete das Erdbeben, und sie sprach erneut, und endlich wurde ihr klar, was der Hüter von ihr verlangte.

Wirst du es tun? fragte der Hüter.

Wird es helfen? fragte sie. Wird es diese Leute retten?

Ja, antwortete der Hüter. Ganz gleich, welche Entscheidung er trifft, dank deines Eingreifens hier wird Motiak seine Tage als König eines friedlichen Reiches beschließen. Doch was in der fernen Zukunft geschehen wird – das wird Akma bestimmen. Wenn du willst, wirst du dann noch leben und es sehen können.

Aber wie, wenn die *Basilika* nach Harmonie zurückkehren muß?

Ich habe es hier nicht eilig. Der Schiffscomputer soll eine Sonde schicken. Du kannst bleiben, und die Überseele kann bleiben. Willst du nicht wenigstens teilweise sehen, wie es endet?

Doch, das will ich.

Das weiß ich, sagte der Hüter. Bis du diesen Besuch auf der Erde gemacht hast, war ich mir nicht sicher, ob du wahrhaftig ein Teil von mir warst, weil ich nicht wußte, ob du die Menschen so sehr liebst, daß du mein Werk mit mir teilst. Aber du bist nicht mehr der Mensch, der du warst, als ich dich ursprünglich hierher rief.

Ich weiß, sagte Schedemei in dem Traum. Ich habe für nichts anderes als meine Arbeit gelebt.

Oh, die tust du noch immer, genau wie ich. Aber deine Arbeit hat sich verändert, und jetzt ist sie zu meiner geworden: das Volk der Erde zu lehren, wie es leben muß, Generation um Generation; und wie es dieses Leben freudig und frei gestalten kann. Du hast deine Entscheidung getroffen, und daher kann ich dir jetzt geben, was du willst, wie ich es auch Akmaro geben kann, weil ich weiß, daß ihr nur die ewige Freude dieses Volkes verlangt.

So reinen Herzens bin ich nicht!

Laß dich nicht von deinen kurzlebigen Gefühlen verwirren. Ich weiß, was du tust; ich weiß, warum du es tust. Ich kenne dich besser, als du dich selbst kennst.

Für einen Augenblick sah Schedemei, wie sie nach oben griff und eine weiße Frucht von einem Baum pflückte; sie kostete sie, und ihr Geschmack erfüllte ihren Körper mit Licht, und sie konnte fliegen, sie konnte alle Lieder gleichzeitig singen, und sie waren von endloser Schönheit in ihr. Sie wußte, was für eine Frucht es war – es war die Liebe des Hüters für das Volk der Erde. Die weiße Frucht war der Geschmack der Freude des Hüters. Doch in diesem Geschmack war auch noch etwas anderes, der scharfe Schmerz der Millionen, der Milliarden Menschen, die nicht verstanden, was der Hüter für sie wollte, oder die es verstanden und es verabscheuten und seine Einmischung in ihr Leben zurückwiesen. Laß uns wir selbst sein, verlangten sie. Laß uns selbst vollbringen, was wir vollbringen wollen. Und so wurden sie vom Lauf der Zeit weggewischt, gehörten keinem Teil der Geschichte an, weil sie nicht Teil von etwas sein konnten, das größer war als sie selbst. Doch sie hatten die freie Wahl; abgesehen von der natürlichen Konsequenz ihrer Stolzes wurden sie nicht bestraft. So wurden sie, gerade indem sie den Plan des Hüters zurückwiesen, zu einem Teil von ihm; indem sie sich weigerten, die Frucht des Baumes zu kosten, wurden sie zu einem Teil seines ausgezeichneten Geschmacks. Darin lag sogar Ehre. Ihre Hybris spielte eine Rolle, auch wenn sie im langen Fluß der Geschichte nichts veränderten. Sie spielten eine Rolle, weil der Hüter sie liebte, sich an sie erinnerte, ihre Namen und Geschichten kannte und um sie trauerte: O meine Tochter, o mein Sohn, auch du bist ein Teil von mir, rief der Hüter ihnen zu. Du bist Teil meiner endlosen Sehnsucht, und ich werde dich nie vergessen ...

Und die Gefühle wurden zuviel für Schedemei. Sie hatte so lange im Geist des Hüters verweilt, wie sie es ertragen konnte. Sie erwachte heftig schluchzend, überwältigt, erschöpft. Erwachte und stieß einen langen, klagenden Schrei der unaussprechlichen Trauer aus – Trauer um die Verlorenen, Trauer, weil sie den Geist des Hüters wieder verlassen mußte, Trauer, weil der Geschmack der weißen Frucht von ihren Lippen verschwunden und es doch nur ein Traum gewesen war. Ein wahrer Traum, aber einer, der ein Ende hat, und er war beendet, und ich bin einsamer denn je zuvor, weil ich zum erstenmal in meinem Leben die Erfahrung gemacht habe, *nicht* allein zu sein, und ich nie wußte, nie wirklich wußte, wie wunderschön es ist, fürwahr und vollständig gekannt und geliebt zu werden. Ihr Schrei verhallte; ihr Körper war vom Traum erschöpft; sie schlief erneut und träumte bis zum Morgen nicht mehr. Dann war soviel Zeit verstrichen, daß sie es ertragen konnte, wieder wach zu sein, obwohl der Traum in ihrem Geist noch immer stark und gegenwärtig war.

»Hast du zugesehen?« flüsterte sie.

›Nafai hat nie einen so starken wahren Traum bekommen.‹

»Ihm hat man auch andere Aufgaben übertragen«, sagte sie. »Kannst du mich zu der Stelle bringen, die ich aufsuchen soll?«

›Ja. Uns bleibt noch genug Zeit dafür.‹

Sie aß, während das Beiboot flog, und kaute mechanisch; die Nahrung hatte keinen Geschmack, verglichen mit dem, was sie in dem Traum zu sich genommen hatte.

»Dein Warten ist endlich vorbei«, sagte sie zwischen den Bissen. »Das hast du wahrscheinlich gesehen.«

»Ich bereite bereits eine Nachricht an mein Gegenstück vor. Meine Aufzeichnung deines Traums schließe ich darin ein. Leider scheint ein Großteil davon sehr subjektiv gewesen zu sein, und ich habe nicht alles verstanden. So ist es bei diesen wahren Träumen immer. Ständig scheine ich etwas zu verpassen.‹

»Ich ebenfalls. Aber ich habe wohl genug verstanden, um damit noch eine Weile beschäftigt zu sein.«

›Warum ist der Hüter normalerweise so verschwommen, wenn er so deutlich sprechen *kann*?‹

»Während des Traums habe ich verstanden, warum«, sagte Schedemei. »Die Erfahrung ist so überwältigend, daß die meisten Leute dermaßen davon verzehrt würden, daß sie danach ihre Seelen verloren hätten. Sie würden vom Hüter aufgesogen. Die Menschen würden daran sterben.«

›Und warum bist du dann immun?‹

»Das bin ich nicht. Aber da ich mich bereits entschieden habe, dem Plan des Hüters zu folgen, hat dieser Traum meinen Willen nicht ausgelöscht, sondern bestätigt, was ich bereits war und was ich bereits wollte. Ich habe meine Freiheit nicht verloren, und statt mich zu töten, machte er mich nur noch lebendiger.«

›Mit anderen Worten, er ist ein organisches Wesen.‹

»Ja, das stimmt. Er ist ein organisches Wesen.« Sie dachte kurz nach. »Er hat gesagt, er könne mir sein Gesicht nicht zeigen«, fügte sie dann hinzu, »doch nun verstehe ich, daß ich es gar nicht sehen muß oder will, denn ich habe etwas viel besseres getan.«

›Und was?‹

»Ich habe sein Gesicht getragen. Ich habe durch seine Augen gesehen.«

›Das erscheint mir nur fair. Er hat *dein* Gesicht tausendmal zuvor getragen und deine Hände und deinen Mund benutzt, um sein Werk zu tun.‹

Schedemei hob ihre Hände und betrachtete sie; sie waren von der Mahlzeit, die sie gerade beendet hatte, feucht und schmutzig. »Dann müßte ich sagen, daß der Hüter der Erde genau wie ich aussieht, meinst du nicht auch?« Sie lachte kurz; der Klang des Geräuschs war zweifellos so rauh und wie jeder normale Laut dieser Art, doch in ihr ließ es eine Erinnerung an Musik aufleben, und für einen Augenblick wußte sie wieder, wie die Frucht geschmeckt hatte, und war zufrieden.

12

Sieg

Als Edhadeja sie nach ihrer großen öffentlichen Versammlung in Jatva aufsuchte, nahm Mon sie zur Seite, um zu hören, was sie zu sagen hatte. »Wenn du gekommen bist, um zwischen mir und meinen Brüdern Zwietracht zu sähen ...«, begann er, doch sie gab ihm keine Gelegenheit, den Satz zu beenden.

»Ich weiß, daß du dich bereits darauf festgelegt hast, alles zu leugnen, was einst edel und gut an dir war, Mon, also werde ich meine Zeit nicht verschwenden. Vater hat mich mit einer Nachricht geschickt.«

Mon verspürte ein winziges Prickeln der Furcht und des Entsetzens. Er hatte oftmals nicht so richtig glauben können, daß Vater ihnen all das durchgehen ließ, was sie taten. Oh, er hatte sie davon abgehalten, den Boykott gegen Waren und Beschäftigung von Wühlern zu organisieren, aber natürlich hatten sie das umgangen, indem sie so getan hatten, als würden sie *gegen* den Boykott sprechen – und jeder hatte die wahre Botschaft verstanden. Leitete Vater nun Schritte gegen sie ein? Und wenn ja – warum hieß irgend etwas tief in Mon dies willkommen? Lag es daran, daß sie den Sieg zu leicht errungen hatten und er sich irgendeinen Kampf wünschte?

»Hörst du zu?« fragte Edhadeja.

»Ja«, sagte Mon.

»Vater befürchtet, einige seiner Soldaten könnten zum Schluß kommen, es sei ihre Pflicht, den König von der Ursache seiner jüngsten Sorgen zu befreien. Eine zufällige Bemerkung, die, aus dem Zusammenhang gerissen, von anderen aufgeschnappt wurde, vermittelte einigen Soldaten den Eindruck, er hieße dies willkommen.«

»Klingt ganz so, als hätte er einen Befehl erteilt und es sich ein wenig zu spät anders überlegt.« Mon lachte garstig.

»Du weißt, daß das nicht stimmt.«

Natürlich wußte er es. Sein Wahrsinn rebellierte gegen die Vorstellung – aber es gelang ihm immer besser, ihn zu unterdrücken.

»Und was erwartet er nun von uns?« fragte Mon. »Sollen wir uns verstecken? Nicht mehr in der Öffentlichkeit sprechen? Das kann er vergessen. Wenn er uns töten läßt, macht er nur Märtyrer aus uns, und unser Sieg wird vollständig. Außerdem hat er uns nicht zu Feiglingen erzogen.«

»Narren, ja, Lügner, ja, aber keine Feiglinge.« Edhadeja lächelte grimmig. »Er weiß, daß ihr nicht nachgeben werdet. Er schlägt nur vor, daß ihr eure Reisepläne geheim haltet. Den Leuten nicht sagt, wohin ihr gehen werdet. Ihnen nicht mal verratet, wann ihr aufbrechen werdet.«

Mon dachte kurz darüber nach. »Na schön. Ich werde es den anderen sagen.«

»Dann habe ich meine Pflicht getan.« Sie wandte sich um und wollte wieder gehen.

»Warte«, sagte Mon. »Ist das alles? Keine weiteren Nachrichten? Nichts Persönliches von dir?«

»Nichts bis auf meinen Abscheu, den ich allen fünf von euch freigebig zukommen lasse, ganz besonders aber dir, Mon, da ich weiß, daß *du* weißt, daß jedes Wort falsch ist, das Akma sagt. Akma mag zwar die meisten Reden halten, aber du bist der unehrlichste von ihnen, weil du die Wahrheit kennst.«

Mon wollte ihr erneut erklären, daß dieser kindische Wahrsinn eine reine Illusion war, die dem zweiten Sohn des Königs Aufmerksamkeit einbringen sollte, doch er hatte kaum damit angefangen, als sie ihm eine Ohrfeige gab.

»Nicht zu mir«, sagte sie. »Das kannst du allen anderen erzählen, und wenn sie wollen, sollen sie es ruhig glauben. Aber sage es niemals zu mir. Die Beleidigung ist unerträglich.«

Als sie diesmal davonging und mit der sich zerstreuenden Menge verschmolz, rief er sie nicht zurück. Das Brennen auf seiner Wange hatte ihm Tränen in die Augen getrieben, aber er war sich nicht sicher, daß sie lediglich auf den Schmerz zurückzuführen waren. Er dachte an jene wunderbaren Tage zurück, in denen er jung und Edhadeja seine liebste Freundin gewesen war. Er erinnerte sich daran, wie sie sich ihm anvertraute, damit er ihren wahren Traum Vater erzählte, und wie man ihn wegen Aronhas absolutem Vertrauen in seinen Wahrsinn angehört und dann eine Expedition ausgeschickt hatte und die Zenifi gerettet worden waren. Er hatte in jenen Tagen geglaubt, dies sei sein Platz im Königreich – Aronhas geschätztester Berater zu sein, weil Aronha wissen würde, daß Mon nicht lügen konnte. Und als Bego ihn benutzt hatte, um die Blätter der Rasulum zu übersetzen ...

Komisch, dachte er jetzt, während Edhadejas Ohrfeige noch auf seiner Wange brannte, daß Bego nicht an den Hüter geglaubt, aber trotzdem auf Mons Hilfe zurückgegriffen hatte, um den Text zu übersetzen. War es nicht ausgerechnet Bego gewesen, der sie alle gelehrt hatte, nicht an den Hüter zu glauben? Aber Bego glaubte daran. Oder zumindest glaubte er an Mons Gabe.

Nein, nein, das hatte Akma bereits erklärt. Bego hielt es nicht für eine Gabe des Hüters, sondern für ein unbewußtes Talent in Mon selbst. Genau, die Fähigkeit zu spüren, ob die Leute wirklich glauben, was sie sagen. Das hatte nichts mit der absoluten Wahrheit zu tun, aber alles mit absolutem Glauben.

Aber wenn dem so ist, dachte Mon, warum habe ich dann nie das Gefühl, daß irgend etwas von dem wahr ist, das Akma sagt? Dahinter bin ich wirklich noch nicht gekommen. Wenn mein Wahrsinn vom Hüter kommt, versucht der Hüter vielleicht, mich gegen Akma zu wenden, indem er sich weigert, irgend etwas zu bestätigen, was er sagt. Aber das würde wiederum bedeuten, daß es tatsächlich einen Hüter gab, also konnte es nicht der Grund sein. Sollte Akma jedoch recht haben und mein Wahrsinn ist lediglich meine ureigene Fähigkeit festzustellen, ob die Leute überzeugt sind, die Wahrheit zu sagen – was hat es dann damit auf sich, daß ich Akmas Worte überhaupt nicht bestätigen kann? Es bedeutet: Ganz gleich, wie überzeugend er klingt – mein Wahrsinn behauptet trotzdem, daß er lügt. Er glaubt kein einziges Wort, das er sagt. Oder wenn er es glaubt, ist es wie eine Meinung, aber nicht wie eine Gewißheit. In seinem Kern, seinem Herzen, in den tiefsten Stellen seines Verstandes, sagt er diese Dinge nicht, weil er davon überzeugt ist.

Woran glaubt Akma also wirklich? Und warum lehne ich meinen Wahrsinn zugunsten von Akmas Unsicherheiten ab?

Nein, nein, das bin ich bereits mit Akma durchgegangen, und er hat mir erklärt, daß ein wirklich gebildeter Mann *niemals* etwas mit absoluter Sicherheit glaubt, weil er weiß, daß weitere Studien einen Teil oder alle seine Ansichten in Frage stellen können. Daher wird mein Wahrsinn nur bei Leuten stark reagieren, die unwissend oder fanatisch sind.

Unwissend oder fanatisch ... wie Edhadeja? Bego?

»Nun, was hat sie gewollt?« fragte Aronha.

Mons Träumerei hatte ihn zu der Stelle zurückgeführt, an der seine Brüder und Akma mit den Führern der örtlichen Gemeinschaft der Alten Traditionen sprachen. Das störte Mon bei der Gründung einer Religion am meisten. Obwohl sie von reichen und gebildeten Leuten beträchtliche Spenden bekamen, lag Mon nicht viel an den Leuten, die dann bereit waren, sich die Zeit zu nehmen, die Gemeinschaft tatsächlich zu führen. Viele von ihnen waren ehemalige Priester, die damals, bei den Reformen, ihre Stellung verloren hatten – ein arroganter Haufen, der sich für eine Aristokratie hielt, der man Unrecht getan hatte, und voller Anmaßung und Groll war. Bei anderen hingegen handelte es sich um bigotte Wühlerhasser, die, Mons Meinung zufolge, mit hoher Wahrscheinlichkeit während der Verfolgungen die grausame Mißhandlung der Behüteten entweder befohlen oder gar selbst ausgeführt hatten. Die Tatsache, daß er sich mit ihnen zusammentun mußte, rief eine Gänsehaut bei ihm hervor. Aronha hatte Mon unter vier Augen eingestanden, daß auch er es verabscheute, sich mit diesen Leuten einzulassen. »Was auch immer wir sonst über Akmaro sagen«, hatte Aronha damals angemerkt, »er zieht auf jeden Fall die besseren Priester an.« Doch das konnten sie vor Akma nicht sagen, denn er wurde noch immer sehr wütend, wenn man ihn irgendwie an Luets Ehe mit dem Priester Didul erinnerte, und würde mit Sicherheit geradezu explodieren, sollten sie die Priester der Behüteten loben.

»Sie hat eine Warnung von Vater bekommen«, sagte Mon.

»Ach, geht er jetzt dazu über, uns zu bedrohen?« fragte Akma. Er hatte den Arm über die Schulter eines jungen Schlägers gelegt, der vielleicht einer jener gewesen war, die Kindern die Knochen gebrochen oder die Flügel zerfetzt hatten.

»Sprechen wir darüber, wenn wir allein sind«, sagte Mon.

»Warum? Haben wir vor unseren Priestern etwas zu verbergen?« fragte Akma.

»Ja«, sagte Mon kalt.

Akma lachte. »Er scherzt natürlich.« Doch ein paar Minuten später war es Akma endlich gelungen, den jungen Mann abzuwimmeln, und er und die Motiaki zogen sich ans Flußufer zurück. »Tu mir das bitte nie wieder an«, sagte Akma. »Der Tag wird kommen, an dem wir die Staatsmaschinerie zur Unterstützung unserer Gemeinschaft einsetzen können, doch im Augenblick sind wir auf die Hilfe dieser Leute angewiesen, und es hilft nicht gerade, wenn sie sich ausgeschlossen fühlen.«

»Tut mir leid«, sagte Mon. »Aber ich habe ihm nicht vertraut.«

Akma lächelte. »Natürlich nicht. Er ist ein verachtenswerter Fiesling. Aber er ist ein *eitler* verachtenswerter Fiesling, und ich mußte ihn ziemlich energisch bearbeiten, damit er nicht wütend davonging.«

Mon tätschelte Akmas Arm. »Solange du stets badest, nachdem du ihn berührt hast, wird dir wohl nichts passieren.« Dann erzählte er ihnen, was Edhadeja gesagt hatte.

»Offensichtlich will er uns einschüchtern«, sagte Ominer wütend. »Warum sollten wir glauben, was er sagt?«

»Weil er der König ist«, sagte Aronha, »und in einer solchen Sache niemals lügen würde.«

»Warum nicht?« fragte Ominer.

»Weil es ihn beschämt, eingestehen zu müssen, daß er seine Soldaten vielleicht nicht unter Kontrolle hat«, sagte Aronha. »Ich wünschte, wir müßten Vater nicht so sehr schaden. Würde er doch nur verstehen, daß wir das alles zum Wohl des Königreichs tun.«

»Wir können nicht unsere gesamten Pläne andern«, sagte Ominer. »Die Leute erwarten uns.«

»Ach, mach dir darüber keine Sorgen«, sagte Mon. »Ganz gleich, wo und wann wir auftauchen, wir werden eine Menge anlocken. Es wird sogar etwas geheimnisvoller wirken, wenn niemand weiß, wo wir demnächst sprechen werden. Die Spannung vergrößern.«

»Es läßt uns wie Feiglinge aussehen«, sagte Ominer.

»Nicht, wenn wir erklären«, ließ Khimin sich vernehmen, »wir müßten so vorgehen, weil wir zuverlässige Informationen erhalten haben, daß einige Soldaten des Königs uns töten wollen!«

»Nein«, sagte Aronha fest. »Das werden wir *auf keinen Fall* tun. Die Leute würden es für einen Vorwurf an den König halten, und es wäre unehrenhaft von uns, ihn zu beschuldigen, nachdem er selbst uns eine Warnung geschickt hat, um uns zu schützen.«

Akma schlug Khimin auf den Rücken. »Da hörst du es, Khimin. Wenn Aronha zu dem Schluß kommt, daß etwas unehrenhaft ist, werden wir es nicht tun, obwohl es eine ziemlich wirksame Taktik wäre.«

»Verspotte mein Ehrgefühl nicht, Akma«, sagte Aronha.

»Das habe ich nicht«, sagte Akma. »Ich bewundere dich dafür.«

Mon verspürte plötzlich das unwiderstehliche Verlangen, Ärger zu machen. »In dieser Hinsicht ähnelt Aronha Vater am meisten. Wir haben nur deshalb nicht den geringsten Erfolg gehabt, weil Vater so ehrenhaft ist.«

»Damit wird Ehre doch zu einer Schwäche, oder?« fragte Ominer.

Aronha antwortete ihm mit vernichtender Verachtung. »Auf kurze Sicht verschafft Unehrenhaftigkeit einem einen Vorteil. Auf lange Sicht verliert ein unehrenhafter König die Liebe seines Volkes und endet wie Nuab. Tot.«

»Sie haben ihn mit Feuer zu Tode gefoltert, nicht wahr?« fragte Khimin.

»Versuche, nicht so erfreut zu klingen, wenn du daran denkst«, sagte Akma. »Das macht andere Menschen nervös.«

Doch Mon stellte fest, am meisten bei alledem störte ihn die Tatsache, daß Akma Ominer um so näher zu kommen schien, je öfter er etwas sagte, das einen anständigen Menschen vor ihm hätte zurückschrecken lassen sollen. Ominer sagte, Ehre sei eine Schwäche; und obwohl Akma kein Wort dazu gesagt hatte, hatte er nun den Arm um Ominers Schultern gelegt, und Ominer lächelte breit. Das ist falsch. Daran ist etwas zutiefst falsch. Akma war nicht so – zumindest im letzten Jahr noch nicht, bevor das alles angefangen hatte. Ich weiß noch, als er in Fragen der Ehre und des Anstands genauso unnachgiebig war wie Aronha. Sollten die üblen Leute, mit denen wir uns umgeben, etwa einen schlechten Einfluß auf ihn ausüben? Oder ist es einfach eine natürliche Konsequenz, wenn man von so vielen Tausenden von Menschen vergöttert wird?

Was auch immer mit Akma geschah, Mon verabscheute es. Da konnte nicht der echte Akma zum Vorschein gekommen sein; es war eher so, als eigne Akma sich diese zynische, unmoralische Haltung an, weil er glaubte, er müsse so werden, um seinen Sieg zu bekommen. Oder vielleicht war es auch ein Teil von Akma, der nie zum Vorschein gekommen war, bis er sich für so wichtig und mächtig hielt, daß er glaubte, er müsse zu anderen Leuten nicht mehr anständig sein. Wieviel von diesem spöttischen Geplänkel mit Aronha ist heutzutage eigentlich noch scherzhaft gemeint? fragte

Mon sich. Und wieviel ist wirkliche Verachtung für Aronhas königliches Gebaren?

So etwas darf ich nicht denken, rief er sich dann in Erinnerung zurück. Der Hüter versucht, mich von meinen Brüdern zu entfernen.

Nein, es ist *nicht* der Hüter, weil es keinen Hüter gibt.

Mon entschuldigte sich mit der Ausrede, er brauche Schlaf. Die anderen nahmen es als Zeichen. Das Gespräch wurde zu leerer, verspielter Plauderei, als sie zu dem Haus gingen, in dem sie wohnten. Es war eigentlich viel zu klein, um fünf erwachsene Männer aufnehmen zu können – die Hälfte der Familie, der es gehörte, war auf Häuser von Nachbarn verteilt worden –, doch Akma hatte darauf bestanden, daß sie nicht immer in den Häusern reicher Männer wohnen konnten, oder die Behüteten würden ihnen vorwerfen, stolz zu sein. Nach allem, was die Behüteten ihnen bereits vorwarfen, wäre eine weitere kleine Anklage eine Nacht ungestörten Schlafs durchaus wert, dachte Mon zumindest, doch wie üblich sah Aronha die Dinge genau wie Akma, und so wurde er in einen Verschlag gezwängt, in dem er sich nicht ausstrecken oder umdrehen konnte, ohne einen anderen zu wecken. Die Armen bauen einfach viel zu kleine Häuser, sagte er sich als garstigen kleinen Scherz. Laut hätte er es natürlich nie sagen können, denn Akma hätte ihm sofort erklärt, daß »die Leute es nicht nur als einen Scherz betrachten werden«.

Am nächsten Morgen entschloß Aronha sich, den Rat ihres Vaters zu befolgen und sofort aufzubrechen, statt noch einen weiteren Tag zu bleiben, und statt nach Fetek gingen sie nach Papadur. Na, ausgezeichnet, dachte Mon, eine doppelt so weite Strecke, und den ganzen Weg bergauf statt bergab. Ich werde Vater einen Brief schreiben und ihm für seinen Vorschlag danken.

Unterwegs kritisierte Akma Khimins Worte vom Vorabend. Mon mußte eingestehen, daß er es sehr geschickt machte und stets ein Lob mit seiner Kritik verband, damit

Khimin sich nicht herabgewürdigt fühlte. Es half natürlich, daß Khimin Akma absolut verehrte.

»Was du darüber gesagt hast, daß *unsere* Lehrer allesamt gebildet sind und die der Behüteten genauso unwissend wie ihre Schüler – das war eine geschickte Bemerkung, und ich bin froh, daß du sie gemacht hast.«

Khimin lächelte. »Danke.«

»Beim nächstenmal solltest du lediglich deine Wortwahl überdenken. Ich weiß, es ist schrecklich frustrierend, daß man so viele Dinge gleichzeitig im Kopf haben muß. Mir passiert das auch immer wieder. Das eine bekomme ich genau richtig hin, beim nächstenmal rutscht mir einfach irgendeine Bemerkung hinaus. Aber deshalb ist nicht jeder dazu fähig.«

Es war so leicht, Akmas Schmeichelei zu durchschauen, zu sehen, wie er Khimin in den Sack steckte und wieder herausholte. Doch Khimin, der arme Narr, bekam nichts davon mit.

Dann kam Mon der unangenehme Gedanke, daß Akma seine Technik vielleicht bei jedem Narren anwandte, mit dem er gerade sprach, und daß ein anderer vielleicht den Eindruck hatte, daß Mon womöglich genauso leichtgläubig war und nichts davon bemerkte.

»Als du gestern abend gesprochen hast, habe ich gedacht: Wie kann ich Khimin diese Idee stehlen und in *meiner* Rede benutzen?«

Khimin lachte; Ominer ebenfalls. Er hörte zu und konnte bei seinen Reden ganz bestimmt Hilfe brauchen; denn er stammelte zwar nicht herum und war auch nicht so unsicher wie Khimin, aber keinen Augenblick unterhaltsam.

»Ich hätte es so gesagt«, fuhr Akma fort. »Mein Vater hat in seinem Mitgefühl eine Religion begründet, in der Unwissende die Unwissenden unterrichten und Arme die Armen pflegen. Das ist ein edles Unterfangen; niemand soll sich darin einmischen. Aber für uns Menschen und Engel mit Bildung und Manieren besteht kein Grund, so zu tun, als bräuchten wir die primitiven Doktrinen und einfache Gesellschaft von Akmaros sogenannten Behüteten.«

»Was meinst du mit ›niemand soll sich darin einmischen‹?« fragte Khimin. »Ich dachte, genau das wollten wir tun?«

»Natürlich wollen wir das, und die Zuhörer wissen es auch. Aber siehst du denn nicht, was wir damit erreichen? Wir erwecken damit den Eindruck, wir wären niemandes Feind. Wir wenden uns nicht gegen sie, sondern erfüllen die Bedürfnisse der besseren Leute, während die Behüteten die der Armen und Unwissenden erfüllen. Und wie viele Leute unter unseren Zuhörern halten sich schon selbst für arm und unwissend?«

»Die meisten!« sagte Ominer abfällig.

»Die meisten von ihnen *sind* arm, im Vergleich zu jemandem, der im Hause des Königs aufgewachsen ist«, sagte Akma mit einem schwachen Anflug von Sarkasmus. »Aber was glaubst du, was sie von *sich selbst* halten? Jeder glaubt, er gehöre zu den gebildeteren, kultivierteren Menschen – und wenn nicht, wird er mit Sicherheit alles tun, was in seiner Kraft steht, damit *die anderen Leute* ihn dafür halten. Also – zu welcher Versammlung wird er gehen? Zu derjenigen, bei der er sich wie einer der gebildeteren und kultivierteren Menschen vorkommt. Verstehst du? Niemand kann uns vorwerfen, wir würden die Behüteten beschimpfen oder verleumden – aber je mehr wir sie loben, desto mehr Leute werden sich so fern wie möglich von ihnen halten.«

Khimin lachte erfreut. »Das ist, als ... als würde man sich aussuchen, was man sagen will, und dann findet man eine Möglichkeit, das Gegenteil zu sagen, aber so, daß es genau die gewünschte Wirkung hat.«

»Nicht ganz genau das Gegenteil«, sagte Akma. »Aber du verstehst langsam. Du kommst dahinter!«

Mons Wahrsinn explodierte plötzlich in ihm und wies das, was er gerade gehört hatte, mit solcher Heftigkeit zurück, daß er glaubte, sich übergeben zu müssen. Er blieb stehen und sank dann auf die Knie, ohne es zu wollen.

»Mon?« fragte Aronha.

In diesem Augenblick erklang ein lauter Lärm, und sie alle schauten auf und sahen einen gewaltigen Gegenstand, grau wie Granit, der wirbelnd zu ihnen hinabstürzte. Rauch quoll aus ihm, als würde er brennen, und das tosende Geräusch war schlichtweg betäubend. Mon bedeckte die Ohren mit den Händen und sah, daß seine Brüder dasselbe taten. Im letzten Moment drehte der große, graue Stein ab und stürzte keine zwölf Schritte von ihnen entfernt zu Boden. Der Rauch und der Staub blendete sie, und in diesem Augenblick erzitterte die Erde und riß sie wie Stoffpuppen von den Füßen. Aber es folgte kein Krachen, oder wenn doch, wurde es von dem Getöse des hinabgestürzten Steins und dem Poltern der Erde verschluckt.

Als der Staub und Rauch sich hoben, sahen sie, daß jemand vor dem Stein stand, doch sie konnten nicht erkennen, wie er aussah, denn jeder Teil seines Körpers leuchtete so hell, daß ihre Augen lediglich seine menschliche Gestalt ausmachen konnten. Nun wurde ihnen klar, warum es kein Krachen gegeben hatte, denn das große graue Objekt schwebte vielleicht einen halben Meter über dem Boden in der Luft. Es war unmöglich. Es war vernunftwidrig.

Der Mann aus Licht sprach, doch sie konnten ihn nicht verstehen; seine Stimme ging in dem anderen Lärm unter.

Plötzlich verstummte der Stein. Das Poltern des Erdbebens ließ nach. Mon richtete sich auf die Arme und betrachtete den Mann aus Licht.

»Akma«, sagte der Mann. »Steh auf.«

Die Stimme war kaum menschlich; es war, als würden fünf Stimmen, fünf verschiedene Tonhöhen zugleich schmerzhafte Schwingungen in Mons Kopf erzeugen. Er war froh, daß Akmas Name aufgerufen worden war, und nicht der seine; und obwohl er sich augenblicklich seiner Feigheit schämte, war er *noch immer* froh.

Akma kämpfte sich auf die Füße.

»Akma, warum verfolgst du das Volk des Hüters? Denn der Hüter der Erde hat gesagt: Das ist *mein* Volk, das sind die

Behüteten. Ich werde es in diesem Lande begründen, und lediglich seine eigenen bösen Entscheidungen dürfen es stürzen!«

Mon wurde von Scham überwältigt. All diese Monate der Ablehnung seines Wahrsinns, und er hatte von Anfang an recht gehabt. Akmas Argumente, die bewiesen, daß es keinen Hüter gab, kamen ihm jetzt so fadenscheinig und bedeutungslos vor – wie hatte Mon ihnen auch nur einen Augenblick lang glauben können, wenn der Wahrsinn in seinem Innern ihm ständig etwas anderes sagte? Was habe ich getan? Was habe ich getan?

»Der Hüter hat die Bitten der Behüteten gehört, und auch die Bitte deines Vaters, des wahren Dieners des Hüters. Er hat den Hüter seit Jahren gebeten, dich dazu zu bringen, die Wahrheit zu verstehen, doch der Hüter wußte, daß du die Wahrheit bereits verstanden hast. Nun bittet dein Vater den Hüter, dich davon abzuhalten, den unschuldigen Kindern der Erde Leid zuzufügen.«

Erneut hob sich die Erde unter ihnen. Akma wurde auf die Knie geworfen, und Mon fiel bäuchlings auf den Boden; sein Gesicht berührte die feuchte Erde der Straße.

»Kannst du noch immer behaupten, der Hüter habe keine Macht? Bist du für meine Stimme taub? Blind für das Licht, das aus meinem Körper leuchtet? Fühlst du nicht, daß die Erde unter dir zittert? Gibt es keinen Hüter?«

»Ja!« schrie Mon voller Furcht. »Es gibt ihn! Ich habe es von Anfang an gewußt! Vergib mir meine Lügen!« Er hörte, daß seine Brüder ebenfalls riefen und um Gnade flehten; lediglich Akma blieb stumm.

»Akma, erinnere dich an deine Gefangenschaft im Land Chelem. Erinnere dich daran, wie der Hüter dich aus deiner Knechtschaft befreit hat. Jetzt bist *du* der Unterdrücker der Behüteten, und der Hüter wird sie von *dir* befreien. Geh deines Weges, Akma, und versuche nicht mehr, die Gemeinschaft der Behüteten zu vernichten. Ihre Gebete werden erhört werden, ob du dich nun entscheidest, dich selbst zu zerstören, oder nicht.«

Mit diesen Worten schien das Licht, das aus dem Körper des Boten kam, an Helligkeit und Intensität zuzunehmen – etwas, das Mon für unmöglich gehalten hätte, da er bereits fast erblindete, wenn er ihn anschaute. Und doch konnte er sehen, daß der Mann aus Licht den Arm ausstreckte und ein Blitz in der Luft zwischen seinem Finger und Akmas Kopf knisterte. Akma schien für einen Augenblick wie Asche in der Luft zu tanzen, die über einem Feuer schwebt; dann brach er zusammen. Der gewaltige Stein gab erneut ein Tosen von sich, und wieder hoben sich Staub und Rauch und nahmen ihnen allen die Sicht. Als es sich aufklarte, war der Stein verschwunden, und auch der Bote, und die Erde war ruhig.

Khimin weinte. »Vater!« rief er. »Mutter! Ich will nicht sterben!«

Mon hätte ihn verspottet, doch dieselben Gefühle kreisten durch sein Herz.

»Akma«, sagte Aronha.

Natürlich, dachte Mon. Mein älterer Bruder hat den Anstand, sich an unseren Freund zu erinnern, statt nur an sich selbst zu denken. Mon wurde von neuerlicher Scham erfüllt. Er rappelte sich auf und taumelte zu dem reglos daliegenden Akma.

»Es *gibt* einen Hüter«, intonierte Ominer. »Ich weiß, daß es einen Hüter gibt. Jetzt weiß ich es. Ich weiß es. Ich weiß es.«

»Halt die Klappe, Ominer«, sagte Mon. »Hilf uns, Akma ins Sonnenlicht zu schaffen, auf das Gras.«

Sie trugen ihn dorthin. Sein Körper war schlaff.

»Er ist tot«, sagte Khimin.

»Hätte der Mann aus Licht ihn töten wollen«, sagte Mon, »hätte er sich wohl kaum die Mühe gemacht, ihm zu sagen, er solle die Behüteten in Frieden lassen. Toten muß man keine Anweisungen geben.«

»Warum atmet er nicht«, sagte Aronha, »wenn er lebt? Warum kann ich weder einen Puls finden noch einen Herzschlag hören?«

»Ich sage dir, er *lebt*«, bekräftigte Mon.

»Woher kannst du das wissen?« fragte Ominer. »Du hast ihn nicht mal untersucht.«

»Weil mein Wahrsinn es bestätigt. Ja, er lebt.«

»Plötzlich ist dein Wahrsinn zurückgekehrt?« fragte Aronha ironisch.

»Er hat mich nie verlassen. Ich habe ihn verleugnet, ignoriert, ich habe gegen ihn angekämpft, aber er hat mich nie verlassen.« Es tat weh, diese Worte zu sagen. Und doch war es auch eine Erleichterung.

»Die ganze Zeit hat dein Wahrsinn dir gesagt, daß alles, was wir predigten, Lügen waren?« fragte Aronha. Sein Tonfall war wie ein Schlag ins Gesicht.

»Akma hat mir gesagt, mein Wahrsinn sei eine Lüge! Selbstbetrug!« erwiderte Mon. »Ich habe mich geschämt, darüber zu sprechen.« Er sah Verachtung auf Aronhas Gesicht. »Wirst du mir das zum Vorwurf machen, Aronha? Bist du schon zu solch einem Menschen geworden? War es lediglich Mons Schuld, daß ihr das getan habt? Der Hüter schickt uns eine Lichtgestalt, um uns zu sagen, daß wir gelogen und etwas zerstört haben, das wichtig war, und du wirst jetzt den Finger auf *mich* richten?«

Nun schaute Aronha beschämt drein. »Ich weiß, ich habe die Wahl selbst getroffen. Ich habe immer wieder gedacht: Wenn Mon sagt, daß es richtig ist, muß es richtig sein – aber ich wußte, daß es falsch war, und ich habe meine Abhängigkeit von dir als Entschuldigung benutzt. Die jüngeren Brüder ... nun, sie kann man kaum verantwortlich machen. Du und ich und Akma, wir haben sie stark unter Druck gesetzt, und ...«

»Ich habe die Entscheidung ebenfalls selbst getroffen!« rief Khimin. »Der Bote kam nicht, um *dich* aufzuhalten. Er kam, um uns *alle* aufzuhalten.« Mon wurde klar, Khimin war stolz darauf, von einem Boten des Hüters aufgesucht worden zu sein. Das mußte besser als ein wahrer Traum sein. Als Mon in sich hinein hörte, stellte er fest, daß auch er solche Gefühle hatte.

»Der Bote mag zwar gekommen sein, um uns alle aufzuhalten«, sagte Ominer, »hat aber nur zu Akma gesprochen. Denn er kennt die Wahrheit. Wir alle sind von Anfang an lediglich Akma gefolgt.«

»Ach, was bist du doch tapfer, daß du es ihm in die Schuhe schiebst«, sagte Khimin. »Die Schuld trägt nur der, der wie ein Toter im Gras liegt.«

»Ich habe das nicht als Entschuldigung gesagt«, erwiderte Ominer. »Soweit es mich betrifft, sollten wir uns deshalb um so mehr schämen. Wir sind die Söhne des Königs! Und wir haben uns von jemandem überreden lassen, unserem Vater zu trotzen und Schande über ihn und alles zu bringen, was er uns gelehrt hat.«

»Es war meine Schuld«, sagte Aronha. Es gelang ihm, seine Stimme ruhig zu halten, doch er wagte es nicht, ihnen in die Augen zu sehen. »An einige von Akmas Ideen mag ich ja mit halbem Herzen geglaubt haben, aber als es darum ging, unsere eigene Religion zu begründen, die alte Staatsordnung wiederherzustellen – da wußte ich, daß es falsch war. Ich wußte, die Leute, mit denen wir zusammenarbeiten, sind verabscheuungswürdige Opportunisten. Ich wußte, die Wühler, die wir aus Darakemba vertrieben, waren bessere Leute als unsere angeblichen Freunde. Und ich wurde dazu erzogen, einmal König zu sein. Ich verdiene es nicht. Ich verbiete euch, mich Ha-Aron zu nennen. Ich bin nur noch Aron.«

Mon konnte seine hilflose Enttäuschung nicht mehr verbergen. »Erkennt ihr nicht, was ihr sogar jetzt noch tut? Wir sind Akma gefolgt, weil er uns geschmeichelt und unseren Stolz genährt hat. Und wir haben es gern getan. Wir haben es geliebt, wichtig und mächtig zu sein. Wir haben uns daran erfreut, Vater in die Knie zu zwingen, die Welt zu verändern, zu glauben, wir wären klüger als alle anderen. Wir haben es genossen, von den Leuten bewundert und so behandelt zu werden, als wären wir wichtig. Der Stolz hat uns angetrieben. Und was tun wir jetzt? Khimin macht sich naß, weil wir so *wichtig* waren, daß der Hüter eine Lichtgestalt geschickt hat, um uns aufzuhalten – streite nicht mit mir, Khimin, ich habe dasselbe gedacht. Und Aronha will die ganze Schuld auf sich nehmen, weil *er* es hätte besser wissen müssen. Seht ihr es nicht ein? Es ist noch immer der Stolz! Es ist noch genau dasselbe, das uns überhaupt erst in Schwierigkeiten gebracht hat!«

»Ich bin nicht stolz«, sagte Aronha, und nun zitterte seine Stimme. »Ich kann den Gedanken nicht ertragen, jemandem gegenüberzutreten.«

»Aber das werden wir«, sagte Mon. »Weil wir ihnen zeigen müssen, was für ein elender Haufen wir sind.«

»Ist das nicht auch eine Art von Stolz?« fragte Ominer.

»Vielleicht, Ominer! Aber willst du wissen, worauf ich wirklich stolz bin? Wieso ich froh bin, daß ihr meine Brüder seid und ich einer von euch?«

»Was ist der Grund?« fragte Aronha.

»Daß nicht einer von euch vorgeschlagen hat, wir sollten weiterhin gegen den Hüter kämpfen«, sagte Mon. »Daß euch nicht in den Sinn gekommen ist, wir könnten vielleicht bei der Gemeinschaft der Alten Traditionen bleiben.«

»Das heißt doch nicht, daß wir *gut* sind«, sagte Ominer. »Es heißt nur, daß wir schreckliche Angst haben.«

»Wir konnten nur rebellieren, als wir uns törichterweise eingeredet haben, es gäbe keinen Hüter. Jetzt wissen wir es besser. Wir haben Dinge gesehen, die wir uns nie hätten vorstellen können, Dinge, die nur zur Zeit der Helden geschehen sind. Aber erinnert ihr euch an diese Geschichten? Elemak und Mebbekew haben Dinge gesehen, die genauso ungeheuerlich waren! Und trotzdem haben sie weiterhin rebelliert, bis an ihr Lebensende. Aber wir nicht! Unsere Rebellion ist vorbei.«

Aronha nickte. »Ich meine noch immer, was ich darüber gesagt habe, von nun an Aron zu sein.«

»Du wirst Aronha bleiben«, erwiderte Mon sofort, »bis Vater dir etwas anderes sagt! Die ganze Zeit, da du Schande über ihn gebracht hast, hat er dir den Ehrentitel nicht abgenommen.«

Aronha nickte erneut.

»Das wird Mutter umbringen«, sagte Khimin weinend.

Mon legte den Arm um den jüngeren Bruder und hielt ihn. »Ich weiß nicht, ob wir Vater mit Anstand bitten können, uns wieder aufzunehmen. Aber wir müssen zu ihm gehen – und sei es auch nur, damit er den Sieg haben kann, uns abzuweisen.«

»Vater wird uns wieder aufnehmen«, sagte Aronha. »Er ist nun mal so ein Mensch. Die Frage lautet, ob wir den Schaden wieder gutmachen können, den wir angerichtet haben.«

»Nein«, sagte Ominer. »Die Frage lautet, wird Akma überleben oder nicht? Wir müssen ihn nach Darakemba zurückbringen. Sollen wir ihn etwa hier liegen lassen und hoffen, daß er sich wieder erholt? Oder Hilfe suchen? Leute, die ihn tragen können?«

»Wir sind zu viert«, sagte Khimin. »Wir können ihn tragen.«

»Ich habe gehört, daß die Schulmeisterin Schedemei auch Heilerin ist«, sagte Mon.

»Jetzt brauchen wir die Hilfe einer Frau, die wir eine verbrecherische Mischerin der Spezies genannt haben«, sagte Aronha verbittert. »In der Zeit der Not kommt es uns nicht in den Sinn, uns an unsere eigene Gemeinschaft der Alten Traditionen zu wenden. Wir wissen, wir haben immer gewußt, daß wir die einzige Hilfe, auf die wir wirklich zählen können, unter den Behüteten finden werden.«

Die Scham schmeckte faulig in ihren Mündern, als sie aus ihren Mänteln und Stöcken eine Tragbahre für Akma bauten und sie dann auf die Schultern nahmen, um ihn zu tragen. Als sie sich dichter besiedeltem Land näherten, liefen die Leute zu ihnen, zu diesen vier Männern, die anscheinend eine Leiche auf den Schultern trugen, als wollten sie diese zu ihrem Begräbnis bringen.

»Geht«, sagte Aronha zu ihnen – zu jedem, der ihnen entgegen lief. »Geht und sagt allen, daß der Hüter einen Boten geschickt hat, der die Motiaki niedergeschlagen und sie davon abgehalten hat, ihre Lügen zu verbreiten. Wir sind Motiaks Söhne und kehren in Schande zu unserem Vater zurück. Geht und sagt allen, daß Akma, Akmaros Sohn, vom Boten des Hüters niedergeschlagen wurde und niemand sagen kann, ob er leben oder sterben wird!«

Immer und immer wieder sagte er dies, und jedesmal, wenn er die Worte zu einem Behüteten sprach, bekam er die gleiche Erwiderung. Keine Freude, kein Prahlen, keine Verdammnis, sondern Tränen und Umarmungen und dann, unausweichlich, die unerträglichste Reaktion von allen: »Können wir euch helfen? Können wir Akma ein kleines Stück des Weges tragen? Oh, seine Eltern werden weinen, wenn sie ihn so sehen! Wir werden zum Hüter beten, er möge sie ihren Sohn wieder lebendig sehen lassen! Laßt euch von uns helfen!« Sie brachten ihnen Wasser, brachten ihnen Nahrung, und kein einziges Mal tadelte ein Behüteter sie.

Andere waren nicht so freundlich. Männer und Frauen, die Akma und Motiaks Söhnen während ihrer Reden zweifellos zugejubelt hatten, schrien nun bittere Beschuldigungen, nannten sie Lügner, Betrüger, Ketzer. »Arondi! Mondi! Ominerdi! Khimindi!« Wie bitter war es doch, daß niemand es gewagt hatte, ihren Namen die Bezeichnung für einen Verräter hinzuzufügen, als sie tatsächlich gegen ihren Vater rebelliert hatten; doch nun, da sie ihre Rebellion beendet und ihre Irrtümer eingestanden hatten, überhäufte man sie mit dem Schimpfnamen.

»Wir haben es verdient«, sagte Mon, als Ominer begann, ihren Schmähern ihre Heuchelei begreiflich zu machen.

Und dann mußten sie beschämt zusehen und zuhören, wie die Behüteten die Schimpfenden zur Seite nahmen und zurechtwiesen. »Seht ihr denn nicht, daß sie voller Trauer sind? Seht ihr denn nicht, daß Akma dem Tode nahe ist? Sie fügen euch jetzt keinen Schaden zu. Laßt sie gehen. Gebt ihnen Frieden.«

Und so wurden die Behüteten während ihrer Reise zu ihren Beschützern. Und viele davon waren Wühler. Mon gab sich nicht damit zufrieden, sie *lediglich* Aronhas Reden hören zu lassen. An die Wühler richtete Mon selbst das Wort. »Bitte zieht aus und sucht die Erdleute, die auf den Straßen sind, um Darakemba zu verlassen. Sagt ihnen, daß wir sie bitten, nach Hause zu kommen. Sagt ihnen, daß sie bessere Bürger Darakembas sind als Motiaks Söhne. Laßt sie nicht gehen.«

In dieser Nacht schliefen sie neben Akma auf der Straße, und spät am nächsten Tag gelangten sie nach Darakemba. Die Nachricht war ihnen vorausgeeilt, und als sie Akmaros Haus erreichten, teilte sich vor ihnen eine große Menge, um sie durchzulassen, und Akmaro und Chebeja standen auf der Schwelle, um den fast-lebenden Körper ihres Sohnes in Empfang zu nehmen. Im Haus wartete ihr Vater, der König, und ihre Schwester Edhadeja, und sie mußten weinen, als ihr Vater und ihre Schwester sie liebevoll umarmten, und dann erneut, als Akmaro und Chebeja neben der Hülle ihres Sohnes niederknieten.

Auf der Straße erschien das Lichtwesen. Die Erde zitterte. Akma hätte überrascht sein sollen, war es aber nicht. Es war sehr seltsam, daß es ihm nicht seltsam erschien. Als der Bote sprach, ging Akma immer wieder der Gedanke durch den Kopf: Wieso hast du so lange gebraucht?

Als er bemerkte, daß er gar nicht überrascht war, wunderte er sich darüber. Er hatte mit so etwas nicht rechnen können. Er hatte nicht gewußt, daß so ein Wesen existierte. Bei seinen Studien war er nie auf so eine Erscheinung gestoßen. Außerdem bewies die Erfahrung nichts. Es konnte sich durchaus lediglich um eine Halluzination handeln, die sich eine Gruppe von fünf Männern miteinander teilte, die unbedingt irgendeine Bestätigung ihrer Bedeutung für das Universum benötigte. Statt eines Beweises für die Existenz eines Hüters der Erde würde diese Erfahrung sich vielleicht als nichts weiter als die unausweichliche unterbewußte Macht von Kindheitsüberzeugungen erweisen, selbst wenn diese

Männer glaubten, sie schon lange hinter sich gelassen zu haben.

Doch als der Bote dann sprach (und wieso kann ich jedes Wort hören und gleichzeitig noch all diese Gedanken denken? Was für eine außergewöhnliche Klarheit des Geistes. Ich würde Bego gern von diesem Phänomen berichten. Was hat der König überhaupt mit Bego gemacht? Sieh dir das an – ich schweife plötzlich vom Thema ab, ich denke an Bego, und ich habe trotzdem kein einziges Wort der Mitteilung verpaßt), wußte Akma, daß es sich nicht um eine gemeinsame Halluzination handelte, oder wenn doch, dann um eine, die der Hüter der Erde herbeigeführt hatte, denn diese Stimme kam eindeutig von außerhalb. Woher er das wußte? Es war, wie Edhadeja es gesagt hatte. Man erkennt den Unterschied einfach, wenn es einem widerfährt. Aber nicht die Lichtgestalt tat ihm das an. Nein, das ist nur ein Schauspiel, ein Spektakel. Ich bin nicht sicher, weil meine Augen geblendet werden, oder die Erde unter meinen Füßen zittert, oder wegen des tosenden Lärms oder Rauchs oder der seltsam klingenden Stimme. Ich ... weiß es einfach.

Und dann dachte er: Ich habe es *immer* gewußt.

Er erinnerte sich an die Zeit, als er das größte Entsetzen seines Lebens verspürte – als Pabulogs Söhne ihn zum erstenmal zu Boden warfen und ihn zu quälen und zu erniedrigen anfingen. Er hatte es damals nicht in Worte kleiden können, doch unter dieser Furcht um sein Leben schämte er sich seiner Hilflosigkeit; und darunter wiederum befand sich ein stählerner Mut, der ihn dazu brachte, nicht um Gnade zu bitten, der ihn alles durchstehen ließ und ihm ermöglichte, nackt und mit Schlamm und Dreck und Essensresten beschmiert zu seinem Volk zurückzugehen. Damals hatte er gewußt, was *diese* Stärke war – es war die vollkommene Gewißheit der Liebe seiner Eltern (und die Erinnerung daran tat ihm weh; ich hatte ihre Liebe, ich habe ihre Liebe noch immer; sie war so stark, wie ich es sogar als kleiner Junge annahm; mein Vertrauen war nicht unangebracht, und seht, was ich ihnen angetan habe), die Wahrnehmung der unzerreißbaren Taue, die sie verband, beinahe so, als hätte er die entwirrende Gabe seiner Mutter, ohne es je bewußt gemerkt zu haben.

Doch darunter war *noch* etwas anderes. Das Gefühl, daß jemand alles beobachtete, was ihm widerfuhr, beobachtete und sagte: Was diese Jungen dir antun, ist falsch. Die Liebe, die deine Eltern dir entgegenbringen, ist richtig. Dein Weinen, deine Scham – das sind keine Schwächen von dir, du kannst nichts dafür. Deine Anstrengung, Mut zu zeigen, ist verdienstvoll. Es ist richtig, daß du zu deinem Volk zurückgehst. Ein ständiger Richter, der den moralischen Wert all seiner Taten beurteilte. Wie konnte er sich nun an etwas erinnern, das ihm damals nicht aufgefallen war? Und doch wußte er ohne den geringsten Zweifel, daß dieser Beobachter damals dort gewesen war, und daß er diese Stimme in ihm geliebt hatte, denn wenn er etwas gut machte, sagte sie es ihm.

Der Bote sagte: »Der Hüter hat die Bitten der Behüteten gehört, und auch die Bitte deines Vaters, des wahren Dieners des Hüters.« Wie lange dauerte die Rede schon? Noch nicht sehr lange, sie hatte gerade erst angefangen, das konnte er sagen. Es war, als kenne er jedes Wort, das der Bote sagen würde, als wisse er genau, wie lange es jedem einzelnen Teil der Botschaft zugeteilt wurde, damit sein Verstand die Aufmerksamkeit zwischen kleinen Abschnitten, bei denen er zuhören und die Worte verstehen mußte, und beträchtlichen Zeiträumen zwischen diesen Abschnitten teilen konnte, in denen er dieses Geheimnis ergründen und den Beobachter suchen konnte, den er all diese Jahre in sich gehabt hatte, ohne es zu bemerken.

Er sah sich selbst, wie er auf einem Hügel saß und beobachtete, wie Vater die Pabulogi unterrichtete. Er fühlte den Zorn in seinem Knabenherz und hörte, wie er Rache schwor. Aber wem? Nun konnte er sehen, was er damals nicht gesehen hatte: Er zürnte keineswegs den Pabulogi, nicht einmal seinem Vater, weil er sie unterwies. Nein, der Zorn, der einen stechenden Schmerz in seinem Herzen verursachte, richtete sich gegen sie alle und keinen von ihnen – er richtete sich gegen den Hüter der Erde, weil er es wagte, das Volk zu retten, ohne Akma als sein Werkzeug zu benutzen.

Und was sagte der geheime innere Beobachter? Nichts. Überhaupt nichts. Er hatte sich zurückgezogen. Während sein Herz mit Zorn darüber erfüllt war, nicht ausgewählt worden zu sein, war es still in ihm.

Ich habe ihn vertrieben. Ich war damals leer.

Aber nein, nicht völlig leer, denn nun nahm er ihn als das leiseste Geräusch überhaupt wahr, als die winzigste Spur, den schwächsten Stern, den man gerade noch sehen konnte. Der Beobachter war noch da, und er sagte leise: Es war nicht deine Zeit, es war nicht deine Zeit, hab Geduld, der Plan ist größer als du, diesmal habe ich andere gebraucht, deine Zeit wird kommen …

Der Beobachter war also da, kam aber nicht zu ihm durch, weil sein Zorn seine Stimme übertönte.

Und als er nun in sich hineinschaute, stellte er fest, daß der Beobachter noch immer in ihm war, noch immer sprach, wie eine Stimme hinter der Stimme seines Geistes. Er gab ständig Kommentare zu jedem bewußten Gedanken ab, floh aber stets vor dem Bewußtsein selbst, wann immer er versuchte, die flüchtige Weisheit zu ergreifen. Selbst jetzt konnte er sich nur an den Kommentar erinnern, der gerade verklungen war, aber nicht den hören, der zu dem erfolgte, was soeben geschah.

Jetzt kennst du mich, hatte der Beobachter gerade gesagt. Du hast mich schon immer gekannt, aber jetzt weißt du, daß du mich kennst.

Ja, antwortete Akma stumm. Du bist der Hüter der Erde, und du warst von Anfang an ein Teil von mir. Du warst wie ein Funke, der in mir am Leben blieb, ganz gleich, wie verzweifelt ich versuchte, dieses Feuer zu löschen, ganz gleich, wie oft ich dich verleugnete – du warst da.

»Ihre Gebete werden erhört«, sagte der Bote, »ob du dich nun entscheidest, dich selbst zu zerstören, oder nicht.« Und damit endete die Nachricht. Der helle Arm wurde ausgestreckt und zeigte auf ihn. Der Finger knisterte und zischte, und ein schrecklicher Schmerz berührte jeden Nerv in seinem Körper gleichzeitig; sein ganzer Leib brannte, und in diesem Augenblick der unerträglichen Qual konnte er sich erinnern, was der Beobachter, was der Hüter, gerade … gesagt … hatte …

Jetzt kennst du mich, Akma. Und jetzt bin ich fort.

Bis zu diesem Augenblick hatte Akma sich keinen schrecklicheren Schmerz vorstellen können als das Leiden seines Körpers in dem Augenblick, als der Energieblitz des Boten all seine Nerven gleichzeitig berührte. Doch nun, da der Schmerz verklungen war und Akmas Körper verkrümmt auf dem Boden lag, wurde ihm klar, daß der Schmerz seines Körpers nichts war, ihn nicht mal berührt hatte, daß er fast ein Vergnügen war im Vergleich zu …

Im Vergleich zu perfekter Einsamkeit.

Er war mit nichts verbunden. Er hatte keinen Namen, weil *niemand ihn kannte*, keinen Ort, weil er mit nichts verbunden war, keine Macht, weil es nichts gab, was er hätte tun können. Und doch wußte er, daß er diese Dinge einst gehabt hatte, und daß sie ihm jetzt genommen worden waren. Er war verloren und würde nie wieder etwas oder jemand sein; er war verloren, weil *niemand ihn kannte*. Wo ist derjenige, der mich beobachtet? Wo ist derjenige, der mich kennt? Wo ist derjenige, der mir einen Namen gibt? Ich habe ihn doch gerade erst in mir gefunden, oder? Wie kann er mich nun verlassen haben?

Kein Schmerz war mit diesem Verlust vergleichbar. Er hätte nichts dagegen gehabt, wieder in jenen gequälten Körper zurückzukehren, mit dem er noch vor einem Augenblick verbunden gewesen war, weil es besser war, diesen Schmerz zu spüren, wenn der Beobachter sein Urteil über ihn abgab, als diesen völligen Mangel an Schmerz, wenn niemand ihn beobachtete. Als ich den Schmerz spürte, war ich Teil von etwas; jetzt bin ich Teil von nichts.

Habe ich das nicht gewollt? Nur ich selbst zu sein, niemandem verantwortlich? Niemand kann mir Befehle erteilen, mich beherrschen; ich bin ungebunden, frei. Bis jetzt habe ich nicht gewußt, was es heißt, niemandem etwas zu schulden, keine Pflichten zu haben, weil ich nicht die Macht habe, irgend etwas zu tun. Ich habe nicht gewußt, daß völlige Unabhängigkeit die schrecklichste aller Strafen ist.

Mein ganzes Leben lang war der Hüter in mir, hat mich beurteilt. Aber jetzt ist das Beurteilen beendet. Ich bin nicht geeignet, Teil der Welt des Hüters zu sein.

Und als er dies wußte, wurde ihm allmählich klar, welche Gründe es für sein Wissen gab. Bilder, die vorzustellen er sich früher geweigert hatte, kamen nun mit perfekter Klarheit zu ihm. Eine alte Wühlerfrau, die von großen und furchteinflößenden Menschenmännern schikaniert und geschlagen worden war; und da Akma in ihr war, überfluteten ihn all ihre Erinnerungen, kannte er die gesamte Bedeutung dieses Augenblicks. Als sein Verständnis des Leidens der alten Frau vollständig war, glitt er plötzlich in den Geist eines der Schläger, und nun war er kein Rohling mehr, sondern ein Mann, dem aufgrund seiner eigenen Taten übel wurde, obwohl das Blut noch von der Gewalt erhitzt durch seine Adern floß, und er wagte es nicht, seine Selbstverachtung kundzutun, weil er dann beschämt wäre, besonders vor …

Und in diesem Augenblick war Akma in dem Mann, auf dessen Bewunderung der Schläger wert legte, und sah dessen Macht und Stolz darauf, die dunklen Ereignisse in Gang gesetzt zu haben, die die Behüteten terrorisierten. Er war hungrig nach Macht, und es gefiel ihm, sie nun zu haben, denn nun würden sie an *ihn* denken müssen, wenn sie etwas in die Wege leiten wollten; sie würden ihn respektieren …

Und nun nahmen ›sie‹ im Geist des Ränkeschmiedes Gestalt an, mehrere Gestalten, reiche alte Männer, die einst im Königreich großen Einfluß gehabt hatten, nun aber nur noch in Darakemba, da das Königreich ihrer kleinlichen Reichweite entwachsen war. Wenn Aronha König ist, wird er wissen, daß mein Einfluß einen gewissen Wert hat. Ich kann die Dinge bewerkstelligen, die zu dunkel sind, als daß er sie mit seinen eigenen Händen tun könnte. Wenn der neue König kommt, wird man mich nicht mehr übersehen.

Akma brauchte keine weiteren Erklärungen, um das alles zu verstehen, denn war er es nicht gewesen, der die Herzen und den Geist von Motiaks Söhnen für sich gewonnen und sie gegen die Politik seines eigenen Vaters und des Königs vereint hatte? Die Gewißheit in seinem Verstand war unerschütterlich: Diese alte Frau wäre nicht verprügelt worden, hätte ich nicht willentlich anderen Anlaß zu der Annahme gegeben, sie könnten einen Vorteil erringen, wenn sie den Behüteten gegenüber grausam sind. Diese Kette der Ursachen war lang, aber nicht falsch, und am schlimmsten war, daß Akma nun klar wurde, er hatte es von Anfang an gewußt und sich in seinem Haß und Neid auf die Macht des Hüters nach Gewalt und grausamen Taten gesehnt, und anstatt sie mit eigenen Händen zu verüben, hatte er seine Macht in die Welt hinaus geworfen und andere Hände veranlaßt, das zu tun, was er tun wollte.

Genau das tut auch der Hüter, um seine guten Werke zu vollbringen: Er wirft seinen Einfluß in die Welt aus und fördert die guten Seiten der Leute. Der Beobachter, der in mir war, ist in jeder lebenden Seele anwesend; niemand ist allein; alle werden von diesen sanften Worten der Bestätigung berührt, wenn sie tun, was der Hüter verlangt: Gut gemacht, mein Kind, mein treuer Freund, mein williger Diener. Meine eigene Macht war nur ein kleiner Teil derer, die der Hüter hat, ein schwacher Schatten seines Einflusses – doch statt sie zu benutzen, um andere Leute ein wenig glücklicher, ein wenig freier zu machen, habe ich Gier und Neid in den Herzen einiger Menschen geweckt, die dann die Flamme der Gewalt in anderen entfacht haben. Ich war in ihren Herzen, als sie zuschlugen, und meine Stimme – auch wenn die Leute sie nicht als die meine erkannten, hat gesagt: zerbreche, zerreiße, verletze, vernichte. Sie gehört nicht zu der Welt, die wir schaffen wollen: vertreibe sie. Auch die, die ich bei dieser schmutzigen Angelegenheit als Hände benutzte, waren für ihre Taten verantwortlich, aber das spricht mich nicht frei. Denn jene, die Gutes tun, tun es mit dem Hüter in ihnen, der sie ansporn und sie für ihre Freundlichkeit lobt – doch der Hüter *zwingt* sie nicht, es zu tun. Sie begehen die guten Taten aus sich heraus, und doch sind es die Taten des Hüters. Und so waren auch die Grausamkeiten dieser Männer mit den dunklen Herzen ihre eigenen, und doch gleichzeitig die meinen. Die meinen.

Kaum hatte er verstanden, welche Rolle er beim Verprügeln dieser alten Frau spielte, als ihm auch schon eine neue Grausamkeit in den Sinn kam, ein Kind, das vor Hunger weinte und nichts zu essen hatte, weil sein Vater bei dem Boykott sein Einkommen verloren hatte. Akma sah durch die Augen des Kindes, und dann durch die des Vaters, fühlte dessen Scham und Verzweiflung, seinem Kind keine Erleichterung verschaffen zu können ... und dann war Akma die Mutter in ihrer ohnmächtigen Wut und ihren Klagen, daß der Hüter und die Behüteten dieses Elend über sie gebracht hatten, und erneut folgte er der Kette des Leidens und Bösen – die Händler, die früher die Waren des Vaters gekauft hatten und sich nun weigerten, einige aus Furcht vor Vergeltung, andere wegen persönlicher Vorurteile gegenüber den Wühlern, die nun respektabel geworden waren – nein, patriotisch! –, weil Akma vor einer Menschenmenge gestanden und ihr gesagt hatte, sie alle müßten dem Gesetz gehorchen und *niemanden* boykottieren, und die Zuhörer hatten gelacht, weil sie genau verstanden, was Akma wollte ...

Er wollte, daß dieses Kind weinte, daß der Stolz des Vaters gebrochen wurde und die Treue der Mutter dem Hüter gegenüber in hilfloser Wut ausbrannte. Er wollte es, weil er den Hüter dafür bestrafen mußte, daß er ihn damals *nicht erwählt* hatte, als er als Kind verzweifelt versuchte, seine kleine Schwester vor der Peitsche zu retten.

Immer und immer wieder, Szene für Szene, sah er den Schmerz, den er verursacht hatte. Wie lange hielt er an? Es hätte eine einzige Minute sein können, aber auch ein Dutzend Leben. Wie konnte er die Dauer messen, ohne Verbindung mit der Wirklichkeit, ohne Zeitgefühl? Er sah alles, ganz gleich, wie lange es dauerte; und doch war ein jeder Augenblick gleichzeitig eine Ewigkeit, weil sein Verständnis so vollständig war.

Hätte er einen Laut von sich geben können, wäre es ein endloser Schrei gewesen. Es war unerträglich, allein zu sein; und am schlimmsten daran war, daß er in seiner Einsamkeit mit *sich selbst* allein sein mußte, mit all seinen abscheulichen, verachtenswerten Taten.

Schon lange, bevor die Parade seiner Verbrechen vorüber war, war Akma erledigt. Er sah sich nicht mehr als derjenige, der den Marsch der erobernden Soldaten durch die Ländereien der Elemaki anführte. Er konnte den Gedanken nicht ertragen, je wieder einem anderen Menschen unter die Augen zu kommen, denn nun wußte er, was er wirklich war, und würde es nie wieder vor sich selbst oder einem anderen verbergen können. Die Schande war zu groß. Er wünschte sich nicht mehr, all das zurückzubekommen, was er verloren hatte. Nun wollte er nur noch ausgelöscht werden. Zwinge mich nicht, je wieder jemanden anzusehen. Zwinge mich nicht, mich selbst anzusehen. Zwinge mich nicht mal, dich anzusehen, Hüter. Ich kann meine Existenz nicht mehr ertragen.

Doch jedesmal, wenn er glaubte, ganz unten angekommen zu sein und nicht mehr tiefer sinken zu können, als er in diesem Augenblick gesunken war, sprang ein anderes Bild in seinen Geist, eine andere Person, deren Leid er verursacht hatte, und ... ja ... er konnte *doch* noch mehr Scham und Schmerz fühlen, als er noch vor einem Moment zuvor empfunden hatte ... als es ihm bereits endlos und unerträglich vorgekommen war.

Schedemei ging durch das stille Haus, in dem so viele Leute kamen und gingen und ihre Aufgaben erledigten. Sie sah vier junge Männer und erkannte sie als Motiaks Söhne; die jungen Männer hingegen erkannten sie natürlich nicht, da sie auf der Straße lediglich unerträgliche Helligkeit in menschlicher Gestalt gesehen hatten. Und in gewisser Hinsicht erkannte Schedemei sie auch nicht, denn die lachenden, großspurigen Jungen, die sie damals gesehen hatte, waren verschwunden; und verschwunden waren auch die geduckten, entsetzten Kinder, die vor ihr zitterten und bei jedem Wort zusammenzuckten, das sie sagte. Sie hatte natürlich in ein winziges Mikrofon gesprochen, so daß die Umwandler ihre Stimme verstärkten und verzerrten, um sie so grell wie möglich zu machen.

Nun sah sie vier Menschen, die tatsächlich auf der Schwelle zum Mannestum zu stehen schienen. Ihre tief gezeichneten Gesichter ließen erkennen, daß sie viele Tränen vergossen hatten, doch sie machten nun kein Schauspiel daraus, Trauer und Reue zu zeigen. Statt dessen sprachen sie freundlich zu den Leuten, die zu ihnen kamen – es waren einige Wühler darunter, wenn auch nicht viele. »Wir hoffen lediglich, daß der Hüter beschließen wird, Akmas Leben zu schonen, damit er uns helfen kann, einen Teil des schrecklichen Schadens gutzumachen, den wir angerichtet haben. Ja, ich weiß, daß du mir verzeihst; du bist großzügiger, als ich es verdient habe, aber ich akzeptiere deine Vergebung und schwöre dir, daß ich den Rest meines Lebens alles tun werde, was in meiner Macht steht, um mir zu verdienen, was du mir freiwillig gegeben hast. Doch jetzt warten wir erst einmal ab und halten mit Akmas Familie Wache. Der Hüter hat ihn niedergeschlagen, weil treue und gehorsame Behütete wie du um Erleichterung gebetet haben. Der Hüter hört euch. Wir bitten euch, erneut zu ihm zu beten und ihn zu bitten, unserem Freund das Leben zu schenken und ihm zu verzeihen.« Ihre Worte waren nicht immer so klar, doch ihre Bedeutung war stets dieselbe: Wir werden versuchen, den Schaden wieder gutzumachen, den wir angerichtet haben; wir bitten euch, zum Hüter zu beten, unseren Freund zu retten.

Schedemei verspürte keinen besonderen Wunsch, mit

ihnen zu sprechen – die Überseele hatte ihr mitgeteilt, daß sie es ernst meinten und ihre wahre Natur wieder zum Vorschein gekommen war. Sie waren jetzt klüger, hatten schmerzhafte Erinnerungen, wollten aber ein anständiges Leben führen. Was hatte sie also mit ihnen zu schaffen? Sie war wegen Akma hier.

Chebeja erwartete sie an der Tür von Akmas Schlafzimmer. Der Raum war klein und spärlich eingerichtet; Akmaro und Chebeja lebten wirklich bescheiden. »Schedemei«, sagte Chebeja. »Ich bin so froh, daß du die Nachricht erhalten hast und gekommen bist. Wir waren einen Tagesmarsch von der Hauptstadt entfernt, als man uns benachrichtigte, der Hüter habe unseren Jungen niedergeschlagen. Wir sind erst vor ein paar Stunden hier eingetroffen, bevor Motiaks Söhne ihn zu uns brachten. Wir hatten erwartet, dir unterwegs zu begegnen.«

»Ich habe einen anderen Weg genommen«, sagte Schedemei. »Ich mußte mich unter anderem um einige botanische Proben kümmern.« Sie kniete neben Akmas leblosem Körper nieder. Er sah aus wie tot.

›Das ist er praktisch auch. Als würde er an Unterkühlung leiden. Wie jemand, der während einer Reise im Tiefschlaf liegt. Die Zellaktivität ist sehr niedrig. Überraschenderweise ist auch die Bakterienaktivität gleich Null. Was auch immer der Hüter ihm angetan hat, es bringt ihn nicht um.‹

Gehirnaktivität? fragte Schedemei stumm.

›Irgend etwas geht in ihm vor. Aber es ist rein limbisch. Keine höheren Funktionen. Außer den primitivsten Gefühlen kann ich praktisch nichts in ihm feststellen.‹

Und was sind das für Gefühle?

›Für mich sieht es so aus, als ... nun ja, als würde er schreien.‹

Das werde ich seinen Eltern bestimmt nicht sagen.

›Der Hüter macht irgend etwas mit ihm, aber ich habe keine Ahnung, was es ist.‹

Keine Prognose?

›Er ist noch nicht tot, und ich kann nicht sagen, ob er sich erholen wird. Ich habe keine Ahnung, was ihn am Leben hält, und werde nicht mal bemerken, wann oder ob es zurückgezogen wird.‹

Das läßt darauf schließen, daß Scherem während seines Streits mit Ojkib nicht einfach an einem Schlaganfall gestorben ist.

›Nun ja, es *war* ein Schlaganfall. Er kam lediglich zur rechten Zeit. Nach allem, was wir wissen, steht es tatsächlich in der Macht des Hüters, jederzeit jemanden tot umfallen zu lassen.‹

Gut, daß *Menschen* nicht eine solche Macht haben. Ich bin so jähzornig, daß mein Weg buchstäblich mit Leichen gepflastert wäre.

›Ach, prahle doch nicht. Du würdest höchstens zwei oder drei pro Tag töten.‹

Schedemei stand seufzend auf. »Er ist völlig stabil. Doch man kann unmöglich sagen, wann oder ob er wieder erwachen wird.«

»Aber er stirbt nicht«, erklärte Chebeja.

»Du bist die Entwirrerin«, sagte Schedemei. »Ist er noch mit dieser Welt verbunden?«

Chebeja legte die Hand vor den Mund, um ein Schluchzen zu ersticken. »Nein. Er ist mit nichts verbunden. Es ist so, als wäre er nicht hier, als wäre niemand hier.« Dann brach sie zusammen, weinte und hielt sich an Akmaro fest.

»Nun ja, sein Körper ist nicht tot und verfällt auch nicht«, sagte Schedemei. Sie wußte, sie klang schroff, doch ihr fiel keine Möglichkeit ein, schonender zu sagen, was gesagt werden mußte. »Es liegt jetzt in den Händen des Hüters.«

Chebeja nickte.

»Danke, Schedemei«, sagte Akmaro. »Wir haben nicht angenommen, daß du es heilen kannst, mußten uns aber vergewissern. Du ... es sind Gerüchte im Umlauf, du könntest manchmal Bemerkenswertes tun.«

»Der Hüter kann sehr viel Bemerkenswertes vollbringen.«

Sie umarmte sie beide und ging zurück zu ihren Schülerinnen. Unterwegs stritt sie mit der Überseele darüber, was das alles zu bedeuten hatte, was sie hätten anders machen sollen und was mit Akma geschah.

Ich frage mich, sagte Schedemei stumm, ob der Hüter ihm einfach denselben Traum gegeben hat, den er mir gab – ob er ihm seinen Plan für die Welt zeigte, ihm seine Liebe offenbarte, und ob er dermaßen voller Haß war, daß diese Erfahrung ihn verzehrte.

›Vielleicht ist es so gewesen. Aber ich habe nicht festgestellt, daß er den Traumzustand betrat, in dem du dich befunden hast.‹

Wünschst du dir manchmal nicht auch, wir wären ganz normale Menschen und hätten keinerlei ungewöhnliche Informationsquellen? Wir hätten irgendwann von diesen Ereignissen gehört, aber es wäre für uns nicht mehr als Klatsch über berühmte Leute gewesen?

›Solche sinnlosen Sehnsüchte hat man mir nicht eingegeben. Ich habe mir nie gewünscht, etwas anderes zu sein als das, was ich bin.‹

Ich auch nicht, sagte Schedemei stumm und erkannte zum erstenmal, daß sie mit ihrem Leben wirklich zufrieden und glücklich mit der Rolle war, die der Hüter ihr im Plan des Lebens zugedacht hatte. Bei diesem Gedanken lachte sie plötzlich laut auf, was ihr seltsame Blicke von ein paar Kindern einbrachte, die an ihr vorbeigingen. Sie schnitt ihnen eine Grimasse; die Kinder kreischten auf und liefen davon, blieben aber kurz darauf stehen und lachten und plauderten wieder. Das ist der Plan, dachte Schedemei. Der Hüter will lediglich, daß wir so einfach und unschuldig wie diese Kleinen leben. Warum ist das so schwer?

Endlich war Akmas gesamtes Leben vor seinen Augen abgerollt, war ihm jeder Schaden, den er verursacht hatte, in Erinnerung zurückgerufen worden. Und diese Erinnerung blieb vollständig bei ihm, jedes Stück davon, nichts verblich zu gnädigem Vergessen. Er verstand nun viele Dinge, die er zuvor nicht verstanden hatte, konnte es jedoch nicht ertragen, sie zu verstehen. Er wußte, daß seine Schuld an dem Schmerz der Behüteten, die verprügelt und der Erdleute, die aus ihren Häusern vertrieben worden waren, fast gering war im Vergleich mit jener Schuld, die er auf sich geladen hatte, indem er viele Männer und Frauen dazu verführte, Dinge zu tun, die den Hüter fast völlig aus ihren Herzen getrieben hatten. Es war eine schreckliche Sache, einem braven Mann Schmerzen zuzufügen; doch ihn zu überreden, Böses zu tun, war viel schlimmer.

Als der Hüter ihn zuerst verlassen hatte, hatte er sich nach seiner Rückkehr gesehnt. Doch nachdem er nun die schrecklichen Konsequenzen seines Stolzes gesehen hatte, konnte er den Gedanken nicht mehr ertragen, daß jemand ihn noch einmal ansah, am wenigsten der Hüter der Erde. Die einzige Erleichterung, auf die er hoffen konnte, bestand darin, ausgelöscht zu werden, und er sehnte sich danach. Er konnte es nicht ertragen, in die Welt zurückzukehren, die er so sehr verschmutzt hatte. Er konnte es aber auch nicht ertragen, weiterhin so völlig allein zu bleiben, wie er es jetzt war. Fände er nur irgendeine Straße, die zur Auslöschung führte. Er würde sich darauf stürzen, um sich ins Vergessen zu schleudern.

Eine seiner Erinnerungen war das letzte schreckliche Treffen mit seinen Eltern und dem König – er hatte natürlich den Schmerz dieser braven Leute gefühlt, doch zu dieser Erinnerung gehört, noch etwas anderes. Sein Vater hatte ... etwas gesagt ...

Und da war es, die Worte flossen in seinen Verstand, als würde sein Vater sie in diesem Augenblick sprechen. »Wenn du am Rand der Verzweiflung angelangt bist, mein Sohn, und die Vernichtung als das einzig erstrebenswerte Ziel siehst, dann erinnere dich daran: Der Hüter liebt uns. Er liebt uns alle. Er schätzt jedes Leben, jeden Geist, jedes Herz hoch ein. Alle sind ihm teuer. Sogar du.«

Unmöglich. Er hatte sein Leben der Aufgabe gewidmet,

die Werke des Hüters ungeschehen zu machen. Wie konnte der Hüter ihn da lieben?

»Seine Liebe für dich ist die einzige Konstante, Akma. Er weiß, daß du von Anfang an an ihn geglaubt hast. Er weiß, daß du gegen ihn rebelliert hast, weil du dachtest, du wüßtest besser als er, wie man diese Welt formen muß. Er weiß, daß du jeden belogen hast, immer wieder, einschließlich dich selbst, besonders dich selbst – und ich sage dir erneut, obwohl er das alles weiß, wird er dich zurückholen, wenn du dich ihm nur wieder zuwendest.«

Könnte es zutreffen? Könnte der Hüter ihn selbst jetzt noch zurückholen? Ihn aus diesem schrecklichen Exil befreien? Ihn erneut akzeptieren, in ihm wohnen und ihm ständig zuflüstern?

Selbst wenn es wahr ist, dachte er – *will* ich es überhaupt? Vor der gesamten Welt beschämt, unzähliger Verbrechen schuldig – werde ich die Rückkehr in ein solches Leben überhaupt ertragen können?

Sofort kam ein Bild von ihm selbst in seinen Verstand, wie er erniedrigt und von seinen Feinden beschmiert tapfer zu seinem Volk zurückkehrte.

Nein, das ist ein falsches Bild. Damals war ich unschuldig. Die anderen haben mich nackt ausgezogen und beschmutzt. Jetzt bin ich viel schmutziger, und meine Nacktheit ist viel schändlicher, und ich habe es ganz allein getan.

Doch der Mut zur Rückkehr, der war noch vorhanden, auch wenn die Schande eine ganz andere Ursache hatte. Ich *muß* zurückkehren, und sei es auch nur, damit die anderen mich sehen können, wie ich nicht stolz in meinem Ruhm einherschreite, sondern schmutzig in meiner Schande. Ich bin es all jenen schuldig, die ich verletzt habe. Ich würde sie nur erneut verletzen, würde ich, wie ein Feigling, meine Schande vor ihnen verbergen.

Oh, Hüter der Erde, rief er in seiner Einsamkeit. Ich bitte dich, Gnade mit mir zu haben. Ich habe mich selbst mit Verbitterung vergiftet, ich werde von Ketten des Todes gefesselt, die ich selbst geschmiedet habe, und ohne deine Hilfe finde ich keinen Ausweg.

In dem Augenblick, da er um Hilfe bat, seine verzweifelte Hilflosigkeit erkannte, fühlte er, wie der Beobachter zu ihm zurückkehrte. Es war so einfach, so leicht, als hätte der Hüter am Rande seines Herzens gewartet, um ihn in dem Moment zu berühren, als er darum bat. Und bei dieser Berührung war die gewaltige, allgegenwärtige Erinnerung an seine Verbrechen plötzlich verschwunden. Er wußte, daß er sie begangen hatte, aber sie starrten ihm nicht mehr ins Gesicht, wohin er auch schaute. Es war, als hätte man ihm eine schreckliche Last abgenommen; er hatte sich nie so leicht, so frei gefühlt. Und obwohl er die Herrschaft über seinen Körper noch nicht zurückerlangt hatte, war seine Einsamkeit auf einmal vorbei. Er hatte einen Namen, er war bekannt, er war Teil von etwas, das größer war als er selbst, doch statt zu grollen und alles zerstören zu wollen, das er nicht beherrschen konnte, war er voller Freude, denn nun hatte seine Existenz eine Bedeutung. Er hatte eine Zukunft, weil er Teil einer Welt war, die eine Zukunft hatte, und statt selbst entscheiden und diese Zukunft für alle anderen bestimmen zu wollen, wußte er, daß er froh sein würde, wenn er nur einen kleinen Teil davon berühren konnte. Wenn er heiraten und seine Frau glücklich machen konnte. Ein Kind zu haben und ihm genauso viel Liebe zu schenken, wie seine Eltern ihm geschenkt hatten. Einen Freund zu haben und dessen Last dann und wann erleichtern zu können. Eine Fertigkeit oder ein Geheimnis zu haben und es an einen Schüler weitergeben zu können, dessen Leben sich durch das, was er lernte, vielleicht ein wenig ändern würde. Warum hatte er davon geträumt, Heere zu führen, die nichts bewerkstelligen würden, wenn er doch diese wunderbaren kleinen Dinge tun und die Welt verändern konnte?

Als Akma dies klar wurde, überflutete ihn plötzlich ein klares Verständnis all jener Bande der Liebe, die ihn mit den anderen verknüpften. Jeder, der etwas um ihn gab, der sein Glück wollte; jeder, den er je geliebt oder dem er je irgendwie geholfen hatte. Sie waren in seinem Geist nun so gegenwärtig und klar, wie es gerade eben noch seine Verbrechen gewesen waren. Vater. Mutter. Luet. Edhadeja. Jeder einzelne von ihnen, durch tausend Erinnerungen mit ihm verbunden. Mon. Bego. Aronha. Ominer. Khimin. Wo einst seine Verbrechen gegen sie seine Seele gequält hatten, erfüllte ihn nun ihre Liebe für ihn und die seine für sie mit Freude. Didul und Pabul und ihre Brüder, die einst in Schmerz vor ihm gestanden hatten, weil er ihnen die Vergebung verweigerte, die sie von ihm ersehnten, wohnten nun in seinem Geist wegen ihrer Liebe für seine Eltern und seine Schwester, für das Königreich und die Behüteten und die Welt des Hüters, und ganz besonders liebten sie ihn, wollten sie, daß er glücklich war, sehnten sie sich danach, alles zu tun, was in ihrer Macht stand, damit er wieder gesund wurde. Wie hatte er sie so lange abweisen können? Das waren nicht die Jungen, die ihn gehaßt hatten. Das waren die Söhne des Hüters, seine Brüder.

Und andere, und andere; viele von denen, denen er Schmerz zugefügt hatten, fügten ihm nun Freude zu, einzig und allein, indem sie wollten, daß er Freude verspürte. Und hinter ihnen, in ihnen, wie ein Licht, das aus ihren Augen leuchtete, aus ihrem ganzen Körper, war der Hüter, der alle ihre Gesichter trug und ihn mit all ihren Händen berührte. Ich kenne euch, sagte er zu ihnen allen. Ihr wart vom frühesten Augenblick meiner Kindheit an in meinem Herzen. Eure Liebe hat mich die ganze Zeit über begleitet.

Sein Mund wurde mit dem Geschmack einer perfekten weißen Frucht überflutet, und sein Körper wurde damit ausgefüllt, leuchtete damit. Auch er leuchtete nun so hell wie all die anderen. So umfassend und bitter sein Schmerz noch vor einem Augenblick gewesen war, so umfassend und süß war nun seine Freude.

Im nächsten Augenblick verging das überwältigende Bewußtsein, wie sehr er geliebt wurde. Es wurde durch das fast schon vergessene Gefühl seines eigenen Körpers ersetzt, der ganz steif war und schmerzte – aber die beißende Pein, die Schärfe seiner zurückkehrenden Sinne war süß, so süß. Dann fiel Licht auf seine Lider. Etwas bewegte sich; ein Schatten glitt über ihn hinweg, dann nahm er wieder Licht wahr. Er war nicht allein. Und er lebte.

Chebeja schrie auf, ein leises, scharfes *O* des Glücks. Diejenigen, die gedöst hatten, erwachten. Akmaro, der mit Didul und Luet gesprochen hatte, begab sich sofort zu seiner Gattin.

»Seine Augen haben sich unter den Lidern bewegt«, sagte sie.

Beide knieten nieder und berührten seine Hand. »Akma«, sagte Akmaro. »Akma, komm zu uns zurück, mein Sohn.«

Da öffneten sich seine Augen. Er blinzelte im Licht. Er drehte ganz leicht den Kopf und sah sie an. »Vater«, flüsterte er. »Mutter. Verzeiht mir.«

»Das haben wir schon getan«, sagte Chebeja.

»Bevor du gefragt hast«, sagte Akmaro.

»Ich habe so viel zu tun.« Dann schloß er wieder die Augen und schlief, diesmal einen natürlichen, einen heilenden Schlaf. Seine Eltern knieten über ihm, hielten seine Hände, streichelten sein Gesicht, weinten vor Freude. Der Hüter war gnädig gewesen und hatte ihnen ihren Sohn zurückgegeben.

13

Vergebung

Schedemei war außer sich. Der Händler, der sie mit frischer Nahrung vom Lande versorgte, hatte schon wieder die Preise erhöht. Natürlich konnte sie es sich leisten, da ihr das Wissen der Überseele über die Lage von Bodenschätzen überall im Gornaja zur Verfügung stand. Es war wirklich keine große Mühe, zu einem hohen Gipfel zu fliegen, ein Atemgerät aufzusetzen, etwas Eis in Wasser zu verwandeln, an dem freiliegenden Gestein zu kratzen, einen Korb mit einem Scheffel Golderz aus dem Berg zu füllen, es an einem Ort fern von Darakemba veredeln zu lassen und mit genug Reichtum zurückzukehren, um die Schule in den nächsten zwei oder drei Jahren betreiben zu können.

Das Problem lag darin, daß ihre Ziele sich verändert hatten. Die Schule war für sie kein Manöver mehr, das es ihr ermöglichte, in der Nähe des Zentrums des Geschehens in Darakemba zu sein. Die Zeit des Handelns war vorbei – oder, besser gesagt, ausgesetzt worden –, doch sie war noch immer hier und hatte nicht das geringste Interesse daran, ihr Leben in einer Schlafkammer auf der *Basilika* wieder aufzunehmen, nur gelegentlich aufzuwachen und sich um ihre Pflanzen zu kümmern. Ihre Schule war für sie real und wichtig geworden, und sie wollte sie auf ein gesundes finanzielles Fundament stellen, damit jemand sie weiterführen konnte, wenn sie fort war. Doch jedesmal, wenn die Einnahmen die Höhe der Kosten erreichten, erhöhte irgend jemand einen Preis oder wurde eine neue Anschaffung nötig, und sie flog wieder in die Berge und griff auf ihre Goldreserven zurück.

Es fiel ihr schwer, sich an die Frau zu erinnern, die sie einst gewesen war. In der Stadt Basilika hatte sie den Rest der Welt ausgeschlossen, fast alle Kontakte mit Menschen zurückgewiesen und die wenigen, die sie gehabt hatte, auf einer so geschäftsmäßigen Ebene wie möglich geführt. Damals hatte sie gedacht, es läge daran, daß sie die Wissenschaft so liebte – und ihr gefiel ihre Arbeit tatsächlich, also war es nicht ganz gelogen. Aber in Wirklichkeit hatte sie die Tür zur Welt aus Furcht zugesperrt. Eigentlich keine Furcht vor körperlicher Gefahr, sondern Furcht vor Unordnung, vor unsauberen Verwicklungen, die niemals gelöst werden konnten. Die Überseele – nein, letzten Endes war es der Hüter der Erde gewesen – hatte sie aus ihrem Labor und ins Chaos des menschlichen Lebens gezwungen. Aber ihr und Zdorab war es irgendwie gelungen, eine Insel der Ordnung zu schaffen, auf der sie so taten, als wüßten sie genau, was von ihnen beiden erwartet wurde, und diese Erwartungen vollkommen erfüllten.

Nun war sie von einem immerwährenden Chaos umgeben, von Kindern, die kamen und gingen, von Lehren, deren Leben irgendwo außerhalb des ihren anfingen, so daß sie sie nie vollständig kennen konnte, von Fragen, die auf ewig unbeantwortet blieben, von Bedürfnissen, die nie vollständig befriedigt wurden ... genau das hatte sie stets am meisten gefürchtet, und nun, da sie mitten darin lebte, verstand sie nicht, wieso. Das war das *Leben*. Das war das, womit der Hüter sich umgab. Andauernde Unschlüssigkeit. Ein Bild, das nie gerahmt wurde, Akkorde, die stets nur einen flüchtigen Augenblick lang zur Tonika zurückkehrten. Schedemei konnte sich kaum vorstellen, anders zu leben.

Doch heute war sie schlecht gelaunt und würde wahrscheinlich jeden anfauchen, der ihr in die Quere kam; sie wußte, daß ihre Schülerinnen sich stets gegenseitig warnten, wenn solch eine Stimmung über sie gekommen war. »Das Gewitter«, sagten sie, als sei Schedemei so unvermeidbar wie das Wetter. Die Lehrerinnen bekamen es ebenfalls mit und zögerten, sich mit ihren neuesten Problemen und Forderungen an Schedemei zu wenden. Sollte das Wetter sich erst aufklaren. Und Schedemei hatte nichts dagegen. Sollten die Lehrkräfte doch entscheiden, ob es wirklich so wichtig war, daß man sich deshalb unbedingt in die Höhle der Löwin begeben mußte.

Also überraschte es sie ziemlich – und wurmte sie auch etwas –, als jemand an die Tür ihres kleinen Büros klopfte. »Herein«, sagte sie.

Wer auch immer es war, sie hatte Schwierigkeiten mit dem Riegel. Also eins der kleinen Mädchen. Bestimmt hätte ihre Lehrerin auch mit ihrem Problem fertig werden können, ohne sie allein ins Büro der Schulleiterin zu schicken.

Schedemei erhob sich und öffnete die Tür. Nein, es war gar kein kleines Mädchen, sondern Voozhum. »Mutter Voozhum«, sagte sie, »komm herein, setz dich. Du mußt nicht in mein Büro kommen. Schick doch einfach ein Mädchen zu mir, und ich werde zu dir kommen.«

»Das wäre nicht angemessen«, sagte Voozhum und ließ sich auf einen Hocker hinab. Stühle waren zu unbequem für Erdleute, besonders für alte und unbewegliche.

»Ich werde nicht mit dir streiten«, sagte Schedemei. »Aber das Alter hat seine Privilegien, und du solltest gelegentlich deinen Vorteil daraus ziehen.«

»Das tue ich«, sagte Voozhum. »Bei Leuten, die jünger sind als ich.«

Schedemei verabscheute es, wenn Voozhum sie zu dem Eingeständnis bringen wollte, daß sie Die-Nie-Begraben-Wurde war. Sie belog Voozhum nicht gern, konnte sich aber nicht darauf verlassen, daß die treue alte Seele daran denken würde, es auch weiterhin geheim zu halten.

»Ich habe noch nie eine ältere Person als dich gekannt«, sagte Schedemei. »Also, was führt dich hierher?«

»Ich hatte einen Traum«, sagte Voozhum. »Einen echten Brummer, nach dem das Bett wieder mal schön naß war.«

Schedemei wußte nicht, ob sie über Voozhums selbstgefällige Einstellung zu ihrer zunehmend häufiger vorkommenden Inkontinenz amüsiert oder verärgert sein sollte. »Wie ich mich entsinne, hat es in letzter Zeit mehrere davon gegeben.«

Voozhum ignorierte ihre Stichelei. »Ich dachte, ich sollte dich warnen«, fuhr sie fort. »Akma kommt heute hierher.«

Schedemei seufzte. Das hatte ihr gerade noch gefehlt. »Hast du es Edhadeja gesagt?«

»Damit sie davonlaufen und sich verstecken kann? Nein, es ist an der Zeit, daß das Mädchen ihrer Zukunft ins Auge sieht.«

»Edhadeja muß entscheiden, ob Akma irgend etwas mit ihrer Zukunft zu tun hat oder nicht, meinst du nicht auch?«

»Nein, das meine ich nicht«, sagte Voozhum. »Sie schnappt nach jedem Fetzen Neuigkeit über den Jungen. Sie weiß, daß er sich geändert hat. Ich sehe, wie sie sich nach ihm verzehrt, und wenn ich Akma dann erwähne, setzt sie diesen spröden Gesichtsausdruck auf und sagt: Ich bin froh, daß er sich nicht mehr in alles einmischt, aber entschuldige mich bitte, auf mich wartet Arbeit. Sie hat während der drei Tage, da Akma von der Hüterin in die Mangel genommen wurde, Akmaros Haus praktisch nicht verlassen, aber nachdem er wieder aufgewacht ist, weigert sie sich, die Schule zu verlassen. Ich glaube, sie ist feige.«

»Akma hat sich geändert«, sagte Schedemei. »Es ist ganz natürlich, daß sie befürchtet, auch seine Gefühle für sie könnten sich verändert haben.«

»Nicht davor hat sie Angst«, sagte Voozhum verächtlich. »Sie weiß, daß ihre Herzen miteinander verbunden sind. Sie hat Angst vor *dir.*«

»Vor mir?«

»Sie befürchtet, wenn sie Akma heiratet, wirst du ihr die Schule nicht übergeben.«

»Die Schule übergeben! He, liege ich im Sterben, und niemand hat es mir gesagt? *Ich* leite die Schule.«

»Sie hat die törichte Vorstellung, sie sei jünger als du und würde dich vielleicht überleben«, sagte Voozhum garstig. »*Sie* weiß nicht, was *ich* weiß.«

»Nun ja, irgendwann werde ich die Schule wohl aufgeben.«

»Aber wirst du sie einer verheirateten Frau übergeben, die sich mit den Wünschen ihres Gatten befassen muß?«

»Es wäre zu früh, sie jetzt schon zu verheiraten«, sagte Schedemei. »Und zu entscheiden, ob sie die Schule übernehmen kann. Und *wesentlich* zu früh, um darüber nachzudenken, wann ich gehen werde. Denn ich kann dir versichern, das wird nicht allzu bald geschehen.«

»Dann *sag* ihr das! Sag ihr, daß sie Zeit für ein halbes Dutzend Kinder hat, bevor die Stelle der Schulleiterin frei wird. Warum nimmst du nicht mal Rücksicht auf die Unsicherheit anderer Leute?«

Schedemei brach in Gelächter aus. »Du *sprichst* wirklich nicht zu mir, als würdest du mich für eine kleine Gottheit halten.«

»Wenn Götter auf die Erde kommen, um Frauen zu werden, sollten sie die volle Erfahrung mitnehmen und nichts auslassen. Außerdem ... was willst du tun? Mich an Ort und Stelle töten? Ich könnte jeden Augenblick tot umfallen. Jedesmal, wenn ich es über den Hof in mein Schlafzimmer geschafft habe, denke ich: Na ja, hat es mich doch nicht umgebracht.«

»Ich habe dir angeboten, dich neben deinem Klassenzimmer schlafen zu lassen.«

»Mach dich doch nicht lächerlich. Ich brauche die Bewegung. Und im Gegensatz zu einigen anderen Leuten habe ich kein Interesse daran, ewig zu leben. Ich muß nicht unbedingt wissen, wie es ausgeht.«

»Ich auch nicht«, sagte Schedemei. »Nicht mehr.«

»Wenn du endlich bereit bist, mir zuzuhören ... Ich bin nur gekommen, um dir zu sagen, daß Akma zum erstenmal das Haus verläßt. Er ist noch etwas unsicher auf den Füßen. Nicht nur wegen Edhadeja.«

»Was meinst du?«

»In meinem Traum habe ich einen edlen jungen Menschenmann gesehen, und direkt hinter ihm eine wunderschöne Frau, und in einer Hand hielt er die Hand eines alten Engels, und in der anderen die einer eindeutig altersschwachen Wühlerfrau, die so schrecklich aussah, daß ich mir vorstellen konnte, ich sei es. Und eine Stimme sagte in der alten Sprache meines Volkes zu mir: Das ist die Erfüllung eines alten Traums und die Verheißung glorreicher zukünftiger Zeiten.«

»Ich verstehe«, sagte Schedemei. »Der Hüter will ein kleines Schauspiel veranstalten.«

»Ich glaube, es wäre klug, wenn die Kinder unmittelbar nach seinem Eintreffen die Nachricht verbreiten. Ich glaube, man sollte es sehen und überall erzählen. Ich glaube, wir brauchen ein Publikum.«

Schedemei erhob sich von ihrem Stuhl. »Wenn die weise Frau aus den Tunneln sagt, so solle es geschehen, dann wird es so geschehen. Du bleibst hier, in der Nähe der Tür. Ich hole die anderen Spieler in unserem kleinen Drama.«

Akma bat seine Eltern, ihn zu begleiten, doch sie lehnten ab. »Du brauchst uns nicht«, sagten sie. »Du gehst nur zu Schedemeis Schule. Du brauchst uns nicht, damit wir für dich sprechen.«

Doch er brauchte sie; er traute sich nicht, der Welt gegenüberzutreten. Nicht, weil er nicht bereit war, die öffentliche Schande zu akzeptieren, die über ihn kommen würde – *die* würde er fast willkommen heißen, denn er wußte, es gehörte zu seiner lebenslangen Aufgabe, Darakemba von dem Schaden zu heilen, den er angerichtet hatte. Nein, er hatte einfach Angst, daß er nicht wissen würde, was er sagen sollte, es falsch sagte und damit noch mehr Schaden anrichtete. Als er sich daran erinnerte, wie es gewesen war, als ihm all seine Verbrechen präsentiert wurden, stellte sich bei ihm sehr große Angst ein, irgend etwas zu tun, das ihre bereits unerträgliche Anzahl noch vergrößern würde. Obwohl er nun sein Herz durchforstete und darin lediglich den Wunsch fand, dem Hüter zu dienen, wußte er, daß der Stolz, der sein Leben dermaßen verzerrt hatte, noch immer irgendwo darin wartete. Vielleicht würde er eines Tages darauf vertrauen können, ihn vollständig überwunden zu haben und auf ewig ein hingebungsvoller Diener des Hüters zu sein. Doch im Augenblick hatte er Angst vor sich selbst und befürchtete, daß er in dem Moment, da er wieder im öffentlichen Leben stand, damit beginnen würde, Anhänger um sich zu scharen, wie er es zuvor getan hatte, und daß er seine Kraft nicht zu ihrem Vorteil einsetzen, sondern erneut ihre Bewunderung suchen würde, wie weinsüchtige Seelen nur für den nächsten Krug lebten.

Er machte sich darüber Sorgen, weil er die Veränderung in ihm nicht sehen konnte. Doch seine Eltern sahen sie, als er zögernd das Haus verließ und auf die Straße trat. Sie erinnerten sich gut daran, daß er früher ausgeschritten war, als wolle er sich zur Schau stellen, die Blicke aller Passanten auf sich zog, darauf bestand, ja, geradezu verlangte, daß sie ihn mit Wohlwollen betrachteten, bevor er den Blickkontakt wieder unterbrach. Nun ging er zwar nicht beschämt, aber ohne dieses Selbstbewußtsein. Er betrachtete die anderen, nicht, um ihre Liebe zu bekommen, sondern um sie ein wenig zu verstehen, sich zu fragen, wer sie waren. Wie der Hüter hielt er sich auf der Straße fast unsichtbar, sah jedoch alles. Akmaro und Chebeja beobachteten ihn, bis er um eine Ecke bog, umarmten sich dann auf der Schwelle und gingen wieder hinein.

Nur allzu schnell erreichte Akma die Ecke, an der sich Rasaros Haus befand. Er war noch nie in der Schule gewesen, hatte aber keine Schwierigkeiten, sie zu finden – der Häuserblock war mittlerweile berühmt. Er hatte das seltsame Gefühl, daß man seinen Besuch erwartete, daß Leute hinter den Fenstern nach ihm Ausschau hielten, als er sich der Schule näherte. Doch woher sollten sie wissen, daß er kam? Er hatte sich erst an diesem Morgen dazu entschlossen und es lediglich seinen Eltern gesagt. Und *sie* hatten niemandem davon erzählt.

An der Tür wurde er von einer streng aussehenden Frau empfangen, die doppelt so alt war wie er. »Willkommen, Akma. Ich bin Schedemei«, sagte sie. »Ich kenne dich, weil ich dich untersucht habe, als du im Haus deiner Mutter lagst und so getan hast, als wärest du tot.«

»Ich weiß«, sagte er. »Ich bin gekommen, um dir zu danken. Unter anderem.«

»Du mußt mir nicht danken«, sagte sie. »Ich habe ihnen lediglich gesagt, was sie bereits wußten – daß du nicht tot warst und es vom Hüter abhing, ob du überlebst. Ich hoffe, du wirst niederschreiben, was du in diesen drei Tagen der – was immer es auch war – erlebt hast.«

»Daran habe ich noch gar nicht gedacht«, sagte er. »Aber ich könnte es sowieso nicht aufschreiben. Ich müßte all meine Verbrechen aufzählen, und sie sind unzählbar.« Zu seiner Überraschung konnte er dies mit ganz ruhiger Stimme sagen, ohne einen Anflug von Flehen oder Unbeschwertheit.

»Nun, du hast mir gedankt«, sagte Schedemei. »Was sonst hat dich hergeführt?«

»Ich weiß es wirklich nicht«, sagte er. »Ich habe gehofft, Edhadeja zu sehen, aber nicht nur deshalb bin ich gekommen. Ich bin heute morgen einfach aufgewacht und habe gewußt, daß es an der Zeit ist, das Haus zu verlassen und hierher zu kommen. Erst danach fiel mir ein, daß Edhadeja hier sein würde. Also wußte ich es nicht. Vielleicht hat der Hüter mir gesagt, was er von mir erwartet. Vielleicht auch nicht. Nun, da meine Krise ausgestanden ist, ist die Stimme des Hüters in mir nicht deutlicher als in allen anderen auch.«

»Das glaube ich wirklich nicht«, sagte Schedemei.

»Aber es stimmt«, sagte Akma. »Der einzige Unterschied ist, daß ich nun versuche, seine Stimme zu hören, während ich zuvor versucht habe, mich vor ihr zu verbergen.«

»Dann ist das der einzige Unterschied, der wirklich etwas ausmacht. Und, ja, ich glaube, du hast recht, der Hüter wollte, daß du heute kommst. Man hat uns mitgeteilt, daß du kommen würdest, und wir haben Pläne geschmiedet. Ein wenig Prunk. Ein visuelles Bild, von dem wir glauben, der Hüter will, daß die Welt es sieht.«

Akma spürte, wie das Entsetzen in ihm emporstieg, bis

ihm fast schlecht wurde. »Ich will in der … Öffentlichkeit nichts tun. Noch nicht.«

»Nur, weil du dich erinnerst, wieviel Schaden du vor Publikum angerichtet und selbst dabei genommen hast.«

Es verblüffte ihn ungemein, daß sie ihn so gut verstand, wo er selbst doch erst an diesem Morgen dahinter gekommen war.

»Du hast aber noch nicht begriffen«, fuhr sie fort, »daß du den Schaden in der Öffentlichkeit angerichtet hast und ihn deshalb auch in der Öffentlichkeit ungeschehen machen mußt. Du wirst viele Reden halten und deine gesamte Begabung als Polemiker aufbringen müssen, aber diesmal auf der Seite der Wahrheit. Es wird dir in mancher Hinsicht sicher schwerer fallen – du weißt schon, mehr Regeln. Aber in mancher auch leichter, weil du mehr aus deinem Herzen und weniger aus deinem Kopf sprechen kannst. Du mußt die Wahrheit nicht so kalkulieren, wie du eine Lüge kalkulieren mußt.«

»Da hast du wohl recht.«

»Es ist mein Beruf, recht zu haben«, sagte sie. »Deshalb bin ich eine so ausgezeichnete Schulleiterin.« Dann zwinkerte sie ihm zu seiner Überraschung zu. »Das war nur ein Scherz, Akma. Es ist schwer zu glauben, aber ich habe einen Sinn für Humor. Ich hoffe, du hast den deinen nicht verloren.«

»Nein«, sagte er. »Nein, ich war nur … ich … ich lasse mich zur Zeit leicht ablenken.«

Jemand kam den Gang entlang. Er schaute hin und erkannte den Mann sofort, obwohl er sich im Schatten befand. »Bego«, flüsterte er. »Bego«, sagte er laut. »Hier bist du? Ich habe nicht gewußt, daß du hier bist.«

Bego eilte heran, vergaß jede Würde, öffnete die Schwingen und glitt leicht über den Boden, als er zu seinem ehemaligen Schüler stürmte. »Akma«, sagte er. »Du weißt nicht, wie sehr ich mich danach gesehnt habe, dich zu sehen. Wirst du mir verzeihen?«

»Wofür, Bego?«

»Weil ich dich benutzt, in die Irre geführt, versucht habe, deine Gedanken zu leiten, ohne es dir zu sagen. Das alles sind Verbrechen ersten Grades, Akma. Ich weiß, du hast mittlerweile mitbekommen, was für ein schrecklicher Bursche du bist, und im Vergleich dazu kommen dir meine Vergehen vielleicht unbedeutend vor, aber du mußt wissen ...«

»Ich weiß es«, sagte Akma. »Und ich erinnere mich lediglich daran, was für ein Geschenk deine Weisheit und dein Unterricht für mich waren, und wieviel Kraft ich aus deinem Vertrauen in mich gezogen habe.« Er ergriff die Hände seines Lehrers, und die Falten von Begos Schwingen bedeckten seine Finger. »Ich hatte solche Angst um dich, wußte nicht, wie schwer Motiak dich bestrafen würde.«

Bego lachte. »Ich dachte, es sei das Ende der Welt. Weißt du, wie er mich bestraft hat? Er hat mir verboten zu lesen. Ich wurde aus der Bibliothek verbannt. Drei Späher blieben bei mir, haben mich in Schichten bewacht und dafür gesorgt, daß ich nicht mal mit einem Stock meinen Namen in den Boden kritzeln konnte. Kein Lesen, kein Schreiben. Ich dachte, ich würde verrückt werden. Mein Leben waren nämlich die Bücher. Die einzigen Leute, die ich schätzte, waren die wenigen, die genauso versessen auf das Lesen waren wie du und ich. Und dann davon abgeschnitten zu werden – es war verrückt, ich habe wie ein Wahnsinniger gelebt, kaum noch geschlafen, mich nach dem Tod gesehnt. Und dann kam mir eines Tages die Erleuchtung. Was sind Bücher überhaupt? Die Worte von Männern und Frauen, die etwas zu sagen haben. Doch wenn man ein Buch liest, ist die einzige Stimme, die man im Kopf hört, die eigene. Man hat den Vorteil der Dauerhaftigkeit, kann dieselben Worte immer und immer wieder lesen; aber das ist eigentlich eine Lüge, weil sich der Eindruck einstellt, der Verfasser würde ständig denken und sprechen, während er sich in Wirklichkeit in dem Augenblick, da das Buch geschrieben war, verändert hat und zu einem anderen wurde, und man selbst sich nur mit Problemen aufhält, die längst gelöst sind. Ein Buch zu lesen heißt, unter den Toten zu leben, mit Steinen zu tanzen.

Warum sollte ich darum trauern, die Gesellschaft der Toten verloren zu haben, wenn die Lebenden doch noch da und ihre Bücher noch ungeschrieben sind? Oder besser gesagt, in jedem Augenblick ihres Lebens geschrieben werden!«

»Also bist du hierher gekommen.«

»Genau! Ich bin hierher gekommen und habe Schedemei angebettelt, mich aufzunehmen, auch wenn mir verboten war, etwas zu lesen. Sie ließ mich nur eine Klasse übernehmen. Voozhums Klasse, weil die alte Dame so blind ist, daß sie sowieso niemandem mehr etwas zu lesen geben kann. Sie spricht einfach nur, und die Schülerinnen hören zu und antworten dann. Aber sie ist eine Wühlerin! Kannst du dir vorstellen, wie schwer das für mich war? Wie erniedrigend? Jetzt lache ich über den Gedanken – diese Frau ist ein Schatz! Sie hat *nichts* geschrieben, und hätte ich weiterhin für Bücher gelebt, hätte ich ihre Stimme niemals gehört. Aber ich sage dir, Akma, es gibt in der gesamten Bibliothek des Königs keinen Moralphilosophen, der so feinsinnig und ... *menschlich* ist wie sie.«

Akma lachte und umarmte den kleinen Mann. In all den Jahren, die sie als Schüler und Lehrer verbracht hatten, hatte es keine einzige solche Umarmung gegeben; die Bücher hatten immer zwischen ihnen gestanden. Doch nun fühlte es sich richtig an, die flüchtige Berührung der Schwingen des Mannes an seinen Schenkeln zu spüren, während die langen Arme ihn an der Hüfte fast doppelt umschlangen. »Bego, wie froh bin ich doch, daß wir beide unseren jeweiligen Weg zur Heilung gefunden haben.«

Bego nickte und zog sich von ihm zurück. »Heilen, was geheilt werden kann. Ungeschehen machen, was ungeschehen gemacht werden kann. Ich hätte den Schaden, den ich bei dir angerichtet habe, nicht reparieren können – ich konnte nur hoffen, daß du und der Hüter die Sache unter euch klären werdet. Und was mein eigenes Leben betrifft – ich habe meine Lektion zu spät gelernt. Ich habe nie eine Frau gehabt, nie an dem großen Wechsel zwischen Blüte, Samen und Schößling teilgenommen. Jetzt bin ich nur noch ein alter Stumpf, und es ist keine Blüte mehr in mir. Aber das bedeutet nicht, daß ich traurig bin oder mir selbst leid tue, verstehe mich nicht falsch, Junge! Ich bin glücklicher denn je zuvor!«

»Der König wird deine Strafe jetzt bestimmt aufheben.«

»Ich habe ihn nicht darum gebeten. Ich muß es auch nicht. Ich weiß sowieso schon alles, was die Bibliothek mich lehren kann. Ich habe jetzt genug damit zu tun, endlich herauszufinden, daß all diese Kinder nicht ein einziges großes Ärgernis sind, sondern ein ganzer Haufen individueller, einzigartiger Ärgernisse, die für mich immer interessanter werden. Die meisten der Bücher, die ich gelesen habe, wurden von Männern geschrieben, und wenn man so viel gelesen hat wie ich, könnte man meinen, es gäbe keine einzige intelligente Frau. Mir öffnet sich eine ganz neue Welt, wenn ich dem Geplapper infantiler Frauen zuhöre!«

Sie lachten gemeinsam. Erst dann, bei diesem Gelächter, hob Akma den Blick und stellte fest, daß sie nicht mehr allein waren. Edhadeja stand dort im Gang, keine fünf Schritte entfernt, einen unsicheren, schüchternen Ausdruck auf dem Gesicht. Als sie sah, daß er sie bemerkt hatte, schaute sie zu der alten Wühlerin hinab, deren Hand sie hielt. Dann trat sie zu ihm, ganz langsam, weil sie die zögernde alte Frau führte. »Akma«, sagte Edhadeja. »Das ist Voozhum. Sie war einmal meine … Sklavin. Sie ist auch die größte Lehrerin in einer Schule großer Lehrerinnen.«

Die alte Frau betrachtete ihn aus katarrhalischen Augen; ihr unklarer Blick verriet ihm, daß sie fast blind war. Sie war zwar verwelkt und gebeugt, aber noch ganz Wühlerin, hatte gewaltige Hinterbacken und eine rüsselähnliche Schnauze. Obwohl er es gar nicht wollte, sah er für einen flüchtigen Augenblick das Bild eines riesigen Wühlers, der sich mit einer Peitsche in der Hand über ihm auftürmte und dann zuschlug, weil er es gewagt hatte, sich im heißen Sonnenschein kurz auszuruhen. Er fühlte das Brennen auf seinem Rücken; und dann sah er – und das war noch schlimmer –, wie dieselbe Peitsche sich auf den Rücken seiner Mutter senkte und er nichts tun konnte, um es zu verhindern. Zorn blitzte in ihm auf.

Und verschwand wieder. Denn nun sah er, daß diese alte Frau nicht so war wie der Aufseher, der ihn mit solch offensichtlichem Vergnügen an seiner Grausamkeit und Autorität geschlagen hatte. Wie hatte er je alle Wühler wegen der Taten einiger weniger hassen können? Und nun wußte er, daß er nicht besser gewesen war als sie: Als sein Lebensweg ihm ein wenig Macht und Einfluß verliehen hatte, unterschied sich das, was er damit angestellt hatte, in keiner wichtigen Hinsicht von dem, was sie getan hatten, abgesehen davon, daß seine Verbrechen viel größer waren und es ihm besser gelungen war, sich bezüglich dessen, was er tat, selbst zu belügen. Ich bin tausendmal ein Wühler gewesen; ich habe ihr Leid gesehen und gewußt, daß ich es verursacht habe. Ich vergebe den Wühleraufsehern, die uns mißhandelt haben. Ich bedaure sogar, daß sie ein so elendes Leben geführt haben. Der Schaden, den sie uns zugefügt haben, hat uns nur Schmerzen gekostet, während er sie die Liebe des Hüters gekostet hat – ein viel schrecklicherer Preis, auch wenn sie den Grund für die Leere und Qual in ihren Herzen nicht verstanden haben.

Akma kniete vor der alten Frau nieder, so daß ihr gebeugter Kopf und der seine sich auf gleicher Höhe befanden. Sie beugte sich vor, und ihre Nase berührte ihn fast. Schnüffelte sie an ihm? Nein, sie versuchte lediglich, sein Gesicht zu sehen. »Das ist der, den ich in meinem Traum gesehen habe«, sagte sie. »Die Hüterin ist der Ansicht, daß du eine Menge Ärger wert bist.«

»Voozhum«, sagte er, »ich habe dir und deinem ganzen Volk Leid zugefügt. Ich habe schreckliche Lügen über euch erzählt. Ich habe Haß und Furcht geschürt, und dein Volk hat wegen mir gehungert und gedarbt.«

»Ach, das warst nicht du«, sagte Voozhum. »Dieser Junge ist gestorben. Ich habe den Eindruck, daß du all diese Jahre nur nach einer Möglichkeit gesucht hast, diesen Jungen zu töten, und endlich ist es dir gelungen. Deshalb bist du jetzt ein neuer Mensch. Groß für einen Neugeborenen, und eloquenter als die meisten. Aber der neue Akma haßt mich nicht.«

Impulsiv sprach er den Gedanken aus, der ihm in diesem Augenblick in den Sinn kam. »Ich glaube, ich habe noch nie eine so schöne Frau gesehen.«

»Nun ja, dann mußt du über meine Schulter zu Edhadeja schauen«, sagte Voozhum.

»Edhadeja und ich haben noch viele Jahre vor uns, in denen ich zusehen kann, wie sie so schön wie du wird«, sagte Akma. »Das wird sie doch, meinst du nicht auch, Voozhum?«

»Ganz bestimmt. Ich glaube, mein Buckel schmückt mich besonders.« Voozhum lachte gackernd über ihren eigenen Scherz.

»Wirst du mich lehren, wie ich mein vergangenes Leben ungeschehen machen kann?« fragte Akma.

»Nein«, sagte sie. »Nicht dein gesamtes Leben. Nur die schlechten Teile.«

»Ja, genau, nur die schlechten Teile.«

»Versuche nicht, den Teil ungeschehen zu machen, der aus deiner Tapferkeit besteht. Oder den klugen Schüler. Oder den Jungen, der so vernünftig war, sich in Edhadeja zu verlieben.« Voozhum nahm Akmas Hand und legte vorsichtig, unbeholfen, Edhadejas Finger darauf. »Und nun, Edhadeja, hören wir mit dem Unsinn auf, so zu tun, als wüßtest du nicht, was du willst, nicht wahr?« sagte Voozhum. »Du hast ihn die ganze Zeit über geliebt, als er unerträglich dumm war, und nun ist er zur Vernunft gekommen, und du siehst sein wahres Ich, das du stets in ihm gesehen und geliebt hast. Also sag ihm jetzt, du weißt, daß ihr zusammengehört. Sag's ihm!«

Akma spürte Edhadejas Finger auf den seinen. »Ich weiß, daß wir zusammengehören«, sagte sie. »Wenn du es willst.«

Er drückte ihre Hand. »Ich war allein«, sagte er, unfähig, mehr als das über seine Erfahrung mit der Einsamkeit zu sagen. »Ich will es nicht mehr sein.« Sie würden später über die Familie sprechen können, die sie gemeinsam gründen, über das Leben, das sie miteinander teilen würden. Er wußte, daß sie zu ihm gehörte; er wußte, daß er zu ihr gehörte. Das genügte für den Augenblick.

»Gib mir wieder deine Hand«, sagte Voozhum. »Und halte die Hand dieses elenden Bücherwurms dort drüben. Das ist ein uralter Traum der Hüterin, und ich habe heute morgen ein Echo davon bekommen, also folgen wir dem Drehbuch, das sie uns gegeben hat, und zeigen uns der Menge draußen.«

»Der Menge?«

»Wird nicht viel helfen, das Schauspiel ohne Publikum aufzuführen«, sagte Voozhum. »Die bigotten Eiferer müssen sehen, daß du die Hand eines Engels und eines Wühlers hältst. Und mein Volk muß sehen, daß diese alte Frau dir endlich vergeben hat und ich dich als neuen Menschen akzeptiere. So viele Informationen, und wir können sie vermitteln, indem wir einfach durch diese Tür gehen.«

Schedemei hielt ihnen die Tür auf. Die neugierige Menge war auf den Straßen zusammengeströmt, blockierte die Kreuzung, wartete auf Akma, den Sohn des Hohepriesters, der vom Hüter niedergeschlagen worden war und sich dann wieder erhoben hatte. Als die Tür sich nun öffnete und zuerst Voozhum, dann Akma und schließlich Bego herauskamen, entrang sich vielen Kehlen ein verwirrter Schrei. Die Leute sahen, daß die drei sich an den Händen hielten. Sie sahen, daß Akma niederkniete, damit sein Kopf sich auf einer Höhe mit denen des gebeugten alten Philosophen und der zerbrechlichen Lehrerin befand. Er nahm ihre Hände und küßte sie. »Mein Bruder und meine Schwester haben mir vergeben«, sagte er laut zur Menge. »Ich bitte um die Vergebung aller braven Männer und Frauen. Alles, was ich gelehrt habe, war gelogen. Der Hüter lebt, und der Hüter wird uns allen den Weg zum Glück zeigen. Falls jemand hier ist, der in den letzten paar Jahren meine Worte und Taten gebilligt hat, bitte ich ihn, aus meinen Fehlern zu lernen und einen Sinneswandel vorzunehmen.«

Schedemei stellte erleichtert fest, daß er auf rhetorische Schnörkel verzichtete. Er sprach schlicht, direkt, aufrichtig. Trotzdem machte sie sich keine Illusionen. Die üblen Leute, für die er einst ein Held gewesen war, würden ihn nun einfach als Verräter ansehen. Er würde nur wenige von ihnen für sich einnehmen können. Die Hoffnung lag wie immer bei der nächsten Generation, bei der Akmas Geschichte frisch und stark in Erinnerung sein würde.

Was die Gemeinschaft der Alten Traditionen betraf, so war sie bereits zusammengebrochen. Aronha hatte sie offiziell aufgelöst, noch bevor Akma aus dem Koma erwacht war, und obwohl ein paar unverbesserliche Wühlerhasser eine neue Version davon organisiert hatten, bekam sie kaum Zulauf. All jene, die die Alten Traditionen unterstützt hatten, weil ihr die Zukunft zu gehören schien, hatten sich plötzlich daran erinnert, daß sie ja eigentlich stets die Behüteten vorgezogen hatten. Diejenigen, die aus Furcht oder Gewohnheit den Boykott gegen die Wühler aufrecht gehalten hatten, kauften bereits wieder bei ihren alten Geschäftspartnern aus dem Erdvolk, die auf Vorrat gearbeitet hatten, und beschäftigten wieder ihre ehemaligen Arbeiter – zumindest jene, die bereit waren, ihnen zu verzeihen und an ihre alten Arbeitsstellen zurückzukehren. Niemand war so töricht, auf einen grundlegenden Sinneswandel in der Bevölkerung als Ganzem zu hoffen – die Behüteten, die dem Dienst für den Hüter wirklich treu ergeben waren, waren nicht zahlreicher als damals, bevor Schedemei den Motiaki und Akma auf der Straße erschienen war. Doch solange die jovialen Heuchler pro forma mitmachten und ihre Zustimmung bekundeten, bestand die Hoffnung, daß mehr von ihren Kindern den Plan des Hüters akzeptierten. Und bis dahin genügten auch leere Lippenbekenntnisse für die Vorstellung, alle drei Völker der Erde seien Kinder des Hüters, um den Frieden und die Freiheit innerhalb der Grenzen Darakembas aufrecht zu halten. Es ist ein Wendepunkt, dachte Schedemei. Ein Anfang, auf dem wir aufbauen können.

Vor der Schule kam es zu weiterem Geschrei, und Schedemei trat mit Edhadeja hinaus, um zu sehen, was geschehen war. Die Menge teilte sich, und die vier Söhne Motiaks trafen ein. Sie alle hatten die Schule in den letzten Tagen oft besucht, und ein jeder hatte sich mit Edhadeja versöhnt – Schedemei sah, wie erleichtert sie waren, sich mit ihrer Schwester wieder gut zu stehen, von ihrem Vater ganz zu schweigen. Alle vier stiegen die Treppe hinauf und umarmten zuerst Voozhum, dann Bego, dann Akma, dann Edhadeja. Es war wirklich ein prachtvolles Schauspiel der Versöhnung.

›Also bist du mit ihnen fertig? Kommst du zurück?‹

Vermißt du mich? fragte Schedemei.

›Ich habe die Programmierung der Sonde beendet und sie vor ein paar Minuten auf den Weg geschickt. Ich hätte es dir gesagt, aber du schienst beschäftigt gewesen zu sein.‹

Herzlichen Glückwunsch. Du hast alles erreicht, weshalb deine andere Ausprägung dich hierher geschickt hat.

›Ich bin jetzt überflüssig geworden, wie ein altes Tier, das sich nicht mehr fortpflanzen kann. Irrelevant für den zukünftigen Verlauf der Geschichte.‹

Das bezweifle ich, sagte Schedemei stumm. Wir werden Mittel und Wege finden, dich auf Trab zu halten. Bist du nicht darauf programmiert, neugierig zu sein?

›Ich muß dir etwas eingestehen, Schedemei, das ich bislang nicht erwähnt habe, weil ich es für eine Anomalie in mir hielt. Ich war davon enttäuscht, was du über den Hüter der Erde herausgefunden hast. Ich habe sogar versucht, deine Entdeckungen zu widerlegen. Zu beweisen, daß Schwankungen im Magnetfeld auf keinen Fall das vollbringen können, was der Hüter vollbracht zu haben scheint; daß der chaotische Fluß des Magmas im Erdmantel auf keinen Fall einen eigenen Willen haben kann.‹

Was für eine interessante und sinnlose Weise, deine Zeit zu vergeuden. Was für eine Rolle spielt es, ob der Hüter tatsächlich Magnetfelder benutzt oder dies nur eine Umschreibung ist, die dem, was er tut, so nahe kommt, daß ich sie verstehen kann?

›Ich weiß. Als mir die Sinnlosigkeit meines Tuns bewußt wurde, untersuchte ich mich selbst, um herauszufinden, was genau in meiner Programmierung bewirkte, daß ich endlos dem bedeutungslosen Versuch nachging, deine Vision des Hüters zu widerlegen.‹

Und was hast du gefunden?

›Nichts. Oder besser gesagt, nichts, das ich als nachweisbaren Code ausdrucken könnte, um die Wirkung zu erklären. Ich kann sie nur in einer ungenauen, metaphorischen, anthropomorphischen Sprache ausdrücken.‹

Meine liebste Ausdrucksweise. Nur zu.

›Ich muß all diese Jahre lang gehofft haben, wir würden feststellen, daß der Hüter der Erde wie ich ist, anorganisch, programmiert; und wäre dies der Fall gewesen, hätte ich darauf hoffen können, daß ich mit einer Verbesserung meiner mechanischen Fähigkeiten auch den Einfluß ausüben kann, den der Hüter hat. Statt dessen bleibe ich etwas völlig anderes. Ein Werkzeug, das geschaffen wurde, um den Hüter nachzuahmen, aber nicht imstande ist, zu dem zu werden, das es nachahmt.‹

Bislang jedenfalls, sagte Schedemei stumm.

›Nein, das ist ein dauerhafter Unterschied. Ich bin kein intelligentes, bewußtes Wesen. Ich ahme ein Bewußtsein lediglich so hervorragend nach, daß es mir für kurze Zeit sogar gelungen ist, mich selbst zu täuschen.‹

Wohl kaum. Solange ich den Mantel der Herrin der Sterne trage, bist du ein Teil von mir, was auch immer du sonst sein magst, und ich bin ein Teil von dir. Selbst wenn ich in Versuchung geraten sollte, mir hier einen Gatten zu nehmen und ein weiteres Baby aus diesem alten Körper zu pressen, werden wir beide noch für lange Zeit miteinander verbunden sein. Mein Leben hat genug Bedeutung, um etwas davon mit dir zu teilen, selbst wenn du jetzt tatsächlich überflüssig sein solltest.

›Meinen Logarithmen zur moralischen Einschätzung zufolge eine sehr großzügige Geste. Vielen Dank.‹

Mon sprach lachend zur Menge. Jemand hatte eine Frage gestellt. »Natürlich sind die drei Spezies verschieden«, sagte Mon. »Das ist kein Fehler. Der Hüter hat die Menschen betrachtet und gesagt: Wie unzureichend! Sie können nicht im Dunkeln sehen! Sie leben nur auf der Erdoberfläche! Sie können nicht fliegen! Wir brauchen etwas anderes, um die Welt perfekt zu machen. Und so wurden wir wie böse Kinder hinausgeschickt, während der Hüter zwei weitere Spezies so weit brachte, daß sie als Brüder und Schwestern neben die Menschen treten konnten. Und der Hüter hatte recht! Wir Menschen *waren* nicht vollständig! Ich zum Beispiel habe mir während der gesamten Kindheit gewünscht, ein Engel zu sein. Und ich könnte mein ganzes Leben lang studieren und wäre trotzdem nicht annähernd so klug und freundlich wie diese alte Frau hier. Also, meine Freunde, ja, es gibt Unterschiede zwischen den drei Völkern der Erde, und sie sind wichtig – aber sie sind der Grund dafür, daß wir zusammenleben müssen, und nicht getrennt voneinander!«

Von der Menge hob sich langer, lauter Jubel. Schedemei drehte sich zu Edhadeja um, und die beiden lachten gleichzeitig. »Hör ihn dir an«, sagte Edhadeja. »Jetzt, da Mon Dinge sagt, an die er wirklich glaubt, könnte er sich doch noch als der beste Lehrer von allen erweisen.«

Schedemei bemerkte, daß jemand an ihrem Gewand zog. Sie drehte sich um und sah eins der jüngsten Himmelsmädchen, das zu ihr hinaufschaute. Sie bückte sich, um es verstehen zu können.

»Schedemei, ich weiß, du bist heute schlecht gelaunt, aber ich muß dir sagen, mNo hat sich gerade übergeben, und außer dir kann ich niemanden finden.«

Seufzend verließ Schedemei das große öffentliche Spektakel und kehrte zu den profanen Pflichten der Schule zurück. Diese eintägige Übelkeit grassierte auch hier, und Schedemei freute sich nicht auf den Augenblick, in dem sie sie unweigerlich ebenfalls bekommen würde. Doch inzwischen mußte sie Kotze aufwischen und ein kleines Mädchen säubern und ins Bett stecken, bis ihre Eltern kamen, um es abzuholen. Eine niedrige, ermüdende Arbeit, und Schedemei war sehr gut darin.

Geographische Anmerkungen

Was früher Mesoamerika und die Karibik waren, wurde von einem einzigen geologischen Ereignis unterhalb der Erdkruste verwandelt – der Formation einer schnell fließenden Strömung im Mantel, welche die Kokosplatte mit unglaublicher Geschwindigkeit nach Norden schob. Dahinter bildeten mehr als einhundert Vulkane ein unbewohnbares Archipel, das sich östlich und westlich der Galapagosinseln Hunderte von Kilometern weit erstreckte. Dutzende dieser Vulkane sind noch aktiv. An der Vorderkante stieß die Kokosplatte viel schneller gegen die Karibische Platte, als sie diese untergraben konnte. Das Ergebnis waren dramatische Erhebungen und Verwerfungen; zehn Millionen Jahre nach dem Aufbruch der menschlichen Rasse waren mehrere Gebirgszüge von etwa zehn Kilometern Höhe entstanden; einige Gipfel erreichten sogar Höhen von über elf Kilometern. Aufgrund der Erosion und der Verlangsamung der Kokosplatte, die sich nun lediglich dreimal so schnell wie die anderen Erdplatten bewegt, erheben die höchsten Gipfel sich mittlerweile nur noch 9,95 Kilometer über den Meeresspiegel.

Außer dem hohen Bergmassiv wurde auch die Erdkruste hinter den Bergen aufwärts gezwungen, wodurch Kuba, Jamaika und Hispaniola mit der zerrissenen und verzerrten Landmasse Mittelamerikas verbunden wurden. Millionen Jahre der Überflutung durch die großen Gebirgsflüsse schufen eine gewaltige Ebene fruchtbaren Erdreichs von Yucatan bis nach Jamaika.

Noch weiter nördlich beschleunigte die allgemeine Verwerfung (und dieselbe Strömung im Erdmantel) einen Prozeß, der schon lange zuvor begonnen hatte – die Spaltung Nordamerikas etwa an der Linie, die der Mississippi bildet. Die östliche (appalachische) Platte drehte sich gegen den Uhrzeigersinn und trieb nach Nordosten; die westliche (texanische) Platte setzte die Drift nach Nordwesten fort. (Das nördliche Südamerika [die Orinoco-Platte] wurde ebenfalls mitgezerrt und trieb etwas in nördliche Richtung, wodurch sich in Ecuador eine Spalte öffnete.)

Die plötzliche schnelle Bewegung der Kokosplatte und die dabei entstehenden Erdbeben und der Vulkanismus – nicht die begrenzten nuklearen Abfallstoffe, die zu jener Zeit entstanden – haben die Erde unbewohnbar gemacht und die Menschheit gezwungen, den Planeten ihrer Geburt aufzugeben. Nichtsdestotrotz trugen alle menschlichen Emigranten die Geschichte mit sich ins All, menschliche Handlungen hätten die Zerstörung der Welt verursacht.

GEBIRGE

Der Gornaja ist das große Zentralmassiv, welches das Vordringen der Kokosplatte aufgeworfen hat. Hier gibt es Gipfel, die mit ewigem Schnee bedeckt und höher sind, als irgendein Sauerstoffatmer emporsteigen kann. Da die meisten Gipfel ständig von Wolken umhüllt und nicht zu sehen sind, werden sie nicht als Landmarken benutzt und haben nur in den seltensten Fällen Namen bekommen. Statt dessen werden Flüsse und Seen zur Orientierung benutzt, die mit ihren tiefen Tälern sowohl die Verkehrswege als auch die Habitate bilden. Die Grenze des Gornaja wurde vor der Rückkehr der Menschen von der niedrigsten Höhe bestimmt, auf der die Symbiose zwischen Wühlern und Engeln bestehen bleiben konnte.

MEERE

Wegen der Auffaltung des Landes in die Gornaja-Bergkette verlaufen auch die meisten anderen Bergketten von Südosten nach Nordwesten; auch die Flüsse verlaufen in diese Richtung. Dieser Umstand und nicht der Sonnenaufgang, der Nordstern oder der magnetische Norden hat die grundlegende Richtungsgebung der Wühler und Engel beeinflußt.

(Sie hatten keine Kompasse und konnten selbst an klaren Tagen kaum den Nordstern sehen, und den Sonnenaufgang und -untergang nur an den Rändern des Gornaja.) Daher bedeutet ›Norden‹ in den Namen zahlreicher Orte nordwestlich vom Gornaja, ›Westen‹ bedeutet südwestlich, ›Süden‹ südöstlich und ›Osten‹ nordöstlich.
Nordmeer – der Überrest des Golfs von Mexiko, ein schmales Meer, eingezwängt zwischen der Küste von Texas/Veracruz auf der einen und der von Yucatan auf der anderen Seite.
Ostmeer (Golf von Florida) – ein neues Meer, das sich in der Meerenge zwischen Kuba und Florida durch die neue Rotation und nordöstliche Bewegung der appalachischen Platte geöffnet hat.
Südmeer – der Überrest der Karibik
Westmeer – der Pazifik

WILDNIS

Auf der atlantischen Seite schließt sich an den Gornaja eine weite Tiefebene an, die sich zum Großteil aus dem Meeresboden erhoben hat und mit einem üppigen Mutterboden bedeckt ist, der aus dem Gornaja ausgewaschen und von den großen Flüssen herbeigetragen wurde, die hier Jahr für Jahr während der Flutzeiten neue Erde ablagern. In den Urwäldern wimmelt es von Leben, doch da gewaltige Gebiete einen Teil des Jahres von verschlammtem Wasser bedeckt sind, lebt der Großteil der Fauna auf Bäumen. Wühler und Engel, die am Rand des Gornaja lebten, schickten oft Jagdexpeditionen in die Wildnis, drangen aber nie weiter von ihren Dörfern in den Dschungel ein als die Entfernung, die sie zurücklegen konnten, bevor das von ihnen erbeutete Wild verdarb. Die Engel und Wühler unterscheiden drei große Urwaldregionen; ihre Namen wurden in die Sprache der Nafari und Elemaki übersetzt, und schließlich verdrängten diese Bezeichnungen die der Wühler- und Engelsprachen.

Severless – Die große nördliche Wildnis einschließlich des Landes, das früher Chiapas und Yucatan war. Die großen Flüsse Tsidorek und Jatvarek fließen hindurch; der Milirek markiert ihre westliche, die Trockenbucht ihre östliche Grenze.

Vostoiless – die große östliche Wildnis einschließlich des Landes, das früher Kuba war und den Großteil des Nordufers und eine gebirgige, nach Osten gelagerte Halbinsel bildet. Die Flüsse Vostoireg und Svereg fließen durch die Tiefebene. Der Mebbereg, der dritte große Fluß des Ostens, wird im allgemeinen als südliche Grenze des Vostoiless angesehen.

Jugless – die große südliche Wildnis, die einen tiefliegenden breiten Isthmus zwischen dem Pazifik und der Karibik einschließt und sich im Osten bis zu einer gebirgigen Halbinsel erstreckt, die aus den früheren Inseln Jamaika und Hispaniola (oder Haiti) besteht. Der Zidomeg fließt aus dem Land Nafai ins Herz des Jugless, und die nördliche Grenze bilden die Länder Nafai und Pristan, wo die Menschen ursprünglich landeten.

Opustoschen – im Gegensatz zu den wasserreichen Urwäldern der drei großen Wildnisse wurde das vierte unbewohnte Land von den Wühlern und Engeln ›Einöde‹ genannt, da es im Regenschatten des Gornaja liegt. Das Gebiet direkt westlich des Milirek ist entsetzlich trocken; gewaltige Teile davon bestehen lediglich aus Sandverwehungen. Obwohl das Land sich schon bald zum alten mexikanischen Plateau erhebt, hielten die Wühler und Engel es für völlig unbewohnbar.

SEEN

Eine Anomalie im Gornaja besteht aus einer sich senkenden Region auf einer von Norden nach Süden führenden Linie, in der Flüsse, ob sie nun nach ›Norden‹ oder ›Süden‹ fließen, Seen gebildet haben. Als die Flüsse immer tiefere Betten in die Berge gruben, fielen die Seen unglaublich tief ab und ließen an den Wänden der Schluchten fruchtbare Terrassen entstehen, so daß die Seeufer nun ergiebiges Land aufweisen, das nur ein paar Meter, aber auch bis zu fünf Kilometern breit sein kann. Die Seen tragen folgende Namen (nach dem System der Engel und Wühler von ›Osten‹ nach ›Westen‹; wir würden sagen: von Norden nach Süden):

Severod – vom Svereg gespeist und entleert
Uprod – Quelle des Ureg
Prod – Quelle des Padurek
Mebbekod – vom Mebbereg gespeist und entleert
Sidonod – Quelle des Tsidorek, der durch Darakemba und, weiter flußabwärts, die östlichen Ausläufer von Bodika fließt
Issipod – Quelle eines Nebenarms des Issibek Poropod – vom Proporeg gespeist und entleert

FLÜSSE

Es gibt Tausende von Flüssen im Gornaja, die durch jede Schlucht und jedes Tal fließen. Obwohl der gesamte Gornaja in den Tropen liegt, haben sich drehende Winde und die extrem hohen Gebirgszüge, die von langen, tiefen Tälern durchzogen werden, dicht nebeneinander liegende Wasserscheiden gebildet, deren Regionen zu den verschiedenen Jahreszeiten völlig unterschiedliche Niederschlagsmengen aufweisen. Flüsse sind Verkehrswege, Landmarken und dort, wo der Gornaja sich zu breiten Tälern öffnet, zu allen Jahreszeiten die Quelle des Lebens. Sieben große Flüsse fließen aus dem Gornaja und, nachdem sie die Wildnis durchquert haben, in den Atlantik. Vier große Flüsse fließen in den Pazifik. Darüber hinaus haben einige der Ströme große Nebenflüsse. In der Religion der Engel weisen die Flüsse ein unterschiedliches Ausmaß von Heiligkeit auf; sie werden hier gemäß ihrer Hierarchie der Heiligkeit aufgeführt (obwohl die Namen nun ein Mischmasch aus Namen und Formen der Sprachen der Menschen, Engel und Wühler sind).

Die Flüsse der Sieben Seen

Tsidorek – der heiligste Fluß, fließt vom See Sidonod in nördliche Richtung. Da der See sehr hoch im Flußtal liegt, ergießen sich keine größeren Flüsse in ihn. Daher ist der Sidonod die ›reine Quelle‹ des Tsidorek, und er hat auch einen Nebenfluß, den Padurek, der ebenfalls aus einer reinen Quelle fließt (Prod); deshalb gilt das Wasser als doppelt rein. Darakemba, die Hauptstadt von Motiaks Königreich, befindet sich in der Nähe der Stelle, an der die Schlucht sich zu einem breiten Tal ausweitet, wodurch intensive Agrikultur ermöglicht wird.

Issibek – fließt vom See Issipod, einer reinen Quelle, in nördliche Richtung. Er hat einen großen, nach Süden strömenden Nebenfluß, doch die beiden Flüsse vereinigen sich weniger, als daß sie frontal zusammenstoßen. An dieser Stelle bildeten sie einst einen See, der die lange Schlucht auf fünfzig Kilometer ausfüllte, bevor er sich über den tiefsten Paß ins Meer ergoß. Doch der See fand schließlich einen Abfluß durch ein Höhlensystem und trocknete völlig aus. Nun scheinen die Flüsse frontal zu kollidieren, und da sie zu unterschiedlichen Jahreszeiten Hochwasser führen, sind sie stets wasserreich genug, daß der Abfluß unter dem Wasserspiegel liegt. Dies erweckt den Anschein, daß der Fluß vom See hinabfließt, bis er einen unruhigen Tiefpunkt erreicht, woraufhin das Tal wieder ansteigt und der Fluß in die entgegengesetzte Richtung strömt. Der Abfluß verläuft kilometerweit unterirdisch, bis er auf der anderen Seite der Bergkette aus einer Höhle bricht und sich in den Pazifik ergießt. Er hatte einst einen anderen Namen, doch noch vor der Ankunft der Menschen wies ein Wühler nach, daß es sich in Wirklichkeit um den Abfluß des Issibek handelt. Doch der Fluß, der vom See Issipod in nördliche Richtung fließt, und sein Nebenfluß, der in südliche Richtung fließt und sich in ihn ergießt, gelten noch immer als ein und derselbe Fluß, wenn auch mit zwei Quellen, einer reinen und einer unreinen. Diesem seltsamen Fluß folgte irrtümlich Ilihiaks Expedition, die Darakemba suchen sollte, wodurch sie an Darakemba vorbei (von mehreren riesigen Bergketten getrennt) und schließlich in die Wüste Opustoschen hinab zog, wo sie an den Ufern eines Flusses, der nur in einer bestimmten Jahreszeit Wasser führt (und zu jener Zeit knochentrocken war), Leichen und Waffen fanden, die darauf hindeuteten, daß hier eine furchtbare Schlacht stattgefunden hatte. Die Leichen waren in der Wüste so gut erhalten geblieben, daß sie fünf oder fünfhundert Jahre alt hätten sein können. In der Nähe fand die Expedition Aufzeichnungen in einer unbekannten Sprache.

Mebbereg – fließt vom See Mebbekod in südliche Richtung. Keine reine Quelle (der Fluß ergießt sich vom Norden in den See und im Süden wieder hinaus), hat aber eine reine Quelle als Nebenfluß (Ureg, fließt aus dem Uprod). Akmaros erste Siedlung, Chelem, wo sein Volk in Gefangenschaft gehalten wurde, lag am Mebbereg.

Svereg – fließt eine kurze Strecke in südlicher Richtung aus dem Severed, dem ›östlichsten‹ (nördlichsten) der Seen, biegt dann in östliche Richtung ab und fällt steil vom Gornaja zu den riesigen Urwäldern des Vostoiless hinab. Keine reine Quelle.

Proporeg – fließt in südlicher Richtung aus dem Poropod, dem ›westlichsten‹ (südlichsten) der Seen, und fällt steil zum Westmeer (Pazifik) hin ab.

Padurek – ein Nebenfluß, aber eine reine Quelle. Fließt vom See Prod in nördliche Richtung, bis er sich viele Kilometer flußabwärts (nördlich) von Darakemba in den Tsidorek ergießt. Akmaros zweite Siedlung, Akma, lag am Ufer des Prod, und Akmaro folgte dem Padurek in nördliche Richtung, bis er schließlich den Paß überquerte, der ins Land Darakemba hinabführte.

Ureg – ein Nebenfluß, aber eine reine Quelle. Fließt vom See Uprod in südliche Richtung und ergießt sich dann in den Mebbereg.

Die Fünf Schmalen Flüsse

Zidomeg – fließt in der Nähe des Poropod in südliche Richtung, nähert sich bis auf sechzig Kilometer dem Westmeer (Pazifik), wendet sich dann nach Osten und fließt durch das Jugless ins Südmeer (Karibik). Nuaks Königreich Zinom lag an der Quelle des Zidomeg, und sein Volk wurde vom Heer des Überkönigs von Nafazidom, flußabwärts von ihm, unterworfen.

Jatvarek – fließt aus dem Gornaja in nördliche (westliche) Richtung, wendet sich dann nach Osten (Westen) und durchquert die ehemalige Yucatan-Halbinsel (nun das Severless). Die Stadt Jatva befindet sich am äußersten Rand des Gornaja und bietet einen Blick auf den riesigen Regenwald. Als Motiak seine Grenzen ausweitete, um das gesamte besiedelte Tal des Jatvarek unter seinen Schutz zu nehmen, verlieh er dem vergrößerten Königreich offiziell den Namen Jatva; von nun an bezog der Name Darakemba sich nur noch auf das Königreich seines Vaters am Tsidorek. Ungeachtet dessen wird jetzt das gesamte Reich normalerweise ›Darakemba‹ genannt.

Milirek – fließt aus dem Gornaja in nördliche (westliche) Richtung direkt in den schmalsten Teil des Nordmeers (Golf von Mexiko), als sei das Nordmeer eine Erweiterung des Milirek. Die Nation Bodika hatte bereits den bewohnbaren Teil des Milirek erobert, bevor Motiak sie unterwarf und seinem Reich einverleibte.

Utrek – der Fluß mit der zweitniedrigsten Quelle. Verläuft ausschließlich im Gornaja, bis er sich ins Westmeer (Pazifik) ergießt.

Zodzerek – der Fluß mit der niedrigsten Quelle. Verläuft ausschließlich im Gornaja, bis er sich ins Westmeer (Pazifik) ergießt.

NATIONEN

Pristan – die erste Landestelle, nun das ›älteste Königreich‹ genannt, ansonsten aber ohne Macht und daher ohne Ansehen.

Nafai – im engeren Sinne die breite Landebene am unteren Ende des Sees Poropod, wo die Nafari sich zuerst niederließen, nachdem sie vor den Elemaki aus Pristan flohen. Im weiteren Sinne das gesamte Land, auf das die Nafari Einfluß hatten, bevor sie es zur Zeit von Motiaks Großvater Motiab aufgaben, um sich mit dem belagerten Volk von Darakemba zu vereinen. Politisch war es nie völlig geeint; nun, da es von den Elemaki beherrscht wird, ist es in drei Hauptkönigreiche unterteilt, die wiederum in kleinere Königreiche aufgespalten sind. Die drei Hauptkönigreiche sind:

Nafariod – ›Nafai von den Seen‹, das Königreich, das von dem Monarchen beherrscht wird, der sich einfach Elemak nennt, was ›König‹ bedeutet. Es umfaßt das Land um die Seen Sidonod, Issipod und Poropod.

Nafazidom – ›Nafai von den Zidoneg‹, das Königreich, das schließlich von Pabulog beherrscht wurde, dem ehemaligen Hohepriester Nuaks. Der König von Nafazidom hat Zenifab erstmals erlaubt, seine Menschenkolonie an der Quelle des Zidoneg anzusiedeln.

Nafamebbek – ›Nafai von den Mebbereg‹, das schwächste der drei Königreiche, obwohl von der Ausdehnung her das größte. Akmaros erste Kolonie, Chelem, befand sich auf dem Territorium von Nafamebbek, doch der Überkönig wußte nicht einmal von der Kolonie, bis Pabulog, der im Namen des Königs von Nafazidom handelte, Chelem in Gefangenschaft brachte.

Zidom – das kleine Königreich, das von Nuak und, nach seinem Tod, seinem zweiten Sohn, Ihili, beherrscht wurde. Von Zenifab gegründet.

Chelem – am Ufer des Mebbereg gelegen, die erste von Akmaro gegründete Kolonie, die von Pabulog unterworfen wurde.

Darakemba – am Tsidorek, ursprünglich nur eine Stadt und ihr Umland; dorthin wanderten die Nafari als Volk aus, nachdem sie der ständigen Kriegführung im Lande Nafai überdrüssig waren. Später ein größeres Königreich, das sich über etwa einhundert Kilometer am Tsidorek erstreckte und von Motiaks Vater Jamimba unter die Kontrolle von Darakemba gebracht wurde. Im weitesten Sinne das gesamte Reich, das Motiak erobert hat.

Bodika – das große Königreich flußabwärts von Darakemba; der Druck von Bodika brachte Darakemba dazu, den Einfluß der Nafari willkommen zu heißen. Obwohl die Nafari schon bald die ursprünglichen Darakembi beherrschten, wurden sie zumindest nicht versklavt – sie blieben volle und gleichberechtigte Bürger, sowohl unter den Königen als auch den Beratern. Jamimba war es gelungen, einen unzuverlässigen Frieden mit Bodika aufrechtzuhalten, doch Motiak mußte ihr Heer vernichten, die gesamte herrschende Klasse beseitigen und Bodika in sein größeres Königreich Jatva eingliedern.

Jatva – ursprünglich das Land, das die Stadt Jatva umgab, an jener Stelle, an welcher der Jatvarek aus dem Gornaja fließt. Später wurde das gesamte bewohnte Flußtal als Schutz gegen Elemaki, die plündernd und erobernd über die Pässe des Svereg einfielen, unter Motiaks Herrschaft gebracht. Da es sich um eine friedliche ›Vereinigung‹ von Königreichen handelte, verlieh Motiak bei dieser Gelegenheit seinem gesamten Reich den Namen Jatva, genau wie sein Großvater Motiab Darakemba seinen ursprünglichen Namen beließ, auch als dessen ursprüngliche Bewohner immer mehr von ihrer politischen Macht verloren.

Khideo – eine Region, in der lediglich Menschen wohnen, flußabwärts von Jatva, die im Verlauf dieser Geschichte begründet wird.

Es gibt natürlich noch viele andere Königreiche und Nationen, aber auch kleine Dörfer und Siedlungen, die nicht unter der Herrschaft eines Königs stehen. Außerdem ziehen nun, da es für die Wühler und Engel nicht mehr biologisch notwendig ist, in den höheren Regionen der ursprünglichen Länder des Gornaja zu bleiben, immer mehr Leute – Himmelsvolk, Mittelvolk und Erdvolk – in die Wildnis.

ENDE

Bernhard Kempen

Mormonen im Weltall

Religion und Science Fiction in Orson Scott Cards *Homecoming*-Saga

1. Cards Leben und Werk

Die Verbindung zwischen Science Fiction und Religion ist spätestens seit Frank Herberts *Der Wüstenplanet* nichts Ungewöhnliches mehr. Zahlreiche SF-Autoren haben religiöse Themen und Überlegungen in ihr Werk eingearbeitet. In dieser Hinsicht hat der amerikanische Autor Orson Scott Card durch die geradezu missionarisch anmutende Überzeugungskraft seiner Charaktergestaltung eine recht außergewöhnliche Synthese geschaffen. In Werken wie *Enders Spiel*, den Fortsetzungen *Sprecher für die Toten* und *Xenozid*, *Meistersänger* und dem *Alvin-Maker*-Zyklus stellt er immer wieder »Wunderkinder« dar, die durch Schicksal und Schuld zu besseren Menschen werden. Der Lebensgang dieser Wunderkinder ist offensichtlich von religiösen – insbesondere christlichen – Vorbildern inspiriert. Darauf deuten die Elemente der Prophezeiung, der Wandlung und die Erlöserrolle hin, die sich auch in allen Heiligenlegenden finden. Ein zweiter Motivkreis Cards ist das ›andere Amerika‹, die Suche nach einer neuen Heimat, dem gelobten Land. Dieser rote Faden zieht sich vor allem durch seine Geschichten um Jason Worthing und Alvin Maker. In der *Homecoming*-Saga (*Die Heimkehr*) verbinden sich diese zwei Motive in der Figur des Nafai, der mit Hilfe der Überseele den Weg heim zur Erde findet.

Der *Heimkehr*-Zyklus ist auch insofern bemerkenswert, als sich darin am deutlichsten Cards Bekenntnis zur Glaubensgemeinschaft der Mormonen widerspiegelt. Der Autor wurde am 24. August 1951 in Richland/Washington geboren und wuchs in Kalifornien auf. Er lebte und arbeitete zeitweilig in Utah, dem Zentrum der Mormonen, und ging 1971 nach Brasilien, um dort für zwei Jahre als unbezahlter Missionar zu arbeiten, wie es die Verpflichtung jedes männlichen Mormonen darstellt. Nach seiner Rückkehr in die USA schrieb Card erste Theaterstücke und Musicals und leitete als Dramaturg ein Freilichttheater in Utah. Anschließend fand er eine neue Tätigkeit in der Redaktion von *The Ensign*, dem offiziellen Magazin der Mormonen. 1977 schickte Card die Kurzgeschichte ›Ender's Game‹ an Ben Bova, den Herausgeber des SF-Magazins *Analog*. Sie wurde noch in der Oktober-Ausgabe veröffentlicht und erregte sofort großes Aufsehen. Weitere Stories folgten, und bereits ein Jahr später erhielt Card den John W. Campbell Award als bester Nachwuchsautor. Im Frühjahr 1978 erschien sein erstes Buch, die Kurzgeschichtensammlung *Capitol* (*Capitol*), und im nächsten Jahr der Roman *Hot Sleep* (*Heißer Schlaf*).

Bereits Anfang 1978 – noch bevor sein erstes Buch in den Handel gekommen war – machte Card sich als Schriftsteller selbständig. Sein Gottvertrauen wurde belohnt. Nach dem Roman *A Planet Called Treason* (*Der Spender-Planet*), in dem der Held Lanik Mueller seinen Heimatplaneten, auf dem Menschen mit bemerkenswerten biologischen Fähigkeiten leben, vor dem Untergang rettet, schaffte Card 1980 mit *Songmaster* (*Meistersänger*) den Durchbruch als ernstzunehmender SF-Autor. In diesem Roman geht es um den Werdegang eines galaktischen Stimmwunders, dessen Aufbau und Atmosphäre in vielerlei Hinsicht an Hermann Hesses Roman *Das Glasperlenspiel* erinnern. In den Jahren darauf folgen eine Neubearbeitung von *Songmaster* und die Kurzgeschichtensammlung *Unaccompanied Sonata* (*Play Kosmos*), während Card gleichzeitig an seiner Karriere als Theaterautor weiterarbeitete. Seine Stücke sind jedoch hauptsächlich für ein Mormonenpublikum geschrieben und wurden kaum außerhalb von Utah aufgeführt.

1982 kehrte er mit *The Worthing Chronicle* zur Science Fiction zurück, der Zusammenfassung und Überarbeitung der inhaltlich zusammenhängenden Bücher *Hot Sleep* und *Capitol*, in denen der Held in den Weiten der Galaxis nach einer neuen Heimat für seine Anhänger sucht. 1983 folgte der Fantasy-Roman *Hart's Hope* (*Die Hirschbraut*) und 1984 *A Woman of Destiny*, ein historischer Roman über die Mormonin Dinah Kirkham, eine Zeitgenossin Joseph Smiths, des Gründers der Mormonen. 1985 erschien endlich die lang erwartete Romanfassung von *Ender's Game* (*Das große Spiel*), die Card prompt den Hugo und den Nebula Award einbrachte. Bereits 1986 folgte die Fortsetzung *Speaker for the Dead*, mit der er wiederum die bedeutendsten SF-Preise einheimste.

Von 1987 bis 1990 brachte Card regelmäßig drei Bücher pro Jahr heraus. 1987 erschienen der bizarre SF-Fantasy-Roman *Wyrms* (*Die Stadt am Ende der Welt*) und der erste Band der *Alvin-Maker*-Serie, *Seventh Son* (*Der siebente Sohn*), in dem er ein alternatives Amerika der Pionierzeit und ein neues Wunderkind schildert, das seine Vision von der »Kristallstadt« zu verwirklichen versucht. Im selben Jahr kamen auch die Storysammlung *Cardography* und das Tonband *The Secular Humanist Revival Meeting: ›Brother Orson‹ Preaching* heraus, ein Mitschnitt seiner religiösen Vorträge über den ›Säkularen Humanismus‹, die er hauptsächlich auf SF-Cons abhält.

1988 folgten die Romane *Saints* (eine Neuauflage von *A Woman of Destiny*), *Red Prophet* (*Der rote Prophet*, der zweite Band der *Alvin Maker*-Serie), und *Treason* (*Treason – Der Spender-Planet*, die Überarbeitung von *A Planet Called Treason*). Außerdem erhielt er den Auftrag, die Novelization von James Camerons Film *The Abyss* (*Abyss – In der Tiefe des Meeres*) zu schreiben, die 1989 veröffentlicht wurde. In diesem Jahr erschienen auch *Prentice Alvin* (*Der magische Pflug*, der dritte *Alvin-Maker*-Band) und die leider nie ins Deutsche übersetzte Story-Collection *The Folk of the Fringe*, deren thematisch zusammenhängende Geschichten davon handeln, wie nach einer nuklearen Katastrophe in Utah ein neuer Mormonenstaat gegründet wird.

1990 kam zunächst der Roman *Eye for Eye* auf den Markt, dann *The Worthing Saga*, die Neubearbeitung von *The Worthing Chronicle*, und die Storycollection *Maps in a Mirror: The Short Fiction of Orson Scott Card*, die zwei Jahre später in vier Bänden als Taschenbücher veröffentlicht wurden.

In den Neunzigern wurde es dann zunächst etwas ruhiger um diesen nach wie vor äußerst produktiven Autor, und auch der Regen der SF Awards ließ nach. 1991 erschien lediglich *Xenocide* (*Xenozid*), der dritte Ender-Roman. 1992 begann Card mit der Veröffentlichung der fünfbändigen *Homecoming*-Saga, die sicherlich Cards bislang ehrgeizigstes Projekt darstellt. Eine Besonderheit daran ist, daß Card sie von Anfang an als Serie geplant hat, während sich die Fortsetzungen zu seinen anderen Büchern eher zufällig ergeben haben, wie er verschiedentlich betont. Außerdem erschienen die einzelnen Bände in – zumindest für diesen Autor – verhältnismäßig kurzen Abständen: 1992 *The Memory of Earth* (*Die verlorene Erde*), 1993 *The Call of Earth* (*Der Ruf der Erde*), 1994 *The Ships of Earth* (*Die Schiffe der Erde*), 1995 *Earthfall* (*Die Kinder der Erde*), und 1995 *Earthborn* (*Der Hüter der Erde*).

Dazwischen versuchte Card 1992 mit dem Roman *Lost Boys* in die Fußstapfen Stephen Kings zu treten – jedoch ohne allzu großen Erfolg. 1995 kam dann *Alvin Journeyman* (*Der Reisende*), der vierte Alvin-Maker-Band, auf den Markt, und Anfang 1996 das serienunabhängige Werk *Pastwatch: The Redemption of Christopher Columbus*. Auch darin geht es wieder um ein ›alternatives Amerika‹. Diesmal sind es Zeitreisende, die den Ablauf der Geschichte verändern wollen, indem sie Kolumbus daran hindern, Amerika zu entdecken.

Das Besondere an der Science Fiction Orson Scott Cards ist, daß sie weder Vorbilder noch Nachahmer hat. Cards ›phantastischer Humanismus‹ ist einzigartig und steht der New-Age-Bewegung der achtziger Jahre wesentlich näher als dem Cyberpunk, der viel typischer für die SF in jener Zeit war. Die Faszination, die von diesem Autor ausgeht, beruht vor allem auf seiner Fähigkeit, den Leser in magische Welten jenseits der Alltagswirklichkeit zu entführen und dennoch nie den Menschen und seine Empfindungen aus den Augen zu verlieren. Seine besten Werke sind Entwicklungsromane im klassischen Sinn; doch selbst der abenteuerlichste Werdegang seiner Helden, die zumeist mit ungewöhnlichen Gaben und Fähigkeiten ausgestattet sind, bleibt für den Leser in jeder Phase nachvollziehbar, weil er sie durch einfühlsame Beschreibungen lebendig werden läßt.

Um deutlich zu machen, wie stark das Werk Orson Scott Cards vom Mormonismus geprägt ist, soll diese religiöse Gemeinschaft im folgenden etwas genauer vorgestellt werden. In ihrer Geschichte findet sich nämlich manch wundersame Begebenheit, wie sie durchaus der Phantasie eines Science-Fiction-Autors entsprungen sein könnte – was möglicherweise einer der Gründe ist, warum sich der Mormone Orson Scott Card, obwohl er auch völlig andersartige Bücher geschrieben hat, immer wieder zu diesem Genre hingezogen fühlt.

2. Die Mormonen

Die korrekte Bezeichnung der Mormonen lautet ›Church of Jesus Christ of Latter-Day Saints‹ – zu deutsch ›Kirche Jesu Christi der Heiligen der letzten Tage‹. Es heißt, daß ihre Anhänger selbst die Bezeichnung Mormonen ablehnen, obwohl sie sich in der Praxis offenbar damit abgefunden haben, von der übrigen Welt so genannt zu werden. Sie selbst nennen sich ›Latter-Day Saints‹ oder kurz ›Saints‹. Die Bezeichnung ›Mormonen‹ geht auf ihre ›Bibel‹ zurück, *The Book of Mormon (Das Buch Mormon)*. Es enthält die Schriften mehrerer alter Propheten, die aus verschiedenen Gründen nicht in das Alte oder Neue Testament aufgenommen wurden. Erstmals veröffentlicht wurde das *Buch Mormon* im Jahre 1830, und zwar vom Kirchengründer Joseph Smith, der

am 23. Dezember 1805 in Sharon/Vermont als Sohn eine
Hausierers und einer Wahrsagerin geboren wurde und ir
ärmlichen Verhältnissen aufwuchs. Der kleine Joseph lernte
nur mit Mühe Lesen und Schreiben, entwickelte aber schon
bald eine Affinität zu religiösen Visionen. Am 23. Septem
ber des Jahres 1823 erschien ihm der heilige Prophet Moron
in strahlend weißem Gewand und mit den Füßen über den
Boden schwebend. Er verkündete im Namen des Herrn, daß
am Hügel Cumorah mehrere Goldtafeln vergraben seien
auf denen sich die Geschichte seines Volkes finde. Joseph
machte sich schon wenig später auf den Weg zum bezeichne
ten Ort. In der Nähe des Dorfes Manchester im US-Staa
New York fand Joseph Smith auf der Westseite eines Hügels
unter einem großen Stein tatsächlich die versprochenen
Goldtafeln, die mit Schriftzeichen in ›reformiertem Ägyp
tisch‹, wie er es nannte, beschrieben waren. Daneben lagen
auch das von Moroni erwähnte Urim und Thummim, eine
Vorrichtung aus zwei Kristallsteinen in einem silbernen
Ring, die an einem Brustharnisch befestigt war. Doch
Joseph mußte noch vier Jahre warten, bis er diese Dinge ber
gen durfte. Am 22. September 1827 konnte er endlich dami
beginnen, die Goldtafeln mit Hilfe des Urim und Thummim
einer Art Übersetzungsbrille, durch die sich die fremde
Schrift entziffern ließ, in die englische Sprache zu übertra
gen.

Unter den ersten, die Joseph Smith von seiner Entdek
kung überzeugen konnte, war der Farmer Martin Harris
Mit seiner finanziellen Unterstützung ließ Smith den Text im
Jahre 1830 als *The Book of Mormon* veröffentlichen. Obwoh
der gute Farmer vom angesehenen Philologen Professo
Charles Anthos aus New York gewarnt worden war, die vor
gelegte Schriftprobe hätte nicht das geringste mit Ägyptisch
zu tun, investierte Harris sein gesamtes Vermögen in die
Publikation des Buches.

Da im Laufe der nächsten Jahre viele böse Menschen ve
suchten, dieser Goldtafeln habhaft zu werden, gab Smith si
irgendwann vor dem Jahr 1838 an Moroni zurück, so daß si

heute nicht mehr in der ursprünglichen materiellen Form existent sind. Doch es gibt noch das schriftliche Zeugnis weiterer zwölf Personen, die diese Tafeln mit eigenen Augen gesehen haben wollen.

Die Gemeinschaft der Mormonen wurde von Joseph Smith am 6. April 1830 in Fayette/New York offiziell gegründet. Sein erster Anhänger wurde der ehemalige Schullehrer Oliver Cowdery, nachdem die beiden in einer Vision von Johannes dem Täufer getauft und dann von den Aposteln Petrus, Jakob und Johannes zu Priestern geweiht wurden. 1831 zog Smith nach Kirtland/Ohio, wo er bald zweitausend Anhänger um sich geschart hatte. Seit 1832 nannte sich die Sekte offiziell ›Kirche Jesu Christi der Heiligen der Letzten Tage‹. 1836 gründete man eine Bank, die schon zwei Jahre später Konkurs anmelden mußte. Aufgrund anderer, nicht unbedingt bewiesener Verbrechen, wurden die Mormonen im selben Jahr, also 1838, auf Anweisung des Gouverneurs unter blutigen Opfern vertrieben.

Im folgenden Jahr siedelte sich die Gemeinschaft weiter im Westen am Ufer des Mississippi in Illinois an und errichtete dort die Stadt Nauvoo (hebr.: ›schöne Stadt‹). In diese Zeit fällt der Beginn der Polygamie unter den Mormonen, die zunächst insgeheim von Joseph Smith praktiziert wurde. Denn – was kaum überraschen dürfte – seine Frau Emma war überhaupt nicht von dieser Idee angetan. Mit ihr lebte Joseph übrigens schon seit 1827 zusammen, dem Jahr der Bergung der Goldtafeln. Damals hatte er sie angeblich durch eine Entführung zur Frau gewonnen. Trotz allem drang schließlich doch an die Öffentlichkeit, daß die Mormonen und vor allem Joseph Smith Vielweiberei betrieben, worauf es erneut zu einem Volksaufstand kam. Smith, der zuvor in einer Offenbarung das offizielle Gebot zur Polygamie ausgegeben hatte, wurde auf Anweisung des Gouverneurs verhaftet und in der Nacht des 27. Juni 1844, also im Alter von 39 Jahren, im Gefängnis zusammen mit seinem älteren Bruder Hyrum Smith vom wütenden Mob erschossen.

Die Führung der Mormonen übernahm nun der 1801

geborene Zimmermann Brigham Young, der im folgenden Jahr zum langen Trek nach Westen aufbrach. Am 24. Juli 1847 erreichten die Mormonen schließlich den Großen Salzsee wo sie die Stadt Salt Lake City gründeten. Das Gebie gehörte zu diesem Zeitpunkt noch zu Mexiko und fiel ers im nächsten Jahr an die USA. Die Mormonen steckten sich daraufhin ein großzügiges Territorium ab, das sie ›Deseret nannten, und gaben sich 1850 eine unabhängige Verfassung. Die US-Regierung ließ sich davon jedoch nicht beeindrucken, sondern ernannte das Gebiet zum US-Territorium Utah, obwohl sie immerhin Brigham Young als Gouverneur einsetzen. Aufgrund der ständigen Querelen wurde er schon vier Jahre später wieder abgesetzt, worauf der neue Gouverneur Colonel Steptoe die Mormonen mit militärischer Gewalt zu bändigen versuchte. 1871 verbot der amerikanische Kongreß die Polygamie, und Brigham Young wurde verhaftet. Doch die Mormonen ließen sich nicht in die Knie zwingen, während sie die Wüste durch ein ausgeklügeltes Bewässerungssystem allmählich in eine fruchtbare Landschaft verwandelten. Als Brigham Young 1877 starb hinterließ er siebzehn Frauen – insgesamt hatte er soga sechsundzwanzig gehabt.

Als nächster Präsident der Mormonen wurde 1880 John Taylor gewählt, dem neun Jahre später Wilford Woodruff folgte, der das Amt bis 1898 innehatte. Woodruff erließ am 25. September 1890 ein Gesetz, das die Heiligen von der Verpflichtung der Polygamie entband, wie es geschickt formuliert wurde. Obwohl die Polygamie also nicht als göttliche Gebot widerrufen wurde, ist diese Sitte allerdings in den Folgejahren bis auf unbestätigte Gerüchte ausgestorben.

1892 wurde nach vierzigjähriger Bauzeit der große Mormonentempel von Salt Lake City fertig, in dem Christus de einst bei seiner Wiederkehr Gericht über die Heiden halten soll. Am 4. Januar 1896 wurde das Territorium Utah durch Präsident Cleveland zum Bundesstaat der USA ernannt Währenddessen wuchs die Zahl ihrer Anhänger immer we ter. Im Jahr 1921 gab es sechshunderttausend und 1986 bereits sechs Millionen Mormonen, von denen fünfundzwanzigtausend in der damaligen Bundesrepublik Deutschland lebten.

Die Mormonen glauben an den Chiliasmus, also an das Kommen eines tausendjährigen Reiches nach dem jüngsten Gericht, und an den Gnostizismus. Demnach kann sich jeder Mensch durch Erkenntnis der Wahrheit zu einem göttlichen Wesen entwickeln – eine Idee, die auch in der SF nicht ganz unbekannt ist. Es gibt unter den Mormonen zwar eine strenge Hierarchie der Heiligkeit, aber im Prinzip kann jeder Mensch göttliche Offenbarungen empfangen, nicht nur die geweihte Priesterschaft.

Eine weitere Besonderheit der Mormonen ist die Ablehnung der Kindertaufe, das heißt, wer in den Kreis der Mormonen aufgenommen werden soll, muß mindestens acht Jahre alt sein. Bei Bekehrten kommt – im Unterschied zu den Anfangstagen – mittlerweile eine zweijährige Probezeit hinzu. Außerdem gilt die Taufe nur dann, wenn der Bekehrte mit dem ganzen Körper unter Wasser getaucht wude.

3. Das Buch Mormon

Die Quelle des Glaubensbekenntnisses der Mormonen ist neben einigen weiteren Schriften Joseph Smiths und den 1841 aufgestellten dreizehn Glaubensartikeln in erster Line das *Buch Mormon*. Darin findet sich die phantastische Geschichte der ersten Menschen, die Amerika besiedelten – die uns heute unter der Bezeichnung Indianer geläufig sind. In Wirklichkeit handelt es sich bei den amerikanischen Ureinwohnern nämlich um die verlorenen Stämme Israels, um die Nachkommen des Juden Lehi, der in direkter Linie vom alttestamentarischen Joseph abstammt und um das Jahr 600 vor Christi Geburt aus Jerusalem fliehen muß.

Das Buch Mormon als Bibel zu bezeichnen, ist nicht ganz abwegig, denn im Prinzip ist es genauso wie das Alte oder Neue Testament aufgebaut. Es enthält die Bücher mehrerer Propheten, die in Kapitel und Verse unterteilt sind. Der Text ist in altertümlichem Bibel-Englisch gehalten und in zwei Spalten gesetzt, während Fußnoten auf Parallelstellen sowohl in der Bibel als auch im *Book of Mormon* selbst hinweisen.

Das 1. Buch Nephi beginnt damit, daß Lehi in einer göttlichen Vision eine Feuersäule sieht und daraufhin mit seiner Familie aus Jerusalem fortgeht. Seine Söhne Laman, Lemuel und Sam murren, doch sein jüngster Sohn Nephi ist gehorsam und wird deshalb von Gott zum Führer ernannt. Lehi schickt seine Söhne noch einmal nach Jerusalem zurück, um von Laban die Messingtafeln mit ihrer Familiengeschichte zu holen. Nachdem dieser sie erzürnt aus seinem Haus geworfen hat, kehrt Nephi ein zweites Mal allein zurück und tötet den betrunkenen Laban auf der Straße mit dessen eigenem Schwert. Indem Nephi die Kleidung des Getöteten anzieht, kann er Labans Diener Zoram dazu bewegen, ihm die Tafeln zu geben, und überzeugt ihn sogar, mit ihm in die Wüste zu kommen. Schließlich begeben sich die Brüder noch ein drittes Mal nach Jerusalem, um Ishmael und seine Töchter für ihre Sache zu gewinnen. In der Wüste wird Nephi dann von seinen ungläubigen Brüdern gefesselt, doch mit Hilfe seines Glaubens kann er sich befreien, worauf Laman und Lemuel ihn um Vergebung bitten.

Nach mehreren Visionen und Prophezeiungen heiraten Lehis Söhne die Töchter Ishmaels. Damit sie den Weg durch die Wüste finden, erhalten die Auswanderer das Liahona, eine Messingkugel mit zwei Spindeln im Innern, die ihnen die Richtung angibt, also eine Art Kompaß, während Gott außerdem schriftliche Anweisungen auf der Oberfläche der Kugel erscheinen lassen kann. Nachdem sie das Meer erreicht haben – die geographischen Angaben deuten darauf hin, daß Lehi und seine Söne bis in das Gebiet des heutigen Jemen gekommen sind –, wird Nephi befohlen, ein

Schiff zu bauen. Doch schon kurz nach ihrem Aufbruch rebellieren Nephis ältere Brüder wieder einmal und fesseln den ungeliebten Führer. Darauf bricht ein Sturm los, der jedoch sofort aufhört, als Nephi befreit wird. Schließlich erreicht das Schiff das gelobte Land. Dort schreibt Nephi die Geschichte seines Volkes auf eiserne Tafeln und prophezeit, daß Christus in 600 Jahren kommen wird und die Juden in alle Welt verstreut werden.

Im zweiten Buch Nephi gehen die Nachkommen Lehis als Nephiten und Lamaniten getrennte Wege. Die Nephiten bauen einen Tempel und verschaffen dem Wort Gottes durch ständige Offenbarungen auch in Amerika Geltung. Die Lamaniten jedoch fallen vom wahren Glauben ab und werden zur Strafe schwarz.

Während die Lamaniten im ständigen Krieg mit den Nephiten liegen, erhalten die Nephiten zur Zeit des Königs Mosiah, der um 100 vor Christus lebt, Kunde von den Jarediten, den Nachkommen eines gewissen Jared, der zur Zeit des Turmbaus zu Babel ähnlich wie Lehi und Nephi den göttlichen Auftrag erhielt, die Neue Welt zu besiedeln. Doch die Jarediten wurden durch Kriege mit anderen Völkern völlig ausgelöscht, so daß nur noch 24 Schrifttafeln von ihrer Existenz Zeugnis ablegen.

Sogar die Geburt Christi bleibt den Menschen in der Neuen Welt nicht unbekannt, da ihre Propheten das Kommen des Erlösers schon seit Jahrhunderten viel exakter ankündigten, als es bei den Propheten des Alten Testaments der Fall war. In der Nacht seiner Geburt wird es nicht dunkel, obwohl die Sonne wie gewohnt unter- und wieder aufgeht. Fortan bezeichnen sie sich sogar als Christen, und nach Jesu Kreuzigung schart sein wiederauferstandener Geist auch in Amerika zwölf Apostel um sich.

Doch nach vielen inneren Glaubensstreitigkeiten und Kämpfen mit ihren Feinden unterliegen die Nephiten schließlich den Lamaniten. Ihr letzter Prophet Moroni, der Sohn des Mormon, versiegelt um 400 nach Christus die Schrifttafeln, auf daß sie später einem Propheten aus der

Alten Welt namens Joseph Smith offenbart werden könen. Die ›Indianer‹, auf die die Kolonisten aus Europa in der Neuzeit stießen, sind somit allesamt Nachkommen der vom wahren Glauben abgefallenen Lamaniten. Doch Moroni, der als Prophet natürlich um das nahende Ende der tausendjährigen christlichen Geschichte Amerikas weiß, bittet um Nachsicht für die Ureinwohner, wenn dereinst die Kirche Jesu Christi der Heiligen der Letzten Tage gegründet wird, deren Anhänger selbstverständlich allein das Anrecht auf Vergebung ihrer Sünden vor dem jüngsten Gericht haben. Damit nehmen die Indianer für Moroni – und die Mormonen – übrigens eine ähnliche Stellung wie die Juden ein, die bekanntlich ebenfalls das Wort Gottes vernommen haben, jedoch nicht akzeptieren wollten, daß Jesus Christus nicht nur irgendein Prophet, sondern der Sohn Gottes ist.

4. Die Homecoming-Saga

Dem aufmerksamen Leser dürfte lägst aufgefallen sein, daß Orson Scott Card in seiner *Homecoming*-Saga eine SF-Version der Geschichten des *Buches Mormon* nacherzählt. Aus Jerusalem wurde Basilika, aus den Brüdern Laman und Nephi wurden Elemak und Nafai, aus der Reise ins gelobte Land die Rückkehr zur Erde. Und fast schon dreist ist Cards Idee, die Rolle Gottes in seiner Neufassung mit einem gigantischen uralten Computer zu besetzen. Doch das Verblüffendste ist der Umstand, daß die Story tatsächlich funktioniert. Die Eifersüchteleien der Brüder untereinander werden von Card mit hervorragendem psychologischem Einfühlungsvermögen geschildert. Während Nephis ältere Brüder im *Buch Mormon* einfach nur als ungläubig und unverbesserlich beschrieben werden, macht Card in seiner Version glaubhaft, warum Nafais Brüder nicht akzeptieren können, daß der Kleinste plötzlich das Sagen haben soll. Und während Gottes Wege und Entscheidungen bekanntlich nur schwer zu verstehen sind, hat die Überseele äußerst nachvollziehbare Probleme damit, den Menschen klarzumachen, worum es ihr geht. Schließlich handelt es sich um einen Computer, der an seine Programmierung gebunden ist und sich nur auf telepathischer Ebene äußern kann – und manchmal auf Träume zurückgreifen muß, um sich verständlich zu machen, was natürlich nicht immer zu eindeutigen Kommunikationsabläufen führt.

Der Entwurf der *Homecoming*-Saga wirkt auf den ersten Blick wie eine Umkehrung der Geschichte, die Card in seinen Storys und Romanen um Jason Worthing erzählt hat. In *Hot Sleep* wird Jason von seinem Gegenspieler Abner Doon dazu gebracht, mit dreihundert der fähigsten Köpfe des Imperiums eine Kolonie zu gründen. Als die Kolonisten durch einen Unfall während der im Tiefschlaf verbrachten Reise ihre Erinnerungen verlieren, übernimmt Jason die Rolle eines Gottes, indem er die Menschen auf der völlig isolierten Kolonialwelt erzieht. Schließlich versenkt Worthing sein Raumschiff auf dem Meeresboden und legt sich schlafen, damit sein Planet sich ungestört weiterentwickeln kann.

Als Card diese Geschichte später zur *The Worthing Chronicle* und dann zur *Worthing Saga* erweiterte, komprimierte er die bereits in *Capitol* und *Hot Sleep* geschilderten Ereignisse und setzte die Handlung dann mit den Ereignissen nach dem Aufwachen Jason Worthings fort. Diese etwas unlineare oder auch verschachtelte Art, Geschichten zu erzählen, erinnert ebenfalls an das *Buch Mormon*, das auf ganz ähnliche Weise vorgeht. Auch die geschlossene Gemeinschaft der Kolonisten weist viele Anklänge an die Mormonen auf und damit gleichzeitig an die Nephiten aus dem *Buch Mormon*.

In gewisser Weise ist der *Homecoming*-Zyklus fast so etwas wie eine Fortsetzung der *Worthing Saga*. Die vor Urzeiten Ausgewanderten kehren nun zur Erde zurück. Doch die Frage, ob jemand fortgeht oder zurückkommt, hängt natürlich immer von der Perspektive ab. Vor allem, wenn man diese Wanderungsbewegung vor dem Hintergrund der

Geschichte Amerikas und der Mormonen sieht, sollte man sich davor hüten, europäische Begriffe von Heimat und Ferne anzulegen. Für uns ›zurückgebliebene‹ Europäer sind die Amerikaner Ausgewanderte, während sich ein Amerikaner eher als Eingewanderter sehen dürfte. Heimat ist nicht unbedingt der Ort, an dem man geboren ist und wo man seine Wurzeln hat, sondern sie kann auch das ›gelobte Land‹ sein, das man erst nach langer, mühsamer Reise erreicht.

Für einen Mormonen hingegen hat das Motiv des gelobten Landes eine noch viel tiefere Bedeutung. Die frühen Anhänger Joseph Smiths mußten große Mühen auf sich nehmen, bis sie in Utah einen Ort fanden, an dem sie nach ihren Vorstellungen leben konnten. Diejenigen, die nicht in Amerika geboren waren, hatten bereits den Exodus aus Europa hinter sich. Und schließlich erzählt das Buch Mormon fast dieselbe Geschichte, die wiederum auf die Suche nach dem gelobten Land im Alten Testament zurückgeht.

Auch das Wunderkind Nafai, dem mit der Wasserseherin Luet ein ebenbürtiges Wundermädchen zur Seite steht, hat gleich mehrere Vorbilder in der Religion, am offensichtlichsten in der Gestalt des Nephi aus dem *Buch Mormon*. Eines der berühmtesten Vorbilder für Ender, Jason, Nafai & Co ist zweifellos ein gewisser Zimmermannssohn aus Nazareth. Und für die Mormonen hat selbstredend auch Joseph Smith eine ähnlich große Vorbildfunktion. Bei Orson Scott Card tritt er am deutlichsten in der Figur des Alvin Maker zutage, der sich für die Abschaffung der Sklaverei und die Gründung einer guten Gemeinschaft einsetzt. Das Bemerkenswerteste an Cards Geschichten ist vielleicht, daß er seine Vision von einer besseren Welt mit besseren Menschen äußerst überzeugend und nachvollziehbar vermittelt. Wenn man sich als Leser auf seine Gedankenwelt einläßt, hat man tatsächlich das Gefühl, im Glauben an das Gute bestärkt zu werden. Damit hat Card Science Fiction und Religion auf ihren gemeinsamen Nenner gebracht, indem er mit dem Darstellungsmittel der utopischen Fiktion Wege zu einer besseren Welt entwirft. In unserer pessimistisch geprägten Kultur gilt es zwar als schick oder ›cool‹, einen solchen Optimismus als naiv zu verachten, aber man sollte einmal überlegen, ob eben jener Pessimismus nicht dazu beiträgt, daß sich nichts mehr zum Guten verändert.

Band 24 211

Orson Scott Card

Die Kinder der Erde

Deutsche Erstveröffentlichung

Der riesige Computer Überseele hat nach Millionen Jahren die Familie Wetchik ausgewählt, vom Planeten Harmonie zur verlassenen Erde zurückzukehren. Doch von Anfang an herrscht Zwietracht unter den Brüdern Nafai und Elemak. Nun, an Bord des Schiffes *Basilica,* das sie zum weit entfernten Ziel bringen soll, werden die Kinder der Auswanderer zu Schachfiguren im Kampf um die Macht. Jede der beiden Parteien plant, als erster aus dem Tiefschlaf während der Reise zu erwachen, um so die Möglichkeit zu haben, Einfluß auf die nächste Generation von Erdenkindern auszuüben. Doch als das Schiff die Erde erreicht, müssen die Auswanderer feststellen, daß diese nicht unbewohnt ist. Auch hier hat sich in der langen Zeit neues Leben entwickelt: seltsames und gefährliches neues Leben . . .

BASTEI LÜBBE

Sie erhalten diesen Band im Buchhandel, bei Ihrem Zeitschriftenhändler sowie im Bahnhofsbuchhandel.

Band 24 195

Orson Scott Card

Die Schiffe der Erde

Deutsche Erstveröffentlichung

Seit Jahrmillionen wacht der Computer Überseele über die Menschen auf Harmonie. Doch die künstliche Intelligenz beginnt, die Kontrolle über ihre Datenbanken zu verlieren. Es gibt nur einen Ausweg: Der Computer muß mit ein paar Auserwählten auf die ferne Erde zurückkehren. Doch nicht alle Auserwählten wollen Harmonie verlassen, und so kommt es zu Streit und Verrat – bis einer von ihnen die geheime Stätte entdeckt, an der die uralten Schiffe verborgen wurden, mit denen die Menschen einst die Erde verließen . . .

ORSON SCOTT CARD mit seiner bislang ambitioniertesten Serie: ein Epos, das beweist, wie literarisch und hintergründig Science Fiction sein kann!

BASTEI LÜBBE

Sie erhalten diesen Band im Buchhandel, bei Ihrem Zeitschriftenhändler sowie im Bahnhofsbuchhandel.

Band 24 179

Orson Scott Card

Der Ruf der Erde

Die Heimkehr

Deutsche Erstveröffentlichung

Eigentlich ist der Planet Harmonie eine Welt des Glücks und des Friedens. Denn nachdem die Erde, die Wiege der Menschheit, zerstört worden ist, achtet der gigantische Computer Überseele darauf, daß die Menschen keine Waffen mehr in die Hände bekommen. Doch dem allgegenwärtigen Computer droht der Zusammenbruch; er muß auf die Erde zurückkehren, damit er repariert werden kann. Überseele sucht den jungen Nafai aus, um die Rückkehr in die Wege zu leiten. Bevor der Junge aber handeln kann, erhebt sich Moozh, ein großer mächtiger Krieger, und fordert mit seinen heimlich hergestellten Waffen nicht nur den Computer, sondern den ganzen Planeten heraus.

BASTEI LÜBBE

Sie erhalten diesen Band im Buchhandel, bei Ihrem Zeitschriftenhändler sowie im Bahnhofsbuchhandel.

Band 24 167

Orson Scott Card

Die verlorene Erde

Deutsche Erstveröffentlichung

Vor vierzig Millionen Jahren wurde der Planet Harmonie von Menschen besiedelt. Seitdem wacht der gigantische Computer Überseele über die Kolonie. Überseele soll den Planeten vor den Gefahren schützen, die einst die Erde zerstörten. Doch nun ist der Computer selbst in Gefahr; seine Systeme drohen zusammenzubrechen. Um der Vernichtung zu entgehen, muß Überseele auf die Erde zurückkehren, denn nur dort kann der Master Computer repariert werden.
Überseele hat keine andere Wahl, er muß die ahnungslosen Menschen seines Planeten in die Geheimnisse der Raumfahrt einweihen. Warum aber sucht sich die Maschine dazu ausgerechnet den jungen, unbedarften Nafai aus?

BASTEI LÜBBE

Sie erhalten diesen Band im Buchhandel, bei Ihrem Zeitschriftenhändler sowie im Bahnhofsbuchhandel.

Science Fiction Klassiker von

Robert A. HEINLEIN

Von Robert A. Heinlein sind bei Bastei-Lübbe folgende Titel erschienen:

Band 24001
Sternenkrieger
Band 24118
Das neue Buch Hiob
Band 24124
Die Katze, die durch Wände geht
Band 24163
Die Sternenbestie
Band 24176
Die Tür in den Sommer
Band 24183
Farnhams Oase
Band 24187
Segeln im Sonnenwind
Band 24191
Der Mond ist eine herbe Geliebte
Band 23163
Das geschenkte Leben

Sie erhalten diese Bände im Buchhandel, bei Ihrem Zeitschriftenhändler sowie im Bahnhofsbuchhandel.

BASTEI LÜBBE